吉井亮雄

ジッドとその時代

九州大学出版会

ジッドとその時代

目次

第Ⅱ部　文学活動の広がり

第Ⅲ部　批評家・外国人作家との交流

第V部　晩年の交流

凡　例

一、訳語・訳文中の亀甲括弧〔　〕、原文中の角括弧［　］は引用者による補足である。〔…〕は引用者による中略を示す。

一、引用文中の強調は、引用者によると断らぬかぎり、すべて原著者による。またその強調は場合に応じて、傍点・傍線または鉤括弧「　」ないし山括弧〈　〉、二重山括弧《　》で示す。

一、著書名、新聞・雑誌名は二重鉤括弧『　』で、論文や記事の題名は鉤括弧「　」で示す。欧米の新聞・雑誌名は筆者の判断により和訳したものがあるが、基本的には原音に近いカタカナ表記を用いる。先頭に定冠詞が来る場合は、フランス語のエリジオンも含め、原題に従って添えている（例：*L'Ermitage*→『レルミタージュ』誌。ただし少数例ながら、*L'Académie française*→『アカデミー・フランセーズ』誌、*L'Illustration*→『イリュストラシオン』誌など、慣用読みに倣い定冠詞を省いたものもある）。なお、雑誌『新フランス評論』は二重鉤括弧で示すが、同誌に集うグループの総称として鉤括弧で「新フランス評論」と記すことがある。また版元としては括弧なしで示す。

一、比較的頻繁に引用・言及する著作・書簡集や研究誌については次に掲げる略号を用いる（初出時にも出典と略号をともども示す）。

略号一覧

BAAG　*Bulletin des Amis d'André Gide*. Revue trimestrielle puis semestrielle publiée par l'Association des Amis d'André Gide depuis 1968.

Cahiers PD　[Maria VAN RYSSELBERGHE], *Les Cahiers de la Petite Dame. Notes pour l'histoire authentique d'André Gide* [éd. Claude MARTIN], 4 vol., Paris : Gallimard, coll. « Cahiers André Gide » n°s 4-7, 1973-1977.

Corr. Cl/G　Paul CLAUDEL - André GIDE, *Correspondance (1899-1926)*. Préface et notes par Robert MALLET, Paris : Gallimard, 1949.

Corr. G/B　André GIDE - Christian BECK, *Correspondance (1896-1913)*. Édition établie, présentée et annotée par Pierre MASSON. Préface de Béatrix BECK, Genève : Droz, 1994.

Corr. G/Cop　André GIDE - Jacques COPEAU, *Correspondance (1902-1949)*. Édition établie et annotée par Jean CLAUDE. Introduction de Claude SICARD, 2 vol., Paris : Gallimard, coll. « Cahiers André Gide » n°s 12-13, 1987-1988.

Corr. G/Gh André GIDE - Henri GHÉON, *Correspondance (1897-1944)*. Texte établi par Jean TIPY. Introduction et notes d'Anne-Marie MOULÈNES et Jean TIPY, 2 vol. [pagination continue], Paris : Gallimard, 1976.

Corr. G/J André GIDE - Francis JAMMES, *Correspondance (1893-1938)*. Nouvelle édition établie et annotée par Pierre LACHASSE et Pierre MASSON, 2 vol., Paris : Gallimard, coll. « Les Cahiers de la NRF » / « Cahiers André Gide » n°s 21-22, 2014-2015.

Corr. G/Riv André GIDE - Jacques RIVIÈRE, *Correspondance (1909-1925)*. Édition établie, présentée et annotée par Pierre de GAULMYN et Alain RIVIÈRE, avec la collaboration de Kevin O'NEILL et Stuart BARR, Paris : Gallimard, 1998.

Corr. G/Ruy André GIDE - André RUYTERS, *Correspondance (1895-1950)*. Édition établie, présentée et annotée par Claude MARTIN et Victor MARTIN-SCHMETS, 2 vol., Lyon : Presses Universitaires de Lyon, 1990.

Corr. G/Schl André GIDE - Jean SCHLUMBERGER, *Correspondance (1901-1950)*. Édition établie, présentée et annotée par Pascal MERCIER et Peter FAWCETT, Paris : Gallimard, 1993.

Corr. G/V André GIDE - Paul VALÉRY, *Correspondance (1890-1942)*. Nouvelle édition établie, présentée et annotée par Peter FAWCETT, Paris : Gallimard, coll. « Les Cahiers de la NRF » / « Cahiers André Gide » n° 20, 2009.

Corr. Ril/G Rainer Maria RILKE - André GIDE, *Correspondance (1909-1926)*. Introduction et commentaires par Renée LANG, Paris : Corrêa, 1952.

Corr. RMG André GIDE - Roger MARTIN DU GARD, *Correspondance (1913-1951)*. Introduction par Jean DELAY, 2 vol., Paris : Gallimard, 1968.

EC André GIDE, *Essais critiques*. Édition présentée, établie et annotée par Pierre MASSON, Paris : Gallimard, coll. « Bibliothèque de la Pléiade », 1999.

Journal I, II André GIDE, *Journal, I (1887-1925)* ; *II (1926-1950)*. Édition établie, présentée et annotée par Éric MARTY et Martine SAGAERT, 2 vol., Paris : Gallimard, coll. « Bibliothèque de la Pléiade », 1996-1997.

ŒC André GIDE, *Œuvres complètes*. Édition augmentée de textes inédits, établie par Louis MARTIN-CHAUFFIER, 15 vol., Paris : Éd. de la NRF, 1932-1939.

RR I, II André GIDE, *Romans et récits. Œuvres lyriques et dramatiques*. Édition publiée sous la direction de Pierre MASSON, 2 vol., Paris : Gallimard, coll. « Bibliothèque de la Pléiade », 2009.

SV André GIDE, *Souvenirs et voyages*. Édition présentée, établie et annotée par Pierre MASSON, avec la collaboration de Daniel DUROSAY et Martine SAGAERT, Paris : Gallimard, coll. « Bibliothèque de la Pléiade », 2001.

序

文学の領域にとどまらず宗教・思想・政治について、そして同性愛にかんしてまで、自身が抱える様々な苦悩に端を発した問題提起を続け、しかもしばしば前言訂正をためらうことのなかったジッドの姿勢は、熱烈な賛同者を獲得すると同時に、多くの論敵・批判者を生んだ。「最重要の同時代人」（アンドレ・ルーヴェール）と彼が評されたのは、そうしたスキャンダラスな受容状況を映してのことであったが、一九五一年の死去後は、実存主義の席巻も相俟って、早くから「煉獄」に留めおかれ、永らく不遇を託つこととなる。

しかしながら本国フランスにおける研究の流れをふり返ってみると、この「同時代人」の死と活動停止こそは本格的な探究をうながす契機となったとも言えよう。それまでの批評言説は、少数の例外をのぞけば、なんらかの規定方針にもとづいてなされた断罪あるいは支持・共感の域を出るものではなかったが、作家の没後は次第に、偏見や党派性を排し純粋に美的な見地に立つ研究の必要性が説かれはじめたからである。その結果、主として小説技法の考察を中心にすえた論文・著作が相次いで発表されることになる。

一九五〇年代後半から七〇年代にかけて特に盛んであったこの研究方向自体は、現在もなお主要な潮流のひとつとして豊かな成果を生み続けているが、分析の作業が進むにつれ、ジッドにあっては「生」と「作品」（あえて「テクスト」とは呼ぶまい）が不可分の関係にあるにもかかわらず、その豊饒で多岐にわたる創作活動に対する実証的解明が大きく立ち後れていることが痛感されはじめる。言うまでもなく、研究者たちが抱いたこの認識は、おりしも隆盛をきわめていた構造主義やヌーヴェル・クリティックが忌避・排撃した伝統的実証主義への郷愁によるものではない。

なるほど、ただ単に自伝的要素を素材として利用したというだけならば、程度の差こそあれ、あらゆる作家について言えることだろう。だが利用の多寡が問題なのではない。ジッドが固有の地位を主張しうるのは、ある文学的戦略を早くから選択し、以後ゆらぐことなくそれを実践し続けたからだ。すなわち、自己を禁忌とする逆説的なナルシシズムを育み、これに縛られ導かれて、ついには禁忌と執着とが混淆し、現実と虚構とが分別しがたい自伝空間を生きる、そして行為と書物とが捻れあい織りなす「生」の総体そのものをひとつの「作品」として提示する、という戦略である。

ジッドは青年期からフローベールを愛読していたが、小説美学にかんしてはむしろ対蹠的な信条の持ち主であった――「フローベール流の客観性は人間存在を外面からしか眺めようとせず、存在の深奥に到達することはありません。私の思うに、小説家にとって真の客観性は別様な働き方をするものなのです。小説家が登場人物になりきらないかぎり、描かれるのはその輪郭にしかすぎません」（アンリ・マシス宛未刊書簡）。じっさいジッド作品の主人公たちの多くは彼自身を色濃く投影した存在であるが、しかしまた描き出される「自画像」は不可避的に誇張と歪みとを内包する。ジッドの総体像に迫るとは必然的に、この誇張と歪みを読み解きながら、彼独自の創造的な自伝空間を検証することに外ならない。作品を単なる現実のモザイクに貶めるのではなく、両者のあいだの微妙な相関を把握するためにこそ実証的な探究は今なおその有効性を失っていないのである。こうした考え方に立ち一九八〇年前後からは、先に述べたような研究と並行して、自筆稿や各種刊本の校合による信頼に足る学術版の作成と、膨大な数の書簡をはじめとする一次資料の公刊が盛んとなった。とりわけ九六年以降、創作や日記、批評、回想録・旅行記などの新たな版が、定評ある「プレイアッド叢書」（全六巻）に順次収められたことの意義は大きい。ここにいたってジッドの著作活動の全容がようやく研究現状を反映するかたちで提示されたのである。

さて本書は、ジッドの通時的な評伝でもなければ、また表題に「ジッドとその時代」を掲げながら早くも弁解めくが、彼と同時代との関わりを総合的に論じるものでもない（かかる仕事はいずれも本書に数倍する記述を要しようし、何よりも筆者の力量をはるかに超える）。そうではなく、彼が人生の折々に作家や詩人、批評家などと紡いだ様々な人的交流のうち、その重要性にもかかわらず、これまであまり知られていなかったものを中心に、新たな実証的資料を発掘・紹介しながら、ある程度の量の具体的なサンプル、いわば相応数の「切り子面《ファセット》」を提示し、それによってこの「捉えがたきプロテウス」（ジェルメーヌ・ブレ）の可変的な相貌を幾分かなりとも鮮明に照らし出す、というのが本書の目指すところである。考察の対象となるトピックの大小、残存する関連資料の多寡に応じて章ごとの分量にはかなりの開きがあるが、それら相互の偏り自体が「切り子面」の多様な顕れなのだと解していただきたい。

本書の執筆に当たっては能うかぎり多くの既刊書簡や先行業績を参照するよう努めたが、研究成果としてのオリジナリティを担保するため、特に二種類の資料群を活用した。ひとつはジッドが送受信した書簡のうち未だ活字化されていないものや、『日記』の現行版には未収録の自筆記述などであり、またひとつは彼と同時代の新聞や雑誌に掲載された書評・小論などである。以下にそれらの資料群について簡略に触れておこう。

まずは何よりも重要な実証的情報源として未刊の書簡群――。ジッド研究の第一人者クロード・マルタンはほぼ半世紀前から、既刊・未刊を問わず存在の確認されたジッド関連書簡の目録作成を営々と続けてきた。その成果は少部数の公刊ながら一九八〇年代半ば以降たびたび増補・改訂され、二〇一三年の最新版に至っている。この目録には書簡の差出人・名宛人、年月日と発信地がリストアップされているが、最新版の時点でジッドの書簡は一三、七二六通、彼が受けた書簡は一四、一七五通、送受信あわせ二八、〇〇一通の存在が確認されており、筆者が承知するかぎり、その後少なくとも二千通以上の往復書簡が公刊されているから、送受信の総数はすでに三万通以上、文通相手は二千三百人を超えている。またある時期からは同目録と並行して、既刊書簡の全テクストが入力された膨大な情報量の電子版が作成され、一部の研究者たちの便に供されている（最新版は二〇〇九年）。ジッドの遺贈分も含め、存在の確認された未刊書簡の多くは現在、パリ大学附属ジャック・ドゥーセ文庫に収蔵されているが、作家の唯一の実子、故カトリーヌ・ジッド女史のアルシーヴにも一定数が残されている。筆者は公的機関での閲覧はもとより、いくつかの個人コレクションの調査、過去の競売目録に載った断片的引用の収集にもそれなりの努力を払った。これらの探索・調査をへて、本書では論述に直接関わる未刊書簡約一四〇通を厳密な考証とともに訳出・提示している。また、いくつかの章の論述においては『日記』の未刊記述を採録・活用している。

もうひとつは、補助的な情報源として同時代の新聞・雑誌に掲載された書評や論文――。ジッドは新作発表時（それはしばしばスキャンダル到来の時でもあった）を中心に、情報収集の専門業者に依頼して、新聞・雑誌に掲載された自身にかんする書評類を長年にわたり収集していた（執筆者から直接寄せられたものも含む）。その結果として総数およそ三千五百点の切り抜きが二六冊の分厚い専用ファイルに整理・分類され、現在は上記のジャック・ドゥーセ文庫に保管されている。同時代の反応・受容を伝えるにとどまらず、ほぼ確実に作家自身が目を通したという意味でも貴重な資料である。じっさい、これら日々消費されながらも、通常はやがて忘れられてゆく情報が、後年の著作や証言では見えてこない事柄の細部を明らかにする例は決して稀ではない。

最後に一言――。本書は大まかな時代区分をもとに五部構成をとっているが、各章は必ずしも年代順に接続しあっているわけではない。章によっては対象時期が数十年に渡っているものもあるが、その場合にはおおむね論述の起点となる時期の順に配列している。とはいえ、時代状況やジッドの活動の傾向・推移を反映して、各部の内容に相応の繋がりがあるのもまた確かである。かかる点の把握を容易にすべく、それぞれの冒頭に当該期の概要と簡略な年譜を付して後続各章の導入とした。あらかじめ大方のご理解を乞う。

第Ⅰ部　「自己」の探求と初期の文学活動

幼少年期から一九世紀末までのジッド

裕福な家庭の一人息子としてパリに生まれたジッドは病弱で神経質な子供だった。アルザス学院に入学後しばらくして授業中に「悪癖」を見咎められ、停学処分を受けてからは規則的な就学は困難となる。三年後、パリ大学法学部教授の父ポールが若くして亡くなると、自分の行為がその死を招いたと思い込み、強い罪悪感に囚われる。少年期に抱いたこの罪の意識は、不合理なだけになおのこと消し難く、作家が同性愛的指向を広言した後も永く残り続けるのである。

そのような少年の心に光を射したのが、美徳の化身のごとき従姉マドレーヌの存在である。ジッドの処女作『アンドレ・ワルテルの手記』(一八九一)の目的は同書を献ずることで彼女から結婚の同意を得《え》、少年期以来の長い春に終止符を打つことだったが、結婚そのものに懼れを抱く彼女は従弟の求婚を拒絶し、その結果、ふたりが結ばれるにはさらに五年近い歳月を要することになる(もっともその結婚も青年の期待に反して、霊肉の二分化による「白い結婚」となるのだが)。

大きな目標を失ったジッドではあるが、処女作執筆を機に同世代の文学青年たち、とりわけピエール・ルイスやポール・ヴァレリーと厚い交友を結び、彼らとの相互影響の下《もと》に自我を確立しながら、『ナルシス論』(一八九一)、『アンドレ・ワルテルの詩』(一八九二)、『愛の試み』『ユリアンの旅』(共に一八九三)など、象徴主義的色彩の濃い作品を書き進めてゆく。

だが一八九三年一〇月から翌年春にかけ、「性本能の再教育」を目的として訪れた北アフリカでの体験が青年の進路に決定的な変更をもたらす。旅先で感染した結核と病気からの蘇生が、それまで身を置いていた観念的世界への忌避と、新たに発見された外部世界への憧憬をともどもに掻き立てたのである。前者の反映として帰国後まもなく書き上げられたのが『パリュード』(一八九五)であり、一八九五年前半に再度訪れた北アフリカの熱い余韻から生まれたのが『地の糧』(一八九七)である。母ジュリエットが亡くなり、マドレーヌとの婚約が成立するのは二度目の北アフリカ旅行の直後であった。

*

一八六三年　パリ大学法学部教授ポール・ジッド(一八三二年、ユゼス生まれ)とジュリエット・ロンドー(一八三五年、ルーアン生まれ）、ルーアンのサン＝テロワ教会堂で結婚。

一八六七年　二月七日、ルーアンでジッドの母方の従姉マドレーヌ・ロンドー誕生。

一八六九年　一一月二二日、パリのメディシス通り一九番地（現在のエドモン・ロスタン広場二番地）で、ポール・ジッド夫妻の一人息子として、アンドレ・ジッド誕生。

一八七七年　アサス通りのアルザス学院に入学するが、ほどなくして授業中に「悪癖」を見咎められ三カ月の停学処分を受ける。通学は不規則・不定期なものとなり、家庭教師宅での個人教育の比重が増す。

一八八〇年　夏、幼い従弟エミール・ヴィドメルの死を契機に最初の「戦慄 *Schaudern*」に襲われる。一〇月二八日、父ポール死去。以後ジッドは、幼年期の終わりから青年期にかけて、女性（母ジュリエット、家政婦アンナ・ロイエンベルガー〔『一粒の麦もし死なずば』中のマリー〕、休暇中は伯母たち、三人の従姉妹）に囲まれて過ごす。

一八八二年　一二月末、ルーアンの「ルカ通りでの〈戦慄〉」――ジッドは伯母マチルド・ロンドーの不倫とマドレーヌの苦悩を知り、それを機に従姉への愛を自覚する。

一八八四年　五月一四日、母の元家庭教師で後に親友となったアンナ・シャクルトン死去。ジッドは強い衝撃を受ける。

一八八七年　一〇月、アルザス学院に復学（修辞学級）。ピエール・ルイスを知る。

一八八八年　一〇月、アンリ四世校の哲学級。レオン・ブルムを知る。

一八九〇年　三月一日、伯父エミール・ロンドー死去。ジッドはマドレーヌの傍らで彼の臨終に立ち会う――「私には、この喪の間にふたりの婚約が認められたように思われた……」。夏、アヌシー湖畔のマントン＝サン＝ベルナールに籠もり、『アンドレ・ワルテルの手記』を執筆。一二月、モンペリエでポール・ヴァレリーと初めて出会う。

一八九一年　一月八日、「遺作」の体裁で匿名自費出版した『アンドレ・ワルテルの手記』の豪華紙刷りをマドレーヌに献じて求婚するも、彼女はこれを拒絶。二月、モーリス・バレスを介してマラルメを知り、ローマ通りの「火曜会」の常連となる。『手記』のほかに、ルイス主宰の『ラ・コンク』誌、アルベール・モッケル主宰の『ラ・

ワロニー』誌に詩篇を発表。さらに『ナルシス論』を雑誌掲載。一一月、オスカー・ワイルドとパリで頻繁に会う。

一八九二年　春、ミュンヘン滞在。四月末、第二の「遺作」として『アンドレ・ワルテルの詩』を匿名で出版。夏、アンリ・ド・レニエとブルターニュ旅行。一一月、ナンシーで兵役に就くも、結核と診断され免除となる。

一八九三年　『愛の試み』『ユリアンの旅』を出版。友人のウージェーヌ・ルアールを介してフランシス・ジャムを知る。一〇月一八日、友人の画家ポール＝アルベール・ローランスとマルセイユで乗船、チュニジア、次いでアルジェリアに向かう。旅先で結核の初感染による療養生活。一一月、スースで初めての同性愛体験。

一八九四年　一―二月、ビスクラでウレッド・ナイル族の娼婦メリアムを同行のローランスと共有する。春、イタリア経由で帰国。一〇―一二月、スイス・ジュラ山中の小村ラ・ブレヴィーヌに籠もり『パリュード』を執筆。

一八九五年　一―五月、再びアルジェリア旅行。かの地でアルフレッド・ダグラスを連れたワイルドと再会。五月三一日、母ジュリエット死去。六月一七日、マドレーヌと婚約。これに先立ち診察を受けた某医師から、自分の同性愛的傾向は結婚すれば自然に消失するとの保証を得る……。一〇月七―八日、キュヴェルヴィルの役場およびエトルタの教会堂で結婚。次いでスイス、イタリア、チュニジア、アルジェリアに新婚旅行。

一八九六年　四月末に帰国。翌月、母方の別荘があったラ・ロック＝ベニャールの村長に選出される。

一八九七年　ヴァンジョン医師（筆名アンリ・ゲオン）と出会う。高等師範学校出身、哲学教授資格者の友人マルセル・ドルーアンがジッドの義妹ジャンヌ・ロンドーと結婚。『レルミタージュ』誌への定期的寄稿が始まる（これは一九〇六年の同誌廃刊まで続く）。『地の糧』『文学および倫理の諸点にかんする考察』を出版。

一八九八年　一―五月、マドレーヌとスイスおよびチロルを旅行。『レルミタージュ』誌に「『デラシネ（根こそぎにされた人々）』について」を発表。

一八九九年　春、再び夫婦してアルジェリア旅行。中国に赴任中のポール・クローデルと文通を始める。『ピロクテテス』『エル・ハジ』『鎖を離れたプロメテウス』を出版。

第1章　自伝による幼少年期・青年期の「再構成」
――『一粒の麦もし死なずば』の冒頭と末尾について――

作品の冒頭は虚実をつなぐ特権的な場であるだけに、書き手・読み手の双方にとってとりわけ重い意味を持つ。自作の執筆にさいして作家が最初の一文、最初の一段落を確定するまでの逡巡と労苦の具体例はそれこそ枚挙に遑がないし、また読者の側からすれば、導入部の設定いかんで作品全体から受ける印象が大きく変わることも決して稀ではない。それがゆえか、この「すぐれて文学的な場」（イタロ・カルヴィーノ[1]）の問題は、今世紀に入った頃から批評家たちの関心を集めはじめ、たとえばアンドレア・デル・ルンゴを中心とするグループは「書き出し《アンシピット》の詩学」の樹立をさえも目指している[2]。本章では、そういった点をふまえながら、しかしあまり理論的な領域には踏み込まず、ジッドの自伝的著作『一粒の麦もし死なずば』（以下『一粒の麦』と略記）の書き出しについて若干の私見を示したい。

自伝の冒頭――二つのエピソード

幼年期から母の死、従姉マドレーヌとの婚約へと至る四半世紀を証言する『一粒の麦』は、実生活と創作とが不可分に混ざり合うこの作家を論じるうえで最重要の一次資料であり、なかでも巻頭の数節は格段に言及・引用の頻度が高いが、いっぽうそのテクスチャーや構成については意外なほどに分析の対象となっていない。フィリップ・ルジュンヌやC・D・E・トルトンによるモノグラフィーをはじめ、回想録全体の「不連続・不均質な構造」を指摘する先行研究はあっても、[3]そのいずれもが、後述するような冒頭部の極めて意図的・戦略的なテクスチャーや構成には触れていないのである。こういった経緯には著者自身の次のような発言が幾分か与ってきたのだろうか――「私は自分の思い出を、整理などしようとはせず、その生起するのに従って綴ってゆこう[4]」、あるいはまた、「私は話を組み立てることはしない。自分の思い出が生起してくるままを書き写そう[5]」。だが「選択と単純化なくして描写はできない[6]」ことを強調していたのもまたジッドその人ではなかったか……。

ともかく冒頭部を読むことから始めよう。まずは第一段落――

私は一八六九年の一一月二二日に生まれた。当時、両親はメディシス通りにあるアパルトマンの五階か六階に住んでいたが、数年後には転居してしまったので、この家は私の記憶にない。だが私には今でもあの家のバルコニーが、というよりバルコニーから見下ろした広場と、そこにある池の噴水が目に浮かぶ(je revois)。さらに正確に言うならば、今でも私の目には見えるのだ(je revois)、父が切り抜いてくれたいくつもの紙のドラゴンが、このバルコニーからふたりの手で投げ放たれ、風に運ばれて池の上を越え、リュクサンブール公園まで飛んでゆき、マロニエの高い枝にとまるのが。[7]

このエピソードを描くにあたり、ジッドが「私には見えるje revois」という表現を繰り返している点に注目しよう。たしかに平凡な言い回しではあるが、動詞《revoir》の連続使用によって、明らかに作家は己の回想が意思によるものではなく、まさに自発的な生起であることを示唆しているのだ。

紙のドラゴンの飛翔とともに遠景へと広がり延びる甘美な思い出――。これに被さりつつ、もうひとつの思い出が穏やかな室内にあたかも映画のディゾルブ（フェードイン）のようにゆっくりと浮かび上がってくる。ここでも再び「私には見えるJe revois」を用い、ジッドの筆がさりげなく回想の自発性を謳いながら召喚するのは、『一粒の麦』をまさに「現代的自伝」たらしめることになったあの場景である。第二段落を引こう（会話による慣習的な改行はあるものの、その前後は一体としてひとつの段落、あるいは少なくともひとつのセカンスをなす）――

　また私にはかなり大きなテーブルがひとつ見えてくる（Je revois...）。たぶん食堂のだろうと思うが、床にまで引きずりそうな掛布に被われていて、私は管理人の倅《せがれ》でときどき遊びに来る同じ年かさの子と一緒によくその下にもぐり込んだものだ。

フラマリオン版『一粒の麦もし死なずば』（1937年新版）

「そんなところでいったい何をなさってるの？」

と、うちの家政婦が叫んだ。

「なんでもないよ。遊んでるのさ」

こう言いながら私たちはあらかじめ見せかけに持ちこんでいた玩具の類を騒々しく見せるのだが、実はほかのことをして楽しんでいたのだ。さすがにふたりしてではなかったが、互いに身を寄せ、後になって知ったことだが、「悪い習慣」と呼ばれていたことをやっていたのだ。[8]

この「悪い習慣」をめぐる回想（そこには後年の同性愛体験も仄《ほの》めかされている）はおのずから観察・探求の色を帯び、自伝作者は新たに段落をもうけて幼年期の暗い淵源をふり返らざるをえない――

私たちふたりのうち、どちらがどちらにそれを教えたのか。また初めはだれから授かったのか。私には分からない。どうやら子供がときとして独りでに考えつくこともあるのだと認めねばなるまい。私の場合も、あの慰みをだれかに教えられたのか、あるいはどうやって自ら発見したのかは明言できないが、記憶の及ぶかぎり遠い過去に遡ってみても、それはちゃんと存在するのである。(9)

さて、それではこれら冒頭の数節はいったい何を意図しているのだろう。たしかに後続の記述からも、ジッドが「魂のすみずみまでが透明さや優しさ、清らかさに外ならない」幼年期という通念に抗し、自らの特異性を盾にひとつの確固たる反証を提示しようとしていることは疑えない。だがそれだけになおさら奇妙な逆転が目にとまるのだ。すなわち修辞的な誇張をためらわず、当時の己のうちには「暗さや醜悪さ、陰険さしか見いだせない(10)」とまで言い切るのであれば、なにゆえに彼はほかの多くの記憶をさしおき、いかにも清純無垢な紙のドラゴンの思い出をまず最初に語っているのか。

この点にかんしてはピエール・マッソンが一九九九年に発表した論文に触れておこう。同論文は一連のイメージ分析をつうじたジッド的創作行為の考察であり、全体の内容としては我々の話題と直接に関連するものではないが、まさに「紙のドラゴン」を表題に冠するだけあって、父ポールとのエピソードについて独自の解釈を示している。以下、マッソンの主張を要約すれば――。このエピソードが巻頭を飾るのは、書くという行為が父性的行為の延長であること、つまりジッドの作品が遊びに興ずる大人と彼に憧れる子供との二重イメージに堅く連結していることを強調するためである。いくつもつづけざまに紙のドラゴンを放って飛翔を途切れさせないのもそういった行為を永続させたいという願望の顕れに外ならない。そもそも紙細工をできるかぎり遠くへ飛ばそうとすること自体が、逆説的ながら父の庇護をまた再び見いだすための方途なのである（『放蕩息子の帰宅』において父が旅路の果てで息子を待っていたのを想起すべし）。だが現実には風の流れに委ねられたドラゴンは哀れにも次々とマロニエの梢に捕らえられてしまう。ジッドははっきりと意識しているのだ、海に放たれた小瓶のそれに似て、受け手を想定するにはあまりにもナルシシスティックな己のメッセージが一時的な陶酔しかもたらさず、やがては見失われてしまいかねぬことを……。[11]

たしかに刺激的な見方ではあるが、いささか過度な象徴解釈という印象は拭えまい。とりわけ巻頭の機能をもっぱら父性的要素の強調に限定している点には方法論上の不満が残る。なぜならば父性的要素が顕著であればあるほど、それだけ当然のことに対概念の存在が一度は問われてしかるべきだからである。ではもうひとりの庇護者、「母」の姿はどこに描かれているのだろうか。じつはこれが具体的に見当たらないがゆえに、従来、第二・第三段落を含めた議論においても多くの評者は冒頭部の主題をただ「幼年期における清／濁の対照」（特に第二項の重大性）に還元させて終わっていたのである。だが本当に彼女の記憶はここ冒頭部にはまったく係わりがないのか。そう思って第一段落を読み返せば、あからさまな「父」の動員に先だち、最初の行には控え目ながらも「両親」の一語が書きつけられていたではないか。以下に述べるように我々の考えでは、母性的要素は人物の意図的な隠蔽のもと、むしろ諸テーマの対照をつうじて暗示され、それによってジッド的両義性の構築に深く関与しているのである。

両義性の構築

やがて回想録が繰り返し証言するように、ジッド家の生活は母ジュリエットの統制によって規則正しく秩序立てられていた。家族の世話や家計の管理ばかりではない。父の書斎を唯一の例外として――結婚後まもない頃、その調度品の選定に介入した妻に対して彼は叫ぶ、「せめてこの部屋だけは私の好き勝手に、私だけにまかせておいておくれ」[12]――どの部屋、どの空間にも家庭の美徳を信奉する主婦の強い意志が反映されるのである。清潔と厳格への配慮から居間の家具にはすべて「鮮やかな赤の細縞が入った白木綿のカバー」[13]が被せられていたのは有名な話だが、食堂もまたしかり、紛うかたなくこの母の支配領域だったのである。彼女の選択と権限によって掛けられたに相違ない、床に届かんばかりの厚手のテーブルクロス。だがまさにそれによる遮蔽を利用して行われるのが、見せかけの玩具で無邪気さを偽装したあの「悪い習慣」なのである。

それにしても、ともに「遊戯」のかたちをとりながら、相前後して描かれた二つの記憶のなんと対照的なことか。かたや大きく外への展望を開くバルコニーで、風や光を肌に感じつつ経験した、見るからに子供らしい清らかな悦び。かたや家のなか、ほの暗い閉所にもぐり込んで繰り返される、幼いながらもすでに狡猾さを身につけた秘密の儀式――。ここには『パリュード』が典型例を示す「外／内」、「開／閉」あるいは「明／暗」といったジッド特有の主題論的二項対立がいずれもはっきりと確認できる[14]。しかし二元論的な構図はそれで終わりというわけではない。見落としてならないのは、『一粒の麦』冒頭にはさらに「飛翔と落下の弁証法」とでも呼ぶべきものが付加されていることである。たしかに単に事物の位置移動だけをとらえれば、アパルトマンの上層階から投げ放たれる紙細工の運動は結果的にはゆるやかな下降だと言わねばなるまい。だが「風に運ばれて池の上を越え、リュクサンブール公園まで飛んでゆき、マロニエの高い枝にとまる」という語の連なりに投影された心理の次元では、少なくとも「高さ」の感覚は一貫して維持される。マッソンとはまさに逆の解釈となるが、むしろここで重要なのは紙細工がひとつとして途中の池や広場には墜落しない点ではあるまいか。あたかもしばし羽を休める小鳥のように次々と木々の梢に集《つど》ってゆくドラゴンたち。その行方を夢見るような視線で追い続ける少年はいつしか自らも幸福な風の流れに身を委ねているのだ。

いっぽう食堂の場景では、掛布に覆われたテーブルの下にもぐり込むという所作によって初めから「低さ」のイメージが強く印象づけられる。幼児が自慰行為に対しどこか後ろめたい気持ちを抱いていたことは偽装の配慮からも窺えるが、この「悪い習慣」が後年大きな心的抑圧を伴ってくる点を踏まえれば、場景の空間設定に振られた役割が単なる事実の再現であるとは考えにくい。同性愛者として自己を確立した後も自慰行為への罪悪感を払拭することができなかったジッドは、肉の誘惑に負けるたび、悲痛な後悔の念を日記に言葉少なく、だがほとんど常に「落下・転落」の語彙を用いて記しているからだ。さらに注目すべきは、そういった傾向が最も顕著に発現したのが、彼が大きな精神的危機の只中にあった一九一六年から翌年初めまで、すなわち『一粒の麦』を執筆中の一時期だったことである。いくつか例を示そう（傍点による強調は引用者）――

一九一六年一月二五日――「呪われた夜。私は再びかつてと同じように低い底まで落ちた（je retombe）[15]」

二月一六日――「一昨日、再度の転落（rechute）。かつてと同じように低い底まで落ちた（je retombe）ような気がする。そしてこの数日来の努力はすべて水泡に帰した気がする。〔…〕地獄とは、意に反し、何の歓びもなく罪を犯し続けることをいうのだろう[16]」

九月一九日――「一昨日、再びあの憎むべき転落（rechute）。〔…〕まるで地獄の重圧に押し潰されているようだ……。私は勇気を失って、もはや微かに抗うだけの溺れた人間だ[17]」

一〇月一五日——「昨日は再びあの憎むべき転落(rechute)。そのせいで肉体も精神も、絶望、自殺、狂気に近い状態に引きずりこまれる……」[18]

まさに「地獄落ち」の共示《コノタシオン》。改めて言うまでもないが、この罪悪感は、アルザス学院での停学事件(授業中の自慰を見咎められ、両親の判断のもと受診した医師から去勢するぞと脅される)と、二年ほど後に訪れた父の死とを契機に幼いジッドの内面に刻印され、非合理的なだけにかえっていつまでも消しがたい抑圧となったのである。またその過程で母の存在が決定的な影響を及ぼしたことは、作家の内奥をより直截に明かしたフィクションを参照すれば容易に確認できる。すなわち『贋金つかい』の登場人物のひとりボリスもやはり同様に神経質で自己が分裂ぎみの少年であり、その悪癖を見つけた母の叱責がもとで顕在化した罪悪感に心を苛《さいな》まれていたのだ——「母親は叱ったり、口説いたり、お説教をしたのだろうと思います。そこへ父親の急死という事態がおこった。秘密のいたずらは罪深い行いだと言い聞かされていたボリスは、その罰を受けたのだと思い込んでしまったのです。父親の死は自分に責任があるのだと考えました。自分は罪人だ、呪われた者だと信じたのです[19]」……。

過去の意図的再構成

明らかに組織的な二項対立の配備。にもかかわらず日常生活での接触の多寡、影響の大小を故意に逆転させたがごとき父の登場と母の不在。これらを前にすれば、二つのエピソードが著者の装うような「思い出が生起するのに従った」だけの無垢な選択であるとはもはやとうてい信じがたい。過去の意識的再構成をつうじて示される二元論的な解釈格子は、作品の基調をなす両義性を素描すると同時に、読者の注意をひとつの確かな空白へと促し、それによって母性的要素という禁忌を示唆しているのである。慧眼のジッド研究者ジェルメーヌ・ブレがかつて提出したすぐれてフーコー的な命題をここで想起しよう――「ジッドの言述《ディスクール》においては、語られねばならぬもの、あるいは自ら語らねばならぬもの、それはまさに禁じられたものなのである。だがジッドの〈書く自我〉が採用することば《ランガージュ》はこれを許容しない。したがって名づけえぬ禁忌の周りに築かれるこの言述に終わりはない。あるのは真の〈主題《スュジェ》＝主体〉の掩蔽なのである[20]」。

「一方には魅力、陽気さ、寛大さ、知的教養、もう一方にはやや重苦しい生真面目さ、厳格さ、道徳崇拝[21]」――ジャン・ドレーは『一粒の麦』に描かれた父母の肖像から受ける印象をいみじくもそう要約している。ジッドが父母の出自や宗教の違いを強調しつつ（またそのためには事実の誇張・歪曲さえもためらわず）、とりわけ母の人柄を過度に厳しく評価することでふたりを実際以上に対照的に描いたのは、もちろんそれによって自分自身のなかで癒しがたく相反する諸要素が生来のもの、いわば宿命なのだと主張するためであった。回想録冒頭のエピソード並置に込められた意図もまたそのことに外ならない。ジッドは告げているのだ、「記憶の及ぶかぎり遠い過去に遡ってみても」私の内的矛盾はすでに存在する、たった今あなたが読みはじめた本書はかかる内的矛盾に貫かれた生の証言なのだ、と。

さて、始まりがそうであるとすれば、終わりのほうはどうなのか。作品の書き出しの機能を問うたかぎり、必然的に浮上してくる素直な疑問である。本章を終えるにあたり、この点についても一言しておこう。結論から先に言えば、上述の議論からは作品の冒頭と掉尾とが緩やかに結ぶ主題論的な照応関係がおのずと見えてくるのだ。回想録の長い叙述の末に語られるのは、母の臨終・死とそれを契機とした従姉マドレーヌとの婚約である。ジッドにとってマドレーヌのイメージが母のそれとしばしば入れ替わったこと、いわゆる「白い結婚」において妻の立場がしだいに母のような抑制役へと移行していったことは周知であるが[22]、作品末尾の数節はそういった事情を象徴的に予示したものと解せよう。当然そこには亡くなって久しい父の姿はなく、場景を支配するのは母から婚約者・配偶者へと継承される母性的要素だといってよい。この点では冒頭部と意味深い対照をなすわけだが、我々がとりわけ注目したいのは最終段落に示された「天国と地獄の結婚」のイメージである――

〔…〕ひとつの宿命が私を導いていた。あるいは自分の天性に挑戦しようとする私の隠れた欲望だったかもしれない。なぜならば、エマニュエル〔＝マドレーヌ〕のうちに私が愛したのは美徳そのものではなかったか。彼女の美徳こそは天国であり、そしてそれを私の貪欲な地獄が娶《めと》ろうとしていたのだ。ところが当時にあって私はこの地獄のことは忘れてしまっていた。というのも喪の涙が地獄の情念をすっかり洗い流していたからである。私は青空に酔いしれたような気持ちでいた。そして私が見ようとしないものはすでに私にとっては存在しなくなっていた。私は自分のすべてを彼女に捧げうると信じていた。そしてなんの留保もなしにそれを実行した。このしばらくのち私たちは婚約したのである。(23)

それぞれ「天国」「地獄」と名づけられた、精神的純粋の希求と抑えがたい肉の欲望。ボードレールが「赤裸の心」のアフォリズムで規定したような二重の請願。(24)ジッドの人生を導くこの「宿命」とは、まさに冒頭部に描かれた二項対立そのものではないか。「魂の伴侶 âme sœur」との婚約・結婚を前にした青年が酔いしれる「青空」は、かつて幼い子供が紙のドラゴンとともに飛翔した空と決して無縁ではない。そして「地獄」はここでもまた息を殺して彼を窺っている。かくしてドラマは初めから準備されていたのであり、物語の最後に至っても終わることなく、筆をおいた作家の現実へと回収されてなおも続いてゆくのである……。

以上、粗略な考察ではあったが、少なくとも互いに遠く響き合う冒頭と末尾にかんするかぎり、『一粒の麦』の叙述はジッド自身が装うよりもはるかに入念で計算された構成を備えている、そう結論づけて差し支えあるまい。

註

（1） Italo CALVINO, « Cominciare et finire », publié en appendice aux *Lezioni americane*, dans *Saggi*, Milan : Mondadori, coll. « I Meridiani », 1995, p. 735 (traduit en français et cité par Andrea DEL LUNGO, *L'incipit romanesque*, Paris : Éd. du Seuil, coll. « Poétique », 2003, p. 15).

（2） Voir par exemple Andrea DEL LUNGO, « Pour une poétique de l'incipit », *Poétique*, n° 94, avril 1993, pp. 131-152 ; id., *L'incipit romanesque*, *op. cit.* ; *Le début et la fin du récit : Une relation critique*. Sous la direction d'Andrea DEL LUNGO, Paris : Classiques Garnier, coll. « Théorie de la littérature », 2010.

（3） Voir Philippe LEJEUNE, *Exercices d'ambiguïté. Lectures de « Si le grain ne meurt » d'André Gide*, Paris : Lettres Modernes Minard, 1974, coll. « Langues & Styles » n° 5, 1974 ; id., *Le Pacte autobiographique*, Paris : Éd. du Seuil, coll. « Poétique », 1975 (plus particulièrement pp. 165-196) ; C. D. E. TOLTON, *André Gide and the Art of Autobiography. A Study of « Si le grain ne meurt »*, Toronto : Macmillan of Canada, 1975 ; Alain GOULET, « La construction du moi par l'autobiographie. *Si le grain ne meurt* d'André Gide », *Texte*, Université de Toronto, n° 1, 1982, pp. 51-69 ; Pierre MASSON, « Genèse de *Si le grain ne meurt*, ou la réécriture de soi », in *André Gide et l'écriture de soi*, Lyon : Presses Universitaires de Lyon, 2002, pp. 241-257 ; Jean-Michel WITTMANN, *« Si le grain ne meurt » d'André Gide*, Paris : Gallimard, coll. « Foliothèque », 2005. なお「不連続・不均質な構造」という表現はルジュンヌの『自伝契約』（LEJEUNE, *Le Pacte autobiographique*, *op. cit.*, p. 180）による。

（4） André GIDE, *Si le grain ne meurt*, dans *Souvenirs et voyages* [abrév. désormais : *SV*]. Édition présentée, établie et annotée par Pierre MASSON, avec la collaboration de Daniel DUROSAY et Martine SAGAERT, Paris : Gallimard, coll. « Bibliothèque de la Pléiade », 2001, p. 91.

（5） *Ibid.*, p. 114.

（6） *Ibid.*, p. 267.

（7） *Ibid.*, p. 81.

（8） *Idem.*

（9） *Idem.*

（10） *Ibid.*, p. 82.

（11） Voir Pierre MASSON, « Les dragons de papier », in *André Gide*, n° spécial de *Littératures contemporaines*, n° 7, Paris : Klincksieck, 1999 [en fait : mai 2000], pp. 7-8.

(12) *Si le grain ne meurt*, *SV*, pp. 186-187. この点については『一粒の麦』の次の一節を思い起こそう――「父の死後、母は私が〔父の書斎に〕入ることを許さなかった。その部屋にはいつも鍵が掛けてあった。アパルトマンの一方の端にあるのだが、私にはそこが家の中心であるような気がしていた。私の思いも、私の野心も、私の欲望もその周囲に引きつけられるのだった」(*ibid.*, p. 210)。もちろん懐かしい夫の思い出を守るためと、無制限な読書が息子に悪影響を及ぼすのを怖れたためではあったが、この処置によって家は名実ともにすべて彼女の管理下に入ったのである。書斎はかつて法学者の父が研究のあいまに聖書やギリシャ・ローマ神話を読み聞かせ、夢と空想を育んでくれた場であっただけに、自伝作家がその施錠に象徴的な意味合いを認めていたのはまず疑いを容れぬところであろう。

(13) *Ibid.*, p. 187.

(14) 『パリュード』における「開／閉」を中心とした二項対立については特に以下を参照――Michel RAIMOND, « Modernité de *Paludes* », *Australian Journal of French Studies*, vol. VII, n°s 1-2, January-August 1970, pp. 189-194 ; Catharine SAVAGE BROSMAN, « Le monde fermé de *Paludes* », in *André Gide 6*, Paris : Lettres Modernes Minard, 1979, pp. 143-157.

(15) André GIDE, *Journal (1887-1923)* [abrév. désormais : *Journal I*]. Édition établie, présentée et annotée par Éric MARTY, Paris : Gallimard, coll. « Bibliothèque de la Pléiade », 1996, p. 919.

(16) *Ibid.*, p. 930.

(17) *Ibid.*, pp. 954-955.

(18) *Ibid.*, p. 967. とりわけこの一節で使われた « rechute » は、次のような語義の一例として、ある大型インターネット辞典に引用されている――« fait de tomber de nouveau dans un mal, un inconvénient » ou « retour à la même faute, à la même passion, au même vice » (site web du Centre National de Ressources Textuelles et Lexicales).

(19) André GIDE, *Les Faux-Monnayeurs*, dans *Romans et récits. Œuvres lyriques et dramatiques* [abrév. désormais : *RR I, II*]. Édition publiée sous la direction de Pierre MASSON, 2 vol., Paris : Gallimard, coll. « Bibliothèque de la Pléiade », 2009, t. II [*RR II*], pp. 328-329.

(20) Germaine BRÉE, « Lectures de Gide 1973 », in *André Gide 4*, Paris : Lettres Modernes Minard, 1974, p. 19.

(21) Jean DELAY, *La Jeunesse d'André Gide*, 2 vol., Paris : Gallimard, coll. « Vocations » n°s 3 et 7, 1956-1957, t. I, p. 72.

(22) その一例として『かくあれかし』の次の記述――「夢のなかで〔…〕私の妻の顔が時おり微妙に、まるで神秘的に私の母の顔に代わることがある。しかも私はそれにさほど驚かないのだ。ふたりの顔の輪郭は、一方から他方に移るのを阻むほどははっきりしていない。感動は生き生きしているが、その感動を惹き起こすものは朦朧としている。そればかりか、ふたりが夢の行動のなかで演ずる役割はほとんど同じである。つまり抑制の役割を演じているのだ。これこそがふたりの顔の代替を説明し理由づけるものである」(André Gide, *Ainsi soit-il*, *SV*, p. 1041)。

(23) *Si le grain ne meurt*, *SV*, p. 327.

(24)「いかなる人間の裡にも、いかなる刻《とき》にも、二つの同時的な請願があって、一方は神に向かい、他方は〈魔王《サタン》〉に向かう。神への祈願、すなわち精神性は、昇進しようとする欲望だ。〈魔王《サタン》〉への祈願、すなわち獣性は、下降することの歓びだ」(「赤裸の心」、阿倍良雄訳『ボードレール批評4』、筑摩書房「ちくま学芸文庫」、一九九九年、九一頁)。

第2章　青年期のジッドとヴァレリー

――ふたりの関係は「危うい友情」だったのか――

一九世紀末フランスの知的青年層の精神風土を象徴するとともに、新世紀の文学や思想の潮流を準備した事柄として、アンドレ・ジッド、ポール・ヴァレリー、ピエール・ルイスの三者が交わした友情の重要性は改めてここで説くまでもあるまい。前二者についてはすでに書簡集が公刊されていたが（さらに近年、これを大幅に増補・修正した新版が出来《しゅったい》）、二〇〇四年、残りの往復書簡すべてをカバーする大部な『三声書簡』が出版され、彼らの相互交流の具体相がいっそう鮮明なものとなったのは喜ばしいことであった。このような新資料の出現と相前後して我が国では、とりわけヴァレリーへの関心が高まっているようだ。すでに旧聞に属するが、清水徹『ヴァレリーの肖像』の出版につづき、二〇〇五年、雑誌『現代詩手帖』が四半世紀ぶりにこの詩人の特集号を組んだのもその顕れだったと言ってよいだろう(1)。

ジッドの性愛をめぐる偏見――実証的事実の軽視

精神医学者として著名な中井久夫によるヴァレリー関連の業績もこういった流れのなかに位置づけられる。『若きパルク／魅惑』の邦訳で清新なヴァレリー像を提示し(2)、また先の雑誌特集号にも、我が国の代表的なヴァレリー研究者らに伍して、散文詩九篇の翻訳と、『カイエ』の挿絵にかんする論考を寄せている。精力的に成果を公表するその姿勢には賛辞を惜しむものではないが、本章では中井自身が一般読者にも参照を請うている論文「ポール・ヴァレリーと青年期危機」の一部を批判的に検討したい。同論文中ジッドとの交友について論じた部分には、にわかには賛同しかねる指摘・解釈が散見するからである。ちなみに論文全体は、一八九一年にヴァレリーを襲った危機の原因が、ひとつにはロヴィラ夫人への「無内容な片思い」、またひとつには「ジッド、ルイス、特にジッドとのきわどい友情」「危うい友情」であったという基本的認識のもと、その双方を時間の流れに沿って考察している。[3] このうち以下ではジッド＝ヴァレリー両青年の関係に的を絞って後者のみを検討の対象とする。では、さっそく関連部分の書き出しを読むことから始めよう——

〔一八九一年〕三月から往復書簡は次第に愛情表現が多くなる。始まりはヴァレリーからで、二〇歳に満たぬヴァレリーはジッドに無邪気な憧れを抱いたようであり、ジッドが執筆中であることを宣伝している『アンドレ・ワルテルの手記』の原稿を読ませてもらえなかったことにすねてみせたりしている。ジッドもこれに応えて、「貴君を大好きだ」「パリに来てくれたらと思うのは……そばにいてもらいたいからだ」と書き送っている。ふたりはパリのホテルで会い、ジッドが詩を朗読し、ヴァレリーはそれを聴く。三月一一日のヴァレリーの手紙は、その思い出を感傷的に記して、ほとんど恋文である。これにジッドは一〇日おいて返事する。それは、すでに同性愛の経験者である年長のジッドが、親密になるとはどういうことかを示唆して、おぼこのヴァレリーに「我に触るるなかれ」と警告する手紙である。[4]

前段の「『アンドレ・ワルテルの手記』の原稿」は、出来して間もない同書刊本の誤り。また後段冒頭の「パリのホテル」というのも、明らかに、前年の暮ふたりが初めて会い、輝かしい友情がはじまったモンペリエでジッドが投宿したホテルの誤りである[5]（不思議なことに、中井論文にはこのモンペリエでの初対面への言及がほとんどない）。だが引用文中とりわけ驚かされるのは「一八九一年にはすでに同性愛の経験者であったジッド」という箇所だ。早くもここに決定的な事実誤認がある。というのも当時ジッドはまだ、男女を問わず性交渉というものをまったく経験していないからだ。二年後の一八九三年三月、彼は『日記』に次のように書き記す——「私はこの二三の歳まで完全に純潔ではあるが荒んだ生活をしてきた。そして狂おしくなって、ついに唇を押しつけることのできる何か肉の切れ端はないかといたるところ探し回った」[6]。ジッドが告白するのは、まさに『アンドレ・ワルテル』の主題を形成していた、そして今もってなお止まぬ、精神的純粋の希求と抑えがたい肉の欲望との相克である。従姉マドレーヌ・ロンドーの存在は純愛の化身として聖別化されるが、これに対し沸々と滾《たぎ》る性的欲求のほうはいまだ確かな対象をもちえず、それが闇雲にも向かう先は人の姿をなさぬ「肉の切れ端」でしかない。厳格なプロテスタント教育によりかくのごとく歪められた「性本能の再教育」[7]を目的として、ジッドが同年一〇月、友人の画家ポール＝アルベール・ローランスを旅の道連れに、地中海をこえ北アフリカに渡った経緯は自伝『一粒の麦もし死なずば』が詳細に語るところ。そして翌月、チュニジアのスースで案内役の少年アリと図らずも持った性体験が、彼にとっては初めての肉体の解放となる。だが、この時点ではジッドは自らを同性愛者とは見なしておらず、その後まもなくビスクラで家を借りウレッド・ナイル族の少女メリアムをローランスと共有する生活を送っている。碩学クロード・マルタンが断言するように、ジッドが肉体の要請に対し精神の全面的同意を与え、己が同性愛者であるとようやく自覚したのは、一八九五年初頭に出かけた二回目の北アフリカ旅行においてであった[8]。いっぽうヴァレリーが友人の性的傾向を一九〇二年に至るまで長らく知らずにいたことは、同年七月三〇日にジッドがアンリ・ゲオンに宛てた書簡の記述から疑いを容れない。この書簡は、ゲオンがひと月ほど前、画家のジャック＝エミール・ブランシュに不用意

ジャック=エミール・ブランシュによるジッドの肖像（1891）

にも漏らした同性愛者ジッドの話題が、巡りめぐってヴァレリーの耳に入ったことを若干の恨みをこめて報告しているのだ。ジッドによれば、ブランシュとはほとんど面識のないヴァレリーは「アンリ・ド・レニエやアンドレ・ルベイ、ピエール・ルイスらよりも後に、そして彼らをつうじて初めてそのことを知った」のである。(9)

これらの点だけをとってみても、中井がジッドの同性愛にかんし実証的事実や先行研究を十分に考慮・尊重しているとは思われないが、主としてジッド＝ヴァレリー往復書簡の読みにもとづく彼の指摘や見解には、幾分かなりとも実質的なメリットを認めうるのだろうか。以下、中井論文の要点をかいつまんで紹介し、その正否を検討しよう。

先の引用文に次いで中井は、「ジッドの『日記』は〔…〕マルセル・ドルーアンという少年を至上の対象として熱愛していることを記している」が、一八九一年の夏を境に、同性愛の対象はこのドルーアンからヴァレリーへと変わった、と強く示唆する。(10)言うまでもなくドルーアンは、一八八九年にジッドと親交を結び、(11)九七年にはマドレーヌの妹ジャンヌ・ロンドーとの婚姻によってその義弟となった人物。また一九〇八年から翌年にかけては、ジッドやゲオン、ジャン・シュランベルジェらとともに『新フランス評論』誌を創刊したことで知られる。当時一九歳、ヴァレリーと同い年のこのドルーアンを「少年」と呼ぶのは、中井の事実誤認によるのか、あるいは意図的な操作なのか、いずれにせよ結果的に読者の意識を「少年愛《ペドフィリー》」へと誤って誘導しかねぬ不正確な表現である。ジッドの『日記』が実際に語るのは、高等師範学校に首席で合格するなど、ドルーアンが学業優秀であったのを親友として誇らしく喜んだというだけのこと。(12)またルーアン市立図書館が所蔵する数百通のドルーアン宛ジッド書簡（未刊）を通読するかぎり、そこでもふたりの同性愛関係を仄《ほの》めかす記述は皆無だと断言しうる。それどころかジッドは、先に引用した一八九三年の『日記』の一節「私はこの二三の歳まで完全に純潔」云々とほとんど同一の文言を、時おなじく、まさにドルーアンその人に書き送っているのである（同年三月一八日付書簡）。さらに付言すれば、ドルーアンがジッドの性的傾向を知ったのは、まず間違いなく、同性愛弁護の書『コリドン』の私家版初版（一九一一）を読んでのことで、そのさいの彼の反応は、義兄が同書の著者であることが世間に知れれば、教育者としての自らの経歴に差し障りが生じるのではないかという危惧が主たるものであった。

さらに続けて中井は言う――「ヴァレリーはジッドに（婚約者である従姉の）《E（エマニュエル）の傍にとどまるべきです》とも書く。この婚約は長く、四年にわたり、同性愛の隠蔽に役立った」。「エマニュエル」は言うまでもなくマドレーヌの仮名。たしかに引用された短い一文だけを見れば、ヴァレリーは彼女を引き合いに出すことでジッドの求愛に対し「逃げを打とうとした」、そう取れなくはない。だが中井の引用がいかに文脈を無視したものであるかは、これに先立つ八月末のジッド書簡を参照すれば一目にして瞭然である。すなわちジッドは、翌月中旬にマドレーヌがラ・ロック滞在中の自分を訪ねてくるので、ヴァレリーとパリで会うのが難しくなり思案に暮れている旨を知らせていた。これに対しヴァレリーは、私とはまた他日会う機会があろうから、今回は遠慮なく貴兄の愛する従姉との予定を優先されたし、と答えたにすぎないのである[13]。また、マドレーヌとの婚約が成ったのは一八九五年、ジッドの母ジュリエットがこの世を去ってからのことで、それまで彼女は一貫して婚約・結婚に対し拒絶の姿勢を崩していなかった。改めて指摘するほどのこともない周知の伝記的事実である。

中井論文の特徴は大胆な推測をためらわない点にある。以下はそれが最も顕著に表れた箇所（ここはまた同論文ジッド関連のクライマックスと呼ぶべき箇所でもある）――

一〇月一五日、ジッドは上京しているヴァレリーの定宿に、葉書で「明日土曜日に上京するから（午後）四時半から五時までオデオン座のアーケード下をぶらつくこと。私はそこにいる」とデートの時と場所を指定する。おそらく同性愛者のためのホテルをジッドは知っていて、この日にふたりはそこに泊まったとみられる。〔…〕

〔一一月三日のヴァレリー宛書簡でジッドは〕「存在感 sentiment de la Présence で十分ではないだろうか。相手がそこにいるということ、誰か他者がいるということを知っていることで。僕は人が〈アムール（セックス）をする faire l'amour〉ように〈アミティエ（友情）faire l'amitié〉をしたかったんだ。滑稽だろ。僕が〈セックスをしたく〉ないから、ああなったんだ」と書いている。

その一夜に何が起こったのだろうか。何ゆえの弁明だろうか。おそらくジッドはリードに失敗し、ことは不首尾に終わったのである。それゆえ、ふたりは並んで横たわり、まんじりともせずに一夜を明かしたのであろう。三〇年後のヴァレリーは「ナルシス断章II」において「……同じ夜を泣き明かして瞑った眼が入り交じる、／同じすすり泣きに組んだ腕が／いつでも愛に溶けようとする同じ心ひとつを締めつける……」と、〔…〕書いている。これはパリの一夜の記憶が下敷きになっているのではないか[14]。

オデオン座が位置するのは歴としたカルチエ・ラタンの一角、パリ随一の文教地区である。しかもジッドが生まれたメディシス通り（現在のエドモン・ロスタン広場）や、その後移り住んだトゥールノン通り、当時の住所コマーユ通りは、いずれもが同劇場からは徒歩数分の至近距離。ジッドにとってまさにここは、道を歩けばたちまち知人に会う生活の場、馴染みの界隈なのである。常識的に考えれば、その筋の悪所なぞ求めようもない。にもかかわらず中井は、ジッド書簡の「ランデヴー」（アポイントメント）という語を「デートの時と場所」と訳して微妙な意味合いを付与し、また架空の「パリのホテルでの出会い」（先述のようにモンペリエのホテルとの混同）を余韻としてひきずり利用しながら、「ふたりは同性愛者向けのホテルに泊まった」と推測するのだ。そのさいに最大の根拠とされるのが、書簡中の一節、« J'ai voulu jusqu'alors *faire l'amitié*, comme on "fait l'amour". / C'est ridicule. Cela vient de ce que je ne veux pas faire l'amour. »[15]。これをもとに中井は、「ジッドは異性との性交渉が嫌で同性愛に傾いた。しかし結局はヴァレリーとの性交渉を完遂することはできなかった」という驚くべき解釈を導き出しているのである。だが、ここでも文脈は完全に無視されている。一節に先立ちジッドは次のように書いていたのだ――「ジョルジュ・サンドを八巻、読み終えたところです。そのせいで、恋愛（これにはもう前から少々うんざりしていたのだが）とか、あらゆる感傷的なものには吐き気をもよおす次第。〔…〕今では、親密な関係はごく少数の人々との間にしかありえないし、また望ましくもないと分かる（なんたることか、僕ときたら万人と親しくなりたかったのだ！）。そもそも親密な関係とは欲すべきものなのだろうか」[16]。この話の流れからすれば、問題の箇所の謂は「以前の僕は誰とでも広く、恋愛でのような親密で感傷的な友人関係を望んでいた。滑稽なことだが、恋愛には気が乗らないからそんなふうになったのだ」ということにすぎない。« faire l'amour » なる表現が使われているのは、あくまでも、卑俗な語義を意識的に重ねた言葉の遊びなのである（強調や引用符の使用もその顕れ）。このような書簡記述の遊戯的側面を解さず、文脈無視の引用によってフィクションを捏造するくらいなら、むしろ「リュクサンブールが甦ってくる。そこの彫像にもまさる僕らの影とともに[17]」という、一〇月二七日のヴァレリー書簡の情感あふれる記述に目を留め、オデオン座と道を挟んで向かいに広がるリュクサンブール公園での対話、あたかもあのモンペリエ植物園の美しい記憶と共鳴するがごとき夕刻の対話をイメージするほうがはるかに自然であろう。しかも、ありもしない出来事をはるか遠く三〇年後の詩句の発想源と推測するにいたっては、もはや何をか言わんや。

　上記のヴァレリー宛書簡では留保を付されているものの、他者に対する「共感」はジッドの生涯をつうじての常数であったことを指摘しておこう。この心的特性はとりわけ青年期には過剰なまでに発現し、周囲の者たちは、たとえそれが「誠実」の要請によるものだとは承知しながらも、訝《いぶか》しさや不安を覚えることが少なからずあった。マドレーヌの場合がその典型例で、彼女はジッドの二〇歳の誕生日に本人に宛て次のように書き送らねばならなかったのである――

ご存じかしら、どのようにしてあなたが次々にルイスになり、アンドレ・ワルクネル〔ジッドとほぼ同い年の親戚にして友人〕になり、マドレーヌ等々になれるのか――彼らの趣味や好みを代わるがわる共有できるのか、しかも、すべて同じ誠実さをもって！〔…〕こんなふうにあらゆる色彩を容易に反映できるとは少しひどすぎます……これではまるでカメレオンです。このように際限なく満遍なく他人を受け入れていては、あなた自身の趣味はどこにあるのでしょうか。私にはよく分かりません。おそらくあなたは自分の融通性を広げに広げて、しまいには自分の見識を無にしてしまうのです。(18)

いっぽうジッド自身は、このプロテウス的な精神傾向を基本的には己の独自性を保証する一大要素として肯定的に捉え続けた。一〇月初旬の「貴兄は根っからの娼婦だ」（ヴァレリー）、「僕がそうならざるをえないことは分かっているではないか」（ジッド）という遣り取りも、かかる側面に由来するのであって、中井が見るような同性愛感情が介在しているためではない。

さて、先の主張に続けて中井は、話題をジッドの性愛活動全般へと広げ、ヴァレリーとの逢瀬の「不首尾」を説明しようとする――

ジッドはなぜ不首尾に終わったのか。ジッドは性愛の相手が自分より劣った者でなければならない。これはほぼまちがいない。老いたるジッドは植民地の少年をなりふりかまわず追いかけている。男女を問わない。崇拝する従姉を妻にして手を触れず、さしたる程でない女性に子を生ませている。ジッドはすでにヴァレリーに一目置いていたのではないだろうか。(19)

「ジッドにとって性愛の相手は劣等者である」。このような捉え方ではジッドの性愛美学を決定的に読み誤ってしまう。たとえばスースでの初めての同性愛体験を想起しよう――「服が落ちた。彼は上着を遠くへ投げ捨て、神のような裸で立ち上がった。〔…〕彼の体は熱気を帯びていたかもしれないが、私の手には日陰のように涼しく感じられた。なんと砂が美しかったことか！ 夕暮れの愛すべき壮麗さのうちに、なんと美しい光線が私の歓喜を被い包んだことか！」[20]。かくのごとく『一粒の麦もし死なずば』が回想のうちに描くジッドは、貧しい現地の少年に支配者的態度で接する西欧人旅行者などではない。そこに現れるのは、輝くばかりに美しい褐色の王子の傍らに感動をもって傅《かしづ》く従者の姿なのである。後年の熱愛の対象マルク・アレグレを謳った一節、「少年は驚くほど美しかった。まるで恩寵に包まれているかのようだった。シニョレなら〈神々の花粉〉に被われていると言ったことだろう」[21]云々もまた然り、我を忘れ陶然と少年に見入る男の姿は、偶像を崇める信徒の姿であって、決して力と技で獲物をしとめる猟人のそれではない。盟友シュランベルジェの末弟モーリスをゲオンとふたり校門の前で今か今かと待ちわびる姿もまた同様、恋する虜の滑稽なまでの一途さの顕れでしかないのである[22]。

いっぽう話を女性との関係に移せば、ジッドとの間に娘カトリーヌをもうけたエリザベート・ヴァン・リセルベルグのことを、どのような理由で「さしたる程でもない女性」と呼びうるのか。彼女の母マリアが書き残した三〇年以上にわたるジッドの日常生活の記録『プチット・ダムの手記』や、二〇〇〇年に公刊された母宛書簡集から浮かび上がるエリザベートの人物像は、中井の安易な断定を許すような卑小なものとはとうてい思われない[23]。これらいくつかの確固たる反証を前にするかぎり、「少年や女性は劣った者」という前提こそはむしろ中井自身の価値観の投影であると見なしたくなるほどだ。またジッドが早くからヴァレリーに「一目置いていた」のは、文学史家たちが斉《ひと》しく認めるところ、ふたりの往復書簡のみならず、『三声書簡』によって全貌が公になったジッドのルイス宛書簡からも容易に窺われるところであって、そのことの根拠を改めて虚構の性愛（の不首尾）に求める必要などどこにもない。言わずもがなの結論を導くために中井が踏んでみせる推測の手順は、まずもって論理の体をなしていないのである。
以上がジッド関連部分前半の紹介と検討であった。いっぽう、主として一八九一年末から翌九二年の交友を論じた後半部の内容は、中井自身の次の評言におおよそ要約しうる——

以後のジッドの書簡は饒舌になり、隠れた毒を帯びる。〔…〕ジッドはヴァレリーに賛辞を送るが、その中に致命的な刺し針があり、友情を強調するそれが相手を追いつめる布石となっている。それはまさに相手を金縛りにする「二重拘束」というべく、すでにかなり悪化していたヴァレリーの精神状態をさらに悪化させたと私は見る。[24]

このような観点に立つ以後の論述は、前半部ほどには致命的誤謬に満ちたものではないが、それでも両者の同性愛感情の成り行きを追うことが主題であるため、前提からしてすでに説得的な議論は期待しがたい。文脈を考慮せず書簡記述の意味を歪曲する傾向も変わることがない（訳文の意図的な操作は、たとえば二宮正之訳『ジッド＝ヴァレリー往復書簡』のそれと並べてみるだけでも簡単に確認できる）[25]。またジッドの青年期の親友で、家業の酪農を継ぐため早くに文学の世界を離れたモーリス・キヨのことを「ジッドの愛人」[26]と呼ぶなど、明らかな事実誤認もいくつか見うけられる。だが、そのような誤りや欠陥を逐一あげつらうことに、もはやさほどの意義は認められまい。ジッドの同性愛に対する偏った先入観や、伝記的・実証的な情報をはじめとする専門的学力の不足はさておき、中井説のような誤解を許す要因がほかにもあるとするならばそれは何か、この点にかんし一言することで本章の締め括りとしたい。

〈友情を育む〉ことの意味

中井の解釈を誤らせた最大の原因は、彼が主たる依拠資料とする青年期のジッド＝ヴァレリー往復書簡の性格、とりわけその記述の遊戯的側面を考慮せず、両者が交わす言葉をすべて字義どおりに解している点ではあるまいか。もちろん往復書簡の内容の大半を占め魅力の核をなしているのは、文学への純粋で真摯な思いであり、いかにも若者らしい熱い感情の表現である。また互いの文面には青年期特有の蹉跌や、相手への劣等意識、嫉妬心なども見え隠れする。だが、これらと並行して頻繁に書簡の記述を飾る冗談やお巫山戯《ふざけ》、言葉あそびの要素を軽視することは許されまい。両者にルイスを加えた交友の記録『三声書簡』は、少なくともジッドがルイスと事実上の絶縁関係に入る一八九五―九六年までの数年間については、まさにそのすべてが真剣さと遊びとのアマルガムと呼びうるものなのである。しばしば奇妙な綽名をつけ合って戯れる三人の青年は、その点においてはなにも特別な文学エリートなのではない。時として若い女性どうしが「男ことば」を使い、逆に若い男性どうしが「お姉《ねえ》ことば」を使って親密さを表すように、彼らの場合も擬似的な性の転換に暗黙裡に合意することもあれば、また一種の演技として粗暴な言辞や猥雑な冗談を交わすこともあるのだ。むろん、かかる交友が常というわけではない。特にジッドの場合、相手次第で様相が大きく変化することは、信仰上の話題が中心を占めるクローデルとの遣り取りを挙げれば直ちに了解されよう。そのような可変的「人物形象《フィギュール》」を評してクロード・マルタンは次のように述べている――「ジッドにとって友情を温める、文通を続けるとは、すなわち一つひとつ別個の道を辿ること、個々の友人とともに、個々の友人のおかげで、あるひとつの方向にむかって進むことなのだ。〔…〕ジッドがよく口にしていたように〈友情を育む faire l'amitié〉ことは、愛の営み（faire l'amour）と同じく他者とともに、そして他者のおかげで何かを作り出す行為なのである」[27]。中井が提示する解釈は、つまるところ、この「あるひとつの方向」を読み誤った結果であると言わざるをえまい。

註

（1）本段落で言及した文献・資料のレフェランスは次のとおり――André GIDE - Paul VALÉRY, *Correspondance (1890-1942)*. Préface et notes par Robert MALLET, Paris : Gallimard, 1955 ; Nouvelle éd. établie, présentée et annotée par Peter FAWCETT, Paris : Gallimard, 2009, coll. « Les Cahiers de la NRF » / « Cahiers André Gide » n° 20, 2009 [cette édition-ci est abrégée ensuite : *Corr. G/V*] ; André GIDE - Pierre LOUŸS - Paul VALÉRY, *Correspondances à trois voix (1888-1920)*. Édition établie et annotée par Peter FAWCETT et Pascal MERCIER. Préface de Pascal Mercier, Paris : Gallimard, 2004／清水徹『ヴァレリーの肖像』、筑摩書房、二〇〇四年／『現代詩手帖』第四八巻・第一〇号、特集「ヴァレリーの新世紀」、二〇〇五年一〇月、九一―一五一頁。

（2）ポール・ヴァレリー『若きパルク／魅惑』（中井久夫訳）、みすず書房、一九九五年（改訂普及版二〇〇三年）を参照。

（3）中井久夫「ポール・ヴァレリーと青年期危機」、『こころの科学』第一二三号、二〇〇五年九月、一〇九―一二二頁（このうち主としてジッドが関連する部分は一一三―一一七頁）。註の末尾に付記するように、同論文は中井の著書『私の「本の世界」』（中井久夫コレクション）、筑摩書房「ちくま学芸文庫」、二〇一三年に再録され、一般の目にも触れやすくなった。それゆえ引用にあたってはレフェランスを後者の頁数によって示す。ただし同一頁が近接して連続する場合には、最初の引用にのみレフェランスを付す。

（4）同右、二一一頁。

（5）中井が叙述の根拠とする三月一一日のジッド宛ヴァレリー書簡にも、はっきりと「一二月のあの夜に貴兄が読んでくださった詩、云々」（*Corr. G/V*, p. 80）とある。

（6）André GIDE, *Journal I*, p. 159.

（7）André GIDE, *Si le grain ne meurt*, *SV*, p. 286.

（8）クロード・マルタン『アンドレ・ジッド』（拙訳）、九州大学出版会、二〇〇三年、九九頁参照。周知のように、ジッドが自らの性的傾向をはっきりと自覚したのにはオスカー・ワイルドの関与が決定的であった。とはいえ、彼はこの性的傾向を矯正不能なものとは考えず、同年六月、従姉マドレーヌと婚約を交わすにあたっても、前もって受けた医師の診断を信じ、この性的傾向は結婚とともに次第に消えてゆくと依然期待していたのである。

（9）Voir André GIDE - Henri GHÉON, *Correspondance (1897-1944)* [abrév. désormais : *Corr. G/Gh*]. Texte établi par Jean TIPY. Introduction et notes d'Anne-Marie MOULÈNES et Jean TIPY, Paris : Gallimard, 1976, p. 453（引用文中の強調は原文どおり）。同書簡によれば、ジッドは噂が流れた経緯をヴァレリー自身から聞き知った。ただし『ジッド＝ヴァレリー往復書簡集』の新版で初めて活字化された一九二三年のジッド宛ヴァレリー書簡の記述によると、この間《かん》の事情はかなり異なってくる。すなわち、ヴァレリーはルベイからの情報に対し半信半疑であり、無関心のゆえか否かは定かでないが、やがて一件は彼の意識から遠のいてしまう。こうしてジッドの「生き方と生活習慣のことは何も知らずにいる」状態が長らく続いた後、同年一〇月になってようやくジッド自身の口から、『一粒の麦もし死なずば』『コリドン』両著公刊の意志とともに、同性愛にかんする決定的な告白を聞かされたというのである（voir *Corr. G/V*, pp. 863-864 et Annexe D, p. 956）。

（10）中井前掲論文、二三頁。

（11）Voir GIDE - LOUŸS - VALÉRY, *Correspondances à trois voix*, *op. cit.*, p. 128 [lettre 46], n. 3.

（12）Voir *Journal I*, p. 136 (30 juillet 1891).

（13）Voir *Corr. G/V*, p. 160.

（14）中井前掲論文、二四頁。

（15）*Corr. G/V*, p. 178.

（16）*Ibid.*, pp. 177-178.

（17）*Ibid.*, p. 175.

（18）ジャン・シュランベルジェがその著書『マドレーヌとアンドレ・ジッド』のなかで活字化した一八八九年一一月二二日付のマドレーヌ書簡（Jean SCHLUMBERGER, *Madeleine et André Gide*, Paris : Gallimard, 1956, pp. 27-28）。

（19）中井前掲論文、二五頁。

（20）*Si le grain ne meurt*, *SV*, p. 280.

（21）*Journal I*, p. 1037 (21 août 1917).

（22）Voir *Corr. G/Gh*, pp. 60-75 (« "Corydon" et ses miroirs »). なお一九〇七年夏の同性愛体験を綴った『森鳩』（André GIDE, *Le Ramier*, Paris : Gallimard, 2002）は、小品ながらジッド的性愛美学の証言としてとりわけ注目に値する著作である。

（23）Voir surtout Élisabeth VAN RYSSELBERGHE, *Lettres à la Petite Dame. « Un petit à la campagne » (juin 1924 - décembre 1926)*. Textes choisis et présentés par Catherine GIDE, Paris : Gallimard, coll. « Cahiers de la NRF », 2000. ジッドとエリザベートとの関係につい

てはいまだ十分な検討がなされているとは言いがたいが、かつてのように「ただ単に子どもをつくるためだけの関係であった」と説く者は、少なくとも第一線のジッド研究者のなかにはもはや存在しない。マドレーヌとの場合とはまた異なるが、なんらかの愛情が介在したことは確実であると見なされている。

(24) 中井前掲論文、二六―二七頁。

(25) 二宮正之訳『ジッド＝ヴァレリー往復書簡』(全二巻)、筑摩書房、一九八六年に収められた当該時期の書簡を参照。

(26) 中井前掲論文、三〇頁。

(27) Claude MARTIN, « État présent des études gidiennes »、広島大学『フランス文学研究』第一三号、一九九四年一〇月、一二一―一二三頁(マルタンが一九九三年一一月に広島大学でおこなった講演。前掲拙訳『アンドレ・ジッド』に補遺として訳出・収載〔一二三五頁〕。ただし本書での引用に当たっては訳文を改変している)。

〔付記〕 本章はすでにフランス文学関係の研究誌に掲載したものである(『仏文研究』吉田城先生追悼特別号、京都大学フランス語学フランス文学研究会、二〇〇六年六月、一七一―一八一頁)。公表後しばらくして筆者は中井氏から直々にお手紙を頂戴した。その私信のなかで氏は、ご自身の論考「ポール・ヴァレリーと青年期危機」のうち筆者が批判したジッド＝ヴァレリーの交流にかんする部分は完全に誤りであったと率直に認めておられた。しかしその後、二〇一三年刊の前掲書(註3参照)ではこの論考を全文再録し、同書「あとがき」において次のような弁明を付されたのである――「ヴァレリーとジッドのやりとりを私はヴァレリーの身になって読んだ。おそらく、ジッドの身になったら全く違うテキストになったに違いない」(前掲書、三三六頁)。だが断じてそうではない。事柄は、氏の言われるような立場や見方の相違に依拠するものではなく、あくまでも実証的な「事実」にかかわる問題だからである。論考が著名な精神医学者の筆になるだけにその影響力は小さくない。一般読者への誤解の浸透を防ぐべく、あえて拙稿をここに再録する所以である。

第3章　ジッドとエドゥアール・デュジャルダン
――「内的独白」の創始者との交流――

エドゥアール・デュジャルダン――詩人・小説家で劇作家、文学・音楽の論客にして象徴派の闘士、さらには原始キリスト教の研究者……。多様な顔をあわせもつこの人物は存命中、文学的・学術的な名声に恵まれていたとは決して言えないが、初期作品のひとつ『月桂樹は切られた』が一九二〇年代半ば、ジェイムズ・ジョイスを介しヴァレリー・ラルボーに評価・喧伝されてからは、「内的独白」の創始者として後世の文学史に相応の地位を占めるに至った。本章では、彼がジッドと交わした往復書簡（大半は未刊）を訳出・紹介し、一般には知られるところの少ない両者の関係を追跡・考察する。ただし現存の確認された書簡はわずか三〇通にも満たず、若干の遺失分を考慮に入れたとしても、ほぼ半世紀にわたるコーパスとしては極めて小さい。まさに間歇的な交流の反映ではあるが、それだけに情報の欠落・不足は否みがたい。筆者としては、書簡記述の理解を助けるべく折々に実証面での補説を試みるが、不詳とせざるをえない部分も少なからず出てこよう。大方におかれては、この点をあらかじめ宜しく承知されたい。

往復書簡紹介の前置きとして、ジッドの文通相手について、その経歴と初期の活動をごく簡略に述べておこう――。エドゥアール・デュジャルダンは一八六一年一一月一〇日、ロワール＝エ＝シェール県ブロワ近郊の裕福な家庭に一人息子として生まれた。ジッドよりも八歳年長である。七八年には両親の転居にともない上京、ルイ大王高等中学に学び、同校卒業後はソルボンヌ（歴史学）に学籍登録する。並行して、ドビュッシーやポール・デュカも通う国立高等音楽院《コンセルヴァトワール》作曲科に登録、エルネスト・ギローの指導を受けている。聖職志望であったが、ワーグナーを発見し、マラルメの謦咳に接したのを機に宗教・歴史の研究を中断、音楽と詩に専念したことが彼のその後を決定する。ローマ通りの「火曜会」に足繁く通いながら、まずは文芸誌に依った活動を開始。八五年にテオドール・ド・ヴィゼヴァとともに『ワーグナー評論』を創刊し、ルネ・ギルやスチュアート・メリルをはじめ象徴派の若手を糾合する。次いで翌年にはフェリックス・フェネオンの後を継ぎ『独立評論』の編集長に就いた（ただし両誌での活動は八八年まで）。また同時期には『強迫観念』（一八八六）、『月桂樹は切られた』（一八八七年『独立評論』に連載、翌年単行出版）といった小説や短篇集を発表している。その後八〇年代末からの数年間は劇作家としての活動を中心にすえ、『アントニアの伝説』三部作を制作・上演するが、後述のように一般の評価は芳しいものではなかった。ジッドとの文通が始まるのはこの頃のことである。

初期の交流

ジッドとデュジャルダンが実際に相見《あいまみ》えた時期は定かでないが、前者の一八九八年九月二七日付ヴァレリー宛書簡の記述を信じるならば、少なくともそれ以前に面識はなかった[1]。いっぽう文通による交流は一八九一年に始まっている。以下に訳出するのは現存が確認された往復書簡の第一信だが、後掲のデュジャルダン書簡《13》《18》および《22》は、これこそがジッド側からの最初の便りだったことを濃厚に示唆する（なお、それに先立ちデュジャルダンが送ったはずの自作上演への招待状は今日に至るまで見つかっていない）——

《書簡1・ジッドのデュジャルダン宛[2]》

パリ、コマイユ通り四番地、〔一八〕九一年七月一日

拝略

サブロン通りから戻ってきたところです。あなたがまだそこにお住まいだと思っていたのです。一昨日アンリ・ド・レニエが私にいくつかの上演計画を教えてくれていたので、あなたと少しお話ができれば嬉しかったのですが。『アントニア』上演の数日後にもパッシー〔サブロン通り〕のお宅を訪ねておりました。あなたの戯曲について私が覚えた感銘をすべてお伝えし、かねてより非常に強い共感を抱いていたあなたの面識を得《え》、そのうえでこの見事な上演にご招待くださったことのお礼を申し上げたかったのです。あなたの目には迷惑な見知らぬ者からの書き置きと映るだろう、そう思って名刺を残すのは控えましたが。

その数日後には南仏に出発したので再度お訪ねすることはできませんでした[3]。また一通の手紙では陳腐なお祝いと、ほかの人たちと変わらぬことしか申し上げられないと思い、便りも差し上げなかったのです。

この新しい舞台の計画は、あなたにお会いする絶好の機会でしたが、ご住所を承知しておらず、やむなく〔あなたの版元レオン・〕ヴァニエ気付で一筆差し上げる次第です。今回の件は議論を要するほど込み入ったものであるにもかかわらず、レニエからは不十分な情報しか受けることができなかったのです。

しかしながら率直にお答えします。あなたの試みは私には極めて興味ぶかく、それだけにつましい一《いち》株主か何かとして、どんなささやかなかたちでもあなたの計画に加われるならば喜ばしいところです。しかし残念ながら、拙著〔『アンドレ・ワルテルの手記』〕の二版連続出版に要した経費、その相当な経費をすべて自費で賄わねばならなかったため、懐はかなり不如意となり、どうも今年は新たな出費はできそうもありません。せめて席料か定期会員加入〔の勧誘〕で私を当てにしていただきたく――早くも昨日には何人かの友人に話をしました

が、彼らは私同様、定期予約の心づもりでおります――このようなささやかなお手伝いしかできず遺憾至極に存じます。敬具

アンドレ・ジッド

また私は、はたしてあなたに『アンドレ・ワルテルの手記』をお贈りしていたかどうか、お尋ねしたいと思っておりました。〔というのも〕献呈先を記した紙を迂闊にも失くしてしまい、あなたにも一部差し上げていたのか思い出せずにいた次第。拙著の小型版はごく少部数しか刷られなかったので、献本の重複は避けたいところでしたが、それ以上に、粗忽や怠慢からあなたに拙著をお送りしていなかったとすれば、いっそう悔やむことになりましょう。献本を受け取っておられないならば（その場合はなにとぞご容赦のほど）、一言いただければ幸いです。すぐにもお届けします。敬具

A・G

書簡前段で話題にのぼる『アントニア』は、デュジャルダンの三部作戯曲『アントニアの伝説』の第一部で、この年の四月二〇日、ポール・フォール、リュニエ＝ポーらの芸術座により、パリ九区サン＝ラザール通りのアプリカシオン劇場で上演されていた（観衆はジッドをはじめ招待客のみ）。主役のひとり「恋する男」は作者自身が演じている。第一部のみならず、連作全体がワーグナー美学に想をえた反復主題《ライトモチーフ》と、短い自由詩で構成される長台詞《ティラード》の多用を特徴としたが、それに対する評価は芳しくなく、後に第三部『アントニアの終焉』（一八九三年六月初演）を好意的に評したマラルメをのぞけば[4]、大方の批評家は文体や詩法の欠点を責め、凡庸な失敗作だと断じた[5]。二カ月半前の観劇で「感銘を覚えた」というジッドの文言が心からのものか否かは詳らかでないが（とはいえ、翌年の第二部『過去

の騎士』〔後掲《書簡4》参照〕や、続く第三部の上演のさいも劇場に足を運んでいることから見て、それなりに強い関心を抱いていたのは確かだろう〕、このたび彼がデュジャルダンに直接詳しい話を聞こうとした「新しい舞台の計画」とは、ワーグナー的演劇を継続的に実践すべく後者が設立を願っていた「象徴主義劇場」のことを指す。[6] しかしながら連作の不首尾が痛手となって、この常設劇場の計画は空しく頓挫してしまうのである。

　後段で言及されるジッドの処女作『アンドレ・ワルテルの手記』（一八九一）にも簡略に触れておこう——。己自身の霊肉の葛藤を主題とするこの作品はジッドが「長い愛の宣言、愛の告白」と考えていたもので、彼のなかでは従姉マドレーヌへの愛と同一視されていた。同書を献ずることで彼女から結婚への同意をかちえ、少年期以来の長い春に終止符を打つ、それこそが執筆の最大の目的だったのである〔実際にはこの目論見は一八九一年の年明け早々マドレーヌの拒絶によって脆くも崩れ、婚約・結婚までにはさらに五年近い歳月を要するのだが〕。だが同時にジッドは、ゲーテに強く影響された自著が新たな『若きウェルテルの悩み』として多くの青年たちの共感をうると固く信じ、現実には売れる見込みのない自費出版だったにもかかわらず、普及版と豪華版という二種の刊本をそれぞれ別の版元から上梓しようとしたのである。ラール・アンデパンダン書店の豪華版が最初に出る予定だったが、作業の遅れからペラン学術出版の普及版が二月末に先行出来《しゅったい》する。しかしながら同版には誤植が数多く残っていたため、豪華版の準備が整うや、著者の命により直ちに廃棄されてしまう〔この措置を免れたのはすでにプレスサービスに使われていた約七〇部のみ〕。書簡においてジッドが「小型版」と呼ぶのは、一九〇部限定で刷られ、その多くが個人的な献呈に用いられた豪華版のことである。

　ジッドの手紙に対しデュジャルダンは、短く数行を書き添えた名刺〔印刷された旧住所「サブロン通り七八番地」は自筆で抹消〕を送っている——

《書簡2・デュジャルダンのジッド宛[7]》

パリ、ラルジリエール通り三番地〔一八九一年七月三日〕

拝略

素晴らしい内容のお手紙を拝受、厚くお礼申し上げます。あなたと面識がないのは残念ですが、それもきっと遠からず叶うことでしょう。ご高著『アンドレ・ワルテルの手記』は持っておりません。頂戴できるならば幸甚に存じます。敬具

エドゥアール・デュジャルダン

この短信を受けてジッドは、おそらくさほど日を置くことなく自作を文通者に贈った。デュジャルダンからは丁重な礼状が夏の休暇をはさんで届く（オート＝ガロンヌ県リュション発信、パリの住所も併記）――

《書簡3・デュジャルダンのジッド宛[8]》

パリ、ラルジリエール通り三番地／リュション、一八九一年九月四日

拝略

『アンドレ・ワルテルの手記』を読了したところです。田舎の静寂のなかで時間をかけ、頭を休めて拝読しました。ご高著から受けたまことに深い感銘に対しお礼を申し上げねばなりません。非凡なる真実の内的記述がどのページにも満ちています。文学的には私はあなたに完全に同意するというわけではありません。アンドレ・ワルテルの消化・消化不良という実に興味ぶかい問題を除外してしまうこのような精神主義（あえて「精神主義《スピリチュアリスム》」と申し上げます）には賛同できません。また形式にかんしては、小説や戯曲など、もっとかたちのはっきりし

たもののほうが私の好みです。しかしながら、たとえあなたとは意見が異なるにしても、それはただ私個人の問題であって、ご高著をあなたが経験なさったとおりの本と考えれば、私は芸術的にはあなたに強く共感する読者となります。青春の漠たる印象、しかしあなたが（しばしば誰にも先んじて）定かに描いてみせる様々な印象をご高著の各所に認めた、そういう私の告白をぜひあなたへの大いなる称賛と受け取っていただきたい。このまったく個人的な印象のゆえに私はあなたを祝福します。しかも、ご高著が芸術家の作品であると同時に人間としての作品であるだけに、心の底から祝福するものです。敬具

エドゥアール・デュジャルダン

この翌年の六月一七日、『アントニアの伝説』の第二部『過去の騎士』がオペラ座界隈の近代劇場で上演される。「騎士」役リュニエ＝ポー、「娼婦」役マルト・メロ（ちなみにメロは三部作すべてで主役の女性を演じる）。舞台装飾はナビ派の代表的画家モーリス・ドニが担当した。先述のようにジッドは今回も劇場に赴いたが、その数日後、上演と並行して出来したヴァニエ版刊本をデュジャルダンから贈られている。次はそれに対する礼状――

《書簡4・ジッドのデュジャルダン宛》(9)

〔パリ〕、一八九二年六月二五日、土曜

拝略

あなたのお芝居には真に感動し、歓喜の喝采を送っておりました。〔このたびの〕刊本ご恵送には厚くお礼申し上げます。お仕事の文学的価値を高く評価しておりますだけに、私をあなたの友人のひとりとしてお考えいただければと。敬具

だがこの舞台は、ジャン・アジャルベールの証言によれば、批評家筋に「雪崩のごとき苛立ちに満ちた反応と死刑執行」を惹起したのであった[10]。

翌年六月一四日には、すでにマラルメの好意的な劇評にからめて触れたように、『アントニアの伝説』の最終部『アントニアの終焉』がキャピュシーヌ大通りのヴォードヴィル座で上演される。今回もモーリス・ドニが舞台装飾を担当したが、それに先立ちジッドは、この画家をつうじてデュジャルダンに、自分とマルセル・シュオッブのために席を二つ確保してくれるよう依頼していた[11]。しかし実際に招待状を使い共に観劇したのはポール＝アルベール・ローランスであった。一週間ほどのちにジッドがドニに宛てた書簡――「僕はデュジャルダンのこの芝居を前桟敷で観た。そこには〔ガブリエル・〕トラリューと、ふたりのローランス〔ポール＝アルベールと、おそらくはその弟ジャン＝ピエール〕、蓬髪の〔ウージェーヌ・〕ルアール青年がいた。僕たちは〔劇がまきおこした〕一大スキャンダルを話題にしたように思う[12]」。またしてもの惨憺たる失敗がデュジャルダンを以後長らく演劇活動から遠ざけることになったのは上述のとおりである。

＊

それから二年が経過した一八九五年の春には、ジッドの最初のソチ『パリュード』の出版〔四〇九部限定、刷了は同年五月五日〕を機に、デュジャルダンとの間に手紙が遣り取りされている。まずは献本に対する後者の礼状――

《書簡5・デュジャルダンのジッド宛[13]》

〔パリ、カルノ大通り二一番地、一八〕九五年六月五日

親愛なる友

見事なご著書『パリュード』を有難うございました。早速ざっと繙かせていただきましたが、熟読玩味は夏の休暇のために大切にとっておきます。

ご存じのように、私はご高著『ナルシス論』を持っておりません……。手に入れる方法はありましょうや。

匆々

エドゥアール・デュジャルダン

ほんの数日前（五月三一日）にジッドは母ジュリエットを亡くしていた。『一粒の麦もし死なずば』では必要以上に厳しく描かれた存在であり、その死が決定的な動因となってマドレーヌとの婚約・結婚が成就するとはいえ、それでもやはり、息子のことを想い「絶えず努めて何か善きもの、何かさらに善きものにむかって進んだ〈善意の人[14]〉」を喪った痛みは大きかった。本書簡、それに続いて届いたデュジャルダンの悔やみ状（未発見）への返書は、この悲しい出来事への言及で始まっている――

《書簡6・ジッドのデュジャルダン宛[15]》

カルヴァドス、カンブルマール経由、ラ・ロック・ベニャール、〔一八九五年六月一三日〕

拝略

『パリュード』に対し丁重なお言葉をいただき有難うございます。今朝、心のこもった別のお葉書を頂戴し、

なぜ私のお返事がひどく遅れていたのか、その悲しい理由をご存じであることが分かりました。――嗚呼、拙著『ナルシス論』をまだお持ちでないというだけにいっそう気が滅入ります。というのも、拙著はもはや私の手元には一冊もなく、また私の承知するかぎり、バイイのところにもまったく残っていないのです。〔パリに〕不在だったために、私自身は拙著『愛の試み』の〔各所への〕寄贈はできませんでした。発送を請け負ったモークレールはあなたにお送りしなかったのでしょうか。もしお送りしていないとすれば、献本をご希望でしょうか。この拙著を読む者は皆無でしたが、私が書いた最も出来《でき》のよい作品です。いつの日かあなたにお会いしたときには、私の所有するご高著『強迫観念』に一言書き付けていただけるでしょうね。敬具

アンドレ・ジッド

象徴派の規範書とも呼ぶべき『ナルシス論』は、一八九一年に非売の私家版がごく少部数刷られたのち、翌九二年五月に八〇部限定で公刊されたが（版元は書状にあるようにエドモン・バイイの経営するラール・アンデパンダン書店）、その多くは個人的な献呈に用いられ、早くに品切れとなった。じじつ『パリュード』初版の標題紙裏面が掲げる著書一覧では、同書だけが唯一「絶版」と記されている。いっぽう第二段落の話題となる『愛の試み』（一八九三年暮に一六二部限定で出来《しゅったい》）にかんしては、たしかにカミーユ・モークレールが北アフリカ滞在中のジッドに代わり献本作業を引き請けており、その間《かん》の経過を九三年一一月半ばと翌九四年一月に著者宛書簡のなかで報告していた。(16) また最終段落で言及される『強迫観念』（一八八六年、ヴァニエ出版刊）は、一三の短篇からなるデュジャルダンの処女作。モーリス・ロリナの『神経症』（一八八三）とならび、世紀末の幾分か病的な精神傾向を反映した著作である。

さらにこの二年後、ジッドからの新たな献本を受けてデュジャルダンが送った礼状が残されている――

《書簡7・デュジャルダンのジッド宛[17]》

〔パリ（?）、一八九七年〕三月九日、火曜

親愛なるジッド

『ユリアン〔の旅〕』『パリュード』の〔合冊〕新版をご恵送いただいたことにお礼を申し上げていたでしょうか。恥ずかしながら確信がもてません。とはいえ私はこの新版で両作を読み返し、文字どおり甘美な印象を覚えたところです。まことに有難うございました。おそらくご記憶のことでしょう、私はアンドレ・ワルテルの大ファンです、そう、ずっと前から変わることなく！　敬具

エドゥアール・デュジャルダン

前年暮に刊出した『ユリアンの旅・パリュード』第二版合冊本（一一月一六日刷了）は、ジッドが初めてメルキュール・ド・フランスに単行出版を委ねたもの。これが機縁となって彼は、『新プレテクスト』（一九一一）に至るまで、新作の大半を同社から上梓することになる。

一八九八年秋から翌々年にかけては比較的頻繁に手紙の遣り取りがおこなわれているが、その具体的な内容となると、残念ながらほとんど不詳というのが実情である。理由は以下に述べるとおり――。後年（一九三四年一一月）デュジャルダンは、おそらく経済的な不如意のゆえに、マラルメやヴェルレーヌをはじめ同時代の作家・詩人から受けていた書簡や断片稿、自筆献辞入り刊本を競売に付した。当時の競売目録にしばしば見られるように（文通者両名がいずれも存命の場合は特にその傾向が強い）、これら総計一八〇のアイテムの紹介においても、書簡にかんしては原文からの直接引用は抑えられ、その要約は極端なまでに短い。不分明な点が多く残り、隔靴掻痒の感が否めぬ所以だが、当該書簡の現存確認という意味でジッド関連分を訳出しておこう。目録に記載されているのは、三つのアイ

テムに分割された計七通のハガキ・書簡である[18]——

《書簡8・ジッドのデュジャルダン宛二通》

署名入り自筆ハガキ二通、一八九九年——『カンダウレス王』の校正刷およびアンリ・バタイユの韻文に関連。

《書簡9・ジッドのデュジャルダン宛》

署名入り自筆書簡三ページ、一九〇〇年八月一八日、キュヴェルヴィル——某雑誌用に書かれた短い散文詩「ハールレム周辺」を含む。

《書簡10・ジッドのデュジャルダン宛四通》

署名入り自筆書簡四通、計八ページ（一九〇〇年？）——「アンジェルへの手紙」のなかで話題にすべく、レンブラント展を鑑賞しにアムステルダムに赴きたい旨。／自身による講演二点の内ひとつを「レルミタージュ小叢書」で公刊するのに専心。ウージェーヌ・ルアール作のある小説について情報を求める。／自身の綴り字ミスについて語る、シンタックス論争に関連した書簡。

とりあえず本章では各書簡について若干の補説を加えておこう——。まず目録が《書簡8》のハガキ二通を「一八九九年執筆」と断定するのは、消印の情報かジッド自身の日付記述にもとづいてのことと思われる。内一通にかんしては時期と話題（『カンダウレス王』）の齟齬もない（いっぽう「バタイユの韻文」が何を指すのかは不詳）。《書簡9》は年月日と発信地が特定されており、これもまた封筒や書状自体の情報に依った記述であるのは疑えまい。じっさい散文詩「ハールレム周辺」はまさにこの一九〇〇年八月、リールの小文芸誌『レミシックル』に、「風景」の総題のもと「ドルトレヒト周辺」と並んで掲載されている。[19]

問題は《書簡10》に纏められた四通の書簡だ。いずれも「一九〇〇年?」と疑問符付きで時期推定がされているが、少なくとも「レンブラント展、云々」の一通はこの年ではなく、一八九八年一〇月半ばから下旬にかけて発信されたものである。『レルミタージュ』誌に「アンジェルへの手紙」を連載中だったジッドは、アムステルダムでの大規模なレンブラント展が同月末日をもって終了するのを知り、二五日急遽かの地に向かっていたのだ。[20] 書簡の内容にかんし付言すれば、「レルミタージュ小叢書」での出版計画とは、作家が一九〇〇年三月二九日ブリュッセルでおこなった講演『文学における影響について』の単行出版のこと（もうひとつの講演『芸術の限界』は、実際に公衆を前にして読み上げられることはなかったが、翌年、同じ叢書から刊出）。だが、その他の話題「ウージェーヌ・ルアールの小説」「シンタックス論争」などは、情報が漠然としすぎており、具体的な対象が何であるかは特定しがたい。

書簡交換の減少と空白期間

これ以降の一〇年ほどについては両者の書簡は一通も確認されておらず、遺失分を考慮に入れても（たとえば、『背徳者』〔一九〇二〕のデュジャルダン宛献本が存在することから、[21] 当然それにからむ遣り取りはあったと推測されるが）、ふたりが頻繁に文通していたとは考えにくい。そのような現存コーパスの空隙を埋めるのが、次に引くジッド宛である。なお、同書状自体に年月は記されておらず、消印が押されていたはずの封筒も残っていない。しかしながら文中の「恋愛以上のもの」[22]という引用語句から、これが『狭き門』献本への礼状であるのは明白。さらに同書の刷了日（豪華紙使用の限定初版が一九〇九年六月一二日、普及版が同月二〇日）と用箋冒頭に記載の日付・曜日とを勘案・照合すれば、手紙は「一九〇九年一〇月二四日」のものと容易に確定しうる——

《書簡11・デュジャルダンのジッド宛[23]》

パリ、ボワ・ド・ブーローニュ大通り一四番地、〔一九〇九年一〇月〕二四日、日曜

親愛なる友

ご高著をお送りいただき有難うございました。深い感銘を覚えつつ拝読しました。まさに内的にして深遠。この「恋愛以上のもの」〔神への献身〕は心を揺さぶります。読了以後、その思いが私をとらえて離しません。改めてお礼申し上げます。敬具

エドゥアール・デュジャルダン

それから四年後の一九一三年夏、ジッドの元にはデュジャルダンがアントワーヌ座での開催を準備していたマチネの予告が届く――

《書簡12・デュジャルダンのジッド宛[24]》

アントワーヌ座、〔パリ一〇区、ストラスブール大通り、一九〕一三年七月二八日

親愛なるアンドレ・ジッド

九月にアントワーヌ座で何回か詩の朗読のマチネを開催します。我々の仲間うちでもマラルメの火曜会に通っていた人たちだけに限定したマチネとなるでしょう。

朗読会の前には私自身が談話をし、後には若干の音楽と踊りが続く予定です。

あなたの詩をいくつか朗読させていただければと存じます。この催しにはアントワーヌ座が我々の必要とする団員を提供してくれるでしょう。しかし、もしご友人のどなたか（アントワーヌ座の団員たちのように）無償

でご協力くださる俳優に読ませたいとご希望であれば、我々としては喜ばしいかぎりです。

ご一言いただきたく。上演時期に入り次第、委細をお知らせします。敬具

エドゥアール・デュジャルダン

予告どおりマチネは九月二五日におこなわれるが、その具体的なプログラムは次のとおり――クローデル『交換』、フランシス・ジャム『迷える子羊』、デュジャルダン『アントニア』（朗読はマルト・メロとリュニエ＝ポー）、ポール・フォール『ルイ十一世』、マラルメ『エロディアード』。これらに先立っては、書状が記すように、デュジャルダンがマラルメについての講演をした[25]。いっぽうジッドの詩は当日の演目には入らなかった模様である。

交流の復活、「マラルメの会」の設立

現存コーパスにおける手紙の遣り取りは、第一次大戦をはさみ、再び長く途絶える。じっさい、終戦の四年後に書かれたデュジャルダン書簡には、それまで両者の交流が稀であったことへの悔やみが記されている――

《書簡13・デュジャルダンのジッド宛[26]》

〔パリ、一九〕二二年一一月二八日

親愛なるアンドレ・ジッド
あなたにお話ししたいことが二つありました。そのひとつは、ヴィエレ＝グリファンと私が立てた計画ですが、事を先に進めるまえにあなたのご意見をお聞きしておくことが是非とも必要だと考えております。お会いできるでしょうか。できれば午後に（木曜〔三〇日〕は午後四時半から所用がありますっ）お伺いできれば有難く

存じます。
この数日、書簡類を整理していて、あなたが下さっていた手紙を三通（一八九一年、九二年、九六年）見つけました。いずれも友情に溢れた、私には（とりわけ現在の状況では）まことに貴重なもので、当時からこのかた、我々がほとんど相見《あいまみ》えることのなかったのが一度ならず悔やまれた次第です。敬具

エドゥアール・デュジャルダン

当座の住所——パリ六区、ノートル＝ダム＝デ＝シャン通り三番地

前段の「ヴィエレ＝グリファンと私が立てた計画」とは、旧師の没後二五周年を記念して「マラルメの会《ソシエテ・マラルメ》」を設立しようというもの。翌年六月の同会発足までの経緯は、以後の書簡数通がかなり詳しく伝えてくれるので、それに譲ろう。後段の「ジッドから受けていた三通の手紙」のうち、一八九一年付は前掲書簡《1》、翌九二年付は《4》を指すが、九六年付は現存コーパスのなかには見当たらない。デュジャルダンの記述が誤りでなければ、遺失分に含まれるものということになろう。

ジッドがキュヴェルヴィル（妻マドレーヌ名義のカルヴァドス県の地所。ジッドは同地に一一月二八日から一カ月ほど滞在）から出した返事は見つかっていないが、デュジャルダンは間《ま》をおかず次の書簡を送り、面談を求めた用件について、その骨子を記す——

《書簡14・デュジャルダンのジッド宛(27)》

パリ六区、ノートル＝ダム＝デ＝シャン通り三番地、〔一九〕二二年一二月二日、土曜

親愛なるアンドレ・ジッド

心のこもったお返事を頂戴し有難うございました。お会いできず、まことに残念でした。マラルメの件にかんして私がお願いしたかったのは唯ひとつ、あなたのお考えをお伝えいただき、そして無論のことですが、会にご加入いただくことです。ヴィエレ＝グリファンと私は、ヴェルレーヌやボードレール、そのほかの詩人らになされたのと同じ処遇をマラルメにもしてやりたいのです。誰からも最も忠実な崇敬を捧げられたマラルメなのに、どうしてこういったものがいまだ存在していないのかと訝《いぶか》しい思いさえいたします、そうではありませんか。友人、というよりは「忠実な友たち」の集《つど》い、そして同時に詩人に相応しい記念碑の建立……。〔この手紙では〕細かな点にはいっさい触れません。我々は、まさにそういったことについてあなたとお話ししたいからです。これまでに話したのは、ただヴァレリー（彼は全面的に同意しています）[28]、そしてレニエだけです（彼もまた同様）。ご存じのように、レニエはグリファンとは顔を合わせたくないのですが[29]、それでも賛同していることに変わりありません。

近いうちに上京のご予定はおありでしょうか。と申しますのは、手紙の遣り取りでは処理困難な問題が山積しているからです。先日も書きましたように、我々としてはあなたのご意見を伺わないで事を前に進めたくはないのです。

細かな点ですが重要なのは、現在までの我々四名の意見は、いかなる〈会長〉も置かないというものです。あらゆるレベルの理由からそうすべきことがあなたにはお分かりいただけるでしょう。

さらにお話ししたい第二の問題については、ほんの少し説明を始めただけで何ページにもなってしまうでしょうから、あなたがパリにお出での時にしたいと思います（さほど急を要することでもありませんので）。敬具

〔エドゥアール・デュジャルダン〕

申すまでもなく、マラルメの集いのために我々があなたにお願いするのは、あなたの加入だけではなく、できるだけ大きな協力をしていただけることです。どんなかたちで？　そのことこそあなたとお話ししたいことなのです……。どのような委員会を作るか？　誰とか？　そういった微妙な問題すべてについて数人の仲間うちでまず最初に意見調整をしておくべきなのです……。

第三段落で「いかなる〈会長〉も置かぬ」とあるのは、つまり旧師に対してメンバーは誰もが均しく弟子であり、格差は一切ないという意味であろう。そのかわりにデュジャルダンが事務局長、ヴィエレ＝グリファンが会計係に就き、組織の円滑な運営を図ることになる。

この翌週デュジャルダンは、先便の写しを同封しながら、再度ジッドに返答を促す――

《書簡15・デュジャルダンのジッド宛[30]》

〔パリ、ノートル＝ダム＝デ＝シャン通り〕、〔一九〕二二年一二月一一日

親愛なるアンドレ・ジッド

私の最初の手紙に対し、かくも厚き友誼をもって早々とお返事をくださいましただけに、はたして私の次の手紙はお受け取りになったのだろうかといささか訝っております。その第二信（一九一二年〔一九二二年の誤り〕一二月二日付）では我々があなたにお願いしたきことをご説明したうえで、頂戴しておりましたノルマンディーのご住所にお送りしていたのですが[31]。

というわけで、再度パリのご住所宛にお送りします。たびたびで恐縮ですが、〔書状で〕名前を挙げた友人たちや私は、いざ事を決するに先立ち、なによりもあなたのお返事をお待ち申し上げる次第です。敬具

〔エドゥアール・デュジャルダン〕

しかしジッドは、はからずも同じ日に、キュヴェルヴィルから次の手紙をデュジャルダンに送っていた――

《書簡16・ジッドのデュジャルダン宛[32]》

キュヴェルヴィル・アン・コー、〔一九〕二二年一二月一一日

親愛なるデュジャルダン

パリであなたにお会いしたいと思っておりましたが、上京は一月に延期せざるをえなくなりました。ただ私の意見はヴァレリーの意見とさほど違うとも思えませんが、私の名が彼の名とダブってもかまわないのでしょうか。あなた方おふたりが如何ようにお決めになるのかお教えください[33]。参加の心づもりは十分にありますが、しかし私としてはいったい何への参加ということなのか承知しておきたく。敬具

アンドレ・ジッド

浩瀚なヴァレリー評伝をものしたミシェル・ジャルティはジッドの躊躇をはじめ、この頃の状況を次のように要している――「各人の傷つきやすい自尊心が禍して事情は微妙なものとなる。ジッドはデュジャルダンを警戒し、ギュスターヴ・カーンも彼とはもう顔を合わせたくない。またレニエはヴィエレとの出会いを拒む。いずれにせよ、今やデュジャルダンは権威にすがるようにジッドに協力を請うのであり、〔その結果として〕翌一九二三年には同者に感謝の意を表明することになる[34]」。

この一カ月後デュジャルダンは、「マラルメの会」設立準備の初会合にジッドを誘う。そのさい、あたかも彼と

ヴァレリーを一体と見なすがごとき文面は、言うまでもなく先のジッド書簡の記述に配慮してのことであった――

《書簡17・デュジャルダンのジッド宛(35)》

〔パリ(?)、一九〕二三年一月一八日

親愛なるジッド

我らマラルメの集いの初回は、いたって内輪の集まりですが(参加者は五、六名でしょう)、来週二二日の月曜、ブルトゥイユ大通り七七番地乙《ビス》のヴィエレ゠グリファン宅で開かれます。ヴァレリーが出席予定です。彼には先日の貴信の内容を知らせてあります。あなたがご欠席の場合は、彼が代理を務めるということになりましょう。

しかし私としてはあなたにもお出でましいただければと存じます。重ねて申し上げますが、ご都合が許すならば、一同お会いできるのを心待ちにしております。敬具

エドゥアール・デュジャルダン

しかしながら、あいにく南仏ロックブリュヌに滞在中だったジッドはこの会合には出席できなかった。二月に入ると、デュジャルダンから再び手紙が届く。今回は、同者の編集する季刊文芸誌『理想主義手帖《レ・カイエ・イデアリスト》』に過去のジッド書簡二通を掲載させてほしいと事後承諾を求める内容であった――

《書簡18・デュジャルダンのジッド宛(36)》

〔パリ(?)、一九〕二三年二月五日

親愛なるジッド

先月（あるいはむしろ二カ月前）あなたに手紙を差し上げたさい、マラルメの件と並んで、それとは逆にまったく個人的なことでお願いがあると申し上げておりました。三〇年ほど前にあなたからいただいたお手紙のことだったのですが、あなたはそのうちの二通を、私がお送りする『理想主義手帖』のなかにお認めになるでしょう。この件についてはあなたとお話しし、活字化でお困りになる懼れはないか知りたいと思っておりました。お目にかかれずまことに遺憾に存じます。私にとってあなたの証言がとりわけ貴重なこの折柄、それを引用したのをきっと許してくださることでしょう。あなたは文壇で高位を占めておられます。そんなあなたの証言は決定的な価値をもたらす、今なお最も低き場に身をおく者がそう考えたことをどうかご容赦のほど。

まさにこの一八九一年、九二年の思い出にひたりつつ。敬具

エドゥアール・デュジャルダン

書簡の記述どおり『理想主義手帖』二月号は、「ある文学的スキャンダル」と題したデュジャルダンの長い巻頭論文のなかで、前掲書簡《1》《4》のほぼ全文を引用している。[37] 彼にとってこの二通がいかに大きな励ましとなっていたかが窺われて、まことに興味ぶかい。

この四カ月後ジッドは、デュジャルダンの反キリスト劇『死して復活せる神の謎』の初演（五月二六―二七日、於アントワーヌ座。作者自身が「詩人」による序詞を朗読）を見逃したことを詫びつつ、かねてより準備中だった「マラルメの会」の設立を祝す――

《書簡19・ジッドのデュジャルダン宛[38]》

〔パリ、一九〕二三年六月一四日

親愛なるデュジャルダン

パリに寄って（先日の夜にはあなた〔の舞台上演〕に喝采をおくることができず残念でした）お手紙を受け取りました。「マラルメの会」設立の由、嬉しく存じます。

さっそく私のなすべきことをいたします。敬具

アンドレ・ジッド

数回の会合をへて新設されたこの組織（正式発足は六月六日）の委員には、文通者両名のほか、レニエやヴィエレ＝グリファン、ヴァレリー、アンドレ・フォンテナス、アルベール・チボーデ、それにマラルメの女婿エドモン・ボニオらが就いたが[39]、「さっそくなすべきこと」として各人は、デュジャルダンの指示のもと、会費一〇フランと、ヴァルヴァンの詩人宅を飾る顕彰メダイヨンの作成費として五〇フランを拠出している[40]。

しかし当初の記念行事が終わると、とりあえず所期の目標は達したと考えたのだろう、会員たちの活動は急速に停滞する。じじつ彼らがこれといった報告や証言を残していないことから見て、同会は次第に実質的な消滅へと向かったものと思われる。だがデュジャルダンその人の意気は衰えることがなく、たとえば翌一九二四年七月には『メルキュール・ド・フランス』に「生命力に充ちた象徴主義の連続性」と題する長い論考を発表し、流派の歴史を振り返りながら、マラルメらが説いた詩的理念の現代的価値を顕揚するのだった[41]。

「内的独白」をめぐって

一九三〇年代に入ると、若干の遺失分を差し引いても、交わされる手紙の数は減ってくる。次は間違いなくデュジャルダンの先行書簡〔未発見〕への返事だが、ジッドは最初期の交流に言及しながら、「内的独白」にかんする自分なりの考えを述べている——

《書簡20・ジッドのデュジャルダン宛[42]》

シャル＝レ＝ゾー、〔一九〕三〇年七月四日

親愛なるデュジャルダン

その代わり私は、ボディニエール〔アプリカシオン劇場の別称〕ではなかったでしょうか、小さな劇場でおこなわれた『アントニア』の上演のことはよく覚えています。あなたご自身が最も重要な役を演じておられませんでしたか。

この作品〔『月桂樹は切られた』〕が私に何か影響を及ぼしたでしょうか。そうは思いません。しかし本当のところは誰にも分かりません。いずれにせよ、日付を照らし合わせるならば、あなたが先駆者であるのは明らかです。

ヴァレリー・ラルボーと交わした会話で私は、いつもそうするように〔彼の意見に〕譲歩しました。しかしポーのいくつかの物語（なかでも『告げ口心臓』）や、ブラウニングの見事な詩（とりわけ『霊媒スラッジ氏』）はやはり内的独白というこのジャンルの完璧で乗り越えがたい具体的成果です。そしてドストエフスキーの忘れがたき『やさしい女』もまた。

あなたにとって大切なこの形式を私も幾度となく使ったと思っております。わけてもラフカディオによ

るフロリッソワール殺害が前者の独白によってのみ提示・説明される『法王庁の抜け穴』の数章において。
　拙著『バテシバ』はダヴィデの長い内的独白に外なりません。しかし舞台で外在化されてしまうと、それがなおも「内的」であると言えるのか、そうラルボーは反論していました。敬具
アンドレ・ジッド

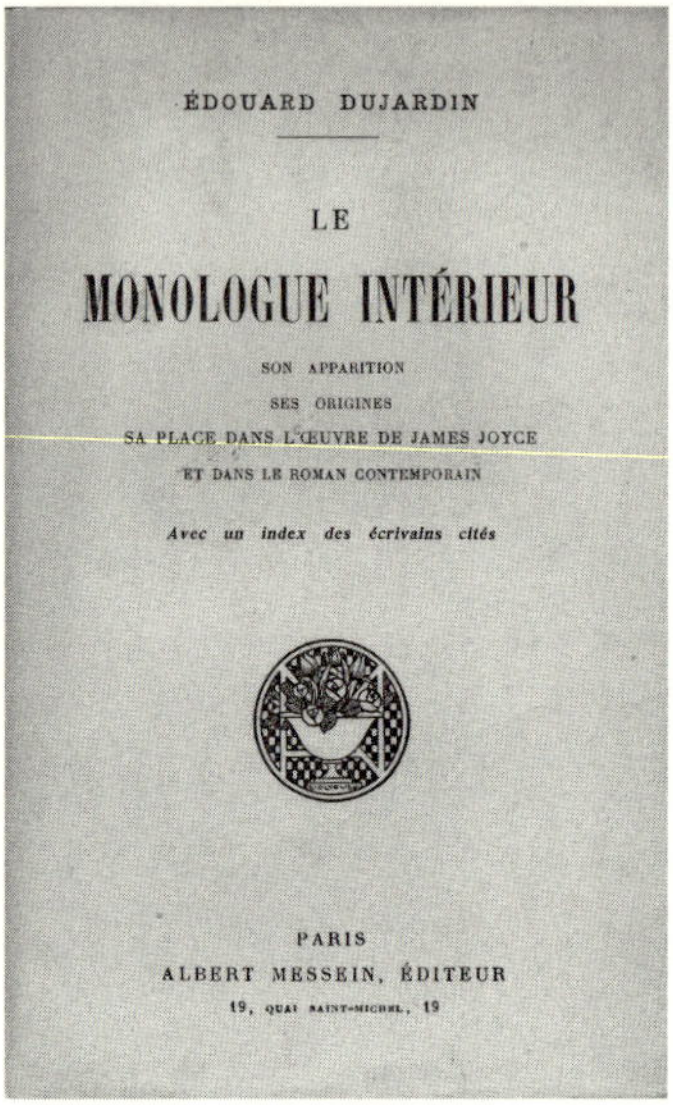

デュジャルダン『内的独白』初版（1931）

本章冒頭でも触れたが、『月桂樹は切られた』の「内的独白」を忘却の淵から救ったのはラルボーであった。『ユリシーズ』執筆にあたりジョイスがこの技法に大いに触発されたことを作家本人から聞き、後には自らもその独創性に強い感銘を受けていたラルボーは、一九二四年、『月桂樹は切られた』決定版の刊行にさいし長い序文を寄せ、公に向けてデュジャルダンの先駆的な試みを高く評価したのである。[43] またそれに先立っては、周囲の作家・文学者らとの私的な会話や文通においても同じ旨をたびたび語っていた。上掲書簡が言及するジッドとの議論は一九二三年に交わされていたもので、たとえば同年七月下旬の往復書簡では同じ作家や作品（ブラウニング、ドストエフスキー、『霊媒スラッジ氏』、『法王庁の抜け穴』など）が引き合いに出され、両者の見解の相違もかなり具体的なかたちで表明されている。[44] またデュジャルダン自身は一九三一年に著書『内的独白』を上梓し、この技法の由来や定義、受容・再評価の経緯をジッドら同時代人から受けた手紙の抜粋を引用しながら論ずることになる。[45]

神学論議

一九三〇年代半ばには数通の書簡が遣り取りされ、切れ切れに続いてきた交流に二つの挿話を添える。まずは一九三五年の春、ジッドが『新フランス評論』に掲載した日記（ただしその日付は一九三三年九月一日）のなかで聖パウロの言葉に言及すると、[46]それを目にしたデュジャルダンは次の手紙を送り、博学なキリスト教神学者として使徒書簡の典拠・来歴を俎上に載せている――

《書簡21・デュジャルダンのジッド宛[47]》

パリ六区、ノートル＝ダム＝デ＝シャン通り三番地、〔一九〕三五年五月一日

偉大にして親愛なるアンドレ・ジッド

あなたが『新フランス評論』にお載せになった文章を感動と賛嘆の念をもって拝読しました。というわけで、四月一日号であなたが聖パウロに帰し、いわゆるキリストの教えに関連づけておられた一文について、ひとりの「専門家」の立場から修正（と言えましょうか）を加えることをお許しください。

聖パウロの使徒書簡はお読みになっているはずです。あなたはそこに、あらゆる著述のうちでも文学的に最も力強いものとともに、愚かなまでの無味乾燥を認めて驚かれることはなかったでしょうか。また古代世界を打ち倒すことになる革新的精神のかたわらに、あなたの引かれた文がまさにその一例である順応主義を認めて驚かれなかったでしょうか。

ここ一〇年の成果をまとめた今秋出版予定の本（『キリスト教第一世代、その革新的運命』というのがその題名です[48]）のなかで私は、どうして使徒書簡が聖霊の偉大なる御業《みわざ》のうちに列せられていないのかを問うています。語彙や文法の不備が理由ではありません。真実のところは、正典が示すような使徒書簡は改竄者たちの手

によって、かくのごとく愚かさと順応主義に塗《まみ》れてしまったものなのです……。いつの日にか、それらの誤りを正し、取り除くことができるでしょうか……。基本的には可能だと思えます。しかしながら私は、毎ページの各所で、細部の難しい問題のために歩みを止められることになるのではと危惧します。

あなたが引用なさった「ローマ人への手紙」第一三章一―七節について申せば、それは新約のなかでも最も典拠の疑わしいもののひとつなのです。この文は、聖パウロの没後半世紀、あるいは七五年の間に広まったある精神状態を反映しています。すなわち同期間には、キリスト教革命を〔ローマ〕帝国と融和させようとした信者が存在する一方、山上の垂訓というトルストイ的な禁欲主義のなかに逃れる信者たちもいたのです。じっさいあなたもご存じのように、山上の垂訓を収める二つの福音書〔マタイ、部分的にルカ〕はまさに二世紀初めの三〇年ほどの間に記されています。したがって肝心な点は、聖パウロをキリストと対比させることではなく、使徒書簡に表れているようなキリスト教第一世代の革新的な試みを、それを大いに妨害した反革新的で福音主義的《エヴァンジェリック》な運動と対比させることなのです。

このことは碩学たちが論争することなのか、あるいは人間が抱える問題のひとつとして説明・解明することなのか、それこそが問題なのです。

長口舌をお許しのほど。敬具

エドゥアール・デュジャルダン

ジッドの返書は見つかっていないが、デュジャルダンの第二信からは、使徒書簡に関連した彼の主張に対し、文通者が賛意を示したことが十分に読みとれよう。なによりも、ジッドがデュジャルダン前便の『新フランス評論』掲載を願った事実こそがそのことを雄弁に証言している――

《書簡22・デュジャルダンのジッド宛[49]》

パリ六区、ノートル＝ダム＝デ＝シャン通り三番地、〔一九〕三五年五月四日

偉大にして称賛すべき、親愛なるアンドレ・ジッド

お手紙は私にとって、あなたご自身には想像もつかぬほど大きな励ましです。一八九一年に（『アントニア』について）書いてくださったお手紙を大切に保存しております。この貴信は一生をつうじ、挫けそうな私を守り支えてくれました。そして三六年後〔「三四年後」の誤り〕、生涯も終わり頃になってまたもあなたからお手紙が届く。しかもこのたびのお手紙は、あなたという今や聖別化された天才の威光とともに、滞りがちな私の仕事もまた人々の関心を呼びうるものだと教え励ましてくれるのです。

私の個人的なことは脇におき、それにしても、偉大なる作家にして同時に偉大なる精神、偉大なる意識を目にするのはなんと素晴らしいことか！

〔あなた宛の〕私の手紙を次の『新フランス評論』に載せてもよいかとお訊ねです。もちろんです。私のほうこそ今一度あなたにお礼を申し上げるべき、そう思し召せ。敬具

エドゥアール・デュジャルダン

かくしてデュジャルダン書簡《21》の全文が『新フランス評論』七月一日号に掲載されるが、そのさいジッドは次のような短いコメントを添えている――「レーニンは、自らが原始キリスト教の〈革命的民主主義精神〉と呼ぶものへの感受性を失うことは決してなかった（『国家と革命』第五一頁を参照[50]）」。時あたかもソヴィエト共産主義に福音書的美徳の実現を期待していたジッドならではのコメントであった。

翌六月下旬には、カルチエ・ラタンのミュチュアリテ会館を会場として第一回国際作家大会が開催される。五日

間にわたり、国内外から参集した一二〇名を超す作家たちが、反戦・反ファシズムと文化の擁護・創造を旗印として、意見表明や報告、討議をおこなったが、その初日（同月二一日夜）に開会を宣言したのは外ならぬジッドであった。我々にとって興味ぶかいのは、偶々ではあろうが、同じ晩の締めくくりにデュジャルダンが演壇に立っていることである――「私のような年齢の人間にできるのはただひとつ、証言者の立場から諸君に若干の示唆を与えることである。〔…〕私の証言とはこうだ。つまり、もはや文化は存在しない。ブルジョワ社会はもはや文化が何を意味するのかさえ分からなくなっているのだ」。こう始まる意見表明は、いかにも政治の時代の熱を宿す次のような言葉で結ばれていた――「プロレタリアートが必要とするのはプロレタリア文化である。革命が必要とするのは革命的な文化である」[51]……。

「アカデミー・マラルメ」設立をめぐる軋轢と関係の終焉

一九三〇年代の書簡が語るもうひとつの挿話は、ジッドとデュジャルダンともどもに苦い後味を残すことになる。すなわち、詩人顕彰のための新たな組織「アカデミー・マラルメ」の設立をめぐって生じた齟齬が、結果的には両者の関係に不幸な終止符を打つのである。同会設立の具体的な経緯は詳らかではないが、発足後まもなく『レ・ヌーヴェル・リテレール』に載った無署名の寸評によれば、「先頃のある晩のこと、レンヌ通りのカフェで、謎めいた様子のエドゥアール・デュジャルダンがジャン・アジャルベールとアンドレ・ビイに向かってアカデミー・マラルメの計画を切り出すと、ふたりは大喜びで賛同した」[52]……。この話は、そこに名の挙がったビイ自身が示唆するところでは、一九三六年の一一月末から一二月初めにかけてのことのようだが[53]、もちろん相談を持ち掛けられたのが彼らふたりだけであったはずはない。じじつジッドとは一二月四日に面談の機会がもたれている（後掲《書簡25》参照）。また、この年に「象徴主義五〇周年」を記念した大規模な展覧会が国立図書館で開催（初日は六月一三日）されたことも計画の発案・実行を後押しする要因となっていただろう(54)。

翌年二月半ばにはメンバーの顔ぶれは固まっていた。デュジャルダンのほか、ヴィエレ＝グリファン、ヴァレリー、アジャルベール、アンドレ＝フェルディナン・エロルド、アンドレ・フォンテナス、ポール・フォール、サン＝ポル＝ルー、モーリス・メーテルランク、アルベール・モッケル、そして少なくとも当初はメンバーになることを承諾していたジッドである。そのジッドは同時期、『ソヴィエト旅行記修正』の執筆に専念するためしばらくパリを離れていたが、デュジャルダンからの手紙（おそらくは同一内容の再送）を受け、次のような短信を返している――

《書簡23・ジッドのデュジャルダン宛(55)》

キュヴェルヴィル（クリクト＝レスヌヴァル）、一九三七年二月一八日

親愛なるデュジャルダン

たしかに住所に間違いがありました。しかしいずれにせよ私は〔パリを留守にしているため〕昼食には伺えなかったでしょう。まことに残念に存じます。敬具

アンドレ・ジッド

この「昼食」こそは「アカデミー・マラルメ」発足の集いのことであった。翌一九日、パリ二区サントーギュスタン通りのレストラン「ドルーアン」で開かれた会合には、メーテルランクとモッケル、ジッドをのぞく計八名が参加し、ヴィエレ＝グリファンを会長に選出している(56)（ちなみに、その折りに撮影された一同の記念写真は、文学史的資料のひとつとして現在も随所で複製・掲載される）。

だが間《ま》を置かず微妙な軋みが生じてくる。数日後ジッドが再度デュジャルダンに送った短信には、なんとも意外

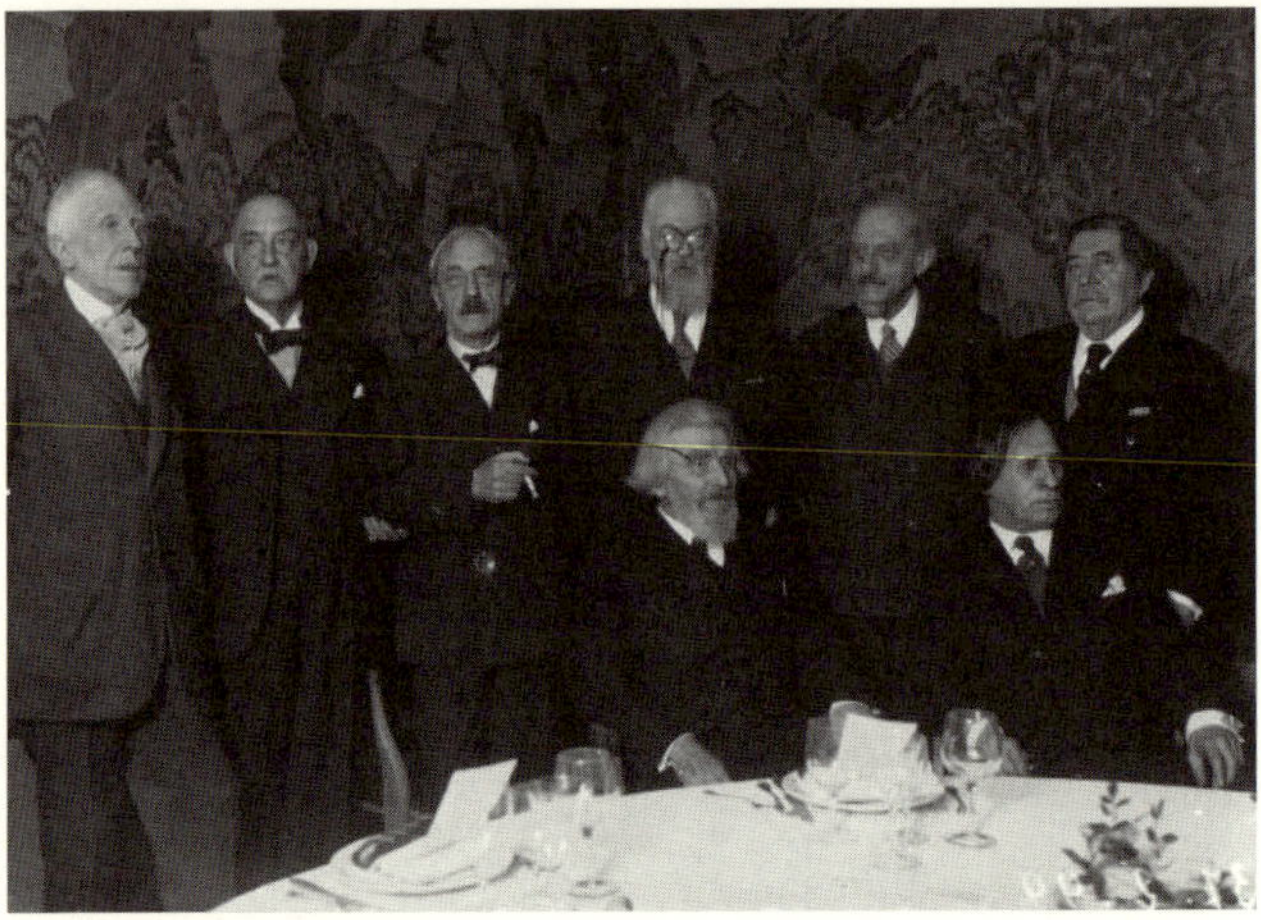

「アカデミー・マラルメ」発足の集い

後列左から時計回りに，デュジャルダン，ヴィエレ＝グリファン，ヴァレリー，エロルド，フォンテナス，アジャルベール，フォール，サン＝ポル＝ルー

な言葉が書き付けられていた――

《書簡24・ジッドのデュジャルダン宛[57]》

パリ七区、ヴァノー通り一番地乙《ビス》、

〔一九〕三七年二月二四日

親愛なるデュジャルダン

私にはこの新たなアカデミーの職責をはたしうる資格があるとはとうてい思えません。私のことに思いを馳せていただいたことは有難く存じますが、なにとぞ穏便に身を引かせていただきたく。敬具

アンドレ・ジッド

ジッドの通告に続き、彼自身の指示によるか否かはともかく、『新フランス評論』の三月一日号が、「出来事」と題した雑報欄に、次のような素っ気ない一文を掲載する――「アカデミー・マラルメが設立される。会はサン＝ポル＝ルー、デュジャルダン、ヴァレリーら、すでに一〇名のメンバーを擁する。クローデル、ジッド、ジャムは参加を断る[58]」。これに追い打ちをかけるように五日後

の『レ・ヌーヴェル・リテレール』は、遠慮のない筆致で事の概略を報告した。記事の題名たるや《溶け崩れるアカデミー》――「これは流行病《エピデミー》なのだろうか、それともマラルメに纏《まつ》わることはすべて永遠の不運を刻印されるのか。参加を拒否したフランシス・ジャム氏、初めは承諾したが、ほとんど直ちに翻意したポール・クローデル氏に続いて、今度はアンドレ・ジッド氏がごく最近設立されたアカデミーから身を引く。〔…〕五つ空席があるが、秋までにはこれを埋めなくてはなるまい。その時までに新たな辞退者が出ないとしてのことだが（出ない、と果たして誰が言い切れようか？）」(59)……。

ジッド辞退の真の理由は、ほかでもない、長らく絶交状態にあるクローデル、その影響のもと自分を批判して止めないジャム、このふたりがメンバーに加わると知ったためであった（そして先に不参加を決めた彼らカトリック作家たちとしても事情は同様であったはずだ）。とはいえ、それを前面に押し出すことはさすがに憚られる、だからこその曖昧・微妙な表現「穏便に身を引く」であったように思われる。

しかしデュジャルダンの側としては、礼を尽くして協力を要請し、一度は承諾を得ていただけに、そう簡単には引き下がれない。ジッドの不実を強く責めながら、しかしなおも彼の参加を期待するのであった――

《書簡25・デュジャルダンのジッド宛(60)》

パリ六区、ノートル＝ダム＝デ＝シャン通り三番地、〔一九〕三七年三月七日

親愛なるアンドレ・ジッド

あなたがアカデミー・マラルメへの参加を「拒否」したと読者に告げる『新フランス評論』のノート（それは正確ではありません。というのも、一二月四日にお願いに上がった時点ではあなたは承諾されていたからです）、それに続いて、あなたが「参加を辞退した」という『レ・ヌーヴェル・リテレール』の囲み記事（二月二

四日付の貴信でお知らせくださったご意思に沿った内容）を読んで、いたく悲しんでおります。つまりあなたは私の二月二五日の返信には心を動かされなかったということなのでしょうか。[61] 我々にこのような悲しみや迷惑をもたらして好しとされたのでしょうか。

このような迷惑？…… 我々にとってどれほど不快なことかは『レ・ヌーヴェル・リテレール』の囲み記事を読むだけで十分でしょう！ それに続いてどんなコメントが〈ほかの紙誌に〉出てくるかも容易に想像がつくところです！

私が一二月四日、あなたのところに伺ったとき、あるいは二月に結成集会の昼食に参加していただくようお願いしたときでさえ、ただ「否」と答えてくださっていればまだしも……。いいえ違います、あなたは我々のメンバー表に名前が載るのを承諾なさった。しかもあなたは、すべてが完了した後になって前言を翻されたのです。

もっと酷いことがあります……。二月二四日にあなたは私に宛てて「穏便に身を引きたい」と書いて寄こされた。おそらくは読者たちの注目を集めることなく、リストからあなたの名前をすっぱりと落とすこともできたでしょう。しかるに、穏便に身を引きたいというご希望を私に告げられたまさにその週、『新フランス評論』に、次いで数日後には『レ・ヌーヴェル・リテレール』にあの告知が載ったのです。

たしかにあなた自身からではないでしょう、しかしあなたが不参加の考えを漏らされた誰かが『新フランス評論』に情報を流したのは明らかです。というのも私は、あなたには我々のもとに留まっていただきたいと願い、二月二四日のお手紙については完全に沈黙を守り、誰に対しても、妻にさえも口外していなかったのです！

『新フランス評論』『レ・ヌーヴェル・リテレール』両紙誌のノート（そしておそらくこれに続いて発表されるいくつものコメント）が我々に及ぼした迷惑を償うためにも、親愛なるアンドレ・ジッド、どうかもう一度、当初の決定に立ち返り、我々の会にお留まりください。

私の方としては『新フランス評論』『レ・ヌーヴェル・リテレール』に載った情報を否認することはせず、あなたにかんして何も公にしないとお約束します。

この出来事は忘却の淵に沈めましょう。アカデミー・マラルメの件であなたのことが問題になることはもうありません。それが最上の解決策だと確信しております。

あなたに称賛と友情、尊敬の念をいだく若い頃の仲間たちに対し、あなたが迷惑をかけるつもりなぞなかったと十分承知しておりますので、アカデミーの〔実務を負わぬ〕名誉会員《イン・パルティブス》に留まっていただきたく……。アカデミー・マラルメの名誉会員、そういう肩書ではお気に召さないでしょうか。

最後に申し上げますが、いずれにせよあなたのご決定が広く知られるようなことがあれば、我々としては悲しく、また遺憾に存ずる次第です。敬具

エドゥアール・デュジャルダン

デュジャルダンの苦情と懇請に対しジッドが返答したか否かは不明だが、いずれにしても彼が翻意することはなかった。そればかりか、爾来一九五一年の死去まで彼が発信した三千通近い書簡にも、またその日記や随想にもデュジャルダン（一九四九年没）の名が挙がることは、筆者の承知するかぎりただの一度もないのである。このような顕著な偏りに照らせば、アカデミーの一件を境に両者の関係が急速に途絶へと向かったのはまず間違いあるまい。いかなる感情の機微が禍したのか、まさに呆気ないほどの幕切れではあった。[62]

註

（１）« Je ne connais pas Dujardin. » (lettre de Gide à Valéry, du 27 septembre 1898, dans leur correspondance, *Corr. G/V*, p. 512).

（２）ジッド自筆のオリジナルは個人蔵。ただし追伸を除き、本書簡の大部分がすでに名宛人のデュジャルダンによって活字化されている——voir Édouard DUJARDIN, « Un scandale littéraire », *Les Cahiers idéalistes*, n° 7, février 1923, p. 14.

（３）ジッドは同年五月四日パリを発ち、六週間にわたり南仏に滞在（水浴療法のため半月間ガール県ラフー＝レ＝バン、次いでモンペリエ、ユゼス）、パリに帰着したのは六月一五日のことであった。

（４）Voir Stéphane MALLARMÉ, *Divagations*, dans *Œuvres complètes II*. Édition établie, présentée et annotée par Bertrand MARCHAL, Paris : Gallimard, coll. « Bibliothèque de la Pléiade », 2003, pp. 191-196.

（５）Voir Jacques ROBICHEZ, *Le Symbolisme au théâtre. Lugné-Poe et les débuts de l'Œuvre*, Paris : L'Arche, 1957, pp. 189-190, n. 2.

（６）Voir Henri de RÉGNIER - Francis VIELÉ-GRIFFIN, *Correspondance (1883-1900)*. Édition établie, présentée et annotée par Pierre LACHASSE, Paris : Honoré Champion, 2012, p. 614, n. 4.

（７）ジャック・ドゥーセ文庫、整理番号 γ 489.2.

（８）同右、整理番号 γ 489.3.

（９）DUJARDIN, art. cité, p. 14.

（10）Jean AJALBERT, *Mémoires en vrac. Au temps du Symbolisme (1880-1890)*, Paris : Albin Michel, 1938, p. 204.

（11）Voir André GIDE - Maurice DENIS, *Correspondance (1892-1945)*. Édition établie, présentée et annotée par Pierre MASSON et Carina SCHÄFER, avec la collaboration de Claire DENIS, Paris : Gallimard, coll. « Les Cahiers de la NRF », 2006, p. 96, n. 2.

（12）*Ibid.*, p. 96.

（13）ジャック・ドゥーセ文庫、整理番号 γ 489.9.

（14）André GIDE, *Si le grain ne meurt*, *SV*, p. 188.

（15）個人蔵、未刊。

（16）「君が僕にくれていたリストと指示書きをバイイに渡した。その通りに事は運ぶだろう。プレスサービスについて、〔アンドレ＝フェルディナン・〕エロルドは君に〔スチュアート・〕メリルも加えてほしいと頼んでいる。僕としては、素晴らしき人物アルベール・サマン、それによければ、君のことをとても好いている〔ジョルジュ・〕ロッシュグロスを入れてもらえると有難い。また君が疑問符を付していたラシルドも加えた。雑誌としては、『白色評論』『メルキュール』『アール・モデルヌ』『ソシエテ・ヌーヴェル』『フロレアル』『レルミタージュ』、そして『ルヴュ・アンシクロペディック』に送ろう（これらの雑誌は何でも話題に取りあげるし、僕たちに好意的に対応してくれるから）。ほかに希望があるかどうか、またメリル、サマン、ロッシュグロスへの献呈に同意するか否かを知らせてくれたまえ。〔マルセル・〕シュオッブもいるが、君が名前を挙げていたか否か僕にはもう好く分からない。本件について何なりと、そしてほかに希望はないか、また手紙で知らせてくれたまえ」（一八九三年一一月一七日付ジッド宛モークレール書簡、ジャック・ドゥーセ文庫、整理番号γ675.17）／「君にはまだ『愛の試み』〔の献呈〕については一言も知らせていなかった。君が望んでいたように、すべてはバイイによって厳密に実行されたと知っていたかな？ 僕としては一切遺漏がないように気を配った」（一八九四年一月一八日付、同文庫、整理番号γ675.19）。また九三年一一月一―三日付の母ジュリエット宛ジッド書簡には次のような記述がある――「モークレールが僕の小さな冊子の出版にかんし、すべての献呈と煩わしい雑事一切を引き受けると実に気前よく申し出てくれています」（André GIDE, *Correspondance avec sa mère (1880-1895)*. Édition établie, présentée et annotée par Claude MARTIN, Paris : Gallimard, 1988, p. 217 ; voir aussi la note 4 pour la page 176）。

（17）ジャック・ドゥーセ文庫、整理番号γ489.1.

（18）*Lettres et manuscrits autographes d'écrivains modernes et contemporains ; appartenant à M. Édouard Dujardin, fondateur de la Revue indépendante et de la Revue wagnérienne, et à un autre amateur*, Paris : Pierre Berès, [1934], non paginé, item n°s 34-36. ちなみに、この競売に出品されたマラルメ書簡は四九通、ヴェルレーヌ書簡が二三通と、デュジャルダンが崇敬する二大象徴派詩人のものが群を抜いて多くを占めている。

（19）「ドルトレヒト周辺」と「ハールレム周辺」の二詩篇はミシェル・デコーダンが『ルヴュ・デュ・ノール』一九五四年四―六月号（Michel DÉCAUDIN, « Une petite revue née à Lille en 1900 : *L'Hémicycle* », *Revue du Nord*, n° 142, avril-juin 1954, p. 394）で全文を紹介するまで一度も再録されることがなかった。なお『フロレアル』誌一八九二年三月号に同じく「風景」の総題のもと初掲載され、後に新フランス評論版『ジッド全集』第一巻（一九三四年）に収録された詩篇群はこれとは全くの別物である。

（20）Voir la lettre de Gide à André Ruyters, du 18 octobre 1898, dans leur *Correspondance (1895-1950)* [abrév. désormais : *Corr. G/Ruy*].

Édition établie, présentée et annotée par Claude MARTIN et Victor MARTIN-SCHMETS, 2 vol., Lyon : Presses Universitaires de Lyon, 1990, t. I, p. 99, et celle du même à André Fontainas, du 18 ou 19 du même mois, in « André GIDE - André FONTAINAS : *Correspondance (1893-1938)* », présentée par Henry de PAYSAC, *Bulletin des Amis d'André Gide* [abrév. désormais : *BAAG*], n° 103/104, juillet-octobre 1994, p. 405.

(21) 略標題紙に « à Édouard Dujardin / en amical souvenir / André Gide » と自筆献辞の入ったこの『背徳者』初版（豪華紙使用の限定三百部）は、二〇一三年一二月一八日サザビーズ・パリで競売に付されている。

(22)「恋愛以上のもの mieux que l'amour」は、最終的な別離を前にした会話でアリサがジェロームに放つ言葉からの引用。Voir André GIDE, *La Porte étroite*, *RR I*, p. 888.

(23) ジャック・ドゥーセ文庫、整理番号 γ 489.4.

(24) 同右、整理番号 γ 489.5.

(25) Voir Edmond STOULLIG, *Les Annales du Théâtre et de la Musique*. Trente-neuvième année 1913, Paris : Libr. Paul Ollendorff, 1914, pp. 227-228. 付言すれば七月八日には同じアントワーヌ座でデュジャルダンの五幕劇『マルトとマリー』（一九一三年作）の再演がおこなわれている（主役はエヴ・フランシス）。

(26) ジャック・ドゥーセ文庫、整理番号 MNR Ms 30.8.

(27) 同右、整理番号 MNR Ms 30.9 ; *Corr. G/V*, p. 858.

(28) ジッドはそこに重要性を認めたのだろう、「ヴァレリーは全面的に同意している」というデュジャルダンの記述に下線を引き、かつ書状欄外の対応箇所に十字印を打っている。

(29) 一八八三年にパリのスタニスラス学院で知り合って以来、レニエとヴィエレ＝グリファンは極めて親密な交友関係にあったが、一九〇〇年に仲違いをしてからは、頻繁だった文通もぴたりと途絶え（voir RÉGNIER - VIELÉ-GRIFFIN, *Correspondance (1883-1900)*, *op. cit.*）、とりわけレニエのほうはヴィエレ＝グリファンを避けることが多くなっていた。

(30) ジャック・ドゥーセ文庫、整理番号 MNR Ms 30.10.

(31) 前述のようにジッドは年末までキュヴェルヴィルに滞在していたので、デュジャルダンの第二信は同地で受け取っていたはずである。

(32) ジャック・ドゥーセ文庫、整理番号 MNR Ms 30.4.

(33) この二日後（一二月三日）のヴァレリー宛ジッド書簡には「君はデュジャルダンのことを知っていると思う、僕よりは好く」とあり、本件にかんする判断はヴァレリーに委ねたいといった様子が窺われる（*Corr. G/Ve*, p. 858）。前註28も参照。

(34) Voir Michel JARRETY, *Paul Valéry*, Paris : Fayard, 2008, p. 536.

(35) ジャック・ドゥーセ文庫、整理番号 MNR Ms 30.11.

(36) 同右、整理番号 MNR Ms 30.12.

(37) Voir DUJARDIN, art. cité, p. 14. なお、この季刊文芸誌の詳細については以下を参照——Jean-Michel PLACE et André VASSEUR, *Bibliographie des revues et journaux littéraires des XIXe et XXe siècles*, Paris : Éd. Jean-Michel Place, 1973-1977, t. III, pp. 39-71.

(38) ジャック・ドゥーセ文庫、整理番号 MNR Ms 30.5.

(39) Voir JARRETY, *op. cit.*, p. 547.

(40) この翌日（六月一五日）、ジッドが会計担当のヴィエレ＝グリファンに宛てた書簡を参照——André GIDE, *Correspondance avec Francis Vielé-Griffin (1891-1931)*. Édition établie, présentée et annotée par Henry de PAYSAC, Lyon : Presses Universitaires de Lyon, 1986, p. 57.

(41) Voir Édouard DUJARDIN, « La vivante continuité du Symbolisme », *Mercure de France*, n° 625, 1er juillet 1924, pp. 55-73.

(42) 個人蔵（lettre partiellement reproduite dans Édouard DUJARDIN, *Le Monologue intérieur. Son apparition, ses œuvres, sa place dans l'œuvre de James Joyce*, Paris : Albert Messein, 1931, pp. 22, 66 et 72）。

(43) Voir Édouard DUJARDIN, *Les lauriers sont coupés*. Préface de Valery LARBAUD, Paris : Albert Messein, 1924 (préface de Larbaud aux pp. 5-16 ; parue précédemment dans *Intentions*, n° 27, septembre-octobre 1924, pp. 1-8, et reprise dans *Ce vice impuni, la lecture… Domaine français*, Paris : Gallimard, 1941, pp. 247-255).

(44) Voir la lettre de Larbaud, du 23 juillet 1923, et la réponse de Gide, du 31 du même mois, dans *André Gide - Valery Larbaud (1905-1938)*. Édition établie, annotée et présentée par Françoise LIOURE, Paris : coll. « Cahiers André Gide » n° 14, 1989, pp. 203-204.

(45) Voir DUJARDIN, *Le Monologue intérieur*, *op. cit.*（邦訳『内的独白について』〔鈴木幸夫・柳瀬尚紀訳〕、思潮社、一九七〇年）。なお参考までに「内的独白」にかんする代表的な研究書を年代順に挙げておこう——Kathleen M. MCKILLIGAN, *Édouard Dujardin : « Les Lauriers sont coupés » and the interior monologue*, Hull : University of Hull Publications, 1977 ; Frida S. WEISSMAN, *Du monologue intérieur à la sous-conversation*, Paris : Éd. A.-G. Nizet, 1978 ; Dorrit COHN, *Transparent minds. Narrative modes for*

presenting consciousness in fiction*, Princeton, N. J. : Princeton University Press, 1978 (trad. française : *La transarence intérieure. Modes de représentation de la vie psychique dans le roman*, trad. par Alain Bony, Paris : Éd. du Seuil, coll. « Poétique », 1981) ; Valérie Michelet Jacquod, *Le Roman symboliste : un art de l'« extrême conscience »*, Genève : Droz, 2008 (IIe partie, ch. I : « Édouard Dujardin et le roman de la vie intérieure », pp. 237-298) ; Stefania Iannella, *La Naissance du courant de conscience en littérature : « Les lauriers sont coupés » d'Édouard Dujardin*, Saarbrücken : Éd. universitaires européennes, 2015.

(46) Voir André Gide, « *Pages de journal (1933)* », *La NRF*, n° 259, 1er avril 1935, pp. 509-510.

(47) ジャック・ドゥーセ文庫、整理番号γ489.6 ; « *Pages de journal* (suite) », *La NRF*, n° 262, 1er juillet 1935, p. 50.

(48) じじつ、この著書は同年アルベール・メッサン社から公刊されている（Édouard Dujardin, *La Première Génération chrétienne. Son destin révolutionnaire*, Paris : Albert Messein, 1936）。

(49) ジャック・ドゥーセ文庫、整理番号γ489.7.

(50) Gide, « *Pages de journal* (suite) », *op. cit.*, p. 50.

(51) *Pour la défense de la culture. Les textes du Congrès international des écrivains, Paris, juin 1935*. Réunis et présentés par Sandra Teroni et Wolfgang Klein, Dijon : Éditions Universitaires de Dijon, coll. « Sources », 2005, pp. 103-104. 同書に先行して我が国で編纂・邦訳された次の刊本も参照――『文化の擁護――一九三五年パリ国際作家大会』（相磯佳正・五十嵐敏夫・石黒英男・高橋治男編訳）、法政大学出版局「叢書・ウニベルシタス」、一九九七年、五五―五八頁。なお大会中のジッドの言動については、彼の盟友とも呼ぶべきマリア・ヴァン・リセルベルグの証言を参照――[Maria Van Rysselberghe], *Les Cahiers de la Petite Dame. Notes pour l'histoire authentique d'André Gide* [éd. Claude Martin, abrév. désormais : *Cahiers PD*], 4 vol., Paris : Gallimard, coll. « Cahiers André Gide » n°s 4-7, 1973-1977, t. II, pp. 462-465.

(52) [Non signé], *Les Nouvelles littéraires*, n° 750, 27 février 1937, p. 3, col. 5.

(53) Voir André Billy, « Propos du samedi : Une nouvelle Académie va naître la semaine prochaine [...] », *Le Figaro*, 13 février 1937, p. 5, col. 5. Voir aussi Paul Léautaud, *Journal littéraire*, nouvelle éd. en 3 vol., Paris : Mercure de France, 1986, t. II, p. 1783 (13 février 1937).

(54) Voir *Cinquantenaire du Symbolisme*, catalogue de l'exposition, Paris : Bibliothèque Nationale, 1936. この展覧会カタログはデュジャルダンを象徴派「第一世代」、ジッドを「第二世代」に分類し、いずれにも一項を割いている（voir pp. 116-118 et 181-184）。ちなみに、展覧会開催を目前に控えた六月二〇日の『レ・ヌーヴェル・リテレール』では、フレデリック・ルフェーブルの有名な連載インタビュー「……との一時間」が、ギュスターヴ・カーンと並んでデュジャルダンを取りあげている（voir Frédéric LEFÈVRE, « Une heure avec Édouard Dujardin. Témoin du Symbolisme », *Les Nouvelles littéraires*, 20 juin 1936, p. 3, col. 1-2)。さらに付言すれば、同じ一九三六年、デュジャルダンがマラルメや象徴派について論じた過去の文章に加筆し『友人のひとりによるマラルメ』（*Mallarmé par un des siens*, Paris : Éd. Messein, 1936）を上梓するのも、以上のような象徴主義回顧の盛り上がりと無関係ではあるまい。

(55) ジャック・ドゥーセ文庫、整理番号 MNR Ms 30.6.

(56) だがヴィエレ＝グリファンは同年の一一月一二日に死去。代わってサン＝ポル＝ルーが新会長に選出される。以後、同会はメンバー交代を重ねながら今日まで続く。

(57) ジャック・ドゥーセ文庫、整理番号 MNR Ms 30.7.

(58) [Non signé], *La NRF*, n° 283, 1er mars 1937, p. 483 [rubrique « Les événements » du *Bulletin*].

(59) [Non signé], *Les Nouvelles littéraires*, n° 751, 6 mars 1937, p. 3, col. 4.

(60) ジャック・ドゥーセ文庫、整理番号 γ 489.8.

(61) デュジャルダンの返信は未発見であるが、その内容はおおよそ推測できよう。

(62) なお、その前身たる「マラルメの会《ソシエテ・マラルメ》」を含めた「アカデミー・マラルメ」の歴史については、最近公刊された次の著書に詳しい――Bernard FOURNIER, *Histoire de l'Académie Mallarmé (1913-1993)*, Angers : Éd. du Petit pavé, 2016.

第4章　ジッドとナチュリスム
――サン＝ジョルジュ・ド・ブーエリエとの往復書簡――

フランス文学が一八九〇年代半ばにひとつの転換期を迎えていたことは疑いを容れない。科学主義とその文学的変奏たる自然主義は、様々な分派を生みながらも依然として堅固な基盤のうえに立っていた。いっぽう象徴主義はたしかに一時代を画したものの、マラルメ提唱の諸理念を絶対の規範と仰ぐ傾向は次第に弱まり、むしろ過度に〈生〉から遊離した芸術にあらがう動きが勢いを増してくる。年長世代を麻痺させていた観念的美学に代わり、生への渇望が青年たちを突き動かしはじめたのである。彼らの主張はまだ広く一般に浸透していたわけではないが、過去数年間に発表された作品からいくつかを挙げるだけでも新たな精神風土の誕生は容易に看取できる――たとえばブールジェ『弟子』（一八八九）、バレス『法則の敵』、クローデル『都市』（共に一八九三）、マルセル・シュオッブ『モネルの書』（一八九四）、ベルクソン『物質と記憶』（一八九六）……。

サン＝ジョルジュ・ド・ブーエリエを若き領袖とする文学運動「ナチュリスム」は、象徴主義への反動傾向のなかでもひときわ声高に「生への回帰」「自然への回帰」を謳ったが、実際には理論に見合うだけの傑出した作品を生むことができず、わずか数年で急速にその輝きを失った。必然的に今日ではこの流派に対する認知度は総じて低く、研究言説の数量もまだまだ限定的なレベルにとどまる。しかしながら、たとえ短期間であったにせよ、同派の主張・

活動がジッドやジャム、ポール・フォールら同時代の作家・詩人たちの関心と反発とを誘いつつ、一九世紀末から二〇世紀初頭にかけて新たな文学環境の醸成に少なからず関与したことは紛れもない事実である。本章では、現存の確認されたジッドとブーエリエの往復書簡（全一五通、内一〇通が未刊）を訳出・提示し、両者の関係を実証的に跡づけたい。当該コーパスは、第一次大戦中や晩年の挿話的証言を含むものの、大方はナチュリスムをめぐる初期の書簡交換であり、総数自体の少なさとともに、両作家の実質的な交流が長くは続かなかったことを如実に示す。本章の表題に「ジッドとナチュリスム」を掲げた所以である。

ブーエリエの初期の活動、ナチュリスムの旗揚げ

サン＝ジョルジュ・ド・ブーエリエ（本名ステファヌ＝ジョルジュ・ド・ブーエリエ＝ルペルティエ）は、一八七六年五月一九日、ジャーナリストで文人の父エドモンと母ジャンヌ・ルージュレの長子としてオー・ド・セーヌ県リュエイユに生まれた。ジッドより七歳年下である。ヴェルサイユ高等中学、次いで名門コンドルセ高等中学に学び、在学中から詩や小説をものした早熟な青年であったが、まずはごく簡略にその初期の活動を述べておこう(1)。

一八九三年二月、大胆不敵にも『アカデミー・フランセーズ』と題する雑誌をヴェルサイユ、コンドルセ両校を通じての友人モーリス・ル・ブロン（後にゾラの娘ドゥニーズと結婚）と共同で発行したのが文学活動の第一歩であった。漠然たる神秘主義信奉のもと、ヴェルレーヌやローラン・タイヤード、ポール・アダン、アドルフ・レッテ、アンリ・ド・レニエ、フランシス・ヴィエレ＝グリファンらを受け手に想定したこの小雑誌は、独創性と呼べるほどの特徴は備えていなかったが、新世代の文学を樹立しようとする意気込みだけは旺盛であった。ブーエリエは「我らは来《きた》るべき種族の第一陣なり」と誇らしく宣言し、自身が「未来の芸術」の師と見なす若き作家・詩人のなかにジッドの名を挙げていた。この『アカデミー・フランセーズ』はわずか二号を出しただけで『被昇天《ラソンプシオン》』に引き継が

れる。新雑誌の目次にはブーエリエ、ル・ブロンのほかに、レッテやエマニュエル・シニョレ、ポール・ルドネルらの名が並び、内容的には宗教感情と耽美とが混淆した神秘主義傾向がいっそう顕著になる。だがこの後継誌も二号のみ（三―四月）で終刊となり、続いては六月からブーエリエの単独執筆による「不定期刊行の夢と愛の小冊子」『受胎告知《ラノンシアシオン》』が計五号発行された。神秘主義は九三年当時の流行《はやり》ではあったが、少なくともブーエリエがそこに認めた感情性、彼が付与した英雄的夢想や、無垢な現世界という主題の萌芽は、すでに後のナチュリスト的思想の幾分かを予告するものであった。

　年が明け一八九四年になるとグループ化が進み、オランダ人ジャック・ドレス、アンドリエス・ド・ローザ（アルマン・デュ・ロッシュの筆名）、アルベール・フルリー、ジョルジュ・ピオッシュといった青年たちが順次参加・合流してくる。同年五月に創刊された新雑誌『夢とイデア』（翌年五月までに計六号を発行）において、ル・ブロンは象徴主義・レアリスムをともども斥け、熱狂的な「新たな信仰」のうちに「新世代の神秘主義」を見出そうとする。いっぽうブーエリエは象徴主義の恩恵を認めつつも、それを超えた地点を目指そうとした。総じて言えば、ヴェルレーヌとヴィエレ＝グリファンに対する崇拝、感覚よりは感情性を基盤とする反主知主義、そして現実との和合による象徴主義超克への志向――これが同誌の主たる傾向であった。

　翌一八九五年はナチュリスム旗揚げの年となる。今やグループは当初の絶対的イデアリスム、形而上学的神秘主義を脱し、ひたすら事物や自然との全面的な一体化《コミュニオン》を謳っていた。一一月創刊の機関誌も文字どおり『ナチュリスム資料』と銘打たれる（同誌は九六年九月の第一一号をもってひとまず終刊[2]、九七年三月からは後継の『ナチュリスム評論』が一九〇一年一一月まで計三五号発行される。ちなみにこのナチュリスムという語は、数カ月前（『若き芸術』誌三月一五日号）、ベルギーの詩人アンリ・ヴァンドピュットが広く「自然への回帰」一般に対する願望を指して用いたものであった[3]。とりわけ領袖のブーエリエは雑誌創刊に先立ち、ヴァニエ出版から立て続けに三冊の「トレテ」を上梓し、弱冠一九歳での作家デビューをパリ文壇に強く印象づけていた。三冊とはすなわち、「ある悲劇ないし小説の序となるべき熱情の理論」の副題を冠した『冒険者・詩人・王・職人たちの英雄的生涯』（二巻本）、「風景の理論」たる『神々の復活』、そして「愛の理論」の『ナルシスの死にかんする論述、あるいは差し迫った必要』である。さらに翌九六年の夏には、メルキュール・ド・フランスから一〇月に同時出版の予定として、グループの作品四点（ル・ブロン『ナチュリスム試論』、ウージェーヌ・モンフォール『シルヴィー、あるいは熱きときめき』、フルリー『途上にて』、そしてブーエリエ『瞑想の冬』）が告知される……。かくのごとく同年の半ばには、新流派はすでにそれなりの知名度を獲得していたのである。

グループの牽引役ブーエリエの存在感は抜きん出ていた。そのことを証する一例として、やはりコンドルセの学友で、後には『レ・マルジュ』誌（第一次は一九〇三―〇八年）を創刊・主宰し自らも一派をなすモンフォールは、当時のジッド宛書簡で次のように述べている――「ブーエリエは偉大です。彼の天賦の才は真実そのもののように素晴らしい」、あるいは「彼が通りすぎる、するとそれまでは閉じていた多くの窓が開き、我々が忘れていた数多の歓びが再び見いだされるのです」[4]……。後述するレッテと同じくブーエリエがマラルメを批判しはじめたのはいささか遺憾なことであったが、『地の糧』を執筆中のジッドにとって、いかにも自作の主題に直結しそうな彼の主張や運動はもはや無視しえぬところとなっていたのである。

ジッドのナチュリスムへの関心

八月一八日、滞在中のキュヴェルヴィルからフランシス・ジャムに宛てた書簡でジッドは次のように問う――「君がサン＝ジョルジュ・ド・ブーエリエのことをどう考えているかが知りたい。というのも、今や彼について話すべき時だからだ！　君は彼と文通をしているのだろうか。彼に対する君の意見がとりわけ知りたいんだ。君はナチュリストなのかい？[5]」。オルテーズの詩人から便りが返ってくるのと相前後して、パリからは『ナチュリスム資料』の最新号が届く。その礼も兼ねてジッドが意を決しブーエリエに送ったのが次の書簡である〔宛先は雑誌の扉に記された編集長ル・ブロンの自宅気付〕——

《書簡1・ジッドのブーエリエ宛[6]》

〔キュヴェルヴィル、一八九六年八月二四日〕月曜夜

『ナチュリスム資料』第九—一〇〔合併〕号を頂戴したのがあなたのお陰かどうか存じませんが、仮に寄贈のお礼を申し述べるのが慎重さに欠けることだとしても、少なくとも〔同号に『瞑想の冬』の〕「序言」をお書きくださったことに対しては感謝申し上げても差し支えありますまい[7]。

「ブーエリエのことを好きか、と君は僕に尋ねている」〔友人のフランシス・ジャムがまさに今朝そう書いて寄こしましたが、この返事からは私が彼にどんな質問をしていたかがお分かりでしょう〕——「彼のものはほんの少ししか読んでいないが、おそろしく見事だと思ったので、昨日そのことを〔ポール・〕フォールに書き送った[8]」、云々。この冊子を戴いたことは（それがあなたからであろうと、〔『ナチュリスム資料』の版元〕ヴァニエからであろうと）口実にすぎません。あなたをいたく崇敬しているからこそ、お手紙を差し上げるのです。ご著述はあなたが生まれながらの作家であることを示していますが、私の崇敬の念はそういった外的な面だけに対するものではありません。我々に共通すると思われるもっと核心的な要素に対する極めて強い共感なのです。言葉では表現しきれないと分かっておりますので、無理にご理解いただこうとは思いません。しかしたとえ上手くご説明できぬとしても、少なくともこの共感の念が真実であるのは憚りなく断言しうるところ。どうか私をあなたの同志（*corréligionnaire*）とお信じいただきたく。

アンドレ・ジッド

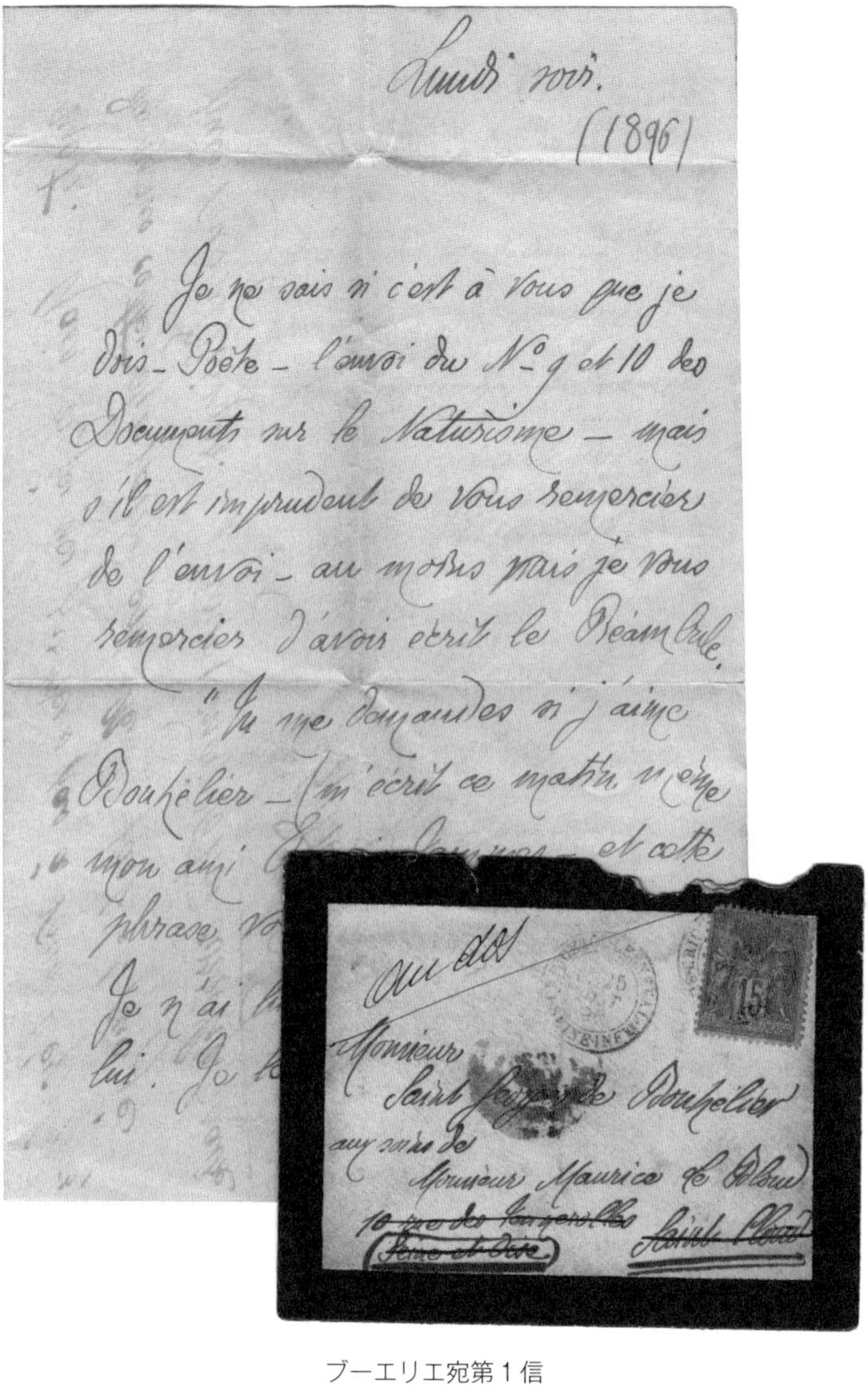
Lundi soir.
(1896)

Je ne sais si c'est à vous que je dois – Poète – l'envoi du N° 9 et 10 des Documents sur le Naturisme – mais s'il est imprudent de vous remercier de l'envoi – au moins puis je vous remercier d'avoir écrit le Préambule.

Tu me demandes si j'aime Bouhélier – m'écrit ce matin même mon ami

Au dos

Monsieur
Saint Georges de Bouhélier
aux soins de
Monsieur Maurice Le Blond

ブーエリエ宛第１信

いかにジッドが強い関心を寄せていたとはいえ、なんと熱烈な称賛、なんと積極的なアプローチであることか。

この「まるで別の惑星から落ちてきたかのような不意の手紙[9]」に対し、旅行先からパリに帰ったブーエリエは次のような返書を送る――

《書簡2・ブーエリエのジッド宛[10]》

パリ、一八九六年九月四日

ブルターニュからオランダまでを経巡る旅から戻り、あなたの心のこもった素晴らしいお手紙を有難く拝受いたしました。無謀なほどに感情を隠すことなく書いてくださったのですから、私の方でもそんなあなたへの感謝の念を、謙譲の表現や激しい言葉・優しい言葉で言い表してはならぬということがありましょうか。たしかに我々は似た者同士、兄弟のような存在です。あなたがそう認め、その旨を手紙に書いてくださった。これこそ心地よくも魅力的なご指摘です。

あなたの作品すべてを読ませていただいたわけではありませんが、私の識るいくつかは「自然の楽園」を想わせるものでした。あなたは強烈な甘美さそのものです。純粋な堕天使の魔法のごとき心地よさがあなたの世界全体を美しいものにしています。あなたは模範的恩寵を身に備えておられるのです。

以上は私の偽りなき感想です。しかしながら、ここで私が用いうるどんな言葉も、あなたが私の心のなかに喚起なさった諸々の感情については何も伝えることはできないと分かっております。〔それほど〕あなたは私の心を激しく揺さぶったのです。ご高著のうち私がすでに読んでいるのは二冊の優美な小著書と、雑誌掲載された断章のいくつかだけですが、私にはあなたが明晰なまでに美しく物悲しい存在であることがすでに感じ取れるのです。

私の思うに、まさに我々ふたりだけが今日確信をもって互いに抱き合える物書く存在（*êtres écrivants*）なのです。敬具

サン＝ジョルジュ・ド・ブーエリエ

「我々は似たもの同士、兄弟のような存在」――ジッドの熱い呼びかけに応えて、ブーエリエもまた自分たち「ふたりだけ」が文学の徒として特権的に結ばれていると返す。はたしてこの言葉は心底からの想いなのか……。

書簡の記述についてひとつ補説しておくと、第四段落に言及されるブーエリエ既読のジッド作品は、いくつかの資料・証言によってある程度特定しうる。まず「二冊の優美な小著書」については、内一冊が『ナルシス論』（一八九二）、もう一冊は『アンドレ・ワルテルの手記』（一八九一）、『アンドレ・ワルテルの詩』（一八九二）、『愛の試み』（一八九三）のいずれか（おそらくは後二書のいずれか）。また「雑誌掲載された断章のいくつか」については、後掲《書簡5》の記述から、少なくとも『ユリアンの旅』（一八九三）および『パリュード』（一八九五）のプレオリジナルが含まれていたのが確実である。ちなみにブーエリエの後年の証言によれば、これらのうち象徴主義の典型作『ナルシス論』は当時ナチュリストらの強い反発を買っており、前掲書『ナルシスの死にかんする論述』の執筆にも同作否定の意図が与っていたという[11]。いっぽう『パリュード』が一派の賛嘆の対象だったことは後述のとおり。

九月末日、ジッドは一時《いっとき》パリに戻り二日ほどを慌ただしく過ごしたが、その折りの模様をベルギーの友人アンドレ・リュイテルス（後の『新フランス評論』共同創刊者のひとり）に報告している――「パリの喧噪は心地よかった。あちこちを回り、次から次へと感じの好い人たちに会った。なかでも、それまで面識のなかったポール・フォールとサン＝ジョルジュ・ド・ブーエリエは魅力的だった」（一〇月四日、ラ・ロック・ベニャール発信[12]）。この初対面にかんする具体的な資料・証言は、筆者が承知するかぎり皆無。ブーエリエとの間で突っ込んだ話が交わされたとは考え

にくいが、少なくともこの時の好印象がジッドをさらに積極的な態度に出させたことは疑えまい。同じ頃、あるいはやや遅れて、ジャムからナチュリスムに対する態度決定を促す手紙が届く――

この新しい文学はすべて、ナチュリストであるか否かを問わず、今やひとつの三角形から成りたち、将来もまたそうだろう。その三角形の各々の角《かく》が、君とブーエリエ、そして僕という訳だ。ベルギーまたはフランス〔の作家・詩人〕から僕が受け取る著作の相当数は、君＝ブーエリエ＝僕、ブーエリエ＝君＝僕、僕＝君＝ブーエリエ〔のいずれかの配列・配分〕を基本要素とし、それにフォールの影響が少々加わったものだ。〔…〕〔ナチュリストたち〕にとっては、すでに沈殿物がグラスの底で結晶となっている〔進むべき方向はすでに決している〕。君のほうはまだ態度を固めていない。この新たな流派は君が逃げ出すつもりなのか、とどまるつもりなのか、分からないでいるのだ。〔だが〕『地の糧』は、その題名からだけでも、君が僕らと同じくジャン＝ジャック〔・ルソー〕やベルナルダン〔・ド・サン＝ピエール〕と同族であることを示している。必要な場合には、そのことを〔ナチュリストたちに〕明言してもいいだろうか？　君を望む声は多いし、僕の思うに、君が及ぼす影響は僕らの影響と重なり合っており、君としてはもう逃げ出すなんてことはできないだろう。(13)

だがジッドはすぐには返答しない。一刻も早く果たすべき最優先の課題があったからである……。

ジッドの逡巡・警戒

一〇月下旬、かねて予告のとおり『瞑想の冬』がメルキュール・ド・フランスから出来《しゅったい》する。ブーエリエは日をおかずこの新著を友人・知己に贈ったが（筆者が実見した日付入り献本としては、母ジャンヌ宛が二六日付、盟友アルベール・フルリー宛が二七日付)、二八日にキュヴェルヴィルからパリに戻ったジッドの元にも「我が崇高なる同志《フレール》アンドレ・ジッドに/サン=ジョルジュ・ド・ブーエリエ」と自筆献辞の入った豪華紙刷が届けられた[14]。翌日ジッドはジャムに手紙を送り同書の刊出を伝えるが、しかしながらそこには早くもナチュリスムに対する違和感・警戒心のごときものが記されていた――

君に手紙を書かなかったのは仕事をしていたためだ。『地の糧』〔の執筆〕は進んでいる。僕について誤った考えが定着しないよう、なんとしても早く出版してしまわなければならないんだ。〔僕の言わんとすることは君も分かるはずだ〕。〔…〕

昨日から僕はパリにいるが、ブーエリエの本が出たので明日君に送ろう。この本が僕たちふたりの間に存在するのはよいことだから[15]。

この一節をとらえてクロード・マルタンが説くように、「生や自然を称揚する、それはよかろう。だがジッドは自身や『地の糧』をベルナルダン・ド・サン=ピエール的なものとは考えていないのだ。然り、『瞑想の冬』はジャムと彼との違いを映すが、それにもましてブーエリエと彼とを分かち隔てる作品だったのである[16]」……。

ジッド=ブーエリエ会談

にもかかわらずジッドは翌三〇日、アンリ・ド・レニエ、ポール・フォールのふたりと夜をともに過ごし、早くからナチュリスムに共感を寄せていた後者にブーエリエと懇談したい旨を伝えるのである。仲立ちを務めたフォールによれば、「ジッドはあなた〔ブーエリエ〕の見事な作品とあなた自身にかんする大きな論文を『メルキュール・

ド・フランス』誌に書く決心を固めました。〔…〕もはや彼に迷いはなく、論文は一一月の掲載となるでしょう」、云々（一〇月三一日のブーエリエ宛書簡[17]）。かくして懇談は一一月四日の午後九時、パリ六区サン＝プラシッド通りのフォール宅においてと決まった。

この出会いはジッドがナチュリスムへの懐疑心を深め、ひいては自ら約した「大きな論文」の執筆を断念する最初の契機となるものだが、以下では暫しの間、本文ないし註で実証面の補説を加えながら、関連の書簡・証言にもとづき一〇月末から翌年初頭にかけての流れを追うことにしよう。

*

ジッドがすでにブーエリエ一派のことを妻マドレーヌに語っていたのは間違いない。著者から『瞑想の冬』を寄贈されるや自らも彼女用に一部を買い求めるが[18]、キュヴェルヴィルへ郵送のさい同著を評価する旨を書き添えたのだろう、一〇月三一日付のマドレーヌの返書はその意見を認めず、ナチュリスムに傾くかのような夫に自制を求めている――「ブーエリエの本が『地の糧』より優れている？　私は絶対にそうは思いません。『ル・サントール』誌の人たちが〔あなたの〕『エル・ハジ』を評価しなかったとすれば、彼らには残念なことでしたが仕方ありません。お分かりのように、第一の過ちは彼らのグループに入ったこと。第二の過ちはそこに復帰したこと。そして第三の過ちは……[19]」。いっぽう一両日遅れてジッドから『瞑想の冬』を受け取ったジャムは、翌月二日ないし三日の書簡で、同著がジッド的要素を多く宿すことへの嫉妬を隠さず、この詩人独特の物言いで率直な感想を伝えている――「すでにブーエリエの本にはざっと目を通した。彼のものは『ル・リーヴル・ダール』誌〔ポール・フォールが一八九二年に創刊した小雑誌〕に載った何ページかしか読んだことがなかったが、対等の存在と認めていた。強い個性は非凡なものに思えたし、彼の霊感は僕を高ぶらせた。しかし嗚呼！　三分の一が彼自身、もう三分の一がバレス、残りの三分の一が君から成るこんな辞書〔活字の詰まった分厚い本、の謂か〕がまさか僕の元に届こうとは思ってもいなかった。彼にあれほど讃嘆の念を示したことに腹が立つし、傷つきもしている」[20]。

次いで一一月四日の出会い――。『ジッド＝ジャム往復書簡集』の旧版（一九四八年刊）には編者ロベール・マレが「一八九七年二月初め」と時期推定する「ブーエリエと午前一時まで過ごしたその翌日」のジッド書簡が収録されているが[21]、最近まで大方の研究者は「ナチュリスム宣言」（後述）への言及の欠如と二回目の出会いの蓋然性とを根拠に、これを一八九六年一二月中のものと見なしてきた。しかし彼らの推測もまた明らかに誤りであって、ジャム上掲書簡の記述数カ所との逐条的照応や、とりわけ『白色評論』一一月一日号（一〇月末刊）掲載のジャム詩篇「静寂、次いで一羽の燕が鎧戸の上で……」の断片を冒頭に掲げ、これを「君の最新作」と呼んでいる点から、当該書簡が最初の出会いの翌日、すなわち一一月五日の証言であることは疑いを容れない[22]。その一節に曰く――

君の手紙は受け取った。この手紙はそれへの返事のように見えるが、そうではない、僕は君の詩篇に応答しているのだ。〔…〕昨日、僕は〔アンドレ＝フェルディナン・エロルドが翻訳したアイスキュロスの〕『ペルシア人』を読み、〔次いで〕ブーエリエと午前一時まで一緒にいた。その後もまだ起きていた。僕の思うに、ブーエリエのナチュリスムは非常に頑なだ。彼は崇高なものにしか身を委ねず、あらかじめ自分の考えを固めてしまっている。僕が君のいう三者関係を笑ったのはそのためだ。いや、僕は君を彼、彼らと一緒にはしていない。もし彼について語り、（彼らが望むように）この運動について論文を書くことになれば、僕には君のことをこの「運動」に加わる「若者たち」の一員に数えることはできない。そうであるには君は個性的すぎるし、既成の美学に属してはいないからだ。〔…〕[23]

ブーエリエのほうでもジッドとの間に気質の決定的な隔たりを感じ、また自らの冷ややかな態度に対話者が意気阻喪するのを承知していた。以下は彼が後年、その著書『偉大なる生への序』（一九四三）に残した証言――

ポール・フォール宅でジッドからお世辞を言われても、私がまるでそこには居らぬかのような態度をとったので、彼は気を悪くしていた。熱のこもった称賛に私のほうも情熱的に応えてくれると期待していたに違いない。〔…〕心情よりも精神によって人を魅了し、かたちある情愛の資質よりは知性のほうを備えた、つまりは「〔生身の〕人間」であるよりも「文学者」である彼に対し、私はいかなる共感をも覚えることがなかった。彼の狙いは私を魅惑することだった。彼はそれまで私のことを激情的な性格の人間だと思っていたが、私のほうは感情を表に出さなかったのだ。別れるときには我々は互いに失望していた。歩道でありきたりの挨拶を交わしてその場を去った。それぞれ己の思案に立ち戻り、あたかも再会など望まない見知らぬ者どうしのような会釈を交わしたのである。(24)

遠い過去をふり返っての回想なので多少の潤色はあるかも知れないが、それを考慮に入れたとしても証言全体の否定的なトーンは明らかだ。

交流の継続

しかしながら、このような双方の「失望」にもかかわらず、交流は依然として続く。それどころか、翌一二月に入っての書簡の遣り取りや献本行為だけをとらえれば、彼らは初回の話し合いで互いに共感を覚え、心から再度の意見交換を望んでいるかに見える。まずは四日、この時点ではまだブーエリエの住所を知らなかったジッドはフォールを介して次の書簡を送っている――

《書簡3・ジッドのブーエリエ宛[25]》

〔パリ〕、一八九六年一二月四日

親愛なる詩人

『レコー・ド・パリ』紙に掲載されたティバルト〔同紙上でのローラン・タイヤードの筆名〕の論文を昨日読んで私が感じた喜びをあなたに申し述べさせていただきたい。私としてはこの論文にまったく異存がないという訳ではありませんが、しかし論文はご高著が当然受くべき永続性を確かに保証するものであると思います。あなたとお会いできるでしょうか。ポール・フォールが、彼の家か拙宅で我々が再びお会いできるよう、いつの晩がよいかを知らせよと言っています。今すぐには決められませんが、私もあなたとの再会を強く望んでおりますので、できるだけ早急に日取りの調整をいたしたく。敬具

アンドレ・ジッド

『レコー・ド・パリ』一二月二日号掲載のタイヤードのブーエリエ評「英雄の誕生[26]」に触発されての書簡だが、若干の留保は付しつつも、詩人を高く称揚する同論に賛同し、文通者との「再会を強く望む」というその文言は、前月のジャムを相手の忌憚ない感想とは何と大きな違いを見せることか[27]。

四日後のブーエリエの返書もまた、気乗り薄の気ぶりも見せず、相手への熱い共感と関心を明言する――

《書簡4・ブーエリエのジッド宛[28]》

〔パリ一八区〕、ガヌロン通り一二番地、一八九六年一二月八日

親愛なるジッド

私にはあなたの友情がたいへん嬉しく、またあなたがそれを形をもって示してくださるだけに私の喜びはいや増すところです。私の友情の方も幾分かはお信じください。近々お会いできることを期待しております。〔それにしても〕互いの著作、そのまだるい仲立ちによるのとは別に、我々が〔もっと直接に〕友情を交わし合うことはできないものでしょうか。敬具

サン＝ジョルジュ・ド・ブーエリエ

おそらくこの書簡を受け取ってからであろう、ジッドはブーエリエに刊出して間《ま》もない『ユリアンの旅・パリュード』第二版合冊本（一一月一六日刷了）を贈っている[29]。次はそれに対する礼状――

《書簡5・ブーエリエのジッド宛[30]》

〔パリ（？）〕、一八九六年一二月一二日

親愛なるジッド

ご高著の前扉に何故こんなありきたりの献辞をお入れになるのでしょう。拝受したばかりですが、私は『ユリアンの旅』を、そして『パリュード』を読みました。両作品の断章はすでに存じていました[31]。率直な物言いをお許しいただきたいのですが、『パリュード』よりも『ユリアンの旅』を好む意見とは逆に、私としては、後者にはまさに文学的な讃嘆の念を覚えるものの、前者の方がはるかに好みです。過度なまでに

感覚的で、優しく甘やかなこの小品は傑作だと思います。厚くお礼申し上げます。かつて慌ただしい読み方をしていた〔二つの〕序文にはとりわけ強い感銘を覚えました。[32]　敬具

サン＝ジョルジュ・ド・ブーエリエ

ジッドの「ありきたりの献辞」が如何なるものであったかは、当の刊本が所在不明のため残念ながら現時点では知る術がない。[33]これに続く記述について若干の補説をしておくと、少なくとも『パリュード』（一八九五年初版）に対するブーエリエの賛辞は決して儀礼的なものではなく、作品がはらむ象徴派への揶揄・皮肉に我が意を得たためだろうか、彼は後年にも「〔当時〕ジッドの二、三の著書、特に『パリュード』は我々を感嘆させた」と述べている。[34]また この証言で昔日の盟友たちが引き合いに出される点（人称代名詞「我々」の使用）についても、それが事実に合致した記述であることは、やはりジッドから合冊本を贈られたル・ブロンの『パリュード』讃（一八九六年一二月一八日付ジッド宛書簡）が具体的に証するところである。[35]

二回目の会談

その胸の内はともかく、ジッドとブーエリエはいずれもが近日中の再会を希望・提案していた。では実際にふたりはそうした機会をもったのか否か。前述のように、従来少なからぬ研究者は一二月中の出会いを想定し、なかにはこれを「前月に続く二回目の会談」と主張する向きもあったが、彼らが拠り所とするジャム宛ジッド書簡の時期推定はすでに実証的なレベルで否定された。すると再会の有無を判断しうる資料はもはやほかには存在しないのだろうか。決してそうではない。互いの交流について後々まで口を閉ざしたジッドとは異なり、ブーエリエは数度にわたり回顧的証言を残したが、実はそのうち最も詳細な内容の新聞記事、『ル・タン』紙一九四一年八月二七日号掲

載の「アンドレ・ジッドとの関係」がほとんど常に等閑視されているのだ。[36] この記事の終盤でブーエリエは、フォール宅での最初の出会いに触れたのち、次のように述べている――

> それからしばらくして（一二月のことだ）ジッドから手紙をもらったが、今度はもう前ほどには熱のこもらぬ文面だった。彼にはまだ住所を教えていなかったためポール・フォールを介しての手紙だったが、ローラン・タイヤードがパリの某紙に（ティバルトの筆名で）私にかんする華々しい時評を載せたので、丁寧にも祝意を書いてよこしたのである。また彼は（どちらにするかはまだ決めていなかったが）フォールの家か、彼の家で再び会おうと言っていた。この会合は実際に行われることになる。場所はコマイユ通り〔パリ七区〕の彼の自宅だったと思う。彼は引き続き幾度か私への気配りを示したが、その後は別離とあいなった。[37]

ジッドの《書簡3》の内容が忠実に要約されていることから見て、おそらくブーエリエは手元に保存していた同書簡を改めて参照しながら回想を綴ったものと思われる。[38] むろんそのことが直ちに記憶の無謬性を保証するわけではないが、ここで注目すべきは、場所については断定を控えながらも、彼が再会をひとつの事実として迷いなく語っている点だろう。ちなみにコマイユ通り四番地はまさしく当時のジッドの住所であり（三カ月後の翌一八九七年三月、ラスパイユ大通り四番地に転居）、それも考え合わせれば記述の信憑性は高い。まず間違いなく両作家は一二月中（あるいは蓋然性は低いが翌年一月初め）に再び相見《あいまみ》えたのである。

「ナチュリスム」宣言

年が明けて一月八日、ジッドはブリュッセルに到着、アンドレ・リュイテルス宅で数日を過ごすが、当地滞在中マドレーヌから、「どう考えてもあなたはブーエリエの弟子と映って見えることでしょう……（愚か者たちの目には）」[39]という手紙とともに、一〇日付の『ル・フィガロ』紙日曜版を受け取る。『瞑想の冬』を高く評価し、ナチュリスムを自然主義の詩的後継と見なしていたゾラの強い推挽をえて、ブーエリエが同紙上で自分たちの主張を広く一般に向けて示したのである。[40]彼自身はことさら「流派」を前面に出したわけではないが、編集長フェルナン・ド・ロデイが付した題名「あるマニフェスト」と前文《リード》「文学の〈最新艇〉、それは《ナチュリスム》。船長に就いたのはサン＝ジョルジュ・ド・ブーエリエ、云々」によって、綱領《プログラム》としての性格は否応なく鮮明なものとなった。『瞑想の冬』や『ナチュリスム試論』の内容を要約した基本教義じたいは、「神の実体」たる「現世界を厳かに歓びをもって享受すること」にあり、その「悦楽や崇高な歓喜、荘重な魅惑」の抽出・描写を詩人の努めとする点では従前と変わるところはない。しかしこの宣言はまた同時に外国人嫌悪と国家主義的美学を露わにするものでもあった。シェイクスピアやショーペンハウアー、ワーグナー、イプセン、ニーチェの名を否定的に列挙したのち（ちなみにワーグナーをのぞく四者は、そのいずれもがジッドに多大な影響を及ぼした作家・思想家である）、ブーエリエは言う——「我々はこれ以上〈外国人への精神的隷属〉を望まない。思うに、フランス文学に対する外国人の勝利はドイツ占領軍の侵略にもまして恐るべき邪悪なものであり、我が国にはびこる彼らの思想は民族精神を損なうものである。〔…〕ドイツという国や外国人たちが人民大衆のうちに惹起する敵意を我々もまた斉《ひと》しく共有しているのだ」。かくのごとくナチュリスムは「土地と伝統の礼讃」、フランス的美質の顕揚、普仏戦争敗北以来の「寛大なる憎悪」によって特徴づけられる。「国家意識の覚醒、土地と英雄たちへの礼讃、愛国的情熱の聖別」……。これこそがバレスの思想に通ずる、あるいはむしろバレスの思想を先どりした「マニフェスト」の要諦なのである。

ナチュリスムの〈船長〉は、「二千年来のかなり俗悪な芸術」に代わる「極めて美しい芸術の誕生」に渾身の力を傾注してきたと自負しつつ、上記の結論を述べるに先立ち、〈乗組員〉として特に四人の名を挙げていた——

何人かの若き作家が身を捧げたその文学は、今もじつに力強く、輝きに満ちて見事である。ミシェル・アバディー氏は自らの詩篇において響き豊かで美しい模範例を示した。[41] アンドレ・ジッド氏の魅力もまたそのような感性より発している。甘美な情熱をそなえた優雅にして煌めくばかりの才能だ。モーリス・ル・ブロン氏はその比類なく純粋な文章で知られる。ポール・フォール氏は清澄な頌詩をいくつも著した。かくして青年作家の一群が、厳かな身震いのうちに、すっくと立ち上がるのである。[42]

翌々日(一月一二日)には、同じ『ル・フィガロ』紙の第一面冒頭に配された時評で作家・美術史家のギュスターヴ・ラルーメがセナークルやマニフェストへの偏執を嗤い、「四人の兵士と彼らの伍長」(「最少数兵力」の謂の慣用表現« quatre hommes et un caporal »に掛けた皮肉)から成る新流派を痛烈に揶揄する。[43] この時評が即座に反ナチュリスムの動きを呼ぶわけではないが、マニフェスト発表直後の辛辣な批判はやがて活発化してゆく論争を十分に予感させるものであった。

ジッドの反応

ではジッドはマニフェストを読んで、どのように反応したのか。外国の文学・思想に多くを負う彼にとって(後の『新フランス評論』誌がまさに「外国文学の積極的受容」を編集方針のひとつに掲げたことを思い起こそう)、ブーエリエの説く文化的排外主義は本来ならば到底肯《がえ》んじえぬものであったはずだ。にもかかわらず彼は、旅先からマニフェストに名指しされた喜びを伝え、互いの共感を我が人生の最良事とまで言い切るのである——

《書簡6・ジッドのブーエリエ宛(44)》

〔ブリュッセル、一八九七年一月一二日(または一三日)〕

親愛なるブーエリエ

妻があなたのマニフェストをブリュッセルの私の元に送って寄こしました。私のことをかくも甘美な思いやりを込めて語ってくださること、それに対しお礼を申し上げねばならぬとは思いません。なぜなら、あなたのことを語って私が得る喜びとまさに同じ喜びを、あなたもこのマニフェストのなかで感じておられると願うものだからです。しかし我々相互の共感は私にとり、ほかの者たちの呼び方を使えば「文学的経歴」において、私の言い方では我が人生において出会った最良の事柄のひとつだということはここでもまた繰り返し申し上げたい。再会を期しつつ。敬具

アンドレ・ジッド

＊

以上のように、ナチュリスムに関心を抱きはじめてからほぼ半年の間、ジッドは私的な文通では常にブーエリエを称え、時には過度なまでの美辞麗句を並べるが、公の場において詩人の作品や文学観に対する評価を明かすことは一度もなかった。こうした状況に変化が生ずるのは上掲書簡から七週間後、彼がポール・フォールのナチュリスム批判文に賛同・連署する一八九七年三月初めであり、さらに自ら筆を執って反論するのは翌年になってのことだが、その経緯を追うに先立ち、同者が関与したある論争にも触れておこう。というのもこの論争は、ブーエリエたちと近しい関係にあり、また彼ら以上に詩人マラルメを激しく非難するふたりの文学者を相手とするものだったからである。

レッテ、サン＝ジャックのマラルメ攻撃

世紀末的厭世観の漂う詩集『夜の鐘』（一八八九）で世に出たアドルフ・レッテ（一八六三年生まれ）は、第二詩集『霧のトゥーレ』を上梓した一八九一年頃からローマ通りの「火曜会」に足繁く通ったが、当時流行のアナーキズムへの共鳴とそれに起因する投獄体験を契機として象徴派否認の立場に転じ、ここ二年ほどの間、かつては「感嘆すべき詩人[45]」と呼んだ旧師に対し事あるごとに仮借ない攻撃を加えていた。最初の矢が放たれたのは、レオン・デシャン創刊の隔週誌『ラ・プリューム』一八九五年元日号においてであった。マラルメの近著『音楽と文芸』の書評という体裁でレッテは、詩人を「偽りの深みと表現上の衒学趣味」しか備えぬ、「死に瀕した高踏派《パルナス》の最後の化身」と位置づけ、その「嘆かわしい」「忌むべき」「不吉な」影響を執拗に告発する。人工的なものの拒絶、〈生〉と〈自然〉の礼讃はまさにナチュリスムと連動する主張であった――「秘儀の衣をまとった亡霊どもがさまよう地下納骨所から抜け出し、生の世界に立ち戻った私はなんと大きな喜びに満たされたことか！〔…〕嗚呼、聖なる自然よ、私は前にもましてそなたを強く愛する……[46]」。

翌九六年のパリ文壇はヴェルレーヌの死（一月八日）をもって幕をあける。レッテは同年初頭から連載を始めた『ラ・プリューム』の時評欄「諸相《アスペ》」において、ヴェルレーヌ作品に永遠の美を認め、これを褒め称える一方（二月一日号）、わずかな票しか得られず辛うじて後継の〈詩王〉に選出されたマラルメについては、三カ月後（五月一日号）、「退廃詩人《ル・デカダン》」と題する長文でまたもや、外界の現実を頑なに拒否するそのナルシス的自閉性を指摘するとともに、過度の形式尊重による意味の欠落を厳しく断罪したのである――「マラルメ氏は偉大な思想家でもなければ偉大な詩人でもない。氏のうちに要約され具体化されているのは、形式への度外れな偏執に支配された流派の衰弱・疲弊した姿である。氏はあまりに言葉を信じすぎたために、言葉によって滅ぼされたのだ[47]」。

年が変わって一八九七年、レッテの後を承《う》け『ラ・プリューム』で「鑑定」と題する文芸時評欄の担当となった

ルイ・ド・サン＝ジャックが、連載初回（元日号）の「前提的宣言」において、「格別の闘争好き」である旨を告白しつつ、「この嗤うべき偶像に最初に襲いかかり、それを打ち倒すという栄光を担った」前任者の功を称え、自らも反マラルメ・キャンペーンに加わる。[48]続いてはレッテが、同誌次号（一月一五日）の「自由論壇」に投書し（編集長デシャン宛）、最近発表されたマラルメのヴェルレーヌ頌「墓」（『白色評論』誌元日号）の意味不明を揶揄しながら、「挽歌に対する異様な好み」を理由に詩人を「墓守老人」と呼んで罵る。そして、ここでもまた前〈詩王〉との対比――「ヴェルレーヌは折り紙つきの呪われた詩人である。さんざん苦汁を嘗めたのち、さらにその死によっても、かくのごとき怪《あや》しからぬ公言を誘うのだから」[49]。

すでに象徴派の影響を脱し、〈生〉へと大きく舵を切っていたとはいえ、ジッドにとってマラルメは今もなお、そして後々まで変わることなく文学的高貴の比類なき体現者であった。それだけに旧師に向かって公然と投げつけられた侮辱は、まずなによりも心情の面で許しがたい暴挙だったのである。さっそく彼は『メルキュール・ド・フランス』の編集長アルフレッド・ヴァレットに宛てた公開状のかたちでレッテ、サン＝ジャック両人への反論を草する。末尾にはポール・ヴァレリー、マルセル・シュオッブ、ポール・フォール、エミール・ヴェラーレンの四名が賛同の言葉を添えていた。ジッドはこの企てをマラルメにも知らせたが、執拗に絡んでくる酔漢のごときレッテには無視・静観こそが最善の策だと諭され、詩人の意見を容れてヴァレットに手紙の返却を請う（そのことは再度マラルメに伝えられる）[50]。しかしながら、すでに編集・組版の作業は完了していたのだろう、手紙は二月一日号の「短信欄《エコー》」に「抗議」の題で掲載されるのである。この公開状の意図をジッドは次のように説明する。すなわち、「決して反駁することのなかった人」に代わって弟子たちがここで抗議しておかなければ、ほかの時評家も「マラルメ氏は突如として身内の者すべてから見捨てられた」と思いかねないからだ。かかる考えのもと、議論はマラルメ作品の是非ではなく、もっぱら詩人の人となりに絞られる――「私がレッテ氏を非難するのは、その無理解のゆえにではなく、たとえ崇拝者にあらずとも敬意だけは払うべき人物を侮辱するがゆえなのだ。ここでは文学の話題はすべて脇においておく。この御仁たちにとって文学は関係ないからだ」……。そして公開状は「怒りの原因をつくった『ラ・プリューム』誌の無礼」を指摘して終わっている。(51)

レッテはただちにヴァレット宛書簡（二月一日付）のかたちで返答する。一カ月後『メルキュール』（三月一日号）に掲載されたこの反論は、ジッドの抗議が自分の主張を曲解し、感情のみに突き動かされた不当なものだと切って捨てる。彼にとってマラルメが「嘆かわしい助言者、従ってはならぬ手本」であることに変わりはないのである。(52)サン＝ジャックも同じ号にヴァレット宛の短信（二月八日付）を載せ、ジッドに言及しつつ、近々『ラ・プリューム』に独自のマラルメ批判を発表する旨を予告。じっさい、同誌三月一五日号に発表された彼の時評「鑑定」は、かつての師弟を抱き合わせで非難する内容で、まずはジッドの抗議を非合理的だと執拗に責め立て、次いで近刊の『ディヴァガシオン』を酷評していた。(53)

マラルメに対する激しい攻撃は翌年まで続き、途中からは詩人擁護の側にロベール・ド・スーザやアンリ・ド・レニエらが加わる論争は『ラ・プリューム』『メルキュール』両誌の鞘当て合戦の様相さえ呈することになるが、(54)ここではジッドに話を絞り、レッテたちに対する反発が反ナチュリスムの表明へと繋がっていったことをまずは確認しておこう。

ジッドのナチュリスム批判とその柔軟さ

ジャン・ヴィオリス（本名アンリ・ダルデンヌ・ド・ティザック）はブーエリエに誘われ運動に参加した弱冠二〇歳の作家だが（同年、詩集『日々の花飾り』と小説『ときめき』の二作を上梓）、その彼が『メルキュール』二月一日号に「ナチュリスムにかんする考察」と題する長い論文を発表し、青年作家たちに向けて「〈ナチュリスム〉という語をできるだけ多くの人々が受け容れるようこの名称を広めよう」と提案した。[55] それに対し、すでにレッテらの行動に憤慨し、彼らと関係の近いブーエリエ一派に対しても警戒心を強めていたポール・フォールは、三月二日の『ル・フィガロ』紙（および『メルキュール』三月一日号）に短い手紙を寄せ、ヴィオリス論文の文言を逆手にとって、自分としてはこの種の「極めて明確かつ限定的な」集団には与せず、一切のレッテルを拒否する姿勢を公にする。この宣言には、ピエール・ルイスやジャム、ヴァレリーをはじめ総勢二九名の作家・詩人が賛同し、ジッドもその筆頭のひとりとして名を連ねたのである。[56]

遅まきながらジッドがナチュリストと見なされるのを拒んだのは、フォールやほかの宣言賛同者たちと同様、この新流派とマラルメ包囲陣との連動を懸念したためであろう。だが彼の考え方は、実際にはレッテやサン＝ジャックが説くところとさほど遠く隔たっていたわけではない。詩的探求を過度なまでに推進した晩年のマラルメに対しては擁護の立場を取っていないし、その頑なな反ナチュリスム的姿勢についても決して賛同はしていないのである。にもかかわらず旧師への敬意を優先し、穏やかなかたちではあるがブーエリエ一派との間に距離を置いた要因としては、同じ時期に完成した『地の糧』（二月二二日脱稿）の存在がとりわけて大きい。すなわちジッドは、この「血肉の結晶」[57]に先行き不分明な流派の色が着くのを嫌ったのであり、またそれほど新作の出来栄えと独自性に自信があったということなのだ。じじつ三カ月後『地の糧』が出来《しゅったい》すると、レオン・ブルムをはじめ多くの論者は、これこそが流派に依存しない唯一真正な「ナチュリスム作品」だと評したのである。[58]

最良の作家は貴兄たちのなかにはいない、そう繰り返し評されるのに苛立ってのことだろう、モーリス・ル・ブロンは翌九八年の初夏、詩集『明けの鐘から夕べの鐘まで』を上梓したジャムにこれ以上はないというほどの激しい攻撃をしかける（『ラ・プリューム』六月一五日号）。前年三月、「ナチュリスム宣言」に抗して、詩人が皮肉を込めた自身のマニフェスト「ジャミスム」を著し、[59] ブーエリエらと距離を置いたのが事の発端であった。彼を自陣に誘い込むつもりだっただけに裏切られたとの思いは強く、今やル・ブロンの筆は感情の抑制を大きく欠き、ひたすら執拗な非難・中傷へと走る。曰く、この詩人にはいかなる才能もなく、その名声はナチュリスムに対峙するために象徴派がでっちあげたものにすぎぬ、あるいは、彼はフランス語の文法も詩作の基本も知らぬ、等々。[60]通常の域をはるかに超えた激烈な攻撃は当然のことながら論争の種となり、このいわゆる「ジャム事件」は以後五カ月にわたって続くことになる。[61]その間《かん》、詩人自身は一貫して沈黙を守り、友人たち（フォールやスチュアート・メリル、ゲオン、そしてジッド）に反論を委ねる。いっぽうブーエリエとレッテがル・ブロン擁護の論陣を張った（ただしブーエリエとレッテの個人的な関係はこの時点ですでに良好とは言いがたく、ナチュリスム内部の結束はともかく、反ジャム陣営全体としては必ずしも堅固な一枚岩だった訳ではない）。

当初ジッドは論争に直接関与することはなかった。たしかにル・ブロンの記事を読むやジャムに手紙を送り、ゲオンか自分のいずれかが近々公に反論すると伝え、また詩人もこれを強く期待していたが、[62]結局は自ら筆を執るのは思いとどまり、フォールに短い抗議文（『メルキュール』七月一日号）を書かせることで好しとしたのである。ル・ブロンは当然ながら反駁してくるが（『ラ・プリューム』七月一五日号）、これを受けてフォールが同者に宛てて書いた第二の公開状には初めてジッドの名が引かれていた――

ナチュリスムなどという流派はいっさい存在しない。万が一存在するとしても、その領袖になりうるのは唯ふたり、フランシス・ヴィエレ＝グリファンとアンドレ・ジッドしかいない。だがその称号はこの偉大な詩人たちを侮辱することになろう。両者の作品が美しいのは、ただそれが美しいという以外に理由はないのだ。彼らの作品は〈自然〉の愛し方を説いてはいない。〈自然〉への愛は教わるものではないのだ。[63]

ジッドが自身の別格扱いを両手を挙げて歓迎したとは考えにくい。次の段落で触れる「アンジェルへの手紙」でも、彼は一方的にフォールの肩をもっている訳ではないからだ。ル・ブロンのジャム批判にそれなりの「悪意」を認めつつ、フォールの反論状について、売り言葉に買い言葉を返すような遣り取りをとらえ、「嘆かわしい」と一言留保を付しているのである。[64] だがジッドの名を特記する評者はほかにもいた。鋭い皮肉に富んだ巧みな論文「危機に瀕するナチュリスム、あるいは象徴派は如何にしてフランシス・ジャムをでっちあげたか」を『レルミタージュ』誌八月一日号に載せたゲオンである――

ナチュリストの諸氏が欲するのは、決して自分たちの傍らに並ぶ存在ではない。〔じじつ〕このたびは「自然を感じた」といってジャム氏をやり玉に挙げている。〔また以前には〕アンドレ・ジッド氏を「この優美な才能」、ポール・フォール氏を「この詩的な驚異」と呼んでおきながら突如として口を閉ざしたが、その理由たるや、両氏の作り出すものがほとんど自分たちに追随したものではなかったからであり、両氏がブーエリエ氏の門下になるという栄誉を断ったからなのである。[65]

このような経緯を見るかぎり、ジッドは自ら進んでというよりは、否応なく「事件」の前面に押し出され、やむをえず己の態度を表明したという感が強い。じじつ、『レルミタージュ』誌九月号に掲載された、前二回よりも短めの文学時評「アンジェルへの手紙」は決して事を荒立てんとするような過激な内容ではない。「ル・ブロン氏の文学理論ないし気質がジャム氏への評価を妨げたとしても、それは同氏の過ちではなかった[66]」というブーエリエの評言を引き、これに同調するほかは、渦中の詩人について一切言及することがない。またル・ブロンに直接かかずらうのは避け、前年初頭の「宣言」に遡りながら、ナチュリスムの領袖との関係に焦点を絞るのである――

いったい何時《いつ》になったら自由に、また穏やかにナチュリスムの話ができるようになるのだろう。なにか新たな騒ぎが起こるたびに邪魔されてしまう。事情に疎い（少なくともブーエリエ氏本人の話だけに頼りすぎた）何人かの批評家たちが近頃、事の経緯も知らず、私を流派の一員だと思い込んでしまった。この流派はただ私を認めるのも悪くはないと思いついたばかりだったというのに。ブーエリエ氏はさらに賑やかな栄誉を欲して、自分に続くものとして私の名を『ル・フィガロ』紙〔掲載のマニフェスト〕にまで引いてみせた。彼の若き才能を称賛した報いがそれだったのである。必ずしもこの一件で氏への評価が変わったわけではないが、それからというもの、私は前ほど称賛の念を口にしなくなったのである。(67)

引用最終文に窺えるように、ここには論及対象の全面否定は避けようという配慮が働いている。ジッドは最近の「出来《でき》の悪い戯曲や凡庸な詩集」（名指ししてはいないが同年の『勝利』と前年の『エグレ、あるいは田園のコンセール』のこと）に言及しながらも、ブーエリエの初期作品が示していた「稀有な散文作家の才能」を忘れてはいない。とはいえ彼の筆はどうしても批判のほうへと傾いてゆく。たとえば、この若き領袖が自信満々で次々と「近刊・準備中」を並べることを睨んだ次のような揶揄――「ブーエリエ氏にあっては、作品に対する自負が作品〔の制作〕以前に存在している。だが私としては、〔その自負に見合う〕作品が実際に続いてほしいものだと思う」……。性急な判断は避けつつも、ジッドがブーエリエ個人の創作活動について否定的な先行きを予測していることは疑えまい。

だがその点も含め、時評全体の構成にはジッドの確かな意図が反映されている。ル・ブロンとブーエリエを論じた段落を挟んで、前後にはナチュリスムに属するほかの作家の近作が取りあげられ、そのいずれもが相応の評価を与えられているのだ。すなわちジッドは、先行の段落でわずか数行の記述ではあるが、ヴィオリスの詩集『ときめき』とジョルジュ・ランシーの小説『マドレーヌ』の「控えめで良質な主張」を称え、とりわけ後者については「抑制の効いた作家意識が大いに期待を抱かせる」と述べる[68]。またウージェーヌ・モンフォールに触れた後続の段落では、「才能は〔ブーエリエより〕限られたもの」だが、おそらくそれだけに「いっそう個人的で独自なものに思える」と好意的な印象を書き記すのである[69]。

かくのごとく、ジッドはナチュリストならば誰でも見境なく批判しているのではない。流派そのものは斥けるも、あくまで各人の作品をもとにした評価に徹する。あるいはむしろ、かかる態度選択こそが今回の一件に対する我が回答なり、そう示唆しているのだ。クロード・マルタンの見事な表現を借りるならば、この戦略的な時評によってジッドは、フォールのナチュリスム批判への賛同・連署〔前年三月〕に続いて再び「関係を絶たずに関係を絶つ」(rompre sans rompre)のである[70]。

＊

続く半年間についてはジッドとブーエリエの交流を伝える資料は実質的に皆無と言ってよく、唯ひとつ前者が翌九九年三月中旬ゲオンに宛てた書簡に次の関連記述が残るのみである――「〔南仏エクス＝アン＝プロヴァンスで会った詩人ジョアシャン・ガスケ〕はほとんどナチュリスム向きではなく〔彼は同派にうんざりしていた〕、逆に〔ヴィエレ＝〕グリファンや僕とはとても相性がいい。彼自身が僕に繰り返しそう言っていたのだ。彼とはナチュリスムについて大いに語り合った。僕が思うに、ブーエリエの活動はすっかり勢いを失っている[71]」……。だがジッドはそれからさほど日をおかず、当の作家に自作をいくつか送るのである。次はそれに対する礼状――

《書簡7・ブーエリエのジッド宛[72]》

〔一八〕九九年四月

前略
あなたの作品はいつも喜びをもって拝読しています。お贈りくださったテクストはおそらくあなたがこれまでお書きになった最も繊細で稀有、最も真実に迫ったもののなかに入るでしょう。とりわけ偽預言者〔『エル・ハジ』のこと〕は味わい深く雄弁な物語のように思われます。
あなたは偉大な天才である、私は絶えずそう申し上げましょう。あなたの霊感が純粋に働くとき、ご著作には心気症的な熱情や神秘的で孤独な憂愁、比類のない尽きせぬ悲嘆の跡が窺われます。ほかの誰もあなたほどの魅力を備えてはいますまい。あなたの綴る言葉の束は涙のように澄み、文体は清廉にして繊細です。敬具
サン＝ジョルジュ・ド・ブーエリエ

ブーエリエの真情はともかく、綴られているのは相変わらず手放しの称賛である。ちなみに彼が受け取ったジッド作品数点が何であったかは詳らかでないが、少なくとも『エル・ハジ』にかんしては、三年前の『ル・サントール』誌第二号に全文が掲載されていたプレオリジナルのことである（同テクストが『ピロクテテス』など外三篇との合冊刊本として出来《しゅったい》するのは、単行版『鎖を離れたプロメテウス』と同じくこの二カ月後）。

ジッドのブーエリエ批判、ブーエリエの反論

翌一九〇〇年の二月ないし三月前半、ブーエリエの小説『黒い道』がファスケル社から刊出する。著者から献本を受けたジッドは『白色評論』四月一日号で紙数を尽くして同書を論じたが、その内容はまさに酷評と呼びうるものであった。導入こそブーエリエの初期作品への称賛で始まるものの、半ページもすると、新作への期待は裏切られたという苦い思いがこれに取って代わる――

〔…〕デビュー時のブーエリエ氏が文学の復興を全フランスに告げたとき、私は大いに喜んだ。その初期作品は美しく響き豊かで、崇高な茫漠と簡明な倨傲に満ちていた。〔…〕彼は神のごとく進んでいった。彼に近づく者はたちまちその弟子となった。彼はほとんど言葉を発しなかったが、朗唱するかのように文章を書いた。〔…〕小説、戯曲、詩……。ひとは期待を込めて待った。彼は終始〔作品を〕予告していた。——ひとは待ち続けた。そして『黒い道』が出版された……。私は心から進んでこの本のことを賞めるはずであった。称賛の準備はすでにできていたのだ……。しかし嗚呼、まずは本を読んでみようと思った。そして直ちにこの辛い事実を認めざるをえなかった。すなわち、ブーエリエ氏はもはやフランス語が分からないという事実である。(73)

これに続く数ページの記述は、多くの事例を示しながら「綴り字の誤りや文法上の誤り」「言葉にかんする無知」「事物にかんする不正確」「奇妙な文章」等々をこれでもかと言わんばかりに並べ立ててゆく。そして書評は次の一文をもって結ばれるのである——「若き獅子ブーエリエよ、君は吼え損なったのだ！　やり直したまえ、やり直したまえ！」(74)。

書評を読んだブーエリエは、名刺に冷ややかな数行を書き添え、『白色評論』気付でジッドに送った（その後ラスパイユ大通り四番地の自宅に転送）——

《書簡8・ブーエリエのジッド宛(75)》

〔パリ〕、一九〇〇年四月〔五日〕

前略

あなたは私を攻撃するのに、あなたにとっても私自身にとっても相応しからぬ武器をお使いになった。おそらくいつの日か、そのことにお気づきになることでしょう。それでも私としては、あなたの著作に存する格調と威厳を変わることなく評価し続けましょう。ほかには何も申し上げますまい。

サン＝ジョルジュ・ド・ブーエリエ

だが、その後ブーエリエは『ナチュリスム評論』七月号に「文学にかんする考察」と題する論文を載せ、まず初めにジッドの批判を故意・無理解にもとづく過ちと述べ、翻って自著の価値を訴える――

毎日のように多くの恐ろしい作家たちから酷評されるが、私は彼らを軽蔑し、無視している。先だっても『黒い道』にかんし、ある優れた作家から激しい攻撃を受けたが、私は歯牙にもかけなかった。アンドレ・ジッド氏は私について間違いだらけのことを山のように書いた。彼は故意に責めどころを増やし、内容を誇張しようとしたが、結局のところ彼が証明したのは唯ひとつ、無慈悲きわまる敵意だけであった。しかし私は返答しなかった。繊細な作家アンドレ・ジッド氏は『黒い道』の価値を実によく理解していたのだ。そのことを意図的にねじ曲げたのである。(76)

こうした旨を手短に述べたのち、ブーエリエは「ジッド氏が最近送ってきた見事な小冊子」（『レルミタージュ』五月号に掲載後、単行出版された『文学における影響について』のこと）を取りあげる。そして上掲書簡後段に記した方針の揺るぎなさを示すべく、「彼が私にしたような振る舞いはしない」と宣したうえで、ジッド的影響論の優れた点を多々指摘・称揚したのである。(77)

しかし自作に向けられた賛辞を読み知っても、ジッドには先の主張を譲る気はなかった。以下はそのことを告げ

《書簡9・ジッドのブーエリエ宛[78]》

〔キュヴェルヴィル〕、一九〇〇年八月一〇日

あなたが割のよい役を演じられたこと、そして私があなたにその元を作っていたことは認めましょう。批判よりは称賛に重きが置かれているほうが心地よいこと、また私のささやかな冊子〔『文学における影響について』〕が、あなたにそういった機会を与えたとするならば、大変嬉しく思うことも認めます。あなたには感謝の念を抱かずにはおれず、私は何の迷いもなくその気持ちを申し上げます。あなた〔の近作『黒い道』〕にかんする拙論がいかに激烈なものであっても、あなたは、私の著作に対する評価を変えることもなければ、私の講演録を見事だと思う気持ちにも何ら変わりがない、そうおっしゃってくださる。だが嗚呼、あなたが寄せてくださるご親切な称賛もまた同じように、『黒い道』が不出来な作品だという私の考えを変えることはないのです。お便りをいただき改めてそう感じ入るだけに、まことに遺憾です。

あなたは、盲目であるか悪意を抱かぬかぎり、特定の本を愛せぬことなどありえないとの仮定に立って、（あなた自身は細やかな態度で私に接しているのだから）〔見解の相違の原因として私の側の〕個人的不満を話題にしておられる。だが明言いたしますが、決してそうではありません。反対に、万事が私をあなたへと導いていましたし、なおも多くの感情が私をあなたへと導くことでしょう。しかし、どうにも好きになれず受け入れがたい――少なくとも両方が同時の場合は受け入れがたい――二つのことが私をたじろがせるのです。すなわち、成人してさほど間《ま》もないあなたに、「久しく前から私は芸術の研究から苦悩は除外されるべきだと思っていた[79]」と書かせてしまう自惚れ、そして無知がそれです。

あなたは、仕事の要諦を会得していない偉大な芸術家という、ありえない模範を示せると思い込んでおられるのです。

あなたは我々の国語を傷つけている、それが私の「個人的不満」です。あなたは（いま読み返しても私には当惑いや増すばかりの異様な文のなかで）サン＝シモンや「誤りだらけの」ユゴーの大胆さを引いておいでです[80]。だが私にはユゴーが誤りを犯しているとは思えませんし、また貴誌最新号〔『ナチュリスム評論』七月号〕では「ロダンが彫像術にもたらした改良とは、動力学の研究を止め静力学の研究に代えたことであった[81]」とお書きですが、はっきり申し上げたい――「つまり筆者の言わんとするのは、静的均衡の科学から動的均衡の科学への代替である」という同じ文の結びが示すように、あなたは「大胆さ」などによるのではなく〔ただ単に不注意の誤謬から〕、おっしゃりたいこととは正反対のことを述べておられるのだ、と。

あなたは、私がしばしば微笑んでいることを理由に（それが私に向けたあなたの最大の非難ですが）、私のことを情熱に欠ける「軽い人間」と見なされた。それは誤りです。笑いは憎悪を妨げるものではないし、また微笑も愛を妨げるものではありません。しかし私の笑いはあなたをご不快にさせるので、ここでは笑うのを止め、率直にお話ししましょう。自らの芸術を愛するがゆえに、私はそれを台無しにしてしまうジュルナリスムを憎みます。このジュルナリスムなる語を私は色々な意味、多すぎるほどの意味で使っていますが、あなたのような生まれながらの作家が対象となる場合には、拙い書き方のことを指しているのです。さようなら。予告しておいでの豪奢な作品群をお待ちしています[82]。それらのご著書がより佳きものであれば、そのことを私ほど喜んで認める者はおりますまい。敬具

アンドレ・ジッド

最終段落の「ジュルナリスム」は、創作行為にかんするかぎり放縦や冗漫、あるいは彫琢の欠如とほとんど同義であり、「芸術は制約のなかにあり」を信条とするジッドには到底容認しえぬものであった。その点さえ喚起しておけば、書簡の記述内容についてはもはや贅言を要すまい。

文通の停止

翌一九〇一年の秋、ブーエリエは前々年の『勝利』に続く二作目の戯曲『新キリストの悲劇』をファスケル社から上梓するが、この新作についてジッドは『レルミタージュ』一二月号に短い書評を載せている。その一節――

> 私としては、その素晴らしい才能をもってすれば、彼が我々にした約束をいつかは果たしうるのを今もまったく疑っていない。しかし嗚呼！ 彼の新作が出るたびに私の信頼は減じてゆくのだ。じっさいブーエリエ氏とナチュリストらの大半は、彼が我々に与えたもののうち最も名高いのは〔作品ではなく〕依然として彼の約束であることを認めず、我々が『黒い道』『勝利』そして『新キリスト』に満足しなかったことに驚いているようである。[83]

ジッドは待った。だが評価に値する作品は一向に出てこない。そのような芳しからぬ状況を映してブーエリエとの文通はやがて途絶えてしまう。第三者との書簡においても彼やナチュリスムが話題に上ることは滅多になく、『日記』にいたっては関連記述すら皆無。また後述するジッド蔵書競売目録によるかぎり、ブーエリエからの自筆献辞本も『黒い道』（一九〇〇）が最後であった。[84]

一九〇五年、ジョルジュ・ル・カルドネルとシャルル・ヴェレーがおこなったインタビューのなかで、ジッドは以前にもまして決然と流派を否定し、個々の創造的精神の重要性を再度強調している。だが、かかる主張から透けて見えるのは、各人の今後に対する期待というよりは、むしろそうした望みはもはや捨てざるをえないという苦い認識なのではあるまいか――

流派を信奉するのはとりわけ若者たちである。だが実のところ、流派が重要であるなどとは私には考えられない。象徴主義を見たまえ。こんな流派など存在しなかったと、ひとは懸命になって証明しようとした。遅れてやってきた者は自分たちで流派を設立しようとし、そのためには象徴主義は生まれがらにして死んでいたのだと思い込もうとした。しかしながら、仮に流派というものがあるとすれば、象徴主義は疑いなく流派だったのだ。ところが彼らはその理論を認めぬがゆえに、その存在自体を否定した。〔レミ・ド・〕グールモンやレニエ、〔ヴィエレ＝〕グリファン、そして私自身、その各々の個性が際立ってくるや、彼らは我々を象徴主義者と見なさぬことでしか、この流派を否定できなくなったのである。

しかし、ひとりの人間が流派の後見を要するのは、彼がまだ形成途上である場合だけだ。いったん己を確立してしまえば、他者の目には彼が流派から自由であるかに見える。だからといって流派を否定するならば、それは恩知らずというものだ。〔…〕

結局、私はこの流派問題にはまったく関心がない。ひとりの人間が興味ぶかく個性的な存在となるのは、流派の束縛を離れたところでしかありえぬからである。[85]

そもそも流派それ自体がジッドの予想どおり永くは保《も》たなかった。ブーエリエが一九一一年から翌年にかけ、ル・ブロンやフルリー、アバディーとおこなった運動再興の最後の試みも実を結ぶことはなく、その時点でナチュリスムの命脈は完全に尽きるのである。[86]

関係の一時的復活

かくしてジッドとブーエリエの文通は一〇年以上にわたり途絶えてしまうが、第一次大戦が契機となって一時的に復活する――。一九一四年の暮、ブーエリエは政府の芸術関連機関から任を受け、ランスやアラス、サンリスなどフランス各地でのドイツ軍によるヴァンダリスムに抗すべく文化人の結集を図る計画に関与していた。任務とは「曖昧な言葉ではなく確固たる文書のかたちで〔中立国の〕知識人に訴えかける」こと、そしてそのために「思想・芸術方面で最も著名な人士に名を連ねるよう要請する」ことであった。[87] 翌年の三月には「占領地区でのドイツ軍の犯罪・攻撃をドイツ文化の代表者たちが庇護・隠蔽したこと」に抗議する「フランス知識人のアピール」が発表されるが（週刊紙『ジュルナル・デ・デバ』同月一二日号）[88]、その準備段階でブーエリエは、長らく没交渉だったジッドに協力を請い、またその知己についても情報を求めていたのである――

《書簡10・ブーエリエのジッド宛[89]》

〔パリ〕一七区、ラ・コンダミーヌ通り四五番地、一九一五年二月

親愛なるジッド

アンドレ・シュアレス（その住所）を探そうとしましたが見つからないでいます。かくして時は経過し、今やあらゆる面で点検を終えたこの仕事は「校了」を打つだけとなりました。私が難儀をしているこの作業で、もしご助力をお願いできるならば、あなたと親交のありそうなシュアレスに一言お書き送りください。彼には住所が分かり次第、校正刷を送付します。

ジャン＝ポール・ローランスから何か返答はあったでしょうか。また彼の名前をリストに加えてもよろしいでしょうか。
親愛なるジッド、先日はいたく感激いたしました。衷心より。敬具
ブーエリエ

文中に名の挙がる画家ジャン＝ポール・ローランスが、ジッドの最初の北アフリカ旅行に同道した親友ポール＝アルベールの父であることは言わずもがな。またブーエリエが「先日いたく感激した」のは、ジッドが対独アピールへの協力を承諾したことに対してであろう（ただし後者がこの署名要請に訝《いぶか》しい思いを抱いていたことはシュアレス宛後掲書簡にあるとおり）。
続いては、やはり二月中のブーエリエ書簡——

《書簡11・ブーエリエのジッド宛(90)》

〔パリ〕、一九一五年二月

親愛なるアンドレ・ジッド
ジャン＝ポール・ローランスへの校正刷送付をお望みでしょうか。今回はリストの集計を週末で打ち切らねばなりません。ジャン＝ポール・ローランスについてお願いしていたお返事をまだ頂戴していませんが、もはや発行しなくてはなりません。新たに加わった名前を挙げますと、エミール・ブートルー、〔ポール・エミール・〕アペル、アンリ・ラヴダン等々。今や発行が急務です。私はソワッソンから帰ったところですが、街は人気がなく爆撃で破壊されており、その悲惨な寂寥のなか、胸の張り裂けるような思いで一夜を過ごしました。

あなたがお望みであり、またシュアレスの住所をご存じであれば、彼にも校正刷を送ることができます。敬具

ブーエリエ

結果的におよそは百名が連署する「フランス知識人のアピール」には、書簡に記されたブートルーやアペル、ラヴダンの名、そしてもちろんジッドの名は載るが、シュアレスの名は見当たらない。その理由はいたって単純、ジッドの指示にもかかわらず、ブーエリエがこの詩人には協力を仰がなかったのである（手は尽くしたがついに連絡が取れなかったというのはまず考えがたい）。当のシュアレスは「アピール」発表直前のジッド宛書簡（三月九日付）で、「私には何の話もなかった。名前を出させてくれとの依頼はなかったのです。あの連中は明日にも私が拒絶したと言いふらすことでしょう」[91]と憤慨を露わにした。これに対しジッドは一四日付の返書で、自身の釈明も兼ねて次のようにブーエリエとの遣り取りを報告している――

ブーエリエ（サン＝ジョルジュ・ド）が私の署名を求めて来たとき、私はいったいどんな集まりに参加することになるのか気懸かりでした。彼はかなり奇妙な顔ぶれのリストを示しましたが、私はそこにあなたの名前がないのに驚きました。

――彼の参加が是非とも必要だとおっしゃるならば、シュアレスと連絡をとりましょう。彼の住所を教えてください、そうブーエリエは言いました。私は番地を正確に覚えていなかったので、カセット通り〔パリ六区〕と貴宅の中庭に面した横の通りの略図を書いてやりました。さらに私は、それでも見つからないときには、〔あなたの版元である〕新フランス評論か、〔エミール・〕ポール、メルキュールに問い合わせることもできるだろう、そう付け加えました。〔…〕

結局この計画についてあなたにお話しする時間が取れませんでした。〔…〕
署名はしましたが、私は気が進みませんでした。私の考えを包み隠さず申し上げましょう。あなたの名前がないのを怪《あや》しからぬと思ったのと同じくらいに、私は仮にあなたが署名を拒んだとしても然《さ》もありなんと思ったことでしょう。〔…〕[92]

ジッドとの面会からほどなくして、彼が気乗り薄であることなど露も知らぬブーエリエは、配布冊子の出来《しゅったい》がいよいよ間近になったことを告げてくる——

《書簡12・ブーエリエのジッド宛[93]》

〔パリ〕、一九一五年三月

親愛なるジッド
用紙の入手難など、製造上の問題による予期せぬ遅延を繰り返していましたが、ようやく出来します。土曜か日曜には予定どおり一〇部をお受け取りになるでしょう。
私があなたの貴重なアドバイスを最大限に考慮したことは分かっていただけましょう。J・P・ローランスについては、息子のひとりが捕虜となり、彼が胸の張り裂けるような思いでその子を案じているのは、おそらくあなたもご存じでしょう。
クローデルとはかなり頻繁に会っていますが、魅力的な人物です。あなたからのお勧めもありましたが、彼と知り合えたのは実に幸いでした。あなたご自身にもいずれ時間を見つけて、ご挨拶に伺います。敬具
ブーエリエ

ジャン＝ポール・ローランスの次男でやはり画家のジャン＝ピエールは従軍後まもなくドイツ軍に捕らえられ、一九一七年の夏まで捕虜生活を余儀なくされた（この体験にもとづき翌年、画集『戦争捕虜』をベルジェ＝ルヴロー社から上梓）。ローランスの名は結局「アピール」には現れないが、それはこの息子の先行きがドイツ批判文書への署名によって危うくなるのを怖れたためではあるまいか。またそのことがジッドの配慮に依るものであった可能性も小さくない。いっぽうクローデルの名は「アピール」に掲載されている（ただし彼とブーエリエの具体的な関係については未詳）。

署名活動が片付くと書簡の交換は再び間遠《まどお》になるが(94)、およそ二年後、ジッドから手紙を受けたブーエリエは次のような短信を返している——

《書簡13・ブーエリエのジッド宛(95)》

〔パリ一七区〕、ラ・コンダミーヌ通り四五番地、一九一七年一月

親愛なるアンドレ・ジッド

あなたのお手紙を拝読し、心から感動しました。人生とは？　希望とは？　そういった真面目な話題であなたにお会いしたい。（もし可能であるならば）月曜の朝にお会いできるでしょうか。短く一言いただくだけで結構です。敬具

ブーエリエ

ジッドがどのような内容を書き送っていたのかは不明。人生最大の危機となった前年からの宗教的葛藤や、長びく戦争の重圧が文学を離れたところで彼に筆を執らせたのだろうか。またブーエリエの心の内も容易には窺い知れな

い。だがいずれにしても、ブーエリエからの希望どおり引き続いて両者が相見《あいまみ》えることになったとは考えにくい。ジッドは前年一二月初旬からこの先二月の後半までキュヴェルヴィルに滞在していたからである。

交流の途絶、両者最晩年の儀礼的・挿話的な書簡交換

大戦中一時的に復活したものの、ふたりの交流は以後四半世紀にわたって途絶える。そもそも多少なりとも実《じつ》のある関係はとうの昔に終わっていたのである。そのことを象徴的に伝える出来事が一九二五年に起きる。詳細は第IV部・第3章「蔵書を売るジッド」で述べるが、ジッド自身による蔵書（四〇五点の書籍や手稿）の競売がそれである。戦争を挟みこ一五年ほどの間に彼の活動は急速に拡大・多様化し、知名度も以前とは比較にならぬほど上がっていた。一九〇九年には『新フランス評論』をジャン・シュランベルジェやジャック・コポーら五名の作家と共同創刊、また『狭き門』（一九〇九）や『イザベル』（一九一一）、『法王庁の抜け穴』（一九一四）、『田園交響楽』（一九一九）、『贋金つかい』（一九二六）などを発表し、押しも押されもせぬ大作家の地位を獲得していたのである。それだけに問題の競売は、文壇内部にとどまらず、広く一般に大きな波紋を投げかけたが、とりわけ我々が注目すべきは、この過去の清算・総括の一覧のなかにブーエリエ、ル・ブロン、モンフォールの三名（計二一冊）が含まれていることである。かつての主要ナチュリストたちへの最終的な否認宣言であったといって差し支えあるまい[96]。

＊

すでに述べたように、ブーエリエはその晩年、ジッドとの最初期の関係を回想した文章をいくつか発表している。一九三五年の一〇月には「ナチュリスムにかんする資料」と題する長い回想を『レコー・ド・パリ』に載せ[97]、ジッドから受けた最初の《書簡1》を全文採録する（彼は同書簡を生前に計四回、活字化ないし写真複製で世に示すことになる）。

それから四年後の一九三九年一一月一八日、ブーエリエは『ル・フィガロ』日曜版〔「ル・フィガロ・リテレール」〕に、再びジッドとの最初期の関係について一文を草している。その最終部分で彼は、「ナチュリスム宣言」のなかでジッドの名を挙げ称えたことに触れながら、後者からの礼状《書簡6》を掲げている。そして筆を擱くにあたり次の一節を書き添えたのである――「永く続く友情を予告するかに見えたこの手紙のあとは、二度とジッドと会うことはなかったと思う。私が悪かったのか、それとも彼のせいだったのか。生まれつき私は極端に隠者的な質《たち》なので、そのため生涯ずっと無愛想な人嫌いになってしまった。ものごとは何に由来するのだろう。そして如何なる神秘的な法則が我々各人の生を司っているのだろうか[98]」……。

ドイツ軍のパリ占領後、居を移していたニースでこの記事を読んだジッドは直ちにブーエリエに次の書簡を送った――

《書簡14・ジッドのブーエリエ宛[99]》

ニース、ヴェルディ通り四〇番地、〔一九〕三九年一一月一九日

では何と、ブーエリエ！ あなたは私を恨んでいないとおっしゃるのですか？ あなたは私があなたに対し厳しい、極めて厳しい態度をとったことをお忘れかのようです。だが私の方は忘れることはできません。今日は昨日付の『ル・フィガロ』に載ったご高論の懇切なご厚意に感じ入っておりますだけになおさらです。このようにあなたは万人に、遺恨を抱かぬという素晴らしい教訓、あなたにはこの上なく誉れとなり、私を深く感動させる教訓を示してくださる。真に高貴で、最も修養を積んだ人たちだけがなし得ることです。このような模範は、稀であるだけになおのこと貴重です。

私が何の底意もなく心からそうするのだとご理解いただけるなら、私はあなたと握手を交わせればと存じ

ます。
人生は我々に多くの悲しみをもたらす一方、若干の喜びもまた与えてくれます。今日の喜びはまさにそのひとつ。衷心よりお礼申し上げます。

アンドレ・ジッド

ジッドがとった「極めて厳しい態度」とは明らかに四〇年前の『黒い道』書評のことだが、しばらくして彼のもとには次の返書が届く――

《書簡15・ブーエリエのジッド宛(100)》

一九三九年一一月二七日

親愛なるアンドレ・ジッド
あなたを見いだし嬉しく思います。まさに今こそ我々は近い間柄となりました。人生はあなたを大人物にした一方、私からは儚《はかな》い希望と、それに付随していた虚栄心を奪い去りました。私は、あなたの作品のなかに存する美のことごとくが意識の告白、魂の伝記に外ならぬと感じています。
またお会いできればと思います。私は腰をすえて仕事に取りかかる予定ですが、あなたと再び相見《あいまみ》え、御手を握ることができれば幸いです。敬具

ブーエリエ

「人生が奪い去った儚い希望と虚栄心」――かつては一派を率いた文学者による諦念の吐露。フランス屈指の大作家

となった手紙の受け手はこれを読んで、いかなる感慨を覚えたのだろうか。

ジッドはその後も南仏にとどまり、一九四二年五月にはマルセイユ経由でチュニジアへと渡ってゆく。かたやブーエリエはその五年後、少なからぬ著作にもかかわらず、名声には縁遠いままこの世を去る。両者最後の往復書簡は単なる儀礼の交換に終わり、特段の反響を呼ぶこともなく歴史の流れのなかに沈んでいったのである。

註

（1）以下二段落の記述は主として次の先行研究に依拠している——Michel DÉCAUDIN, *La Crise des valeurs symbolistes. Vingt ans de poésie française (1895-1914)*, Toulouse : Privat, 1960, pp. 58-62.

（2）ジッド研究の第一人者クロード・マルタンは、『ナチュリスム資料』の発行を計六号とするミシェル・デコーダン（前註出典五九頁）の誤りを指摘し、計一〇号と訂正したが（voir Claude MARTIN, *La Maturité d'André Gide. De « Paludes » à « L'Immoraliste » (1895-1902)*, Paris : Klincksieck, coll. « Bibliothèque du XXe siècle », 1977, p. 169, n. 16）、実際にはこの記述も正確ではない。同誌最終号は、一八九六年七―八月の第九―一〇合併号に続く第一一号（同年九月）である。

（3）さらに付言すれば、ジッドは「ナチュリスト」という語がすでにエドモン・ド・ゴンクール『歌麿』（一八九一）のなかで使われていたことを自筆の備忘に書き残している。Voir le *Catalogue de Livres et Manuscrits provenant de la Bibliothèque de M. André Gide*. Avec une préface de M. André Gide. Vente des lundi 27 et mardi 28 avril 1925 (Hôtel Drouot), Paris : Édouard Champion, 1925, p. 40, item n° 200.

（4）モンフォールの一八九六年一一月五日および一八九七年一月三日付ジッド宛書簡（ジャック・ドゥーセ文庫、整理番号γ 699.1-2）。同者のブーエリエ観は後年まで変わることがなく、たとえば四〇年近く後の証言でも次のように述べている——「ブーエリエは、髪を伸ばし、凹んだ帽子を被り、端を曲げた大きな杖を手にした羊飼いに似ていた。〔…〕禁欲的な生活を送り、若者特有の欲望には無関心で、いかなる快楽も身に宿さず、生活のすべてが間断ない夢想であったこの青年哲学者は、我々とはその本質が異なるように思われた。我々を超える存在、極めて高い次元の存在だったのである」（Eugène

MONTFORT, « Quand Bouhélier avait vingt ans », *L'Ordre*, 3 juin 1933, p. 1, col. 1-2）。

（5）Lettre de Gide à Jammes, 18 août 1896, dans leur *Correspondance (1893-1938)* [nouvelle éd. abrév. désormais : *Corr. G/J*]. Édition établie et annotée par Pierre LACHASSE et Pierre MASSON, 2 vol., Paris : Gallimard, coll. « Les Cahiers de la NRF » / « Cahiers André Gide » n°s 21-22, 2014-2015, t. I, p. 153.

（6）SAINT-GEORGES DE BOUHÉLIER, « Document sur le Naturisme », *L'Écho de Paris*, 15 octobre 1935, p. 5, col. 3-4 ; « Relations avec André Gide », *Le Temps*, 27 août 1941, p. 5, col. 2 ; *Introduction à la Vie de Grandeur*, Paris : Édouard Aubanel, 1943, pp. 240-241 ; *Le Printemps d'une génération*, Paris : Nagel, 1946, p. 320 (fac-similé). この書簡にかんして筆者は、上記の各印刷テクストのほか、現在は個人蔵のオリジナルにも当たり、封筒の宛名書き・消印を確認した。それによれば、書簡はまずパリ近郊サン＝クルー（セーヌ＝エ＝オワーズ県）のル・ブロン宅に送られ、次いでキャロル（マンシュ県サルティイ）、さらにパリ九区へと転送されている。消印は発信地キュヴェルヴィル（クリクト＝レスヌヴァル）が八月二五日、サン＝クルーが二六日、キャロルが二七日。このことからパリへの転送完了・配達は二八日以降だったことが分かる。

（7）この合併号（一八九六年七―八月、一九三―二二八頁）の内容を原文目次によって示せば――Saint-Georges de Bouhélier : Préambule à l'Hiver en Méditation [193-210] ; Albert Fleury : Vers Elle (poésie) [211-213] ; Edgar Baes : Le Problème Naturiste [214-217] ; Eugène Montfort : Sylvie (quatre fragments) [218-220] ; Maurice Le Blond : Le Droit à la Jeunesse [221-223] ; Les Livres (par Louis Lambert, Maurice Le Blond, Saint-Georges de Bouhélier) [224-226] ; Les Revues [227-228].

（8）Lettre de Jammes à Gide, s. d. [août 1896], *Corr. G/J*, p. 83.

（9）BOUHÉLIER, *Introduction à la Vie de Grandeur*, *op. cit.*, p. 241.

（10）ジャック・ドゥーセ文庫、整理番号 γ 795.1.

（11）ブーエリエ証言の出典は次のとおり――SAINT-GEORGES DE BOUHÉLIER, « Relations avec André Gide », *Le Temps*, 27 août 1941, p. 3, col. 1. なお、この回想の重要性については後述。

（12）Lettre de Gide à André Ruyters, s. d. [4 octobre 1896], *Corr. G/Ruy*, t. I, p. 13. ただし、ジッドがこの時までブーエリエばかりかフォールとも面識がなかったという記述はかなり疑わしい。なぜならば、まずフォール自身が後年の『我が回想録――ある詩人の全生涯』でジッドと知り合ったのは一八八八年のことと述べているし、また仮にこの証言が記憶違いだったとしても、彼の兵役回避をめぐる一八九三年初めの書簡交換を見るかぎり、両者が遅くともその時点で知り合っていたのはほぼ確実だからである（voir Paul FORT, *Mes Mémoires. Toute la vie d'un poète (1872-1944)*, Paris : Flammarion, 1944, p. 9 ; André GIDE - Paul FORT, *Correspondance (1893-1934)*. Édition critique établie, présentée et annotée par Akio YOSHII, Tupin-et-Semons : Centre d'Études Gidiennes, coll. « Gide / Textes » n° 20, 2012, pp. 10-11）。

（13）Lettre de Jammes à Gide, s. d. [octobre 1896], *Corr. G/J*, t. I, pp. 171-172.

（14）Voir le *Catalogue de Livres et Manuscrits provenant de la Bibliothèque de M. André Gide*, *op. cit.*, p. 62, item n° 346. このジッド宛献本はオランダ紙刷一〇部のうちの一冊（豪華版は局紙刷五部と合わせ一五部、普通紙版が五百部刷られた）。

（15）Lettre de Gide à Jammes, du 29 octobre 1896, *Corr. G/J*, t. I, pp. 172-173.

（16）MARTIN, *La Maturité d'André Gide*, *op. cit.*, p. 171.

（17）Lettre de Fort, citée par BOUHÉLIER, *Introduction à la Vie de Grandeur*, *op. cit.*, pp. 242-243. この書簡によれば、フォールはブーエリエをつうじてル・ブロンにも声をかけたが、結果的に『ナチュリスム試論』の著者は会合には加わらなかった模様。

（18）前掲のジッド蔵書競売目録には、自筆献辞の入らない『瞑想の冬』局紙刷が含まれるが（*op. cit.*, p. 62, item n° 346）、おそらくはこれがマドレーヌに郵送されたもの。

（19）Lettre de Madeleine à André Gide, citée par MARTIN, *La Maturité d'André Gide*, *op. cit.*, pp. 148-149. 同年五月、創刊号の掲載内容をめぐりピエール・ルイスら数名の同人と対立したジッドが『ル・サントール』誌から一時脱退した経緯については、同書一三二―一四〇頁を参照。

（20）Lettre de Jammes à Gide, s. d. [2 ou 3 novembre 1896], *Corr. G/J*, t. I, p. 174.『ジッド＝ジャム往復書簡集』新版の編者はこの書簡を「一一月四日」と断定しているが、文面の細部に注目すれば「同月二日ないし三日」とすべきであろう。書簡中ジャムは劇作家アンリ・バタイユに言及し、「彼については日曜の強情・頑迷な記事（l'article rétif de Dimanche）のほかは何の情報もない」と記すが、これは明らかに一一月一日付『ル・ジュルナル』紙日曜版（第一頁四―六段）に載った Raitif de la Bretonne（『ムッシュー・ニコラ』の作者名をもじってジャン・ロランが同紙で用いていた筆名）の連載コラム「ペルメル週報 Pall-Mall Semaine」のことを指す。すなわちこの文言は「（バタイユの近況を報じた）日曜版のレチフの記事」の言葉遊び。いっぽう本文次段落で述べるように、ジャム書簡へのジッドの返答が一一月五日のものであることを考え合わせると、上記の日付のほうが蓋然性が高い。

（21）Voir l'ancienne édition de la *Correspondance Gide - Jammes*, éd. Robert MALLET, Paris : Gallimard, 1948, pp. 100-101.

（22）往復書簡集新版で正されたこのジッド書簡の日付について若干の補説をしておこう——。一一月初めのジャム自身やマドレーヌの書簡もまた同様に『白色評論』掲載の詩篇に言及しており、時期的にも明らかにジッド書簡と符合する。まずマドレーヌは同月二日の夫宛で、「『白色評論』に載った実に魅惑的なジャムの詩。これぞ紛れもなく偉大な芸術家です」（故カトリーヌ・ジッド女史個人蔵、未刊）と絶讃。また同日ないし翌三日の上掲ジャム書簡は、発表されたばかりの「『白色評論』掲載の僕の最新作」（*Corr. G/J*, t. I, p. 175. 強調引用者）に触れている。ちなみに大方の研究者とは異なり、クロード・マルタンは主著『アンドレ・ジッドの成年期』で、特段これといった根拠を示すことなく、問題のジッド書簡を「一八九六年一一月五日」のものと断言していた（voir *La Maturité d'André Gide*, *op. cit.*, p. 172, n. 25）。いっぽうミシェル・デコーダンをはじめとする研究者の日付推定については、もはや実証的に否定されたものと考えるが、参考までに代表的な研究の出典を年代順に示す——Yvonne DAVET, *Autour des « Nourritures terrestres ». Histoire d'un livre*, Paris : Gallimard, 1948, p. 32 ; Michel DÉCAUDIN, « Sur une lettre inédite de Gide à Saint-Georges de Bouhélier », *Revue des Sciences Humaines*, juillet-septembre 1952, p. 274, n. 2 ; id., *La Crise des valeurs symbolistes*, *op. cit.*, p. 64, n. 29 ; Stuart BARR, « André Gide and the *Naturistes* », *Australian Journal of French Studies*, janvier-août 1970, p. 44 ; Patrick L. DAY, *Saint-Georges de Bouhélier's « Naturisme ». An Anti-Symbolist Movement in Late-Nineteenth-Century French Poetry*, New York, etc. : Peter Lang, 2001, p. 130 et p. 151, n. 16.

（23）Lettre de Gide à Jammes, s. d. [5 novembre 1896], *Corr. G/J*, pp. 176-177.

（24）BOUHÉLIER, *Introduction à la Vie de Grandeur*, *op. cit.*, pp. 244-245.

（25）BOUHÉLIER, *Le Printemps d'une génération*, *op. cit.*, p. 297. この書簡の送付がフォールを介してのものだったことは次の証言による——SAINT-GEORGES DE BOUHÉLIER, « Relations avec André Gide », art. cité, p. 3, col. 3. なお、まず間違いなく当該書簡にかんする備忘であろう、前日一二月三日のジッドの日記にはジャムやエロルドの名と並んでブーエリエの名が書き付けられている（voir GIDE, *Journal I*, p. 242）。

（26）Voir TYBALT [pseud. de Laurent TAILHADE], « La Genèse du Héros », *L'Écho de Paris*, 2 décembre 1896, p. 1, col. 1-2.

（27）ただしブーエリエは後年、このジッド書簡について「今度はもう前ほどには熱のこもらぬ文面だった」と回想している。Voir BOUHÉLIER, « Relations avec André Gide », art. cité, p. 3, col. 3.

（28）ジャック・ドゥーセ文庫、整理番号 γ 795.2.

（29）André GIDE, *Le Voyage d'Urien* suivi de *Paludes*, Paris : Mercure de France, 1896 (ach. d'impr. 16 novembre 1896).

(30) ジャック・ドゥーセ文庫、整理番号γ795.3.

(31) ブーエリエが両作品のいずれの断章を読んでいたかは定かでないが、それぞれの初出は次のとおり——[*Le Voyage d'Urien* :] « Voyage sur l'Océan pathétique » (première partie du *Voyage au Spitzberg*), dans *La Wallonie* (Liège), mai-juin 1892, pp. 121-160 ; « Voyage vers une mer glaciale » (troisième partie du *Voyage au Spitzberg*), *ibid.*, dernier fascicule 1892, pp. 275-292. / [*Paludes* :] L'« envoi » final, sous le simple titre « *Paludes* », dans *Le Réveil* (Gand), 4e année n° 10, octobre 1894, pp. 393-394 ; « Discours de Stanislas » (chapitre III), « Discours de Valentin Knox » (chapitre IV) et « Fragment de journal de Tityre » (chapitre IV), sous le titre « *Paludes*. Fragments », dans *Le Courrier social illustré* (Paris), n° 4, 16-31 décembre 1894, pp. 31-32 ; un « fragment » (chapitre I) dans *La Revue Blanche*, n° 39, janvier 1895, pp. 35-39 ; « *Paludes*. Chapitre II » dans *L'Œuvre sociale* (Marseille), n° 4, mai 1895, pp. 6-8 ; « *Paludes*. Chapitre IV » dans le *Supplément français de Pan* de juin-juillet 1895, p. 14. なお、後者の雑誌初出については次の拙稿を参照されたい——「ジッド『パリュード』のプレオリジナル」、『ステラ』第一四号、九州大学フランス語フランス文学研究会、一九九五年三月、九九—一一六頁。

(32) 二つの「序文」の初出は次のとおり——André GIDE, « Préface pour la seconde édition du *Voyage d'Urien* », *Mercure de France*, décembre 1894, pp. 354-356 ; « Préface pour la seconde édition de *Paludes* », *ibid.*, novembre 1895, pp. 199-204 (ただし後者はこの合冊本では「後書き《ポストファス》」として巻末に置かれている)。

(33) ここでは仮に「ありきたりの」と意訳したが、原文の形容辞は « lassée ».

(34) SAINT-GEORGES DE BOUHÉLIER, « Rencontre avec André Gide », *Le Figaro (littéraire)*, 18 novembre 1939, p. 5, col. 1.

(35) 以下にそのル・ブロン書簡の全文を訳出・引用する(ジャック・ドゥーセ文庫、整理番号γ1269.1)——

〔パリ郊外〕サン＝クルー、一八九六年一二月一八日

拝略。ご親切にもご高著をお送りいただき有難うございました。ご本を拝読し、かつて過ごした甘やかな時間を今また再び味わいました。我らの共通の友人ルイ・ルアールと一緒に『パリュード』の甘美にして荘重・神聖なイロニーが放つこの世のものとも思えぬ魅惑に身を委ねた、二年前の暑く気だるい夏の日々を思い出しました。あなたが高貴で純粋な存在であり、微笑を浮かべながら煩悶された人であるだけに私はあなたに惹かれるのです。ことさら申し上げるまでもない数多の芸術的な理由によってもあなたに惹かれます。また我が友サン＝ジョルジュ・ド・ブーエリエ(彼の友情こそは我が人生の誉

れです）に対し知的な情熱を覚えておられるだけに、いっそう私はあなたのことを愛するのです。

　この手紙ではあなたに文学の話をするつもりはありません。私の判断・評価を喜んでくれる友人らのために近々文学論を著すときにも、やはりできるだけ控え目な書き方にするでしょう。そうすることであなたを称えようと思うのです。

　私の感謝と熱き共感の念をお信じいただきたく。

モーリス・ル・ブロン

なお、文中に名を引かれた批評家ルイ・ルアールについては第II部・第2章「「デラシネ論争」「ポプラ論争」の余白に」を参照されたい。

（36）Voir BOUHÉLIER, « Relations avec André Gide », art. cité (*Le Temps*, 27 août 1941), p. 3, col. 1-4. この回想に言及したのは今日に至るまでミシェル・デコーダン唯ひとりである。ただし彼は『ル・タン』紙掲載日を「八月二一日」と誤記し、この重要証言の記載内容についても実質的に利用しないまま終わっている。おそらくは初見後、出典の不備から文献を再度参照・確認することができなかったためと思われる。また彼は前出のジャム宛ジッド書簡をこの再会時の報告であろうと誤った推測をしている（voir DÉCAUDIN, « Sur une lettre inédite de Gide à Saint-Georges de Bouhélier », art. cité, p. 274, et *La Crise des valeurs symbolistes*, *op. cit.*, p. 64, n. 29）。

（37）BOUHÉLIER, « Relations avec André Gide », art. cité, p. 3, col. 3.

（38）なお、《書簡1》の写真複製をはじめ、受信者自身が生前（一九三五年から四六年にかけて）一部の書簡を公表していること、また未亡人が《書簡14》のテクストをミシェル・デコーダンに提供していること（voir DÉCAUDIN, art. cité, p. 276）から判断して、一九四七年に没するまでブーエリエがジッド書簡の全てあるいは大半を手元に保存していたのはまず確実である。

（39）Lettre de Madeleine, datée « Paris, 11 janvier [18]97 », citée par Claude MARTIN, *La Maturité d'André Gide*, *op. cit.*, p. 172.

（40）Voir SAINT-GEORGES DE BOUHÉLIER, « Un Manifeste », *Le Figaro*, 10 janvier 1897, p. 4, col. 4-6 et p. 5, col. 1-2.

（41）詩人のミシェル・アバディー（一八六六―一九二〇）は、とりわけ一八九七年刊の『山の声』によって高い評価を獲得する。ブーエリエよりも一〇歳年長ではあったが、この後もナチュリスムの終焉まで一貫して同派の忠実なメンバーであり続ける。

（42）BOUHÉLIER, « Un Manifeste », art. cité, p. 5, col. 1-2.

(43) Voir Gustave LARROUMET, « Manifestes de jeunes », *Le Figaro*, 12 janvier 1897, p. 1, col. 1-3.

(44) BOUHÉLIER, « Rencontre avec André Gide », art. cité, p. 5, col. 2.

(45) Voir Henri MONDOR, *Vie de Mallarmé*, Paris : Gallimard, 1941, p. 604.

(46) Adolphe RETTÉ, « M. Stéphane Mallarmé, *La Musique et les Lettres* », *La Plume*, n° 137, 1er janvier 1895, pp. 64-65.

(47) Adolphe RETTÉ, « Aspects VIII. - Le Décadent », *ibid.*, 1er mai 1896, p. 275.

(48) Louis de SAINT-JACQUES, « Expertises I. - Déclaration préliminaire », *ibid.*, 1er janvier 1897, p. 20.

(49) Adolphe RETTÉ, « [Lettre à Léon Deschamps] », dans la rubrique « Tribune libre », *ibid.*, 15 janvier 1897, pp. 62-63.

(50) Voir MONDOR, *Vie de Mallarmé*, *op. cit.*, pp. 749 et 751.

(51) André GIDE, « Une Protestation », *Mercure de France*, n° 86, 1er février 1897, pp. 428-430.

(52) Adolphe RETTÉ, « [Lettre à Alfred Vallette, du 1er février 1897] », *ibid.*, 1er mars 1897, pp. 628-629.

(53) Louis de SAINT-JACQUES, « [Lettre à Alfred Vallette, du 8 février 1897] », *ibid.*, pp. 629-630 ; « Expertises V. - La Protestation mallarmophile de M. Gide et les *Divagations* de M. Mallarmé », *La Plume*, n° 190, 15 mars 1897, pp. 179-186.

(54) とりわけ『ラ・プリューム』はナチュリスムについても支持の姿勢を強め、九七年一一月にはその特集号を組むまでになる。Voir le « numéro exceptionnel consacré au Naturisme et à M. Saint-Georges de Bouhélier », *La Plume*, n° 205, 1er novembre 1897, pp. 649-682.

(55) Jean VIOLLIS, « Observations sur le Naturisme », *Mercure de France*, n° 86, 1er février 1897, pp. 304-314.

(56) Voir Paul FORT, « [Lettre à Alfred Vallette] », *Mercure de France*, n° 87, 1er mars 1897, pp. 627-628, et *Le Figaro*, 2 mars 1897, p. 5, col. 2. このフォールの宣言に対しヴィオリスは翌月の『メルキュール』に穏やかな反論を載せる（voir Jean VIOLLIS, « [Lettre à Alfred Vallette, du 6 mars 1897] », *Mercure de France*, n° 88, 1er avril 1897, pp. 187-188）。

(57) Lettre de Gide à Francis Jammes, s. d. [début mars 1897], *Corr. G/J*, p. 220.

(58) Voir par exemple Léon BLUM, « André Gide, *Les Nourritures terrestres* », *La Revue Blanche*, n° 98, 1er juillet 1897, pp. 77-79. 付言すれば、ジッドがナチュリスムに対し一定の距離を置こうとしたのは確かだが、それでも『地の糧』をブーエリエに贈ることはためらわなかった（略標題紙に « à Saint-Georges de Bouhélier / en cordial hommage / André Gide » と自筆献辞の入った同書初版が二〇〇四年五月一二日、パリのドゥルオ会館で競売に付されている）。

（59） Voir « Un manifeste littéraire de M. Francis Jammes : Le Jammisme », *Mercure de France*, n° 87, 1er mars 1897, pp. 492-493.

（60） Voir Maurice Le Blond, « La Parade littéraire, II. *Chair*, par Eugène Montfort. - *De l'Angélus de l'aube à l'Angélus du soir*, par Francis Jammes », *La Plume*, n° 220, 15 juin 1898, pp. 422-425.

（61） 論争の大筋については例えば次を参照――Robert Mallet, *Francis Jammes. Le Jammisme*, Paris : Mercure de France, 1961, pp. 219-226.

（62） Voir la lettre de Gide du 20 juin 1898 et la lettre de Jammes, s. d. [23 juin], *Corr. G/J*, pp. 309 et 311.

（63） Paul Fort, « [Lettre à Monsieur Le Blond] », *La Plume*, n° 223, 1er août 1898, p. 479.

（64） Voir André Gide, « Lettres à Angèle, III. Viollis ; Rency. - Tribune libre ; Le Blond contre Fort ; les Naturistes. - Saint-Georges de Bouhélier ; Montfort. [...] », *L'Ermitage*, septembre 1898, p. 212.

（65） Henri Ghéon, « Le Naturisme en danger ou Comment les Symbolistes inventèrent Francis Jammes », *L'Ermitage*, août 1898, pp. 128-129.

（66） Saint-Georges de Bouhélier, « [Lettre à Léon Deschamps] », *La Plume*, n° 222, 15 juillet 1898, p. 464.

（67） Gide, « Lettres à Angèle, III », art. cité., pp. 212-213.

（68） ヴィオリスとランシーを論じたこの短い段落は、後の単行書版『アンジェルへの手紙』（一九〇〇）や『プレテクスト』（一九〇三）では削除される。ちなみにピエール・マッソン編纂・校訂のプレイアッド版『批評的エッセー』はプレオリジナルにもとづき同段落を採録している（voir André Gide, *Essais critiques* [abrégés ensuite : *EC*]. Édition présentée, établie et annotée par Pierre Masson, Paris : Gallimard, coll. « Bibliothèque de la Pléiade », 1999, p. 19）。

（69） 個々の作品に応じてナチュリストを評価するというジッドの方針は、論評の対象となった作家からも一定の理解を得た。その一例として、「アンジェルへの手紙」を読んだモンフォールがジッドに宛てた礼状を訳出・引用しよう（ジャック・ドゥーセ文庫、整理番号 γ 699.5）――

〔スイス、ルツェルン州ヴェギス〕、一八九八年九月二一日

アンドレ・ジッド様

あなたが先頃ナチュリストたちへの評価をお載せになった『レルミタージュ』を拝受いたしました。同誌に先行掲載された不当で度を越した攻撃（ゲオンの論文「危機に瀕するナチュリスム、あるいは象徴派は如何にしてフランシス・ジャムを

でっちあげたか」のこと」のあと、あなたは巧みな論法で事態を正常な状態に戻してくださいました。十把一絡げに扱うのではなく、各人を順々に検討され、その違いを浮かび上がらせておいでです。私のことを好意的に論じていただき、厚くお礼申し上げます。あなたご自身が〔同年四月二一日付書簡（個人蔵、未刊）において〕ご指摘くださったように、これまでに上梓した拙著二点〔『シルヴィー』と『肉体』〕だけで私の将来の価値を測るのは実に難しいことだと存じます。いずれ近いうちにお送りする『愛にかんする試論』が、今少しは私のことを明かし、あなたを筆頭に私がその評価を切望する人々から、おそらくは認めていただくきっかけになるのではないかと存じます。敬具

ウージェーヌ・モンフォール

なお、モンフォールは文中に言及した自著『愛にかんする試論』（翌年オランドルフ社より出来《しゅったい》）を後日予告どおりジッドに贈っている。その巻頭に記された自筆献辞は「アンドレ・ジッドに／美に飢《かつ》えた驚嘆すべき魂に／この愛の書を／モンフォール」（個人蔵刊本）。

(70) Voir MARTIN, *La Maturité d'André Gide*, *op. cit.*, p. 319. なおブーエリエのほうは、ジッドの時評から二カ月後、長引く論争を収めようとしながらも、『地の糧』を次のように批判している――「私の考えでは、この本は見事な作品とは言えない。大地の事物を謳うためには情熱的な愛が有用なのに、ジッド氏は熱く信じ込むということがまるでない。彼の恍惚感はイロニーを帯びており、そこから彼の弱点が生じているのだ。『ナタナエル』〔『地の糧』〕は私を不快にさせる」（SAINT-GEORGES DE BOUHÉLIER, « Inutilité de la Calomnie », *La Plume*, n° 229, 1er novembre 1898, p. 626）。

(71) Lettre de Gide à Henri Ghéon des 19-20 mars 1899, *Corr. G/Gh*, p. 190.

(72) ジャック・ドゥーセ文庫、整理番号 *γ* 795.10.

(73) André GIDE, « Saint-Georges de Bouhélier : *La Route Noire* », *La Revue Blanche*, n° 164, 1er avril 1900, p. 553.

(74) *Ibid.*, p. 556.

(75) ジャック・ドゥーセ文庫、整理番号 *γ* 795.9.

(76) SAINT-GEORGES DE BOUHÉLIER, « Observations sur la littérature », *La Revue Naturiste*, juillet 1900, pp. 37-38.

(77) Voir *ibid.*, pp. 38-43.

(78) *L'Ermitage*, septembre 1900, pp. 239-240 ; GIDE, *Prétextes*, Paris : Mercure de France, 1903, pp. 234-236.

(79) Saint-Georges de Bouhélier, « Rodin », dans le même numéro de *La Revue Naturiste*, p. 1.

(80) ジッドはこの書簡を『レルミタージュ』誌で公表するさい、彼が「ブーエリエの異様な文」と形容する一節をそのまま註に引いている。以下がその原文――« Tous les arguments possibles tirés de l'ethnographie, de la botanique et de la grammaire, ne feront jamais que Hugo, chez qui fourmillent tant d'erreurs, que Saint-Simon, si hardi la construction expressive de toutes ses phrases, sans que toutes sortes d'autres hommes ne soient des poètes parfaits et des génies véritables. » (Bouhélier, « Observations sur la littérature », art. cité, p. 38 ; André Gide, « Lettre à Saint-Georges de Bouhélier », *L'Ermitage*, septembre 1900, pp. 239-240).

(81) Bouhélier, « Rodin », art. cité, p. 5, n. 1.

(82) 『黒い道』の略標題紙裏面には「準備中」として著書六冊（詩集一、戯曲一、小説三、評論一）が掲げられている。しかし示された書名を実際にブーエリエが世に問うた著作の一覧と照合するかぎり、そのいずれもが出版されずに終わった模様。

(83) André Gide, « *La Tragédie du Nouveau Christ*, par Saint-Georges de Bouhélier », *L'Ermitage*, décembre 1901, p. 404.

(84) Voir le *Catalogue de Livres et Manuscrits provenant de la Bibliothèque de M. André Gide*, *op. cit.*, pp. 62-63.

(85) Interview accordée à Georges Le Cardonnel et Charles Vellay et publiée dans leur recueil *La Littérature contemporaine (1905)*, Paris : Mercure de France, 1905, pp. 86-87. ただし劇作家としてのブーエリエに僅かに残る関心を寄せたのか、一九〇九―一〇年に二度ほどジッドがブーエリエ作品の舞台上演を鑑賞したことが分かっている（『王の悲劇』〔一九〇九年一月、オデオン座〕と『子供たちのカーニバル』〔一九一〇年一二月、芸術座〕）。

(86) このナチュリスム再興の試みについては以下を参照――Décaudin, *La Crise des valeurs symbolistes*, *op. cit.*, pp. 362-365.

(87) ブーエリエの一九一四年一二月付クロード・モネ宛書簡、個人蔵、未刊。

(88) Voir « Un appel des intellectuels français », *Journal des Débats*, 12 mars 1915, pp. 397-398.

(89) ジャック・ドゥーセ文庫、整理番号 γ 795.5.

(90) 同前、整理番号 γ 795.4.

(91) André Gide - André Suarès, *Correspondance (1908-1920)*. Préface et notes de Sidney D. Braun, Paris : Gallimard, 1963, p. 73.

(92) *Ibid.*, p. 75.

(93) ジャック・ドゥーセ文庫、整理番号 γ 795.6.

(94) ちなみに、同時期のジッド作品のうち『重罪裁判所の思い出』（一九一四）についてはブーエリエに宛てた自筆献辞本の存在が確認されている（voir le catalogue de la *Bibliothèque de M. Saint-Georges de Bouhélier*. Vente du 30 juin 1943 [Hôtel Drouot], Paris : Ch. Bosse, 1943, p. 19, item n° 280）。上記の署名活動にかんする遣り取りのさいの献本であった可能性が高い。

（95）ジャック・ドゥーセ文庫、整理番号 γ 795.7.

（96）Voir le *Catalogue de Livres et Manuscrits provenant de la Bibliothèque de M. André Gide*, *op. cit.*, pp. 39-40, item n°s 198-200 (Le Blond), 257-265 (Montfort) et 342-350 (Bouhélier). なお、この競売の詳細については第Ⅳ部・第3章「蔵書を売るジッド」を参照されたい。

（97）Voir BOUHÉLIER, « Document sur le Naturisme », *L'Écho de Paris*, 15 octobre 1935, p. 1, col. 1-2 et p. 5, col. 3.

（98）BOUHÉLIER, « Rencontre avec André Gide », art. cité, p. 5, col. 2. ただし文中ブーエリエが《書簡6》以後は「二度とジッドと会うことはなかったと思う」と記すのは、一九一五年の「フランス知識人のアピール」をめぐっての面会（すでに本文で引用した同年三月一四日付アンドレ・シュアレス宛ジッド書簡を参照）を失念した記憶違い。彼にとって、この再会はそれほど印象が薄かったということか。

（99）Michel DÉCAUDIN, « Sur une lettre inédite de Gide à Saint-Georges de Bouhélier », art. cité, p. 276.

（100）ジャック・ドゥーセ文庫、整理番号 γ 795.8.

第Ⅱ部　文学活動の広がり

一九〇〇年代のジッド

すでに三〇代を迎えていたジッドは、前世紀末から定期的に寄稿していた『レルミタージュ』『白色評論』での文芸時評を継続し、両誌の廃刊と前後しては、『詩と散文』『ラ・ファランジュ』をはじめ、いくつかの雑誌から請われて短いテクストを寄せるものの、純粋な創作の面では、ある時期まで精力的な活動は不可能な状況にあった。

周知のように、ジッドはこの時期の主要作、『背徳者』（一九〇二）と『狭き門』（一九〇九）を早くから一対として構想していた。一方は徹底した自我解放の結果としての倫理的な破滅、他方は神への過度の献身が招く現世の悲劇。すでに『背徳者』を世に問うた作家は、一刻も早く『狭き門』を完成させ、片方に傾いた天秤のもう一方の皿に平衡錘を置く必要に迫られていた。だが前作の不評・不成功に起因して、知的沈滞《マラスム》の支配する期間が長く続く。危機を脱せねばならない。しかしジッドの救済となるのは作品の執筆をおいてほかにない。彼にあっては「問題」は、日々の生活に埋没した個に対してではなく、芸術的創作によってこそ初めて実現可能な自我に対して課されるからだ。当該期のジッドが抜け出せずにいたのは、同性愛的指向に根ざした宗教的・倫理的な苦悩というよりは、むしろ芸術上のジレンマだったのである。

沈滞を打破し、『狭き門』完成の糸口となったのが『放蕩息子の帰宅』（一九〇七）である。これによって己の抱える苦悩を文学表現によって対象化し、救済への期待を繋ぎえたことの意味は大きい。かくして創作力を回復したジッドは、ブリュッセルの文芸誌『アンテ』の復刊を画したのち、一九〇八末から翌年二月にかけて、ゲオンやシュランベルジェ、コポーら、志を同じくする仲間五人と『新フランス評論』を共同創刊する。党派性の排除と外国文学の積極的な受容・紹介を二大綱領とするこの「我らの雑誌」をつうじて、ジッドの文学活動は急速に広がりを増してゆくのである。

＊

一九〇〇年　三月、アンリ・ド・レニエの『二重の愛人』を批判し、著者と仲違いする。同月末、ブリュッセルの文化サークル「リーブル・エステティック」で『文学における影響について』講演。夏、ラ・ロックの別荘を売却。

ジッド家がパリのアパルトマン以外に所有するのはマドレーヌ名義の北仏エロー県キュヴェルヴィルの地所だけとなる。一〇月、エドゥアール・デュコテ主宰の『レルミタージュ』誌に発表していた時評を一巻にまとめ『アンジェルへの手紙』として出版。一一月、マドレーヌとの三度目のアルジェリア旅行、かの地でゲオンが合流する。

一九〇一年　リュニエ＝ポーの制作座がジッドの戯曲『カンダウレス王』を上演（テクストは白色評論出版から刊行）、世評は芳しからず。このパリ初演の失敗は長期間にわたり、ジッドに「公衆」への警戒心を抱かせることになる。

一九〇二年　一一月二五日、『背徳者』を脱稿。

一九〇二年　五月、『背徳者』（メルキュール・ド・フランス）を三百部限定で上梓。無理解な論評が相次いだため、これに抗すべく新たに序文を付した普及版を半年後に出版。

一九〇三年　ドイツ（八月五日にはワイマールの大公国宮廷で『公衆の重要性について』の講演）、次いでアルジェリアに旅行。メルキュールから批評論集『プレテクスト』、戯曲『サウル』を出版。ジャック・コポーの訪問を受けたのを機に親密な交友が始まる。モーリス・バレスやシャルル・モーラス、ルイ・ルアールとの間で、いわゆる「ポプラ論争」。

一九〇四年　『レルミタージュ』の編集委員会に参加。五月に再びブリュッセルの「リーブル・エステティック」でおこなった講演『演劇の進化について』を同誌の「小叢書」から上梓。

一九〇五年　クローデルの『五大頌歌』を読み、衝撃を受ける。ほどなくして、中国から一時帰国したクローデルによるカトリック改宗の誘いかけが強まる。

一九〇六年　『アミンタス』を出版。オートゥイユのヴィラ・モンモランシーに建造した家に転居（しかし、そのあまりに奇抜な設計のため、快適な居住空間にはほど遠く、新居はやがて「旅行と旅行のあいだの鞄置き場」となる）。

一九〇七年　一月、画家のモーリス・ドニとベルリンに旅行。その折りに得た着想をもとに、帰国後、異例の短期日で『放蕩息子の帰宅』を書き上げ、ポール・フォール主宰の『詩と散文』誌に発表。ウージェーヌ・ルアールと南西部を旅行中、詩人のフランソワ＝ポール・アリベールと知り合い、以後、永続的な友情関係を結ぶ。この時期よりメルキュールの大立者レミ・ド・グールモンと意見が合わず、同社に対して距離を置きはじめる。

一九〇八年　五月、『ラ・グランド・ルヴュ』誌に『書簡集から見たドストエフスキー』を発表。『レルミタージュ』誌廃刊後、フランシス・ヴィエレ＝グリファンと語らい、後継としてブリュッセルの文芸誌『アンテ』の復刊を画すも捗々《はかばか》しからず。これに代えて、一一月に友人五名（コポー、マルセル・ドルーアン〔筆名ミシェル・アルノー〕、アンリ・ゲオン、アンドレ・リュイテルス、ジャン・シュランベルジェ）および『レ・マルジュ』誌の主幹ウージェーヌ・モンフォールと、『新フランス評論』誌を創刊。しかし初号掲載のレオン・ボッケ「マラルメ駁論」をめぐってモンフォール一派と意見衝突。ジッドらは翌年二月、独自に同誌を再創刊する。

一九〇九年　ジャック・リヴィエールを知る。再創刊された『新フランス評論』誌の初号（二月一日号）から三回連載で『狭き門』を発表（単行本はメルキュール・ド・フランスから刊行）、以後、数々の論文・時評を同誌に掲載する。

第1章　ジッドとポール・フォール
――詩人にして文芸誌主宰者との交流――

ポール・フォールは芸術劇場の創立者、季刊文芸誌『詩と散文』の主宰者として、またとりわけ『フランスのバラード』連作の著者として、一九世紀末から二〇世紀半ばにかけフランスの文壇に確固たる地位を築いたが、その具体的な足跡については十分に研究が進んでおらず未解明な点が多い。たとえば彼自身の筆になる『我が回想録――ある詩人の全生涯』は、詩人の思考スタイルを映すかのように年代表記が極度に少なく、その見事な語り口にもかかわらず資料としての利便性はさほど高くない[1]。数少ないモノグラフィーのひとつで、今なおまず第一に参照されるピエール・ベアルン『ポール・フォール』にしても、作品の抜粋が過半を占め、評伝部分はわずか百ページにも充たないのである[2]。既刊文献の乏しさばかりではない。そもそも同時代の作家・芸術家らから受けた書簡をはじめ、フォールのアルシーヴが早くに散逸しており、このことが実証的な研究の進展を大きく妨げてきたのである。

そのような事情を反映して、フォールがジッドと結んだ関係もまた今日に至るまで個別的な考察の対象となったことがない。パリ大学附属ジャック・ドゥーセ文庫現蔵の未刊書簡などから成る関連コーパスは決して豊富なものとは言えないが、本章ではその主要なところを通覧することで、彼らの交流を多少なりとも具体的なかたちで追跡・確認しよう。

筆者の承知するかぎり、両者の文通記録としてはこれまでにジッド宛フォール書簡二八通、フォール宛ジッド書簡一八通（うち一通は下書き）、計四六通の存在が確認されている。フォール書簡は一通をのぞき全てがジャック・ドゥーセ文庫に収蔵されるが、これは受け手のジッドが一括遺贈したため（ただし紛失分も少なくないと推測される）。いっぽうジッド書簡は、上述のようにフォール・アルシーヴの散逸でもともと残存数が少なく、同文庫の収蔵もわずかに二通、それ以外は個人蔵で所在の知られているもの、あるいは過去の競売目録・古書店目録に抜粋とともに記載されたものである。

初期の交流

フォールが『我が回想録』に残した記述を信じるならば[3]、ふたりが初めて出会ったのは一八八八年、リュクサンブール公園でのことで、ジッドのほうはアルザス学院の同級生ピエール・ルイスと一緒であった。ジッドが一八歳、フォールはルイ大王高等中学に通う一六歳。いずれもが文学、とりわけ詩に強く魅せられた若者であり、おそらくは互いの存在を好意的に認めあったと想像されるが、この初対面の模様や、以後数年間の遣り取りについては、残念ながらほとんど何も知る手立てがない。

双方の最初期の文学活動を略述しておくと、ジッドは一八九一年に処女作『アンドレ・ワルテルの手記』を遺作の体裁で自費出版、つづく二年間に『ナルシス論』『アンドレ・ワルテルの詩』『愛の試み』『ユリアンの旅』と矢継ぎ早に作品を発表し、新進作家としてすでに文壇の一部から注目を集めていた。いっぽうフォールのデビューはさらに早く、詩作と並行して一八九〇年一月、なんと弱冠一七歳で芸術劇場（当初は混淆劇場と称した）を創立している。時に猥雑なまでの舞台で観客を集めたアントワーヌの自由劇場に対抗して「詩劇」の樹立を目指した彼の活動は、必ずしも象徴主義演劇そのものというわけではないが、マラルメやヴェルレーヌをはじめジャン・モレアス、アンリ・ド・レニエ、シャルル・モリスら当代の象徴派詩人たちを後援者として仰いだ。フォールは三年間でおよそ二〇の詩劇を上演し（最後の演目はメーテルランク『ペレアスとメリザンド』）、フランス近代劇史の一ページを飾ったのち、九三年五月、熱心な協力者であったリュニエ＝ポー（後継の劇団として制作座を創立）に後事を委ね、自らの詩作に専念することになる(4)。

さてジッドとフォールが交わした書簡のうち、我々が読みうる最も古いものはこれに相前後する時期のジッド書簡で、フォールの兵役をめぐってのアドバイスが主な内容である――

《書簡1・ジッドのフォール宛(5)》

〔パリ、一八九三年二月三日〕

〔あなたの入隊にかんする情報を教えていただきたい〕、それもできるだけ詳しく。友人にぬか喜びだけはさせたくはなく、当然ながら何も請け負うことはできませんが、母は士官の寡婦という立場から何人かの有力な軍隊関係者と昵懇なので(6)、思い切った手を打つことも可能でしょう。もし身体で虚弱なところがあるなら、それを教えてください。〔…〕

記述にかんし細かな経緯は一切不詳であるが、ジッドは前年の一二月、ナンシーで兵役に就くも結核と診断され直ちに軍務を免除されていたので、おそらくはその経験が手紙での情報交換の前提にあったものと思われる。また時期的に近接していることから、場合によってはこの兵役義務がフォールの演劇活動の終結に物理的な面で何らかの影響を及ぼしていたのかもしれない。

次いで二番目に古い書簡は、ここから四年近く後のフォール書簡である。まずはその全文を訳出しよう――

《書簡2・フォールのジッド宛[7]》

〔パリ、一八九六年一〇月三一日〕土曜

親愛なるアンドレ・ジッド

我々がブーエリエと会うのは、差し支えなければ月曜ではなく水曜〔一一月四日〕にしましょう。九時に拙宅にお越しください。ご都合はよろしいでしょうか。

あなたが私の親友サン＝ジョルジュ・ド・ブーエリエにかんする件《くだん》の論文を書く決心を固めてくださり本当に嬉しく思います。

日を選んで午後にでも『地の糧』を読んで聞かせようと約束してくださいましたが、覚えておいででしょうか。敬具

ポール・フォール

すぐにでも私の友愛の念をあなたにお示ししたい。先日の晩、聴いてくださった粗雑なバラードのひとつなどとは申しません、拙著に加える「夜のバラード」の全篇をどうかあなたに献じさせてください[8]。水曜にそれら一連の詩を知っていただければ幸甚に存じます。

この書簡の本題はナチュリスムの主唱者サン＝ジョルジュ・ド・ブーエリエとジッドとの交流に関わる冒頭の記述である。両者の接近とその後の離反については第I部・第4章「ジッドとナチュリスム」で詳しく論じたので[9]、ここでは書簡の補説となるところだけを手短に述べておこう――。一八九六年の半ば、折しも『地の糧』を執筆中だったジッドは創作上の必要もあって新生の文学思想「ナチュリスム」に強い関心を示し、八月下旬にはブーエリエ本

人にその旨を書き送る。ブーエリエからは早速返書が届き、また共通の友人フランシス・ジャムを介してもジッドへの「大いなる崇敬の念」(10)が伝えられた。そういった遣り取りを踏まえて両者の出会いを自らすすんで斡旋したのが、もうひとりの共通の友人で、数カ月来ナチュリスト一派を新世代の先頭に立つべき文学集団として支援するフォールだったのである。だが、書簡の記述どおり一一月四日に行われた会談は仲介者の期待に応えるものではなかった。ジッドはブーエリエの生真面目すぎる崇高への情熱に、またブーエリエはジッドの批判的知性にいささか失望する。それでも両者は表面的には相手への評価を変えることはなく、ジッド側の提案で翌月ふたたび相見《あいまみ》える。だが結果はやはり芳しくなかった。少なくともジッドにかぎって言えば、この「極めて頑なな」(11)若きナチュリストとの間に前回にもまして大きな隔たりを覚えたのである。ふたりの仲立ちをしたフォールは、その後まもなく一部の文学ジャーナリズムからブーエリエの配下扱いされたことに憤慨し、ナチュリスムに対しても懐疑的な姿勢に転じたため、幸いにしてこの一件で彼とジッドとの関係に齟齬が生ずるようなことはなかった。ただ当然の成り行きとして、ジッドが本格的なブーエリエ論をものする、その内的な動機も外的な要請も共々に失われてしまったのである(12)。

つづいては一八九八年に交わされた書簡二通の存在が確認されている（六月中旬のジッド書簡と九月六日付フォール書簡）。いずれにおいても、ジッドの母方の地所と館があったカルヴァドスの小村ラ・ロック＝ベニャールへの招待が話題となっているが、ここでは最初の書簡に関連して一言しておこう(13)――。ジッドは二年前からフランスで最年少の首長《メール》として、この村の行政にあたっていたが、同年六月、村議会出席の機会を利用してフォールを誘った。ともに招かれたのがアンリ・ゲオンで（じじつ書簡にはその名が引かれる）、三日間の滞在中、彼らは各々が自作を朗読しあった。すなわちジッドは『サウル』を、ゲオンは『パン』（この滞在に言及したジッドへの献辞を付して一九一二年に新フランス評論出版から刊出）を、そしてフォールは当時印刷中だった『ルイ十一世物語』（『フランスのバラード』第三巻。

同年メルキュール・ド・フランスから出来《しゅったい》)を、という具合である。これを境に三者はパリに帰っても頻繁に会うようになり、彼らを中心にシャルル・シャンヴァンら数名を加えた「気のおけない仲間関係」が形成されていったのである。[14]

『ラ・プリューム』をめぐって

文芸誌『ラ・プリューム』の創刊者レオン・デシャンの死去をうけ一九〇〇年、カルル・ボエスが新編集長に就く。短期間ながらその下《もと》で編集作業を担ったのがフォールである(編集者としての関与はおそらく一九〇二年まで)。五月一日号が実質的な初仕事となったが、これにかんし彼がジッドに送った書簡が残っている。その主要部分――

《書簡3・フォールのジッド宛[15]》

〔アスニエール＝シュル＝セーヌ〕、復活祭。一九〇〇年〔四月一五日、日曜〕

親愛なるジッド

『ラ・プリューム』の巻頭に載せる《編集部告知《ディレクトリアル》》をこれから書き、あなたにお見せしますので、ご意見をお聞かせください。〔…〕

『ラ・プリューム』の最初の寄稿者になっていただけないかという私の提案が、あなたの目には、私が敬服し心から愛する作家への個人的称賛とは別のものと映ったとすればまことに遺憾です。

私がしばしば会話を交わす人々は、仮に私の精神の涵養が可能だとするならば、フランシス・ヴィエレ＝グリファンの作品と、親愛なるジッド、あなたの作品こそが格別の「しつけ役」になるだろうと言います。それで誰よりも先に、つい思わず、あなた方の名前が出てしまったのです。ご容赦ください。それがごく自然なことと思っていたのです……。しかし、まさにあなたの仰せのとおり。残念ではありますが、私としても同様に考え、納得する次第。〔…〕

ポール・フォール

雑誌継続にあたり忌憚のない意見を求めた、ジッドへの信頼が窺われる書簡である。冒頭の記述について補説すれば、『ラ・プリューム』五月一日号はフォールの言うように「読者諸氏へ」と題する巻頭言を掲げ、創刊者デシャンの方針を踏襲して「定期的寄稿者の輪を広げるとともに、いずれの具眼の士もが承認しうる厳格な選択によってその文学的意義を高める」と謳っている。(16) 当初はフォールが象徴派の大物連と新世代の有望作家らを糾合し大幅な再編を図ると見られていたが（またそれは『メルキュール・ド・フランス』や『レルミタージュ』の怖れるところであったが）、双方をひとつの旗のもとに集《つど》わせるのは容易ならず、執筆陣の異動はほとんどないままに終わった。ミシェル・デコーダンの見事な表現を借りて言えば、その背景には「一九〇〇年に象徴派詩人はまだ存在したが、象徴主義はもはや存在しなかった」ことがある。(17) さすれば内容は至極正当だが、どこか新味に欠ける巻頭言をそういった現実との妥協の産物と見ても、あながち的外れなことではあるまい。いっぽう後段に綴られるジッドの寄稿辞退にかんして具体的な理由は不詳、あくまで推測の域を出ないが、四カ月後にはフォールが再び寄稿を要請していることから見ても、『ラ・プリューム』の編集方針のためであったとはいささか考えにくい。あるいは他誌への配慮など、いわば二次的な要素のほうが大きく関与していたのだろうか。確かなところは今後の資料発掘の進展に委ねたい。

今述べたように、フォールは八月一六日ジッドに再度寄稿を請うている――「あなたの未発表作品から一ページを抜いて、それを『ラ・プリューム』次号用として私に委ねていただければ幸甚に存じます」(18)。しかしながらこの要請も結局は実を結ばずに終わる。(19) ジッドのほうはフォールからの手紙に間《ま》をおかず返事を出したと推測されるが、実際に存在が確認された直近の書簡は、彼が一九〇〇年一二月にアルジェリアのビスクラから送ったものである〔そこにも不義理を詫びる文言が認められる〕――

《書簡4・ジッドのフォール宛[20]》

ビスクラ、〔一九〇〇年〕一二月一二日

親しきフォール

お礼がこんなにも遅れてしまい申し訳ありません。旅好きのせいで、ご本〔明らかに同年九月刷了の『フランスのバラード』第五巻『船乗りの恋』のこと〕をいただくのが遅くなってしまったのです。しかし拝受したのがほかでもない〔ビスクラに先立ち滞在した〕アルジェでだったのは幸いでした。というのも、まさにご高著を読むためにそこにやって来たのだと直ちに思われたからです。紺碧と白を覆う長びく悪天と暴風で、このアフリカの港が、あなたの描く船乗りたちがサビール語で大騒ぎをする、味わいあるブレストの街のようになっていました。あなたのバラードを、私は読み、彼らは演じ興じていたのです。完璧でした。お礼申し上げます。

私はあなたに、そしてあなたを介して〔エドモン・〕ピロンに、私の最近作を貴誌の読者に好意的に紹介してくださったことについてもお礼を申し上げたいと思っていました。親しきフォール、ご存じのように、私はもうどこにも一切寄稿していません。一時的なものであって不真面目ではないのですが、怠慢の言い訳などは申しますまい。またもや何も作品をお送りしなかったことを改めてお詫びします。

しかし、どうか私に愛想を尽かさないでください。もっと良いペンがあれば、もっと長い便りを差し上げるのですが……。旅とあれば、いろんな事を我慢できます――まずい食事、ひどい寝床、劣悪な宿。でもホテルのペンだけは、とても無理です！

くれぐれも奥様によろしく。敬具

アンドレ・ジッド

前段に語られるフォールからの贈呈書が同年九月刷了の『フランスのバラード』第五巻『船乗りの恋』であるのは主題の一致から間違いない。また後段の話題にのぼるエドモン・ピロンは『ラ・プリューム』の常連寄稿者で、ジッドがその名を引いて謝すのは、この批評家が『アンジェルへの手紙』(一〇月にメルキュール・ド・フランスから出来)を同誌表紙裏面の書誌欄で紹介したことに対してであろう[21]。

さて、これ以後数年間の文通記録としてはただ一通、一九〇三年九月一〇日付のフォール書簡が確認されているにすぎない。記述内容は雑多な近況報告といったものだが、準備・執筆が「細々《ほそぼそ》と続く」『アンリ三世』についての言及もある[22](この作品は三年後『詩と散文』第七号に掲載され、次いで同年刊出の『フランスのバラード』第八巻に収められる)。

『詩と散文』の創刊とジッドの寄稿

一九〇五年はそれまでとは打って変わり、書き手には大きく偏りがあるものの計一一通(うちフォール書簡が九通)と最も多くの書簡が残されている年で、『詩と散文』の創刊と、同誌へのジッドの協力・寄稿が話題の中心を占める。まずは新雑誌創刊までの流れを略述しよう。

『ラ・プリューム』に世代を超えた多くの作家を結集させようとしたフォールは、その試みが不調に終わった後も、文学界の現況を忠実に映す媒体の樹立を諦めてはいなかった。前年から交流のあるアポリネールやアンドレ・サルモンなど、その数歳年長の層ほどは象徴主義に対し忌避感を抱かぬ若手詩人らの慫慂《しょうよう》もあって、フォールは新世代に門戸を開きつつ、一八八五—九五年世代にも大きな場を与える雑誌の創刊を決意する。その結実が『詩と散文』というわけだが、準備段階ではなお若干の曲折を要した。まず一九〇五年の一月半ば、彼は次のように書いてジッドに面談を請うている――

《書簡5・フォールのジッド宛[23]》

パリ一四区、ボワソナード通り二四番地、一九〇五年一月一五日

親愛なる友〔…〕

真面目で興味深くかつ愉快なことがあり、あなたに折り入ってお話ししなければなりません。ある申し出を受けていて、断ることはないのですが、やはりあなたのご意見を伺っておきたいのです。

私が『ラ・プリューム』の編集を引き受けたとき、真っ先にご相談に伺ったのがあなただったことを覚えておいででしょうか。まったく同様な事柄というわけではありませんが、あなたのアドバイスが何としても必要なのです。一度お会いください。〔…〕

ポール・フォール

返書は保存されていないが、ジッドが早速相談に乗ったことは疑えない。またそのさい彼自身としてもこの計画に協力する姿勢を示したことは、以下に引く同月下旬のフォール書簡の文面からもはっきりと読みとれる――

《書簡6・フォールのジッド宛[24]》

パリ一四区、ボワソナード通り二四番地、一九〇五年一月二四日

親愛なるアンドレ・ジッド

この豪華な創刊号執筆陣にあなたも加わっていただくというのが、私をふくめ全員の願いです。一緒に掲載されるのは、グリファン（巻頭言一ページ）、レニエ（詩一篇）、バレス（本の一章、題は「ギリシャの村での夕べ」）、ヴェラーレン（詩「風を称えて」）、ジャン・モレアス（短篇「鷹匠ギヨーム」）。いかがでしょう、この目次は。完璧なものと思われますか[25]。

そうです、親愛なるジッド、目次に「ブー・サアダ」と入れさせてください。私はむろん、グリファンやモレアス、ヴェラーレンらも皆、間違いなく大喜びします。よもやお断りにはならないでしょうね。敬具

ポール・フォール

追伸。玉稿はムーレ〔美術評論家ガブリエル・ムーレ〕のところに赴き、失敬するということでよろしいでしょうか。差し支えなければ、私自身がその盗人にあいなりたく。玉稿を頂戴した翌日には校正刷をお渡しいたします。

だが実をいえば、この新雑誌はまだ『詩と散文』そのものではない。正確にはフォールの立場は、二月一五日の出来を予定していた『叙情芸術評論《ルヴュ・デ・ザール・リリック》』の編集長だったのである。ジッドは間《ま》もなく彼に旅日記の抜粋「ブー・サアダ」を委ね、校正刷も遅滞なく上がってくるが、同誌に依った活動は創刊号刊出を目前にして大きな転機を迎えていた。その経緯についてはこれまでほとんど知られていないので、当時の書簡をもとに大筋を紹介しておこう。

ジッドは、フォールとともに同誌創刊の準備に当たっていた青年詩人モーリス・レイナルから、二月七日付で次のような旨の手紙を受け取る。——遺憾ながら私とフォール氏との関係破綻の結果、『叙情芸術評論』は発行されないことになった。だが聞くところでは、氏は私抜きで新雑誌を出すとのこと。先生にお返しするためではあろうが、

氏は私の同意も得ず、ほんらい私が責任を負うべき玉稿を持ち去った。先生がはたして玉稿をお受け取りになったのや否や、一言頂戴いたしたく、云々……。[26] 若いレイナルがここまで強く自分の編集権限を主張するのは、彼がフォールに創刊資金として九万フランの提供を申し出ていたためであるが、[27] いずれにせよ突然の知らせに驚いたジッドは直ちにフォールに事情の説明を求めた——

《書簡7・ジッドのフォール宛[28]》

〔パリ、一九〇五年二月九日〕

親愛なるフォール

あなたが送ってくださった校正刷を直していたところです。いったいどういうことなのでしょうか。何が起こったのですか。

雑誌の刊行は中止になるだろうという話をいきなり聞かされました。あなたから何か情報をいただくまで校正作業は中断しますので、私の修正のないままテクストが刊出することなきように願います。敬具

アンドレ・ジッド

これを受けたフォールの対応も素早かった。同日認《したた》めた以下の書簡をもたせて、編集の補佐役を務めるアンドレ・サルモンをジッドのもとに送ったのである——

《書簡8・フォールのジッド宛[29]》

〔パリ、一九〇五年二月九日〕木曜

親愛なるアンドレ・ジッド

ここにお送りするアンドレ・サルモン氏をどうか招じ入れください。同氏が、グリファンやシュオッブ、レニエ、〔ピエール・〕キヤール、〔シャルル・〕ヴァン・レルベルグら全員が私の考えに賛同し、雑誌を新たなかたちで編集せずにはおれなかった事情をお話しします。レイナル氏はもはや雑誌の創刊を望んではおられません。あなたがご不在の間に我々は、季刊誌刊行（グリファンとシュオッブにも意見を聞きましたが、あなたが託してくださった見事なテクストが欠かせません）のための資金援助・精神的支援の輪を広げることができたのです。私が、私たちが、全てを立て直したのです。デリケートな話になりますが、選り抜きの執筆者との取り決め（もちろん取り決めを結んだのはこの私です）にかんしては金額面の変更は一切ありません。原則的には何も変わるところはありません。変わるのはただ、季刊の豪華誌にする、ページを増やす（八〇ページに代え一二〇ページ）、あらゆる点で文学的な品位にいっそう厳格に配慮する、という点だけです。なによりも資金面の心配はまったくありません。〔…〕敬具

ポール・フォール

あなたもご存じの秀でた詩人アンドレ・サルモン氏が、この手紙をお届けに上がりお伝えすることでしょう。私がお宅に二度伺ったこと、（ご承知のように）あなたがご不在であったこと、また手前味噌ながらこの良き雑誌が、豪奢ではありましょうが、それにもまして私たちの一致団結の努力と多様な作品とを正しく映すものと思えるには、誰もがあなたを必要としていることを。グリファンやシュオッブ、レニエ、バレス、〔スチュアート・〕メリルら皆が（上に署名したあなたの友もです！）かように考え、あなたを、さらにはあなたのご賛同を待ち望んでおります。

ジッドが事情に理解を示し、ひきつづきフォールの計画に協力することを約束したことは疑えない。じじつ、「ブー・サアダ」は『詩と散文』の創刊号を飾り、また次節に述べるように、それ以後もしばらくはフォールからの原稿依頼とジッドの対応が書簡の中心的な話題となるのである。

＊

『詩と散文』創刊号は一九〇五年三月、サルモンを発行責任者《ジェラン》として無事刊出する。[30] 表紙標題の下には、後々喧伝される標語「高級文学および散文・詩形式の叙情の《擁護と顕揚》」が掲げられた。

フォールは六月五日、再度ジッドに寄稿を請い、「すぐ間近の第二号に〈特上の場〉を宛てがうので、また何かほかに数ページ」、たとえば「大好評だった『ブー・サアダ』の続編」でも提供してほしい旨を伝える。[31] またその二週間後には、ジッドの返事に対し次の書簡を送って雑誌の成功を報告し、これまでの協力に謝意を表している――

《書簡9・フォールのジッド宛[32]》

〔パリ〕、一九〇五年六月一九日、月曜

親愛なるアンドレ・ジッド

お話をしてくださったり手紙を書いてくださったりと、イギリスで『詩と散文』が有利になるよう便宜をお図りいただき有難く存じます。〔…〕

第二号を飾る執筆者たちの名前をお望みでしたね。以下の通りです――フランシス・ヴィエレ＝グリファン、クローデル、〔エレミール・〕ブールジュ、ホーフマンスタール、ジャム、メリル、アーネスト・ダウスン、モレアス、バレス（原稿を待っているところです。書くと約束してくれました）、オスカー・ワイルド、サン＝ポル＝ルー。あなたは私の世代の最も著名な代表者です。あなたを崇め愛し、この号に（あなたに相応しいしかるべきページで）加わっていただくことを切に望んでおります。

『詩と散文』の早すぎるほどの成功で、執筆者への「精算」が遅れてしまいました。創刊号を大増刷しなければならなかったのです。パリで帳簿をご覧に入れましょう。発行費は相当のもので、国内外の書誌欄への掲載費支払い、さらに切手代も嵩みました。稿料の支払いを考える余裕が出るには、まだ一カ月はかかりそうです。〔…〕

いや、親愛なるジッド、あなたから何か作品（または作品の断片……いや、やはり作品です！）をいただくのは水曜〔三日後〕、木曜、さらには金曜（それがぎりぎりの締切ですが）でさえ遅すぎるということはありません。〔…〕

ポール・フォール

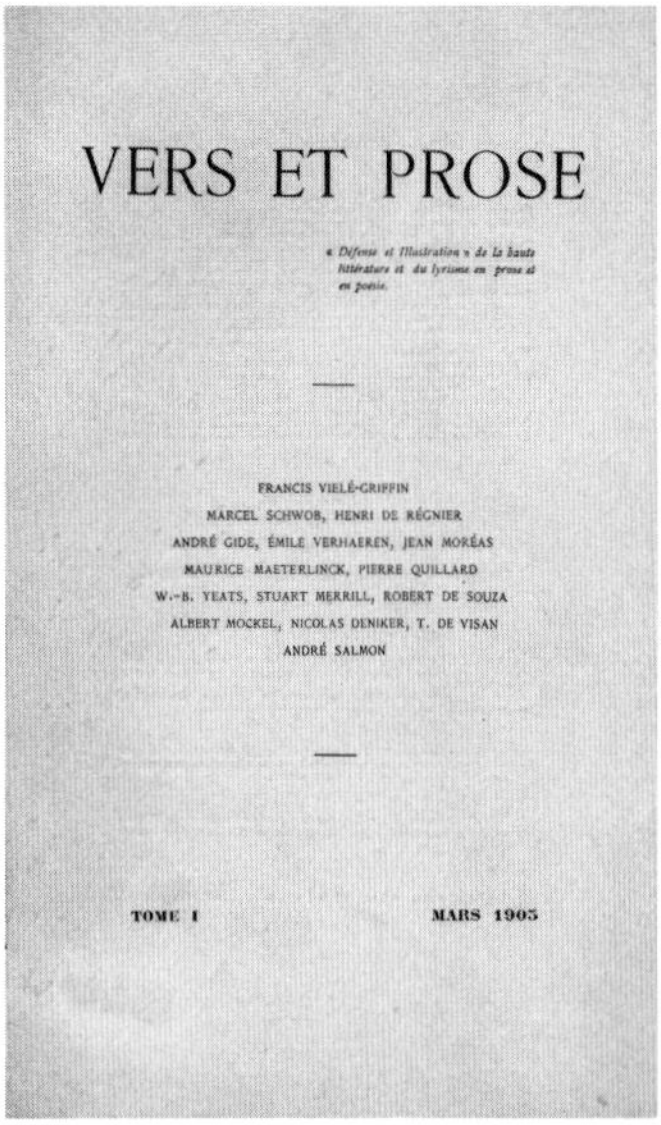

『詩と散文』創刊号（豪華紙刷の表紙）

『詩と散文』創刊にさいし、おそらくジッドは『象徴主義の文学運動』で知られるイギリスの詩人・批評家アーサー・シモンズに何らかの働きかけをしたと推測されるが、冒頭の記述は主にそのことを指しているのであろう（ちなみにシモンズは英雑誌『ジ・アウトルック』六月三日号に「ブー・サアダ」を絶賛する書評を載せている）。執筆予定者のうち、ブールジュとホーフマンスタール、ワイルドの三者は落ち、またジッド自身の寄稿もならなかったものの、新たな名としてアルベール・モッケルやトリスタン・クリングゾル、タンクレード・ド・ヴィザン、アンリ・ゲオン、ポール・アダン、ロベール・ド・スーザらが加わり、第二号は結果的に執筆者数二六、総ページ数二二〇と、『詩と散文』全三六号をつうじ最も分厚い号に仕上がった。

さて、それから半年後、フォールは初年度の総括をかねて、ジッドに宛て次のように書く――

《書簡10・フォールのジッド宛[33]》

パリ、一九〇五年一一月二四日

親愛なる友
もうじき『詩と散文』は二年目に入ります。諸氏の献身と惜しみない努力、気高い協力のおかげで、我々の雑誌は、このような詩的試みが通常期待しうるよりも大きな成功を物心両面において収めました。〔…〕我々は、『詩と散文』の必要最大限の普及と、また寄稿者への定期的な稿料の支払いを可能にすべく、雑誌の基盤をさらに堅固なものにする計画を立てました。〔…〕

ポール・フォール

このように述べてフォールは、同月二七日にパリ一六区パッシーのヴィエレ＝グリファン宅で開く予備会合に是非ともとジッドの出席を請うている。同じく出席を要請されたのは、ヴェラーレンやモレアス、メーテルランク、メリル、サルモン、クローデル、モッケル、アダン、クリングゾル、スーザ、ヴィザン、アンドレ・フォンテナス、アンリ・ドロルメルであった。

以下に引くのは会合の三日後、フォールが再度ジッドに宛てた書簡であるが、その記述内容から、ジッドが出席はせず手紙によって意見を述べていたことは疑いを容れない――

《書簡11・フォールのジッド宛(34)》

パリ、一九〇五年一一月三〇日

親愛なるアンドレ・ジッド

親しき友

『詩と散文』の将来にかんし先日グリファン宅で出たいくつかの卓見、またとりわけあなたが表明され、私も大賛成のご意見を受けて、間《ま》もなく刊出の第四号掲載テクストについては、量ではなく、格別に良質なものを選ぶということに決めました。あなたもこの決定に賛同いただけるものと存じます。これによって『詩と散文』の初年度を素晴らしい内容で締め括り、また定期購読更新を前にした時期の予算負担を軽減することができます。〔…〕

したがって、このたび我々が作品を掲載しようとする執筆者は極めて限られた人数になります。申し上げますと、お願いする方々は、親愛なるジッド、あなたを第一として、アンリ・ド・レニエ、エミール・ヴェラーレン、モーリス・バレス、ポール・クローデル、フランシス・ヴィエレ＝グリファン、ジャン・モレアス、レミ・ド・グールモン、シャルル・ヴァン・レルベルグ、フランシス・ジャム、モーリス・メーテルランク。以上です。

何としてもこの第四号は――後続の号の大半もそうあって欲しいと思いますが――時代の「文学的精髄」と我々の努力とを映すものであらねばなりません。

親しきジッド、あなたばかりか、先に名を挙げた大家たちが好いお返事をくださることを疑っておりません。

ただこれから一二日ほどの間に原稿をお送りくださることだけご同意くだされば幸甚に存じます。〔…〕敬具

ポール・フォール

バレス、メーテルランク、スチュアート・メリル、ジャン・モレアス、クローデルそしてアダン、これらの方々からは、我々の決定に前もって同意し、ただただ芸術の名のもとに企てられたこの共同作品への賛同を示す言葉をいただきました。〔…〕

名前のあがった作家・詩人は、レニエ、バレス、クローデル、ヴァン・レルベルグの四人をのぞき（ただし前三者は次の第五号に、ヴァン・レルベルグも第六号に寄稿）、すべてその作品が翌一九〇六年初めに刊出の第四号に掲載された。ジッド自身は旅日記の抜粋「アルジェ」を委ねたが、フォールはこれを同号の巻頭に配して友の協力に報いている（なおこの旅日記はその後まもなく「ブー・サアダ」とともに『アミンタス』に収録される）。また書簡中に名前はないが、モッケルやアポリネールらほかにも数名の作品が目次を飾った。だが後々文学史的なトピックとなるのは、何といってもヴァレリーがかつて『ル・サントール』誌第二巻（一八九六年、同巻をもって終刊）に発表していた『テスト氏との一夜』を再掲載したことであろう。『詩と散文』は、既発表作品（物故作家の作品を含む）であっても、同誌の精神に適う優れたものであれば、時に応じ厳選した「アンソロジーのページ」としてこれを掲載したが、まさに『テスト氏』がそのひとつだったのである。[35]

*

翌月（一二月）一一日のフォール書簡には『詩と散文』の定期購読者が「数日内には九百に達する」旨の報告があ

る[36]。ちなみに創刊時の定期購読者は四四五、第三号時点で約七百であったから、いたって順調な伸びと言ってよかろう。デコーダンが指摘するように、この成功はフォールやサルモンが倦まず勧誘の手紙を書き続けたことだけによるのではない。それはまた文学的な感受性の変化・変質の結果でもあった。もはや象徴主義的過去への強い忌避感は和らぎ、ここ一〇年ほど続いた激しい対立は次第に解消されていたのである[37]。

年が明けて一九〇六年の二月二二日、フォールは翌月一五日出来《しゅったい》予定の第五号への寄稿をジッドに要請する[38]。「我々の二年目を素晴らしいかたちで始めさせてくれる原稿」をと請うたわけだが、願いは実を結ばずに終わった。ジッドの返書は残っていないが、否定的結果の理由は容易に推測しうる。彼はまさにこの頃から翌年初頭にかけて重大な精神的低迷期（いわゆる「一九〇六年の危機」）にあり、創作はおろか読書さえ満足にできない状態だったのである。同年末（一二月六日）にフォールが第八号の「巻頭を飾る作品[39]」をと、再度寄稿を要請したさいの返事も決して積極的なものではなかった。「夏も秋もずっと、極度に疲弊した脳髄を気にかけざるを得なかった」彼は、小さな題材を二つばかり提示したものの（一二月八日付書簡[40]）、結局これも書けずに終わり、『詩と散文』はその穴を埋めるかのように、彼の旧作『アンドレ・ワルテルの詩』を「アンソロジーのページ」として再掲載したのである。

『放蕩息子の帰宅』

このようなジッドの沈滞を打ち破り、後の豊饒な創作活動の契機となったのが、遅ればせながらフォールの期待に応えて第九号の巻頭を飾った『放蕩息子の帰宅』（以下『放蕩息子』と略記）である。ただし同作品については第3章「状況に想をえた小品」で詳しく論ずるので、ここではジッド＝フォール往復書簡の日本語訳提示を主たる目的とし、状況説明は最小限にとどめよう――。一九〇七年一月下旬、気乗りがしないまま友人の画家モーリス・ドニに引きずられるようにしてドイツに赴いたジッドは、当地の美術館での鑑賞体験から突如着想を得《え》、帰国するや直ちに執筆を開始、実質的にはわずか二週間で『放蕩息子』を書き上げる。小品とはいえ、実際の執筆まで長い懐胎期間を要するのが通例のジッドにあっては異例のスピードであった。さらに注目すべきことには、それまでの極度の不振と消極的な姿勢とは打って変わり、いまだなお執筆中の二月一二日時点で、ジッドが自らすすんで『詩と散文』への掲載をフォールに持ちかけていたのである（このジッド書簡は残っていないが、いくつかの実証的根拠から『放蕩息子』の掲載を打診する内容であったことは確実）。

以下数通の書簡は、原稿の受け渡しや組版・校正、また刊出時期など、主に実務面にかんし三月から五月にかけて交わされたものである。まずは三月のフォール書簡――

《書簡12・フォールのジッド宛[41]》

パリ、一九〇七年三月一二日

親しき友

できるだけ早急に『詩と散文』でお目に掛かれれば幸いです。何日がよろしいでしょうか。お時間もご指定ください。ご都合にあわせます。

玉稿はあなたのご指示を添えて印刷所に回り、校正刷とともに短期日でお手元に戻されます。

とりわけあなたのような、その存在で私を心地よく惑わせる友人には急いでお会いしたい。〔…〕まさに最優先で、あなたのご都合のよい日に、お声を聞き、直接お目にかかることが私の支えとなりましょう。そして、貴作品の美しい「発表方法」についてお互い直ちに納得しあうことでしょう。敬具

ポール・フォール

ジッドからの掲載打診以来すでに一カ月が経過しており、この間にも何らかの具体的な交渉があったものと推測される。作品執筆の流れとしては、二月半ばに一応の完成を見た自筆稿をもとに少なくとも三部のタイプ稿が作成され、三月初旬からはこれを使った推敲が続けられていた。次の書簡はフォールの問い合わせに対するジッドの返答である――

《書簡13・ジッドのフォール宛[42]》

〔パリ、一九〇七年三月一四日〕木曜

親愛なるポール・フォール

原稿はすでに全部タイプ済みですが、これを受け取るのは月曜〔一八日〕までお待ち願いたい。というのは、読み返してみて、いくつか未修正の箇所を見つけたのですが、それを校正刷まで持ち越すのは無益なことだからです。月曜の二時頃、あなたの元に『放蕩息子』をお持ちします。

奥方から、拙稿にかんし小さな問題が生じたことをお聞きのことと存じます。『詩と散文』前号の刊出日から計算して私は、ドイツ語訳が五月号に載る予定の『ディー・ノイエ・ルントシャウ』に、その時点では作品が未発表であり、『詩と散文』と同誌とに同時に掲載されると請け負うことができたのです。したがって『詩と散文』次号が五月初旬より前に刊出することがないことを確かめておかなければなりません。月曜にボワソナード通り〔のお宅〕でお会いできるかお返事いただき、この重要な点について確かなところをお聞かせいただきたく。

愛情あふれるお手紙に心を打たれました。お話しできるのが幸いです。敬具

アンドレ・ジッド

後段で話題にのぼる『ディー・ノイエ・ルントシャウ』掲載予定の「ドイツ語訳」とは、これまたジッドが二月半ばに自ら寄稿を申し出ていたもので、タイプ稿を複数部作成したのも仏独同時出版のためであった（この二カ国同時の出版はジッドの長い経歴においても唯一のもので、それだけに『放蕩息子』に対する自信のほどが窺われる）。事の経緯に触れておくと、このベルリンの月刊文学誌は前年六月、編集長オスカー・ビーの名でジッドに「劇ではなく、物語かエッセーまたは風刺作品」の寄稿を求めたが、先述のごとく当時のジッドは到底それに応えうる状況にはなかった。したがって『詩と散文』の場合と同様、新作の提供は言うならば、その折りの不面目を一挙に晴らそうとしたものだったのである。

やがて初校が上がり、これを修正したジッドはフォールに再校を求めた。クローデルに劣らずマラルメの「パージュ＝エクラン」の思想を強く受け継いだ彼だけに、そこには印刷・組版上の指示がこと細かく記されている――

《書簡14・ジッドのフォール宛(43)》

〔パリ、一九〇七年四月四日頃〕

ポール・フォール様

再校をお願いしてもよろしいでしょうか。お願いできますよね、あなたも私と同じようにテクストが非の打ちどころなく正確であることを望んでおられるのですから。ということで、修正をほどこした初校を同封いたします。

作品名が各対話の小題と完全に区別がつくように活字を大きなものに変える必要があるだろうと思います。また対話の小題（「放蕩息子」「父の叱責」「兄の叱責」など）のほうは、大きな活字を使って字間も今ほど広くないほうがおそらく望ましいでしょう。最後に、章と章との間をもう少し詰めるほうが多分よいのではないかと。それらが別々の話ではなくひと続きであるのが一瞥して分かることが大事なのです。

次の点はいかがお考えになるでしょうか。小題を右詰め（どれも欄外にまで出すのではなく、本文行末にそろえて）にするとしたら。その場合には文字をかなり大きなものに変え、章と章との間隔をさらにもっと狭めなければならないでしょうが、でもそうすればとてもよい、充分に条件を満たすものになるような気がします。

これについては、あなたのほうでよろしくお取り計らいください。私が提案しました組版についても同様にご尽力をいただきたく。

さようなら。親愛の念をこめて、あなたの

アンドレ・ジッド

とりわけ第四段落中の「各章が別々の話ではなくひと続きであるのが一瞥して分かるように」という指示は、冒頭の「放蕩息子」の章が作家ジッドの序文ではなく、あくまでも物語のなかに組み込まれた話者の「序言」として構想されていることを裏付ける（この点にかんしては第3章「状況に想をえた小品」、二三三—二三六頁を参照されたい）。

これに続いたのが修正済み再校の受け渡しにかんする書簡で、『放蕩息子』掲載をめぐる現存資料としては最後のものに当たる（その後ほどなくして『詩と散文』第九号は無事刊出）——

《書簡15・ジッドのフォール宛(44)》

〔パリ、一九〇七年五月二二日頃〕

親しきフォール

昨日アンドレ・サルモン氏が来訪され、あなたに宛てて書いたところだった私の手紙は即座に無用となりました。

大変感じがいいあなたの友人〔当然ながらアンドレ・サルモンのことです〕が土曜〔二五日〕に修正済みの校正刷を取りに来られる予定です。郵便でお返しすれば簡単なことだったでしょうが、私としては、再び会えれば嬉しい人に取りにきていただく方にいたします。〔…〕敬具

アンドレ・ジッド

ジッドの劇作『バテシバ』

年が明けた一九〇八年には『詩と散文』のバックナンバー二部〔『放蕩息子』が掲載された第九号〕の送付を依頼するジッドの短信が二通〔六月一二日、一七日付〕、また翌年には両者の書簡が二通ずつ計四通が残るのみ。一九一〇年にいたっては一通も存在が確認されていない。特に一九〇八年末から翌年にかけては『新フランス評論』創刊の時期でもあり、これに関連する資料の絶対的不足は残念と言うほかないが、ここではジッドの劇作品『バテシバ』掲載を話題とする書簡を紹介しておこう――

《書簡16・ジッドのフォール宛(45)》

〔パリ一六区〕、ヴィラ・モンモランシー、一九〇九年一月六日

親愛なるポール・フォール

オランダ紙刷りの『詩と散文』最新号をたしかに拝受。お礼申し上げます。

私の『バテシバ』〔三幕劇〕を〔貴誌の〕巻頭に掲載していただけないでしょうか。第三幕は未刊で〔ドイツ語訳のみが既発表〕、最初の二幕は『レルミタージュ』に載りましたが、そのことを覚えている者などおります

まい。
あなたにお会いできればと存じます。いずれ思い切ってあなた方の会合に出席させていただくようにいたします。
ご夫妻に謹んで新年のお慶びを申し上げます。

アンドレ・ジッド

冒頭の「『詩と散文』最新号」とは、主宰者フォールのほかに、ポール・アダンやレミ・ド・グールモン、アルベール・モッケル、スチュアート・メリルら計二〇名が寄稿した第一五号（一九〇八年九―一一月付）のこと。[46] また「オランダ紙刷り」について一言すると、ジッドは同誌の定期購読者ではなかったが、創刊当初から主要な執筆予定者として遇され、毎号オランダ紙使用の豪華版を贈られていた。[47] 書簡の主要話題『バテシバ』は、記述にあるとおり、まずは最初の二幕が『レルミタージュ』誌の一九〇三年一月号および二月号に掲載された。次いで一九〇八年には、フランツ・ブライによるドイツ語全訳が彼の編集する文芸誌『ヒュペーリオン』に発表され、その後まもなくポツダムのグスタフ・キーペンホイヤー出版から単行書として上梓されていた。[48]
ジッドの申し出に対しフォールは次のような返書を送る――

《書簡17・フォールのジッド宛[49]》

パリ〔一四区〕、ボワソナード通り一八番地、〔一九〇九年一月一一日〕月曜

親愛なるアンドレ・ジッド
『詩と散文』の次号巻頭に『バテシバ』を掲載させていただけるということでしょうか。それをご所望でしょ

うか。そうだとすれば、なんというご親切なお申し出でしょう。どうかテクストをお送りください。すぐに校正刷を出させます。戯曲の印刷が見事な体裁になるよう万全の努力を払う所存です。それにしてもあなたには何とお礼を申し上げればよいことか。
この第一六号の執筆陣には、素晴らしい方々、しごく気高い方々が並びます。〔…〕敬具
ポール・フォール

郵送したのか、あるいは当時の個人秘書ピエール・ド・ラニュックスに届けさせたのか、方法こそ定かではないが、ジッドはさほど日を置かず『バテシバ』の原稿を『詩と散文』に委ねる。これを受けてフォールは一八日付の礼状で次のように述べている――「『バテシバ』にかんしては如何ようのご心配もなく。万事抜かりなく取り計らいます。このような傑作をお委ねいただき、何とお礼申し上げるべきでしょうか。かくして『詩と散文』にもそれなりの存在意義があろうかと」(50)。このような経緯をへて、フランス語による完全版テクストは、予定どおり『詩と散文』次号(第一六号、一九〇八年一二月―一九〇九年三月付)の巻頭に配されたのである。

フォール祝宴をめぐって

現存する主要な書簡の内容紹介を続けよう。一九一一年二月九日、『フランスのバラード』第一一巻の出版を機にフォールを称える盛大な宴がパリのレストラン「ル・グローブ」で催された。三五〇名にのぼる参会者のなかにはコポーやゲオン、ラニュックス、ガストン・ガリマール、ヴァレリー・ラルボーら『新フランス評論』関係者の姿も認められた。むろんジッドもそのひとりとして、ギュスターヴ・カーンやサン゠ポル゠ルー、アンドレ・フォンテナスら三〇名ほどとともに詩人を囲む上席に着いている(51)。だがこの催しの準備段階では、思わぬ手違いにより「主

催者」のリストからジッドの名が漏れ落ちるという事態が生じ、そのことをめぐって数通の書簡が交わされていたのである。一件じたいはフォール側の釈明・陳謝によって直ちに事なきを得たが、『詩と散文』『新フランス評論』両誌の関わり具合を示す挿話でもあるので、ジッド書簡を軸にその概略を紹介しておこう。

祝宴を二週間後にひかえた一月二七日、ジッドはフォールに宛て次のように書き送る——

《書簡18・ジッドのフォール宛(52)》

〔パリ、一九一一年一月二七日〕

親しき友

この祝宴の主催者陣にとあなたがお望みになった友人たちの名前のなかに私の名前がないのを見て、ひどく驚き、悲しく思っています。『詩と散文』の創刊号から私はあなたの仲間でしたし、事情の許すかぎり、あなたとあなたの雑誌に対する共感と善意を寄稿というかたちで示してきました。『詩と散文』の会合に一度も参加していないのは、私がほとんど外出をすることのない人間だからです。付言すれば、単に偶発的なこととは思いますが、この欠落はさらに二つの理由で私をひどく悲しませます。皆あなたの友人ばかりからなる『新フランス評論』は、特に編集部の誰かひとり、あるいはゲオンによって代表されるものでもなければ、私によって代表されるものでもありません。しかしながら、事実とは正反対に『新フランス評論』があなたへの称賛を拒んでいる、(領域はいくぶん異なるものの、それだけになんら敵対することもなく)同じ戦いを続ける年長誌に対し無関心である、そう人の目に映ったのは嘆かわしいことと言えましょう。結局のところ、不幸にも私が九日の祝宴に出席できないような場合(ここ二カ月というもの、風邪を引きどおしなのです)、現在主要メンバーは各所に出払っていて不在のため、『新フランス評論』が祝宴に連なれるのはただこの招待状の上〔主催者としての記名〕でのみ、ということにもなりかねないのです。

私が気分を害しているとは思わないでください。あなたとは深く長い付き合いであるだけに、この件が何か底意あってのことだとはとても考えられません。ただの手違いでしょう。しかし私がかくまで悲しく思うのは、あなたへの常に変わることない強い共感があればこそだということをお分かりいただきたい。九日にはあなたとご一緒いたしたく万全を期す所存。

〔アンドレ・ジッド〕

この手紙を受けたフォールは当惑と痛恨の情をまじえて、「私が渋るにもかかわらず、ささやかな祝宴の開催を説き伏せてくれた若き友人たちが、私の衷心からの強い希望に従い」、ジッドを「メーテルランクやヴィエレ＝グリファン、レニエ、ヴェラーレン、ジャムとともにリストの筆頭に掲げていたのは誓っても間違いない。私としてもあなた方の賛同がいただけないのなら、どんな行事も望んではいなかった」と釈明し、是非にもとジッドの出席を請うている（一月二八日付書簡）[53]。また『詩と散文』の編集補佐役アンドレ・サルモンも同日、催しへの賛同を求めた趣意書の紛失・未着を詫びる手紙をジッド本人に送ったのである[54]。

祝宴の参会者数が如実に示すように、フォールはその人柄や作風で多くの作家・芸術家から愛されたが、この翌年にはレオン・ディエルクスの死去にともない、大方の推挙をえて〈詩王〉に選出されている。かつてヴェルレーヌやマラルメが就いたこの王位に今晴れて自らが就く――、象徴主義的価値の継承を謳い続けたフォールにとって何にもまさる慶事であったろう。

『詩と散文』の終盤と関係の希薄化

これ以降の時期にかんし存在が確認されている書簡は、総数一〇通にも満たず、またそのほとんどが第一次大戦勃発までの数年間に集中している。ジッド書簡の遺失分を考慮に入れたとしても、両者の交流が『詩と散文』の終刊を境に急速に希薄化することを示す顕著な偏差といえよう。

一九一一年内にふたりが交わした書簡としては、前掲の「フォール祝宴」開催をめぐる二通しか残っていないが、宴の半月後（二月二四日）、詩人の甥で『詩と散文』の手伝いをしていたロベール・フォールがジッドに宛てた書簡がジャック・ドゥーセ文庫に保管されている。その主要部分――

親愛なる先生
わざわざテクストの転写をお取り計らいくださり、厚くお礼申し上げます。まことに有難うございました。校正刷は、まず間違いなくノルマンディー（キュヴェルヴィル）からのご帰着に先立ち、お手元に届くはずです。現在までのところ、この「旅日記」は、アルチュール・ランボーの極めて重要な未刊書簡、シュアレスやローラン・タイヤード、ヴァン・レルベルグの作品とともに掲載される予定です。当誌はエミール・ヴェラーレンとアンリ・ド・レニエにも原稿を依頼中でありますが、おふたりの了解も問題なくいただけるものと存じます。またポール・フォール、エドモン・ピロン、ジョルジュ・デュアメルの作品も掲載されます。〔…〕[55]

『詩と散文』第二四号（一九一一年一―三月号）の編集が話題である。同誌は上述の祝宴の折にでもジッドに寄稿を要請したのだろう。それに対し作家が委ねたのは、一四年前に出版していた『旅日記（一八九五―一八九六）』の冒頭部分（全体の約三分の一）であり、新規に執筆したものではなかった。ちなみに「テクストの転写」とは、おそらくは組版の便を考慮してのタイプ稿作成のことを指す。いっぽう列挙されたほかの作品のうち、ランボーの未刊書簡、シュアレスの恋愛詩篇、ピロンのペロー『コント』新版への序文、フォールの散文詩集『永遠のアヴァンチュール』抜粋は予定どおり掲載されるものの、それ以外はいずれも間《ま》に合わなかったようで、次号以降に繰り下げとなった[56]。これに代わって結果的には、ユーグ・ルベルやスチュアート・メリル、アン・リネール（本名アンリ・ネール）、オスカル・ミロシュ、タンクレード・ド・ヴィザンらのテクストが誌面を飾っている。また同号の末尾には小型活字で組まれた「フォール祝宴」の詳細な報告が添えられたが、参会者の名簿、欠席者からの詫び状・祝い状、フォールを含めた一六名のスピーチなどは、当時のパリ文壇の一側面を伝える貴重な記録である[57]。

*

翌一九一二年は、『詩と散文』を中心的な話題としてジッドとフォールとの交流がそれなりの実質をともなった最後の年。ジッドからの書簡は一通しか残っていないが、ジャック・ドゥーセ文庫所蔵のフォール書簡数通によって両者の遣り取りはおおむね窺い知ることができる。

最初に紹介する二月半ばのフォール書簡はジッドへの返信だが、その文面からは後者が次のような内容を書き送っていたことが分かる。すなわち、アルジャーノン・チャールズ・スウィンバーンの翻訳にかんする仲介、ライナー・マリア・リルケのための『詩と散文』定期購読の手続き代行、そしてフォールに対する『新フランス評論』への寄稿の打診と、ジッド自身の『詩と散文』への協力の申し出である。フォールの返信を訳出しよう――

《書簡19・フォールのジッド宛[58]》

パリ〔六区〕、ラシーヌ通り一五番地、〔一九一二年二月一五日〕木曜

親愛なる友
お便りには嬉しい知らせばかり。もっとも、あなたがくださるお手紙の場合はいつもそうではありますが。お話は承りましたので、デュ・パスキエ夫人によろしくお伝えください。『詩と散文』は〔スウィンバーンの〕『カリドンのアタランタ』を、二九号で一時《いちどき》に、あるいは二九—三〇号の二回に分けて掲載いたしましょう。しかしながら私としてはできるだけ早く訳稿をいただきたい。というのも、次の二八号（一—三月）から掲載が可能ならば、是非ともそうしたいと思うからです。実際にどうなるかは分かりませんが。
新規購読者？ すばらしい！ しかもそれが、見事に翻訳されたテクストを私が賛嘆しながら読んだライナー・マリア・リルケ氏とあっては。結構、結構、まことに結構。できるだけ多くの購読者を私どもにお送りください。当誌は、散文の扉、詩の扉をともどもに大きく開いております。
ご芳信のなかでとりわけ有難いのは、完璧なる貴誌『新フランス評論』の栄えある作家連のひとりに私を加えてやろうというそのお気持ちです。私がこの友愛の徴《しるし》にいかに感激しているか、あなたはご想像もつかないでしょう。ここ二週間以内に、拙著『永遠のアヴァンチュール』第三巻冒頭のリートを一五ほどお送りします。しかし、お手紙のなかで何にもまして喜ばしいのは〔…〕、近々『詩と散文』（当誌の多くはあなたがお創りになったものです。然り、我々がいかにあなたに負うているかはよくご存じのところ）へのご寄稿をお願いできそうだという点です。この期待に乗じてお願い申し上げます。次の二八号のために何ページか（できるだけ沢山）いただけないでしょうか。あなたに相応しい然るべき場所に掲載させていただきます。三週間以内に玉稿を頂戴できるならば幸甚に存じます。〔…〕迅速なるご返信をたまわりたく。偉大にして親愛なるアンドレ・ジッド様。敬具

ポール・フォール

記述内容にかんする若干の補説――。スウィンバーンの戯曲『カリドンのアタランタ』は、実際には第三〇号から四号連続で『詩と散文』に掲載される。翻訳を担当したエレーヌ・デュ・パスキエは、チェスタートンのほかにもタゴール『果実あつめ』やジョイス『ダブリン市民』などのフランス語訳で知られ、なかでも『果実あつめ』は今なお定訳として広く流布している。[59] リルケ（当時はパリ在住）の『詩と散文』購読については、彼自身の二月二二日付ジッド宛書簡に、仲介の労に対する謝意とともに「二日前に定期購読者としての最初の号を受け取った[60]」とある（「木曜」とだけ日付を記された上掲書簡を同月一五日のものと特定できるのはこの事実による）。またフォールが賛嘆しつつ読んだ「見事に翻訳された」リルケ作品とは、前年ジッドがフランス語に訳し『新フランス評論』に発表していた『マルテの手記』断章のこと。[61] いっぽうフォール自身の『永遠のアヴァンチュール』は、量的には書簡で予告された一五篇前後から増え、結局は計二七篇のリートが『新フランス評論』の五月一日号に発表される。フォールと同誌との関係についてミシェル・デコーダンは、この詩人を当時の「新世代グループのなかで『新フランス評論』に寄稿しなかったごく少数者のうちのひとり[62]」と規定しているが、厳密に言うならば、この指摘は正しくないことになる。

フォール書簡に対するジッドの返信も日付は「木曜」としか記されていない。「迅速なる返信を」という文通者からの要請と、同日内の往復信が珍しくなかった当時のパリの郵便事情から見て、まず間違いなく同じ二月一五日の手紙である。その全文――

《書簡20・ジッドのフォール宛[63]》

〔パリ、一九一二年二月一五日〕木曜

親愛なる友

あなたの素晴らしいお手紙に感激しながら、また当惑もしております。というのも今のところ私には完成したものは何もないからです。しかし結局のところ『詩と散文』に委ねるのが『放蕩息子』や『バテシバ』のような「完結作品」である必要もなかろうかと存じます。仮に「完結作品」ということになれば、現在とりかかっているのは息の長い作品であり、あなたをひどくお待たせすることにもなりかねません。また、当面求められるテクストを仕上げるためにその仕事を離れれば、気が緩んでしまいそうで、そのことも懸念されます。

話を詰めておきましょう。『詩と散文』用には二つの断章が考えられるのですが、それは決してそこそこの出来《でき》のものではありません。私の考えるところ、それ自体はすでに完成している、つまり、あなたの友人が到達しうる最高度の仕上がりを見せているのです。だが如何せん、軽く見られても仕方ない断章ではあります。この二つのうち、どちらを取るか。ユリシーズとミネルヴァが対話する『アヤックス』の一場（散文）か。『プロセルピナ』の一場（五〇行ほどの一連の一二音節詩句《アレクサンドラン》）か……。私としては断然後者を選びます。なぜなら……いや、それについては、すべて直接お会いしたうえでお話しできないでしょうか。『新フランス評論』にと、有難いご提案をいただいているリートについても然り。日時と場所を一言お知らせいただければ（お望みとあらば、来週の月曜にでも早速）参上いたします。敬具

アンドレ・ジッド

前段で言及される『放蕩息子』と『バテシバ』は、上述のように、それぞれ全文が『詩と散文』の第九号（一九〇七年三―五月）、第一六号（一九〇八年一二月―一九〇九年三月）に掲載された作品だが[64]、いずれも当該号の巻頭を飾っており、そのことにも主宰者フォールがジッドに対し払っていた格別の配慮が見てとれる。また「現在とりかかっている息の長い作品」とは、いうまでもなく『法王庁の抜け穴』（一九一四）のこと。いっぽう後段で話題となる『詩と

散文』次号への寄稿にかんしては、著者自身が推すように、ギリシャ・ローマ神話に想をえた戯曲『プロセルピナ』の断章が採られる。もうひとつの戯曲『アヤックス』は、その後も書き継がれることはなく、一〇年近くをへて文芸誌『レ・ゼクリ・ヌーヴォー』に短い断章が掲載された〔一九二二年一〇月号〕。

この手紙に対するフォールの返信は三週間後の三月九日まで遅れた。書簡の過半はその事情の説明に割かれている。これを要すれば、フォールはパリを離れ、ラ・フェルテ＝ミロンなど四カ所を次々と移動していた。ようやく転送が追いついたジッドの手紙を読んだフォールは、親しい詩人アレクサンドル・メルスローを介して、パリ帰着後の面会を急ぎ申し入れたが、今度はジッドのほうが旅行に出てしまっていたのである〔同月二日、南仏経由でフィレンツェに向け出立、パリ帰着は四月末。ただし後述のように、フォールは相手の旅行がこれほど長期のものとは承知していない〕。こういった経緯を綴った長い前置きに続いて、書簡の本題が次のように記される——

《書簡21・フォールのジッド宛[65]》

パリ〔六区〕、ラシーヌ通り一五番地、一九一二年三月九日

親しき友〔…〕

いま私はただ茫然としながらも、お手紙を手にして嬉しく、さらにあなたが〔寄稿を〕約束してくださったことに欣喜雀躍しております。

お約束に意を強くして、玉稿をソフィー＝ジェルマン通り六番地の拙宅宛にお送りくださるようお願いする次第です。頂戴する『プロセルピナ』の一場は、申し上げるまでもなく当誌の最も大振りな活字で印刷いたします。玉稿を、そしてあなたのお返事を一刻も早く読ませてください。校正刷はほとんど直ぐにもお送りします。

お手紙にあったように拙稿『永遠のアヴァンチュール』第三巻の冒頭をお送りすべきかどうか、お知らせいただけますか。短いリート一七篇ですが、多すぎないでしょうか。どれかをおっしゃっていただければ、その箇所を削ります。敬具

ポール・フォール

追伸。ゲオンは私にとても親切にしてくれました。彼はベルギーで大成功を収めているようです。

本題については説明の必要はあるまい。追伸第二文を補足すれば、フォールが述べているのはアンリ・ゲオンの戯曲『パン』のベルギー公演のこと。この作品は前年一一月にパリの芸術座で初演され好評を博し、その勢いをかって彼の地での公演が実現していたのである（印刷テクストはそれと同時期の一九一二年三月、設立後まだ一年も経たぬ新フランス評論出版から刊出した）。

上記書簡がジッドの滞在していたイタリアまで転送されたか否かは定かでないが、少なくとも『プロセルピナ』の原稿が三月半ば頃『詩と散文』に届けられたことは疑えない。次のフォール書簡には、早くも組み上がった『プロセルピナ』の校正刷が同封されているからである（前便に対してジッドからの返信はなかったものの、この時点でフォールが相手のパリ不在を想定していないことは文面から明らかである）――

《書簡22・フォールのジッド宛(66)》

パリ〔六区〕、ラシーヌ通り一五番地、一九一二年三月二一日

親しき友

さっそく校正刷を同封いたしましたので、どうか見事な玉稿『プロセルピナ』を掲載させてくださるようお願い申し上げます。実は大変遺憾ながら、あなたからお便りがないので〔私の呪わしい旅行がその原因だったのですが〕、返事をくれたグリファンのほうに打診してしまったのです。そうです、未刊の詩を送ることを条件に、あなたもご存じの巻頭のページを。ですが、同封の目次をよくご覧いただき、『プロセルピナ』が栄えある場所に配されることをどうかお認めください〔『詩と散文』創刊以来、巻頭には常に散文を配するのが倣いとなっていますし、また、このたびの〔巻頭の〕散文はやや番外のもの、『詩と散文』としては初めての時事ものと言ってもよいでしょう〕。

そうです、できるならば校正刷がお手元に届いたその日のうちに一組に修正を施し、当方にお戻しくださるよう是非にもお願い申し上げます。〔…〕

あなたは私の七年の活動、『詩と散文』に捧げた七年を大いに助けてくださった。それに対する感謝の念はすでにたびたび申し上げてきましたが、あなたへの感謝はいや増すばかりです。

ここで少々自惚れを申し上げるべきでしょうか。私がフランス語による傑作選を供するという当誌の方針に沿って奮闘努力していることはご承知のところです。すでに多くの人々を当代の誉れとなるような作品へと誘い導いてきました。あなたの完璧な『新フランス評論』とまではいきませんが、『詩と散文』も我らが「大義」のためには無益ではありませんでしたし、それは今も変わりありません。しかし、物質面でという意味ですが、〔当誌は〕私がひとりで支えています。精神面で私をご援助ください。今がその時なのです、改めてお願い申し上げます。

ご受領次第〔本当に当てにしております〕修正済みの校正刷をお戻しいただければ幸甚に存じます。敬具

ポール・フォール

拙稿はジャック・リヴィエール氏にお送りしました。氏のほうからお手紙をいただいておりました。その件についても重ねてお礼申し上げます。

外国への長旅の際によく採られた手段だが、おそらくジッドは原稿の送付や校正の作業を予め『新フランス評論』の仲間（シュランベルジェか？）に委ねていたものと思われる。いっぽうフォールが恐縮しつつ報告するように、『プロセルピナ』はヴィエレ＝グリファンの詩「ミノス」と同様、まもなく刊出する『詩と散文』の巻頭には置かれず、「やや番外の散文」、ルイ・マンダンの評論「ド・レニエ、ド・マン両氏と現代詩」が二作品の露払い役を務めることになる。なお追伸に名の挙がるリヴィエールは、前年一二月からラニュックスに代わり『新フランス評論』の編集次長《スクレテール》の立場にあった（雑誌表紙裏に名が記載されるのは一九一二年一月号から）。コポーの指揮の下《もと》、精力的に編集の実務を担っていたのである。

第一次大戦の影響

第一次大戦は芸術文化活動にも大きな打撃を与えた。戦時体制下の数年間、文芸紙誌はいずれも活動の停止・縮小を余儀なくされる。創刊以来順調に部数を伸ばしていた『新フランス評論』でさえ、開戦にともない一九一四年八月号をもって休刊を決定せざるをえない（ただし単行書の出版はそれまでとほぼ変わりないペースで継続される）。当時の文芸誌の常とはいえ、財政的に厳しい状況が続いていた『詩と散文』は、すでに同年一―三月付の第三六号で発行が止まっていたが、結局はこれが終刊号となってしまうのである。次のフォール書簡はそういった事情を切々と綴っている――

《書簡23・フォールのジッド宛(67)》

パリ〔一四区〕、ソフィー＝ジェルマン通り六番地、一九一四年一一月一九日

親しき友

我々の雑誌はもう発行されることはありません。新聞各紙は極めて厳しい戦時予算のため、詩人に居場所はなく、私は自費で印刷して窮境をしのがざるをえません。

熱情を込め、あらゆる信念を傾注して、この恐ろしくも崇高なる戦いについて「懲らしめの歌」を書いています。

この歌を新聞に載せさせるのはひどく難しいことでした。文学的すぎる、そう言うのです。文体に少しばかり配慮はしますが、それだけです。おそらく〔テオドール・〕ボトレルや〔ポール・〕デルーレードのようなトーンならば好いのでしょうが、私にはそういう才覚はありません。一紙だけ、大きな日刊紙が歌のひとつをお情けで採ってくれましたが、条件は稿料なしというものでした。〔…〕新聞は諦めます。新聞では、そのつど詩人の誇りが傷つきます。詩は当今まったく無益なものとして扱われてしまうのです。それもまたひとつの見解なのでしょうが、詩こそを唯一の美徳、この世の哀れな旅路での唯一の糧とする者にとっては、なんと醜い見解であることか。

嗚呼、自分の力は分かっています、意余って力足らずということは分かりすぎるほどです。しかし私は、二つの大きく明確な理由のために沈黙を破らざるをえないのです。ひとつは、この恐ろしい叙事について大いに語るべきものを心中に感じているということ。またひとつは、家族を食べさせねばならないということです。

こう述べたうえでフォールは、困難な状況を凌ぐ当面の策として、次のような出版計画をジッドに報告する――

そういう訳で、私は一年間、半月ごとに『フランスの詩』というタイトルで、一種の「新聞」、戦時叙情誌を出します。恐ろしい悪夢の速やかな終結（ただし我々が決定的勝利を収めた後での終結）を望みながらも、一年間にわたって出し続けます。〔…〕

この「会報」の第一号を差し上げます。友情の徴《しるし》として、『フランスの詩』の全号を定期的にお送りします。しかし親しいアンドレ・ジッド、思い切って申し上げると、定期購読者を何人か見つけていただけるならば、どれほど有難いことか！

この試みに失敗すれば（そうならぬことを期待しますが）、支援を得られないとなれば、私は何をすればよいのか。私が兵士として期待されることはありません。いっぽう私には英雄的・愛国的で、励ましとなる詩想、時に残酷でさえある詩想が山のようにあります。〔…〕本当に私には語るべき題材がいくつもあるのです。

この第一分冊の四つの歌をお読みいただき、長年にわたるあなたの激励を私がさほど裏切ってはいないことをお確かめください。というのも、決して忘れることはありませんが、あなたは初期習作時代の詩人ポール・フォールを激励してくださった数少ない人々のひとりだからです。これらの詩にはフランスの「音調《トン》」を意図しましたが、目的は達せられているでしょうか。

第一号は一二月一日付となっていますが、もう直ぐ発行されます。別便で何部かお送りしますので、周りの方々にお配りいただければ幸いです。

『フランスの詩』の一年間、つまり二四号分の購読料は五フランです。しかしそれはあなたには当てはまりません。私という吟唱詩人のために――別の言い方をお望みならば、我らがフランスの、そして我らが同盟国、とりわけ聖なるベルギーの英雄的行為を歌うことを使命と心得るトルヴェールのために――あなたが獲得してくださるであろう方々にのみ適用される頒価です。

嗚呼、親愛なるジッド、このような手紙を書くのはなんと難しいことでしょう。要すれば、私は自分の運命の一部をあなたの両の手に委ねるということなのです。〔…〕敬具

ポール・フォール

アラン＝フルニエの死を知り、悲嘆にくれています。いかに多くの同胞が殺されたことか！……卑劣なドイツ人たちめ、卑劣なドイツ人たちめ！　そして私の親友オリヴィエ・ウルカードも……。彼のことをご存じだったでしょうか。ジャムが彼のことをとても愛していました。

書簡後半の主題をなす『フランスの詩』は、時局を題材とするフォールの詩を二段組で収めた四折一葉、横長八ページ建《だて》のまさに個人雑誌。書簡にあるように、分売はされず年間購読者のみを対象とした。当初予定された第二四号（一九一五年一一月一五日）では終わらず翌年度へと継続されたが、発行はじきに間遠《まどお》・不定期となり、一九一七年元日の第三〇号で終刊を迎えた。掲載詩篇のうち初年度分の詩篇の大半を収録した『フランスの詩――戦時叙情詩（一九一四―一九一五）』が『フランスのバラード』第一九巻として一九一六年、パイヨ社から上梓されている。追伸の内容について補説すれば、詩人オリヴィエ・ウルカード、次いでアラン＝フルニエの戦死（共に一九一四年九月）の報に接したフォールは、『フランスの詩』の第二号・第六号にそれぞれの追悼文を載せることになる。そのうちウルカードを偲んだ一文は、ここにも名の挙がる共通の友人フランシス・ジャムへの献辞を掲げる。

ジッドは一九一四年一〇月から翌々年春にかけて、ベルギーからの避難民救済の活動に文字どおり挺身した。またこれに続いては、マルク・アレグレ青年との恋愛、それに起因する夫婦関係の悪化という人生の重大事を経験する（そこから生まれたのが『田園交響楽』であることは言わずもがな）。いっぽうフォールは、何冊か詩集を上梓はするも

のの、作品発表の場は平時とは比ぶべくもないほどに制限されていた。ジッドとの交流もその機会を失い、上記書簡の頃から大戦終結後まで四年間にわたりほぼ完全に途絶えてしまう。長い沈黙がようやく破られたのは一九一九年初頭のことであった――

《書簡24・フォールのジッド宛(68)》

パリ〔五区〕、ゲイ＝リュサック通り三四番地、一九一九年一月八日

親しき友

かくも長いあいだ無沙汰を重ねたのち、あなたに二度続けてお目にかかれ何と嬉しかったことか！　あなたは私を覚えておいででしょう、〔ドイツ軍が各所でフランス領内に侵入した〕一九一四年八月二日まで、あなたは私に実に有難い評価と共感をお示しくださった。だからこそ一九一九年を迎えた今、私はためらうことなくご高配をお願いする次第です。

事情は以下のとおりです。

私は数日前から、ある新雑誌、『ル・モンド・ヌーヴォー』という大きな国際誌の文学部門の編集を引き受けています。エミール・ブートルーやキップリング、メーテルランク、アンリ・ド・レニエが参加して名誉委員会の一員となり寄稿してくれます。

お名前を名誉委員会に加えさせていただき、また創刊号（二月一日から一〇日までの間に刊行予定）にご寄稿をお願いしたいのです。メーテルランク、キップリング、レニエ、そしてベルクソンも寄稿予定です。〔…〕

何ページか未発表のものを戴けないでしょうか。五か六、七ページ程度、それより多くても少なくても結構です。ご寄稿いただければ何よりに存じます。長短にかかわらず玉稿は当誌にとって大きな喜びとなりま

しょう。

言うまでもなく、我らがうちにあっては「純粋な文学」だけが重要です。戦争に想を得た得ないは問題ではありません。

お受けいただけるならば、『ル・モンド・ヌーヴォー』を代表して、今月末日にページ当たり二〇フランを謹んでお送りします。〔…〕

駅に入ってくるドイツ軍の急行列車のように私は急いでいます。できれば二月一日に発行したいのです。玉稿は即刻、一週間後——あるいは可能なかぎり早急に——お願い申し上げます。

粗末な封筒に用箋を詰め込みすぎないよう、「本誌のプログラム」は別便でお送りします。仏英米の雑誌です。さらにはオランダも加わります。すべての費用を負担する創刊者兼編集長は、すばらしい男で私の友人ですが(またキップリングの友人でもあります)、オランダ人なのです。

マルセル・ドルーアンによろしくお伝えください。彼も当誌に関心を持ってくださるとよいのですが。私も彼に便りをします。敬具

ポール・フォール

国際的な月刊誌『ル・モンド・ヌーヴォー』の発刊にかんする話題である。同誌は事務局をパリに置き、「フランスおよび同盟国・中立国間の社会・経済・文学・芸術面での交流推進」を目標に掲げて、この年の三月二〇日に創刊号を発行する。書簡が言及するように、ロンドン在住のオランダ人エベッド・ファン・デル・フルーフトが資金提供者として全体の指揮を執ったが、編集の実際は、フランスはフォールが文学、シャルル・ダニエルーが政治を担当し、またイギリスおよびアメリカにかんしては『タイムズ』紙主筆ヘンリー・ウィッカム・スティードと著名な

特派員ハーバート・アダムス・ギボンズがそれぞれ自国関連を担当した（掲載テクストはフランス語訳）。このように当初の編集陣は主要三国で構成されたが、第三号からはポーランド・ベルギー、オリエント・極東の二部門が加えられた。ただしフォールがフランスの文学関連をとり仕切ったのはわずか半年間にすぎず、第七号からは編集から外れている（もっとも彼は第八号に寄稿しているので、直ちに同誌への関与を止めたわけではあるまい）。書簡の記述に話を戻せば、名誉委員会に加わり創刊号に寄稿して欲しいというフォールの要請に対し、少なくとも表紙や目次を捲るかぎりでは、ジッドが応じた形跡はどこにも見当たらない。彼としては何よりも『新フランス評論』の復刊こそが急務だったためか。ちなみに最初期の執筆陣のうちフランス語圏からの寄稿者としては、フォール本人や、彼が名を引くメーテルランク、アンリ・ド・レニエのほかに、ポール・マルグリット、ラシルド、ポール・アダン、エドモン・ピロン、アンリ・バシュラン、エルネスト・レイノー、カミーユ・モークレール、ジョルジュ・デュアメル、モーリス・ボーブール、アレクサンドル・メルスローらが代表的な顔ぶれであった。その後、『ル・モンド・ヌーヴォー』は一九三三年まで発行を続け、両次大戦間の厳しい国際情勢の下《もと》、欧米をはじめとする各国間の文化交流に少なからず貢献することになる。

　これ以降の現存が確認された書簡はただ一通、一九三四年七月のジッド書簡のみで、ある自筆稿専門業者の販売目録に載った短い抜粋によれば、チェコ・ボヘミア西部の温泉地カルロヴィ・ヴァリ（ドイツ名カールスバート）に逗留中だったジッドは、旧友来訪の知らせに、「治療で少々忙《せわ》しくしてはいるが、時間を作って親愛なる詩人と握手を交わしたい」と喜びを伝えている[69]。とはいえ、実際に面会が成ったのか否かをはじめ、その時のことはまったく分かっていない。仮に両者が相見《あいまみ》えていたとしても、もはや間歇的な出会いのひとつにすぎなかったと思われる。

　第一次大戦の終結後、一九一九年六月に復刊された『新フランス評論』は大方の熱い支持をえて急速に部数を伸ばしてゆく。またその単行書出版部門は翌七月、株式会社「ガリマール書店」（後の「ガリマール出版」）へと移行し、やがて同社は二〇世紀を代表する大出版社へと成長・発展を遂げる。それらの表舞台には立たなくとも、誰もが幕の後ろに控えるジッドの存在を意識し、この「最重要の同時代人」[70]の一挙手一投足に注目した。まさに彼は時代の公準だったのである。いっぽうフォールも地道に詩作に励み、生涯をかけた連作『フランスのバラード』を定期的に上梓はした。だがその実直な創作活動も、大きく変貌する戦後の文学のなかではいささか影が薄い。また一九二八年にはヴァレリーとの共同編集で、装いも新たに『詩と散文』を復刊するが、この試みもわずか二号を出しただけであっけなく頓挫してしまう。委細は不明だが、[71]少なくともそこには恒常的な財政難に苦しみながらも旧シリーズを主宰していた頃の粘り強さは見いだせまい。第二次大戦後もジョルジュ・ブラッサンスの曲と歌唱にのせた素朴な言の葉《パロール》は巷の人々に愛されたが、荒々しい時代の変化とは距離をおいた詩人フォールはその時すでに幾分かは過去の存在となっていたのである。

第一次大戦後の文芸誌の盛衰

ヴェラーレンやヴィエレ＝グリファン、ジャム、あるいはアンナ・ド・ノアイユではなく、彼らほど世評が高かったとは言えぬフォールが〈詩王〉に選出されたのは、象徴主義から出発し、それを継承しながらも、やがてナチュリスムをつうじて「生」へと向かい、『詩と散文』では新旧世代の糾合を目指したその幅広い経歴を買われてのことであり、微妙な文壇力学が影響した、いわば現代詩の共通項抽出の結果でもあった。だが初期『新フランス評論』の主要メンバーは、詩想の自発性を優先する立場から彼を擁護したアンリ・ゲオンをのぞけば、[72]いずれもフォールの詩が易きに流れ、芸術創造に必要な「制約」を軽視しすぎであると見なした。同誌が『永遠のアヴァンチュール』抜粋（一九一二年五月号）の掲載後、続けて彼に寄稿を求めることがなかったのはこれがためである。

『新フランス評論』が復刊後急速な成長を遂げたのに対し、『詩と散文』は復活・再生の道をたどれなかった。もちろん多くの文芸誌が同じように戦争を機に消滅したのだから、同誌がことさらに劣っていたと速断することはできない（それどころか同誌は当時の最も重要な文芸誌のひとつであった）。むしろ明暗を分けた要因として『新フランス評論』ならではの活力に注目すべきであろう。じっさい『詩と散文』にかぎらず、たとえば同時代の『ラ・ファランジュ』『ロクシダン』などをこの雑誌の傍らに置いてみると、それらには存続のための新陳代謝が十分ではなかったことがよく分かる。とりわけ大戦世代の新たな世界観（それはもはや世紀末象徴主義の世界観とは対蹠的ですらあった）に応えうる文学を創り出せなかったことが大きい。逆に『新フランス評論』の場合は、第一の顕著な相違として、マルタン・デュ・ガールやサンレジェ・レジェ（後のサン＝ジョン・ペルス）、ヴァレリー・ラルボー、早世はしたもののジャック・リヴィエールをはじめ、ジッドら創刊者たちよりも年少の新人作家を途切れることなく発掘・育成しているのである。第二の違いは、外国文学の積極的な受容・紹介であった。むろん『詩と散文』など他雑誌もそれなりに外国作品を翻訳掲載してはいたが、『新フランス評論』は、ラルボーの選択眼に導かれたイギリス文学の紹介などに見られるように、その基本方針たる党派性排除の一環として外国文学の動向に極力敏感であろうと努めたのである。ただし同誌は、先行する『メルキュール・ド・フランス』のような外国文学のいわば総花的・百科事典的な俯瞰の提供をめざしていたわけではなく、[73]中心メンバーや定期的寄稿者が個人的にいだく親近感や好奇心、あるいは多分に偶然に依存する人的接触をつうじて、そのつど臨機応変に外国文学を摂取していったこと、またそれによって同誌の言説が逆に硬直化をまぬかれ、ある種の柔軟さを保ちえたことも同時に指摘しておくべきであろう。

以上、粗略な論述ではあったが、現存するジッド＝フォール往復書簡の通読にもとづき、第一次大戦前後の文学環境の一面を瞥見した。本章冒頭で述べたように、両者間の未刊書簡（とりわけジッドのそれ）は今後も競売や古書市場に姿を現してくると予想される。筆者としてはできるだけその機会を逃さず、コーパスの一層の充実を図る所存であるが、現時点ではこれをもってひとまず擱筆としたい。

註

（1）Voir Paul FORT, *Mes Mémoires. Toute la vie d'un poète (1872-1944)*, *op. cit.*

（2）Voir Pierre BÉARN, *Paul Fort*, Paris : Éd. Pierre Seghers, coll. « Poètes d'aujourd'hui » n° 76, 1960 (nouvelle éd. augmentée d'une chronologie bio-bibliographique, 1970).

（3）FORT, *op. cit.*, p. 9. ただしこの証言の正しさを裏付ける実証的な資料は今日に至るまで確認されていない。

（4）芸術劇場の詳細については以下を参照——Jacques ROBICHEZ, *Le Symbolisme au théâtre. Lugné-Poe et les débuts de l'Œuvre*, *op. cit.*, pp. 86-141.

（5）Fragment reproduit dans *BAAG*, n° 29, janvier 1976, p. 55.

（6）周知のようにジッドの亡父ポールは法学教授であり、職業軍人ではなかったが、一時期、士官として予備役に編入されていたものと思われる。

（7）ジャック・ドゥーセ文庫、整理番号 γ 519.2.

（8）じじつ、翌一八九七年にピエール・ルイスの序文を付して出版された『フランスのバラード』第一巻所収の詩篇群「夜のバラード」（ただし全七篇のうち冒頭の三篇）はジッドに献じられている。Voir Paul FORT, *Ballades Françaises*. Préface de Pierre LOUŸS, Paris : Mercure de France, 1897, pp. 59-66.

（9）第Ｉ部・第4章「ジッドとナチュリスム」、八七—一一一頁参照。

（10）Lettre de Jammes à Gide, s. d. [octobre 1896], *Corr. G/J*, p. 170.

（11）Lettre du même au même, du 5 novembre 1896, *Corr. G/J*, p. 176.

（12）ただしジッドは翌々年九月、『レルミタージュ』誌掲載の「アンジェルへの手紙」のなかで、ブーエリエに対しかなり厳しい評価を下している。Voir *L'Ermitage*, 9e année n° 9, septembre 1898, pp. 212-213.

（13）Fragment reproduit dans *BAAG*, n° 106, avril 1995, p. 360, et n° 110/111, avril-juillet 1996, p. 288.

（14）Voir Claude MARTIN, *La Maturité d'André Gide*, *op. cit.*, p. 283.

（15）ジャック・ドゥーセ文庫、整理番号 γ 519.3.

（16）« Aux Lecteurs », *La Plume*, n° 265, 1er mai 1900, p. 257.

(17) Michel DÉCAUDIN, *La Crise des valeurs symbolistes*, *op. cit.*, p. 101.

(18) ジャック・ドゥーセ文庫、整理番号γ519.4.

(19)『ラ・プリューム』へのジッドの関与は、同誌第二九二号（一九〇一年六月一五日、四四五頁）に載った「結婚にかんするアンケート」に対するごく短い回答だけである。

(20) Lettre reproduite dans *Quatorze lettres (deux fois sept)*, s. l. n. d. [Aux dépens d'un amateur pour l'enchantement de ses amis, s. p.]. ヴァレリーやルイス、プルースト、コレット、ボードレール、ヴェルレーヌ、フローベールなど、一四名の作家・詩人の自筆書簡を精巧なファクシミリで収録したこの豪華私家版は、一九二六年に「ある愛好家」（画家で作家のフレデリック＝オーギュスト・カザル）により二八部限定で刷られたもの。なお、以下に訳出するジッド書簡には年号が記されていないが、本文で補説するように、その記述内容と実証的事実との照応から見て「一九〇〇年」のものであることは疑えない。また同年「一二月一二日」にジッドがビスクラにいた事実についても次によって確認できる――voir MARTIN, *La Maturité d'André Gide*, *op. cit.*, p. 487.

(21) Voir le compte rendu des *Lettres à Angèle* par Edmond Pilon, *La Plume*, n° 277, 1er novembre 1900, au verso de la première couverture.

(22) ジャック・ドゥーセ文庫、整理番号γ519.5.

(23) 同右、整理番号γ519.7.

(24) 同右、整理番号γ519.8.

(25) 列挙された予定作品のうち、最終的にはバレスのテクストは掲載されず、またモレアスのそれは韻文詩「アヤックス（序）」に変更される。

(26) 一九〇五年二月七日付ジッド宛レイナル書簡（ジャック・ドゥーセ文庫、整理番号γ749.1）を参照。

(27) レイナルはむしろ貧しい生活を送る青年であったが、両親から受け継いだばかりの遺産を新雑誌創刊の資金として提供しようとしていたのである。だが当然のことながらフォールとの決裂でこの話はご破算になった。なお、両者の間でしばしば表面化した軋轢については以下に簡略な証言がある――André SALMON, *Souvenirs sans fin*, t. I, Paris : Gallimard, 1955, pp. 191-194 (nouvelle éd. en un volume, 2004, pp. 202-204).

(28) ジャック・ドゥーセ文庫、整理番号γ749.1（前掲二月七日付レイナル書簡の余白に残されたジッド自筆の写し）。

(29) 同右、整理番号γ519.19.

(30) フォールの名がこれに取って代わるのは四年後の第一六号からである。
(31) ジャック・ドゥーセ文庫、整理番号 γ 519.9.
(32) 同右、整理番号 γ 519.10.
(33) 同右、整理番号 γ 519.11.
(34) 同右、整理番号 γ 519.12.
(35) ちなみに『テスト氏』の再掲載にさいし、むろんヴァレリーの意向によってであろうが、初出時にあったウージェーヌ・コルバシーヌ（ドレフュス事件への対応をめぐりヴァレリーとは関係が途絶）への献辞は削除された。
(36) ジャック・ドゥーセ文庫、整理番号 γ 519.14.
(37) Voir Décaudin, *La Crise des valeurs symbolistes*, *op. cit.*, p. 183.
(38) ジャック・ドゥーセ文庫、整理番号 γ 519.16.
(39) 同右、整理番号 γ 519.13.
(40) Fragment reproduit dans le catalogue de la vente publique à l'Hôtel des Bergues (Genève, 9 juin 1984, p. 33, item n° 139) puis, avec quelques variantes, dans un autre catalogue des enchères (organisées par la maison F. Dörling, Hambourg, 6-8 juin 1985, item n° 2991).
(41) Lettre intégralement reproduite dans André Gide, *Le Retour de l'Enfant prodigue*. Édition critique établie et présentée par Akio Yoshii, Fukuoka : Presses Universitaires du Kyushu, 1992, p. 163.
(42) *Ibid.*, p. 164.
(43) 個人蔵、未刊。
(44) Lettre intégralement reproduite dans notre édition critique du *Retour de l'Enfant prodigue*, *op. cit.*, p. 168.
(45) 個人蔵、未刊。ジッドは三月二九日にキュヴェルヴィルに向かい、四月三日にパリ帰着。初校を同封のうえ、作品を献呈したい旨を伝えていたアルチュール・フォンテーヌからの快諾を受けて同者に宛てた三月二八日付書簡には、「私がパリに戻るや、つまり〔四月四日〕木曜の朝、または水曜の夜」に校正刷を戻して欲しいと記されている（個人蔵、未刊）。
(46) ごく初期をのぞき季刊誌『詩と散文』の発行は遅れがちで、表紙記載の最終月になっての刊出が常態化し、時には翌四半期にずれこむことさえあった。
(47) 『詩と散文』が時折掲載した定期購読者の一覧にジッドの名が現れることはないが、彼が一九二五年に蔵書の一部を競売に付したさいの目録にはオランダ紙使用の豪華版一揃いが載っている（voir le *Catalogue de Livres et Manuscris provenant de la Bibliothèque de M. André Gide, op. cit.*, p. 69, item n° 393）。付言すれば、同誌の豪華版は局紙使用が二五部、オランダ紙使用が四五部刷られ（初年度のみ前者は四〇部、後者は百部）、またその表紙には、一般の目に馴染んだ普通紙版のモスグリーン色とはことなり、白色紙が用いられた。これら二種の豪華版は一九一三年一―三月付の第三二号まで刷られ、以後一九一四年一―三月付の最終第三六号までは普通紙版のみとなった。

（48）André GIDE, *Bethsabé*, dont les deux premières scènes avaient été publiées dans *L'Ermitage* de janvier (pp. 5-12) et de février 1903 (pp. 94-98) ; *Bathseba*. Dramatisches Gedicht in drei Monologen. Deutsch von Franz Blei, *Hyperion*, vol. 2, 1908, pp. 108-124, puis, en un volume séparé, au Gustav Kiepenheuer Verlag, coll. « Der dramatische Wille », 1908.

（49）ジャック・ドゥーセ文庫、整理番号γ519.20.

（50）同右、整理番号γ519.18.

（51）この祝宴の模様については『詩と散文』第二四号が、参会者の名簿、欠席者からの詫び状・祝い状、フォールを含めた一六名のスピーチの採録など、詳細な記録を掲載している。Voir *Vers et Prose*, t. XXIV, janvier-février-mars 1911, pp. 113-139.

（52）ジッドの手紙が一九一一年一月二七日のものであるのは確実だが、抜粋を採録したアルノルド・ナヴィル旧蔵書競売目録の記述（*Œuvres d'André Gide provenant de la bibliothèque de M. Arnold Naville*, vente aux enchères du 7 novembre 1949 à Genève, Salle Kundig, p. 36, item n° 225）、およびジャック・ドゥーセ文庫現蔵の下書き（整理番号γ519.29）はいずれも日付に誤りがある。まず前者の「一九一一年六月二七日」は明らかに月の読み違え。また後者については、ジッドは下書きに、最初は「一一年一月二七日」と正しく書いていたが、その後「あるいは一〇年」と書き加え、最終的には「一一年」のほうを抹消している。後註54のサルモン書簡の誤記を後になって参照したための錯誤と推測される（ちなみに翌二八日付のフォール書簡には年号は記されていない）。なお、以下の全文訳は競売目録掲載の抜粋をジャック・ドゥーセ文庫現蔵の下書きにより補ったものだが、後者の原文には文意のやや不明瞭な箇所が残る。

（53）ジャック・ドゥーセ文庫、整理番号γ519.28.

（54）一九一一年一月二八日付ジッド宛サルモン書簡、ジャック・ドゥーセ文庫、整理番号γ519.32. ただしサルモンは「一九一〇年」と誤記。

（55）一九一一年二月二四日付ジッド宛ロベール・フォール書簡、ジャック・ドゥーセ文庫、整理番号γ519.31.

(56) デュアメルの劇作『光』が翌二五号（以後三回連載）、ヴァン・レルベルグの未刊書簡が第二六号、ヴェラーレンの詩篇が第二七号、タイヤードの散文が一年後の第二八号にそれぞれ掲載される。
(57) 前註51参照。
(58) ジャック・ドゥーセ文庫、整理番号γ519.23.
(59) 一九一二年一月一八日付ジッド宛デュ・パスキエ書簡（ジャック・ドゥーセ文庫、整理番号γ364.6）はこの翻訳の計画を話題にしている。
(60) Lettre de Rilke à Gide, du 22 février 1912, reproduite dans André GIDE - Félix BERTAUX, *Correspondance (1911-1948)*. Édition établie, présentée et annotée par Claude FOUCART, Lyon : Centre d'Études Gidiennes, coll. « Gide / Textes » n° 10, 1995, p. 79.
(61) Voir Rainer Maria RILKE, *Les Cahiers de Malte Laurids Brigge* (Fragments) [trad. André GIDE], *La NRF*, n° 31, juillet 1911, pp. 39-61.
(62) Michel DÉCAUDIN, *La Crise des valeurs symbolistes*, *op. cit.*, p. 344. ちなみに後年の関与ではあるが、フォールはさらに一九三〇年代から四〇年代にかけて計四回『新フランス評論』に寄稿している。
(63) 個人蔵、未刊。
(64) なお両作品とも後にアドリアン・ミトゥアールの「ロクシダン文庫」から単行出版されている。『放蕩息子』は一九〇九年〔ただし実際の刊出は翌年一月〕、『バテシバ』は一九一二年。
(65) ジャック・ドゥーセ文庫、整理番号γ519.21.
(66) 同右、整理番号γ519.22.
(67) 同右、整理番号γ519.24.
(68) 同右、整理番号γ519.25.
(69) Lettre de Gide à Fort, datée du 21 juillet 1934, fragmentairement reproduite dans *BAAG*, n° 61, janvier 1984, p. 136. さらにもう一通、フォールに面会を乞う、日付のないジッドの短信が残っているが、筆跡から判断するにかなり早い時期のものである。
(70) 『レ・ヌーヴェル・リテレール』誌一九二四年一〇月二五日号に掲載されたアンドレ・ルーヴェールの論文 « Le contemporain capital : André Gide » による表現。なお、この論文タイトルはルーヴェールの著書『世捨て人と悪党、グールモンとジッド』（*Le Reclus et le Retors. Gourmont et Gide*, Paris : G. Crès & Cie, 1927, pp. 121-140）に収録のさい「詐欺師アンドレ・ジッド André Gide imposteur」に変更された。

（71）同誌発刊の経緯については筆者もそれなりに調べてみたが、まったくと言ってよいほど関連資料が出てこない。じじつ、ミシェル・ジャルティによる浩瀚なヴァレリー伝（JARRETY, *Paul Valéry*, *op. cit.*）も、この件については一言も触れていない。

（72）Voir Auguste ANGLÈS, *André Gide et le premier groupe de « La Nouvelle Revue Française »*, 3 vol., Paris : Gallimard, coll. « Bibliothèque des Idées », 1978-1986, t. II, pp. 414-415.

（73）アルフレッド・ヴァレット編集の隔週誌『メルキュール・ド・フランス』には、ドイツ、イギリス、イタリア、スペイン、ポルトガル、アメリカ合衆国、スペイン系中南米、ブラジル、ギリシャ、ルーマニア、ロシア、ポーランド、オランダ、スカンディナヴィア、ハンガリー、チェコなど、各国の文学の動向を伝える短信欄が常設されていた。同誌と外国文学の関係については次の論文を参照――Robert JOUANNY, « Les Orientations étrangères au *Mercure de France* », *Revue d'Histoire littéraire de la France*, janvier-février 1992, pp. 56-72. また、とりわけドイツ文学との関係にかんしては次の単行研究書に詳しい――Andreas SCHOCKENHOFF, *Henri Albert und das Deutschlandbild des « Mercure de France », 1890-1905*, Frankfurt am Main : Verlag Peter Lang, coll. « Europäische Hochschulschriften », 1986.

第2章　「デラシネ論争」「ポプラ論争」の余白に
——ジッドとルイ・ルアールの往復書簡をめぐって——

モーリス・バレス著『デラシネ』の評価をめぐる「デラシネ論争」、これに続き主としてシャルル・モーラスとジッドとの間で起こった「ポプラ論争」は、一九世紀末から二〇世紀初頭にかけてパリ文壇を賑わせた出来事として一般にもよく知られている。単に文学的な次元にとどまらず、思想・宗教上の対立が象徴的に顕れた事例であるが、幸いにも筆者は一件に関連してジッドが受けた書簡と彼の返信を参照する機会をえた。表題にも謳ったように、本章の目的はこの未刊書簡二通の紹介という一事に尽きるが、その訳出・提示にあたっては、当該資料を時系列で捉えられるようにと考え、周知の情報であるのは承知のうえで、あえて両論争の経緯を前後に補足するかたちを採る。読者諸氏におかれては、この選択をあらかじめ諒とされたい。

バレス『デラシネ』をめぐって

一八九七年秋、バレスの『デラシネ』が刊出する。小説の半ばあたり、「テーヌの樹」（初版では「テーヌのレメルスパシェ訪問」）と題された第七章では、ロレーヌ地方出身の故郷喪失者のひとり、レメルスパシェが哲学者・文学史家イポリット・テーヌの訪問を受け、彼に誘われてアンヴァリッド公園の広場にある一本のプラタナスを見にゆく。

樹木が放つ生命力の横溢はテーヌの賞翫《しょうがん》してやまぬところだった——「この樹は一個の見事な存在の具体的な顕れです。それは不動停滞ということを知りません。〔…〕このどっしりと茂った緑の葉は、見えざる条理、すなわち人生における必然の承認という崇高な哲学に従っています。己を否定することなく自暴自棄に陥ることもなく、この樹は現実の与えた諸条件のなかから最良最大の利益を引き出してきたのです」[1]。だがバレスの筆になるこの場面は、作家ポール・ブールジェの実体験にもとづくものであった。じっさいブールジェは、同年一一月七日の『ル・フィガロ』紙上でみずから逸話の真正性を確認・保証し、つづいて十分な紙幅を割きバレスの新作に好意的な評価を下している[2]。

時を同じくして名のとおったほかの文学者・批評家もバレスの新作を論じたが、彼らのほうは、程度の差こそあれ、いずれもが批判の色を隠さなかった。たとえば一一月二〇日付『ラ・ルヴュ・ブルー』に寄稿したエミール・ファゲは、作品の社会学的な方向性に理解を示しつつも、物語展開の退屈、哲学的議論の冗長を惜しんでいる。ともに同月一五日発行の『白色評論』『両世界評論』に筆を執ったレオン・ブルムとルネ・ドゥーミックの場合はさらに手厳しく、小説の主題それ自体を俎上に載せる。とりわけ後《のち》のアカデミー・フランセーズ会員ドゥーミックは、教育の本義とはむしろ「あらゆる視野の制限を超える高みへと我々を育て上げ」、「我々を〈デラシネ〉な存在にする」ことだと説いて、バレス的命題に異を唱えたのである[3]。

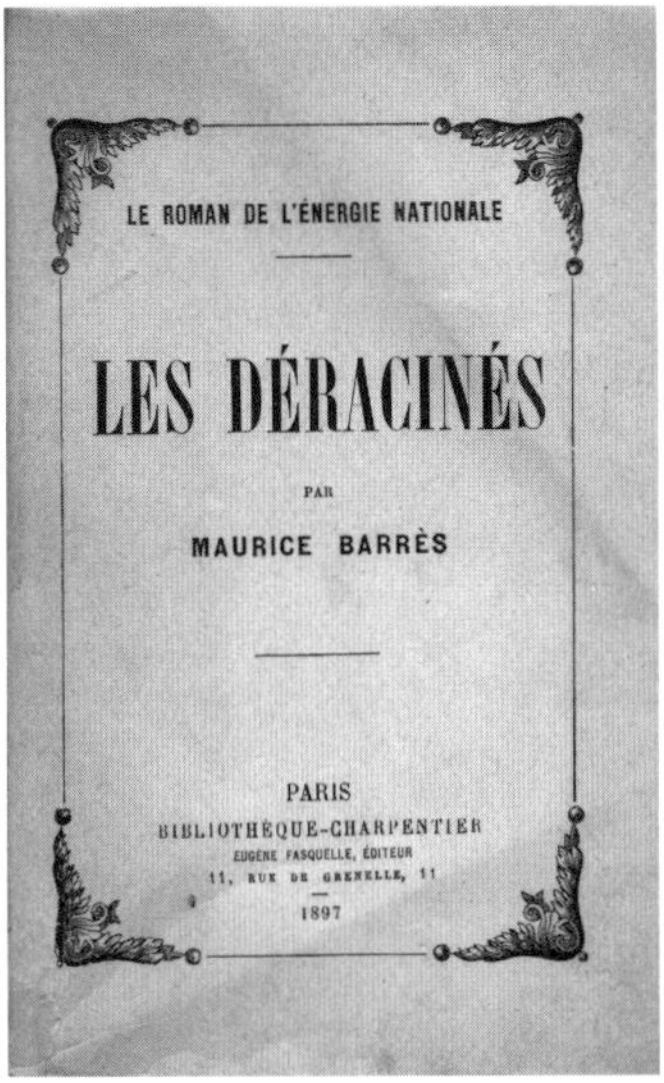

バレス『デラシネ』初版（1897）

作家の盟友をもって任ずるモーラスはこの文言に憤慨

し、翌月の『ルヴュ・アンシクロペディック』誌で次のように糾弾する――「なにゆえにこの教授は我々を嘲笑するのか。バレス氏は彼にこう訊ねるだけで事足りよう、すなわちポプラがどんなに高く成長しようとも、いったい何時それを根こそぎ《デラシヌマン》にする必要があるのか、と」(4)。かくしてモーラスは、バレスが語ったテーヌのプラタナスからポプラへと話題を移し、みずから議論を「樹木栽培」の次元へと導いていたのである。

この時期までのジッドとモーラスの交わりは、間遠《まどお》ではあったが、決して敵対的なものではなく、むしろ相互の共感に支えられていたと言ってよい。後者はしばしばジッド作品を書評の対象に選んでいたし（特に処女作『アンドレ・ワルテルの手記』や『鎖を離れたプロメテウス』『カンダウレス王』には賛辞を惜しまなかった）、ドレフュス事件にさいしての立場の相違もふたりの関係を大きく損なうことはなかった。またジッドは一八九八年二月、『レルミタージュ』に「『デラシネ』について」(5)を載せた時点では上記のドゥーミック批判を読んでいなかった。そのため論文の内容は、もっぱら教育と個々人の成長にかんするバレス＝テーヌの主張を受けての議論にとどまり、モーラスとの対立の種となることもなかったのである。

ジッドがモーラスのドゥーミック批判を知ったのはそれから四年半後（一九〇二年七月）、バレスが新著『国家主義の舞台と教義』のなかで引用した一節によってであった(6)。これがひとつの契機となってジッドは翌年、評論集『プレテクスト』（一九〇三年六月刊）を編むにあたり、かつての『デラシネ』論に新規の註を加え、園芸手引書や種苗専門店の目録を援用しながら、樹木栽培にかんする論敵の誤った術語使用を正すことになる（当該分野では動詞 « déraciner » は常に「根を移しかえる」を指し、「根を切る」の意味で用いられることはない、というのがその骨子(7)）。

バレス上掲著の読書体験と『プレテクスト』出版との時期的な隔たりから察せられるように、新註の追加にはその間《かん》の経緯もまた大きく与っていた。ごく手短に事の次第を述べると、ジッドがアドリアン・ミトゥアールの依頼に応じ『ロクシダン』誌一九〇二年一一月号に「ノルマンディーとバ・ラングドック」を発表したのが発端となる。

このエッセーは、ノルマンディー／ユゼスというすぐれてジッド的な二項対立にもとづき、直接の名指しは避けつつも、バレスの「根づきの教義《アンラシヌマン》」に再度の反駁を加え、あわせて文化的混淆の豊穣さを説くものであった。[8] これを読んだモーラスの反応は素早く、翌年一月一一日、王党派系の新聞『ガゼット・ド・フランス』に「二つの故郷」と題する論文を載せ、「読者の思考を混乱に導く」とジッドを非難する。また自身の出身地にあるサント＝ボーヌ山脈を誇るべき例として引いて曰く、「ひとつの地域はすでにそれ自体が、多極で姿定まらぬ故郷にとって代わりうるだけの多様性を有しているのだ」。そしてテクストを結ぶのは次のような辛辣・皮肉な言葉だった――「ジッド氏は永《と》遠《わ》の眠りにつく場所を選んでいるのだろうか。この墓所の選択こそが彼に真の故郷の何たるかを教えることになろう」[9]。ジッドにとってはまさに予期せぬ第三者の介入であったが、それだけになおのこと彼の批判は一時《いっとき》バレスから離れて、小さからぬ苛立ちとともにモーラスへと向かうことになるのである。

ジッド＝ルアールの論争

以上を『プレテクスト』出版までの大まかな前史とし、ここで本章の眼目たる、同書献呈時にジッドとルイ・ルアール（一八七五―一九六四）との間で交わされた二通の未刊書簡を訳出・提示することにしよう。献本に対して礼状を送ったルイは、著名な絵画収集家アンリ・ルアールの四男で、後に出版社「カトリック芸術」を興した人物。[10] 次兄のウージェーヌは早くからジッドと肝胆相照らす仲であったが（両者の大部な往復書簡集がすでに公刊されている（後註25参照））、このルイのほうは作家と反《そ》りが合わず、とりわけその宗教的選択に否定的な姿勢をとり続けた。当然ジッドのほうでも彼への評価は厳しく、「粗暴にならなければ率直になれないと考えている連中のひとり」[11] とまで言い切っている。このような両者の書簡交換だけに、礼節は保ちながらも、互いの語調は自ずから険しいものにならざるをえない。まずはパリ大学附属ジャック・ドゥーセ文庫現蔵のルアール書簡――

《書簡1・ルアールのジッド宛[12]》

セーヌ＝エ＝オワーズ県ラ・クー＝アン＝ブリ、一九〇三年七月一九日、日曜

親愛なるジッド

たしかに〔フェドール・〕ローゼンベルグに手紙を書いた時点では、[13] 私はまだご高著〔『プレテクスト』〕を落手していませんでした。それはひとえに郵便の遅れのためで、数日後になってようやく再版を心待ちにしていた『アンジェルへの手紙』を再読できたという次第。すぐにお礼を申し上げなかったのも、ゆっくりと時間をかけて長い手紙を認《したた》め、ご意見・お考えのすべてについて、どれひとつ漏らすことなくあなたと議論できればと望んでいたためです。しかし残念ながらこの大仕事は断念せねばなりません。それはあなたをうんざりさせる代物となったに相違ありませんし、私としては『ロクシダン』誌でご高著を論評するのでよしといたしましょう。[14] 申し上げねばならないでしょうか、親愛なるジッド、あなたの物の見方は私のそれとは必ずしも同じでないことを。そして私の危惧するところ、あなたのすばらしい作家的才能や、魅力に溢れた文章、また思想の細やかなニュアンスをしなやかに描き出すその技に感嘆しながらも、私があなたと完全に理解しあうのは不可能だろうということを。我々の精神、我々の性格はあまりにも異なっているのです。あなたと度々交わした会話に甘美な思い出を抱いているだけに、そのことは私にとってまことに大きな悲しみですが、これが定めというものです。文学における影響にかんするあなたのご意見だけは理屈抜きに私の承服するところ。あなたはまさに主張すべきことを述べられたのであり、また誰一人としてあなたほど巧みには語れなかったでしょう。〔しかし〕失礼ながら申し上げれば、デラシネ説へのあなたの反論は、幼稚とまでは言わぬまでも、まったく皮相的な反論であると思います。あなたがなさるように専門書を引き合いに出し、互いになんら問題を進展させず際限なく相手の説に反駁し続けることもできましょう。あなたは樹木栽培やヴィルモラン〔ヴィルモラン＝アンド

リューの園芸手引書〕の権威に頼っておいでですが、我々としてはあなたに昆虫学や動物学、〔アンドレ・〕サンソンやファーブルの著作を喚起するといった子供っぽい真似はいたしますまい。デラシヌマン、アンラシヌマンはともに様々な感情を我々のうちに呼び起こす強力なイメージではありますが、しかしながらあらゆるイメージと同様、そのいずれもが文字ではなく霊によって〔表面的な意味ではなくその深く意図するところによって〕理解されるべきものなのです。あるいはこちらの言い方のほうがお好みでしょうか、どちらのイメージも、激しい敵意を抱いた知性に切り刻まれるのではなく〔なぜならばその場合イメージは力の大半を失ってしまうからです〕、共感をともなった知性によって解されるべきものなのです。芸術作品についても、ひいては何事についても然り、ではないでしょうか。あなたと私を隔てるもの、それはとりわけ知性観の大きな相違だと思います。私にとって知性とは、まさに信仰〔それがどんな信仰であれ〕や信念の支え、感情や感受性・熱情の基盤そのものであって、無数の観念を操り理屈を捏ねまわして決してひとつの確信に身を定めぬための方便ではありません。バレスの全著作に一貫する思想、それをあなたはただ一語に還元するほどまで狭く捉えておられますが、たしかに彼の思想は優美さや機知を欠き、また表明の仕方も巧みではないとしても、そこには希望や必然・情熱が満ち溢れています。無条件にとは言えぬまでも、〔少なくとも〕二〇世紀のフランス人青年層にとっては十分に真実たりうる思想なのです。親愛なるジッド、どうか私の言葉をお信じください、いかにあなたの才能をもってしても、〔影響の受け手からの〕宿命的・必然的な反作用《レアクシオン》、ご自身が芸術や文学において有用だとあれほど見抜いておられる反作用を止《とど》め遮ることはできないのです[15]。だからこそ、我々の国家主義のごとくかくも豊穣で感動的な教養の表面的な欠点を見咎めるのはお止めいただき、フランス語を愛するすべての教養ある国家主義者を喜ばせるため、叙情的で陰翳に富んだジャン・ラシーヌ論を『レルミタージュ』誌に〔『ロクシダン』誌のほうはすでにあなたの名声を危うくしたことですし[16]〕ご寄稿ください。じっさい、古典作家たちこそが芸術や文学の新たな復興を今後導いてゆくのではないでしょうか。親愛なるジッド、あなたの美質はすべてフランス文化に由来すること〔ペルシア詩人〕ハーフェズや〔『千一夜物語』の翻訳者〕マルドリュスなぞは取るに足らず[17]、それを否定なさることはできません。ではなにゆえあなたは普遍的な文化、ジャリ風に言えば脳ない、ない文化の必要性をお説きになるのでしょうか。理由も分からぬまま絶えず変質し、やがては無に至ってしまうのではなく、我々は現在、そして今後も末永く我々固有の特質を維持するよう努めねばならないのです。

一気に書き上げた、おそらくは少々内容の不明瞭な本状をどうかご容赦のほど。

妻と私は、お身内のご不幸のことを知り、深く心を痛めております。奥さまにも妻が同便でお手紙を差し上げます[18]。

親愛なるジッド、意見の対立・不一致はあれども、私の厚き友情と、そしてあなたの思想に対するとは申さぬまでも、あなたの才能に対する私の偽りなき賛嘆の念をどうかお信じいただきたく。

ルイ・ルアール

この書簡を受けたジッドは、自身の正当性を主張すべく、日を置かず返書を送った。残念ながらその末尾は失われ残っていないが、ルアール書簡の記述内容や論旨展開に照らすかぎり、オリジナルの主要部分はほぼカバーしているものと思われる――

《書簡2・ジッドのルアール宛[19]》

キュヴェルヴィル、〔一九〇三年〕七月二一日

親愛なるルイ

私がヴィルモラン〔の園芸手引書〕を引用するのは、バレスへの反論のためではなく、モーラスがドゥーミックに向けた馬鹿げた暴言に反論するためです（ドゥーミックを弁護することになろうとは私自身ひどく驚いていますが）。あなたと同じく私もまた、ここで樹木栽培のことを引き合いに出すのは大人げないことだと思います。だからこそ〔私は訝《いぶか》るのです〕、なにゆえモーラスは〔自分のほうから先に〕樹木栽培を援用したのか。（というのも、私の註記は拙稿発表の五年後になって初めて付したものだったからです）。

いったい何を問題になさりたいのでしょうか。あなたはご自身が私の著作のなかに認める特質をフランス的だといって喜んでおられる。なにゆえあなたは、私自身が自然《ナチュレル》なものと感じているこの特質を人工的に培わさせようとなさるのか。（しかるにあなたは自然だと感じてこそやっと私の特質を愛してくださるというわけです）。私は自分の特質をフランス的教養と、それに勝るとも劣らず私のフランス人気質に負っています（そしてフランス的教養が私にとって佳きものであったのは、なによりも私がフランス人だったからです。言うまでもないことです）。ラシーヌが存在していなかったならば、そのぶん私はフランス的な考え方をしなくなったでしょうか。ラシーヌが私より後に生まれたならば、あなたは彼にむかって次のように言うのが有益だとお考えになるのでしょうか。すなわち「フランス的な考え方・感じ方を身につけるためジッドを学びたまえ」、と。――然り、私は何があろうとフランス人であり、ベルギー人のような感じ方をすることはないのです。

親愛なるルイ、私はこの家の人間です〔フランス人たる私は、仮にフランス的教養を磨かなくとも、もともとフランス的感受性を身につけている、の謂〕。教養が私を不快にさせるのは、ただ似非《えせ》論者が私に対し直に唱えてきたときのことであって、それ以外の点で教養が私を不快にすることはないし、感激させることもありません。すなわち私に向けられたものではなく、なんら訴求力はないのです。

なぜあなたは、拙著のほかの部分から切り離して、影響にかんする私の講演だけを好まれるのか。同じ趣旨を私は拙著のいたるところで繰り返し述べているのに、あなたがそのことにまるで気づいておられないのが意外です。伝統や流派のための個人排除・献身の理論、それがとりわけて文化を擁護することなのでしょうか。だが、この文化の擁護ということを措いて私が何を拙著の各所で述べているというのでしょうか。どうも私にはあなたがただ依怙地になって反対しているような気がするのです。

　私はいつもバレスに賛同するわけではないが、それを理由にあなたはご自身の信仰にもとづき、常に私が考え違いをしているはずだと決めつけておられる。バレスの教義の一部しか攻撃しないといって非難なさるが、私が彼の教義を信じないのは何もその難点のすべてを挙げてというわけでもないのです。それと同じく私にはあなたが正しいと思うことが度々ありますが、しかしなぜあなたのほうは常に私に反対することで理を通そうとなさるのでしょうか。

　しかもあなた自身が実に明確に論争の敏感な所を指摘しているのです――「あなたと私を隔てるもの、それはとりわけ知性観の大きな相違だと思います。私にとって知性とは、まさに信仰（それがどんな信仰であれ）や信念の支え、感情や感受性・熱情の基盤そのものであって……」。じっさい、多かれ少なかれ知性とは必然的にそういったもの。しかし知性が意識的・意図的に〔信仰に〕従属してしまうや、知性のなしうる最も巧みな論証こそは、フランス語では「詭弁」の名で呼ばれることになるのです。バレスや〔ジュール・〕ルメートルの著作のなかで私を不快にし憤慨させるのはそういった詭弁なのです。あなたのご意見にそれを感じることは一切ありません。むしろあなたは欺かれているのだという気がします。お言葉を最後まで引きましょう――「無数の観念を操り理屈を捏ねまわして決してひとつの確信に身を定めぬための方便ではありません」。――仮にあなたが私の姿をこのように捉えておられるならば、それは〔真の〕プロテスタント像にはほど遠いものだとお認めいただきたい。国家主義的な観点からすれば、それはそれなりに都合のよい考え方ではあるでしょう。しかし親愛な

るルイ、しかと信じていただきたいのですが、我が幼年期のプロテスタント的確信に対抗するには〔…〕

〔アンドレ・ジッド〕

両書簡の内容については、その言わんとするところは至極明瞭なので、とりたてての補説は不要であろう（細かな事実関係については附註を参照）。個人的な遣り取りではあったが、作家の返信に盛られた主張じたいは一般の関心を引く話題として、やがて新聞・雑誌における論議の対象となってゆく。その流れを以下に略述しよう。

同時代人の反応

公の論争の端緒となり、またジッドの知名度の高まりを証しもしたのは、レミ・ド・グールモンの介入であった。このメルキュール・ド・フランスの大立者は、おそらく一件を囃し立てようという幾分か邪悪な意図の下《もと》であろう、『ザ・ウィークリー・クリティカル・リヴュー』七月三〇日号に「移植された者たち」と題する論文を載せ、読者の注意を『プレテクスト』上述註に引き寄せながら、モーラスとその僚友バレスを公然と揶揄したのである――

自然の事物や野良仕事にさほど慣れ親しんでいないのに、畑や田園・園芸・森林などの比喩を理論の拠りどころにするのは危険である。ジッド氏はそのことをモーラス氏に、またバレス氏自身に対して見事に示した。〔…〕おそらくバレス氏としては、人間はポプラでもなければレタスでもない、植物に当てはまることが必ずしも人間に当てはまるわけではない、そう答えることもできるだろう。よろしい、だがポプラがまさに地から抜かれ《デラシネ》、移植され《トランスプランテ》たものであるのに、根づき《アンラシネ》の典型だと説くべきではなかったのだ。〔…〕ジッド氏は物事の表裏を同時に見抜く術を心得ていたのである。(20)

グールモンに続き、かつてバレスの『デラシネ』に否定的な評価を下したファゲとブルムが同様の考えを明らかにすると（『ルヴュ・デ・ルヴュ』八月号および『ジル・ブラス』同月二四日号）[21]、モーラスとしてももはや黙したままではいられない。誇り高き王党主義者は、九月一五日付『ガゼット・ド・フランス』の紙面一八段をつかい、仮借のないジッド批判を展開したのである（その題名「ポプラ論争」こそが一件名称の由来）。怒りを隠さず、侮蔑的言辞を連ねて論者がとりわけ強く攻撃したのは、先に紹介したルイ・ルアールの場合と同様、作家個人のプロテスタント出自であった。国家主義的な観点から、プロテスタントであることとフランス人たることは両立不可能だと断じたのである（これはジッドの論敵、特にアンリ・マシスらカトリック陣営の論敵が以後長きにわたり繰り返す主張でもあった）。論中の一節を引けば――

『プレテクスト』の著者は、丹精込めた憂愁を諦めねばならないとなると、たちまち病んでしまう才子《プレシュー》のひとりである。健全な知性は肯定・是認のうちに日々のパンのみならず最上の美味をも求めるものだが、ジッド氏の精神が好むのは自明の事柄、解明容易な事柄への疑念だけなのだ。子供がランプのガラスに息を吹きかけ湯気を立てる、だが炎はこの無益な蒸気をすぐに消し去ってしまう、それと同じことである。ジッド氏はどこに「根づく」のかと問い求めているのだから、こう申し上げておこう。ノルマンディーやラングドック、あるいはパリにまして、貴兄はプロテスタントの土地・地方・国に属する人間、プロテスタント国家の御仁なのだ、と。[22]

「ある優れた庭園技術の愛好家」との対話を援用し、「間引き」「植えかえ」などの術語を出して、どうにか樹木栽培について語ったモーラスではあるが、その議論は至るところで冷静さを欠く。そして長い論述を締め括るのは、猛々しい感情を剝き出しにした容赦ない断罪であった――

『プレテクスト』の著者が少しばかり思慮を働かせていれば、いやそこまでなくとも、用語使用の的確さに気を払っていさえすれば、愚かな論争を避けて、諸々の結果、なかでもこのような重大な結果は招かずにすんだことであろう。〔…〕

氏の精神や才能、想像力の働きはとんだあばずれ女《コケット》のようなもので、どこからでも眺められるといった代物ではない。ご親切で有難い曖昧・薄明の引き立てがあってこそ我慢できるのであり、白日の下《もと》に晒されれば、こんな子供だましの手口などはいとも簡単に見破られるのである。[23]

論争の終結

当初ジッドには反論公表の考えはなく、プレイアッド新版が採録した日記断章によれば、「親愛なるモーラス、あなたをかくも苦しめ誠に遺憾[24]」とだけ記した名刺を送って事態を収めるつもりであった。だがウージェーヌ・ルアールから当事者間の調停役として論争を分析する意向を伝えられると、[25]これに先んぜんと『レルミタージュ』の一一月号に「ポプラ論争（モーラス氏への返答）」を発表する。論中ジッドは、相手の激した非難とは対照的な抑えた筆致で、しかし教え諭す者の厳たる姿勢は保ちつつ事の経緯をふり返る。グールモンへの謝意を述べたうえで、穏やかなバレス批判を介してモーラスに反駁の照準を合わせ、その術語使用の誤りを鋭く衝《つ》いたのである――

世人はバレス氏の比喩を難なく理解しており、彼の著作がそれを証立《あかしだ》てていた。しかし、その比喩がどんなに雄弁なものであろうと、«déraciner»という言葉が正確な意味で通用する樹木栽培の領域では、この言葉が氏の与えようとした意味とは違った意味で使われているのはまことに困ったことである。だから樹木栽培に例証を求めてみても、ほとんど常に氏の理論に反するような例しか見つからないのだ。今日《こんにち》、語義にかんする愚かしい論争によってモーラス氏が冒した大きな誤りが、これまで世人が注意していなかったひとつの誤りを明るみに出したのである。(26)

主張の正否という点ではジッドの完勝といえる論争であったが、彼は一〇月一一日、「モーラス氏への返答」の出来《しゅったい》を待つことなくアルジェリアに向けて旅立ってしまう。(27)あたかも意識的に一件から離れんとするかのようであった。かたやモーラスのほうは、ジッドの反論を読んでのことだろう、バレスに書簡を送って自らの誤り、方法上の不備を認めざるをえなかったのである――

あなたには私ほどの責任がないのに、私に劣らずお苦しみになった〔…〕この不快な出来事についてお話ししたいと思っておりました。というのも、あなたが比喩を使われたのはまったく正当なことですが、私が比喩をもとに論理を展開したのは許されぬことだからです。そういうやり方は曖昧な抽象論に堕すものだと私自身が常々告発してきただけに、ほかの誰にもまして許されぬことだったのです。(28)

こうして論争は終わりを迎えた。じじつ、ほどなくして発表されたウージェーヌ・ルアールの分析（『レルミタージュ』一二月号）や、翌年一一月クリスチャン・ベックが『ベルギー評論』に掲載する長い論評は、いずれも半ば公的な事後総括といった色合いが強く、もはや一般の関心を熱く掻き立てることはなかったのである。(29)

註

（1）Maurice BARRÈS, *Les Déracinés*, Paris : Bibliothèque-Charpentier, 1897, pp. 199-200 (BARRÈS, *Romans et voyages*, Paris : Robert Laffont, coll. « Bouquins », 1994, p. 597).

（2）Voir Paul BOURGET, « L'arbre de M. Taine », *Le Figaro*, 7 novembre 1897, p. 1, col. 1-2. ちなみに『デラシネ』第七章の冒頭には次の銘句が掲げられている──「テーヌ氏はその晩年、毎日アンヴァリッド公園の辻にある一本の樹を訪れ、それを賞翫《しょうがん》するのが習慣であった（ポール・ブールジェの「談話」）」。

（3）René DOUMIC, « *Les Déracinés* de M. Maurice Barrès », *Revue des Deux Mondes*, 15 novembre 1897, pp. 457-468. Voir aussi Émile FAGUET, « Un roman de M. Barrès. *Les Déracinés* », *Revue Bleue*, 20 novembre 1897, pp. 663-667 ; Léon BLUM, « Les Romans », *La Revue Blanche*, n° 107, 15 novembre 1897, pp. 292-294.

（4）Charles MAURRAS, « La Décentralisation », *Revue encyclopédique*, décembre 1897, p. 1078. (Cité par Gide lui-même dans son article « Querelle du peuplier. Réponse à M. Maurras », *infra*).

（5）André GIDE, « À propos des *Déracinés* de Maurice Barrès », *L'Ermitage*, février 1898, pp. 81-88 (*Prétextes*, Paris : Mercure de France, 1903, pp. 53-62 ; *EC*, pp. 4-8).

（6）Voir Maurice BARRÈS, *Scènes et doctrines du nationalisme*, Paris : Félix Juven, 1902, pp. 88-89.

（7）Voir la note ajoutée dans *Prétextes*, *op. cit.*, pp. 60-62.

（8）Voir André GIDE, « La Normandie et le Bas-Languedoc », *L'Occident*, novembre 1902, pp. 250-253 (*Prétextes*, *op. cit.*, pp. 63-69 ; *SV*, pp. 3-6).

（9）Charles MAURRAS, « Les Deux Patries », *Gazette de France*, 11 janvier 1903, p. 1, col. 6 et p. 2, col. 1-2.

（10）ルアール家の歴史については最近刊行された次の著書を参照──David HAZIOT, *Le roman des Rouart (1850-2000)*, Paris : Fayard, 2012. ルイが興した「カトリック芸術」について付言すれば、同社は一九二九年にヴィクトル・プーセル神父のジッド批判書『アンドレ・ジッドの精神』を上梓する（Victor POUCEL, *L'Esprit d'André Gide*, Paris : À l'Art catholique, 1929）。

（11）*Journal I*, p. 538 (21 mai 1906).

（12）ジャック・ドゥーセ文庫、整理番号 γ 768.15. 封筒の宛名書きは次のとおり──« Monsieur André Gide / château de Cuverville /

par Criquetot l'Esneval / Seine Inférieure ».

（13）ちょうどこの時期、ロシア出身の東洋学者ローゼンベルグは、ジッドの仲立ちでオスカー・ワイルドやウージェーヌ・ルアール、アンリ・ゲオン、フランシス・ジャムらと知り合っているが（voir *Lecture des lettres de Fédor Rosenberg adressées à André Gide (1887-1934)*, document établi et composé par Daniel COHEN, Paris : [chez l'auteur], 1996, p. 6）、彼とルイ・ルアールの具体的な遣り取りについては残念ながら不詳。

（14）結果的にルアールが『プレテクスト』を論ずることはなかった。

（15）「反作用」とは『プレテクスト』収載の講演録『文学における影響について』の内容を踏まえた表現。

（16）前出のエッセー「ノルマンディーとバ・ラングドック」のことを指す。なお、断るまでもないが、ジッドにはルアールの要請に応えて『レルミタージュ』にラシーヌ論を寄せる考えはなかった。

（17）ジッドが『文学における影響について』のなかでゲーテへの影響者としてハーフェズの名を挙げ、また『アンジェルへの手紙』や書評ではジョゼフ＝シャルル・マルドリュスの『千一夜物語』フランス語訳を詳しく論評していることを踏まえたうえでの当てこすり。

（18）ジッドの義妹（妻マドレーヌの次妹）ジャンヌ・ドルーアンが七月初旬、胎児を死産したことを指す。ジッドは、哲学教授としてプリタネ軍学校に赴任中の夫マルセルにこの悲報を伝えるため、サルト県ラ・フレーシュに赴き、同月九日、彼をキュヴェルヴィルに連れ帰っていた。Voir la lettre de Gide à Henri Ghéon du 9 juillet [faussement datée du 13 juillet], *Corr. G/Gh*, pp. 532-533.

（19）個人蔵、未刊（残存するのは二折用箋一葉、両面使用の計四ページ）。旧蔵者の手によるのか、ジッドの頭書き « Mon cher Louis » の後には、異なる筆跡の鉛筆書きで « (Artus) » と補われている。しかし実際の名宛人が作家のルイ・アルチュス（一八七〇―一九六〇）でないことは、ジッド＝ルアール往復書簡の執筆時期や記述内容の完全な一致・照応から疑いの余地がない。付言すると、これまでに現存の確認されたジッド＝アルチュス間の書簡は、『田園交響楽』にかんする一九二〇年八月二日付アルチュス書簡（ジャック・ドゥーセ文庫、整理番号 γ 969.1）と、一九二一年三月一日付の短いジッド書簡（個人蔵）の二通だけである。

（20）Remy de GOURMONT, « Les Transplantés », *The Weekly Critical Review*, 30 juillet 1903, pp. 25 et 27.

（21）Voir Émile FAGUET, « Sur l'éducation des écrivains et d'autres mortels », *La Revue* (ancienne *Revue des Revues*), août 1903, pp. 291-296 ;

(22) Léon Blum, « M. André Gide : *Prétextes* et l'*Immoraliste* », *Gil Blas*, 24 août 1903, p. 3, col. 1-2.

(23) Charles Maurras, « La Querelle du peuplier », *Gazette de France*, 15 septembre 1903, p. 1, col. 3.

(24) *Ibid*., p. 3, col. 6.

(25) *Journal I*, p. 364 (« Feuillets » de 1903).

(26) Voir André Gide - Eugène Rouart, *Correspondance (1893-1936)*. Édition établie, présentée et annotée par David H. Walker, 2 vol., Lyon : Presses Universitaires de Lyon, 2006, t. II, pp. 159-160 (lettre de Rouart du 25 septembre 1903).

(27) André Gide, « Querelle du peuplier. Réponse à M. Maurras », *L'Ermitage*, novembre 1903, pp. 227-228 (*Prétextes*, nouvelle éd., Paris : Mercure de France, 1913, pp. 69-70 ; *EC*, p. 126).

(28) ジッドにとっては六度目にして最後の北アフリカ旅行。

(29) Maurice Barrès - Charles Maurras, *La République ou le Roi. Correspondance inédite (1888-1923)*. Réunie et classée éd. Hélène et Nicole Maurras, Paris : Plon, 1970, p. 415 (lettre de Maurras à Barrès, [novembre 1903]).

(30) Voir Eugène Rouart, « Un prétexte », *L'Ermitage*, décembre 1903, pp. 249-262 ; Christian Beck, « La Querelle du peuplier », *Revue de Belgique*, novembre 1904, pp. 3-23.

第3章　「状況に想をえた小品」
――『放蕩息子の帰宅』の生成、作品の読解、同時代の反響――

大胆な福音書解釈を独特な文体と古典的な構成のなかに盛った『放蕩息子の帰宅』（以下『放蕩息子』と略記）は、ジッドが一九〇七年一月末、友人の画家モーリス・ドニを伴ったドイツ旅行からパリに帰った直後に着手され、実質的には約二週間で書き上げられた[1]。自筆完成原稿にして二六枚の小品ながら、この短期日の執筆・完成はジッドにあっては極めて異例のことで[2]、先立つ状況を考慮すればなおさらその感が強い。彼は、一九〇四年の時点ですでに「精神の憂鬱な麻痺のために『背徳者』を書き上げた日（一九〇一年一一月二五日）以来、もはや真面目な仕事は何ひとつしていない」と語っていた[3]。じじつ、いくつかの短い雑誌寄稿と、一九〇一年以前のテクストが半ばを占める旅行記『アミンタス』をのぞけば、見るべき著作を発表していないこの五年間の『日記』には、ほとんど毎ページに、「恐ろしい老衰[4]」に対して募る不安が記されているといっても決して過言ではない。知人たちもこの事実に無関心ではありえず、たとえば、『放蕩息子』の私家版初版を送られたエドゥアール・デュコテは、「長い沈黙を破った」と祝うことで礼状を始めるほどであった[5]。とりわけ、すでに一五年近い懐胎期間をもつ『狭き門』の執筆は一九〇五年春から難航していたし、もうひとつの大作『法王庁の抜け穴』はようやく粗筋が固まっていたにすぎない。間近なものとしては、一九〇六年暮に季刊誌『詩と散文』を主宰するポール・フォールから同誌次号の巻頭を飾る作品を請われて、「バルベー・ドールヴィイとフローベール」にかんする論文を自ら提案していたが[6]、計画が実行に移された形跡は皆無である。ジッドがドイツに旅立ったのは、このような惨憺たる状況下であった。

ベルリンで催される予定の旧作『カンダウレス王』の上演に立ち会うためだったが、フランツ・ブライによるドイツ語訳の不出来と、同じ時期に巡業中のリュニエ＝ポーの制作座に観客を奪われるのではないかという危惧から、ジッドはこの旅行に大いに二の足を踏んでいた。結局、精力的なドニの説得にひきずられるように出発したが、ベルリン到着後ただちに、ヴィクトル・バルノウスキーの指揮する「小劇場」側の不手際で上演不可能であると判明する[7]。以後、ふたりの滞在は美術館や画廊の訪問、あるいは首都および近郊の旧知のドイツ人との再会に向けられるほかない。しかし、目的を失ったこの一〇日間が思わぬ収穫をもたらすのである。カイザー・フリードリヒ美術館で見たイタリア・ルネッサンスおよびフランドル派の絵画や彫刻が特にジッドの強い関心を惹いたことは、旅行中の『日記』にそれ以外の記述が一切ないことから窺われるし[8]、彼が実際この鑑賞体験から作品の発想を得たことについても、たとえば、キリストとその足に香油を塗るマリアを描いたディーリック・バウツの絵にかんする「右の隅に跪いている寄進者がマリアと向かい合っている[9]」という記述と、「祭壇画の隅に描かれた寄進者のように、私は跪いて放蕩息子と向かい合っている」という『放蕩息子』冒頭部の話者の語りとの表現・構成上の明らかな共鳴などから疑問の余地はない。

1 執筆から出版までの経緯

執筆から出版までの経緯はこれまであまり知られていないのでごく大まかながら触れておこう。ドイツから帰った翌日（一月三一日）には、「冒頭部を書き終えてからでなければ寝ず」、以後彼の「精神の沈黙と躍動を対話のかたちで描く」[10]のに専念する。途中二度ほど疲労を覚えながらも、二月一五日には、出来上がった部分を読み返し、「直すところはほとんどない」と大きな満足を示す。そして数日後には早くも一応の完成を見るのである。ところで、ジッドは『放蕩息子』の仏独二カ国語同時出版(『詩と散文』三—五月号と、オスカー・ビーが編集するベルリンの月刊文芸誌『ディー・ノイエ・ルントシャウ』五月号)の計画を遅くとも同月一二日には抱いていたのが確実で、[11]短い作品ゆえに実現が比較的容易であったとしても、彼にとって前例のないこの試みは、完成前から自作に対して持っていた並々ならぬ自信を裏付ける。計画を遅滞なく実行に移すため、二月中にタイプ原稿を少なくとも三部作らせ、翻訳のために内二部を相前後してベルリンに送る一方、三月初旬にフランス語テクストを、マルセル・ドルーアンとジャック・コポーの意見を交互に聞きながら、一週間かけて修正する。ジッドが次のようにふりかえって語るのはこれらの作業が一段落ついた三月一六日のことである——

数日前『放蕩息子』を完成した。ベルリンでいきなり詩の構成を思いついて、早速仕事に取りかかったのだ。着想後直ちに実行にかかったのは、これが初めて。あまりに長いあいだ温めておくと、主題が膨張し、歪んでくる恐れがあった。というよりは、書かないでいるということに厭《あ》きがきていたし、私が抱いていたほかの主題はすべて、すぐに取り扱われるにはあまりにも多くの困難を呈していたのだ。[12]

続いて、同下旬に『詩と散文』の初校ができると、作品の献呈者と考えていたアルチュール・フォンテーヌにこれを送り了解を求めた後、[13]日をおかず修正を加え、フォールに戻す。しかし同じころ校正刷に手を入れたドイツ語版が四月末ないし五月初めには出版されたのに対し、細心の下準備にもかかわらず、再校が大幅に遅れたフランス語版が出たのは六月初めになってからであった。この予想外の遅滞を利用して、当初三〇部とされていた初版印刷(『詩

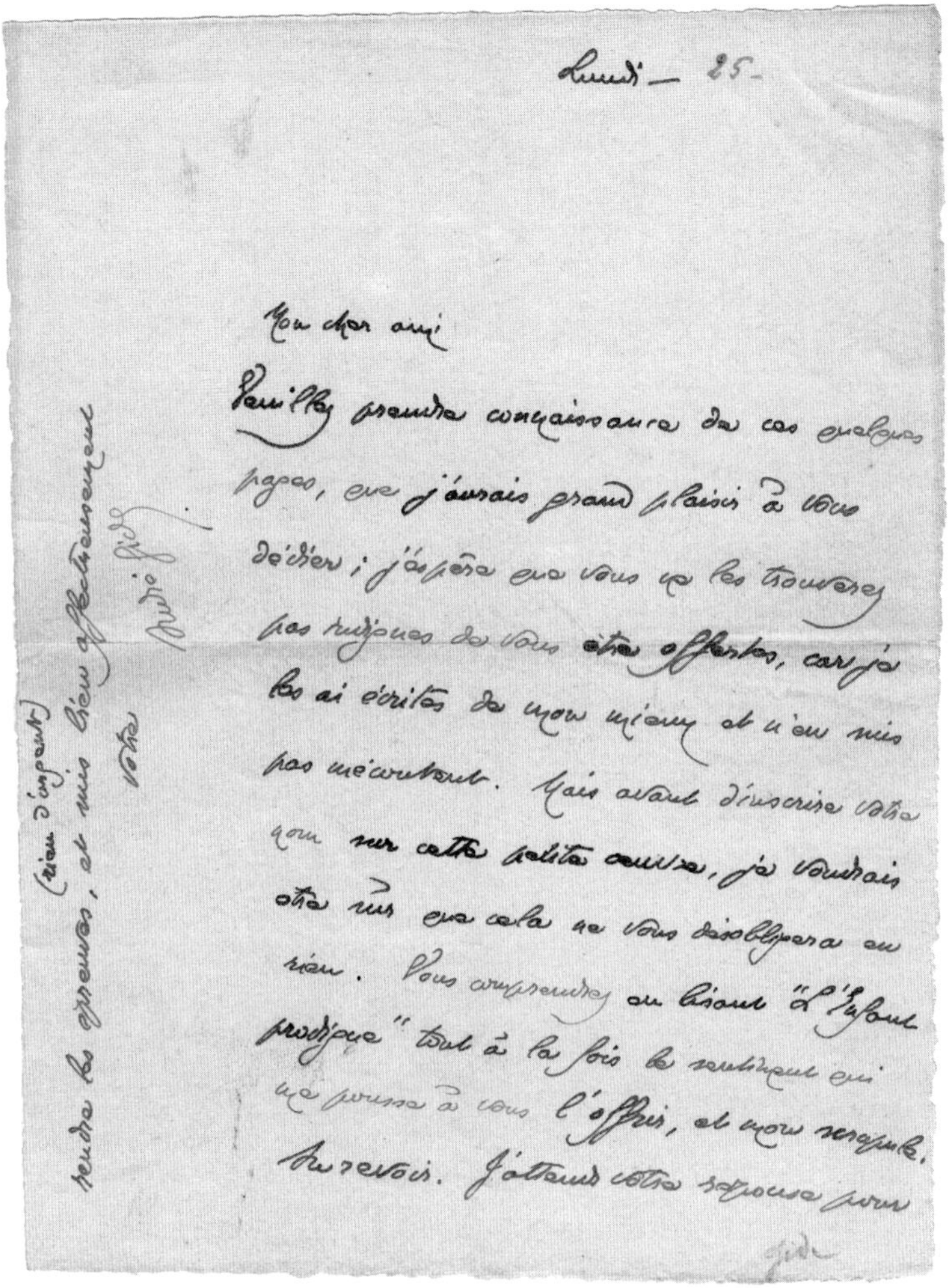
Lundi — 25 —

Mon cher ami

Veuillez prendre connaissance de ces quelques pages, que j'aurais grand plaisir à vous dédier ; j'espère que vous ne les trouverez pas indignes de vous être offertes, car je les ai écrites de mon mieux et n'en suis pas mécontent. Mais avant d'inscrire votre nom sur cette petite œuvre, je voudrais être sûr que cela ne vous désobligera en rien. Vous comprendrez en lisant "L'Enfant prodigue" tout à la fois le sentiment qui me pousse à vous l'offrir, et mon scrupule. Au revoir. J'attends votre réponse pour rendre les épreuves, et suis bien affectueusement votre André Gide.

(rien d'urgent)

作品献呈の承諾を請うフォンテーヌ宛書簡

と散文』掲載テクストの私家版別刷）は六月に入って五〇部に改められるが、こちらも遅れ、贈呈者を入念に選んでいたジッド（後述）の手元に届くのは同月下旬である。

さて、異例の早さで書かれ、自信をもって出版された『放蕩息子』だが、その発想に書物（この場合は聖書）や絵画が寄与したこと自体は、たとえば『パリュード』（一八九五）の誕生を思い起こすならば、ジッドにあってもさほど例外的なことではない。『パリュード』の「物語のかたちそのものは、ジッドによれば、三つの要素、つまり彼の精神状態、ゴヤの一枚のデッサン、ウェルギリウスの第一の牧歌の数行、これらの邂逅から生まれた」[14]のだから。したがって例外的なのは、幸運な外的偶然にあるというよりも、やはり作家自身が言うように、そこから発想を得《え》、その「主題が膨張し、歪んで」こないうちに実作に取りかからねばならなかった彼の〈精神状態〉であると考えるべきであろう。そうであるならば、物語の意味と、物語が聖書の寓話および宗教画に対して見せる異同（間テクスト性と呼ぶべきか）をさらによく理解するためにも、まず次のように問わねばなるまい。――なぜジッドは書けないでいたのか。そしてとりわけ、ほかのいずれの時期でもなく、一九〇七年一―二月に〈放蕩息子の帰宅〉という題材を取りあげたのはなぜか。この基本的な疑問に答えるためには、作品執筆までにポール・クローデル、フランシス・ジャムとの間になされた遣り取りの再考が欠かせない。なぜならば、『放蕩息子』の反響が現れはじめた直後の同年七月二日に、ジッドの言葉に従えば「作品の序文」としてベルギーの友人クリスチャン・ベック宛に書かれた手紙で、彼自身が執筆の背景を以下のように説明しているからである――

〔…〕クローデルと〔ジャム〕が私にして欲しいと願っている行為がもたらす〈利益〉、にもかかわらず私がその行為をしない理由、そしてまた仮にするとしても、なぜそれは、〈私の〉放蕩息子が〈家〉に帰るには帰るが、弟の家出に手を貸すために帰るというような仕方でしかありえないのかということ、こういったことを骨の髄まで承知していながら、私はこの「状況に想をえた」小品を書いたのであり、そこに私の心情のすべてと、そして同時に私の理性のすべてを注いだのです[15]。

二人の改宗勧告者――ジャムとクローデル

ジッドが二三歳の時（一八九三年）に文通が始められたジャムとの関係は、時を移さず頻繁かつ親密なものになる。しかし同時に両者の相違が明らかになるにもさほど時間を要しない。『地の糧』の作者は、詩人の才能を高く評価しながらも、宗教的題材を安易に扱いすぎると批判せざるをえないのである。続いて、『背徳者』とジャムの劇詩「生活詩集《エグジスタンス》」をめぐって一九〇〇年から一九〇二年にかけて行われた論争が両者の文学観の大きな隔たりをいっそう際立たせることになった。ふたりの書簡集（旧版）を編んだロベール・マレが指摘するように、「ジッドは「生活詩集」を文学的視点からのみ判断したのに対し、ジャムの『背徳者』への評価には倫理的要請が介在し、これが次第に両者の距離を広げ、やがては溝を穿つ因をなすのである[16]」。

ジッドがオルテーズの詩人との間に経験した紆余曲折に比べれば、外交官として外国駐在の多いクローデルと彼との関係はそれほど深いものではなかった。一八九一―九三年には両者ともマラルメの「火曜会」に出席し（ただし彼らの記憶によれば、ここでの面識はまだない）、一八九五年にはマルセル・シュオッブ宅で初めて顔を合わせていたが、文通が始まるのは現在知られるかぎりでは一八九九年になってからにすぎず、主として文学的な話題に限定されたこれら初期書簡にはどこか儀礼的な色彩を否定できない。また、ジャムを伴った一九〇〇年春のクローデル訪問でも、後に彼らの対話の核心をなすことになる問題は、ジッドの内ではまだ大きく膨らんではおらず、この時点ではまだ触れられることはない。しかし以上については、マレをはじめ多くの研究者がすでに詳しく論じているのでそれに譲るとして[17]、本章では前掲ベック宛書簡にも記されるジッドの宗教問題を中心に、三者の交流が活発になる一九〇五年から話を起こすことにしよう。

その芸術上の進展からも予想されたことだが、ジャムは望んでいた結婚の破談を直接のきっかけとして、同年休暇で赴任地の中国・福州から帰国していたクローデルの懐《ふところ》に精神的な励ましを求める。そして七月には、この友のおこなうミサによって聖体拝領をするのである。ジッドもまたクローデルの影響を受けはじめる。五月初旬に、ジャムのカトリシズム復帰を促すためにクローデルが書いた手紙を識ると、彼は「まるで僕自身に宛てられているかのようにそれを読んだ。怖ろしかった」[18]と告白する。翌月、「『黄金の頭』の素晴らしい第一幕」を妻マドレーヌに読み聴かせ、続いて『ミューズへの頌歌』のなかに「一カ月近く待ち設けていた〈警告〉のようなもの」を感じ「全存在を揺り動かされる」[19]。やがて『日記』には彼の迷いが、しばしばカトリシズムの文脈のなかで記されはじめる。たとえば九月一日には次のような一節が認められる――

〔…〕私の持っている最も美しい徳は堕落してしまい、私の絶望の表現さえも鈍ってしまった。こうしたものに対し私を守ってくれたであろう徳を、どうして馬鹿らしいなどと思うのだ！　私の理性はこの道徳を批判もし、また同時に求めてもいる、だが求めても無駄なのだ。私は聴罪司祭を選び〔…〕彼に言うであろう。「どうぞ、私に最も恣意的な規律を課して下さいませ、今日は私はそれを賢明なるものと申しましょう」、と。私の理性をして冷笑させるようなある信仰に私がしがみついているとしても、それは、そこに何か自分自身に抗する力を見いだしたいと願っているからなのだ[20]。

このような双方の経過を従えて、ジッドと、すでに教会の教義のもとに固く結ばれた二人のカトリック作家との間に真の対話が始まるのは同年末からである。

一一月三〇日、ジッドは、ジャムがカトリシズムへの回心を自ら祝うために書き上げた『木の葉をまとえる教会堂』を、作者の依頼に応じ、フォンテーヌ宅でクローデルらを前にして朗読する。練習に励んだ前夜には、ジャムに当てて「今夜僕はすでにカトリック教徒そのものだった」[21]と詩の敬虔さを称賛するとともに、クローデルとの出会いに寄せる大きな関心を打ち明けている。クローデルの方でも、これまで文通相手の宗教問題には一度も正面から手を着けていなかっただけに、いっそうこの朗読受諾に改宗の前兆を見ないわけにはいかなかったのである。[22]翌日のジッドの『日記』は、クローデルの外見的な描写と交わされた文学談義の再現に重点を置いているが、五日後自宅での昼食を機会にした二度目の出会いについての記述には、この招待客に対する彼の両義的な態度が窺われはじめる。自分の方から始めた宗教論議で、「ではどうして改宗しないのだね?」と切り返されて、狼狽を隠せない反面、芸術と宗教の両立という確信のもとに「聖体顕示台を振り回して、我々の文学を荒らす」カトリック作家の主張に素直に同意することができないのである。[23]同日夜、クローデルは「私は魂を心底から愛しています。あなたの魂は私にとってとりわけ大切なものなのです」[24]と書き送るのだが、これに対するジッドの返信も、『日記』の記述と同様に、内心の葛藤を反映した両義性を示している。一方では相手の説得には従えぬ理由を、芸術と宗教の関係に再び言及しながら次のように説明する——

〔…〕あなたは魂を愛しているのだから、そういう魂のなかには、何よりもまして実践にもとづく穏健な宗教を嫌う者があることはお分かりになるでしょう。また人生の初めに、私が聖書を読んでそれを日々の糧にし、祈りを第一の欲求とした後、キリスト教徒が「偽りの神々」と呼ぶもののなかにいっそう多くの光明を見いだせると考えて、芸術と宗教の何かよく分からぬ煮え切らない妥協よりも、当初の信仰とこの上なく急激に手を切る方を選んだということがお分かりになるでしょう。[25]

このようにクローデルの主張の無効化を図りながら、同時に、議論を依然開かれたものにしておくために、プロテスタンティズムよりもカトリシズムの方がキリスト教芸術家という概念に抵触しにくいと認め、また、この会談が「解決ではないが――それを望むのは馬鹿げたことだ――新たな、容認しうる闘争姿勢」を垣間見させてくれたと感謝する。くわえて、「異教的な道を通って聖性に到達することの難しさ、恐らくは不可能」が自分を苛《さいな》んでいるだけに、「聖人たるという絶対的義務」に対するクローデルの確信に満ちた勧告にひどく動揺したと告白し、「嗚呼、あなたとの出会いを恐れたのはなんと正しかったことか！ 現在では、あなたの荒々しさがどれほど恐ろしいことか！[26]」と叫ばないではいられないのである。この基本的に曖昧な態度に改宗勧告者は素早く応え、作家の天職は「魂の導き手」たることだと再び強調し、ジッドがクリスマスまでには自分の傍らで聖体拝領をすることを期待する[27]。しかしジッドは、今度は正面からは応じず、アンリ・ゲオンに宛てて「クローデルは僕に一種の宗教的台風を吹きつけてくる。これは僕を上から下まで揺さぶりはするが、しかし僕を納得させるというよりも、むしろ疲れさせる[28]」と、かなり調子の異なる冷静さを見せる。クローデルは諦めはしないが、議論のまいた種子が迷える魂のなかで実を結ぶまでは、しばらく攻撃の手を緩めるべきだと判断したのであろう。続く数週間に交換される双方の手紙は、「禁じられた話題[29]」を避けつつ次第に短くなり、ついには翌一九〇六年三月まで一言も交わされなくなる。そしてクローデルが、新たな赴任地天津に向けて出発する直前の同月半ばに、カトリシズムの問題に再び立ち戻るために書く手紙は返信を得られぬままに終わる。ジッドはこの手紙を「大変美しい[30]」ものとは思うが、同時に「水に身を投げる人[31]」の姿をそこに見てしまうのである。

クローデルへの接近、ジャムとの議論

ジッドの精神状態を続けて追うまえに、彼がクローデルに接近しようとした理由について触れなければなるまい。

たしかに、この時期の『日記』やクローデル宛の書簡はジッドの精神的不安を如実に物語っているし、さらには、すでに教会の教義に従いはじめていた幾人かの知己のように、彼がカトリシズムの安定感に惹かれ、切実に改宗を考えていたのではないかとさえ思わせる。しかしながら、心の平安に対するこの希求は、何よりも長期間にわたる創作不能状態から生じていることを看過してはならない。じじつ、ウルガタと数種のフランス語訳・英語訳を注意深く比較対照しながら福音書を読み耽る『汝もまた……？』の時期（一九一六―一九年）とは大きく異なり、この時期には『日記』に現れる宗教的問題にかんする記述の多くが他作家への言及、しかもしばしば痛ましい劣等意識をともなう言及と連なっている。ジッドにとっては、問題は生活のなかに埋没した個人に対してではなく、つねに芸術作品を通してしか表されえない自我に対して提出されるのであり、その意味において、ダニエル・ムートトが言うように、クローデルへの関心と接近はとりわけ同時期に再開された『狭き門』の執筆に欠かせぬ宗教的環境に身を置くという芸術上の要請から来ると考えるべきであろう。なぜならば、ジッドがアリサの物語を描き尽くすためには、神への献身のために過度の自己犠牲を選ぶ彼女にひとまずは同化しなければならないからである。しかし『狭き門』執筆の本来の目的は、一面において自己の分身たる主人公の選択を最終的には否定し、それにより自己解放を目指すことであるから、芸術的射程をもつこの宗教的擬態には必然的に、作家の「創造的自我を、それが逃げ去りたいと願う方向に逆に追い込んでしまうという危険[32]」が付きまとう。では作品を放棄し、自らの想像力に対する自信回復は到底望めない現在の停滞に甘んじるべきか。あるいは自己犠牲に抗する理由、すなわち作品を書く理由そのものを失う覚悟で主人公と同じ道をさらに突き進むべきか。これこそが『背徳者』完成以降、ジッドが出口を見いだせずにいる大きなジレンマのひとつと言うべきであり、この点を換言するピエール・マッソンの次の指摘は正当である。つまり、「彼が作品を前にして陥る麻痺状態は、彼が作品に虚偽を語らせようとすることに由来しているのである。なぜならば、彼は自分自身の現実の姿を作品に批判させようとしているのだから[33]」。こう考えると、当初ジッドが、宗教と芸術の乖離に悩まされることはないと公言するクローデルとの接触に問題解決の模範的契機を期待したことはもはや疑いを容れない。だが現実に対話が進むにつれ、相反する諸要素の葛藤をあくまで芸術の支配のもとに描こうとする彼にとっては、詩人の主張はあまりにも教条的に聞こえ、したがって期待したほど有効ではなく、危険ですらあると思われたのである。

しかし議論はジャムとの対話に引き継がれ、大きな変化を迎える。一九〇六年四月末に彼から「君は水に浮く浮子《うき》のように不安だ[34]」とする手紙を受け取るや、ジッドはこれまで続いていた誤解を晴らす決心をする――

〔…〕僕はおそらく天国の入り口にいるのだろうが、それは君が思っている入り口とは違うのだ。〔…〕たしかにクローデルは大いに僕の役に立った、しかし君が考えているようにではない。彼の日記や手紙を読むことで、僕が彼の人柄に抱いていた共感や、作品に対して持っていた賛嘆の念が及ぼす働きが幸いにも妨げられたのだ。最後には反作用が作用に大きく優ったというわけだが、まさにこのことで僕は彼に感謝しているのだ[35]。

オルテーズの詩人が、友の間近い改宗を祝うために準備していた論文を放棄する旨をもって憤然とこれに応えると、ジッドは五月一六日の手紙で、自分とクローデルの間には「仲違い」はなかったことを強調しながらも、「クローデルに彼の神があるというならば、僕には僕の神がある[36]」と再度同じ立場を繰り返すのである。

ところで、この決然とした態度表明自体に劣らず注目すべきは、それが一部の研究者の唱えるようなジッドの「肉体および精神の両面における苦悩の消滅[37]」を証言するどころか、逆説的な結果として、とりわけ精神面での重大かつ急速な悪化を伴うことになるという点である。月半ばにマドレーヌとキュヴェルヴィルで味わう郷愁をまじえた安らぎも長くは続かず、パリに戻るや、以前にもまして不眠と「自尊心を鋭く刺す苦痛[38]」に悩まされはじめる。『日記』の記述は日に日に短くなり、ついに二五日に至って彼は震える手で「悲しみ……迷い。この日記はここで打ち切ろう。恐ろしい疲れ[39]」とのみ書きつけ、翌々日には、青年期に治療を受け信頼を置いていたアンドレア博士の診察を受けるために、最後の力を振り絞るようにしてジュネーヴに向かうことになるのである。

肉体的健康そのものの悪化のほかに、この痛ましい急変をもたらした要因をいくつかのレベルに求めることができよう。まずジッドが旅行、特に北アフリカへの旅行から得るものの変質を見逃すことはできまい。かつては彼の「ノマディスム」を体験として支え、創作の原動力として寄与した旅行は徐々にその効力を失い、『アミンタス』に集められた旅行記が示すように苦い後味を残すようになる。結婚生活の進展にしたがい、この「ノマディスム」の意味を対立項として支える妻とキュヴェルヴィルの家に対する感情が複雑化してゆくことも無視できない[40]。またパリでの生活様式にも新たな混乱が加わる。旅行の無力化を補うかのようにジッドは、オートゥイユに建設中のヴィラ・モンモランシーに意識を集中できる場として多大な期待をかけていた。しかし一九〇六年二月に完成した館は、建築家ボニエのあまりにも奇抜な設計のため、快適な居住空間にはほど遠く、失望と苛立ちしか与えないのである。

感情生活の面においても、以前のような充足感は望めない。ゲオンと共有したモーリス・シュランベルジェとの恋愛は、渦中の高揚や、思い出を汚すまいとする事後の努力にもかかわらず、数カ月で破局を迎えていたし、同じ頃、その助言者たらんとした従弟ポール（『日記』中のジェラール）も期待はずれで、次第に彼の自立性を脅かす重荷になっていた。

だが、ジッドが自分を捕らえて離さない悪循環を最も意識するのはやはり創作の場においてであって、依然として進まぬ『狭き門』のみならず、最近の出版『アミンタス』のほとんど完全な不成功が追い討ちをかける。幾分か誇張をまじえて、「〈権威ある批評家〉、ジャーナリストなどの誰にも一度も本を送らず、これまで注意ぶかく批評界の沈黙を自ら保ってきた[41]」と言いながら、作家はこの沈黙を「少し過剰に[42]」意識せざるをえない。ましてやジャン・ド・グールモン（レミ・ド・グールモンの弟）やルイ・ルアールの書評の申し出は、彼らの無理解が分かるだけに、ただ彼を苛立たせるだけであった[43]。

以上のように、この時期は「自己表出が不可能な孤独のなかに自我を追い込む禁忌と嫌悪[44]」に包まれていたのであり、ジャムの返信が届くのは、そういう窒息的状況のなかで、ジュネーヴへの出発前、まさにジッドが「ちょっとした〈障害〉にも影響を受ける[45]」と嘆く五月二一日のことである――

君の手紙は不安に満ち、悲痛で苛立っている。どうして君は僕が君を恨むのを望むのだ。誤解があったという点で問題ははっきりしたのに、僕の親愛なるクローデルや、聖霊に対する罪や聖体の秘跡についてなぜ長々と議論を続けなければならないのだ[46]。

対するジッドは『日記』に「この上もなく人の心を傷つける（blessante）手紙[47]」とだけ報告する。たしかに以前のジャムの手紙と比べてこの短信がことさら新たな毒を含んでいるとは思われないが、自らを「対話的存在」と認めるジッドにとっては、予測しえたこととはいえ、文通相手の対話拒否が与えた「傷」は決して小さくなかったと推測できる。しかし我々にとって重要なのはむしろ、この「傷」がその痕跡を長くは残さないものであるのか否かという点である。後に再開されるオルテーズの詩人との手紙の遣り取りは、ベン・ストルツファスが「明らかにジッドはジャムと戯れているのだ[48]」と断言するように、はたして前者が意図的に始めた遊戯の結果に外ならないのだろうか。そしてまた彼は、マッソンが示唆するように[49]、八カ月後の『放蕩息子』執筆時には二人の改宗勧告者の亡霊を見事に追い払っていたのだろうか。だからひいては、この作品はもはや解消した苦悩についての幸福な証言と考えるべきなのか。事実は大きく異なる。以下、そのことをかいつまんで述べよう。

引き続く精神的抑圧

先に触れたアンドレア博士の診察内容については、まもなくジッドが処方に従い、かつてラ・ブレヴィーヌでしたように、チューリッヒに近いシェーンブルンで水浴療法を受けたこと以外あまり分かっていない。ただ、一八九四年の診察の時に博士が患者の抱える障害の性的要因を見逃したはずはありえないと、精神医学者でもあるジャン・ドレーが考えるのに対し[50]、ムートトは、ジッドがその性的傾向を初めて告白したのはこの一九〇六年の診察においてであり、以後「彼はその性的特殊性を異常と見なすのをやめ、内心の平和とともに個性の全面的な調和・均衡を手にする[51]」と言い切る。いずれの解釈も決め手となる資料を欠き推測の域を出ないが、少なくとも、その後数カ月のジッドの手紙を読むかぎり、二度目の診察にムートトの言うような即効性があったとは思われない。シェーンブルンに治療に向かう直前の六月五日、ジッドは親しい友人ウージェーヌ・ルアール（前出ルイの兄）に宛てた手紙で、「ひと月来苦しめられている恐ろしい疲れ」について述べ、末尾に「最近ジャムからこの上なく耐えがたい手紙をもらい、それは三晩僕につきまとい離れなかった」と付け加える[52]。一〇日後の彼はサナトリウムで「骨髄の鬱血の除去に努め[53]」ているが、七月に入るとアンドレア博士に不安を訴えざるをえない――「私は一日中脳貧血に悩まされ、これは長くは続かないのだと絶えず自分に言い聞かせていなければ気分を保っていられません[54]」。同月二二日に面会に来たマドレーヌも「彼の体力は戻ったとしても、神経はまだ過敏である[55]」ことを見逃さない。そして八月半ば、治療を終えキュヴェルヴィルに帰った後、ジャムから最近作を送られると、ジッドは三カ月ぶりで詩人に長い手紙を書き、少なくとも友情だけは失うまいという唯一の気遣いに対して自分が受け取った不当な報酬にいかに傷つき、現在も苦しんでいるかを知らせるのである――

〔…〕君が一言つけ加えて、あんなにひどい書き方をして僕を傷つけるつもりはなかった。あの手紙を読んだときと同じように今もなお僕が喘いでいる苦痛はただ性格の違いの結果にすぎないのだと言ってくれたらもっと嬉しかっただろうが。

〔…〕君が自分の言葉に含まれる残酷さに気づいていないことは僕には確かだ、あるいはそうでないにしても、僕が君に抱いている愛情に君はほとんど値しない。

君が優勢であるのは、僕がこの三カ月苦しんでいるだけに容易なことだ。絶え間ない不眠で最後には僕は仕事をすべて、文通をほとんどすべて、そして読書さえも止めなければならなくなったのだ。(56)

ジャムは、友人のおかれている状態について全く知らなかったと謝したうえ、自分の論文はただ中断されているだけであって、決定的に放棄されたわけではないと釈明する。滞在中の保養地ペロス・ギレックでこの返信を受けるや、ジッドは感情の高揚を隠さぬ手紙を返し、ジャムにまして自分の心の内奥に潜むものを見透かせる者はいないと、詩人の主張をある程度認めさえする。このため、九月半ばキュヴェルヴィルに帰った彼は「憂鬱な問題についてはかなり立ち直った(57)」と思うのだが、しかしそれはあくまで一時的な復調にすぎず、リュイテルス、コポー、ベックら親しい友人への便りを再び嘆息が満たしはじめる。そして翌月、再度ジャムから長い教訓を聞かされるにおよぶと、かなりの間《ま》をおいて「僕の無沙汰は腹を立てているからではない(58)」とだけ短く応え、その理由を『日記』に「ジャムにこんな平板な書き方をするのは実に辛い。だがほかにどんな書きようがあるだろう?……彼の鼻はもう香の煙にしか効かないのだ(59)」と記すのである。以上のような経緯をたどった後、彼がまだ抜け切ってはいない危機をそれでもかなり距離をおいて眺められるようになるのは、ようやく年末近くになってのことではないかと思われる。一二月初めに、ポール・フォールに「夏と秋を通してずっと、ひどく疲労した脳を当てにしなければならなかった[60]」と語った後、二〇日には、ジャムから続けざまに激しい非難を受け慨嘆するリュイテルスに次のように応じている――

ジャムのこれらの手紙が君を苦しめたことはよく分かる。しかし僕はそれに驚きはしない。〔…〕この春同じような手紙が僕に与えた傷は治るのに何カ月もかかった。僕たちだけが傷を負ったわけではない。僕はほかにも知っているのだ。だが君は何を望むというのだ。真面目に対応しようとなどせずに、彼の友であることに同意しなくてはならない。そして、僕たちの彼に対する評価とともに、彼への愛情を衰えさせないようにすることだ。〔…〕

それに、ジャムが意識しているのは自分の長所だけだ。だからどんな弁論を試みても無駄なのだ。

そしてさらに言えば、友情に煩わされぬ者たちよ万歳、だ。ただジャムがニーチェ主義者と違うのは、彼にとってはこの冷酷さが生来のものであり、しばしば僕たちにあってのように、辛い努力が図らずもそうなってしまったというようなものではないことだ[61]。

すでに明らかなように、精神的回復は極めて緩慢にしか進まない。そして一連の証言で最も注意すべきは、ジャムの「この上なく不愉快な手紙」への一貫した遡及であり、ジッドがこれを危機の直接の原因とは言わぬまでも、少なくとも引き金と考え続けていることである。また彼の精神的回復の過程が、詩人に対する態度の段階的変化、つまり、自らのニーチェ的な「辛い努力」を理解させたいという強い願望から、ふたりを隔てる癒しがたい相違に対する苦い認識への推移と対応していることも看過できない。そのことは同時に、宗教的議論においては「恐るべき外科医」クローデルに比べ「ひとの好い、いかにも力量に欠ける田舎医者[62]」と従来軽視されがちなジャムの存在が、この時期のジッドの精神生活に及ぼしていた影響の大きさを証明することにもなろう。

しかしジッドの揺れ動く精神状態は、『放蕩息子』執筆に先立つベルリン旅行へのためらいにとどまらず、作品完成後に彼がクローデル、ジャムに対してとった態度においても依然として認めうるのである。作品の意味を問ううえでも見過ごせないこの点を、筆者が参照しえた二つの未刊文献の紹介をまじえて引き続き確認することにしよう。

ジャムの批判とジッドの反応、クローデルへの対応

一九〇七年の二月二二日から八月までの記述を収める『日記』自筆原稿（カイエ23）のなかには、ひとつの人名リストが見いだされる。日記としては使われずに終わった末尾部分のうち三ページを上下逆転して作られたこのリストには、黒インクで書かれた箇所に、ヴァレリー、フィリップ、アンリ・ド・レニエ、レオン・ブルム、ウージェーヌ・モンフォール、ポール・デジャルダン、オディロン・ルドン、レーモン・ボヌールをはじめとするジッドと親交のあった作家、文学者、画家、作曲家等の名前が二九、続いて鉛筆で書かれた箇所に、これらとの重複をいくつか含んで、知名度の劣る一一の名前（たとえば、マドレーヌの友人であるマチルド・ロベルティ、リタ・ゲイ等）が並んでいる。説明的な記述はないが、いくつかの指標と呼ぶべきものによって、インク書きの箇所が、『放蕩息子』の抜刷が三〇部に定められていた時点での初版献呈予定者一覧に相当するものであることは疑えない[63]。作家がその読者として重視していた同時代人の顔ぶれを伝えるという意味で興味ぶかいこのリストにはたしかに、あって然るべき名前がいくつか欠けてはいるが（たとえばジャン・シュランベルジェ）、なによりもその重要性は明らかに意図的なもうひとつの欠落、つまり作品執筆の動機として作家の念頭を離れることのなかったクローデルとジャムの名前の欠落に求められるべきであろう。なぜならば、かなり早い時点でジッドが特に二人には作品の完成を報告していた（「フォンテーヌに献ずるのでないならば、あなたに献じたであろう『放蕩息子』」云々。三月一四日付クローデル宛書簡[64]）だけではなく、彼ら

のほうでも、改宗の新たな可能性を探らんと、出版を心待ちにしている旨を作者に知らせ、作品の送付を要請していたからである。リスト作成の正確な日付については未詳ながら、少なくともジッドの矛盾するこの態度には、作品そのものに置く自負とは裏腹に、二人のカトリック作家の反応に対して抱く消し難い不安と怖れを見ないわけにはゆくまい。

しかしながら『放蕩息子』が呼びおこす最初の反応は、一九〇七年六月下旬に抜刷が各方面に発送される前に、皮肉にもオルテーズから届く。『詩と散文』誌上で作品を読んだジャムは、三カ月前に「お互いの宗教上あるいは哲学上の信念(65)」については触れないようにしようと自ら提案していたにもかかわらず、とりわけ寓話の結末に憤慨し(66)、容赦ない批判を作者に送るのをためらわない。美学的評価は別にして、ジッドが相変わらず「ニーチェ信奉」にとりつかれていると厳しく断罪するのである。

ジッドはこれを無視し、返答しなかったと従来考えられてきた。しかし前述のリストを含むカイエ23は、ここでもまた貴重な資料を提供する。ジッドは詩人に宛てた二通の手紙の写しを取っていたのである。正確に言えば、内一通は発信されず、もう一通によって代えられたものである。彼はその理由も記しており、初めに書いた手紙を送る前にジャムの手紙を読み返し、それが「最初思われたよりもはるかに美しく、また優しさにも欠けていない」と考えるに至り、別の手紙を書いたという。七月二日の日付をもつ第一の手紙は、思想家としての自分と感覚的な詩人との資質の違いを「果実」と「花」のそれに譬えることで始まり、後段では、したがって自分の作品（『放蕩息子』）においてジャムが「余計な屁理屈」と見なすものは「血と涙に充たされ」ているのであり、自分にあっては「脳が心臓のように脈打ちうる」ことを認めてもらいたい、と短く終わる。これに対し、日付を欠く第二の手紙は、量的に膨らみ、修辞もはるかに豊かになっている。まず、その不興にもかかわらず詩人こそが、『放蕩息子』を愛するであろう誰よりも作品を理解していると強調する。続く主要部分は、相手の主張の具体的内容に触れつつ、第一信で訴えられていた要請から、詩人の深い洞察の顕揚へと大きく比重を移す――「君は僕の作品を読んで、脳が心臓のように脈打つことを十分に感じてくれている。そして君が見事にもキリストの冠の荊棘になぞらえる僕のこの強情で痛みをともなう思想」云々。そして最後は、ジャムの手紙の末尾に応える美しい修辞で結ばれるのである[67]。

二通とも『放蕩息子』における「精神の沈黙と躍動の対話」の真正性を主張する点では変わりないが、しかしこの明白な調子の変化をどう解すればよいのだろう。作家自身が注意書で示唆する心理的要因はどのように介入したのだろう。私見ではこの二通は、第一の手紙と同じ日付をもち、作品の言わば「序文」として書かれたベック宛の手紙（すでに一部引用）との関連において読まれねばならない。ジッドは自分とジャムの資質の違いを語るのに、これまでも「果実」と「花」の比喩を用いていた。第一信についても同様であった。しかし興味ぶかいことにベック宛書簡には、「私にとっては、芸術作品を果実に譬えるよりも〔傷や断裂を塞ぐためにできた〕樹液の瘤（gale）に譬えるほうが相応しいのではないか[68]」と、果実の比喩への躊躇が述べられているのである。それに呼応するように、第二信では、著しい修辞の増加にもかかわらず同比喩は姿を消している。このことから、ジッドが詩人への反駁にとりかかったのは、作品の成立事情をまったくあずかり知らぬベルギーの友人に長い説明的「序文」を書く以前であると見なして差し支えあるまい。いっぽう、第一信を「送る前に」ジャムの手紙を読み返し、これを捨てたと明記する注意書を思い起こすならば、第二信が書かれたのは七月二日中、あるいは日を移して、のいずれにせよ、ベック宛書簡の後と考えてもさほど無謀なことではなかろう。以上から計三通の手紙について、執筆の時間的順序をジャム宛第一信、ベック宛、ジャム宛第二信と推定しうる。ではここからどのような結論を導き出すべきか。深読みの危険は避けるべきだが、我々が立ち会うのは、多少とも怒りを隠せなかった人間（ジャム宛第一信）が、自分自身についても、また自分を取り巻く状況についても明晰な視点を要求するエクリチュール（ベック宛）を通して、作家的意識、あるいはその差異において他者を理解するという芸術家に求められる姿勢、つまり「真の善良さ」とジッドが呼ぶものを取り戻す（ジャム宛第二信）心理的メカニズムの場なのではあるまいか。
とはいえ彼はこの一件から、クローデルが示すであろう反応をもはやはっきりと予想し、翌年にようやく覚悟を決めるまで、相手の二度にわたる催促にもかかわらず、作品を送るのをためらい続けるのである（クローデルの反応等については後述）。今まで見てきた諸点を考慮するならば、ジッドが二人の論敵との関係をはじめとする様々な困難を『放蕩息子』以前に解消していた、あるいは同作執筆によって一挙に追い払ったとは到底思われない。彼にとっての問題はむしろ、現時点では解決しえない苦悩をいかに表現するかであったと考えるほうが自然であろう。したがって作品自体にその形式上の反映を求めるのも故なしとしない。このような問題意識にもとづき、必要に応じて作者の伝記的事実を喚起しつつ、以下、作品の読解を試みる[69]。

2　作品読解の試み

「序言」の機能と「二重の霊感」

『放蕩息子』は、作品全体を理解するための重要な鍵となる、「序言 préambule」とでも呼ぶべきもので始まる。これを、以下の議論での便宜を考えて、日本語仮訳を添えフランス語原文で引用する――

J'ai peint ici, pour ma secrète joie, comme on faisait dans les anciens triptyques, la parabole que Notre Seigneur Jésus-Christ nous conta. Laissant éparse et confondue la double inspiration qui m'anime, je ne cherche à prouver la victoire sur moi d'aucun dieu — ni la mienne. Peut-être cependant, si le lecteur exige de moi quelque piété, ne la chercherait-il pas en vain dans ma peinture, où, comme un donateur dans le coin du tableau, je me suis mis à genoux, faisant pendant au fils prodigue, à la fois comme lui souriant et le visage trempé de larmes. [777]

私はここに、密かな悦びをもって、古《いにしえ》の三幅対の祭壇画に見られるように、我らが主イエス・キリストの語った寓話を描いた。私を突き動かす二重の霊感を散りばめ混ぜ合わせて、私に対するどんな神の勝利も、さりとて私の方の勝利も証明しようとは思わない。とはいえ、読者が幾分なりとも敬虔な心を私に求めるならば、この絵のうちにそれを探すことはあながち無駄ではあるまい。祭壇画の隅に描かれた寄進者のように、私は放蕩息子と向かい合い、彼と同じように微笑みを浮かべると同時に顔を涙に濡らして跪いているのだ。

まず、文中の「私を突き動かす二重の霊感」という表現に注目したい。この言葉は、作品解釈の核としてしばしば論議の対象となってきたが、作者ジッドの思想的な特性を考慮に入れて、その内面における対照的な二つの要素、キリスト教的なものと異教的なものを指すとする意見が支配的である。たしかにこれが誤りでないことは、自筆完成原稿が第二文の冒頭で示す次のヴァリアントによって裏付けられよう（[　]は削除、〈　〉は加筆[70]）——

[En ce temps]〈Comme au temps〉où le Christianisme au paganisme [na] renaissant se mêlait [on voyait à la fois Vénus et la Vierge sourire] [;] je laisse, ici [de même], éparse et confondue la double inspiration qui m'anime (…)

キリスト教が[生ま]再生した異教と混ざり合っていた[この時、ヴィーナスと聖母は共に微笑んでいた。それと同じように]〈時のように〉、私は私を突き動かす二重の霊感を散りばめ混ぜ合わせて〔…〕

それにしても依然として疑問は残る。すなわち、このヴァリアント、とりわけそこに含まれる«le Christianisme»という語によってジッドは厳密には何を言わんとしたのか。そして初版以降、すべての印刷テクストがこれを採らなかったのはなぜなのか。エレイン・D・カンカロンは、グレマス的概念操作を用いて、一節が捨てられた理由を以下のように推測している——。ジッドは当初、『放蕩息子』における「法／自由という主要な対立のひとつの例証として、キリスト教と異教（または聖母とヴィーナス）の対比」を考案した。しかしこの二項対立では、物語のなかに同時に認められる「カトリシズムとプロテスタンティズムというもうひとつ別の対比」までは覆いきれない。この不備を解消するためには、ローマの異教の対立項として、初期キリスト教が同時に衝突していたユダヤ教を図式に加えるべきだが、作家はそういう歴史的かつ包括的な「あり得べき構造を予測しながらも」、ほかに有効な手段が見つからず、やむをえず問題の一節を削ったのだ。カンカロンはそう結論を下すのである。[71]

この解釈は宗教史の面から見ればたしかに興味ぶかいが、ジッド的文脈においては首肯しがたい。ユダヤ教に対するジッドの考え方はさておき、彼が以後もたびたびキリスト教／異教という大きな二分法を用いて宗教的問題を語ったということをまず喚起せねばなるまい[72]。また削除された一節自体も、「混ざり合う（se mêlait）」「共に微笑む（à la fois ... sourire）」といった表現によって、問題が本来、カンカロンの言うような二つの要素の「対立」などではなく、むしろそれらの「調和のとれた共存」にあることを示している[73]。ここにその一端が窺われるジッド独特の異教《パガノ》＝キリスト教的《クレティアン》姿勢を把握するのにおそらく最も有益な手掛かりは、一九〇六年四月二九日、すなわち先述のごとく改宗を迫るジャムへの決然たる態度表明をする数日前に彼がベックに宛てた手紙であろう——

〔他者の〕切迫した苦悩の状態に応える感情を持ち合わせない者は、「カトリック作家」を作り出せはしても、キリスト者になることは決してないのです。そして、私の抱える矛盾のうちで最も妥協しえないものは、おそらくそのことに由来するのです。なぜならば、私の断固たる異教徒的態度は〔…〕ラザロに対してキリストが流した涙に濡れているのだから……[74]。

ここでジッドは、相反する二要素の「混ざり合い」という、削除された一節と同一の図式を提出するだけではなく、明らかにクローデルとジャムを相手に進行中の議論を背景にして、この図式の正当化を図っている。自らの「矛盾」は認めながらも、彼は、聖なる怒りに駆られた「カトリック作家」があまりにしばしば失ってしまう憐憫と愛を有するというまさにその一事において、己が誰よりも固くキリストと結ばれていると主張するのである。したがって、「涙に濡れて（trempé de larmes）」という同一の表現が、物語のなかに「読者が求めたとしても無駄ではない敬虔な心」の証《あかし》として『放蕩息子』の序言に使われているのも偶然ではありえない。ここから翻って、削除された一節の意味も明瞭になろう。すなわち、そこで使われている語 « le Christianisme » は、カンカロンが言うような、長い歴史のなかで築き上げられた厳格な教義の体系を指すのではなく（じじつ、後世が付加した解釈をすべて洗い流さんとする意志は「時のように（Comme au temps où）」という言葉に表れている）キリストの直接にして真正の教え、「法」ではなく「愛」による福音を意味しているのである。以上を考え合わせると問題の一節は、少なくともその宗教的内容においては、ベック宛書簡に見られるジッドの姿勢を忠実に反復・確認すると同時に、序言全体の精神ともなんら矛盾するものではないと言わねばなるまい(75)。

では、ジッドが最終的にこれを捨てたのはなぜなのか。この点についてては、なるほど確かな根拠と呼べるものを見いだすのは容易ではない。しかしながら、『放蕩息子』が一貫して示す寓話的特性を考えれば、削除の理由を次のように推測するのはさほど大胆なこととは思われない。つまりジッドは、「二重の霊感」にかんする多少なりとも説明的な記述が作品の意図する多義的な広がりを狭め、その結果、読者が作品の意味を宗教問題・教会批判のみに還元してしまう恐れがあると判断したのではあるまいか。しかも彼の「断固たる異教徒的態度」についていえば、序言の決定稿においても、ジェルメーヌ・ブレがその重要性を指摘した「神（dieu）」の小文字表記によって、すでにある程度示唆されていると考えられなくはないのだから(76)。

「二重の霊感」の提示——「私」の二重化

さて、前提的には以上のように規定しうる「二重の霊感」が、物語のなかではどのように「散りばめ混ぜ合わされて」いるかをテクストに即して見るまえに、ジッドがそれを取り扱うさいの基本的方針といったものについて、同じく聖書の内容に絡めて若干の考察をしておきたい。彼は己の作品がただ美学的見地からのみ判断されることを望み続けたにもかかわらず、[77]「読者が主人公たちの各々の意見表明に〔作者の〕個人的な信条告白を見ようとする」[78]ことをしばしば嘆かざるをえなかった。『放蕩息子』の場合も決して例外ではない。作品の出版後まもなくベックから批判的な感想を受け取った彼は、その返信（七月二日付、二一四—二一五頁に既出）において、同作の成立事情を明かすに先立ち、穏やかながらも次のように反論しているのである——

あなたはこのオペレッタの一人称を文字どおりに取りすぎているのではないでしょうか。私にとって重要なのは、それが芸術作品として完成しているかどうかということなのです。私はそこに、問題の多様な側面をかなり雄弁に、そして抽象的にではなく、問題がはらむ悲壮をすべて取り込んで提示したと思っています。[79]

しかし、あまり簡単に自分とは同一視してほしくない「一人称」という表現で、ジッドはいったい何を言わんとしているのだろうか。あらゆる二者択一の拒否を標榜する彼自身は帰宅、家出のいずれも選ばない、つまり「このオペレッタ」の主人公である放蕩息子に対しても、また物語の最後で旅立ってゆく末弟に対しても、ある一定の距離を置いているとは、たしかによく指摘されるところだ。しかし、こういった一種の異化作用を作者がおこなうのは、はたして登場人物のとる行動のレベル、言いかえれば、語られた内容のレベルにおいてだけなのだろうか。「芸術作品としての完成」を願う彼が心がけたのはそれだけなのか。

この問いに答えるためには、『背徳者』出版の時期に遡ってみる必要があろう。なぜならば、ジッドがベックにしたのと同種の反論をとりわけ頻繁に繰り返しはじめるのがこの時期だからである。読者の理解が作家の意図と食い違うという事態そのものは明らかに、『背徳者』において〈私〉(Je)の用法が著しく変化したことに起因する。すなわちこの作品は、クロード・マルタンが指摘するように、「客観性の切り札は、小説家に他者から〈私〉を借りるのを許すことである」という意味において、その主観的・告白的な性格にもかかわらずジッドの「最初の〈客観的〉小説」と言うべきなのだが[80]、当時の読者は主人公ミシェルに作者のイメージ、忠実ではあるが余りに一面的なイメージを求めるのに終始し、ジッドが彼に対して距離を置き、彼から遠ざかろうとしたことを理解しなかったのだ[81]。ミシェルに貸し与えている(あるいは彼から借りている)〈私〉にかんする誤解を断ち切ろうと、ジッドは初版刊行の半年後に出た普及版に四ページの序文を付け加えた。この序文に含まれ、その精神を要約する二つの文(じじつ、そのひとつはまさに序文の最後という特権的位置に配される)が我々の注意をとりわけ引くのである。『放蕩息子』の序言との比較のため、これも和訳を添えて原文で引用しよう[82]――

(...) que Michel triomphe ou succombe, le « problème » continue d'être, et l'auteur ne propose comme acquis ni le triomphe, ni la défaite.

〔…〕ミシェルが勝ち誇ろうが屈服しようが、「問題」は存在し続けるので、作者としては、勝利にせよ敗北にせよ、確定されたものとして提示する気はない。

Au demeurant, je n'ai cherché de rien prouver, mais de bien peindre et d'éclairer bien ma peinture.

つまるところ、私は何を証明しようと努めたのでもなく、ただ好く描き、私の絵にうまく照明を当てたいと願ったのである。

一九〇一―〇二年のジッドの芸術上の基本理念を述べるこの二文と、『放蕩息子』の序言、特に「私を突き動かす二重の霊感」に続く箇所――「私に対するどんな神の勝利も、さりとて私の方の勝利も証明しようとは思わない」――には、主張の面での明らかな相似が認められるだけではない。文体的律動や文学作品の隠喩としての絵など、表現の細部までが見事に照応しあっているのだ。したがって『放蕩息子』の序言を語る〈私〉にジッド自身を見ることは間違いではない。しかしながら、二作品のそれぞれ冒頭を飾る文章のあいだには、理念・表現両面での共通性と同時に、ひとつの違い、フィクションの枠組の面での無視できぬ差があることを指摘せねばなるまい。なぜならば、はっきりそれと名付けられた『背徳者』の「序文」（Préface）では、現実の作者（あるいは少なくとも「著者の〈私〉」への照合によって成立し、フィクションそのものにはまったく登場しない存在）が虚構の登場人物と距離を置くと宣言していたのに対し[83]、『放蕩息子』の〈私〉の方は、フィクションに組み込まれた「序言」（すでに断ったように、筆者はあくまで便宜上こう呼ぶ[84]）において、「己の勝利も敗北も証明しようとは思わない」という言葉で、なによりも自分自身と距離を置くことを予告しているからである。それでは、この自己異化の対象とは何か。次項で具体的に見るが、対象は明らかに物語のなかに登場するもうひとつの〈私〉、語りの前面に姿を現し、高揚を隠さず放蕩息子の感情を共有する〈私〉なのである。「視点の多様性」を意図された『贋金つかい』の作中作家エドゥアールにすでに幾分か似て、この寓話の話者は作品の二重の狙いに合致した使命を帯びているのだ。つまり、すでに何度か引用したベック宛書簡の表現を借りて言えば、彼は登場人物へのあからさまな自己投入と雄弁な言説によって、ジッドの信条告白を「抽象的にではなく、問題がはらむ悲壮をすべて取り込んで」伝える役目を果たす一方、同時に、この告白の「多様な側面」を保持するというジッドの美学的要請に、やはり語りのレベルで、しかしはるかに目立たない方法で応えているのである。物語全体の対話形式とならんで、この語りの二重性こそが、虚構の枠組のなかで自律的に「精神の沈黙と躍動を対話[85]」させようとしたジッドが採った文学的戦略だと言わねばなるまい。

「放蕩息子」

序言に続く物語本体の構成は五章からなるが、放蕩息子の帰宅、家での四つの対話、末弟の出発という流れをとらえれば、たしかに序言で引き合いに出された「三幅対」を思わせる。まず、「放蕩息子」と題された第一章の前半部は、客観的な描写（〈私〉が姿を現さないという意味で）のうちに、聖書の寓話（ルカ伝、第一五章一六―三二節）をほぼ忠実に繰り返す。しかしそこには同時に、ジッド固有の寓話たらしめるための改変・加筆が認められるのだ。例を二、三挙げよう。まず、最初の一節を眺めると――

Lorsqu'après une longue absence, fatigué de sa fantaisie et comme désépris de lui-même, l'enfant prodigue, du fond de ce dénuement qu'il cherchait, songe au visage de son père, à cette chambre point étroite où sa mère au-dessus de son lit se penchait, à ce jardin abreuvé d'eau courante, mais clos et d'où toujours il désirait s'évader, à l'économe frère aîné qu'il n'a jamais aimé, mais qui détient encore dans l'attente cette part de ses biens que, prodigue, il n'a pu dilapider — l'enfant s'avoue qu'il n'a pas trouvé le bonheur, ni même su prolonger bien longtemps cette ivresse qu'à défaut de bonheur il cherchait. [779]

永いあいだ家を離れていた後、自分の気まぐれな想いに疲れ、己に愛想が尽きたように放蕩息子は、進んで欲した無一物の底から、父の顔を、母が寝床に身をかがめて見守ってくれたあの決して狭いとは言えぬ寝室を、水の流れに潤されてはいるが閉ざされており常に逃げ出したいと思っていたあの庭を、倹約家でついに好きになれなかったが蕩児の自分が浪費できなかった財産の持ち分を今でも保っていてくれるあの兄を思い浮かべると――幸福は見いだせなかった、幸福でなければせめてもと求めたあの陶酔すら永くは続かなかった、と認めざるをえないのだ。

この文章の文体上の意図は明白である。それ自体が六つの関係詞節を含む時況従節ただひとつによって、後に繰り広げられる諸テーマのほとんどすべて――窮迫《デニュマン》＝無一物の探求、失われた幸福、疲労と悔恨、遺産と秩序、等々――が提示される。同時に、この従節の複雑さと、逆に短く終わる主節の性急さが、避けがたい結論と、そこに到達するまでに放浪の決算報告を自らせざるをえない放蕩息子のためらいを見事に表現するのである。[86] また、丘の上での煩悶を経た彼の家への接近も、その点について不明確な聖書には存在しない色彩が加わる。すなわち、ジッドが創り出した他《ほか》多数の主人公の場合と同様に、[87] それは夕刻の帰宅、挫折した征服者の後悔と恥辱を隠し、彼がひそかに敗北の告白をするのを許す薄暮のなかでの帰宅なのである。さらに、時をかせぎ夜陰にまぎれて家に着いた放蕩息子とこれを迎える父との間に交わされる会話も、すでにジャン・ギゲが指摘したように、[88] 寓話の個人的性格と後の進行に適うための微妙な修正を施されているのである。

放蕩息子は帰宅した。聖書の寓話は、兄の狭量に対する父の諫めと、悔い改めた者への慈愛という教訓で終わる。しかし、ジッドのドラマが真に始まるのはまさにそこからなのだ。章の最後に置かれた二つの段落〔780〕は、盛大な祝宴とその後の静かな夜を、それぞれ「賛美歌のように高まる皆の歓び」と「空へ昇るかがり火」に象徴される宗教的な雰囲気のなかに描く。だが、その主要な目的はむしろ、同じ屋根の下にいる二人の対照的な登場人物を前もって紹介し、同時に、物語の中核をなす四つの対話を動機づけることにある。つまり、第一の段落は「愛より秩序を好む」兄のイメージ、「父も母も、放蕩息子を叱ると彼に約束し〔…〕自分も弟に厳しい訓戒を与えるつもりでいる」多大な影響力を持つ兄のイメージを提示する。他方、第二のそれは、まったくジッドの案出による登場人物、

ルイ・ジュウによる挿絵
（NRF・1919年版『放蕩息子の帰宅』）

末弟の存在を告げるのである――

〔…〕しかし、放蕩息子の隣の部屋では、ひとりの少年が、彼の弟が、これから夜の明けるまで一晩中、どうしても眠れずにいることを私は知っている。〔傍点による強調は引用者〕

「放蕩息子」の章を閉じるこの文中での〈私〉の登場はとりわけ重要である。なぜならば、それまでの長い客観的描写を支えてきたものの存在を、読者が初めてはっきりと意識するのは、おそらくこの小さな指標によるからである。言うまでもなく、この〈私〉は、「登場人物」としてではなく、先に触れたように放蕩息子の内面を忠実に映す文体、聖書寓話の計算された改変、繰り広げられるべき諸テーマの簡潔な提示、構成の配慮等、様々なレベルに遍在し、物語の時間的経過からは自由な芸術的意識の形象化として、ここに現れていると考えねばならない。しかも、その登場は、もうひとつの〈私〉の物語へのあからさまな介入の直前に、ひっそりとなされているだけにいっそう際立った対照の効果を生み出すのである。

「父の叱責」

続く「父の叱責」の章は次のような一節で始まっている――

神よ、今日、私はあなたの前に、子供のように、涙に濡れた顔をして跪いています。あなたの差し迫った寓話を思い出して、私がここに書き写すのは、あなたの放蕩息子をよく知っているからです。彼のなかに私を認めるからです。あなたが、深い苦悩の底で彼に叫ばせた次のような言葉をときおり私自身のなかに聞き、また密かにそれを繰り返すからです。

「父の家にいる僕《しもべ》たちがいくたりも、あり余るパンを食べているのに、私は飢えて死にそうだ！」〔781〕

キリスト——ここでは大文字で表記された《Dieu》——に対するこの呼びかけは、読者への呼びかけである序言を時間的に逆転させて、これから聖書の寓話を「書き写」そうとしている話者の姿を提示する。だが、この〈私〉は、放蕩息子に自分を認めると公言し、美学的明晰の具象化たる先の〈私〉とは明らかに異なる姿勢のなかに身を置いている。じっさい、放蕩息子の悲痛な叫びの筆写という彼の行為は、段落を新たにしながら、ただちに登場人物への感情移入の運動をひきおこす——

私は父〔この語、以下しばらく《Père》と大文字表記〕の抱擁を想像する。私の心もあのような愛情の温かさには溶けてしまう。私はそれ以前の苦悩さえも想像する。嗚呼、私は望むものをなんでも想像するのだ。私はそれを信じる。私は丘のはずれで、かつて捨て去った青い屋根を再び目にするとき、胸をときめかせる者でさえあるのだ。

各文頭に繰り返される〈私〉は、もはやいかなる対話者の指示も捨て、一種の独白を形成する。同時に、放蕩息子との同一化の過程は、使用された動詞の変化（「想像する」→「信じる」→「である」）によって保証される。そして放蕩息子とはまだ行動を一にしないものの、話者はいまや「登場人物」として語りはじめるのだ——

ではこの私は、その家の方へ駆け出して行くために、家のなかに入るために、何を待っているのだろう。——皆が待っている。肥った仔牛の用意をしているのがすでに見える……。止めよ！　あまり慌てて祝宴の準備をするな！

続いて彼は、自分自身の態度を決めるために、すでに帰宅した分身に呼びかけ、各対話の進行に立ち会おうとするのである——

放蕩息子よ、私はお前のことを思う。再会の祝宴のあとで、翌日になって父がお前に何と言ったか、まず言ってくれ。嗚呼、兄があなたに耳打ちしても、父よ、彼の言葉を通して、時にはあなたの声を聞かせてくださらんことを！〔ひとつの段落をなす以上の三引用とも 781〕

＊

序言には、あらゆる解釈を洗い流されたキリスト真正の教え、それに直接触れたいという願いが隠されていることはすでに指摘したが、この二つの段落では、冒頭でのキリストへの呼びかけが、話者の感情の寓話内への侵入につれて最終的には、その「声」を聞かせて欲しいという、登場人物「父」への明確な訴えにかたちを変えていることに注意しなければならない。かくして問題は寓話の内部、登場人物間の対話の次元に移されるのである。

問題の展開は寓話の内部に移されたとはいえ、父との対話がその後の兄との対話と一対をなすことは、二章がともに「叱責」と題されていることからも明白であるし、またそれによって〈父の声〉を聞くことの難しさが早くも予告されている。作品が「敷衍を可能にする」[89]寓話的特性によって、単にカトリック教会にとどまらず、「あらゆるシステム」[90]の批判という大きな狙いを持つことは疑えないが、それでもやはり、二つの対話の初めからクローデルとジャムを相手になされた宗教論争の色濃い反映を見ないわけにはゆくまい。家出の理由、自分を捨てた理由を問う父に、放蕩息子は答える——

「家〔この語も以下しばらく« la Maison »と大文字表記〕が私を閉じこめたからです。家、それはあなたではありません、お父さん」

「それを建てたのは私だ。しかもお前のために」

「ああ！ そんなことを言うのはあなたではない、兄さんの方だ。なるほど、あなたは全部の土地を、家を、そして家でないものをつくった。しかし家は、あなた以外の人たちが建てたのです。あなたの名前になっていることは知っていますが、あなたとは別の者たちです」

「父」「家」の大文字表記に加えて、父に対する代名詞「あなた vous」の使用〔冒頭部での父子の再会の場面は、聖書のとおりに親称 tutoiement〕がカトリック的文脈の構成に貢献している。続いて放蕩息子は『地の糧』のテーマであった「〈窮迫＝無一物〉の弁護」[91]を試みるが、「家」の唯一正当性を説き続ける父の強い態度に耐えきれず、最後には泣き崩れてしまう——「お父さん！ お父さん！ 椎の実の野生の味がどうしても私の口のなかに残っているのです。何だってあの味を消すことはできないのです」。それまでの父は、兄という法の施行者の要請のもとに、厳しい旧約的な神のそれであったが、息子のこの悲痛な叫びに、もうひとつの神、愛による創造主としての「声」を聞かせるのである――

「私はどうもお前にきつく言いすぎたようだ。兄さんがそうしろと言ったので。ここではあれが掟を決めるのだ。あれがお前に〈家の外にはお前の救いはない〉と言えと命じたのだ。だが聞くがよい。お前を育てたのはこの私だ。私にはお前の心がよく分かる。お前がなぜ旅に出たかも知っている。私は向こうの果てで待っていたのだ……。私はいたのだ、そこに」

だが、父が漏らすこの真情も、放蕩息子が説明を求めるや、「お前が弱ったと思ったなら帰って来てよかった」〔以上 781〕という曖昧な返答のなかに再び隠されてしまう。「家」のなかでは、父の解釈者としての兄の権限はそれほど強大なのだ。したがって、解放を約束する声＝言葉と制限を目指す法との間の弁証法的対立は解決するどころか、物語の導きの糸として、上記の大文字表記が引き続き使用される兄との対話において、いっそう激しさを増すのである。

「兄の叱責」

曖昧な対話ではあったが、父の言葉に意を強くした放蕩息子は、自分と兄の違いを強調することで先手を打とうとするが、たちまち兄の反撃を食らう。兄にとっては、「秩序」に悖《もと》るものはすべて「高慢」の徴《しるし》である。自説を譲らず、放蕩息子にそれを押し付けたとさえ明言する彼に、放蕩息子は昨晩の父との対話を引き合いに出す――

— Notre Père ne parlait pas si durement.
— Je sais ce que t'a dit le Père. C'est vague. Il ne s'explique plus très clairement ; de sorte qu'on lui fait dire ce qu'on veut. Mais moi je connais bien sa pensée. Auprès des serviteurs j'en reste l'unique interprète et qui veut comprendre le [*parler au*] Père doit m'écouter [*me parler*].
— Je l'entendais [*lui parlait*] très aisément sans toi.
— Cela te semblait ; mais tu comprenais mal. Il n'y a pas plusieurs façons de comprendre le Père ; il n'y a pas plusieurs façons de l'écouter. (...) [784]

「お父さんはそんなきつい言い方はなさいませんでしたよ」

「お父さんがお前に何を言ったかは知っている。漠然としたことだ。もうあまり自分の考えを説明されないのだ。そのため皆に各人の欲することを言わせてしまう。ただこの私はお父さんの考えをよく知っている。召使いたちには私が唯一の通訳＝解釈者なのだ。お父さんを理解したい者は私の言うことを聞かなければならない」

「兄さん抜きでも、僕にはお父さんの話がよく耳に届きましたよ」

「そんな感じがしただけで、よくは理解していなかったのだ。お父さんを理解する方法はいくつもはない。お父さんの言葉を聞く方法なぞいくつもはないのだ。〔…〕」


作品執筆当時の『日記』は、ジッドがリトレ辞典に「彼に語る」(lui parler)という用例を見いだせず、その取捨に苦しんだことを伝えているが[92]、疑いもなくこれがその箇所である（原文引用［　］内に示したのが自筆原稿のヴァリアント）[93]。付言するまでもなく、それは単なる文体上の配慮をこえて、ジッドがここで〈父の声〉という中心命題をめぐって兄弟の対立を際立たせようとしたことを雄弁に証言している。じじつ決定稿でも、「唯一の通訳＝解釈者」に思弁的な動詞「理解する」を繰り返させる、そして同種の語「説明する」「考え」「知る」がこれに連動するという逆の面の強調によって、作家の意図は同様に実現されている。かくして兄は、『エル・ハジ』の偽預言者のように神の代弁者として、あらゆる人間的感情をひとつの鋳型に入れようとするが、そのような従属は、「家が宇宙のすべてとは感じなかった」〔784〕放蕩息子にも、また後に次のように書くジッド自身にも承服できることではない——

> 教会が福音書を専有している。教会だけがキリストの言葉の意味を決定する資格を持っているのである。教会は、それを解釈する権利を自分のそばに引き寄せ、これを僭取《せんしゅ》している。そして直接神の言葉を聞く者を異教徒と断じるのだ。(94)

だが兄の攻撃は厳しく続き、自分を理解させせえない放蕩息子には深い疲れしか残らない。そして「お前の疲労に祝福あれ！　さあ眠るのだ」〔786〕という兄の言葉が、父の名において指示し許しを与える者のそれとして、噛み合わない議論を締めくくるのである。

「母」

ところが、「母」とだけ題された第三の対話は、これまでの険しい雰囲気を一変させる。末弟と同じく、まったくジッドの案出による母が、多少なりとも人物としての肉付けを施された父や兄とは異なり、愛の象徴的存在として描かれていることはしばしば指摘されるところである。なによりも彼女は自然に心情を打ち明けられる話相手として登場するのだ。だからこそ理知的対立はもはや消滅し、放蕩息子は「額を〔母の〕心臓の下において」、「昨日の私の考えはどれもこれも、今日から見るとつまらないものになる」〔786〕と告白できるのである。とはいえ、母の優しい問いに促された告白は辛いものにならざるをえない。帰宅の真の理由が、旅路で出会った困難などではなく、意に反して他者に仕えたためであることが明らかにされるのである。

また放蕩息子は、母の祈りこそが自分の帰宅を誘ったと告白する。たしかに母の愛は、父のそれと同様に、家という狭い境界にとどまるものではない。しかし「もう出ていかないだろうね」[786]と願う彼女の愛は、解放的要因としてよりも、求心的要因として機能する。兄が法の力によって家を外から支えようとするのに対し、彼女は家それ自体の内に、支え、集め、守るに値する意味を見いだしているのだ。だからこそ、己の母性愛に発して彼女はもうひとつの大きな役割を果たす。すなわち、かつての放蕩息子を思わせる末弟の登場を促し、はからずもそれによって、先行する二つの対話に対立する動きの端緒を作るのである。自分の影響力がすでに末子には及ばないと知る彼女は、放蕩息子の経験が新たな反逆児に有益に働いてくれることを願い、放蕩息子にその説得を依頼する。彼ももはや従順にその依頼に応えようとする。

「弟との対話」——「豚飼い」の登場

物語をジッド固有の寓話たらしめている最大の要素が「弟との対話」の章であることは誰の目にも明らかである。この末子は、生の諸相を自ら体験することを望み、たとえ失望に終わろうとも、「せめて自分の仕える先を選ぶ自由」は保持しようとする。彼もまた、既成秩序の甘受を断固拒否し、叫ぶのである——「まだほかに王国が、王のいない土地が発見できるはずだ」[792]。だから彼は、放蕩息子に向かって、家出の有効性は決して失われてはいないと主張し、帰宅の原因となった「弱さ」を責める。弟の情熱を前にして、その出発を思い止まらせようとしていた放蕩息子も、次第に敗北は自分自身に対する懐疑のせいであったと認めざるをえなくなるのである。

ところで、この章の意味を充分に理解するためには、すでに母との対話で言及されていた「豚飼い」という人物について触れておかねばなるまい。聖書寓話には存在しないこの神秘的な人物は、直接舞台上に姿を現すことはないものの、ある意味で「二重の霊感」を体現するものとして、ジッド寓話の象徴的構造のなかで末弟に劣らぬ大きな役割を演じていると思われるからである。彼は二度にわたって登場人物の話題に上る。最初は末弟の行動について心配する母の嘆きのなかであった――

「〔…〕百姓たちではなくて、私たちとはまるで違う、土地の者ではない下賤な人間たちと付き合っていてね。なかにひとり、遠くからやって来て、あの子に色々な話をしてやる者がいるのだよ。〔…〕その男の話を聞くため、毎晩、豚小屋について行くのだよ。そして夕飯のときにならないと帰ってこない。そのくせ食べる気はなく、着物は臭いまみれでね。どんなに叱ってもだめ。束縛すれば反抗するしね。朝は夜明けから、誰も起きないうちに駆けて行って、豚飼いが家畜に草を食べさせに行くのを門までついて行くことがあるのだよ」〔788〕。

次いで、放蕩息子と打ち解けた弟自身の口から――

「寝台から立って、枕もとのテーブルの上を見てよ、そこ、破れた本のそばを」
「口を開けた柘榴《ザクロ》があるね」
「いつかの晩、豚飼いが持ってきてくれたんだ。三日間どこかへ行った後に」〔793〕

「三日間」の不在――。各対話が行われる日付のない夜の連続をはじめ、時間的経過が寓意的抽象に還元される物語において極めて例外的なこの記述の目的は、一般に宗教的象徴と考えられる「柘榴」を伴って、豚飼いのなかに復活したキリストのイメージを重ねることにあると言わねばなるまい。そしてこれに気づくならば、ほかの描写もひとつの聖書的文脈を背後に透かさせるためにあることが了解されよう。つまり流浪の「下賤の者たち」は、キリストに付き従うために故郷を捨てた使徒たちを表しうるし、豚飼いが「語る話」は、福音書に伝えられる諸寓話――放蕩息子の寓話自体も含んで――に対応しうるのである。ジッドの物語はこのように福音書全体という大きな領域に向けて密かに広がっていると考えねばならない。そしてこの潜在的な意味論的拡大が、『地の糧』の前後から主張され、福音書に立脚する「ノマディスム」[95]の形式上の反映であることは言うまでもない。したがって「枕もとの破れた本」も、ハガップ・J・ネルソーヤンが断言するような「弟への関与性を失った聖書」の象徴ではなく、[96]むしろ、母が心配する弟の「本の読み過ぎ、しかも良い本ばかりでない」[788]ことに関連して捉えられるべきであろう。放蕩息子を呼び戻した母性愛にもかかわらず、母は書物の影響について、おそらくそれとは意識せずに、ひとつの検閲基準、兄の支配的秩序に合致するとともに、ある意味ではカトリックの禁書目録《インデックス》への従順を共示する基準を有するのだ。だから「枕もとの本」に与えられた否定的な属性（特に、第三版以前は「かさかさの」「無味乾燥な」「古びた」等の形容詞が使用されている）は、家の規則への服従の勧めに対して投げつけられた皮肉なのである。『贋金つかい』の冒頭で、もうひとりの末子カルーブが窒息的状況を紛らわすために冒険小説に逃げ込むように、[97]牢獄を思わせる「はだかの壁の」[789]部屋で弟がこっそり貪り読む本もたしかにあろうが、書物が与える想像力はそもそも外界への燃えるような彼の好奇心を充分に満たしてくれるものではない。[98]じじつ、放蕩息子が問うたびに切り出される母の不安は、この反逆児の行動半径が家から外部へ段階的に広がっていることに対応する。だからたとえば豚小屋から持ち帰られる「臭い」にしても、単なる田園風の装飾物などではなく、清潔だが無味乾燥な家のなかへの感覚世界の荒々しい侵入を意味しているのだ。すでに指摘した声＝言葉と法の間の弁証法的対立は、このように家の内部での対立から、内部／外部の対立へと次第に移行し、それによって弟の出発が準備されるのである。彼が畑に豚飼いの話を聞きにゆくのは、家のなかでは解釈者の検閲によってもはや聞くことのできぬ「父」のメッセージ（の予兆）を求めるからであり、後半の二章で、豚飼いの登場とともに「父」への言及がほとんど完全に消滅することも、この対立の場の移動と無縁ではありえない。一貫した言及によって依然として二項対立の一方の極であり続ける兄とは対照的に、この人物は、三度だけ、極めて挿話的に（しかも«père»と小文字表記で）想起されるだけで、むしろ繰り返し現れはじめる「両親」、あるいは「祖先」という言葉に吸収されてゆくのである。

ジッド的ノマディスム

ここでさらに論を進めるためにも、ジッドの特異な福音主義の形成において、彼が幼年期から深く傾倒していた異教的世界、主としてギリシャ世界が果たした役割を忘れることはできない。後年しばしば明言されるように、彼にとって神話は、福音書と並ぶ恒久的真実の無尽蔵な源泉であった。その典型的な例証は、一八九九年に出版された『鎖を離れたプロメテウス』に求めることができよう。この「茶番劇《ソチ》」において、彼はギリシャ神話を自分流に解釈し、「聞く耳を持たず、人間の苦痛には無関心な[99]」宇宙と自然の神であるゼウスに対抗して人間を解放する神プロメテウス＝キリストという考えを明確に提示していた。視点を変えれば、ジョージ・ストロースが言うように、ジッドは「ギリシャ神話と同じように聖書を利用し、キリストは神話の主人公とほとんど同じ位置を占めているのである[100]」。ただし、豚飼いという存在を導入するために彼が『放蕩息子』で採る方法ははるかに巧妙である。たしかにこの人物の職業的属性は、聖書のなかで放蕩息子が帰宅する前に就いた仕事との関連で着想されたものであろうし、それによって二人の間には同じ職業を巡っての皮肉な対照、一方はあらゆる束縛から自由であるのに対し、他方はその勧めに従って家を出たものの、最後には従属を強いられたという対照が生まれている。しかしながら、豚飼いをエレウシス神話に登場する生け贄の番人エウブレウスと考えるケネス・I・ペリーの説には同意しかねるとして

[101]も、やはりこの職業的属性の選択には、キリスト教的象徴の最たるもの、すなわちキリストが自分の姿をそこに認め、また『地の糧』においても「ノマディスム」の理想として讃美されていた羊飼い[102]の明らかに意図的な歪曲を見ないわけにはいかない。この歪曲が、畑という空間を一挙に異教化するとは言えないまでも、少なくとも「下賤の者」に対する母の盲目・誤読の一因をなしているのだ。そして「柘榴」のもうひとつの意味がこれに加担する。なぜならば、オスカー・ワイルドの影響の下《もと》に、この果実は、すでに『プロセルピナ』や『地の糧』のなかの「柘榴のロンド」においてすぐれて感覚的・官能な象徴として使われていたからである。

　つづいて、放蕩息子と末弟の関係にはどのような象徴性が込められているかを考えよう。まず放蕩息子には、彼と同様に砂漠のなかで悲痛な叫びをあげた洗礼者ヨハネのイメージが投影されていることを指摘せねばなるまい。このことは、放蕩息子が食べていた「野生の果実やいなごや蜜」〔783〕が、洗礼者の食料にかんする福音書の記述（「いなごや野生の蜜」（マタイ伝、第三章四節、およびマルコ伝、第一章六節）や、ベルリンの美術館でヨハネ像についてジッドが取ったノート（「蜜蜂の巣」と「何か苦いもの」）とほとんど一致していることからも疑えまい。このイメージの重ね合わせは、同じくベルリンで見られた「子供のキリストと少し年上のヨハネが向かい合う[103]」木版画へと我々を導き、もうひとつの重ね合わせ、末弟とキリストのそれを予感させる。じじつこれについても、たとえば旅立ちを告げる末弟の言葉「僕は腰に皮の帯をしめた〔…〕兄さんが道を切りひらいてくれた」〔793〕に窺えよう。なぜならば、キリストも、「腰に皮の帯をした」ヨハネによって到来を予告され、家族と別れ粛然と公的生活に入りえたからである。

　同時に、ジッドが放蕩息子の食料を描くにさいして行った修正にも注意すべきであろう。彼は聖書の記述を再構成して「野生の果実」を加えているのだが、その目的は明瞭である。口のなかに苦い味を残す「椎の実」への言及を動機づけ、それに続いて、物語を結論に導く象徴的な「野生の柘榴」――というのは、放浪の意味が「渇き」にあったことを放蕩息子が悟るのは何よりもこの果実を眼前にしてであるから——の登場を準備するためである。したがって、この「地の糧」を豚飼いが末弟にもたらすのも決して偶然ではありえない。ともにキリストのイメージを背負う二人の特権的な交流によって、人間主義的な救世主の誕生、ピエール・マッソンの見事な表現を借りれば、「神から人への垂直的救済」ではなく「人から、神に幾分か類似してはいるが、それでもやはり〈古き人〉の特性をすべて留める新しい存在への水平的救済[104]」の可能性が暗示されるのである。

*

放蕩息子の家に対する反抗と「窮迫＝無一物」への希求は、大きな遺産を相続しながら、同時に、「神の王国」に至るためには〈汝の財宝をすべて売れ、しかして貧しき者たちに与えよ〉という「キリストの言葉を文字どおりに取る[105]」ことを望んだジッド自身の反抗と希求である。実現は容易ではないが、揺るぎないこの理想を追う彼は、弟をすぐれて新しい存在たらしめるために、兄たちとは違いこれには相続権を与えないという論理的矛盾を犯すことさえためらわない。聖書を素材にしていなかったとしたら、弟をラフカディオ（『法王庁の抜け穴』）やベルナール（『贋金つかい』）など、後の作品の主人公たちのように私生児として描いたのではないかとさえ想像される。じじつ自筆原稿のヴァリアントは、放蕩息子の驚きを挿入することで、彼が静かに弟の決意を認める決定稿以上に、無一物での旅立ちの意味を強調している[106]。かくして特権的な出立の条件がすべて整った今や、二つの態度の際立つ対照のうちに、つまり、かつてジッドがバレスとの間に繰り広げた「デラシネ論争」を喚起する主題論的空間のなかで終幕が描かれるのだ。弟は問いかける——

「窓から何を見ているの？」

「死んだ祖先が眠っているところだ」

「兄さん〔…〕僕と一緒にいこうよ」

「かまわないでくれ、放っておいてくれ。僕は残って母さんを慰めよう。僕がいないほうがお前は大胆になれる。さあ、時間だ。空が白んできた。音を立てずに出かけろ。さあ、僕を抱いてくれ。弟よ。お前は僕の希望をみんな持ってゆくのだ。強くあれ。僕たちのことは忘れてしまえ。僕を忘れろ。二度と帰ってこないように……。そっと降りるんだよ。ランプを持ってやろう……」

「ああ、門のところまで手をひいてよ」

「階段に気をつけろよ……」[793-794]

敗北としての夜の帰宅に、あらゆるものの新生の時、夜明けの出発が対応する。この時間的選択もジッド自身の行動の投影であることは疑えない。たとえば、はるか後年に綴られる同じ年頃に夏を過ごしたラ・ロックの回想が、この場面やそれまでの弟の行動となんと多くの共通項を見せていることか――

〔…〕情熱的な若者〔ジッド自身〕は、得体の知れない不安に駆られて、神秘の鍵を探し求めるために熱い寝床を離れる。それは空が東の地平に白みはじめる時刻である。逃れ去る囚人のように彼は部屋を出て、まだ暗い廊下に沿って手探りで進む。音を立てずに階段を降りる。母を起こしたくないから、軋むことを知っている段は注意ぶかく避けながら。(107)

「序言」への回帰

さてそれでは、弟を見送った後、放蕩息子はどこにいるのか。そしてそれを見ているはずの〈私〉はどこにいるのか。この問いは読者を再度、序言と「父の叱責」冒頭との比較対照に連れもどす。まず、二つの場面において〈私〉が描く自分自身の姿に、微妙だが本質的な差があることに気づかねばならない。いずれの場合も彼は、キリストの前で顔を「涙に濡らして」跪いている。しかし各々の時点で、この涙の意味はまったく異なる。「父の叱責」の冒頭で、これから寓話を書き写そうとする〈私〉が流す涙は、すでに見たように一種の登場人物として、「深い苦悩の底」にいる放蕩息子に感情を同一化させることで流される悲痛な涙である。これに対し序言においては、寓話の筆写を終え、この「密かな悦び」に必須であったはずの抑制と明断のなかで〈私〉が流す涙のほうは「微笑み」と共にあるのだ。そして放蕩息子が物語から抜け出し、その傍らで同じく悦びとともに跪くのも、まさにこの時である。今や両者とも、終わったばかりの自分自身の物語を眼前にし、その道程を振り返っているのである。

ここに居合わせる二つの姿は、人格化されたジッド自身の二つの意識以外の何ものでもありえない。家にとどまりながらも、放蕩息子が弟に託す希望のなかに〈父の声〉の予兆を見いだすのと同様に、序言の〈私〉は自分が願い続けたキリストの言葉が与えられることを今や確信しているのだ。したがって寓話はまず、福音書の真正の教えを探求するオデュッセイアとしてジッド自身によって生きられたのである。同時に、自ら聖画の端に登場する寄進者のように、完成した作品を前にした彼の芸術的意識も、その「密かな」願いが叶えられたからこそ「微笑」んでいるのである。すなわち、「本が本を書く人に、まさに書いている最中に及ぼす影響」[108]を描くこの「中心紋」（mise en abyme）によって、ジッドは、クローデルとジャムに対する返答という時宜的な次元を超えて、寓話を文学的天職の物語に昇華させるのに成功するのだ。エクリチュールに対する意識の開花に立ち会わせるこの物語は、かくして人間感情と文学作品の相互的影響を巧みに視覚化しつつ、ジッドがその苦悩の起源と性質のみならず、芸術家としての意識に形を与えることを可能にしたのである。

＊

『放蕩息子』は、『背徳者』および『狭き門』という二大作品に挟まれ、また「状況に想をえた小品」という作者自身の言葉のせいもあって過小に評価されがちであるが、『狭き門』『イザベル』『法王庁の抜け穴』などに代表される、その後の着実で豊饒な創作活動を思えば、同作の執筆がジッドにもたらした影響の大きさについてはもはや贅言を要すまい。

本章を終えるにあたり、クローデルの感想とジッドの対応にごく簡単に触れておこう。二度の催促にもかかわらず、ジッドが彼に作品を送るのを長らくためらったことはすでに述べたが、クローデルの批判は、ジャムのそれに比べると、はるかに抑制の効いたものと言わねばなるまい。たとえば、寓話の根源に作者の「苦しく抑圧された」幼年期を想像する彼は、放蕩息子に投影された反抗を「ある程度までほとんど合法的」であるとさえ伝えている。それでもやはり、物語の精神に対する本質的な批判が彼の筆に上らぬわけにはいかない――「むろん私はあなたの放蕩息子と感情を共にすることはありません。〔…〕なぜ〈家〉を逃れ、それを呪う必要があるのでしょう[109]」云々。しかしジッドの方は、この手紙を「立派で、すばらしい」と考え、ジャムに宛てて「君を想うのと同じくらいに僕が想っているのは彼〔クローデル〕しかいない[110]」と書くことさえためらわない。ここでもジッドのメンタリティーを形成する主要要素のひとつ、あの両義的な共感が顔を見せるのだ。そしてしばしば指摘されるように、こういった態度の曖昧さこそが、『法王庁の抜け穴』を機会とするほとんど完全な絶縁までの数年間、クローデルとの関係を新たな誤解のうちに存続させる一因だったのである。

註

（1）本章の論述は、筆者が公刊した『放蕩息子の帰宅』フランス語校訂版（André GIDE, *Le Retour de l'Enfant prodigue*. Édition critique établie et présentée par Akio YOSHII, *op. cit.*）の序説前半部に多く依拠している。同校訂版は相当量の未刊資料とそれにかんする実証的考察を含むが、以下では上記資料からの直接的引用は必要最小限にとどめ、情報を提供する各資料の出典を明記してこれに代える。

（2）ジッドの作品の多くが長い懐胎期間をもつことは、彼自身が一八九四年の日記「断章」に記している――「想像力（私における）が着想《イデ》に先立つことは稀である。私を熱狂させるのは着想であって、想像力ではない。しかし着想は想像力がなければ何も生み出さない。〔…〕私にあっては、作品の着想が何年も〈想像力〉を働かす時期に先立っていることがしばしばである」（« Feuillets », *Journal I*, p. 194）。

（3）*Journal I*, p. 430 (novembre 1904).

（4）*Ibid.*, p. 535 (mardi [15 mai 1906]).

（5）デュコテの一九〇七年七月五日付ジッド宛書簡（André GIDE - Édouard DUCOTÉ, *Correspondance (1895-1921)*. Édition établie, présentée et annotée par Pierre LACHASSE, Lyon : Centre d'Études Gidiennes, coll. « Gide / Textes » n° 17, 2002, p. 278）。

（6）ジッドの一九〇六年一二月八日付フォール宛書簡参照。オテル・デ・ベルグ競売カタログ（ジュネーヴ、一九八四年六月九日）。カタログ作製者は発信地をローマとするが、これは明らかにパリの誤記。

（7）『カンダウレス王』（一九〇一）のベルリン公演が実際に行われるのは翌一九〇八年一月である。この間《かん》の事情については次の論文に詳しい――Claude MARTIN, « Gide 1907, ou Galatée s'apprivoise », *Revue d'Histoire littéraire de la France*, mars-avril 1970, 70e année, n° 2, pp. 196-208.

（8）正確には、旅行中にほかのノートが取られなかったとは考えにくい。というのは、当該テクストは、『日記』自筆原稿（カイエ22、ジャック・ドゥーセ文庫、整理番号γ 1578）のなかでは、ほかの手帳から切り取られ、挿入された五枚の紙片からなっているからである。しかし逆にこの事実が、記述された絵画・彫刻の鑑賞体験が『放蕩息子』の生成において持った重要性を、ジッドが後になって（おそらくは同テクスト初出の新フランス評論版『全集』〔一九三二―三九年〕の出版に際して）強調しようとしたことを物語っている。

（9）*Journal I*, p. 559.

（10）*Idem* (1er et 6 février).

（11）『日記』自筆原稿（前出カイエ22）は、二月一二日に対応する箇所（f° 71 v°）に、会うべき人物としてフォールの名を、手紙を書くべき人物としてビーの名を記している。詳述は避けるが、これが同時出版に関連するものであることは、同じ時期に書かれたほかの未刊資料数点から明らかである。

（12）*Journal I*, pp. 563-564.

（13）一九〇七年三月二五日付フォンテーヌ宛書簡および同者の二八日付返信（notre édition critique du *Retour de l'Enfant prodigue*, *op. cit.*, p. 28）を参照。なお、ドイツ語版（クルト・ジンガー訳）にはフォンテーヌへの献辞はない。

（14）Germaine Brée, *André Gide l'insaisissable Protée*, Paris : Les Belles-Lettres, 1953, p. 68.

（15）André Gide - Christian Beck, *Correspondance (1896-1913)* [abrév. désormais : *Corr. G/B*]. Édition établie, présentée et annotée par Pierre Masson, Genève : Droz, 1994, p. 175.

（16）Robert Mallet, *Francis Jammes. Sa vie, son œuvre*, Paris : Mercure de France, 1961, p. 218.

（17）Paul Claudel - André Gide, *Correspondance (1899-1926)* [abrév. désormais : *Corr. Cl/G*]. Préface et notes par Robert Mallet, Paris : Gallimard, 1949 のマレの序文、および « Claudel and Gide revisited », n° spécial de *Claudel Studies*, vol. IV, 1977, n° 1 を参照。

（18）*Corr. G/J*, t. II, p. 208.

（19）*Journal I*, pp. 448-449 (mercredi [17 mai 1905]).

（20）*Ibid.*, p. 478.

（21）*Corr. G/J*, t. II, p. 218.

（22）ふたりの関係を扱った研究の大半が、後に言及するクローデルの一一月七日付書簡［*Corr. Cl/G*, pp. 52-54］を引いて、彼の方から改宗勧告の目的でジッドに接近したとするが、J・ノッカーマンが説得的な論証によって手紙が実は「一二月七日」の誤記であると訂正してからは、その根拠は失われたと言わざるをえない。また、同じく後に引用するジッドの手紙［*ibid.*, pp. 54-59］を現行書簡集が一二月八日とするのも、明らかに同月七日の誤りである（クローデルはこの手紙に対して即日返答したわけである）。Voir J. Nokerman, « Paul Claudel et André Gide. À propos de la Correspondance », *Les Lettres Romanes*, février 1952, pp. 57-62.

（23） *Journal I*, p. 497 (5 décembre 1905).

（24） *Corr. Cl/G*, p. 56.

（25） *Ibid.*, p. 58 (lettre de Gide du 7 décembre, faussement datée du 8 décembre). 前註22参照。

（26） *Ibid.*, pp. 58-59.

（27） Voir *Corr. Cl/G*, pp. 52-54 (lettre de Claudel du 7 décembre, faussement datée du 7 novembre). 前註22参照。

（28） *Corr. G/Gh*, p. 622.

（29） *Corr. Cl/G*, p. 63.

（30） *Journal I*, p. 512 (mardi matin [13 mars 1906]).

（31） *Corr. G/J*, t. II, p. 238.

（32） Daniel MOUTOTE, *Le Journal de Gide et les problèmes du Moi (1889-1925)*, Paris : PUF, 1968, p. 177.

（33） Pierre MASSON, « *Le Retour de l'Enfant prodigue* : problèmes de création et d'interprétation », *BAAG*, n° 41, janvier 1979, p. 41.

（34） *Corr. G/J*, t. II, p. 239.

（35） *Ibid.*, pp. 240-241.

（36） *Ibid.*, p. 244.

（37） Catharine H. SAVAGE, *André Gide. L'Évolution de sa pensée religieuse*, Paris : Nizet, p. 119.

（38） *Journal I*, p. 537 (samedi [19 mai 1906]).

（39） *Ibid.*, p. 538.

（40） この点にかんしてマッソンは見事な解釈を示す――「ノマディスムを通して彼〔ジッド〕が何よりも推し進めねばならぬのは、当初妻を同行させることで認めさせようとしたが、以後は独りでするか、あるいは全くしないかのいずれかに甘んじるほかない生活様式を正当化し、合法化してくれるような新たな戦略なのだ。しかし、彼のなさんとすることは最初の旅行の頃よりもはるかに困難なのである。なぜならば、家庭の後見（これは彼の拒絶するところである）に単純にとびつくのではなく、最初の頃の旅行がもっていた解放的な面とマドレーヌから取り付けるべき同意とを両立させなければならないからである」(art. cité, p. 38)。

（41） *Corr. G/B*, p. 146.

(42) *Corr. G/J*, t. II, p. 238.

(43) ジャン・ド・グールモンが『アミンタス』を論じそうだと察したジッドは彼には献本しなかったが（voir *ibid.*, p. 240）、それにもかかわらず彼の書評は『メルキュール・ド・フランス』八月一五日号に掲載される。いっぽうルイ・ルアールは『ロクシダン』誌から書評の依頼を受けた旨を直接ジッドに伝えたが（五月一八日付ジッド宛未刊書簡、ジャック・ドゥーセ文庫、整理番号γ768.18）、『アミンタス』ばかりか「己の全著作の意味を恐ろしく歪められる」（*Journal I*, pp. 537-538）ことを恐れたジッドは、手厳しい内容の返書を送り（五月二二日付未刊書簡、ジャック・ドゥーセ文庫、整理番号γ768.19）、ルアールの計画を断念させている。

(44) MOUTOTE, *op. cit.*, p. 183.

(45) *Journal I*, p. 537.

(46) *Corr. G/J*, t. II, p. 245.

(47) *Journal I*, p. 537.

(48) Ben STOLTZFUS, *Gide's Eagles*, Carbondale and Edwardsville : Southern Illinois University Press, 1969, p. 94.

(49) MASSON, art. cité, p. 40.

(50) Voir DELAY, *La Jeunesse d'André Gide*, *op. cit.*, t. II, pp. 333-335.

(51) MOUTOTE, *op. cit.*, p. 184.

(52) 一九〇六年六月五日のルアール宛書簡〔ジッドは七月五日と誤記〕（André GIDE - Eugène ROUART, *Correspondance (1893-1936)*, *op. cit.*, t. II, pp. 231-232）。

(53) 一九〇六年六月一七日付リュイテルス宛書簡（*Corr. G/Ruy*, t. I, p. 248）。

(54) *André Gide*, catalogue de l'exposition, Paris : Bibliothèque Nationale, 1970, p. 106, item n° 356.

(55) *Corr.* G/Gh, p. 648.

(56) *Corr. G/J*, t. II, pp. 246-247.

(57) *Corr.* G/Gh, p. 651.

(58) *Corr. G/J*, t. II, p. 256.

(59) *Journal I*, p. 541 (23 novembre 1906).

(60) 一二月八日付フォール宛書簡、前出。

(61) 一九〇六年一二月二〇日付リュイテルス宛書簡（*Corr. G/Ruy*, t. I, pp. 266-267）。なおジッドは、ジャムがリュイテルスに宛てた「これらの手紙」二通の写しを取っている（ジャック・ドゥーセ文庫、整理番号γ148.150、未刊）。

(62) Pierre de BOISDEFFRE, *Vie d'André Gide*, Paris : Hachette, t. I [seul paru], 1970, p. 475.

(63) ジャック・ドゥーセ文庫、整理番号γ1579 (f° 51 v°, f° 52 r°v°)。「いくつかの指標」とはカイエ23の時期にほかに見るべき出版物がないこと、インク書きの箇所に、ベルギー人作家ルイ・デュモン＝ウィルデンの名と、彼への抜刷転送を前もって依頼していたリュイテルスの名が併記されていること（一九〇七年六月一日付リュイテルス宛書簡［*Corr. G/Ruy*, t. II, p. 21］を参照）、鉛筆書きの箇所で、二つの名に「雑誌」（つまり抜刷ではなく、『詩と散文』誌）と指示するとともに、二種類の記号を用いて、三〇名（献呈用二九部と、おそらくジッド本人またはマドレーヌのための一部）に絞ろうとする形跡が明らかであること、また礼状・署名入り献本の存在によって、実際に献呈を受けたと筆者が確認しえた約二〇名が、ジョルジュ・エカウトを除いて、すべてインク書きの箇所に見られること、などである。

(64) *Corr. Cl/G*, p. 72.

(65) *Corr. G/J*, t. II, p. 259.

(66) ジャムにかぎらず、作品を批判する同時代人の大半（たとえばフィリップ、ジャン＝マルク・ベルナール、アンリ・クルアール）が、放蕩息子が家出する弟を見送る結末を攻撃の材料にしている。

(67) 筆者が前掲校訂版において初めて活字化したこの二通（オリジナルはジャック・ドゥーセ文庫、整理番号γ1579 [f° 41 v°, f° 46 v°, f° 47 v°r°]）はその後、*Journal I* (pp. 575-576)、次いで *Corr. G/J* (t. II, pp. 265-266) にも収録された。ただし前者には転写ミスが数カ所あり、また後者は一通目の修正ヴァリアントをすべて省略している。

(68) *Corr. G/B*, p. 174.

(69) 以下、『放蕩息子』からの引用はプレイアッド新版（*RR I*, pp. 775-794）に依り、本文では当該箇所のページ数のみを［　］内に示す。また自筆原稿ならびに他版とのヴァリアントの考証を必要とする場合には、その旨を逐次指摘する。

(70) この一節はすでにエレイン・D・カンカロンによって紹介されているが（voir Elaine D. CANCALON, « Structures parallèles et médiation dans *Le Retour de l'Enfant prodigue* », *Les Lettres Romanes*, t. XXXVI, 1982, p. 356）、不正確な引用であるため、ここでは原資料（ジャック・ドゥーセ文庫、整理番号γ1166.2, f° 2）によって補う。

(71) CANCALON, *ibid.*, pp. 355-357.

(72) たとえば一九一六年一月一九日付アンリ・ゲオン宛書簡の次の記述――「明日の宗教戦争を宣すべきは〔…〕プロテスタントとカトリックの間ではない。それは信仰者と無神論者の戦いですらない。異教徒とキリスト教徒の戦いなのです」（*Corr. G/Gh*, p. 899）。

(73) 付言すれば、この « Christianisme » と « paganisme » の「共存」は、上述のヴァリアントにおいてやや変則的な語順の使用により両語を視覚的に近接させていることにも窺えよう。

(74) *Corr. G/B*, p. 146.

(75) そして「キリストに背くキリスト教」（*Journal I*, p. 790）というこの信念は、一九一二年の『日記』の「カトリシズムは承認しがたい。プロテスタンティズムは耐えがたい。しかも私は自分を心底からキリスト教徒であると感じる」（*Journal I*, p. 713）という有名な言葉に要約され、以後、ジッドの生涯をつうじ一貫して揺らぐことがない。

(76) ただしブレは、この小文字表記にむしろ批判対象の拡大ないし非限定を読み取ろうとする（voir BRÉE, *op. cit.*, p. 191）。「断固たる異教徒的態度」についてさらに付言すれば、ジッドは聖書寓話の記述をほとんどすべて採り入れながら、放蕩息子が「身持ちの悪い女たち（娼婦たち）と一緒になって」財産を使い果たしたという記述だけは削った点も注目に値する。あまりにも大胆な書き換えとなるので避けはしたが、同性愛者の彼としては「褐色の少年たちと一緒になって」とでもしたかったところではないか。少なくともこの削除が意図的なものであったことは疑えまい。

(77) 「美学的見地が、私の作品を正しく語るために身をおくべき唯一のものである」（*Journal I*, p. 1064）。

(78) *Journal II*, p. 201 (30 mai 1930).

(79) *Corr. G/B*, p. 174.

(80) *Journal I*, p. 1217 (29 mai 1923).

(81) Voir Claude MARTIN, *La Maturité d'André Gide*, *op. cit.*, pp. 531-532.

(82) *RR I*, p. 592.

(83) この点で筆者は、「『背徳者』序文の〈私〉は小説のどの登場人物ともまったく同等に虚構の存在」（George W. IRELAND, « Le jeu des "Je" dans deux textes gidiens », *André Gide 6*, Paris : Lettres Modernes Minard, 1979, p. 70）と考えるジョージ・W・アイアランドとは見解を異にする。また、彼はさらに言う――この作品において「〈序文〉は余計なものであるがゆえに、不手際な手段である。〔じじつ〕ジッドは、『狭き門』でどうすれば序文を使わないで済むかを見事に示している」（*ibid.*, p. 76）と。だがこのカナダ人研究者は、ジッドが一九一一年に「『狭き門』の序文草案」を書き、しかもその「結論」として『背徳者』序文の最終文を繰り返したことを忘れている（voir GIDE, *Œuvres complètes* [abrév. désormais : *ŒC*]. Édition augmentée de textes inédits, établie par Louis MARTIN-CHAUFFIER, 15 vol., Paris : Éd. de la NRF, 1932-1939, t. VI, p. 360）。

（84）ここで筆者は、マルティーヌ・マイサニ＝レオナールが提案した「序文」（Préface）と「序言」（préambule）の区分に従っている（voir Martine MAISANI-LÉONARD, *André Gide ou l'ironie de l'écriture*, Montréal : Les Presses de l'Université de Montréal, 1976, p. 33）。付言すれば、『放蕩息子』の自筆完成原稿、初版のいずれにおいても、「序言」と後続部分の間にはページ変えが行われていないし、また同「序言」の斜字体印刷についても、プレイアッド版等、他作品の印刷形態に影響されざるをえない選集版においてのみであって、単行各版ではすべて後続部分と同一の活字で刷られている。

（85）*Journal I*, p. 559 (6 février 1907).

（86）この文の綿密な分析はすでに次の論文でされている――Breda CIGOJ-LEBEN, « Le style d'André Gide dans *Le Retour de l'Enfant prodigue* », *Linguistica*, vol. XCIII, pp. 201-203.

（87）Voir Pierre MASSON, *André Gide. Voyage et écriture*, Lyon : Presses Universitaires de Lyon, 1983, pp. 269-272.

（88）Voir Jean GUIGUET, « *Le Retour de l'Enfant prodigue* : la quête gidienne », *The French Review*, vol. XXIII, 1950, p. 370.

（89）*Ibid.*, p. 366.

（90）BRÉE, *op. cit.*, p. 191.

（91）« Préface de la nouvelle édition » des *Nourritures terrestres* (Paris : Chez Claude Aveline, 1927, p. XV), reproduite dans l'édition commentée par Claude MARTIN, *Les Nourritures terrestres - Les Nouvelles Nourritures*, Paris : Bordas, 1971, p. 66.

（92）*Journal I*, p. 564 (16 mars 1907).

（93）ジャック・ドゥーセ文庫、整理番号γ1166.2. またタイプ原稿（現存が確認されている唯一のもの。フランソワ・シャポン氏個人蔵）では、ジッドの自筆で数度にわたって当該表現の取捨が繰り返されている。

（94）« Feuillets », *Journal I*, p. 1097.

（95）Voir « Morale chrétienne », *Journal I*, pp. 259-261.

（96）Hagap J. NERSSOYAN, *André Gide. The Theism of an Atheist*, Syracuse, N.Y. : Syracuse University Press, 1969, p. 61.

(97) ちなみにカンカロンは、『放蕩息子』では「弟」(puîné) という語が「おそらく物語の文体に古風な調子を与えるために使われている」(art. cité, p. 343, n. 2) と見なすが、これはむしろ、カルーブの例と同様に、「兄」(aîné) との反響によってジッド好みのテーマ〈若い世代の連続的生起〉を強調するためのものというべきであろう。

(98) 『地の糧』のなかで詩人がナタナエルに、書物的知識に対する感覚の絶対的優位を説いていることを喚起する必要があるだろうか——「浜の砂は心地よいと読むだけでは私は満足しない。私は素足でそれを感じたいのだ……。まず感覚を通して得た知識でなければどんな知識も私には無用のものなのだ」(*RR I*, p. 361)。

(99) « Dieu Fils de l'Homme » (janvier 1942), publié dans *Attendu que...* (Alger : Charlot, 1943, p. 233) et *Interviews imaginaires* (Yverdon et Lausanne : Éd. du Haut-Pays, 1943, p. 122), puis dans *Feuillets d'automne* (Paris : Mercure de France, 1949, p. 258, sous le simple titre « Deux interviews imaginaires »).

(100) George STRAUSS, *La part du diable dans l'œuvre d'André Gide*, Paris : Lettres Modernes Minarad, 1985, p. 54.

(101) Voir Kenneth I. PERRY, *The Religious Symbolism of André Gide*, The Hague / Paris : Mouton, 1969, pp. 110-111. ペリーの解釈は、異教＝キリスト教的な永遠の生のイメージを見ようとする点でたしかに刺激的ではある。だがこの解釈を認めるのがためらわれるのは、エウブレウスというマイナーな存在が『放蕩息子』執筆時のジッドの念頭にあったとは信じがたいからである。じっさい、エレウシス神話から彼が翻案した二作品『プロセルピナ』『ペルセポネ』や、その際の主要参照テクストであるホメロスの『デメテルへの頌歌』(voir l'édition critique de *Proserpine / Perséphone*, établie et présentée par Patrick POLLARD, Lyon : Centre d'Études Gidiennes, coll. « Gide / Textes » n° 1, 1977, p. 12, n. 25) にエウブレウスの記述が見当たらないだけでなく、筆者の知るかぎり、ジッドがこの人物に言及しているテクストは日記・書簡類を含めて皆無である。

(102) 「どの住居にも私は長くはいなかった。再び閉ざされる扉や陥穽が恐ろしい。精神の上にまで再び閉じる扉。放浪《ノマード》の生活は羊飼いの生活だ」(*RR I*, p. 417)。

(103) *Journal I*, p. 558.

(104) MASSON, art. cité, p. 44. Voir aussi *Journal I*, pp. 151-152 (11 janvier 1892).

(105) André GIDE, *Divers*, Paris : Gallimard, 1931, p. 99.

(106) 自筆原稿のヴァリアントは次のとおり (ジャック・ドゥーセ文庫、整理番号γ 1166.2) ——

放蕩息子「〔…〕何を持って行くのだい？」
弟　「〔…〕何も持たずに出かけるよ」
放蕩息子「何も持たずに出かけるだって！……　多分それこそが秘訣だったんだな」

(107) « Printemps » (décembre 1938), repris dans *Feuillets d'automne, op. cit.*, pp. 11-12, et *SV*, pp. 886-887.
(108) *Journal I*, pp. 170-171.
(109) *Corr. Cl/G*, pp. 83-84.
(110) *Corr. G/J*, t. II, p. 279.

第4章　「新劇場」か、それとも「小劇場」か
――『カンダウレス王』ベルリン公演をめぐって――

ジッドがドイツと結んだ関係はほかのどの外国とのそれよりも深く密接であった。ゲーテやニーチェをはじめとする作家・思想家の読書をつうじて青年期に培われたこの国への親近感は、その後、多くのドイツ人作家（広くとらえればドイツ語圏作家）との現実の交流によって補強され、終生揺らぐことがなかったといってよい。このように良好な関係が維持されたのには、ドイツという国が諸外国に先がけ最も早くジッド作品を評価し、受け容れたことも大きく貢献している[1]。一九〇四年にルードルフ・カスナーによる『ピロクテテス』のドイツ語訳が出たのを皮切りに、一九〇五年には『パリュード』『カンダウレス王』『背徳者』、一九〇七年には『ナルシス論』『愛の試み』『エル・ハジ』『放蕩息子の帰宅』、一九〇八年には『バテシバ』、一九〇九年には『鎖を離れたプロメテウス』『サウル』『狭き門』というように、『地の糧』などいくつかの例外を除けば、それまでの主だった著作のほとんどが数年のうちに立て続けに翻訳・紹介されていたのである。本章は、そういった同時代的なコンテクストを踏まえたうえで、戯曲『カンダウレス王』がベルリンで上演されるまでの過程を考察の対象とするものだが、以下の論述を容易にするため、まずはごく簡略ながら作品の内容に触れておこう。

『カンダウレス王』（全三幕）は、一八九九年の九月から一一月にかけて『レルミタージュ』誌に三回に分けて掲載

されたのち、一九〇一年三月に序文を付して白色評論社から単行出版された。作品の題材は、いくつかの改変はあるものの、おおむね歴史や伝説が伝える物語、とりわけヘロドトスの記述（『クリオ』第八章以下）から採られている。ジッド自身が初版序文のなかで作品の発想源としてこの記述を引用しているので、我々も梗概をかねて再録しよう――

カンダウレス王はその妻を溺愛し、彼女を女のなかで最も美しい女と考えていた。熱愛のあまり、彼が大いに寵愛し、最も重大な事柄も打ち明けていた衛兵のひとりジジェスに、たえず妻の美を誇張して聞かせるのであった。

しばらくして、カンダウレスは（彼は不幸を避けることはできなかったのだ）ジジェスにこんなことを言った。「どうもおまえは妃の美しさにかんして、私の言うことを信ぜぬらしい。百聞は一見に如かずだ。どうかして妃の裸体を見てみるがいい」。「なにをおっしゃるのです、王様」とジジェスは叫んだ。「お言葉の意味を王様はお考えあそばしましたか？　下僕にお妃を見よとお命じなさるのですか？　女は着物を脱ぐとともに、羞恥心を失うということをお忘れですか？　昔から正しい道を教える格言が伝わっています、私たちはそれを掟として守らなければなりません。なかでも最も大切なひとつは、人はおのおの自分の持ちものにしか目をくれてはならぬということです。私は王様が女のなかで一番美しい女をお持ちになっていることを固く信じております。お願いですから、私に曲がったことをお求めくださいますな」

こう言ってジジェスは己自身に及ぼすその結果を恐れて、国王の申し出を拒んだのだった。「安心せい、ジジェス」とカンダウレスは言った。「おまえの王を恐れることはない（この言葉はおまえを試みるための罠ではない）、おまえの妃を恐れることもない。決しておまえを害するようなことはないから。おまえが妃を見たことさえ妃には気づかれぬように計らってやろう」

ジジェスには逃れる術はなかった。彼かカンダウレスか、そのいずれかが身を滅ぼさねばなかったのである。[2]

むろんジッドの翻案においても身を滅ぼすのはカンダウレスのほうだ。彼は富を独占することは国王の徳にはあらずと信じこんでいる。王妃ニシア（ちなみにジッドはこの登場人物名については、同じ題材をあつかったテオフィル・ゴーティエの中篇から採っている）の美貌もその例外ではない。貧しいが欲のない漁師ジジェスに強要し、姿を消すことのできる指輪を用いさせて、ついには彼女を「共有」させてしまう。だが真相を知った王妃は、犯した罪の重大さに動転したジジェスに命じ夫を殺害させる。そしてただちに彼を新たな夫、新たな国王として迎えるのである……。この作品は早くも初版出来《しゅったい》の二カ月後にはリュニエ゠ポーの制作座によって初演されたが（舞台はパリのヌーヴォー・テアートル）、フランソワ・ヴィエレ゠グリファン、ロマン・コーリュス、アンリ・ゲオンらが好意的な反応を示したほかは、世評は概して否定的で、劇の「無味乾燥さ、テンポの早さ、拡がりのなさ」を責めるものが多かった。ジッドは第二版（一九〇四）に追加の序文として、この初演のさいに発表された様々な劇評を「註釈を付けずに」抜粋羅列している。[3]

パリ初演の失敗はジッドに長期間にわたって「公衆」への警戒心を抱かせることになるが（じじつ彼は、評価が賛否両論に割れた一九二二年のヴィユー・コロンビエ座での『サウル』上演（ジャック・コポー演出）を別にすれば、一九三一年刊（雑誌初出は前年一〇月）の『オイディプス』まで演劇からは遠ざかっている）、いっぽうベルリンでの初演は、一時的にではあったが彼がこの警戒心を解き、それまで頑なに拒んでいた「宣伝」の努力をした点で極めて対照的な様相を呈している。『カンダウレス王』のドイツ語版はフランツ・ブライの翻訳で一九〇五年にインゼル社から出版されたが、[4]実際の初演は一九〇八年一月まで待たなくてはならない。舞台となったのは、ヴィクトル・バルノウスキーの指揮する「小劇場 Kleines Theater」であった。そのときの状況や、前年からの準備については、すでにクロード・マルタンが詳細に論じているが、[5]それによれば、一〇年ほど前からジッドと文通関係にあり、当時はベルリン大学のフランス文学担当教授だったエミール・アグナンが個人的にジッドと連絡をとりながら宣伝活動をひきうけた。両者が交わした書簡からは、ジッドがこの試みにいかに期待をかけていたかが容易に読みとれる。だが、結果はパリ初演にもまして惨憺たるものだった。観客の多くは、同じ題材をあつかった自国の劇作家フリードリヒ・ヘッベルに対する冒瀆だと、幕の下りるのもまたず不満・憤慨を露わにしたのだ。そして、彼らの反応があまりに激しいのに恐れをなしたバルノウスキーはたった一回の公演で興行を打ち切ってしまったのである。

ベルリン初演までの経緯

このように実際のベルリン初演については詳細が分かっているが、いっぽうそこに至るまでの曲折にかんしては不明な点が少なくない。第3章でも触れたように、たびかさなる上演延期のなかでも、とりわけ再考に値するのは一九〇七年一月下旬のそれだろう。ベルリンから連絡を受け、ためらいながらも結局は主催者には知られずにお忍びで初演を観ようとジッドが劇場まで赴いたこと、ただちに旅行本来の目的は失われたものの、無聊を慰めるために訪れた美術館で『放蕩息子の帰宅』の構想が浮かび、ひいてはそれが『背徳者』(一九〇二)以来の創作不能状態を打ちやぶり、『狭き門』(一九〇九)をはじめとする旺盛な執筆活動を招来する契機になったこと、これらはいずれも作家の個人史において大きな意味をもつ出来事と言えるからだ。

ジッド自身はベルリン滞在についてほとんどなにも書き残していない。[6]同行した画家モーリス・ドニの日記を要約すれば、ふたりは一月二一日の夜、ベルリンの終着駅アンハルター・バーンホーフに到着、駅前のホテルに部屋をとったのち、同夜のうちに劇場の窓口に赴くが、その場で主催者側がまったくなにも準備をしていないことを知る。事態を打開しようとジッドは「手紙や電報」を送るが、効果なし。「彼の翻訳者〔ブライ〕は雲隠れしてしまったのだ。当然のことながらジッドは気力を萎えさせ、この滑稽な、だがしかし鬱陶《うっとう》しいことに変わりはない災難を訝《いぶか》る」ばかりであった。こうして旅行の大義が失われてしまうと、以後の日程は美術館や画廊の見学、旧知のドイツ人たち（クルト・ヘルマン夫妻、インゼル社のルードルフ・アレクサンダー・シュレーダーら）や、とりわけ前出のアグナンとの接触に費やされるほかはなかった。そして数日間首都に滞在したのち、ふたりは旅行案内を手にドレスデン、カッセル、ウィースバーデン、マインツなどを巡りながら、同月三〇日にパリに帰着したのである。(7)

付言すれば、ジッドははるか後年（一九四五年）、音楽家マルセル・シュヴェトゼールらとの歓談のなかで『カンダウレス王』のベルリン上演について回想している。それによれば、彼は一九〇八年の初演をドニとともに実際に観たことになっている――

アンドレ・ジッドは〔…〕私たちにベルリンでの『カンダウレス王』初演について語った。モーリス・ドニが同行していたが、彼らは劇場の窓口で、上演が二週間延期されることを知った。彼らは激しく抗議した。「主催者たちがそのときどうしたかお分かりでしょうか。彼らは我々に旅費と滞在費を払い戻したのです。どうです、まあまあ礼儀にかなったことだったのじゃないでしょうか？」（ジッドはそのことをまざまざと覚えていた）。初演の夜、劇場は興奮と激しい高揚に包まれた。これは実は抗議の表明だったのに、ジッドとドニは観客が狂喜しているのだと思い込んでしまった〔…〕。(8)

シュヴェトゼールの記録に潤色がないとするならば、むろんジッドの回想は不正確なものといわねばなるまい。だが、意識的か否かはともかく、彼の場合、異なる出来事の記憶が混淆することの稀でないこと（じっさい、作家自身がしばしば同趣旨を述べている）を思えば、少なくとも「劇場の窓口」での描写にかんしてはまったくの錯誤というよりは、むしろ一九〇七年一月のことを忠実に再現したものと見るべきであろう。

では、ジッドが実際に足をはこんだのはベルリンのどの劇場だったのか。別言すれば、同シーズンの上演題目として『カンダウレス王』を予定していたのはどの劇場だったのか。表題に示すとおり本章の主たる目的はこれを問うことにあるが、現在のところ支配的なのは「新劇場 Neues Theater」とする説だと言って差し支えあるまい。たとえば一九九三年に公刊され、厳密な本文校訂と精緻な附註によってすでに高い評価をえているパスカル・メルシエ、ピーター・フォーセット共編の『ジッド＝シュランベルジェ往復書簡集』においても校訂者は同じ旨を明記している。[9] だが、果たしてその通りなのだろうか。とりあえずこの通説がどのように形成されたのかを見ることから始めよう。

筆者の承知するかぎり、「新劇場」を最初に特定したのはオーギュスト・アングレスである。膨大な関係資料を博捜した記念碑的大著『アンドレ・ジッドと初期「新フランス評論」グループ』第一巻（一九七八）のなかで一九〇六年の夏について述べながら、「ジッドはベルリンの《新劇場》から来シーズンの演目として『カンダウレス王』を上演したいという申し出を受けていた。この企てのことを考えるだけで彼は《おそろしく formidablement》愉快だった」と書いたのだ。[10] しかし通説の形成において決定的だったのは、多年にわたり一貫してジッドの演劇を研究主題としてきたジャン・クロードの論述、とりわけその国家博士号論文『アンドレ・ジッドと演劇』（一九九二年公刊）であろう。同著のなかでクロードはまず、一九〇五年一月五日のタデ・ナタンソン宛ジッド書簡から「私の『カンダウレス王』を〔ベルリンの〕ドイツ劇場（Deutsches Theater）で上演することが真剣に話し合われた」という記述を引き、『カンダウレス王』に最初に関心を示したのは同劇場だと断言、つづいて、にもかかわらずドイツ語による初演は実際には一九〇六年一月にウィーンで行われた事実に言及したのち、以下のように述べたのである――

『カンダウレス王』の上演計画が再びベルリンで浮上する。だが、今度は「新劇場」での上演である。この企てのことを考えるだけでジッドは「おそろしく」愉快だ。彼は、モーリス・ドニを同伴してリハーサルにでかけようと考える〔…〕。[11]

情報の出所は示されていないものの、アングレスやクロードの見解が、ジッドが義弟マルセル・ドルーアンに宛てたある未刊書簡に依拠していることは間違いない。いずれもが自らの論述に溶かしこむかたちで（特に「おそろしく formidablement」という副詞にかんしては引用符を付して）、その字句を忠実に再現しているからである。比較のために、関連部分にかぎって問題の書簡を引用しよう——

ベルリンの「新劇場」が来シーズンの演目として『カンダウレス王』〔の上演許可〕を私に求めてきている。イゾルデ夫人が理想的なニシア役なのかどうか、[12]もっと確信がもてるとよいのだが……。だが、そんなことはどうでもよい、この企てのことを考えるだけで私はおそろしく愉快だ。

このジッド書簡は、ほかの数百通のドルーアン宛とともに、現在はルーアン市立図書館に所蔵・保管されるものだが、封筒は残っていない。書状冒頭には「キュヴェルヴィル、七月七日」と、ジッドの筆で記されるが、日付は年号を欠く。ドルーアンは後年、心覚えのためだろう、そこに鉛筆で「一九〇六年？」と記入している。[13]つまり、同書簡を参照したアングレスやクロードは、記憶に頼った受信者の覚え書を正確なものと見なして、一九〇六年七月の時点でジッドが「新劇場」からの申し出をうけていたと判断したわけである。

だが、事実は決してそうではない。まず第一に、ジッドは同年の六月半ばから七月末までは、極度の精神的・肉体的疲労（しばしば「一九〇六年の危機」と呼ばれる）を癒すために、ジュネーヴのエドゥアール・アンドレア博士の処方にしたがい、チューリッヒからさほど遠くないシェーンブルンの水浴療養施設で治療に努めており、その間《かん》も含め八月半ばまでは一度もフランスには帰っていないのである。必然的に書簡の発信地がキュヴェルヴィルでありえたはずはない。すると、ただちにひとつの疑問が生じよう。一九〇六年でないのならば、ではいったい何年の七月七日なのか。実はこの書簡には、実証的な検討さえ怠らなければ問題解決の確実な手がかりとなる次のような一節が存在するのだ――「フィレンツェの精神病院に入院させられた気の毒なド・グルーを救いだすために数日来、頻繁に手紙の遣り取りをしている。彼の姪は脅えきった手紙を書いて寄こすし、くわえてフィレンツェからは極めて憂慮すべき情報を受け取っている」[14]、云々。「気の毒なド・グルー」とは、一八九七年からジッドと親交のあったベルギー生まれの画家・彫刻家アンリ・ド・グルーのことを指すが、この一節は、彼の病状悪化と強制入院をめぐり、一九〇四年の六月末から八月初めにかけてジッドがフィレンツェ在住の新進作家ジョヴァンニ・パピーニとの間に交わした書簡の話題と完全に合致するのである。両者の遣り取りはアラン・グーレ『アンドレ・ジッドの審判者ジョヴァンニ・パピーニ』（一九八二）に詳しいが[15]、かいつまんで述べれば事情はおおむね以下のようなものであった。

ド・グルー（一八六七―一九三〇）は一八九一年頃からパリに住み、一八九三年にはマリー・エンゲルと結婚、彼女との間に二児をもうけたが、一九〇〇年秋からは妻の姪ジェルメーヌ・リーヴェンスを同居させ、やがて彼女と不義の関係を結ぶ。精神の荒廃が進むにしたがい妻との関係も悪化し、一九〇三年にはついに家を捨て、この姪をつれてフィレンツェに赴き、そこに居を定めた[16]。当地ではパピーニの仲介で少なからぬ芸術家と交わるが、生活の困窮も禍して精神の錯乱はいっそう進み、はては妄想から嫉妬を昂じさせ、姪に対して殺意を抱くまでに至る。そして、たびかさなる暴力に耐えきれなくなった姪はやむなく彼を強制的に入院させたのである。一九〇四年の六月末にパピーニから連絡をうけたジッドは、さらに具体的な情報を文通者に求める一方、七月四日付キュヴェルヴィル発信の同者宛書簡によれば、病んだ友をせめて安心のできるフランスの施設に移そうと、「ただちにパリの何人かの友人に手紙を書いた」[17]。その甲斐あってド・グルーは、正妻マリーに付き添われ、まもなくフランスの地を踏むことになったのである……。

もはや問題の書簡が「一九〇四年七月七日」のものであることに疑問の余地はない。そして正確な日付が判明した今や、すでに活字化されてはいたが、具体性を欠くために見逃されがちであったアンドレ・リュイテルス宛書簡の記述（じじつ、アングレスやクロードはそれにはまったく言及していない）との相関も明らかになる。すなわち、およそひと月後の同年八月一一日、ジッドはやがて『新フランス評論』を共同創作することになるベルギーの盟友に次のように書いているのである――「今度の冬にベルリンの「新劇場」で『カンダウレス王』を上演しようという話があるのを、君にはもう知らせていただろうか？」[18]。『ジッド＝リュイテルス往復書簡集』の校訂者クロード・マルタンがこの記述に付した註は、上演計画への翻訳者ブライの関与を示唆するにとどまっていた。もちろんそういった要素も軽視することはできない。だがドルーアン宛書簡の時期確定によってもたらされる新情報は、アングレスやクロードが論述の前面におしだす「新劇場一九〇六年」説（リュイテルス宛書簡の記述を考慮に入れれば、むしろ「新劇場の一九〇六年再浮上」説）を実証的に否定すると同時に、すでに一九〇四年の時点で、配役を含め、計画がかなり具体的かつ意欲的に論じられていたことを教えてくれるのである。

「新劇場」から「小劇場」へ

ところで、当時「新劇場」の舞台監督を務めていたのは、やがてはドイツ・オーストリア演劇界の代表的演出家として令名を馳せることになるマックス・ラインハルト（一八七三―一九四三）であった。したがって以後の『カンダウレス王』上演計画の成り行きを追うためには、なによりもまずこの頃の彼の活動をふりかえって整理しておかなければなるまい。当初俳優として出発したラインハルトは次第に演出にも手を染めはじめるが、ベルリンにおける演出家としての公式デビューは一九〇二年一〇月であった。これを機に一九〇三年の元日、それまで属していた師オットー・ブラームの「ドイツ劇場」グループを離れ、二月からは「小劇場」と「新劇場」の舞台監督をひきうけた。以後、両劇場でシェイクスピアの『夏の夜の夢』など少なからぬ作品の演出に当たったが、一九〇五年八月、まず「小劇場」を門下のヴィクトル・バルノウスキーに譲り（バルノウスキーは同劇場を一九一一年まで指揮）、翌年六月末には「新劇場」からも退く。その間の一九〇五年一〇月にはブラームのあとをうけ「ドイツ劇場」の舞台監督に就任、それ以降一九二〇年まではここが彼の主要な活動場所となったのである[19]。

以上のごく大まかな要約からだけでも、ラインハルトが「ドイツ劇場」に復帰・専念するため、相前後して「小劇場」「新劇場」から退いたことは歴然としている。だが彼が、当初想定していた「新劇場」よりも条件の整った環境を求めつつ、一九〇五年の半ばごろまでは自らが『カンダウレス王』の演出を手がけようとしていたこともまた確実である。同年五月六日にワイマール在住のハリー・ケスラーがジッドに宛てた書簡のなかに、次のような記述が認められるからだ――

ワイマールの拙宅でラインハルトに会えると思っていましたが、いま彼は〔…〕「ドイツ劇場」と賃貸借契約の交渉中なので、断念せざるをえませんでした。しかし、そこのほうが「新劇場」よりもかえって『カンダウレス王』には適しているでしょう。ですから、この移転はあなたにとって有益なものになると思います[20]。

ジャン・クロードがこれより四カ月前の一月五日付ナタンソン宛ジッド書簡にもとづき、最初に『カンダウレス王』

上演を計画したのは「ドイツ劇場」だと主張していることにはすでに触れたが、振り返って付言すれば、書簡の記述が指していたのも実は、彼が言うような同劇場との話し合いのことではなく[21]、まだそこには移っていないものの、すでに「新劇場」からの撤退を検討しはじめていたラインハルトとの、あるいはむしろ、次段で触れるように彼とジッドとの間を仲介したブライとの遣り取りだったのである。

しかしながら夏以降、事情は大きく変わる。八月に「小劇場」を譲り受けたバルノウスキーが、早くも九月上旬にはベルリンの新聞数紙に、最近『カンダウレス王』の上演権を獲得したという旨の広告を出し、切符予約の方法まで説明しているのである[22]。この計画変更をジッドが承知していたことは間違いない。生前彼が収集していた自身にかんする論文・書評類の切り抜きファイルに問題の広告も貼付されているからだ。本人の証言も欠けてはいない。広告掲載後まもない九月二五日には、ブライの人柄や翻訳家としての技量にかんするポール・クローデルの問い合わせに対して以下のように答えているのだ――

私はフランツ・ブライに直接会ったことはありませんが、手紙の遣り取りをつうじた彼との関係はこの上なく良好です。熱意と献身の情にあふれた非常に好い人間のように思えます。〔あなたのおっしゃるとおり〕たしかに、彼は私の『カンダウレス王』を〔ドイツ語に〕翻訳しましたし、現在はそれを上演させるのに奔走しています（ウィーンやベルリンの劇場とは契約さえ交わされました）[23]。

さらに続けてジッドは、翻訳家としての技量には慎重な留保をつけながらも[24]、しかしブライに仕事を委ねればドイツ語上演の可能性が大いにある、なぜならば「彼は複数の舞台監督と極めて好い関係にあるから」とも述べている。

だが、それにしてもこの「新劇場」から「小劇場」への急な変更をどう判断すればよいのか。また、以後の成り行きはどのようなものだったのか。そういった点を考えるうえで無視できないのは、クローデル宛書簡にも触れられているウィーンでの上演計画であろう。なぜならば、『カンダウレス王』のドイツ語による初演は実際にはベルリンでではなく、翌一九〇六年の一月にウィーンの「ドイツ国民劇場 Deutsches Volkstheater」で行われているからだ。ジッドはこの初演のためにジャン・シュランベルジェとともに当地に赴いた。観客の反応は芳しくなかったが、ジッド自身にとってはまずまず満足しうる出来《でき》だったことがゲオンへの報告に窺われる[25]。しかし我々にとってなによりも見すごせないのは、このとき演出を担当したリヒャルト・ヴァレンティンが、バルノウスキーとならんでまたラインハルトの門下であったことだ[26]。二人の門下がほぼ同時期に『カンダウレス王』に関わりはじめたことは単なる偶然とは考えにくい。さらに彼らの活動と軌を一にするように、ラインハルトの指揮下に入った「ドイツ劇場」のほうは一九〇五年一〇月、クライストの『ハイルブロンの少女ケートヒェン』をもってシーズンを開幕しているのである。こういった経緯を見るかぎり、劇場移籍の準備に追われ自らは演出を手がける余裕がなくなったのか、それとも弟子の門出を祝い飾るためだったのか、そのいずれかは決しがたいが、少なくともラインハルトの薦めにしたがってバルノウスキーに『カンダウレス王』の上演権が委ねられたことだけは確実であろう。そして以後の成り行きにかんしても、一九〇六年に「新劇場」が計画したという通説の実証的根拠はすでに消滅したこと、さらにドイツでの実際の初演劇場が結局は「小劇場」となることなどを考えあわせれば、たびかさなる延期の理由は依然として不詳ながら、一九〇五年の夏からは一貫してバルノウスキーがベルリン上演の責任を担っていたと結論して差し支えあるまい[27]。

一九〇七年一月にジッドがベルリンからの知らせを信じてドニとともに赴いたのは「小劇場」だったのである。

註

（1）ドイツにおいてジッドがいかに精力的に紹介され受容されたかは、ジョージ・ピストリウス作成の大部な書誌に具体的数値をともなって如実に表れている。Voir George PISTORIUS, *André Gide und Deutschland. Eine internationale Bibliographie*, Heidelberg : Carl Winter Universitätsverlag, « Beiträge zur neueren Literaturgechichte » 3e série n° 108, 1990.

（2）André GIDE, *Le Roi Candaule*. Drame en trois actes, Paris : Éd. de la Revue Blanche, 1901, pp. II-IV (André GIDE, *Théâtre*, Paris : Gallimard, 1942, pp. 156-157 ; *RR I*, pp. 514-515).

（3）Voir la « Préface pour la seconde édition du *Roi Candaule* », dans André GIDE, *Saül. Le Roi Candaule*, Paris : Mercure de France, 1904, pp. 148-152 (*Théâtre*, *op. cit*., pp. 161-166 ; *RR I*, pp. 585-588). なお、作品の内容分析や制作座による初演にかんして詳細は下記を参照――Claude MARTIN, *La Maturité d'André Gide*, *op. cit*., pp. 393-406 et 506-511.

（4）*Der König Candaules*, Leipzig : Insel Verlag, 1905. フランツ・ブライ（一八七一―一九四二）はウィーンの生まれで、チューリッヒおよびジュネーヴで大学教育を受けたが、一九〇一年から一九一一年まではミュンヘンに居住していた。経歴の詳細については特に下記を参照――Murray G. HALL, « Der unbekannte Tausendsassa : Franz Blei und der Etikettenschwindel 1918 », *Jahrbuch der Grillparzer-Gesellschaft*, 3e série, vol. XV, 1983, pp. 129-140.

（5）Voir Claude MARTIN, « Gide 1907, ou Galatée s'apprivoise », art. cité, pp. 196-208.

（6）旅行は一九〇七年一月二〇日から一〇日間にわたるが、公刊された日記には、ベルリンの美術館（カイザー・フリードリヒ美術館）で鑑賞した絵画や彫像・塑像にかんする感想しか書き記されていない（voir *Journal I*, pp. 557-559）。ただし旅行中ジッドがそれ以外には日記をつけていなかったとはむしろ考えにくい。この点については前章「状況に想をえた小品」の註8を参照されたい。

（7）Voir Maurice DENIS, *Journal*, 3 vol., La Colombe : Éd. du Vieux Colombier, 1957-1959 t. II, pp. 51-60.

（8）Voir Marcelle SCHVEITZER, *Gide aux Oasis*. Récit, Nivelle : Éd. de la Francité, 1971, p. 121.

（9）Voir André GIDE - Jean SCHLUMBERGER, *Correspondance (1901-1950)* [abrév. désormais : *Corr. G/Schl*]. Édition établie, présentée et annotée par Pascal MERCIER et Peter FAWCETT, Paris : Gallimard, 1993, p. 103, n. 3.

（10）Auguste ANGLÈS, *André Gide et le premier groupe de « La Nouvelle Revue Fraçaise »*, *op. cit*., t. I, p. 78.

（11）Jean CLAUDE, *André Gide et le théâtre*, 2 vol., Paris : Gallimard, coll. « Cahiers André Gide » n°s 15-16, 1992, t. I, pp. 66-68.

（12）ジッドが「イゾルデ夫人 Frau Isolde」と呼ぶこの人物は疑いなくラインハルトの専属女優のひとり、ゲルトルート・アイゾルト（Gertrud Eysoldt, 1870-1955）のことを指す。すでにジッドは一九〇三年八月のベルリン滞在中、ラインハルトの演出したゴーリキーの『どん底』で彼女の演技に接していた。

（13）ルーアン市立図書館、整理番号 Ms m 275-8-122.

（14）*Idem.*

（15）Voir Alain GOULET, *Giovanni Papini, juge d'André Gide*, Lyon : Centre d'Études Gidiennes, Univ. de Lyon II, 1982, pp. 17-35.

（16）この辺りの経緯は次の著書に付された年譜による――*Henry de Groux 1866-1930. Journal.* Ouvrage publié sous la direction de Rodolphe RAPETTI et Pierre WAT, Paris : Éd. Kimé, 2007, pp. 251-279.

（17）GOULET, *Giovanni Papini, juge d'André Gide*, *op. cit.*, p. 34.

（18）*Corr. G/Ruy*, t. I, p. 190.

（19）Voir Leonhard M. FIEDLER, *Max Reinhardt*, Reinbek : Rowohlt Verlag, 1975, pp. 140-141.

（20）Claude FOUCART, *D'un monde à l'autre. La correspondance André Gide - Harry Kessler (1903-1933)*, Lyon : Centre d'Études Gidiennes, Univ. de Lyon II, 1985, p. 65.

（21）クロードは、ラインハルトがこの一九〇五年一月時点ですでに「ドイツ劇場」を指揮していたという前提に立って自説を唱えているが（voir CLAUDE, *André Gide et le théâtre*, *op. cit.*, t. I, p. 66）、これは明らかに事実誤認。

（22）*Kleine Journal*, 3. September ; *Berliner Neueste Nachrichten*, 4. September ; *Börsen-Zeitung*, 5. September ; *National Zeitung*, 8. September, etc.

（23）*Corr. Cl/G*, pp. 50-51.

（24）ブライのドイツ語訳に対するジッドの否定的評価については次の拙著を参照されたい――André GIDE, *Le Retour de l'Enfant prodigue*. Édition critique établie et présentée par Akio YOSHII, *op. cit.*, p. 26, n. 44.

（25）Voir la lettre à Henri Ghéon, 25 janvier 1906, *Corr. G/Gh*, pp. 632-634. Voir aussi Karl GLOSSY, *Vierzig Jahre Deutsches Volkstheater*, Wien : Verlag des Deutschen Volkstheaters, 1929, pp. 178-180 ; Hermann BAHR, « Rezension Wiener Theater 1901-1909 », dans Franz BLEI, *Zeitgenössische Bildnisse*, Amsterdam : Verlag Albert de Lange, 1940, pp. 270-274.

（26）ちなみに、ブライはこのウィーン公演のおりに初めてジッドと会った。参考までに、彼がそのときのことを後年回想した文

（27）章の一節を引用しておこう（ただし、彼の記憶では一九〇八年一月のベルリン公演との前後関係が逆転されている）——「アンドレ・ジッドは友人のジャン・シュランベルジェとともにやってきた。一〇年後ようやく、極めて興味ある作家として世に出た、あのシュランベルジェである。我々はウィーンに行った。ウィーンの国民劇場が、ジッドの『カンダウレス王』を上演する予定であった。なるほど実際に上演したのだが、しかし、私はやはり上演する予定であったと言わなくてはなるまい。演出を担当したのはマックス・ラインハルト門下の若い男で、たしかヴァレンティンとかいった。彼は劇場生え抜きの人気役者に対しまるで無力であった。要するに、俳優たちは好き勝手に、したい放題のことをしたのである。〔…〕『カンダウレス王』は三日間で上演打ち切りとなった。これより早くベルリン〔の〕劇場では二日間〔ママ。一回かぎりの誤り〕の上演で打ち切られたが、私が聞いたところによると、まるでメーテルランクの『闖入者』を演じているかのように、出演者が全員ひそひそ声でセリフを口にしたので、観客がたまげたという。ジッドがヘッベルの主題を手玉にとったことに劇評家たちは気がついたのだろう、こぞってそのことばかりを言いたてた」（『同時代人の肖像』〔池内紀訳〕、法政大学出版局「叢書ウニベルシタス」、一九八一年、八六―八七頁。引用にあたっては表記上の統一のため若干の改変をほどこした）。

さらに付言すれば、『カンダウレス王』がリヒャルト・ヴァレンティンの演出で上演されたその前年（一九〇五年）から「ドイツ国民劇場」を指揮していたのはアドルフ・ヴァイセなる人物だったが、同年九月五日のブライ宛書簡でジッドは、このヴァイセとの契約で代理を務めてくれたこと、またラインハルトに手紙を書いてくれたことに対し同者に礼を述べている（voir Franz Blei - André Gide, *Briefwechsel (1904-1933)*. Bearbeitet von Raimund Theis, Darmstadt : Wissenschaftliche Buchgesellschaft, 1997, p. 31）。ヴァイセとラインハルトとの具体的な関係は未詳だが、いずれにせよこの書簡の記述は、ブライがジッドと彼らドイツ語圏の演出家たちとの間を仲介したことを明示している。

ただし、契約のことを含めバルノウスキーが直接ジッドとの交渉にあたった可能性は小さく、ここでもまたブライが仲介役を務めたものと推測される。じっさい、後年の証言ながら一九四六年にジッドは、『日記』の英語訳を準備中だったジャスティン・オブライエンから記載人物にかんする問い合わせをうけて、次のように答えている——「バルノウスキー？《小劇場》の舞台監督、そう申し上げておきましょう。これで十分です。彼についてはそれ以外なにも知らないのですから」（André Gide - Justin O'Brien, *Correspondance (1937-1951)*. Édition établie, présentée et annotée par Jacqueline Morton, Lyon : Centre d'Études Gidiennes, Univ. de Lyon II, coll. « Gide / Textes » n° 2, 1979, p. 17）。

第5章　ジッドとトルストイ
――伯爵家での『放蕩息子の帰宅』朗読をめぐって――

『書簡集から見たドストエフスキー』（一九〇八）の発表以降、ジッドが一貫してトルストイとドストエフスキーとを対比的にとらえ、前者の小説美学を排し、後者のそれを重視・顕揚する発言を続けたことは周知のとおりである[1]。これを反映して、いきおい研究者の関心も、彼がドストエフスキーの作品から受けた影響を分析することに集中してきた。トルストイの名が引かれることはあるにしても、それはもっぱら、ジッドとは逆にこの作家を範とするマルタン・デュ・ガールに引きよせての言及にすぎず、その結果、ジッドとトルストイとの関係そのものを中心におく論考は実質的に皆無という状況が今日に至るまで続いているのである[2]。しかしながら両者をつなぐ接点は、活字化されたジッド証言の直截や、研究者の言説の顕著な偏りが思わせるように、まったく存在しなかったのか。決してそうではない。不首尾に終わりはしたが、ジッドはある時期、トルストイと個人的に親交のあったフランス人スラヴ学者を介して、この文豪への接近を試みていたからである。しかも計画の成り行きは、外国文学を積極的に受け容れようとするジャン・シュランベルジェら『新フランス評論』初期グループの注目を少なからず集めていたと推測されるのである。本章では、そういった経緯を、未公刊文献を含むいくつかの実証的資料にもとづいて確定し、あわせて一件の意味するところを同時代的なコンテクストのなかで検討する。

トルストイ邸での朗読に向けて

事実関係の叙述から始めよう。トルストイが一九一〇年の晩秋、生地トゥーラ県ヤースナヤ・ポリャーナから出奔し、リャザン・ウラル線の小駅アスターポヴォで病に臥し、その後まもなく八二年の生涯を閉じたことはつとに知られるところだが、本章が扱う出来事がおこったのはそのわずか数カ月前のことである。すなわち、同年七月二三日（旧暦七月一〇日）の彼の日記には「サロモンの持ち込んできた空疎な、きどった作品『放蕩息子の帰宅』とミルの見事な短篇を読む(3)」という、短いが、我々の注意を惹く記述が残されているのである。記述にある「ミルの見事な短篇」とは、今日ではもはや名を引かれることさえ少なくなった作家ピエール・ミルの『週休』（一九〇九年刊の『傷ついた雌鹿』に収載）のことを指すが(4)、さしあたりここでは関係がない。当然のことながら、関心はサロモンと、彼が持参したジッド作品『放蕩息子の帰宅』（以下『放蕩息子』と略記）に絞られる。煩瑣ではあるが、以後の論述を容易にするために、これらにかんして多少なりとも実証的な説明を加えておこう。

まず「サロモン」について――。正確にはアルフォンス゠シャルル・サロモンというが、日常生活・著作活動のいずれにおいても、洗礼名をほとんど常にシャルルとのみ名乗ったため、この時代を専門とする研究者の間でも別のある人物と混同されやすい。というのは、彼は一時期、ポール・デジャルダンの組織する「真理のための同盟」（「道徳的行動のための同盟」が一九〇五年末に改称）の主要メンバーのひとりとして活躍したが、そのデジャルダンの高等師範学校の同期に、やはりシャルル・サロモン（一八五九―一九二五）という、コンドルセ高等中学で長らく教鞭をとった人物がおり、同じパリ在住ということもあって、知己もデジャルダンだけにとどまらず、しばしば重なることがあったからである(5)。ここで問題となっているサロモンは、一八六二年生まれで、その母アデルと文豪の叔母アレクサンドラ・トルスタヤ伯爵夫人との交友関係を機縁に早くからトルストイ家と親交を結び、一家からは最も信頼のおける外国人として厚く遇された。初期のヤースナヤ・ポリャーナ滞在ではトルストイ自身の教授によってその語学力に磨きをかけたほどである。「真理のための同盟」の活動からも窺われるように社会問題への関心が強く、国際的な政治状況が困難な時代にあって、一九三六年に七三歳で没するまで一貫して仏露間の社会的・経済的な橋渡し役を務めたが、同時に学術的な貢献も決して小さくはない。トルストイやツルゲーネフの諸作品を翻訳したほか、とりわけトルストイ没後にはその最晩年にかんする貴重な資料や証言・回想を発表している。また彼自身の晩年には膨大なロシア関係蔵書をパリのスラヴ研究所に寄贈するなど、フランスにおけるスラヴ学発展の歴史を語るさいにその名を逸することは許されまい(6)。ジッドがこのような経歴をもつサロモンと何時、どのようにして知りあったのか、正確なところは未詳だが、遅くともトルストイに『放蕩息子』がもたらされる二カ月前の一九一〇年五月末には面識があったのが確実であり（ジッドがサロモン宅を訪問）、また一方このときが初対面ではなかったとしても、それ以前にさほどの年月が経過しているとは思われない(7)。

『放蕩息子』の内容については後の論述でも言及せざるをえないが、その主題や、執筆の経緯、出版時の反響などの細かな情報は第3章「状況に想をえた小品」に求められたい。ここでは本件にかかわる付随的な情報として、トルストイ宅に持ち込まれた版本の推定にとどめよう。『放蕩息子』は初め、ポール・フォールが主宰する季刊誌『詩と散文』の一九〇七年三―五月号（六月初めに出来《しゅったい》）に掲載された。このプレオリジナルからは五〇部の別刷が作成され書誌学的にはそれが同作品の初版ということになるが、これらは非売品であり、ほとんど全てが著者自身の個人的な献呈に用いられた。それから一年半を経た一九〇九年一月にジッドは、『ロクシダン』誌の編集長アドリアン・ミトゥアールに、同誌を母体とする「ロクシダン文庫」から『放蕩息子』の大型豪華版を出してもらえないかと打診する。この依頼にミトゥアールは即座に応諾し、彼の秘書アルベール・シャポンが作家との事務的な交渉に当たっている。その後ジッドは表紙や本文印刷用の豪華紙をみずから選定するなど、細かな点にまで気を配りながら年内の出来を心待ちにしていたが、実際の発行は翌一九一〇年一月下旬まで遅れた（ただし表紙に印刷された年号は一九〇九年のまま)。この大型本は限定番号入り百部のほかに、著者献呈用として無記番非売品が二〇部刷られたが、ジッドはこれらを、礼状や署名入り献本によって筆者が確認したかぎりでも、出来後まもない二月中旬から以後数カ月にわたって、ポール・クローデル、アルチュール・フォンテーヌ、ポール・デジャルダン、アルベール・チボーデ、マルセル・レイ、アンリ・アルベール、ポール・ドゥルオ、エミール・ヴェラーレン、エドマンド・ゴス、フーゴ・フォン・ホーフマンスタールなどの友人や知己に送っているのである。このように第二版出来と時期的に符合すること、ジッド自身が一件に関与していた場合でも、初版にかんしては残部(少なくとも、著者保存用をのぞき献呈に供しうる残部)が一九一〇年時点で彼の手元に存在した可能性は極めて薄いこと、そういった点を考え合わせるならば、サロモンがトルストイ宅に持参したのは第二版であったと見てまず間違いあるまい。ちなみに、同版の準備段階でジッドは、プレオリジナル・初版のために自筆完成稿にもとづき複数部数作成されていたタイプ稿のうち未使用・未修正のものを用いてテクストの見直しをおこなった。その結果、プレオリジナル・初版や後続各版には存在する数節が削除されることになったが(第III部・第3章「ジッドとリルケ」で述べるように、『放蕩息子』のドイツ語訳を準備中のライナー・マリア・リルケが、一九一四年一月にジッドと面談のうえ翻訳の底本として同版を選んだのもこの点を評価したため)、ただしこれらの変更は作品の解釈そのものに決定的な影響を及ぼすものではありえず、トルストイの感想が第二版独自のヴァリアントによって大きく左右されたとは考えにくい。

トルストイの反応

話題をヤースナヤ・ポリャーナにもどそう——。トルストイ宅での模様にかんして参照が最も容易な資料は、一年半後の一九一二年一月一四日にサロモンから直接話を聞いたロマン・ロランが友人のジャン＝リシャール・ブロックに宛てた書簡であろう。そこでは、トルストイが作品の朗読を聴きながら憤慨を隠せなかった様子が次のように記されているのである――

私は午後をトルストイの二人の旧友とともに過ごしたところです。そのうちのひとりシャルル・サロモンが私に語ったところによると、彼はある日、自分が熱狂しているジッドの『放蕩息子の帰宅』をトルストイに持って行きました。新しい芸術作品に目がないトルストイは彼の朗読に耳を傾けはじめました。ところが五分もすると怒って叫び、朗読が終わるまで彼の怒りは鎮まりませんでした。それから、友人の意見に対する配慮から彼はまた本をとって、独りでそれを再読しましたが、この二度目の読書を彼はなおさらに苛立って終えたのでした。――そしてサロモンが私の前で、トルストイがちっともこの作品を味わえなかったことに驚いている一方、私のほうは、トルストイがトルストイであることを止めることなくジッドを味わいうると、ひとが一瞬でも信じえたことにさらにいっそう驚いていました(8)。

ちなみに、書簡の記述は「私はいささかもジッドを批判しているのではありません。私が彼の名を引くのは、彼の才能それ自体のためです。彼の芸術は第一流のものでありうるからです。しかしトルストイの芸術とは相容れないものです」と続く。抑制の効いた言葉使いではあるが、青年期からトルストイを崇拝し、その「叙事詩」のなかに芸術の理想的な具現を見る『ジャン・クリストフ』の作者がすでにこの時期、ジッド作品に対して違和感を抱いていたことを認めうる点でも興味ぶかい(9)。

しかしながらこれだけの証言では、ジッド自身が一件に関わっていたか否かは依然として不明と言わざるをえない。したがって、問題の輪郭をいくらかでも鮮明にさせるためにはまず、上記書簡と内容が部分的に重複することをおそれず、少なくともジッド研究者によっては今日まで指摘されたことがない印刷資料を訳出引用しなければばなるまい。その資料とは朗読をおこなったサロモン本人による回想である。彼は後年、トルストイの生誕百年を機に刊行が開始されたいわゆる「記念全集」の「編集者」（おそらくは『日記』の該当巻を担当したＮ・Ｓ・ロジオノフ）の問い合わせに答えて、ヤースナヤ・ポリャーナでの模様を次のように述べていたのである——

トルストイの勧めにしたがい、私は広間の円卓にむかってジッドの短篇を通《とお》しで朗読しました……。トルストイが作品を非難していることはすぐに分かりました。「なぜだ」「どうしてなのだ」と言葉をはさんで私の朗読をさえぎったからです。明らかに彼は憤慨していました。「なぜ寓話を利用したりするのだ。ともかく本は私に置いていってください」。そう言って彼は本を持ち去りました。翌朝、彼は本を持ってきて、「あなたの友人の短篇を昨晩読み返してみましたが、本当につまらないものだ」と言いました。私の記憶するところでは、作品に対するトルストイの感想を知りたいというジッドの求めに応じて、その日のうちに彼に手紙を書きました。(10)

現場に立ち会った当事者によるこの証言は、ある種の否定しがたい臨場感とともにトルストイの反応を生々しく伝えるばかりか、作品を持参したのがジッド自身の依頼にもとづくものであったことを語っている。だが、後年の回想だから記憶の錯誤や無意識の潤色もありうる、とさらに疑うことも可能だろう。そういった慎重な、またしごくもっともな疑問に対しては、これを解消し、同時にいっそう具体的な情報を提供する別の資料が存在するのだ。すなわち、サロモンが実際に朗読の翌日（新暦七月二四日）ジッドに書き送った書簡がそれである。現在はパリ大学附属ジャック・ドゥーセ文庫に保管される未公刊資料だが、そこには次のように記されているのである(11)——

一九一〇年七月二十四日、ヤースナヤ・ポリャーナ

拝略

あなたが私に託《ことづ》けてくださった用件を果たしたところです。あなたから委ねられた『放蕩息子の帰宅』はトルストイ伯爵の手に渡っております。

彼は私が称賛していることはあなたもご存知のこの作品をすぐに読んで聴かせるように頼みました。〔…〕しかしながら私はトルストイに隠さず述べた賛嘆の念を彼にも分かちもたせることができず落胆しました。〔…〕彼にはあなたの物語の実に古典的な美しさが理解できなかったのだと思いますが、私はそのことには別段驚いてはおりません。私が驚くのはむしろ、そこに表現された様々な思想をトルストイが感じとっているとは思われなかった点なのです。

トルストイのことをよく知る者のひとりが朗読に立ち会っていましたが、その友人の感じたところでは、伯爵は最近「家」を増築したので、誰もがそこに入り、そこで幸福を見いだすべきだと思われたのだろうということでした。

トルストイは晩年、秩序と教会の人――私が言わんとするのは彼が考えだすところの秩序であり、彼が創るところの「教会」という意味ですが――になってしまいました。

起こるであろうことを忌憚なく伝えるようにお望みでした。それで私は、あたかもあなたとは旧知の間柄であるようにお伝えする次第です。私の深甚なる敬意をお信じいただきたく。

シャルル・サロモン

以上がトルストイの予想外の反応を目のあたりにして、興奮いまだ覚めやらぬサロモンがフランスにむけて書き送っ

た報告だったのである。

ジッド自身の関与とその意図

ジッドが一件に深く関与していたことはもはや疑えない。それどころかサロモンの書簡は、計画がまさにジッド本人の発案によったことを明確に証言しているのだ。もっとも、スラヴ学者との会談がその契機となったこともやはりまた疑いを容れまい。『放蕩息子』がヤースナヤ・ポリャーナに届けられる二カ月前にジッドがサロモン宅を訪れたことは先にも触れたとおりだが、そのさいに同行したジャック・コポーが、自身の『日記』に五月二六日付で次のような興味ぶかい記述を残しているからである――

シャルル・サロモン（デジャルダンが私に紹介してくれた）が我々、ジッドと私に、レフ・トルストイにかんする逸話をいくつか教えてくれる。〔…〕ドストエフスキーはトルストイが最も称賛するロシア人作家である〔とサロモンが言う〕。するとジッドは問う――「あなたには、トルストイがドストエフスキーのことを理解しているという確信がおありなのですか」[12]

晩年のトルストイ

この一節に報告されたジッドの反応が、二人のロシア人作家に対して彼が抱く対立的評価に起因していることは言うまでもない。その意味では、評価の対象はまったく逆ながら、彼の反応もまたロマン・ロランの場合と基本的にさほど変わるところはない。しかしながらここには同時に、サロモンの発言を訝《いぶか》りながらも、トルストイの人柄や思想をよく知る者の意見だけにあながち軽視することはできない、機会をえて自分の解釈の正否を確認したい、というある種の実験的な精神が顔を覗かせているのではあるまいか。そして、ジッドが常に自らをドストエフスキーの傍らに位置づけていることを思えば、当然の帰結としてその関心が、ほとんど等価な問いへ、すなわち彼自身の作品をはたしてトルストイは理解しうるのかという問いへと向けられていった、そう考えてもさほど大胆な推測であるとは思われない。

作品の選択についても一言しておこう。贈られたのが仮にほかの作品、たとえば主人公アリサが神への献身のために自己犠牲の道を選び、その過度なるがゆえに死に至る『狭き門』（一九〇九年六月刷了）であったならば、あるいはトルストイの反応も違っていたかもしれまい。だが、少なくとも『放蕩息子』にかんするかぎり、ジッドが否定的な結果を強く想定していたことは疑えない。トルストイの反応を「忌憚なく」教えてほしいというサロモンへの依頼表現がそう思わせるからだけではない。なによりも彼は、この作品が読者各人の倫理的・宗教的な基準に応じて、まったく相反する反応――熱烈な共感、さもなくば容赦ない断罪――を引き起こすことをすでに十分承知していたからである。じっさい、放浪の果てに「家」に帰った放蕩息子が末弟の新たな出立に手を貸す物語の結末をはじめ、そこに盛られた福音書解釈が、オーソドクシーに照らせば、かなり特異なものであることは否めない(13)。にもかかわらずトルストイへの接近がこれをもってなされたのは、あえて反発の予想される主題を選んで他者を測りたい、また同時にそれによって他者の理解をかちえたいという屈折したメンタリティー、敵対者たちからはしばしば「悪魔的《デモニアック》」と罵られるジッド特有の両義的な要請のためだったと言えるのではあるまいか(14)。

『新フランス評論』グループの関心

いずれにせよ計画そのものは、この上ない仲介者を得るという偶然をきっかけに、すぐれて個人的な動機から発案されたと思われる。しかしながらジッドは、『新フランス評論』の中心メンバーのうち少なくともジャン・シュランベルジェにはある段階で計画を知らせていたのが確実で、場合によっては事前に意見を求めていたのではないかとも推測される。ジッドがこの年少の盟友に宛てた八月六日の書簡で、ごく短い文言ではあるが、「予想していたとおり、『放蕩息子』はヤースナヤ・ポリャーナで不評だったようだ(15)」と報告しているからである。ジャック・コポーやマルセル・ドルーアン、アンリ・ゲオン、アンドレ・リュイテルスら、そのほかの中心メンバーについては、たしかに現在のところ確証と呼べるものはないが、ジッドやシュランベルジェとの極めて緊密な信頼関係（それに保証された日常的な情報交換）や、いずれも新雑誌の編集に意欲を燃やす者として外国文学、とりわけ同時代の外国文学に寄せていた関心の高さからいっても、彼らが最後まで一件について知らされることがなかったとはむしろ信じがたい。たとえば、一一月三〇日付コポー宛ジッド書簡の「先日サロモンがゲオンと昼食にやってきた」という記述から、遅くともこの時点ではゲオンもまたサロモンを個人的に知っていたことが確実である。そして会食のさい話題となったのはまさにトルストイ死去のことであって、ジッドはサロモンに対し『新フランス評論』にトルストイの追想記を書いてくれないかと打診するが、サロモンはトルストイ夫人への慮りを理由に時期尚早として辞退しているのである(16)。こういった事情や人間関係から判断するかぎり、ゲオンやコポーがそれまでトルストイ宅での『放蕩息子』朗読についてなんら承知していなかったとは考えにくい。また、結局は執筆・掲載に至らなかったものの、やはりジッドとコポーの勧めのもとにトルストイ追悼論文を準備していたドルーアンについても同様の推測が可能であろう(17)。

メディアの急速な発達・拡大にともない、共時的・越境的な「世界文学」がますます身近なものとなってきた現在では当然至極のことと見なされがちだが、初期『新フランス評論』の活動のなかで一般の耳目を最も集めた新機軸のひとつが外国文学の積極的な受容・紹介であったことは改めて強調されてよい。じっさい、ドレフュス事件以後の過渡期を覆った政治＝文学的論議の風潮や、シャルル・モーラスらアクション・フランセーズ一派の唱道した愛国的孤立主義などを思い起こせば、シャルル・ペギーの『半月手帖』の姿勢ともまた大きく異なる、ジッドたちの文学的普遍性への志向、外国文学に対する優遇が、それなりの限界と狭小を内包しながらも、初めての現代戦の予感に脅かされ、またそれを現実として体験した世代の新たな世界観に応えうる文学理解のあり方だったことを忘れてはなるまい。そして芸術的な価値をなによりも優先するこの非党派性こそが、両次大戦間をつうじ『新フランス評論』が、フランス国内にとどまらず、汎欧的にも並ぶものなき存在として屹立することになった最大の要因だといっても決して過言ではないのである。

周知のように、初期の『新フランス評論』がとりわけ熱い関心を示したのは、ゲーテやニーチェ、リルケに代表されるドイツ語圏の文学や思想であり、主としてヴァレリー・ラルボーの選択眼に導かれた、ディケンズ、メレディス、ハーディ、キップリング、スティーヴンソン、コンラッド、H・G・ウェルズ、チェスタートンなどのイギリス文学がそれに続く。これらに比べれば、たしかにロシア文学は本来それに見合うべき幅広い待遇を享受していたとは言いがたい。新しい小説美学をめぐってグループ内部で盛んに繰り広げられた議論にしても、コポーの『カラマーゾフの兄弟』戯曲化や、それに言及しながらジャック・リヴィエールが展開した「冒険小説論」に端的に顕れているように、ほとんどがドストエフスキーに集中していたのであり、ジッドのドストエフスキーへの執着もこういった大きな流れと密接に結びついていたのである。しかしながら、『新フランス評論』がトルストイを無視しうる作家と考えていた、そう見なすならば大きな過ちを犯すことになるだろう。むしろその存在の巨大さがかえって同誌をこの作家から遠ざけていた感が強いのだ。たとえばシュランベルジェは次のような言葉で、ドストエフスキーに対して彼らが抱く親近感とは対照的な、トルストイへの近寄りがたさ、距離感を明かしているのである――「トルストイについては尊敬の念以外で語るべきではない。あまりにも大きな存在なので、称賛や非難といった通常の尺度では捉えられないからだ[18]」。

きわめて大まかなかたちながら以上に示した『新フランス評論』の同時代的なコンテクストのなかでは、『放蕩息子』をめぐる一件そのものはあくまで挿話的なレベルで語られるべき問題であろうし、またトルストイを敬遠しがちな同誌の態度がそれによってことさら加速されたとも思われない。だがこの一件が、ジッド個人の興味や探求心を色濃く反映しつつも同時に、グループ全体にとり、二人のロシア人作家に対する関心の有り様《よう》にかんしてなにがしかのコンセンサス確認の機会となった、少なくともそのように推測することは許されるのではあるまいか。

註

（1）ドストエフスキーに注目する記述は早くから『日記』などに散見するが、『書簡集から見たドストエフスキー』（初出誌『ラ・グランド・ルヴュ』、一九〇八年五月二五日号）以後は、トルストイに対する彼の優越性が一段と強調されるようになる。そのさいジッドの下す評価はほとんど常に二項対立的で、トルストイの限界をその「直線的」な小説美学に求める一方、ドストエフスキー作品の複雑な「陰影」を称賛するというかたちをとる。「視点の多様性」を意図する『贋金つかい』を執筆中の一九二二年にヴィユー・コロンビエ座でおこなわれた連続講演（初出誌『ラ・ルヴュ・エブドマデール』、一九二三年一月一三日号から二月一七日号まで六回連載）や、やはり同じ時期に『チボー家の人々』を執筆中のマルタン・デュ・ガールとの間で小説観の相違をめぐって活発に交わされた議論（voir André GIDE - Roger MARTIN DU GARD, *Correspondance (1913-1951)* [abrév. désormais : *Corr. RMG*], 2 vol., Paris : Gallimard, 1968, t. I, l'introduction de Jean DELAY, pp. 72-88, et les lettres, pp. 167, 169, 352, 399-404, 417, 448-449, et les documents annexes, pp. 693-695）では、その傾向がとりわけ強く見てとれる。

（2）たとえば、一九七二年頃までの主要業績をカバーするシラキュース大学刊『フランス文学の批評書誌』（*A Critical Biblio-*

graphy of French Literature, vol. VI, part I, Syracuse : Syracuse University Press, 1980）には「ジッドとドストエフスキー」を主題とする論文が七点収録されているが、トルストイとの関係をあつかったものは皆無である。また同書誌を引き継ぐかたちで作成された網羅性の高いキャサリン・サヴェッジ・ブロスマン編『アンドレ・ジッド研究文献の註解付目録（一九七三―一九八八）』（Catharine SAVAGE BROSMAN, *An Annotated bibliography of criticism on André Gide (1973-1988)*, New York & Londres : Garland Publishing, Inc., 1990, coll. « Garland Reference Library of the Humanities » vol. 959）においても、ドストエフスキーとの関係を論じた研究二〇点に対し、トルストイとのそれに触れたものはわずか二点だけ、それもマルタン・デュ・ガールとの関連においての言及にすぎない。

（3）河出書房新社版『トルストイ全集』（第一八巻「日記・書簡」、一九七三年、二八一頁）による訳出引用。

（4）Voir Pierre MILLE, *Repos hebdomadaire*, dans son recueil *La Biche écrasée*, Paris : Calmann-Lévy, 1909, pp. 101-111.

（5）デジャルダンの高等師範学校の同期生であるサロモンの略歴については、*Charles Salomon d'après ses lettres*, Nevers : Impr. Nouvelle « L'Avenir », 1927 に付されたデジャルダンの序文（pp. 5-21）を参照。また、*Paul Desjardins et les Décades de Pontigny. Études, témoignages et documents inédits présentés par Anne HEURGON-DESJARDINS*, Paris : PUF, 1964, pp. 281-282 にはサロモンの葬儀の模様が報告されている。

（6）スラヴ学者サロモンの略歴や業績にかんしては次の追悼記事を参照 —— André MAZON, « Nécrologie [de Charles Salomon] », *Revue des Études slaves*, t. XVI, 1936, pp. 313-316.

（7）『ジッド＝コポー往復書簡集』の校訂者ジャン・クロードはサロモンにかんする附註で、『新フランス評論』グループはデジャルダンの「真理のための同盟」で彼と知りあったと記している（voir André GIDE - Jacques COPEAU, *Correspondance (1902-1949)* [abrév. désormais : *Corr. G/Cop*]. Édition établie et annotée par Jean CLAUDE. Introduction de Claude SICARD, 2 vol., Paris : Gallimard, coll. « Cahiers André Gide » n°s 12-13, 1987-1988, t. I, p. 411, n. 3）。筆者もその可能性が高いとは思うが、クロードが情報の根拠・出典を示していない以上、正確なところは未詳とする。

（8）一九一二年一月一四日付ジャン＝リシャール・ブロック宛書簡（*Deux hommes se rencontrent. Correspondance entre Jean-Richard Bloch et Romain Rolland (1910-1918)*, Paris : Éd. Albin Michel, coll. « Cahiers Romain Rolland » n° 15, 1964, pp. 99-100）。訳出引用には、みすず書房版『ロマン・ロラン全集』（第三七巻「書簡V」、一九八三年、九〇頁）を使用するが、表記上の統一のため若干の改変を施した。なお、同じ一月一四日のロマン・ロランの日記では、朗読の模様を伝える記述そのものははるかに簡略だが、「フランス人」がサロモン、「ジッドのある作品」が『放蕩息子』と明記されている——「サロモンはトルストイにジッドの『放蕩息子』を持って行った。トルストイはそれを我慢のならないものだと言った。しかしサロモンがそれを褒めていたので、トルストイは気がとがめてもう一度読み返してみたが、今度はもっとたまらないものだと思った」（同右『ロマン・ロラン全集』、第三九巻「書簡VII」、一九八二年、三八八—三八九頁）。

（9）引用の出典は右のブロック宛書簡。なお、ロマン・ロランのジッド観について、本章では詳しく論ずる余裕がない。とりあえず、両者の関係を包括的にあつかったフレデリック・ジョン・ハリスの著書（Frederick John HARRIS, *André Gide and Romain Rolland : Two Men Divided*, New Brunswick, N.J. : Rutgers University Press, 1973）を参照されたい。ただ、『放蕩息子』にかかわる次の点だけは指摘しておこう。つまり、およそ一年後の一九一三年二月二五日、この作品を表題に掲げ、計六篇の「トレテ」を収める合本（新フランス評論出版、一九一二年付、出来《しゅったい》は翌年。『放蕩息子』としては第三版）を贈られたロマン・ロランがジッドに宛てた書簡では、「私は一度ならず〈絵の一隅に描かれた奉納者〉〈『放蕩息子』冒頭に登場し、少なからず作者ジッドの分身として機能する存在〉を認め、彼の倫理的な煩悶と知的な歓喜とをともにしました。とりわけ『放蕩息子』と『エル・ハジ』に心動かされました。これらは悲劇的で清澄な精神の産物です」（*Romain Rolland et La NRF*. Présentation et annotation par Bernard DUCHATELET, Paris : Éd. Albin Michel, coll. « Cahiers Romain Rolland » n° 27, 1898, p. 116）と、著者への礼状という性格を反映してか、簡潔ながら賛辞の表現にとどまっている点である。

（10）Léon TOLSTOÏ, [*Œuvres complètes*], Moscou-Léningrad : Édition d'État, t. LVIII, 1934, p. 445, n. 991. 該当巻の「編集者」はこの手紙（原文はロシア語）を「一九一〇年四月三日」付とするが、明らかに誤り。ピエール・ミルにかんする別の附註（*ibid.*, p. 444, n. 980）に、やはり同じ編集者の質問に答えた一九三二年四月四日付のサロモン書簡が引用されていることから判断すれば、「一九三二年」の四月三日付か。いずれにせよ、相当の年月を経てからの回想であることは疑えない。なお、この資料の存在が「少なくともジッド研究者によっては今日まで指摘されたことがない」という表現は厳密さに欠けるかもしれない。というのは、不完全なかたちながら、筆者自身がすでに他稿において紹介したことがあるからである（拙稿「アンドレ・ジッドの『放蕩息子の帰宅』——批評校訂版作成のための覚え書」、北海道大学『言語文化部紀要』第一六号、一九八九年八月、一六七頁、註42を参照されたい）。

（11）一九一〇年七月二四日付ジッド宛書簡、ジャック・ドゥーセ文庫、整理番号γ 782.1（封筒は保存されていない）。ヤースナヤ・ポリャーナから発信されたこの手紙の日付が新暦によるものであることは、朗読の翌日に書いたというサロモンの記憶と一致するばかりか、後述するように、ジッドがそれを新暦八月五日以前に受け取っていたのが確実であるのに対し、旧暦七月二四日は新暦の八月六日にあたり、これと時間的に矛盾することからも明らかである。

（12）Jacques COPEAU, *Journal 1901-1948*. Texte établi, présenté et annoté par Claude SICARD, 2 vol., Paris : Seghers, 1991, coll. « Pour Mémoire », t. I, pp. 482-483. ちなみにコポーは、一週間後の六月二日にワルシャワ経由でモスクワにむけて出発し、同市およびその近郊に八日間滞在ののち、再びワルシャワ経由で一六日、あるいは翌一七日にパリに帰着している（voir *ibid.*, pp. 484-502）。こういった経緯から、コポーの場合には、サロモン宅の訪問は旅行にかんする情報やアドバイスを求めるためだったかとも推測される。

（13）むろんジッド自身には福音書の教えを歪めたという意識は毛頭ない（たとえば一九一二年に同主旨の批判を寄せたフランソワ・モーリアックに対する反論を参照［André GIDE - François MAURIAC, *Correspondance (1912-1950)*. Édition établie, présentée et annotée par Jacqueline MORTON, Paris : Gallimard, coll. « Cahiers André Gide » n° 2, 1978, pp. 61 et 119-120］）。「断固たる異教徒的態度」を捨てられぬ自らの「矛盾」は認めながらも、歴史のなかで構築された教義の体系を飛び越え、キリストの真正なる福音を直接に聴くことで、誰よりも固くキリストと結ばれていると確信しているからである（括弧内は一九〇六年四月二九日付クリスチャン・ベック宛書簡［*Corr. G/B*, p. 146］の表現）。なお、『放蕩息子』（プレオリジナル・初版から第三版まで）に対する同時代の評価・反響にかんしては、前掲校訂版（pp. 55-62 et 94-109）を参照されたい。

（14）ジッドの実験的精神は、その両義的な遊戯性ゆえにしばしば、他者に対してばかりか自己に対しても、なにがしかの攻撃性を孕まざるをえない。こういった自虐的側面にかんしては、彼が同時代の作家・批評家から贈られた献呈本を競売に付すというスキャンダラスな事件を具体例に取りあげて論じた第IV部・第3章「蔵書を売るジッド」を参照されたい。

（15）*Corr. G/Schl*, p. 302.

（16）Voir *Corr. G/Cop*, t. I, p. 415. なおサロモンは後年、『新フランス評論』の求めに応じて、トルストイの出奔・死去にまつわる資料を翻訳・紹介している（voir « Documents sur le départ et sur la mort de Tolstoï », *La NRF*, n° 104, 1er mai 1922, pp. 516-538）。

（17）Voir *Corr. G/Cop*, t. I, pp. 409-416, 421, 424 et 430.

（18）トルストイの戯曲『生ける屍』のフランス語訳にかんするシュランベルジェのノートからの引用（*La NRF*, n° 35, 1er novembre 1911, p. 632）。

第III部　批評家・外国人作家との交流

第一次大戦前後のジッド

この時期の創作にかんしては二つの対照的な小説形式が共存している。ひとつは、伝統的手法で書かれた単線的な筋立ての「レシ」で、大戦をはさんで発表された『イザベル』(一九一一)と『田園交響楽』(一九一九)がこれに当たる。もうひとつは、イギリス小説に影響を受け、ピカレスクで自由奔放な文体で書かれた「ソチ」の代表作『法王庁の抜け穴』(一九一四)である。とりわけその主人公ラフカディオの「無償の行為《アクト・グラチュイ》」はフロイト流の無意識の領域を探る試みでもあった。

単なる読書行為を超えて、ジッドは外国文学と実践的に関わるようになる。『放蕩息子の帰宅』ドイツ語訳をめぐり訳者のリルケと直接面談する一方、自らもタゴールの『ギーターンジャリ』やコンラッドの『台風』などを翻訳する。また汎欧的な文化交流を目指し「ポンティニー旬日懇話会」を創設したポール・デジャルダンや、やがてルクセンブルクの「コルパハ」に仏・独をはじめ多くの国から作家・文化人を招くことになるマイリッシュ夫人との交友を深めてゆく。

とはいえ、大戦は政治や社会のみならず文学・芸術の世界にも甚大な影響を及ぼした。召集は免れたもののジッドもまた文学活動をほとんど休止し、一年半にわたってベルギー避難民救済の組織「仏白の家」の活動に従事・専念せざるをえない。もとより多くの文芸誌と同様(後に復刊される雑誌はむしろ稀である)、『新フランス評論』も休刊を余儀なくされ、著述発表の場も大きく制限されていた。それだけに終戦後のジッドは、文学的交流を国の内外を問わずさらに広げてゆく必要を痛感し、とりわけ敗戦国ドイツとの協調に力点を置いた活動を模索しはじめるのである。

感情生活の面では、ゲオンの回心や相次ぐ友人・知己の戦死など、陰鬱な状況も禍して一九一六年以降、深刻な宗教的危機がジッドを襲っていた。マルク・アレグレ青年との恋愛はそれまでに経験したことのない霊肉ふたつながらのものとなり、それだけに妻マドレーヌとの関係は決定的に悪化してしまう。まさに人生最大の苦難に耐える数年間であった。

＊

一九一〇年　『オスカー・ワイルド』。八―九月、ポール・デジャルダン創設の「ポンティニー旬日懇話会」に初回から参加。ジッドら『新フランス評論』グループは、「現代詩」にかんする第五セッション（九月八―一七日）の企画を委ねられるなど、デジャルダンと緊密な連携関係を結ぶ（ジッドはその後も長くポンティニーの活動に対し忠実な賛同者・協力者であり続ける）。

一九一一年　『シャルル＝ルイ・フィリップ』（フィギエール）、『新プレテクスト』（メルキュール・ド・フランス）に加え、「新フランス評論」に新設された出版部門から『イザベル』を刊行。五月、『コリドン』私家版（一二部のみ。二二部の説も有り）。『新フランス評論』七月号が、ジッドの訳したリルケ『マルテの手記』の断章を掲載。ヴァレリー・ラルボーとイギリス旅行、数日をジョゼフ・コンラッド宅で過ごす。

一九一二年　二月、『放蕩息子の帰宅』および他の「トレテ」五作の合冊本を新フランス評論出版より上梓。三月、アンリ・ゲオンとイタリア旅行（フィレンツェ、ピサ）。五月、ルーアンの重罪裁判所で陪審員をつとめる。アドリアン・ミトゥアール主宰の叢書「ロクシダン文庫」から戯曲『バテシバ』を出版。一二月、二度目のイギリス滞在、エドマンド・ゴス宅でヘンリー・ジェイムズと会う。「新フランス評論」がプルースト『スワン家の方へ』の原稿を拒絶。翌年ジッドは「新フランス評論最大の過ち」とその非を認め、以後、同社からの『失われた時を求めて』刊行（一九一八年）に向けて最大限の努力を払う。

一九一三年　四―五月、ゲオン、ウージェーヌ・ルアール、フランソワ＝ポール・アリベールとイタリア旅行。一〇月、ジャック・コポーを中心に「新フランス評論」の姉妹組織としてヴィユー・コロンビエ座を創設。ロジェ・マルタン・デュ・ガールとの交友が始まる。一一月、タゴール『ギーターンジャリ』（『歌の捧げもの』）のフランス語訳を出版。

一九一四年　三月、『新フランス評論』誌に掲載した『法王庁の抜け穴』（一月号から四回連載、単行出版は五月）のなかの「男色風な一節」をめぐってクローデルと決裂。四―五月、ゲオンおよびエミール・マイリッシュ夫人とイタリア、ギリシャ、トルコを旅行。大戦勃発に伴い、八月号をもって『新フランス評論』が休刊。以後ジッドは、一〇月から一年半にわたって、シャルル・デュ・ボス、マリア・ヴァン・リセルベルグらとベルギー避難民救済の組織「仏白の家」の活動に従事・専念する。『重罪裁判所の思い出』を出版。

一九一五年　クリスマスにゲオンからカトリシズムへの回心を知らされる（当初ジッドはこれを軽く見たものの、やがて大きな宗教的危機を招く一因となってゆく）。

一九一六年　長く深刻な宗教的危機。マルク・アレグレとの恋愛関係が始まる。一二月、エミール・ヴェラーレンの葬儀に向かう汽車のなかで、マリア・ヴァン・リセルベルグの娘エリザベートに、自分との子を設けて欲しい旨の紙片を手渡す。

一九一七年　八月、マルクとスイス滞在。

一九一八年　六月一八日、マルクとイギリスに向けて発ち、当地に四カ月滞在。キュヴェルヴィルに戻ったジッドは、一一月二一日、彼が幼少年期からマドレーヌに宛てた手紙がすべて彼女によって焼却されたことを知る――「まるで彼女が私たちの子供を殺してしまったかのように苦しい」。七月にコンラッド『台風』の、九月に『ホイットマン選集』のフランス語訳を出版。一一月一一日、マリア・ヴァン・リセルベルグがジッドの日常の言動を記録した『プチット・ダムの手記』を付けはじめる。

一九一九年　六月、大戦中休刊していた『新フランス評論』が、一九一二年一月より実質的な編集次長《スクレテール》だったジャック・リヴィエールを新編集長として復刊する。一二月、『田園交響楽』を出版。

第1章　ジッドとチボーデ
——一九〇九年から一九二〇年代初めまでの交流——

旧師ベルクソンの思想に深く影響を受け、「内面の持続《デュレ》」を追究したアルベール・チボーデ（一八七四—一九三六）は、シャルル・デュ・ボス、ラモン・フェルナンデスとならぶ両次大戦間の代表的な批評家としてつとに名高い。青年期の詩作をへて、やがて文学批評・政治評論に健筆をふるった彼の著作は、三〇冊ほどの著書（そのうちフローベールやスタンダール、マラルメ、ヴァレリーにかんする研究書、『フランス文学史（一七八九年から今日まで）』や小説論・批評論など邦訳されたものも多い）、新聞・雑誌に発表された約千二百点の評論・書評など、まさに膨大な数量にのぼる。(1)構造主義の隆盛にともない、一時はその伝統的・正統的なアプローチゆえにややもすれば過小に評価されがちであったが、驚異的な博識と類い稀な洞察力に支えられたその作品解釈・作家理解はいささかも古びてはいない。じじつ、この批評家への注目度は近年とみに高まっている。とりわけ二〇〇七年には、季刊研究誌『文学《リテラチュール》』が特集号を組み、また『新フランス評論』掲載の評論・書評を集めた『文学にかんする考察』、政治評論を纏めた『政治にかんする考察』という、合わせて三千ページ近い二冊の論集がアントワーヌ・コンパニョンの手で編まれ（前者はクリストフ・プラドーとの共編）、チボーデ再評価の動きを強く印象づけた。(2)

ちなみに批評家にかんする研究としては、若干数の雑誌掲載論文をのぞけば、一九五二年から六七年にかけて公刊されたアルフレート・グラウザー、ジョン・C・デイヴィス、マルセル・ドゥヴォーによる三冊の著書以後、[3]めぼしい成果は実質的に皆無という状況が長らく続いていた。またこの三著にしても批評的著作の分析やその方法論の検討を中心とするもので、伝記的・実証的な解明はほとんど手つかずであったといっても過言ではない。主因は同時代の作家・文学者らから受けた書簡をはじめチボーデ・アルシーヴの大半が早くに散逸したことであり、これが研究の進展を大きく妨げてきたのである。[4]その意味で、二〇〇六年に出版されたミシェル・レイマリー『アルベール・チボーデ、内部の〈アウトサイダー〉』の功績はことのほか大きい。[5]著者は図書館・公文書館所蔵の未刊資料を活用して批評家の「人と作品」の再構築を試み、ジッドとの交流にかんしては両者の往復書簡を参照している。本章も関連部分の論述に負うところ大であるが、ただし当該資料体の扱い方にはいささか疑念を呈せざるをえない。未刊書簡からの引用が数語ないし数行と断片的なのは同書の対象領域の広さから当然としても、まず気にかかるのは参照された書簡群の網羅性がさほど高くないことである。上述のようにチボーデ旧蔵文書の散逸のため現存が確認された両者の書簡数には顕著な偏りがあるが、筆者が承知する総数四〇通（ジッド書簡一四通、チボーデ書簡二六通）のうち、レイマリーはパリ大学附属ジャック・ドゥーセ文庫所蔵以外の書簡はほとんど全て見落としている。またいくつかの明らかな本文転写ミスにくわえ、日付表記が不完全な書簡の年代決定・推定にも誤りや未解決のものが少なくない。[6]そのため議論は時として正確なクロノロジーに立脚せず、失考と呼ばざるをえない記述も見うけられる。

本章では、『新フランス評論』を創刊し両次大戦間のフランス文学を主導した大作家と、彼に請われ同誌の常設欄「文学にかんする考察」を四半世紀にわたり担当した大批評家との往復書簡（とはいえ、本章が対象とする一九二〇年代初めまでの時期にかんしては、ほとんどがチボーデのジッド宛書簡）の提示・紹介を第一義とし、あわせてこれの補説をつうじ両者の交流の具体相を実証的に確認したい。

交流の開始

ジッドとチボーデの交流が始まったのはまず間違いなく一九〇九年後半のことで、後者の友人であり、当時月刊文芸誌『ラ・ファランジュ』(一九〇六年七月創刊)を主宰していた象徴派系譜の詩人ジャン・ロワイエールの仲立ちによる。

これに先立ちジッドは同年二月、ジャン・シュランベルジェやジャック・コポー、アンリ・ゲオン、アンドレ・リュイテルスらと『新フランス評論』を創刊し(正確にはウージェーヌ・モンフォール一派との訣別に続く「再創刊」)、初号から三回連載で『狭き門』を発表していた。また雑誌初出と並行してメルキュール・ド・フランスを版元とする同書の単行出版の準備が進められた。一六折限定初版と一二折普及版の二種が用意され、アルシュ紙使用の初版三百部は六月一二日に印刷完了、普及版もその八日後には刷り上がる。前者はネルヴァル訳『ファウスト』第二版(一八三五)を模した有名な青色の表紙を、いっぽう後者はメルキュールの読者にはお馴染みの薄黄色の表紙を纏ってまもなく刊出した(ちなみに友人・知己に向けた初期の献本では、多くは小型の初版のほうが用いられている)[7]。ジッドがロワイエールからチボーデを高く称揚する書簡を受け取るのは、それから程なくのことである。七月一二日付のこの書簡はチボーデの経歴を手際よく語り、また何よりも当人の偽りのない感想を伝えているので、長くはなるが関連部分を訳出・引用しておこう——

キュヴェルヴィルで六月二〇日の『ラ・ファランジュ』最新号をお受け取りのことと思います。〔…〕おそらく今号や初期の号でアルベール・チボーデの驚くべき才能に感嘆なさったことでしょう。このチボーデは非凡にして、人を夢中にさせる男です。二〇歳のときにはすでにその著作(うち二冊が出版され[8]、ほかは抽斗《ひきだし》に眠っていました)で名を上げていました。しかしそれ以後は何も公にしようとはせず、哲学教師として一年は教壇に立ち[9]、次の年は世界を駆け巡るという生活を始めます。日に七〇キロを歩き、ギリシャと小アジアを訪れています。三年前に私が『ラ・ファランジュ』のためにノートをいくつか依頼しなかったならば、何も書かないままだったでしょう。このノートは『ギリシャのイメージ』となり、あなたも当誌でお読みいただけたものですが、いずれ単行書として書店に並ぶことになりましょう[10]。

チボーデは、あなたやクローデル、バレスとともに当代で最も偉大な散文作家ですが、ごくごく自然な態度として、名誉というものに全く無頓着で、わざわざ書こうという気を起こさないのです。ただ頼まれると拒むということもありません。〔…〕暇にまかせて教科変更のために受けた歴史のアグレガシオンに合格し、現在はアヌシー高等中学の歴史教授をしています。先日エジプト旅行から帰ったところです。チボーデは『ラ・ファランジュ』最強のメンバーのひとりであり〔…〕実に初々しくも力強い、驚くべき精神の持ち主です。本誌の毎号に、当代作家にかんする彼の評論が掲載されます。六月号のポール・アダン論はすでにお読みいただいたところ。七月にはバレス『コレット・ボドッシュ』論をお読みいただけます。さらに八月には〔…〕アナトール・フランス論、九月にはモーラス論、そして一〇月にはご高著『狭き門』にかんする論文です。この論文についてチボーデは私に次のように書いてきました。ご高著は目にするや直ちに彼に送ってしまい、もう私の手元にはないのです。――「今朝受け取ったジッドの小型本を（遠出に）持って行きました。お礼を言います。まさに純粋な傑作であり、私の思うに、これに匹敵するものは長らく現れていません。君が話してくれた包括的なジッド論を大喜びで書くことにしましょう。古くから彼の読者だったので、その作品はほとんど持っています。欠けているのは『鎖を離れたプロメテウス』と『アミンタス』、それにくわえ、人に貸して（当然のことに）返ってこなかった『背徳者』だけです。したがってモーラス論に続いて総体的研究を書くにはこの三冊があれば十分でしょう」。

という訳で、ヴァカンスも近いことですし出来るだけ早くこの三冊をアヌシー（アヌシー高等中学教授）のチボーデ宛にお送り頂きたい。あなたに相応しい、休暇明けの素晴らしい一〇月号に掲載される論文が如何なるものとなるか、篤とご覧あれ(11)。

ロワイエールからの要請を受けて、ジッドは早速チボーデに『狭き門』を含め計四冊の自著を送る。彼が手紙を添えたか否かは不明だが（後掲書簡の文面から推すに、自筆献辞の入った献本だけだったのではあるまいか）、チボーデは次のような礼状を返した。これが現存の確認された、両者の文通関係を証する最も古い書簡である――

《書簡１・チボーデのジッド宛(12)》

アヌシー、〔一九〇九年〕七月二二日

拝略

感嘆すべきご高著『狭き門』をご恵投たまわり、有難うございました。ご本は、内的な生を描いた、今日《こんにち》最も繊細にして深遠なる著作のひとつです。私同様『アンドレ・ワルテル』よりこの方、あなたの作品を愛読してきた者にとっては、なおのことそうです。『ラ・ファランジュ』誌で『手記』から『狭き門』へと至る軌跡を考究するのが楽しみです。あなたが辿られた軌跡はバレスの軌跡と並んで現今最も興味ぶかいものであり、次の休暇の折りにそれをゆっくりと遡ってみるのは、私にとってまさに美しい夏の朝の夢となることでしょう。

敬具

A・チボーデ

追伸。人への貸与で手元に欠けていた『背徳者』『アミンタス』『鎖を離れたプロメテウス』もまた落掌。深謝。

「包括的なジッド論」という意図のもと、『ラ・ファランジュ』一〇月二〇日号掲載の『狭き門』評は、先ず『アンドレ・ワルテルの手記』から同作に至る「軌跡」の確認に紙幅の半ばを割く。ジッドは「当代の最も魅力的な三人ないし四人の作家のひとり」であるが、チボーデはこの小説家が各作品で展開してきた「ある部分において二面性を帯びた生と芸術」や、その「極めて内的で生き生きとした倫理的教養」、「繊細で陰翳に通じた驚嘆すべき感受性」にことのほか感じ入る。さらに彼は、ジッドの作品が「重圧や束縛を払い除けるための営為、統一的な生を手にするための営為」であった点を強調したうえで、『狭き門』に――わけても「待機というアリサの本質」の描写に――ひとつの到達点を、すなわち完璧なまでの「内的な技芸」、「物語を操り挿話を束ね据えつける深遠な技術」を見いだすのである(13)。

上掲書簡に続いては、一九〇九年一一月六日付ジッド書簡の存在がある競売カタログ(ジュネーヴ、一九六九年)に記載されたことがあるが、パリからの発信ということを除けば、記述内容は一切採録されていない。

チボーデは同年七月、アヌシー高等中学の代用教授から正教授に昇進したが、二〇代半ばから準備を続けていた博士論文『社会学的見地から考察した「概念」のギリシャ哲学』を完成すべく(14)、秋から翌年にかけ長期の研究休暇をとり、またこの機会を利用しギリシャを再訪、さらにトルコまで足を延ばした。以下は、帰国直後にジッドに宛てられた書簡――

《書簡2・チボーデのジッド宛[15]》

トゥールニュ、〔一九一〇年〕六月二五日

拝啓

ようやく昨日のこと、アジア・地中海への長旅から戻ってみると、仕事机の上には『放蕩息子の帰宅』が置かれていました。そういう好ましい巡り合わせのおかげで、ご高著は私にとって、まさしく時宜にかなった書物となりました。思うに、あなたはこれほどまでに内奥に迫る、繊細かつ完璧な作品を書かれたことはかつてなかった。これこそは『地の糧』を簡素澄明にし、その生の本質、内的な美を核心にまで還元・純化した作品です。——あなたにかんする、『女性的ロマン主義』流のモーラスの論文を是非読んでみたいものです。あなたを判断するにさいし彼は、その文学通としての感嘆すべき審美眼と、おそらくは同様に感嘆すべきものだが、もはや寄稿者たちの愚劣さを通してしか窺えなくなったその政治的規定方針とのはざまで、どれほど思い悩まねばならぬことでしょう! またジュール・ルメートルはあなたに対してどのような考えをもっているのでしょうか(彼の立場は、「ポール・クローデル氏の知遇をうる栄誉には浴していない」〔エミール・〕ファゲ[16]のようなものなのでしょうか)。こう申し上げるのは、あなたの作品がかなり広い領野に及んだ今日、その全体像は我がフランスの精神風土の一典型であると私には見えるからです。一七世紀人が実に興味ぶかいかたちで顕現しているように思われるのです。(ご自身はそのことには無頓着で自己陶酔なさることもなく、またモーラスやバレスのごとく読者を少々——あるいは大いに——頑なにしてしまうような要素も皆無なだけに、なおのこと然り)。あなたは一七世紀人の嗜好と感情を最も自然なかたちで身につけておられる。そしておそらく、かかる感情それ自体ではなく、あなたがこの感情を際立たせ強調なさる点こそは、ひとつにはニーチェが外から再検討してみせた一七世紀人の反動的回帰に依るものなのでしょう。

もっとも、この休暇中に是非書くつもりでいる長いジッド論のなかで、今申し上げたことすべてを解きほぐし整理しなくてはなりません。

一〇月〔の新学期〕にアヌシーに帰ることになるのか、あるいはほかのどこかに転任になるのか、情報を求め上京の予定です。あなたがその時期の悪天候でパリに留まっておいでかお尋ねすることにいたしましょう。留まっておいでの場合にはご挨拶に伺います。敬具

A・チボーデ

書簡の主題をなす『放蕩息子の帰宅』の雑誌初出は一九〇七年だが、ここでの謝礼の対象は、一九一〇年一月末「ロクシダン文庫」から刊出し〔ただし表紙の刊年表示は一九〇九年〕、二月半ば以降ジッドが順次、友人・知己に贈っていた同書の限定豪華版。この大型本は番号入り百部のほかに、著者献呈用として無記番非売品が二〇部刷られた。批評家の不在中にトゥールニュに送られていたのもその内の一冊である。(17) チボーデは遅ればせながら翌七月の『ラ・ファランジュ』誌で作品を論ずるが、この書評は平明達意の文で物語の本質を的確に捉え、まさに批評家の慧眼と力量を遺憾なく示している。(18) たとえば、ジッドによる「福音書のプロテスタント的な転写」を称えた次の一節――

『放蕩息子の帰宅』は福音書寓話を元にした英知と愛情の作だが、この寓話は借用の契機ではなく、それ自体が核なのである。不自然な書き換えもなければ、無理な象徴化もない。読者の心を揺さぶる美、その本質はアンドレ・ジッドの芸術にではなく〔…〕福音書自体に存するのだ。ジッドはラシーヌがエウリピデスに対したのと同じ精神、同じ厳密さをもって福音書に誓願する。ジュール・ルメートルが福音書の「余白に」書くのとは異なり、(19) 福音書のなかに分け入り、そこで人間性を、彼自身の人間性を見いだすのである。私の思うに、ここ

にこそ人を聖書に向き合わせるプロテスタント的教養の感嘆すべき特性がある。これとは逆に、モーラスや場合によってはルメートルを例として、純粋かつ論理的なカトリシズムがいかに我々を福音書の「余白に」追いやるか、それを示してみるのも興味ぶかいことだろう。

なお、『放蕩息子の帰宅』の話題につづき短く言及された「休暇中に書く予定の長いジッド論」は、結果的には執筆されずに終わる。おそらくは『パリ評論』一九二七年八月号に発表される三〇ページを超す包括的な論文「アンドレ・ジッド」がこの予告の遠い結実ということになろう。[20]

チボーデのマラルメ論をめぐって

上掲書簡の末尾で触れられているように、チボーデはこの年の一〇月、アヌシーからグルノーブルへ転任となり、一学年度だけではあるが同地で歴史を講ずる。以下は新ポストに着任してまだ日も浅い頃のジッド宛書簡（これに先立ちパリで作家との面談が成ったか否かは不詳である）――

《書簡3・チボーデのジッド宛[21]》

グルノーブル、一九一〇年一〇月二三日

拝啓

お手紙が私の元に届かなかったのは当然なことです。トゥールネーという宛先は勘違いなさったためで、実際には、あなたがマルセイユに下られるさいにしばしば通過されたことがあるはずのトゥールニュ（ソーヌ＝エ＝ロワール県）だったのです。現在、私はもうアヌシーにはおらず、まだ先のことでしょうが、パリ転任へのおそらく最終段階としてグルノーブルの高等学校で歴史を教えています。

いずれ近いうちに、もう少し長い手紙を差し上げてもよろしいでしょうか。その話題とは次のとおりです。私は、入念で遺漏なきようにと努めたマラルメにかんする本をほぼ仕上げました。ほかにこれといった取り柄はなくとも、詩人にかんする単行書としては初めてのものであり、一月には出版の予定です。むろん聖人礼賛書などではありませんが、マラルメに然るべき文学的位置を与えんという意図のもと、強い共感の念を込めて構想されています。そのうえ同書では、創始者に勝るとも劣らずマラルメの領域・ジャンルを導いた思潮や、またこれら思潮のもつ意味合い、いわゆる象徴主義世代におけるその役割を理解・把握させるに最適な作家として、あなたのことも大いに語っているのです。いくつかの点でご教示をお願いし、またご高見に照らし場合によっては変更・修正するために、とりわけマラルメの心理について、いくつか愚見を申し述べてもご不快ではないか、おっしゃっていただけないでしょうか。手紙ではそういった問題には触れぬというごもっともな理由もおありかもしれませんので、まずはお伺いを立ててからということにいたします。

正月休暇には必ず上京する予定です。パリでお目にかかり、旧交を温めさらにいっそうのご厚誼を賜りたく。

グルノーブル高等中学教授　A・チボーデ

ジッドやヴァレリーら「幸福な少数者」の崇敬の対象であったマラルメは、チボーデにとっても青年期から最も愛読した書き手のひとりだった。だが周知のように、その読者層は決して一般に広がることはなく、チボーデ当人が後年証言するように、詩人の名はこの一九一〇―一一年当時すでに、「骨董博物館送りにすべきセナークルの旗印」と同義でさえあった。それだけに、「『ステファヌ・マラルメの詩』にかんする大判四百ページもの著書はまさに奇怪な企てだった」のである。[22] ひきつづき批評家の言葉を借りていえば、同書執筆にあたってチボーデは、マラルメを「彼自身としてではなく、むしろフランス文学というこの現実の存在、このダイナミックな観念《イデ》に連なる関数として研究しようと考えた」[23]。すなわち、ベルクソン的アプローチに依りつつ、「シャルル・セニョボス教授から聖人礼賛的方法への疑念を継承した」「ソルボンヌ流の歴史家」として[24]、「己の非力ゆえ」と断りながらも、詩人を「ほとんど非人称的な闇のなかに」閉じこめておこうとしたのである[25]。

上掲書簡で予告していたように、著書の執筆に一応の区切りをつけたチボーデは翌月末、象徴派の総帥にかんする具体的な質問をジッドに書き送る——

《書簡4・チボーデのジッド宛[26]》

グルノーブル、〔一九一〇年〕一一月二九日

拝啓

数週間来、お手紙を差し上げる機会を何度も引き延ばしておりました。まずはじめに、この八月、ちょうど私が一日滞在したポンティニーでお会いできなかったのはなんと残念だったことか！　しかも私はそこから後の行き先がよく分かっておらず、ただシトー会の教会を見物しただけに終わったのです。来夏を期すことにいたしましょう。

お話ししていたマラルメにかんする拙著は、推敲作業をのぞき終了しました。このうち二章をロワイエールに送りましたので、『ラ・ファランジュ』の一二月号でお読みいただけます。どの点についてご教示をお願いすべきかはっきりさせようと、まさに最後の仕上げを残すばかりの状況に至るのを待っておりました。こういった話題では、あなたに対しどれほど遠慮申し上げるべきかは重々承知しておりますので。問題は以下の二点のみです。

第一。私はマラルメの威光に一章を割きましたが、そこでは彼が及ぼした影響の様態を四つ取りあげています。すなわちモークレール、クローデル、あなたジッド、そしてヴァレリーです。モークレールとは、無用な多弁と沈黙との両極に相分かれ、一方は過剰なまでの筆法を推奨し、他方は理に適わぬ筆法を戒める、という点。クローデルにかんしては、そのイマージュの細部や、類推による思考様式、文章の構造。あなたについては、文体にマラルメ的なものが皆無なことから（着想・霊感の面ではむしろ正反対です）、マラルメはじつに微妙で多様な教えによって、あなたが内的な生の矛盾を提示・表現する力添えとなったように思えました。あなたの諸作品のいわば基盤をなす《出口・出ること》という主題は、マラルメがその起源ではないとしても、彼との類縁に由来しているのではないでしょうか。（もっとも私にとって影響という概念は、主体や人間の状況を整理し把握するための有用な仮説に外なりませんが）。

この《出口・出ること》という主題が〔マラルメの〕「窓」の主題であるのは言うまでもないところですが、『エロディアード』や『半獣神の午後』「続誦《プローズ》（デ・ゼッサントのために）」、さらには「小屋掛芝居長広舌」の主題でもあるのでしょうか。そうだとすれば、内的な生を詠んだあなたの詩のなかに、マラルメとの近縁を示すこの指標、さらには何かほかの指標を識別することは可能なのか、お教えいただけますか。影響にかんするご講演〔『文学における影響について』〕のどこにもマラルメへの言及が見当たらないのに驚いています。この驚きの表明をそのまま残すべきか、すっぱり削ってしまうべきか、あるいはご助言をいただけるなら、それなりの理由を提示して再検討すべきなのでしょうか。

第二。マラルメが書いたもので理解できなかったものは一行としてなく、特に詩についてはすべてその意図は摑めたと考えています。しかしできれば完全に得心しておきたい点がひとつあります。テオドール・ド・ヴィゼヴァがマラルメにかんする研究ノートを書いており、ヴィットリオ・ピカらはこれに詩の註解を付し自説として援用していますが、私には稚拙でまったく不正確な代物に思われるのです。たとえば、「続誦（デ・ゼッサントのために）」をビザンチンの修道士が語る想像の産物とするなぞは、立論として成立しているとは思えません。私の理解では、「続誦」は最終行にいたるまで一種の《詩法》なのであり、そこでは詩人が恋人を唯一の聞き手として、最後部に出てくるビザンチン風の背景のように、淡く朧《おぼろ》なイロニーのなかで語り続けているのです。書いたものといえばほとんど愚論ばかりのポーランド人ヴィゼヴァの解釈について、マラルメは一度も釈明しなかったのでしょうか。同様に、マラルメが「弟子たち」に「己の詩に込められた千の意味」を明かすのを聞いたと吹聴するベルナール・ラザールの弁を信ずるべきなのでしょうか。マラルメは、いったん詩を書き上げてしまえば、後は心して一切の註釈を差し控えた、そのように私には思われます。間違っているのは私なのか。それともラザールの断言をお人好しの厚顔無恥の故と見るべきなのでしょうか。

申すまでもなく、私のささやかな原稿の束は『新フランス評論』で自由にお使いいただけるものです。もし一月号用にマラルメ論の断章でよろしければ、お知らせください。この八折版の原稿を発送次第、ただちに今春アテネで執筆したアクロポリスにかんする一八折版の清書に取りかかりますが、貴誌からお求めがあれば喜んでその一節をお送りします。

正月には拙著〔マラルメ論〕の印刷のため上京する必要がありますので、まず間違いなくその折りにお目にかかれると存じます。では近いうちにまた。敬具

A・チボーデ

記述内容の補説として、まずは『ステファヌ・マラルメの詩』出版までの流れを略述しておこう――。チボーデが言うように、同書中の二章、全体のおよそ七分の一が『ラ・ファランジュ』に先行掲載された（ただし一二月号と翌

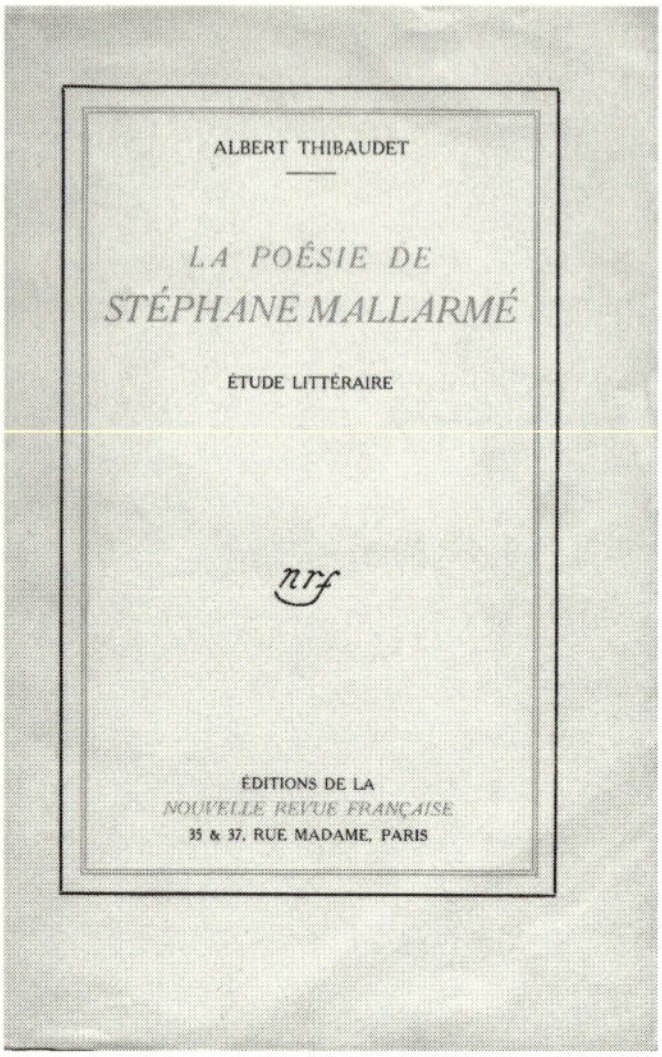

チボーデ『ステファヌ・マラルメの詩』（1912）

年一月号に分載[27]。それと同時に、雑誌を母体とする「ラ・ファランジュ出版」からの単行書近刊が予告される。しかしながら出版計画は以後遅延を重ねた。雑誌裏表紙には、一九一一年八月号までは「近日出来《しゅったい》」、また翌九月号からは「印刷中」と毎号欠かさず記されるが、一九一二年一月号を最後に予告はぱたりと途絶えてしまうのである[28]。具体的な経緯は不詳ながら、この時期に「ラ・ファランジュ」に依る計画が頓挫したことはまず間違いない。チボーデからの提案・要請によったのか、あるいはジッドらが積極的に働きかけたのか、これまた委細は不明だが、その後、版元は「新フランス評論出版」（前年五月設立）へと移り、『ステファヌ・マラルメの詩』（背表紙の刊年表示は一九一二年、刷了日の奥付記述なし）は一九一三年一月、『マラルメ詩集』との同時出版というかたちで漸く世に出たのである[29]。なお、雑誌初出テクストと単行初版の対応箇所とを比較照合してみると、版面の横幅こそ若干異なりはすれ、使用活字や植字の細部・体裁は明らかに同じもので、この実証的事実からは出版社変更後も元の本文組版（ムーズ県バル＝ル＝デュックのコント＝ジャケ印刷所）がそのまま転用されたことが分かる。

マラルメの詩をめぐりチボーデから質問を受けたジッドはどのように応じたのだろうか。三日後（一二月二日）の返信はその内容がほとんど知られていないため彼の回答を具体的に知る術はないが、おそらく著者の主張に大きく異を唱えることはなかったろうと推測される。チボーデが「マラルメの威光に割いた一章」（刊本の結論部第一章「マラルメの影響」）では、彼が名を挙げるマラルメ継承者のうち、クローデルを除く三人が師から受けた影響が論じられ[30]、質問相手のジッド当人にかんしては、講演録『文学における影響について』への言及こそ削られたものの、とりわけ最初期の『ナルシス論』（一八九一）を挙げてマラルメとの「共鳴」が強調されている——

アンドレ・ジッド氏の〔『ナルシス論』の〕要旨は、たとえ同時代の人々のそれと調和し、またほかの誰よりも巧みにノルマンディーの田園の光と水の美しい曲線を描いているにしても、マラルメの論法を典拠とするというより、むしろそれと共鳴しあう点のほうがはるかに多い。マラルメの存在が文学的問題を提起するのに対し、ジッドの存在は倫理的問題を提起する。文学的問題についての瞑想がその形式のみによってマラルメを英雄的な倫理の高みと尊厳に到達させたのに対し、ジッドの場合は倫理的問題への考察が彼の芸術家としての天性を無理なく形成したように思われる。出発点と到達点が互いに入れ替わっているのである[31]。

また否定的な文脈で名前のあがったテオドール・ド・ヴィゼヴァとヴィットリオ・ピカ、ベルナール・ラザールについては、いずれも註のかたちで、対象文献の出典とともに文面どおりの批判が記されている[32]。

書簡の冒頭にはスリジー＝ラ＝サル国際コロックの前身、「ポンティニー旬日懇話会」への言及がある。同会は、道徳や社会問題に強い関心を抱き、「道徳的行動のための同盟」（一八九二年結成、後に「真理のための同盟」と改称）をベースに穏健な運動を続けていたポール・デジャルダンが主宰した文化団体で、毎夏定例の会場となったヨンヌ県ポンティニーの旧僧院では、いくつか主題が設定され、その名のとおり各々一〇日間に及ぶ議論・懇談をつうじ知識人の交流が活発におこなわれた。この一九一〇年がまさに初年度に当たるが、とりわけジッドら『新フランス評論』グループは、「現代詩」にかんする第五セッション（九月八—一七日）の企画を委ねられるなど、初めからデジャルダンとは緊密な連携関係を結んだ[33]。書簡にあるようにチボーデは、場所に不案内だったためか、あるいは正確な情報を得ていなかったせいなのか、この記念すべき第一回懇話会に参加する機会を逸してしまった。結局、彼の初参加は翌々年のことになるが、これについては後述。

またチボーデは準備中の自著二冊に言及しながら、各々の断章を『新フランス評論』掲載用にと提案していた。先にも触れたようにジッドの返信の具体的内容は不明だが、次の一節だけはすでに活字化されている――「ご高論『アクロポリス』を私がどれほど心待ちにしていることか（できるだけ早く、断片ではなく完全稿を我々にお委ねください）。いずれかの号の目次にお名前を見いだすのが待ちどおしい」（一九一〇年一二月二日付、パリ発信）[34]。マラルメ論抜粋のほうはともかく、アクロポリス論についてはジッドがある程度まとまった分量を依頼したことが分かる。なお、チボーデが期したように翌一九一一年の初頭、両者の面談が成ったか否かは不詳。また一月末ないし二月初めにはジッドがチボーデに手紙を書いたはずであるが[35]、今日までその所在は確認されていない。あるいは『新フランス評論』三月号に掲載される紀行文「タオルミーナ」に関連するものだったのだろうか。

チボーデの『新フランス評論』デビュー

それからひと月半後、チボーデはジッドからの献本に対し次のような礼状を返している。書名の記述はないが、ジッドが贈ったのはここ八年来の講演録や論文・書評を収めた『新プレテクスト』（メルキュール・ド・フランス刊、同年二月三日刷了）である[36]――

《書簡5・チボーデのジッド宛[37]》

グルノーブル、〔一九一一年〕三月一七日

親愛なるジッド

今まで他所でそのつど味わってきた文章を本のかたちで一時《いちどき》に再読した喜びを細々《こまごま》とお伝えすべきでしょうか。あなたはなんと魅力的で、繊細・炯眼なエッセイストであられることか！　こうして纏められたご高著の核をなし、その一貫性を保証しているもの、思うにそれはあなたがすでにお書きになっていたグールモン論と〔アナトール・〕フランス論であり、私は両論に照らしてご高著を拝読した次第。あなたは彼らふたりの作家に抗し、人間的で潑剌とした、響き豊かで輝かしい教養をその限界まで見事に示してくださる。また、あなたが下す文学的判断のほとんどすべては心から私の同意するところです。（園芸家のあなたは植字工に不満を漏らされたでしょうか。第二八八ページで、ケフィシアの並木道に植えられているのは〔梨の木《poirier》ではなく〕胡椒の木《poivrier》です。そこを通るとき、私はいつも必ずこの木の葉を指に挟んで潰したものです）。

『イザベル』には魅了されました。登場人物のプロフィールを的確に描くそのさりげなさ、繊細な生命が宿り巡る古びた操り人形の博物館、簡潔純粋な文体によって正確に輪郭を示された儚《はかな》く控え目なフォルムのすべて、それらがご高著を重要な芸術作品たらしめています。この素材の簡素さは『背徳者』『狭き門』にも明らかに認められるもので、そのことによってあなたは真の古典作家となっておられるのです。敬具

A・チボーデ

記述内容にかんする若干の補説――。誤植が問われているのはヴァレリー・ラルボー『A・O・バルナブース全集』からの引用で、この明白な誤りはチボーデの指摘にもかかわらず、当該の書評「ある裕福な文学愛好者による詩」を再録した新フランス評論版『ジッド全集』やプレイアッド版『批評的エッセー』をはじめ、今日に至るまでいずれの後続版でも未修正のままである。(38)　また書簡後段が語る『イザベル』は『新フランス評論』の一月号から三月号にかけ連載された、『狭き門』に続くジッドの新作小説《レシ》。チボーデは五カ月後『ラ・ファランジュ』でこの作品を評

するが、そのいくらかなりとも具体的な内容については同書単行本の出版に絡めて後述することにしよう。

『ラ・ファランジュ』掲載のマラルメ論や『狭き門』書評ですでにジッドの高い評価を得ていたチボーデは、上掲書簡と同じ一九一一年三月、コンスタンチノープルからシチリアを経巡る旅を綴った「タオルミーナ」で『新フランス評論』への初登場を飾る。この「地理的・政治的・美学的考察」[39]はチボーデの詩的才能を証し、また後の著書『アクロポリスの季節《ホーラ》』を予告する文章ではあるが、必ずしも一般の注目を集めたとは言いがたい。彼が批評家として脚光を浴びるのは、なんと言ってもその二カ月後、同誌に発表したある時事的論文によってであった。まずはこの論文が執筆・掲載された背景から述べておこう。

アガトン『新ソルボンヌの精神』をめぐって

普仏戦争の敗北に危機感を抱いていた第三共和制は、新世紀の到来とともに、長きにわたり墨守してきた「古典人文教養」に対する根本的な見直しを始める。ギリシャ・ラテン語の学習と古典テクストの読解、またそれら古代古典の正統的継承者と位置づけられたフランス古典の習熟にかわって、言葉よりも事物を重視する、より実用的・現実的な「近代教養」へと舵を切るのである（文芸にかんしては、外国語を含む現代語によるテクストの読解・解釈に力点が置かれることになる）。そのさいに改革のモデルとなったのは、人文学以外の学術に長じるとされたドイツの研究教育方法であった。かくしてフランスの教育体制は、新世紀初頭、一九〇二年の中等教育改革や、とりわけギュスターヴ・ランソン、シャルル・セニョボス、エミール・デュルケームら「新ソルボンヌ」派による高等教育の強硬な改革によって変貌したが、これに対する批判は、ペギーやアランら一部の知識人、極右のアクション・フランセーズ一派をのぞけば、さほど盛り上がりを見せていたわけではない。だが一九一〇年を境に事態は大きく動き、「新ソルボンヌ」は広汎な議論の対象となる。ひときわ激しい批判をくり広げたのがアガトンである。アガトンとはアンリ・

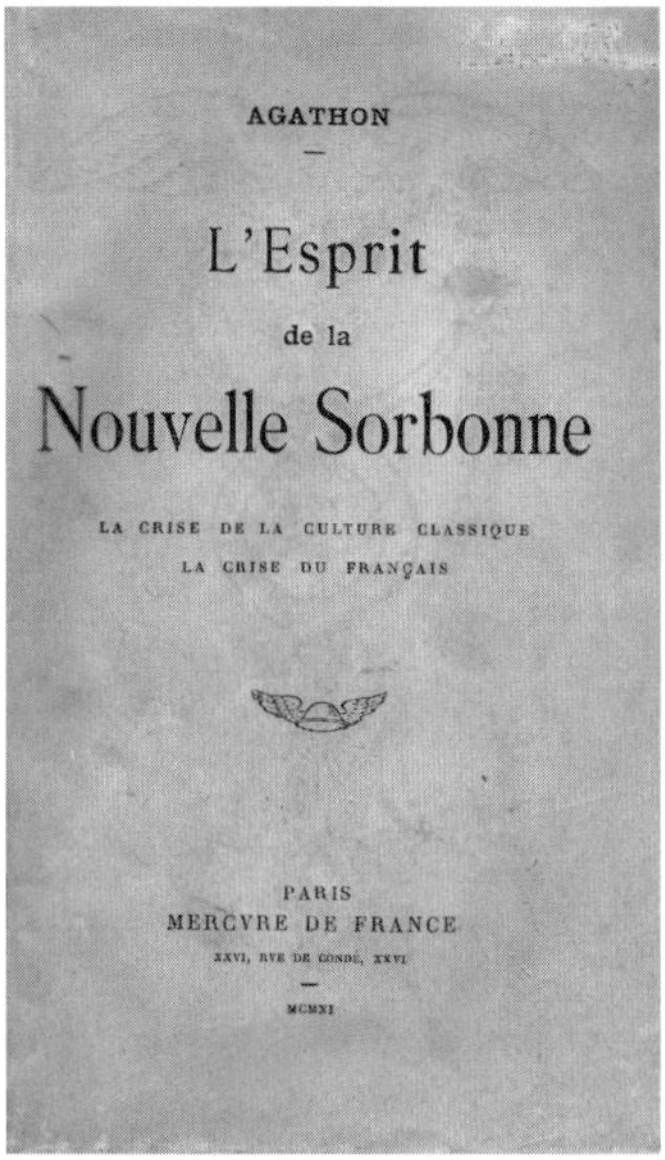

アガトン『新ソルボンヌの精神』
（1911）

マシスとアルフレッド・ド・タルドが共作のさいに用いた筆名だが、両者は週刊紙『ロピニオン』の連載論文でパリ大学文学部の新たな教育方針を、ドイツの影響下、歴史的調査や伝記的・書誌的研究で事足れりとし、フランス的な価値を支えてきた直感や審美眼を蔑ろにするものだと厳しく難じたのである。第一次大戦を前に国際的緊張が次第に高まりゆくなか、論争は文化や政治の次元とも連関していた。そして翌年一月、アガトンの批判論文を纏めた『新ソルボンヌの精神』がメルキュール・ド・フランスから出版されると、[40]知識人たちの関心・危機意識はさらに高まった。『新フランス評論』もこの機会を逃さず、同書にかんする論評をチボーデに依頼する。ジッドはその意図を三月二七日のシュランベルジェ宛書状のなかで簡潔に記している――「チボーデの関心を煽るため彼に一言書き送ります。というのは第一に、アガトンの本は私には重要なものと思われるから。また第二に、〔…〕アガトンその人自身も『新フランス評論』にとって素晴らしい新規寄稿者になりうるであろうから」[41]。文面から推すかぎり、チボーデに期待されていたのはアガトンの主張を容れた論評であろう。しかし三日後、彼がジッドに送った返事は意外な内容であった――

《書簡6・チボーデのジッド宛[42]》

グルノーブル、〔一九一一年〕三月三〇日

親愛なるジッド

ジャン・シュランベルジェが私に論文のかたちで二ページ分の原稿を求めています。よろこんで書きたいところですが、残念なことに気懸かりな点がひとつあります。私はアガトンの意見にはほとんど与しないのです。著者が批判している〔ソルボンヌ流の〕体系《メソッド》は私の精神形成に確かな影響を与えたもので、それゆえ私はこの体系を高く評価し、また影響を受けたことにも満足しているからです。したがって私が書かねばならぬのは全面的な擁護ということになりましょう。だが私には擁護を書きたいという気持ちもなければ書くこともできません。近々ソルボンヌに博士論文を提出予定なので、[43] 私からの擁護は追従と受け取られかねないのです。そういう訳で、お送りするのは急拵えの書評《ノート》とし、著者名はイニシャルのみ、内容もなるべく自分の考えに適ったものにしておきたいと思います。言うまでもないことですが、あなたご自身、またはどなたかほかの寄稿者が執筆を希望され、その論文が好適とご判断なさるならば、お送りする原稿は取り下げますので、もっと内容の充実したもので代替なさるに何らご遠慮はいりません。

聖週間の土曜から土曜〔四月八—一五日〕の間に校正刷をお送りくださる場合にはトゥールニュ（ソーヌ＝エ＝ロワール県）に宛てていただけますか。復活祭〔四月一六日〕の週ということであれば——あなたがパリにおいでの場合ですが——私自身がお宅まで取りに伺います。というのも上京の予定があって、あなたにはご挨拶するつもりでおりますので。

アクロポリスにかんする拙著はまだ準備が整っていません。このところマラルメ論、特に『ラ・ファランジュ』に載せた〔二章のうち〕非常に出来《でき》の悪い後の章を完全に書き直すのに懸かりっきりだったのです。[44] 今やそれも終わりましたので、五月はお話しした作品の執筆に充てることにいたします。敬具

A・チボーデ

チボーデがすでに校正刷の送付先を指示していることから明らかなように、書簡には彼の言う「急拵えの書評」が同封されていた（書簡冒頭の記述や時間的なインターバルから見て、おそらくはジッドに先立ちシュランベルジェが具体的な執筆依頼をしていたものと推測される）。ジッドは直ちに原稿をこの盟友に転送し、困惑を吐露しながらも事態の打開策を次のように提案している（三月末日付書簡）――

> これがアガトンの著書にかんするチボーデの書評《ノート》です。困ったことになりました。予感していたように、まさに処刑です。だが興味ぶかい処刑です。そして私が当初アガトンの本に納得していたにせよ、この反駁で私の確信は揺るがずにはおれません。
> とはいえ、『新フランス評論』の立場はチボーデよりもむしろアガトンの方に近いだけに、彼を失うことのないようにしたいところです。
> そこで私の提案ですが――、チボーデの原稿を論文として掲載する（議論の重要性からして、それだけの価値はあります）、同時に書評欄でもアガトンの本を取りあげる、あるいは少なくとも、書評欄において何行か紹介の文を付したうえで同書から相当量を引用する。(45)

ジッドの提案はその言葉どおりに実行される。当然のことだがチボーデの同意を得たうえであろう、「論文」に格上げされた彼の原稿「新ソルボンヌ」は大振りの活字で組まれ、『新フランス評論』五月号において八ページを占めた（著者名はフルネーム）。いっぽう書評欄には、アガトンの「悲観的な厳格さ」と批判者の「過度なまでの楽観論」との間で微妙なバランスを図るべく、前者の主張を汲んだミシェル・アルノー（ジッドの義弟マルセル・ドルーアンの筆名）による一文が配され、それに続いて『新ソルボンヌの精神』から「最も鋭い指摘のいくつか」が引用されたのである。アルノーの危惧を要すれば、現在の高等教育は秀でた才と堅固な志を有する少数者には恩恵をもたらすであろうが、「良識を備え好奇心もあるが、明確な審美眼や強烈な熱意には欠ける大方の精神」のことは考慮していないのではないか、というものであった[46]。

では翻って、「凡庸で古臭い旧ソルボンヌ[47]」に抗し、現行の教育体制とそれを支える教授陣（とりわけアガトンが標的としたデュルケームやランソン、セニョボスら）を擁護するチボーデの立場とはどのようなものだったのか。シュランベルジェ宛ジッド書簡が示唆するように、チボーデの考え方は必ずしも『新フランス評論』のそれと一致するわけではない。いや、むしろ相当に遠いものと言うべきだろう。彼によれば、教育上の「最初の手ほどき」とそれ以後の「個々人の業《わざ》」とは別物であり、そもそも独創性とは伝授の対象ではなく、自《おの》ずから学び取られるものである。書誌や分類カードの作成にしても、それが傑作に対する審美眼を失わせるわけではない。このように述べて独創性への不介入を新体制顕揚の論拠とする点で彼は、マシスへの全面的な同調を拒みソルボンヌ教授陣に相応の評価を与えたバレスとも見解を同じくしていたのである[48]。また当時の文化的状況について付言すれば、まさにこの一九一一年の半ば、ジャン・リシュパンを議長に仰ぎ、アカデミー・フランセーズ会員の大半を擁した知識人同盟「フランス文化のために」が結成された。結果的には、ひと月後にフェルディナン・ブリュノが創設した左派グループ「フランス語と現代文化の友」と対峙することになった組織だが、その幹事を務めたのはマシスとタルドの両名（アガトン！）であり、執行委員・活動委員にはジッドやシュランベルジェ、ジャック・リヴィエールらが名を連ねていた。この一事が象徴するように、『新フランス評論』のメンバーたちのなかで、チボーデは初めからどこか異質な要素を抱える存在だったのである[49]。

チボーデの手紙は復活祭の休暇中にジッド宅を訪れる場合を想定していたが、後掲書簡の文面から推すかぎり、その時に両者が相見《あいまみ》えた蓋然性はむしろ低い。いっぽう翌五月から夏にかけては、文通や面談をつうじ、それなりの遣り取りが交わされる。同時期の「新フランス評論出版」設立がその契機のひとつとなったのは間違いあるまい。書簡の提示・紹介を続けるまえに、この単行書出版部門についてごく手短に触れておこう。

「新フランス評論出版」の設立と初期の刊行物

ジッドは『ユリアンの旅・パリュード』第二版合冊本（一八九六）以降、自作の多くをメルキュール・ド・フランスに委ねてきたが、彼にとって同社は必ずしも居心地のよい版元ではなかった。社主・編集長のアルフレッド・ヴァレット（閨秀作家ラシルドはその妻である）とは厚い信頼関係にあったものの、グループの大立者レミ・ド・グールモンやその取り巻きらと文学的な嗜好・信条が今ひとつ合わなかったのである。『新フランス評論』創刊の背景にはそういった事情が少なからず関係していたわけだが、新雑誌が軌道に乗るにつれ、創刊メンバーの間からは自然な成り行きとして単行書出版部門の設立が話題に上ってきた。かくして一九一一年の五月末、ジッドとシュランベルジェ、ガストン・ガリマールの三者均等出資で「新フランス評論出版」が正式に発足する。その門出を飾るべく翌六月、クローデル『人質』、ジッド『イザベル』、そしてシャルル＝ルイ・フィリップ『母と子』の三冊が立て続けに刊行される。このうち『イザベル』について付言すれば、刊本は一六折小型の豪華紙限定初版（五百部）と一二折普及版との二種が準備されたが、五月二九日刷了の前者には誤植にくわえ、数ページに行数の不揃いが見つかったため、そのほとんど全冊がジッドの指示により廃棄された(50)。その後、組版を再調整したいわゆる「第二初版」の印刷は結局、普及版のそれと同じ六月二〇日まで延期され、これにともないジッドの献本も七月初め以降となったのである（当初の献本の多くは豪華版の方）。

さて、次のジッド宛チボーデ書簡はまさに「新フランス評論出版」設立時のもので、前段の記述からは件《くだん》のアクロポリス論がすでに同社の単行書刊行プログラムに組み入れられていることが分かる（また後段の語る「旬日懇話会」

にチボーデが初参加するのはこの翌年のこと）――

《書簡7・チボーデのジッド宛[51]》

〔一九〕一一年六月三日

親愛なるジッド

残念ながら、お約束していた原稿を延期しなければなりません。というのもこの数カ月、ほかのいくつかの仕事で手一杯だったのです。アクロポリスにかんする拙著は今度の休暇までには準備が整いそうもありません。もちろん断片稿として出版できる部分が『新フランス評論』用であることに変わりはありません。

復活祭の休暇中に、あなたが送ってくださったポンティニーのパンフレットを拝受いたしました。今年もまた、懇話会のどれかひとつに参加の申し込みをさせていただくことになるのか否か、今のところはまだ分かりません。というのも、その時期の予定をどのようにするかまだ決めていないからです。この件については、決まり次第お手紙を差し上げます。敬具

A・チボーデ

同じ六月、チボーデはパリのジッド宅ヴィラ・モンモランシーで、初対面のシャルル・デュ・ボスを交え、アガトンを主題に意見交換をしたらしい[52]。残念ながら会談の詳細は不明であるが、「新フランス評論出版」や彼のアクロポリス論なども話題に上ったであろうことは想像に難くない。

すでに述べたように、『イザベル』限定版の印刷完了は、初刷の不備のため同月末まで遅延した。刊出を今か今かと待ちわびていたジッドは七月初め、滞在中のキュヴェルヴィルに著者献呈用が届くや、早速これに自筆の献辞

を添えて友人・知己に贈っている（現在までに確認された献本の多くが七月三日付）。贈呈者のなかには当然チボーデも入っていたはずで、じじつ彼は『ラ・ファランジュ』の翌月号でジッドのこの新作を論評している[53]。その一節を引こう——

ジッドにとって倫理的な生とは対立から成るものであるが、彼はその対立を理論家として和解させようとはせず、逆に芸術家の立場でこれを純化し強調する。

この技はいっそうの深まりを見せ、『ユリアンの旅』や『パリュード』『地の糧』のアラベスク模様は、最近作において、夜のフランス風庭園の美しい輪郭のごとき端正さ、しなやかさ、甘美さを備えるに至った。アンドレ・ジッドの物語《レシ》は、語りの技を支える最良の伝統に連なっている。『イザベル』はしばしばメリメの作品を喚起するが、それほどには鮮明かつ具象的なものでなく、もっと控え目で、文章の律動への配慮がより強く窺われる。『イザベル』の登場人物がさほど生き生きとは描かれていないにせよ、小説の色調が均整のとれたものであることに変わりはない。著者は実に的確に、これら古《いにしえ》のタピスリーの人物たちに必要な生命と次元とを配合しているのだ。

チボーデは、パリでジッドと面談後まもなく夏の休暇に入り、しばらく山間部ですごした後、故郷のトゥールニュに戻り、任地グルノーブルから転送されていたジッドの手紙に急ぎ返事を書いている——

《書簡8・チボーデのジッド宛[54]》

トゥールニュ（ソーヌ＝エ＝ロワール県）、〔一九一一年〕七月二六日

親愛なるジッド

申し訳ありません。お手紙がグルノーブルに届いたとき、折悪しく山中におり、ようやくそれを拝見したのはトゥールニュに戻ってからのことだったのです。アクロポリスにかんする例の拙著は依然として纏まっておりません。完成のあかつきにはその旨をお知らせし、ご相談のうえで『新フランス評論』にとって然るべき方策を考えることにいたしましょう。さしあたっては、ポール・アダン著『見知らぬ街』の出版を機に、九月号用として何か総括的な批評論文をお望みでしょうか。仮にご希望の場合には、いつ、どこに原稿をお送りすればよろしいでしょうか。敬具

A・チボーデ

アクロポリス論の執筆・完成は引き続き遅れている。これに代わり取りあえずの寄稿としてチボーデが提案したポール・アダンの新作小説『見知らぬ街』（オランドルフ社刊）の書評は、結果的には『新フランス評論』ではなく『ラ・ファランジュ』八月二〇日号に、上述の『イザベル』書評と併せ、両作品の比較研究として発表される。[55]掲載誌変更の理由をミシェル・レイマリーは「ジッドからの返答がなかったため」と述べているが、[56]この時期のジッド書簡の大半が保存されていないことを思えば、返信がなかったとは言い切れない。いや、むしろ逆の場合のほうが蓋然性ははるかに高かろう。あくまで推測の域を出ないが、掲載媒体の変更はむしろ、仲間うちの作品は論評しない『新フランス評論』の原則と、その『イザベル』に絡めて『見知らぬ街』を論じようというチボーデ自身の新たな考えとが相俟った結果なのではあるまいか。

＊

同年夏、チボーデはグルノーブルでの歴史教師の任を離れ、再び長期休暇に入る。この休暇は主に翌年初めからの長旅を念頭に置いたものであったが、彼は年が明けた一月半ば、次のような返書をジッドに送っている〔この場合も文通者の先行書簡は保存されておらず〕――

《書簡9・チボーデのジッド宛[57]》

トゥールニュ、〔一九一二年〕一月一六日

拝略

今日になってようやく一二日付のお手紙をトゥールニュで拝見しました。しばらく北部にいた後、パリで丸二日すごし、それまで何度も機会を逸していたヴァレリーに会いに行ったところでした。お手紙を落掌していたなら、あなたにお目にかかり、そういったことなどあれこれを直接お話しできたのですが。

私同様あなたも確信しておられるように、『新フランス評論』のためには、何とかしてミシェル・アルノーが問題の欄を担当するほうがずっと好い策でしょう。彼には節度や冷静、明晰といった理想的批評家に必須の資質が備わっています。しかし無論のこと、彼に時間の余裕がまったくないときには、継続的にであれ不規則にであれ、ご下命に応じさせていただきます。常設欄、単発論文の如何にかかわらず、アンドレ・バールなる人物の博士論文にかんし、よろこんで批評文を執筆いたしましょう。同者の著作で機会あって私が読んだものから予測するに、さほど秀逸な論文ではないと思われますが。〔この件にかんし〕ジャン・シュランベルジェに手紙を書きます。

トゥールニュには一晩泊まるだけで、明日には汽車と船を乗り継ぎエジプトに向かいます。カイロでひと月、次いでエルサレムとアテネでひと月ずつ過ごし、四月に帰国します。アクロポリスにかんする拙稿を持参し、

それを彼の地の岩の上にじかに置いて清書することにいたします。敬具

A・チボーデ

チボーデがヴァレリーに初めて接触したのは丁度一年前のことで、ジッドに対しおこなったのと同様、マラルメの影響について一連の質問を書き送り、次いで詩人からの返信を自著で引用することの許可を請うていた[58]。

またミシェル・アルノーにかんしては、高等師範学校首席入学、哲学アグレガシオン首席合格など輝かしい経歴の持ち主であったが、『新フランス評論』共同創刊者のひとりとしてはグループの期待に十分応えたとは言いがたい。たしかに同誌創刊当初は毎号のように評論・書評を発表するも、一九一〇年秋以降その頻度は急速に減じていた。そして上掲書簡の三週間ほど前、ジッドは文学関係の「クロニック」を委ねるべく彼と長い会話を交わすが、叱咤激励をまじえた説得もまったくの無駄に終わってしまう。シュランベルジェの表現を借りれば、ジッドの義弟は「多くの期待・希望が掛かっていたこの《ミシェル・アルノー》を徐々に文学生活から消し去ろう」とする「意志欠落の病」に冒されていたのである[59]。したがってアルノーの立場に配慮したチボーデの返答にもかかわらず、やがて彼が常設の文学欄を担うことは、この時点ですでにある程度想定事項であったと見て差し支えない。じっさい、アンドレ・バールの博士論文『象徴主義』にかんするチボーデの書評原稿を読んだジッドは二月二一日、シュランベルジェに宛て次のように書いている――

教えてください。チボーデについてはどのように決まったのでしょうか。また彼の現在の居所はどこでしょうか。というわけで〔アルノー〕の毎号定期のクロニックはもうすっぱりと諦め、今後当人がその時々で我々に供しうるものを論文として採ることにしましょう。いっぽうチボーデのこの最初のクロニックは実に満足しう

る内容なだけに、決して彼を手放すことのないようにしましょう。あなたもそうお望みではありませんか。今の執筆陣では一連の重要な著作について、黙して語らずか、あるいは誰彼の見境もなく論評を任せるほかないのに対し、評者として彼を当てにできると思えば、我々としても随分と気が楽になります。[60]
そして『新フランス評論』三月号に掲載されたこの書評を皮切りに、[61] チボーデの評論・書評（当初は「クロニック」中の「文学」、一九一四年四月号からは独立した担当欄「文学にかんする考察」）は、彼の没する一九三六年まで四半世紀にわたり、ほとんど毎号誌面を飾ることになるのである。[62]

＊

予定どおりエジプト、エルサレム、アテネを歴訪後、フィレンツェにも立ち寄り春先に帰国したチボーデは、この年、初めてポンティニーの「旬日懇話会」に参加する。八月下旬同地に滞在し、第三セッション「芸術と詩――小説について」（八月二一―三〇日）に出席したが、「やや雑多な人たちが集まった」[63] この一〇日間（主な参加者は、同会主宰のデジャルダンのほかに、ジッド、コポー、ゲオン、アルノー、フランソワ・ヴィエレ＝グリファン、カミーユ・ヴェタール、エドマンド・ゴスなど）、彼が積極的に議論に加わることはなかった。しかしながら、ややもすると過密なプログラムに沿って研究発表と討論がくり返され、事後に分厚い報告書が出版される今日のスリジーのコロックとは違い、発表は午後にひとつのみ、それ以外の時間は周辺の散策や図書室での読書、そしてなによりも自由な歓談に費やされたポンティニーであるだけに、チボーデが機会を捉えてはほかの参会者たちと活発に意見を交わし合ったことは疑えない。[64]
ヴァカンスが明けるとチボーデはブザンソンのヴィクトル・ユゴー高等中学教授に着任、結果的には一年だけであったが同校で歴史を講ずる[65]。翌年一月『ステファヌ・マラルメの詩』が漸く刊出することはすでに述べたが、次の書簡はそれと同時期のジッド宛で、献本に対する礼状。チボーデに贈られたのは、作家が「トレテ」と呼ぶ旧作六点を収めた合本である（『放蕩息子の帰宅』を総題に冠した同書の刷了は一九一二年二月八日、ただし実際の発行は一三年一月末[66]）――

《書簡10・チボーデのジッド宛[67]》

〔一九一三年二月〕

親愛なるジッド

ご丁寧なお手紙とご高著を有難うございました。ご高著では、実に様々な時期に大いに感じ入ったところをすべて再読させていただきました。『愛の試み』から『放蕩息子の帰宅』に至るまで、貴作品のなんと美しい軌跡、なんと華麗な要約であることか！『放蕩息子』については、最初に覚えた至極大きな感銘をこの度もただただ再確認するばかりであります。

正月にパリでお会いすることができず残念でした。私としてはお目にかかるつもりでしたが、コポーの言うところではロンドンにおいでだったとか。三月末に一言さし上げて、いつならば午後にヴィラ・モンモランシーのご自宅に伺えるかお尋ねいたします。それまでには私の『アクロポリスの季節』を受け取っておられるでしょう。拙著をお読みになって、いつか春のアテネで私と会おうという気になられるならば、その最大の目的はすでに達せられたと申せましょう。敬具

〔A・チボーデ〕

書簡後段にあるように、ジッドは前年一二月上旬からこの一月初旬までロンドンに滞在した。前々年の夏に続く英国訪問だったが、このたびはエドマンド・ゴスとの再会が主な目的で、ジッドは批評家と旧交を温め、さらに年の瀬には二度にわたり招かれた同者宅の夕食でヘンリー・ジェイムズ、次いでアイルランド人作家ジョージ・ムーアとも知り合っている。

その後一九一三年三月には、チボーデ二冊目の著書『アクロポリスの季節』(二月一三日刷了)が漸く「新フランス評論出版」から刊行した。「アクロポリスを見知った日から私は秩序を選び、その選択を強固なものにするためにこの本を書いた」――芸術と美、秩序と規律に敏感な批評家は、迷うことなくそう言い切っている。[68] 秩序への志向という点でチボーデの考えはモーラスのそれと強く共鳴しあう。新作はまさに後者の旅行記『アンティネア』(一九〇一年初版)への応答と呼んで差し支えない。またそこには「タオルミーナ」の甘美な詩情と、『ギリシャのイメージ』の鋭利な批評とが見事に混ざり合い、この著者ならではの二面性がはっきりと見てとれる。なお、上掲書簡が予告するように、仮にチボーデが三月末に上京していたとしても、ジッドとの面会は成らなかった可能性が高い。作家は同月二七日にはパリを離れ、トゥールーズ、ル・ラヴァンドゥなど南仏を経由して四月初めにフィレンツェに到着、以後五月中旬までシエナ、ローマ、ヴェニスとイタリア各地を訪れていたからである。

この学年度が終わるとチボーデはまたもや研究休暇を申請し、機会を捉えてギリシャを訪問する。いっぽうジッドは一一月二二日、ヴィユー・コロンビエ座で「ヴェルレーヌとマラルメ」と題する講演をおこなったが、話も半ばに差しかかると『ステファヌ・マラルメの詩』の一節を読み上げた後、著者の炯眼をまさに手放しで称賛している――「私がこの本を開いたのはほとんど間違いでした。というのは、それを閉じるのは今や困難極まりないことになったからです。まさにチボーデ氏は〔…〕マラルメについて語るべき重要なことはすべて述べているのです。これは巨匠の作品への序文、不可欠な註釈であり、そこでは最も緊急な美学的問いのいくつかがすでに提示されています。近ごろ同書を再読して私は、諸君が先ほど朗読をお聴きになったあれこれの詩について自分がもたらしうる註解〔の乏しさ・凡庸さ〕に意気阻喪するばかりです[69]」。

第一次大戦中・戦後の交流

これ以降、第一次大戦を跨いで七年間、両者の文通はほとんど確認されていない。わずかに一九一四年二月一一日付ジャック・リヴィエール宛のなかにジッドがチボーデに向けて書いた短信への言及が見いだされるだけである[70]。また当該期間中、既刊・未刊を問わず現存するほかのジッド書簡に批評家の名が現れることは実質的に皆無。『日記』においても関連記述はゼロである。

作家の個人史としては、数年来執筆を続けていた『法王庁の抜け穴』の完成・出版（『新フランス評論』一九一四年一―四月号に連載、二冊組初版は四月刊出）、戦争勃発にともない同誌休刊を決定後、一〇月から一九一六年春にかけて文字通り挺身したベルギーからの避難民救済の活動、続いてマルク・アレグレ青年との恋愛とそれに起因する夫婦関係の険悪化（そこから生まれたのが『田園交響楽』であることは言わずもがな）など、いくつかの重要事が挙げられるが、いずれも周知の事柄であるので、ここでは簡略ながら戦中・戦後のチボーデについて述べておこう。

一九一四年八月一六日、チボーデは四〇歳で応召、陸軍第六〇連隊に伍長として配属される。次いで、前月歴史学教授に任ぜられていたクレルモン＝フェランの高等中学で数週間だけ教鞭を執った後、所属中隊とともにソーヌ＝エ＝ロワール県フラセ＝レ＝マコンに宿営。翌年秋には攻撃部隊員として第二六〇歩兵連隊に転属となり、一九一六年にかけて数週間、ピカルディー地方オワーズ県で最前線に立つ。同年四月からは、道路の保全や仮宿舎の警備といった前線援護に従事したが、任務自体はかなり閑暇のあるものだったため、空き時間を活用して『フランス生命の三〇年』三部作（一九二〇―二三）や『トゥキディディスとの遠征』（一九二二）の一部、長篇叙事詩『ベローナの羊飼い』（未刊）の執筆に励み、また『戦時手帖』（大半が未刊）を付けている。この間《かん》しばしば後衛部隊への配置換えを薦められたが、いずれも謝絶したらしい。一九一九年一月、動員解除。郷里トゥールニュに近い土地としてディジョンへの赴任を申請するも叶わず、代替のポストとしてイギリスに渡りヨーク大学の臨時講師をしばらく務めた。またこれを機に創刊間もない月刊文芸誌『ザ・ロンドン・マーキュリー』に、「フランスからの手紙」と題する挿話的論文をいくつか寄稿している(71)。

一九一九年六月、ヴィユー・コロンビエ座の演劇活動に専念するコポーに代えて、リヴィエールの編集で『新フランス評論』が復刊される。ジッドは論文「ドイツにかんする考察」と、新編集長およびコクトーへの公開書簡を載せたが、チボーデも早速自身の常設欄「文学にかんする考察」を再開している。初回掲載分で批評家が取りあげたのは当然のことながら「戦時中の小説」であった(72)。翌七月には、単行書発行部門の「新フランス評論出版」が「ガリマール書店」へと移行し、以後同社は急速な成長・発展を遂げてゆく。その表舞台には立たなくとも、誰もが幕の後ろに控えるジッドの存在を意識し、両次大戦間をつうじ、この「最重要の同時代人」の一挙手一投足に注目したのは周知のとおりである。

チボーデは同年秋、ジッドの薦めもあり、外務省の嘱託としてスウェーデン・ウプサラ大学のフランス文学講師に着任する。次の書簡は赴任数カ月後のジッド宛返信（残存書簡は少数だが、戦争終結・雑誌再刊を機に両者の文通が確実に復活していたことが分かる）――

《書簡11・チボーデのジッド宛(73)》

ウプサラ、〔一九二〇年〕二月二九日

親愛なるジッド

本日拝受したお手紙に最初は驚きました。しかし五分もすると、この驚きは、お手紙のような率直・誠実な質問が決して紋切り型ではなく、とかく目にしがちな文学的な体裁を取り繕ったものでもないことに依るのだと分かりました。よく考えさえすれば、ご質問が極めて自然なものであるのは一目瞭然です。これを作者の虚栄と取らないでほしいと望まれておいでですが、ご心配なさるには及びません。虚栄とはまさに、疑問を胸に抱きながら言葉に出さぬこと、愚か者の目に滑稽と映るのを怖れて口にせず、心のなかで苦い煩悶のうちにあれやこれやと思い悩んで密かに疑問を燻らせることです。率直なお話しぶりは、あなたが作品のなかに注がれる人間としての、また芸術家としての率直さの延長に外なりません。私はそのいずれの率直さも同じ理由でひとしく愛さずにはおれません。

ご質問にある明確な論点についてははっきりとお答えできます。仮にバルザック小説論を書いたにしても『感情教育』について語ろうとはおそらく考えもしなかったのと同じ理由で、あるいはじっさいイギリスの冒険小説を扱ったさいにチェスタートンのどの小説にも触れなかったのと同じ理由で、私はいわゆる「冒険小説」にかんする論文では『抜け穴』については語りませんでした。冒険小説群、この呼称が含意する領域とは、〔チェスタートンの〕『木曜日の男』も、また同様に『法王庁の抜け穴』も共に排除するもののように思われたのです。というのは、そのいずれも冒険小説を超えた知性と諧謔に富む世界に属しているからです。じじつ両作品は神話なのです。ギリシャ人にとっての冒険小説を論ずるならば、たしかにルキアノスの『本当の話』までは話題を広げねばならないでしょうが、しかしプラトン〔『国家』第一〇巻〕が語るアルメニオスの子エルの旅にまで言及するという考えは私には起きなかったでしょう。おそらく私は間違っているのでしょう。なぜなら、実際のところ『ユリアンの旅』のような観念的な冒険小説には言及しましたし、またその気になれば『法王庁の抜け穴』や『木曜日の男』にまで話題を広げることはできたのですから。しかしそれでは〔冒険小説の〕境界が不明確であるだけに、核心からは少々離れてしまうと感じたのです。

お手紙の主題をなしている個別点を包摂するさらに一般的な問題について、ご確信いただきたいのは、私が『法王庁の抜け穴』をあなたの著作のなかでも最も活気に溢れた大胆な作品と考えているということです。私がこの作品を初めて「発見」したのは、戦時のある休暇中に再読したときのことでした。最初に読んだときは、不安で落ち着かぬ印象を覚えたものでしたが、それは大方の読者の印象でもありました。風刺の不気味な荒々しさ（『ブヴァールとペキュシェ』、ミルボー、ドーミエのごとき）が大多数の読者をひどく困惑させ、じじつ我ら人間の哀れな本性に向かって敵意ある抜け穴を進むがごとき印象を強く抱かせ、いっぽう陽光と人間性の光明は遙か果てにしか見えない。そのため、この『抜け穴』は長い間ずっと、『危険な関係』や『ブヴァール』のように邪悪な精神に憑かれた作品という世評に包まれ、異端の匂いを放ち続けます。次いでようやく呪いが解け、陽光と知性が到来するのです……。私としては構成に若干の留保はあるものの、この作品のあるがままを愛しています。たしかに私には今まで同書について語る機会がありませんでした。あなたから伺ったことがある〔仲間褒めはしないという〕かつての禁令に縛られているとは思いませんが、私が『新フランス評論』であなたを話題にするときは、控え目に軽く仄《ほの》めかす程度にとどめています。しかしまさに遠からず説明・解釈の機会が与えられることでしょう。

デフーイユが、私の序文を付したあなたの「選文集」をスウェーデンで出版する計画についてお伝えしたこと思います。あなたがお望みならば、喜んで序文を書きます。しかし、なぜスウェーデン語版と同時に、フランス語版や英語版を出さないのでしょうか。このこと全般についてご意見をお聞かせいただければ幸いです。お考えを伺うまでは一切取りかからぬ所存。

『田園交響楽』を熟読玩味しました。現時点では最初の読後感に変わりありませんが、あえて申し上げれば、再読のさいも同じ印象を抱くかは分かりません。もう五〇ページほど書き込んであれば（あなたの作品の場合、量が多すぎると読者が嘆くことなどありえません）、ジェルトリュードの《時間の流れ《デュレ》》をふっくらと緩やかなものにし、そのどこか性急でぎくしゃくしたところをなくすのに大いに有効だったでしょう。また同じ理由から、彼女の設定にしても、牧師が無邪気に自宅に連れ帰るシラミだらけの奇妙な生き物ではなく、初めから一般家庭出身のありふれた盲目の少女としたほうがよかったのではないでしょうか。物語のテンポの速さは『野生の少女』〔フランソワ・ド・キュレルの劇作〕を思わせますが、こちらのほうはまさに単純明快な筋立てという芝居の決まり事のおかげで難を逃れているのです……。付言すれば、一般の読者があれこれと推測しなくても済むよう、若い主人公たちがカトリックへと回心する理由についても、あと五、六ページ欲しいところです。

スウェーデンではとても快適にすごしています。ウプサラは心休まる健康な土地柄で、ものを考えるには打って付けの環境です。数カ月過ごすだけのつもりでやって来ましたが、来年度も戻ってきます。あなたのご指示も与って赴任しただけにいっそう当地は愛しいものとなるでしょう。ただ思い出すところでは、仲立ちを務めたプロテスタント神学部長の子息ヴォーシェ氏はあなたのお名前を口にはしましたが、その話しぶりはどうも曖昧で、デフーイユは私がスウェーデンに来るか否か、私に手紙を書いてもよいか否かをあなたに尋ねただけだ、そう言っているかのようでした。しかしそれは大したことではありません。あなたがこの度もまた、私に対し関心と友愛をお示しくださったことこそが大切なのですから。親愛なるジッド、あなたに対する私の心情もまたなんら変わりないことをお信じください。これまで四半世紀、私はあなたの作品を愛読し続け、あなたと共に生きてまいりました。私にはいつも、『新フランス評論』への我々の協働がひとつの運命的な軌跡を知的かつ完璧なかたちで描いてきたように思われていました。まさにその運命的な軌跡ゆえに私は長い間、あなたに共感し続けてきたのです。

またお手紙は『新フランス評論』をめぐる我々の関係をさらに固め、かつその精神や進むべき方向、依《よ》って立つべき位置についていっそう理解しあう必要を改めて示しています。シュランベルジェやドルーアン、リヴィエール、ゲオンら共々、是非にも今夏ゆっくりお目にかからねばなりません。忙《せわ》しないパリ滞在時の偶《たま》さかの会話ではさして実り多いものとはなりそうもありませんから、ポンティニーのいずれかのセッションがその機会となるとよいでしょうね。さて、どうなりますやら。どうか私の無沙汰を我々の精神的友情を損ないかねぬものとお考えくださらぬように。この無沙汰は、ひとつには無頓着ゆえであり、またとりわけ、幾分か非社交的な自主性と、他者の自主性への配慮ゆえなのです。しかし外見はどうあろうとも、あなたに対する私の親愛の念をどうかお信じくださいますように。

ウプサラ大学講師　A・チボーデ

長い手紙なので、段落単位で内容の補説をしてゆこう。まずは「冒険小説」に関連した第一段落から第三段落まで——。「冒険小説」は同時代文学史において大きな射程を有する問題であるが、書簡の議論に範囲を絞れば、その背景には作家の創作上の要請と、『新フランス評論』グループのある程度集合的な関心とがあった。前者から述べると、第一次大戦勃発までの数年間、ジッドにとって最重要の課題は、一刻も早く『法王庁の抜け穴』（以下『抜け穴』と略記）を完成・上梓することであった。作品の着想は遠く一八九三年頃にまで遡るが、物語の大筋が漸く固まりはじめたのは一九〇五年のこと。『狭き門』執筆の大幅な遅れもあって、以後も仕事は思うようには捗っていなかったのである。停滞を打破し、この新たな小説に必須のピカレスクな広がり、「レシ」作品群とは異なる自由奔放な文体を探るべく、ジッドが範を求めたのがデフォーやフィールディング、スウィフトらで、一九一〇年の本格的な英語学習の開始につづき、『ロビンソン・クルーソー』を、次いで『トム・ジョーンズ』『ガリヴァー旅行記』を

「生肉を囓《かじ》るように」貪り読んでいる。後年の回想によれば、その後も「数年間はほとんど英語しか読まなかった」ほどであった。[74]こうした読書体験から作家の小説観が変容・形成され、またそこに由来して、自作『抜け穴』が「冒険小説」の系譜に連なるという意識も生まれていたのである。いっぽうジッドの影響を受けて『新フランス評論』グループのなかでも論議は活発化する。その最大の成果がジャック・リヴィエールの論考「冒険小説」(一九一三年五—七月号に連載)である。彼によれば、「未来と未知なものに向かって自らを開く精神」が待望したのが、従来のフランス文学にはない「冒険小説」だった。リヴィエールの主張には古典主義的文学観を脱し切れていない面もあるが、「作品が進む方向は初めからすっかり決まっているわけではない。それは作品が成長するにしたがい変わってゆく。決して過去が現在を説明するのではない、現在が過去を説明するのだ」、あるいは、冒険小説のなかで「我々は無限の可能性の宝庫を前にしている。我々は時間と生命の運動に全身全霊を委ねるのだ」など、そこに盛られた提言はたしかに新たなロマネスクを体系化していた。[75]

チボーデも『新フランス評論』でこの問題を扱った。一九一九年九月号掲載の論文「冒険小説」において、イギリスの冒険小説の系譜を素描し、フランスのそれとしては大戦勃発の前年に出版されたアラン＝フルニエの『グラン・モーヌ』をとりわけ高く評価したのである。なおジッド作品にかんしては『ユリアンの旅』『パリュード』に言及するも、『抜け穴』は挙げていない。[76]これに対しジッドは自らの見解にもとづき疑問点を書き送っていたはずだが、チボーデの返信は、若干の留保表明に窺われるように、さほど厳密にジャンルの領域を画定しているわけではない。『抜け穴』除外の理由にもいささか明瞭さの欠けるところがある。だが続けて断言するように、批評家がこの作品を高く評価していたことは疑えまい。じじつ後年の遺作『フランス文学史』(一九三六)のなかでは、「冒険小説」(ピエール・ブノワやピエール・マッコルラン、ルイ・シャドゥルヌらの「すぐに時代遅れとなった事件小説」)を語るに先立ち、別途「冒険家の小説」を立項し、『抜け穴』が不完全な冒険小説であることを示唆しながらも、その「内的小説」としての先駆性を称揚することになる――「この小説は、多少とも滑稽味を帯びた、大いに成功しているとは言いがたい冒険小説と、それと同じものではない冒険の小説、すなわち今日から見れば驚くほど明敏な冒険家の小説という二つの要素の識別を可能にする。なぜならジッドは精神的父として、来《きた》るべき世代の青年、とりわけ若き文学者の特徴をラフカディオという人物のなかに予め描いていたからである[77]」。

ちなみに、問題に関連して書簡に名前の挙がった作家のうちバルザックについては、チボーデは未だ同者を纏まったかたちで論じたことがない。それゆえ「バルザック小説論では『感情教育』を絡める考えはない」というのはあくまで仮定の話であったが、じっさい、この作家を軸に据えた五年後の考察「フランスの批評とドイツの批評」には『感情教育』はむろんのこと、その著者への言及はいっさい見当たらない[78]。また同じ文脈で触れられたイギリスの冒険小説を扱った文章とは上述論文「冒険小説」の相当部分を指す。そこではトマス・モアやデフォー、H・G・ウェルズらの作品は挙がるが、チボーデの言うとおり、チェスタートンのそれは一度も引かれていない。

第三段落末尾の「私が『新フランス評論』であなたを話題にするときは、控え目に軽く仄《ほの》めかす程度にとどめている」というのはまさにその通りで、この時までにチボーデがジッドや彼の著作に言及したのは僅か四号にすぎず、またそのいずれもがごく短い引例としてである。本格的な論考は七カ月後に掲載される『田園交響楽』の書評を俟たねばならない。

次いで第四・第六段落が語るチボーデのスウェーデン滞在に関連して――。先ず両段落に名前の挙がる「デフーイユ」とは、瑞仏辞書やスウェーデン語文法書の編纂で知られるポール・デフーイユ（一八六六―一九四三）のこと。経緯は不詳だが、彼がチボーデとともに企画したスウェーデン語版ジッド選集は結果的には実現に至らなかった[79]。文通者がその意義を示唆する「フランス語版や英語版の選文集」については、書簡記述との関わりは不明ながら、この翌年クレス社「青春文庫」からフランス語版が上梓されることを付言しておこう[80]。また第六段落に述べるようにチボーデはウプサラでの生活をことのほか気に入り、休暇での一時帰国を挟みながらも結局は同地に三年間（六学期）留まることになる。大学ではフランス語や翻訳法などを教えたほか、学期毎に特定のテーマを定め講演をおこなった。その題目を列挙すれば、一九一九年秋学期はモンテーニュ、二〇年春学期はフローベール、次の一年間はコルネイユとラシーヌ、そして最終年度はモリエールとフランスの文学批評であった。[81] 学外の活動としては、雑誌『フォーラム』にフランス文学にかんする論文数点を発表、またストックホルムの日刊紙『ダーゲンス・ニュヘテル』の定期的な寄稿者にもなっている（一九二二年二月からフランス帰国後の二四年一二月まで毎月一点の割合で論文を掲載）。

第五段落の話題である『田園交響楽』は前年の一〇―一一月、『新フランス評論』に二回に分けて掲載され、これと並行して単行版が準備される。しかし同版は、刷了記述こそ一二月一五日と打たれているものの、実際の刊出は一九二〇年晩春まで遅れた。ジッドとしては最初の組み付け（一九×一三センチ）が気に入らず、当該刷りをほとんど全て廃棄、別サイズ（一七×一一センチ）に調整し直させたためである。[82] したがってチボーデが伝える感想は雑誌初出テクストを読んでのものということになる。その後、初版が完成すると彼にも一冊が献じられたはずで、同年一〇月の「文学にかんする考察」はジッドの新著を取りあげている。常連執筆者の作品は扱わないという雑誌創刊当時の原則はやや緩和され、論評の対象とする例が出始めていたが、『田園交響楽』の場合もそのひとつであった。この書評でチボーデは、手紙で述べていたように初めは「物語の濃さ・短さに少々戸惑いはした」ものの、「ジッドが率直に図式化・簡潔化を選んだのは正しい決定であった」と見解を修正する。次いで、盲人が別の盲人に導かれ、ふたりして陥穽におちいる点に『狭き門』との相似を認めつつ、『田園交響楽』の場合は「真の盲人たる牧師」が「広き門」より入るがゆえの過ち、と述べて違いもまた見逃さない。だがさらに分析を進めたうえでチボーデは、この相違さえも「外面的なもの」にすぎず、同書は決して命題や弁論などではなく、あらゆるジッド作品と同様、「ひとつの問題にかんする活きた視点」の提示なのだと結論づけている。[83]

最終段落では復刊後九カ月を経た『新フランス評論』の今後進むべき方向が問われている。同誌の事務を担っていたイザベル・リヴィエール（ジャックの妻で、アラン＝フルニエの実妹）に代わり、同年七月号からはジャン・ポーランが正式に編集次長《スクレテール》に就き、それによって体制は強化されるが、大戦後の混乱期にあって雑誌の進路選択は喫緊の課題であった。とりわけ重要な問題と認識されていたのが敗戦国ドイツとの関係で、この案件をめぐる意見交換は翌年のジッド宛書簡へも繋がってゆく。

＊

その書簡の提示・紹介に先立ち簡単な導入的説明――。ジッドは、一九二〇年春のダダ・シュルレアリスムへの一時的・挿話的な接近の後、翌年にかけて二つの自伝的作品を極少部数の私家版で上梓した。『一粒の麦もし死なずば』初版と『コリドン』第二版である。いっぽうチボーデは『フランス生命の三〇年』三部作のうち、『シャルル・モーラスの思想』（一九二〇）と『モーリス・バレスの生涯』（一九二一）を公刊している。メディアでの評論活動としては、後者が週刊紙『ロピニオン』一九二一年八月一三日号に載せた「国際時評」に注目しよう(84)。この時評の主旨は突き詰めて言えば、ヨーロッパを国家間的観点からではなく、あくまで人間的観点から捉えよ、というもので、これに共鳴したジッドは『新フランス評論』一一月号に「フランス＝ドイツの知的関係」と題する一文を発表する。『デア・ノイエ・メルクール』六月号でドイツ人の立場から同様な意見を述べていたエルンスト・ローベルト・クルティウスの文章も引きながら(85)、作家は持論の展開よりも、むしろ両論文の紹介に重きを置く。そして紙幅の過半を抜粋の提示に割いた後、「『新フランス評論』が〔仏独の関係回復の〕一助たりえんことを。おそらく今日それに増して重要な務めはなかろう」と結んだのである(86)。これを読んだチボーデが早速ジッドに送ったのが次の書簡であった――

《書簡12・チボーデのジッド宛(87)》

ウプサラ、〔一九二一年〕一一月八日

親愛なるジッド

『新フランス評論』掲載のご高論を拝読し大変うれしく存じました。議論の出発点となるべき明白で幾分なりとも大きな事柄にかんして、我々は思想共同体であり、また事態の進展にあわせ今後もそうであり続けるでしょう。『新フランス評論』の進むべき道をご高論のようなかたちでお示しになったのはすばらしいことです。今日、ほかの雑誌はいずれもこの種の独立性を維持しえていないだけに、『新フランス評論』が自らその方向に進んでゆくのは至極当然のこと。ほかを見渡せば、大いに評価すべきは『ロピニオン』紙が執筆者の独立性を尊重しており、日々の具体的な問題にかんし優れた論壇となっています。『新フランス評論』のために何をなしうるのか、我々の間でしっかりと話し合うことが望ましいでしょう。三週間後には上京の予定ですので、是非お目にかかりたく存じます。手紙で申し上げられることはみな大ざっぱな概略になってしまいます。直接お話ししなければなりません。

九月にベルリンでトーマス・マンに会いましたが、その意見はほぼクルティウス論文の内容に呼応していました。彼らのような考え方こそが今後影響力を増してこなければなりません。敬具

アルベール・チボーデ

主要段落の内容についてはもはや贅言は無用であろう。ただ一一月末ないし一二月初めのチボーデの上京にかんし付言しておけば、この折りにも彼がジッドと会うことはなかったはずである。作家は一一月二四日にはパリを離れキュヴェルヴィルに到着、翌月一四日まで同地に滞在していたからである。

結びの短い段落に名の挙がるトーマス・マンについて、既知の資料にはチボーデとの面談に関わる記述はいっさい確認されていない。ただし当時ミュンヘン在住だったマンが九月九日から一三日までベルリンを訪れた事実は判明しているので[88]、両者の出会いがその時のことであるのは間違いない。またドイツ人作家が仏独関係の行く末にかんしクルティウスと意見を共にしていたことは、後者がジッドに宛てた同年七月二四日付の書簡によっても証される——

『デア・ノイエ・メルクール』に発表した拙論の主旨にご賛同の由、大いに喜んでおります。トーマス・マンもこれに深く共感すると手紙を寄せてくれました。拙論の全部もしくは一部が『新フランス評論』に掲載され、あなたが註を加えてくださるとすれば素晴らしいことです。そうなれば、ドイツとフランスの緊張緩和が一歩大きく前進することになろうと確信しております、私が公式化し、あなたが同意を示してくださった態度が両国民の精神的エリートたちに基盤として受け入れられるならば、得るところ大であると信じます[89]。

ここに述べられる両国宥和に向けた試みは、八年間の中断の後、翌一九二二年に再開される「ポンティニー旬日懇話会」の中心的な課題ともなってゆく[90]。

チボーデの晩年と死

以上、一九二〇年代初めまでに時期を絞ってジッドとチボーデとの交流を追ってきた。これ以降、後者が没する一九三六年までにふたりが交わした現存書簡は計二六通（ジッド書簡一二通、チボーデ書簡一四通）と数量的にも増加するが、その紹介・検討は機会を改めておこないたい。ただひとつ付言すれば、この時期からのチボーデの書簡は異様なまでに長大なものが多くなる。汽車を待つあいだに論文を一本物したという逸話に窺えるほど、その筆は走りに走り、話題は四方に跳んで、時には脈絡さえをも欠く。しかしその筆力こそは彼の旺盛な評論活動を支える源であった。二〇年代に入ると著作の執筆・出版にはますます拍車がかかり、『ギュスターヴ・フローベール』初版（一九二二）や『フランス生命の三〇年』三部作の最終作『ベルクソニスム』（一九二三）、ボードレール、フロマンタン、アミエルを論じた『作家の内面』（一九二四）、『小説の読者』（一九二五）、『教授たちの共和国』（一九二七）、『批評の生理学』（一九三〇）、『スタンダール』（一九三一）などが矢継ぎ早に発表されてゆく（また没後まもなく集大成とも呼ぶべき遺作『フランス文学史』が出版される）。こうして彼はフランス屈指の紛う方なき大批評家となっていったのである。

チボーデは一九三六年の三月初め、ジュネーヴの病院で悪性黒色腫《メラノーマ》の除去手術を受けたが、その甲斐もなく翌月一六日、六二歳でこの世を去る。二カ月半後『新フランス評論』は、かつてのジャック・リヴィエール追悼特集（一九二五年四月号）ほど分厚くはないものの、同誌への長年の貢献を称えて彼の追悼特集を組んだ。[91] ジッドはニースで訃報に接し、暫くしてパリに帰着するが、この追悼特集には加わらなかった。その理由は定かでないが、彼がポーランを介してチボーデの病状を案じていたことを思えば、[92] 少なくとも意図しての不参加ではなかったろう。じっさい三月下旬には、滞在先のセネガル、サン＝ルイ島から本人に宛てて温情こもる便りを送っている。死を目前に控えた批評家は果たしてそれを読むことができたのや否や。いずれにせよ我々としては、両者間の最後の遣り取りとなったに相違ないこの書簡を訳出・引用することで、拙い論述に終始した本章を終えることとしたい――

《書簡13・ジッドのチボーデ宛[93]》

セネガル、サン＝ルイ、〔一九〕三六年三月二七日

親愛なるチボーデ

御身についてポーランが送ってくれた報せを昨晩受け取り、ひどく心を痛めています。私が抱く悲しみと不安から測って、あなたに対する自分の友愛の念が如何に深いものであるかを思い知らされます。いつの日でしたか、あなたが健康を回復なさったさい、療養所に会いに伺ったことを覚えておられるでしょうか。こうしてすぐにお手紙を差し上げようとしつつも、同時に、ポーランが住所を教えてくれたジュネーヴの病院に駆けつけることができないとは〔まことに遺憾に存じます〕。それにしても、この手紙がお手元に届くまで、どれほどかかることでしょう。すぐに利用できる航空便がひとつもないのです。そういう訳で、本状がスイスに着く頃には、すでにあなたが退院なさっていることを期待いたします。いや、かまいませぬ、たとえ二〇日後であったとしても、私がいかに強い愛情を込めてあなたのことを思っているかを知っていただければ。敬具

アンドレ・ジッド

註

（1）紙誌掲載論文の一覧としては次の書誌を参照——John C. DAVIES, « Bibliographie des articles d’Albert Thibaudet », *Revue des Sciences Humaines*, avril-juin 1957, pp. 197-229.

（2）Voir *Littérature*, n° 146 (n° spécial Albert Thibaudet), juin 2007 ; Albert THIBAUDET, *Réflexions sur la littérature*. Édition établie et annotée par Antoine COMPAGNON et Christophe PRADEAU, Paris : Gallimard, coll. « Quarto », 2007, et *Réflexions sur la politique*. Édition établie par Antoine COMPAGNON, Paris : Robert Laffont, coll. « Bouquins », 2007.

（3）Voir Alfred GLAUSER, *Albert Thibaudet et la critique créatrice*, Paris : Éditions Contemporaines, 1952 ; John C. DAVIES, *L’Œuvre critique d’Albert Thibaudet*, Genève : Libr. E. Droz / Lille : Libr. Giard, 1955 ; Marcel DEVAUD, *Albert Thibaudet, critique de la Poésie et des Poètes*, Fribourg : Éditions Universitaires, 1967.

(4) チボーデ・アルシーヴ散逸の経緯については次を参照――André TALMARD, « Les manuscrits de Thibaudet », in *Rencontres Albert Thibaudet 1986*. Actes du colloque organisé les 18-20 septembre 1986, *Société des Amis des Arts et des Sciences de Tournus*, t. LXXXV, 1986, pp. 132-134.

(5) Voir Michel LEYMARIE, *Albert Thibaudet, « l'outsider du dedans »*, Villeneuve-d'Ascq : Presses Universitaires du Septentrion, 2006. 同書にくわえて、比較的近年に出版された次の小著を挙げることもできようが、量的な面ばかりか、その分析においても掘り下げが十分とは言えず、いかにも物足りない――Henryk CHUDAK, *Les Générations symbolistes. Essai sur Thibaudet*, Varsovie : Uniwersytet Warszawski, 2000.

(6) 日付の誤りのうちには月記述の誤読も含まれる。たとえばレイマリーは « 9 bre » « X bre » という記述をそれぞれ「九月」「一〇月」と読むが、言うまでもなくこれは「一一月」「一二月」のこと。

(7) 『狭き門』の生成から雑誌初出・単行出版に至る経緯については、次の拙稿を参照されたい――「ジッド『狭き門』の成り立ち――構想・執筆から雑誌初出、主要刊本まで」、田口紀子・吉川一義編『文学作品が生まれるとき――生成のフランス文学』所収、京都大学学術出版会、二〇一〇年一〇月、三七五―三九七頁。

(8) Voir Albert THIBAUDET, *Ronsard*, mémoire couronné par l'Académie Française, Tournus : A. Miège, 1896, et *Le Cygne rouge*, mythe dramatique en 3 actes, un prologue et un épilogue, Paris : Mercure de France, 1897. そのほかに、この時点までの単行出版としては次のものがある――*Les Universités populaires*. Conférence d'ouverture faite le 14 novembre 1903 à l'Université populaire d'Abbeville, Cayeux-sur-Mer : Coll. La Picardie, 1903.

(9) チボーデは一八九五年、哲学のアグレガシオンに失敗するが、第一次試験合格と同等の資格者 (bi-admissible) とされ、これによって教職資格を得た。彼が哲学教師として初めて高等中学の教壇に立ったのは一八九八年のこと。

(10) 『ラ・ファランジュ』創刊号から二年弱にわたり連載されたこの紀行記が単行書として刊出するのは二〇年後のことである。Voir Albert THIBAUDET, *Les Images de Grèce*, Paris : Albert Messein, coll. « La Phalange », 1926.

(11) Lettre de Royère à Gide, du 12 juillet 1909, dans Jean ROYÈRE & André GIDE, *Lettres (1907-1934). « Votre affectueuse insistance »*. Lettres réunies, annotées et présentées par Vincent GOGIBU, Paris : Éd. du Clown Lyrique, 2008, pp. 34-35. なおロワイエールは、ごく短い言及ながら、前年五月二三日のジッド宛書簡でもチボーデを「名誉に恬淡とした偉大な芸術家」と形容していた (voir *ibid.*, p. 28)。

(12) ジャック・ドゥーセ文庫、整理番号 γ 823.28 (un court fragment de cette lettre a été reproduit dans LEYMARIE, *op. cit.*, p. 34).

(13) Albert THIBAUDET, « *La Porte étroite*, par André Gide », *La Phalange*, n° 40, 20 octobre 1909, pp. 541-546.

(14) ただしこの博士論文は結局は未完に終わる。

(15) 個人蔵、未刊（un court fragment de cette lettre a été reproduit, avec une fausse date du 25 juin 1907, dans *André Gide*, catalogue de l'exposition, *op. cit.*, p. 45, item n° 365）。

(16) ファゲの言明は当時すでによく知られており、例えばリヨンの文芸誌『ラール・リーブル』はそのクローデル特集号の表紙に皮肉な銘句としてこの文言を掲げている。Voir *L'Art libre*, n° 10, juillet-août-septembre 1910.

(17) Voir *Bibliothèque de M. Albert Thibaudet*, catalogue de la vente publique des 12-16 février 1937 à l'Hôtel Drouot, Paris : Libr. Giraud-Badin, 1937, item n° 234. なお、エドマンド・ゴスやフーゴ・フォン・ホーフマンスタールの旧蔵本が示すように（voir *U.S.A. National Union Catalog*, item n° NG 0201485 ; Claude FOUCART, « André Gide et Hugo von Hofmannsthal, ou la rencontre d'un grand enfant », *BAAG*, n° 43, juillet 1979, p. 15）、ジッドは刊本に直接署名するのではなく、自筆献辞を記した小型カードをこれに添えるかたちを採った模様。じっさいチボーデ旧蔵本の場合もそれ自体に献辞は入っていない。

(18) Albert THIBAUDET, « André Gide : *Le Retour de l'Enfant prodigue* », *La Phalange*, n° 49, 20 juillet 1910, pp. 66-68.

(19) 言うまでもなくルメートルの著書『古《いにしえ》の本の余白に』をふまえた表現。同書はまさに「福音書の余白に」と題された一章を含む。Voir Jules LEMAITRE, *En marge des vieux livres*, 2 vol., Paris : Société française d'imprimerie et de librairie, 1905-1907.

(20) Voir Albert THIBAUDET, « André Gide », *La Revue de Paris*, 34e année, n° 16, 15 août 1927, pp. 742-775. 残念なことに同論文は、その重要性にもかかわらず、雑誌初出後は今日に至るまでどこにも再録されていない。

(21) ジャック・ドゥーセ文庫、整理番号 γ 823.1.

(22) Albert THIBAUDET, « Épilogue à *La Poésie de Stéphane Mallarmé* », *La NRF*, n° 158, 1er novembre 1926, p. 553.

(23) Albert THIBAUDET, *Paul Valéry*, Paris : Grasset, 1923, p. 2.

(24) Lettres de Thibaudet à Paul Valéry, des 1er et 19 février 1911, citées par Michel LEYMARIE, *op. cit.*, p. 42.

(25) THIBAUDET, « Épilogue à *La Poésie de Stéphane Mallarmé* », art. cité, p. 561.

(26) ジャック・ドゥーセ文庫、整理番号 γ 823.2 (un court fragment de cette lettre a été rerpduit, avec une fausse date du 27 juillet 1910, dans LEYMARIE, *op. cit.*, p. 42).

（27） Voir Albert Thibaudet, « La Poésie de Mallarmé (Fragments) », *La Phalange*, n° 54, 20 décembre 1910, pp. 481-506 ; « La Poésie de Mallarmé, II - Le Vers », *ibid.*, n° 55, 20 janvier 1911, pp. 20-47. 編集部註はこの二章を近刊書の「第一部・第一一―一二章」と付記したが、実際の構成では第一部・第九章および第二部・第五章となる。なお、後掲の三月三〇日付チボーデ書簡が述べるように、第二回掲載分には雑誌掲載後、相当量の修正・加筆が施されている。

（28） 初回予告では書名は『ステファヌ・マラルメ』であったが、それ以後は一貫して『マラルメの詩』（プレノン「ステファヌ」はなし。ただし下記の雑誌掲載論文の題名と同論文に付された編集部註ではプレノンあり）。価格は一九一二年一月号の最終予告で一〇フランと設定されていた（実際の刊本もこの価格で発売される）。なお、この間《かん》の一九一一年一一月号には、刊本第二部・第一一章に相当する三つ目の抜粋が先行掲載されている（voir Albert Thibaudet, « La Poésie de Stéphane Mallarmé : Le Théâtre », *La Phalange*, n° 65, 20 novembre 1911, pp. 385-402）。

（29） Albert Thibaudet, *La Poésie de Stéphane Mallarmé*, Paris : Éd. de la NRF, 1912 [sans ach. d'impr. ; parution janvier 1913] ; Mallarmé, *Poésies*, même éditeur, 1913 [ach. d'impr. 24 janvier 1913]. ちなみにチボーデは後年、自著が「いくつかの出版社に断られ、私費で五百部印刷したが、大戦終結まではほとんど売れなかった」旨を記すが（Thibaudet, « Épilogue à *La Poésie de Stéphane Mallarmé* », art. cité, p. 553）、上述の流れを見るかぎり、「いくつかの出版社に断られた」という部分には若干の誇張が含まれていよう。

（30） クローデルへの影響について論じた部分は全面的に削られた模様で、ただ『黄金の頭』から『人質』までの軌跡におけるマラルメの影響がほんの数語で触れられるだけである（voir *La Poésie de Stéphane Mallarmé*, *op. cit.*, p. 362）。

（31） *Ibid.*, pp. 364-365. 訳出引用にあたっては、田中淳一・立仙順朗による同書訳を参照した（『マラルメ論』、沖積舎、一九九一年、三二四頁。ただし一部を改変）。

（32） ヴィゼヴァとピカに対する批判は『ステファヌ・マラルメの詩』第三部・第三章「続誦（デ・ゼッサントのために）」の註1、またラザールに対する批判は第一部・第六章「難解さの源泉」の註7（*ibid.*, pp. 44 et 328）を参照。

（33） 第一次大戦による八年間の中断を挟み、デジャルダンが八〇歳で没する前年（一九三九年）まで続いたこの「旬日懇話会」の全体像については、次の二著書を参照――*Paul Desjardins et les Décades de Pontigny*. Études, témoignages et documents inédits, présentés par Anne Heurgon-Desjardins, Paris : PUF, 1964 ; François Chaubet, *Paul Desjardins et les Décades de Pontigny*, Villeneuve-d'Ascq : Presses Universitaires du Septentrion, 2000.

（34）Fragment cité dans DAVIES, *op. cit.*, p. 42. なおデイヴィスによれば、この書簡はジャン・ポーランの所有するところであったというが、筆者が調査したかぎりでは、「現代出版の記憶」研究所（IMEC、カルヴァドス県サン＝ジェルマン＝ラ＝ブランシュ＝エルブ）が現蔵するポーラン・アルシーヴのなかには見いだせなかった。

（35）二月二日付シュランベルジェ宛書簡でジッドはチボーデに手紙を書いた旨を短く記している。Voir *Corr. G/Schl*, p. 365.

（36）ちなみにJ・アン・ダンカンが編んだポール・アダン書簡選集には、この『新プレテクスト』とアダン『救世主の軌道』（刊年表示なし）の受領を報告する三月三〇日付のチボーデ書簡が収められている。編者は同書簡を一九一二年のものと推定するが、明らかに一九一一年の誤りである。Voir *L'époque symboliste et le monde proustien à travers la correspondance de Paul Adam 1884-1920*, établie, présentée et commentée par J. Ann DUNCAN, Paris : A.-G. Nizet, 1982, p. 114.

（37）ジャック・ドゥーセ文庫、整理番号γ823.30.

（38）Voir *ŒC*, t. V, p. 252 ; *EC*, p. 162.

（39）Auguste ANGLÈS, *André Gide et le premier groupe de « La Nouvelle Revue Française »*, *op. cit.*, t. II, p. 25 ; voir aussi Albert THIBAUDET, « Taormine », *La NRF*, nº 27, 1er mars 1911, pp. 387-400.

（40）AGATHON [pseud. collectif de Henri MASSIS et Alfred de TARDE], *L'Esprit de la Nouvelle Sorbonne. La crise de la culture classique. La crise du français*, Paris : Mercure de France, 1911. なお「新ソルボンヌ」をめぐる論争の詳細と歴史的な射程については特に次の著書を参照——Claire-Françoise BOMPAIRE-EVESQUE, *Un débat sur l'Université de la Troisième République. La lutte contre la Nouvelle Sorbonne*, Paris : Aux Amateurs de Livres, 1988.

（41）*Corr. G/Schl*, p. 365.

（42）ジャック・ドゥーセ文庫、整理番号γ823.3 (un court fragment de cette lettre a été reproduit dans LEYMARIE, *op. cit.*, p. 36).

（43）前註14および本文の相当箇所を参照。

（44）前註27を参照。

（45）*Corr. G/Schl*, p. 368.

（46）Voir Albert THIBAUDET, « La Nouvelle Sorbonne », *La NRF*, nº 29, 1er mai 1911, pp. 693-700 ; M[ICHEL] A[RNAULD], « *L'Esprit de la Nouvelle Sorbonne*, par Agathon », *ibid.*, pp. 760-763. 本段落における引用の出典はすべて後者。

（47）THIBAUDET, « La Nouvelle Sorbonne », art. cité, p. 697.

(48) Voir la lettre de Barrès à Agathon, du 21 octobre 1910, citée par Henri MASSIS, *Barrès et nous*, Paris : Plon, 1962, p. 127. ただしバレスは以下に触れる知識人同盟「フランス文化のために」の加入メンバーでもあった（voir MASSIS, *Évocations. Souvenirs 1905-1911*, Paris : Plon, 1931, p. 125）。

(49) ちなみに、ジッドらが『新フランス評論』の「素晴らしい新規寄稿者になりうる」と期待した共作者アガトンのうち、タルドは翌一九一二年、同誌に二度書評を寄せるが、マシスが寄稿することは一度もない。そればかりか彼は二〇年代にはジッドに対し徹底した批判を展開することになる。第IV部・第2章「ジッドとアンリ・マシス」を参照。

(50) この初版のうち処分を免れたのは、ジッドとともに廃棄作業に関わったガストン・ガリマールの証言では「新フランス評論出版の記録資料用六部のみ」（voir la lettre de Gaston Gallimard à M. Méric, du 24 juillet 1916, fac-similé reproduit dans la *Bibliographie des Éditions de la Nouvelle Revue Française 1911-1919*, Paris : Henri Vignes livres anciens, 1997, n. p.）、あるいは従来のジッド書誌によれば「一〇部程度」とされるが、筆者がこれまで古書店カタログや競売目録等で確認しえた実数から見て、おそらく二〇部前後はあったものと推測される。また行数が不揃いなのは三ページというのが通説として各所に繰り返し記されるが、実際には一〇ページである。

(51) ジャック・ドゥーセ文庫、整理番号 γ 823.4 (lettre fragmentairement reproduite dans *Corr. G/Schl*, p. 408, n. 1, et LEYMARIE, *op. cit.*, p. 58).

(52) Voir LEYMARIE, *op. cit.*, p. 57, n. 125. なおジッドがデュ・ボスを初めて知ったのは、同年三月二六日、画家ジャック＝エミール・ブランシュ宅での会食においてであった（同席者はモーリス・バレス夫妻と画家シャルル・コッテ）。

(53) Albert THIBAUDET, « Deux romans : André Gide, *Isabelle* - Paul Adam, *La Ville inconnue* », *La Phalange*, n° 62, 20 août 1911, pp. 159-160.

(54) ジャック・ドゥーセ文庫、整理番号 γ 823.5.

(55) Voir THIBAUDET, « Deux romans : André Gide, *Isabelle* - Paul Adam, *La Ville inconnue* », art. cité, pp. 160-162.

(56) LEYMARIE, *op. cit.*, p. 38.

(57) ジャック・ドゥーセ文庫、整理番号 γ 823.6 (un court fragment de cette lettre a été reproduit dans LEYMARIE, *op. cit.*, pp. 38-39).

(58) チボーデの問いに対しヴァレリーは、マラルメからの影響は「ほぼ皆無」であると、この詩人独特の言い回しをもって答えていた（voir sa lettre à Thibaudet, s. d. [février-mars 1911, et non pas en 1912], dans ses *Écrits divers sur Stéphane Mallarmé*, Paris : Gallimard, 1950, pp. 152-155, et *Lettres à quelques-uns*, Paris : Gallimard, 1952, pp. 96-100 ; voir aussi Michel JARRETY, *Paul Valéry*,

op. cit., pp. 342 et 1239, n. 38)。なおその後チボーデは『ステファヌ・マラルメの詩』の校正刷をヴァレリーに送っている（voir Denis BERTHOLET, *Paul Valéry 1871-1945*, Paris : Plon, 1995, p. 182）。

（59）Jean SCHLUMBERGER, *Éveils*, Paris : Gallimard, 1950, p. 200. 義弟と対話したジッドはその感想を一二月二七日付コポー宛書簡で次のように伝えている――「マルセルと私のあいだはもうお仕舞いです。そのことに彼は何ら気づいていないというのですから！　また、私のほうはそのことに何カ月後、何年後も今日と変わらず苦しみ続けることになるのですから！」（*Corr. G/Cop*, t. I, p. 535）。このような義弟への失望感は、『日記』においても後年まで繰り返し表明される。

（60）*Corr. G/Schl*, p. 472.

（61）Voir Albert THIBAUDET, « La Littérature : Une thèse sur le Symbolisme », *La NRF*, n° 39, 1er mars 1912, pp. 159-160 et 162 ; voir aussi André BARRE, *Le Symbolisme, essai historique sur le mouvement poétique en France, de 1885 à 1900*, Paris : Jouve, 1912.

（62）『新フランス評論』の常設欄担当は、結果的にはチボーデを『ラ・ファランジュ』から遠ざけてしまう。ヴァレリー・ラルボーの場合に続く今回の「移籍」の故に、同誌主宰のロワイエールはジッド・グループに対し若干の遺恨を抱くことになる。

（63）*Journal I*, p. 731.

（64）なお、このセッションの具体的な内容や、討論での参加者の発言については特に以下を参照――Auguste ANGLÈS, *op. cit.*, t. II, pp. 373-377 ; « Marcel Drouin et le groupe de la NRF à Pontigny (1912) : la décade dévoilée », présenté par Pascal MERCIER, *BAAG*, n° 99, juillet 1993, pp. 423-444.

（65）ブザンソン時代のチボーデについては、ヴィクトル・ユゴー高等中学で彼の教えを受けた作家アンドレ・ブークレールの証言を参照――André BEUCLER, « Thibaudet, professeur d'histoire à Besançon », *La NRF*, n° 274 (n° spécial Thibaudet), 1er juillet 1936, pp. 76-83.

（66）André GIDE, *Le Retour de l'Enfant prodigue, précédé de cinq autres traités*, Paris : Éd. de la NRF, 1912 [parution janvier 1913]. ちなみに、この刊本はクローデルやロマン・ロラン、アンドレ・シュアレス、エミール・ヴェラーレン、アルベール・モッケル、ら、少なくとも二〇名前後に贈られたことが、献辞入り刊本や相手からの礼状により確認されている。

（67）ジャック・ドゥーセ文庫、整理番号 γ 823.27. この書状は二折にされた用紙一葉からなるが、チボーデの署名が記されていたはずの四半分は切り取られ残っていない。受け手のジッドがその部分をメモ用にでも使用したためか。

(68) Albert THIBAUDET, *Les Heures de l'Acropole*, Paris : Éd. de la NRF, 1913, p. 63. なお同書は一九二九年、加筆・修正のうえ『アクロポリス』の新タイトルで再版される（*L'Acropole*. Illustré de 47 photographies de Fred BOISSONAS, Paris : Éd. de la NRF, 1929）。

(69) André GIDE, « Verlaine et Mallarmé », *La Vie des Lettres*, avril 1914, p. 9 (repris dans *ŒC*, t. VII, p. 423 et *EC*, p. 503).

(70) 手紙はおそらくチボーデの時評を独立した担当欄「文学における考察」に格上げする計画に関わるもので、ジッドはこれを当人に転送するようリヴィエールに言づけている。Voir André GIDE - Jacques RIVIÈRE, *Correspondance (1909-1925)* [abrév. désormais : *Corr. G/Riv*]. Édition établie, présentée et annotée par Pierre de GAULMYN et Alain RIVIÈRE, avec la collaboration de Kevin O'NEILL et Stuart BARR, Paris : Gallimard, 1998, pp. 435-436.

(71) 本段落の記述はもっぱらアントワーヌ・コンパニョン、クリストフ・プラドー共同作成のチボーデ年譜に依る。Voir « Albert Thibaudet 1874-1936 », in THIBAUDET, *Réflexions sur la littérature*, éd. précitée, p. 38.

(72) Voir Albert THIBAUDET, « La Littérature : Romans pendant la guerre », *La NRF*, n° 69, 1er juin 1919, pp. 129-142.

(73) ジャック・ドゥーセ文庫、整理番号γ 823.29 (lettre fragmentairement reproduite dans Maaike KOFFEMAN, *Entre classicisme et modernité : « La Nouvelle Revue Française » dans le champ littéraire de la Belle Époque*, Amsterdam-New York : Rodopi, 2003, p. 251, et LEYMARIE, *op. cit.*, p. 106).

(74) Voir André GIDE, « Voyage en littérature anglaise », *Verve*, printemps (mars-juin) 1938, vol. 1, n° 2, pp. 14-15.

(75) Jacques RIVIÈRE, « Le Roman d'aventure », *La NRF*, nos 53-55, 1er mai-1er juillet 1913, t. IX, pp. 748-765, 914-932 et t. X, pp. 56-77. ジッドら『新フランス評論』グループと冒険小説の問題を扱った研究としては以下を参照――Kévin O'NEILL, *André Gide and the Roman d'Aventure*, Sydney : Sydney University Press, 1969 ; voir aussi la postface d'Alain CLERVAL pour *Le Roman d'Aventure* de Rivière publié en volume aux Éd. des Syrtes (Paris, 2000), pp. 83-121.

(76) Voir Albert THIBAUDET, « Réflexions sur la Littérature : Le Roman de l'Aventure », *La NRF*, n° 72, 1er septembre 1919, pp. 597-611.

(77) Albert THIBAUDET, *Histoire de la littérature française de 1789 à nos jours*, Paris : Stock, 1936, pp. 537-538.

(78) Voir Albert THIBAUDET, « Réflexions sur la Littérature : Critique française et critique allemande », *La NRF*, n° 143, 1er août 1925, pp. 223-231.

(79) ちなみにジッド作品の最初のスウェーデン語訳（リュシアン・モーリーの解題を付したヘラルド・ヘイマン訳による『狭き門』と『背徳者』）はちょうどこの時期に公刊されている（voir André GIDE, *Den trånga porten* et *Den omoraliske*, traduits par Herald

HEYMAN, Stockholm : Geber, 1920 et 1921）。デフーイユらの計画が実現に至らなかった原因のひとつとも推測しうる。

（80） Voir *André Gide. Pages choisies*, Paris : G. Crès et Cie, coll. « Bibliothèque de l'Adolescence », s. d. [1921]. なお、同選文集は後に表紙だけを取り替えて継続販売された（voir *André Gide. Romans et essais*, Paris : G. Crès et Cie, coll. « Le Florilège contemporain », s. d.）。

（81） Voir Jacques PAOLI, « Albert Thibaudet en Suède », *La NRF*, n° 274 (n° spécial Thibaudet), 1er juillet 1936, pp. 84-86.

（82） Voir l'édition critique de *La Symphonie pastorale*, établie et présentée par Claude MARTIN, Paris : Lettres Modernes Minard, coll. « Paralogue » n° 4, 1970, pp. CXLIX-CL.

（83） Albert THIBAUDET, « Réflexions sur la Littérature : *La Symphonie pastorale* », *La NRF*, n° 85, 1er octobre 1920, pp. 587-598. ちなみにほかの書評も大半は七月末から年末に集中している。ルネ・ラーヌとルネ・サロメの論評だけは同年初めの発表だが、これはいずれも雑誌初出テクストを対象としたものである（voir René LASNE, « *La Symphonie pastorale* », *La Dépêche de Rouen*, 25 janvier 1920, p. 4, col. 1-3 ; René SALOMÉ, « *La Symphonie pastorale* », *Revue des Jeunes*, t. XXIII, n° 3, 10 février 1920, pp. 334-344）。

（84） Voir Albert THIBAUDET, « Chronique internationale : Petites questions de goût », *L'Opinion*, 14e année, n° 33, 13 août 1921, pp. 183-184.

（85） Voir Ernst Robert CURTIUS, « Deutsch-französische Kulturprobleme », *Der Neue Merkur*, juin 1921, pp. 145-155.

（86） André GIDE, « Les Rapports intellectuels entre la France et l'Allemagne », *La NRF*, n° 98, 1er novembre 1921, pp. 513-521. Voir aussi la lettre de Gide à Curtius, du 14 octobre 1921, in *Deutsch-französische Gespräche 1920-1950. La Correspondance de Ernst Robert Curtius avec André Gide, Charles Du Bos et Valery Larbaud*, Frankfurt am Main : Vittorio Klostermann, 1980, p. 38.

（87） ジャック・ドゥーセ文庫、整理番号 γ 823.22.

（88） Voir Gert HEINE / Paul SCHOMMER, *Thomas Mann Chronik*, Frankfurt am Main : Vittorio Klostermann, 2004, p. 121.

（89） Lettre de Curtius à Gide, du 24 juillet 1921, in *Deutsch-französische Gespräche 1920-1950*, *op. cit.*, p. 34. 同様の主旨は、クルティウスがエミール・マイリッシュ夫人（ルクセンブルクの富豪夫人で、同市郊外のコルパハの城館で汎欧的な文化サークルを主宰した文芸庇護者）に宛てた七月二二日付書簡にも記されている――「ジッドが拙論に満足しているというので非常に喜んでおります〔…〕。もし『新フランス評論』が拙論の抜粋を載せ、ジッドがそれに答えるとすれば、もちろん私としては大変嬉しく大いに歓迎するところです。〔…〕私は〔エルンスト・ベアトラムとトーマス・マンの〕ふたりが、フランス側でジッドが品位と威厳をもって代表しているプログラム、すなわち、冷静に国民的感情（国粋主義的感情ではなく！）を維持しながらのコスモポリタン的精神（国家間的精神ではなく！）における両国の接近というプログラムに、ドイツ側から喜んで参加するであろうことを承知しております」（*ibid.*, pp. 31-32）。

（90）戦後初めての「旬日懇話会」については、第IV部・第1章「ジッドとポール・デジャルダン」を参照されたい。

（91）Voir *La NRF*, n° 274, 1er juillet 1936 (« Hommages à Albert Thibaudet »).

（92）Voir les lettres nos 176-180, dans André GIDE - Jean PAULHAN, *Correspondance (1918-1951)*. Édition établie et annotée par Frédéric GROVER et Pierrette SCHARTENBERG-WINTER, Paris : Gallimard, 1998, pp. 180-185.

（93）ジャック・ドゥーセ文庫、整理番号 γ 823.25.

第2章　ジッドとガストン・ソーヴボワ
——第一次大戦前後の交流——

ガストン・ソーヴボワ（一八八〇—一九三五）は、パリ入市税関の下級官吏として禄を食むかたわら、一九〇七年頃から第一次大戦をはさみ、四半世紀にわたり少なからぬ新聞・雑誌に文芸時評を発表した。このうち大戦前後には、短期間ではあるが『新フランス評論』でも書評を担当した。執筆活動の初期には小説や詩の創作も試みたようだが、見るべき成果は残していない。また三〇年代初めには、当時の世情を映して、組合運動についての論文も物している。まとまった著作としては『自然主義以後——新たな文学的教養に向けて』（一九〇八）と『古典主義の曖昧さ』（一九一二）の二冊。ほかに雑誌『昨日の肖像』シリーズの『ルイ・パストゥール』『ルコント・ド・リール』など、小冊子が数点。(1)これらに紙誌掲載の論文・書評を合わせれば、それなりの分量の著述を残した批評家であるが、後述する一九一〇年前後の「古典復興」の動きに関連してときおり言及されるほかは、今日《こんにち》彼の名が引かれることはまず稀である。

しかしながら『新フランス評論』の領袖ジッドがある時期、この批評家の論述を高く評価し、その知遇を得るのを強く望んだことは、同時代文学史の観点からももっと知られてよい。本章では、ふたりが交わした書簡（現存の確認された四通、うち一通だけが既刊）の提示・紹介を第一義とし、あわせて『新フランス評論』をめぐる当時の文化的・

政治的状況について若干の補説を加えたい。

交流の開始

書簡による接触はジッドのほうから始まる。アンリ・ゲオンの『我々の方向』(一九一一年一一月刷了)は、『新フランス評論』創刊号(一九〇九年二月)のジャン・シュランベルジェによる巻頭言につづき、同誌グループの基本方針を敷衍した一書であるが、これを取りあげたソーヴボワの書評が交流の契機となったのである。一九一二年二月一八日付の『独立批評』(週刊紙『人権』の「文芸付録」として月二回発行)[2]でソーヴボワは、まずゲオンの主張を次のように要約する。すなわち、フランス文学新生のためにはドイツの哲学やロシアの心理学など、外国の美質を我が国のそれと調和よく統合させるべきである、と。しかし批評家は、この主張に一定の理解を示しつつも、当然そこには価値の序列があってしかるべきだ、と反論する。ゲオンが考える以上に芸術には社会的な問題が密接に絡んでくるのであり、フランスの作家は今や「ラテン的精髄と、政治的汎ゲルマン主義に支えられたゲルマン的精髄との激しく広汎な闘争」に無関心であってはならない。重要なのは、「知性を下位の感受性や感傷性と同列におかぬ」こと、「今後醸成される新たなヨーロッパ精神において、フランスの寄与する知性こそが主要な役割を果たす」ことである……。議論の骨子は以上のとおりだが、そこに至るに先立ち、筆が滑ったのか、ソーヴボワはジッドやクローデルを囲む『新フランス評論』グループの面々を「追従者」と評していた。この一語を認めたジッドは、日をおかず釈明の書簡を送ったのである(なお、両者の書簡のうち、これまでに唯一公刊された同書簡は作家自身が編纂に関与した新フランス評論版『ジッド全集』第六巻[一九三四年四月刷了]に選択採録されたもので、このことから彼が事後もその重要性を強く認識していたのが分かる)――

《書簡1・ジッドのソーヴボワ宛[3]》

〔パリ〕、一九一二年二月一七日

拝略

今朝の配達で『独立批評』がとどき、同紙掲載のご高論を大いなる喜びをもって拝読しました。ゲオンは明日〔居所のあるブレ＝シュル＝セーヌから〕パリに出てきますので、彼にご高論を見せるのが楽しみです。その善意ゆえにご高論を嬉しく思います。お説の大半に全面的に賛同いたしますが、それだけに、論中ひとつの瑕瑾を認め、これに少しばかり傷つき残念な思いをしております。

『新フランス評論』創刊時、我々編集陣は、この雑誌においては互いのことを話題にのせないと取り決めました。寄稿者たちにもそう告げていました。作品を掲載するだけで十分であり、作品そのものについては一切黙するのだ、と。このようにして『新フランス評論』は、〔クローデルの〕『人質』や〔ラルボーの〕『フェルミナ・マルケス』などと同様、拙著『狭き門』『新プレテクスト』あるいは『イザベル』についても論じることはありませんでした。仲間褒めはなし！ これが我々の合い言葉だったのです。

しかしあなたさえもが、こともあろうに我々を追従者と呼び、だが結局のところ「誰もが家では一国一城の主なのだ」と留保を付して大目に見ようというのであれば、我々の立場はいったいどうなってしまうのか。

我々の公平な態度は突飛すぎ、奇抜がすぎて、信じてはもらえぬものなのでしょうか。私があなたの書かれたこの一文を危惧する所以です。宣伝を嫌う方針を守って吹聴もしないので、我々の慎みが気づかれることはまったくありません。我々の沈黙は評価されず注目もされず、また理解されることもないのです。若い人たちが集《つど》い（私はもう自らを「若者」とは思いませんが、もっと若い人たちが私のまわりでグループをなしているのは周知のとおり）、結果として、仲間褒めをする。こういったいささか不遜な態度ほど、文学的な良識に照らし、腹立たしくも非難すべきものはなく、また我々を嫌悪させるものもない、それだけに敵対者たちの声がいっそう大きく聞こえてくる……。私はこのようなあれこれを自己弁護のために書いているのではありません。それどころか、相手の共感（私の言わんとするのは賢明なる共感）を望むだけになおさら真正面から受けて立ちたい敵意というものがあります。『独立批評』あるいは『人権』が我々のことを誤解するのを放っておけぬのもそのためなのです。敬具

アンドレ・ジッド

むろんのこと、あなたが次のようにお書きなのはこの上なく正しい——「新たに生まれいずる文学においては、そしてそれがフランス的であるためには、知性が最重要であらねばならない」。だが、しかとお信じください、アンリ・ゲオンその人ほどあなたの文章に声高く喝采をおくる者は誰ひとりとしていないのです。同様に、このラテン的精髄と汎ゲルマン主義との闘争ほど我々（特にアンリ・ゲオン）の関心を引く問題はありません……。しかし、まさにそれこそが我々の考え方の必ずしも一致しない点なのでしょう。さりながら……。

すでに折りにふれ指摘したところだが、初期『新フランス評論』がその編集にかんし標榜した二大方針とでも呼ぶべきものがあった。ひとつは党派性の排除であり、またひとつは外国文学の積極的な受容・紹介である。前者はただ芸術的な完成度のみを取捨選別の基準とするものであり、ジッドら創刊メンバーとは必ずしも文学的信条を同じくするわけではないクローデルの協力・寄稿を最優先に請うたのがその一例。上掲書簡が述べるように、仲間内の論評は掲載しないというのもまた同様で、この原則は少なくとも初期の数年は厳格に守られる（後には少数ながら「新

フランス評論出版」の単行書が論評の対象となる場合も出てくるが、そのさいも宣伝色を極力排するという姿勢は一貫している）。また第二の方針に沿って、同誌の中心メンバーや規則的寄稿者が個人的に抱く親近感や好奇心、あるいは多分に偶然に依存する人的接触をつうじ、そのつど臨機応変に外国文学が摂取されてゆくが、まさにその柔軟な姿勢によって外国文学をめぐる『新フランス評論』の言説は硬直化を免れえたのである。

「ラテン的精髄とゲルマン的精髄との闘争」、換言すれば「フランス的精髄とドイツ的精髄との闘争」にかんしても、同誌の姿勢は決して画一的・教条的なものではない。当時の文化的・政治的状況、とりわけ普仏戦争の敗北に危機感を抱いていた第三共和制がおこなった「古典人文教養」の根本的な見直しと、それに対するアガトンを中心にした非難・批判の動きについては、前章「ジッドとチボーデ」で触れたので、それを思い起こしていただきたい(4)。ソーヴボワの二著書、『自然主義以後』『古典主義の曖昧さ』はまさにそうした反対派の流れに属し、先述の書評と同様、フランス的価値の称揚、当時の鍵語を用いて言えば「古典復興」の必要性をひたすらに謳っていたが、『新フランス評論』グループの考え方は、アガトンへの肯定的評価からも察せられるように、フランス的価値を顕揚するという点ではむしろ彼の考え方に近い。それでもなお、国籍・民族の如何にかかわらず、芸術的完成度の高いものを斥ける根拠などありえない、というのがグループの基本的了解であり、じじつ、諸外国のなかでも彼らがとりわけ熱い関心を示し続けたのは、外ならぬゲーテやニーチェ、リルケ、ホーフマンスタールらに代表されるドイツ語圏の文学や思想だったのである。

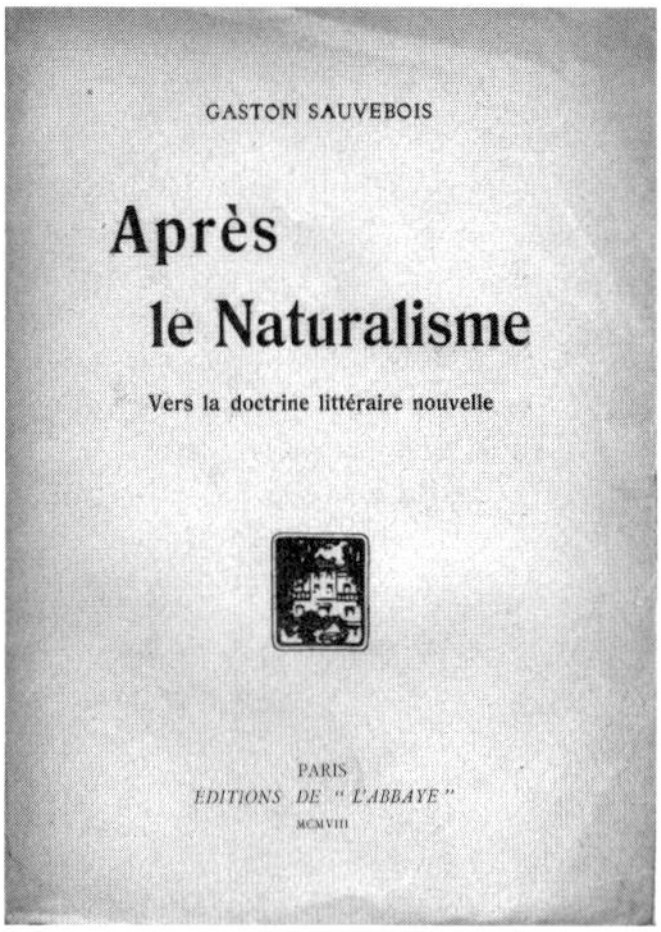

ソーヴボワ『自然主義以後』（1908）

　さて、ジッドからの釈明を受けた四日後、ソーヴボワは「誤解」を解こうと次のような書簡を返している――

《書簡2・ソーヴボワのジッド宛[5]》

パリ一一区、パッシュ通り九番地、一九一二年二月二一日

拝略

『新フランス評論』は決して執筆者たちのための宣伝誌にはあらず、この事実をご親切にも喚起していただき、まことに有難うございました。私の賛意は、同誌の努力について語る機会が与えられたさいに喜んであなたにお示しいたしましょう。

あなたもご存じの『レ・マルジュ』誌掲載の〔ジョルジュ・ル・カルドネルの〕論文に関連して[6]、私は次のように述べていました――「しかしながら私は、追従者たちが見境なしに彼ら〔ジッドやクローデルら〕を褒めちぎっているとは思わない」、と。明らかにその時、私の念頭には、雑誌〔『新フランス評論』〕だけではなく、その執筆者たちが単行出版する論考のことがありました。言ってみれば、それはあなた方を擁護するものだったのです。そして私は次のように付言していました――「彼らを非難できるとしても、それは精々のところ、密かな排他主義といった程度のことにすぎぬ」。これに続いたのが、「しかしながら忘れてならないのは、誰もが家では、云々」なる一文だったという訳です。

したがって問題は単なる誤解であって、私としては以後そのようなことがないよう努めましょう。どうか意のあるところをお汲み取りいただきたく。私の善意はほとんど誰の目にも紛うかたなきものだったのです。『新フランス評論』の努力を熱心に見守っています。そのことは拙論が示すところです。何度でも話題に取りあげ論じようとさえ決めているのです。我々は（私が言うのは「文学」に尽くす者たちのことですが）互いに己

の意識を深く照らし出すべき時に来ています。新たな精神の涵養とはなかなかに微妙な事柄であり、それだけに私の考えるところでは、あなたのグループと私との間での問題は、論争ではなく、むしろ焦点の明確化なのです。

『人権』紙への執筆のために『新フランス評論』には定期的に目を通しています。おかげさまで、同紙では何度か引用させていただきました。

なんらその権利もない者たちが濫用するのを知っているだけに、あなた方の出版物のプレスサービスを私宛にとことさらお願いするつもりはありません。しかしながら、もしもプレスサービスがいただけるならば、まことに有難いことです。紙面のよい場所を使い、いつでも心から進んで、それらの本を論じましょう。導きとなるような書物は稀でありますから。敬具

ガストン・ソーヴボワ

『ジッド＝リヴィエール往復書簡集』（一九九八年刊）の校訂者は、集中のある書簡に註記して、『独立批評』掲載の書評が原因で「ソーヴボワは『新フランス評論』と対立・衝突関係にあった」と述べるが、(7) 彼とジッドの遣り取りを見るかぎり、この評言は明らかに誇張が過ぎよう。

ジッドは「新フランス評論出版」の刊行物をソーヴボワにも献本するよう取り計らったと推測されるが、やがて彼の連絡先を失念してしまう。六月三〇日付ジャック・コポー宛書簡には次のように記されている――「私が是非ソーヴボワに手紙を書きたいと思っているのはご存じのとおりですが、彼の住所（あるいは〔寄稿先の〕『レ・ドキュマン・デュ・プログレ』誌の住所）を問い合わせたリヴィエールからは返答がありません(8)」。この時点でジッドが批評家に対しかなり強い関心を抱いていたことは疑えない。また、同年内の接触を証する決定的な資料は確認されていな

いが、後掲の翌一三年三月二〇日付ソーヴボワ宛書簡の冒頭文「あなたが予告なさって以来、ずっとご高論〔＝ジッド論〕を待ちわびていました」は、その間《かん》の新たな遣り取りを踏まえたものである可能性が高い。

ソーヴボワは一九一二年九月、挿絵入り月刊誌『スカンディナヴィア評論』で再び『新フランス評論』の活動について論じた。グループの目指すものは「古典主義」あるいは「新古典主義」であると述べて、その達成の実例として『狭き門』などジッドの近作を挙げている。そして「すでに私はアンリ・ゲオン氏の著書『我々の方向』に絡めてこの問題を扱ったので、今日はそれについては立ち戻るまい」と述べながら、ここでもやはりフランス的知性の重要性を説くのである――

〔『新フランス評論』が実現に努めている〕古典主義は、いまだ分離した三要素、すなわち、特にロシア芸術において発展した感受性、ドイツの芸術の特性たる神秘的感傷性、そしてフランスの寄与たる知性の融合を進めようとするものだ、そう述べておけば十分である。私がこれら三つの特性の融合について若干の考えを表明し、良き混淆を導きだすには知性がほかの二要素に勝るべきだと説いたさい、アンドレ・ジッド氏は私に、それこそが氏自身の考えであり、またゲオン氏の考えだとご返答くださった[9]。

この論文がなんらかの契機となったのだろう、『新フランス評論』は翌年三月号で初めてソーヴボワ執筆の書評を掲載する（対象本はアルフレッド・カピュ著『時代の風習』）。その直前の二月二一日付リヴィエール宛書簡の文面から推すかぎり、若き編集次長《スクレテール》に批評家を推薦したのはまず間違いなくジッドその人であった――「この書評はとてもよく書けているし、私としてはそれが『新フランス評論』に掲載されるのは喜ばしい[10]」。

ソーヴボワのジッド論

こうして書評欄へのソーヴボワの寄稿は、大戦勃発により雑誌が同年八月号をもって休刊するまで、ほぼ隔月のペースで計九回に及ぶが、その間《かん》作家との関係で注目すべきは一九一三年三月、アポリネールもかかわった『悦ば《ル・ゲ・》しき知《サヴォワール》』誌の創刊号にかなり本格的なジッド論を発表したことである。同論は次の一節で始まっている――

> 巷間ひとの言うがごとく、いかに多様で奇妙・複雑な存在に見えようとも、アンドレ・ジッドはつねに変わることがなかった。私が言わんとするのは、彼の姿は初期作品においてすでに認められること、『狭き門』もまた『ユリアンの旅』と同じ署名を冠するものであること、そしてこの驚嘆すべき作家は類い稀な一貫性・統一性の模範例を、したがってとりもなおさず類い稀な誠実《プロビテ》の模範例を示しているということなのだ。(11)

そして初期作品から近年の『背徳者』や『狭き門』へと至る軌跡を追いながらソーヴボワがジッドのうちに改めて確認するのは、自らの内奥への飽くなき探究を支える、変わることなき強靱な真摯さである――

> 理解すること、つねに理解すること、これこそが彼の基本的な願望である。彼は、己が理解しえぬ生を生きようとはしなかった、すなわち〔…〕どのような関係によって自分自身や世界に結ばれているかを感知できない生なぞは一度として生きようとはしなかった。つねに知的であり、厄介きわまる意識の分析にも似た、初期作品の数多の探究はそこに由来するのである。理解しようというこの意志のうちに人々は偉大なる誠実《オネトテ》を認めることであろう。(12)

ジッド学において「誠実《サンセリテ》」はすでに専門的術語として確立しているが、引用文中の《probité》や《honnêteté》は言葉こそ違えど、これと同一の概念を指すことは断るまでもない。聖俗・霊肉の間を揺れ続ける生き方や作品ゆえの「変節漢」呼ばわりに終生苦しめられたジッドにとって、その揺れのなかにこそ「一貫性・統一性」を認め、「誠実」の証《あかし》を見いだしてくれる批評は、稀有なだけになおのこと貴重な報奨であったろう(13)。

おそらくジッドはソーヴボワに礼状を送ることはなかった、これまではそう推測されていた。現物の存在が未確認だったためである。だが、決してそうではない。パリ大学附属ジャック・ドゥーセ文庫は、いかなる理由によるのか、一九一三年三月二〇日付のあるジッド書簡を今日まで詩人のアンドレ・サルモン宛として整理・収蔵してきたが、これこそが疑いなくソーヴボワに送られた礼状なのである。そう断定しうる根拠は次のとおり――。まず第一の根拠は、書簡でジッドは自分について書かれた論文に礼を述べ、是非とも文通者と面識を得たい旨を記しているが、サルモンはこれまでも、またこれ以後もジッド論を物することはなく、しかも『詩と散文』誌（ポール・フォール主宰）の秘書として、遅くとも一九〇七年五月の時点ですでに作家とは知り合っていたこと。第二の根拠は、論文掲載の時期と書簡送達のそれが対応するばかりか、書簡には、評者が自作の「連続性」を示し「誠実《オネトテ》」を認めてくれたと、ソーヴボワ論文の主旨に完全に符合する文言が記されていること、である。もはや贅言は無用、早速ジッドの礼状を訳出・提示しよう――

《書簡3・ジッドのソーヴボワ宛(14)》

キュヴェルヴィル、一九一三年三月二〇日

拝略

今やあなたに打ち明けないでおれましょうか。あなたが予告なさって以来、ずっとご高論を待ちわびていました。

大きな喜びを得られると期待してはおりましたが、ご高論が私にもたらしたのはその期待をはるかに超えるものでした。思うに、かくまで私を満足させるもの、これほど私自身をそこに認めうるような描写《ポルトレ》は、今まで唯のひとつも目にしたことがありません。

私の各著作の連続性をこのようにお示しくださったことになんと感謝しておりますことか。ご高論のおかげで、自作の各々を結ぶ秘所を私自身がしっかりと把握できたと申し上げたいのです。

また、私の著作の「誠実《オネトテ》」を照らし出し、それが非常にしばしば言われるのとは逆に、ひとの意気を挫き萎えさせる不毛なものなどではないとお示しくださったこと、これについても深く感謝しております。私の作品は精気を掻き立てうるものと思いたい。その証を時折いただくことこそが私にとっては最も貴重な褒美でした。というのも私は、精神を失意へではなく歓喜へと導きたいと願っているからです。

そして今や、なんとしてもあなたの面識を得たい、そう申し上げずにおれましょうか。二週間後には帰京の予定です。その折りにお目どおり願えるでしょうか。敬具

アンドレ・ジッド

ちなみにジッドはこの書簡の四日前、シュランベルジェに宛て次のように書いていた――「コポーがテオ〔・ヴァン・リセルベルグ〕の家で揶揄していたけれども、ソーヴボワのこの論文は、私が読んだ論文のなかで最も優れた最も炯眼なもののひとつであることが分かった」。両作家の『往復書簡集』の校訂者は、当該論文を『独立批評』三月一日号掲載の書評（対象本はジュール・ロマン著『頌歌《うた》と祈り』）であろうと推測するが(15)、ソーヴボワ宛書簡中の賛辞、「かくまで私を満足させるもの、これほど私自身をそこに認めうるような描写《ポルトレ》は、今まで唯のひとつも目にしたこと

がありません」との最上級表現の共通をとらえれば、むしろ先のジッド論であった可能性のほうが高いのではあるまいか（「書評《ノート》」ではなく「論文」という呼称の使用もそのことを示唆しているように思われる）。またジッドは帰京後の面会を望んでいたが、実際にはこの春先に両者が相見《あいまみ》えることはなかったはずである。というのもジッドは予定を繰り上げ三月二五日にはキュヴェルヴィルからパリに戻るが、早くも翌々日には南仏に下り、四月に入るとイタリアへと向かい、彼の地に六週間ほど逗留したからである。

ソーヴボワと『新フランス評論』

同年五月から翌一九一四年二月にかけ、ジッドはソーヴボワの書評掲載にかんしリヴィエールに何度か意見や指示を書き送っている。たとえば一九一三年一一月一三日には、「彼の書評はほかの書評の数が足りない場合にのみ掲載可、載せるにしても原稿の第一ページ末尾まで」、と手厳しい評価[16]。また一二月一五日には新たな原稿について、採るべしとの判断を伝えながら、次のように付言している――「かなり聞き分けのよさそうな人物なので、もし貴君がたまたま出会《ランコントレ》うようなことがあれば、彼と話をしてみるとよいだろうし、私が会《ヴォワール》いたがっていると伝えてもらってもかまわない[17]」。文面からはジッドが遅くともこの時点ではソーヴボワと面識があったことが窺われる。さらには翌年二月一一日付書簡の一節――

ソーヴボワの書評に目を通しましたが、お手紙で前もって知らせていただいたので、懸念は徐々に消えていきました。貴君のおっしゃることは正当です。しかしながら、これらの書評をつき返すに足るほどには論点が明確ではありません。いずれにせよ〔ジャン・〕ヴァリオ著〔『戦禍』〕の書評は悪くないだけに、手紙の説明では誤解を招きかねません。直接彼と話をするほうがよいでしょう。私が見るところ彼は十分に柔軟な人物であり、我々の仲間たるのを喜んでいるので、愛想よい態度を示すでしょう。もっともそういった愛想よさには自尊心をくすぐられるだけに要注意。というのも、まさしく我々が望むのは妥協や服従よりも社の基調だからです[18]。

それから暫くおいた冬も終わりの頃、ジッドは近作二冊をソーヴボワに献呈した。これに対する礼状が、ふたりの往復書簡のうち現存が確認された最後のものである――

《書簡4・ソーヴボワのジッド宛[19]》

パリ〔一一区〕、パッシュ通り九番地、一九一四年四月一日

ご高著二冊、『重罪裁判所の思い出』『歌の捧げもの』をご恵投いただきながら、もっと早くお礼を差し上げず、申し訳ありませんでした。近いうちに『人権』紙の文芸欄全面を割いて両作品を論ずることができるだろうと思います。そこのほうが手紙よりも率直に意見を述べられるでしょうから。ひとが最も厳密に誠実な態度を示すべきなのもまた、一般読者に向けた書き物においてではないでしょうか。というのも、私はこの上なく作家の倫理的責任というものを信ずる者のひとりだからです。

しかしながら、どれほど私にはあなたの作品を愛する理由があるかということもご存じのとおりです。

ご高著そのものと、それをご恵投くださったことに二重の感謝の念を覚えつつ、御作のなかにさらに新たな理由をいくつも見いだしました。敬具

ガストン・ソーヴボワ

『重罪裁判所の思い出』は、ジッドが六年間の待機の後、一九一二年に陪審員として体験した重罪裁判の記録で、二〇年代後半の「雑報欄《フェ・ディヴェール》」連載や、『ポワチエ不法監禁事件』『ルデュロー事件』（共に一九三〇）など、市井の荒々しい現実を見すえた著作群の先駆けとなった一書。また『歌の捧げもの』は言うまでもなくタゴールの代表作で、ジッドによるフランス語訳は百年をへた今日でも定訳として広く流布している。[20] 書簡で述べるようにソーヴボワはこれら二著のうち『歌の捧げもの』については『独立批評』六月一日号にそのほぼ一面を費やした紹介記事を掲載するが、[21]『重罪裁判所の思い出』について論じたか否かは残念ながら未詳（少なくともジャック・ドゥーセ文庫が保管する約三千五百点の論文・書評のなかにはそれらしきものは見当たらない）。また彼はこの二カ月後、『ラ・ヴィ』誌（一九一二年創刊）に発表した論考「アンドレ・ジッド」で、処女作『アンドレ・ワルテルの手記』から『狭き門』や『イザベル』『法王庁の抜け穴』にいたる作家の足跡を手際よく追い、その旺盛な創作活動を称えている。[22]

これに続く第一次大戦中の交流を証する資料・証言は、筆者の承知するかぎり皆無であるが、戦後『新フランス評論』が復刊されると、ソーヴボワにも再び声がかかり、再開第四号に当たる一九一九年九月号にはアルフォンス・モルティエ『犠牲にされた世代の証言』の書評が、続く一〇月号にはジュール・ルナール『わらじむし』のそれが掲載された。だが彼の寄稿はそこで終わりとなり、以後その名が同誌の表紙を飾ることはない。具体的な経緯は不明だが、「古典復興」の機運が大戦勃発とともに急速に衰えて、ひときわ声高くこれを説いてきたソーヴボワの批評言説がそのインパクトを大きく減じたこともおそらくは原因のひとつであったろう。戦火をへて間《ま》もない、いまだ政情不安なフランスには、かかる呼びかけに応じる余裕はもはや残っていなかったのである。

ソーヴボワのジッド再論と交流の終焉

戦後の同時期、ソーヴボワは機会をとらえて再度ジッドを好意的に評している。『新フランス評論』から退いたのち、ニコラ・ボーデュアン主宰の季刊誌『文芸生活』一九二〇年一〇月号で『田園交響楽』を取りあげたのである。[23]これは三〇点をこえる当時の書評のなかで、ジッド自身がチボーデ、シャルル・デュ・ボス、フランソワ・ル・グリの論評と並んで最も優れた読解と認めたものであった。[24]その一節を引こう――

アンドレ・ジッドが蘇らせた方法は古典的な方法に外ならない。〔…〕その主題を描くにさいし、ジッドが採ったものだけではなく、採らなかったものにも注意を払うのはおそらく無駄なことではあるまい。ここには風景や室内の描写はなく、また感情の吐露もないのだ。〔…〕重要なのは、不純な要素をあまりに盛り込みすぎて、実際には体をなさなくなったジャンルに、真実の――そしてフランス的な――形式を取り戻すことだ、そうは考えられないだろうか。この問題について、いつの日か新たな論争が起こるのではないか。そしてそれこそは真に有益な論争となるのではあるまいか。[25]

このように述べたうえで、論者は『田園交響楽』が「現在の小説概念に対する一種の糾弾」であれかし、と結んでいた。

だが高い評価を下したにもかかわらず、翌年一月のデュ・ボス宛書簡の記述によれば、ジッドがソーヴボワに礼状を送ることはなかった。[26]そればかりか筆者の知るかぎり、日記や回想録、また既刊・未刊を問わず現存の確認された書簡のいずれにおいても、以後ソーヴボワの話題がジッドの筆に上ることは一度としてない。いかなる人間関係の機微によるのかは詳らかでないが、こうした状況から見て、両者の交流が大戦後数年にして急速に途絶へと向かっていったことだけは間違いあるまい。

註

(1) Gaston SAUVEBOIS, *Après le Naturalisme. Vers la doctrine littéraire nouvelle*, Paris : Éd. de « L'Abbaye », 1908 ; *L'Équivoque du Classicisme*, Paris : L'Édition Libre, 1911 ; *Louis Pasteur*, Paris : H. Fabre, coll. « Portraits d'Hier » n° 34, 1er août 1910 ; *Leconte de Lisle*, même coll. n° 40, 1er novembre 1910. ちなみに『古典主義の曖昧さ』は、版元住所が著者の自宅であることから自費による出版と推測される。

(2) Gaston SAUVEBOIS, « Lettres : *Nos Directions* par Henri Ghéon », *La Critique indépendante*, 18 février 1912, p. 2. なお『独立批評』当該号の第一面右肩には極小活字で「二月一八日」と打たれているが、通常の発行日は毎月一日・一五日であること、またジッドの元に郵送で届いたのが同月一七日であったことに鑑みて、「二月一五日」の誤植という可能性も否定できまい。

(3) Lettre reproduite dans *ŒC*, t. VI [1934], pp. 472-474.

(4) 前章「ジッドとチボーデ」、三一四―三一八頁参照。

(5) ジャック・ドゥーセ文庫、整理番号 γ 785.1.

(6) Voir Georges LE CARDONNEL, « Les Romanciers - Romain Rolland : *Le Buisson ardent* [etc.] », *Les Marges*, n° 31, janvier 1912, pp. 28-29. この書評においてジョルジュ・ル・カルドネルはジッドとクローデルにごく短く言及しているが、その内容自体はソーヴボワの論述とさほど関連しているわけではない。

(7) *Corr. G/Riv*, p. 339, n. 2.

(8) *Corr. G/Cop*, t. I, p. 629.

(9) Gaston SAUVEBOIS, « Un Groupe littéraire », *La Revue scandinave*, 3e année, n° 9, septembre 1912, pp. 534-535.

(10) *Corr. G/Riv*, pp. 372-373. ただし具体的な内容は不明だが、ジッドは査読段階で文中の「幾分か辛辣で乱暴な三語」を自らの裁量で削除させている。

(11) Gaston SAUVEBOIS, « André Gide », *Le Gay Sçavoir*, premier fascicule, 10 mars 1913, p. 1. なお当該誌は一応隔月刊だが、徐々に不定期となり一九一四年五月の第六号で終刊を迎える。

(12) *Ibid.*, p. 9.

(13) 後年(一九三八年)のジャン・テクシエ(筆名ジャン・カバネル)のジッド論とそれに対する作家の反応も同様の例として興

味ぶかい。第V部・第3章「ジッドとジャン・カバネル」、五一八頁参照。

（14）ジャック・ドゥーセ文庫、整理番号 7236.41.

（15）Voir *Corr. G/Schl*, p. 510.

（16）Voir *Corr. G/Riv*, p. 408. なお、これに先立つ八月ないし九月初め、ソーヴボワはリヴィエールにポール・スーデーの『ル・タン書評集』（*Les Livres du Temps*）の書評執筆を申し出るが、結局その任はゲオンに委ねられている（voir Jacques RIVIÈRE - Jean SCHLUMBERGER, *Correspondance (1909-1925)*. Édition établie, présentée et annotée par Jean-Pierre CAP, Lyon : Centre d'Études Gidiennes, 1980, p. 102）。

（17）*Ibid.*, p. 417. このとき採られた書評はおそらく次のもの――SAUVEBOIS, « *La Vie et l'Amour*, par Abel Bonnard », *La NRF*, n° 61, 1er janvier 1914, pp. 153-155.

（18）*Ibid.*, p. 437. なお文中で言及されるヴァリオ著の書評は『新フランス評論』同年五月号に掲載される――SAUVEBOIS, « *Les Hasards de la guerre*, par Jean Variot », *La NRF*, n° 65, 1er mai 1914, pp. 896-899.

（19）ジャック・ドゥーセ文庫、整理番号 γ 785.2.

（20）このフランス語版の成立事情については、第4章「ジッドとタゴール」を参照されたい。

（21）Voir Gaston SAUVEBOIS, « André Gide et Rabindranath Tagore. *L'Offrande lyrique (Gitanjali)*. - Éditions de la Nouvelle Revue Française », *La Critique indépendante*, 1er juin 1914, p. 3, col. 1-5.

（22）Voir Gaston SAUVEBOIS, « André Gide », *La Vie*, 3e année, n° 21, 1er août 1914, pp. 711-713.

（23）Voir Gaston SAUVEBOIS, « À propos de *La Symphonie pastorale* (André Gide). Les Constructeurs », *La Vie des Lettres (et des Arts)*, nouvelle série, n° 2, octobre 1920, pp. 224-233.

（24）Voir la lettre du 14 janvier 1921 à Du Bos, reproduite dans les *Lettres de Charles Du Bos et réponses de André Gide*, Paris : Corrêa, 1950, p. 28.

（25）SAUVEBOIS, « À propos de *La Symphonie pastorale* (André Gide). Les Constructeurs », art. cité, pp. 229-230.

（26）Voir la lettre du 14 janvier 1921 à Du Bos, déjà citée.

第3章　ジッドとリルケ

——『放蕩息子の帰宅』ドイツ語訳をめぐって——

すでに相当な数にのぼる『放蕩息子の帰宅』（以下『放蕩息子』と略記）の各国語翻訳のなかでも、ライナー・マリア・リルケによるドイツ語訳は出来映えの見事さもさることながら、何よりその成り立ちにおいて特筆に値する。原作発表から数年にしてドイツで公刊され、時代の刻印を留めるとともに、ふたりの作家の文学的交流を証立《あかしだ》てるものだからである。二〇年近くにおよぶ両者の関係の大要はすでにルネ・ラング編纂の『往復書簡集』に窺えるので(1)、本章ではもっぱらこの翻訳とその周辺について若干の具体的情報を提示・紹介することに努めよう。

当時リルケはパリ在住だったが、ベルリンの月刊文芸誌『ディー・ノイエ・ルントシャウ』（一九〇七年五月号）掲載のクルト・ジンガーによるドイツ語訳によって、かなり早い時期に『放蕩息子』を読み知っていた(2)。この初訳からは「多くの恩恵」を受けはしたものの、それが「原作特有のリズムをほとんど考慮していない(3)」ことに不満を抱いた彼は、一九一三年一一月、みずからドイツ語への翻訳を思い立つ。またその企てを知ったジッドの方でも「極めて大きな、友愛に満ちた歓び(4)」を覚えたのである。こういった経緯を見るかぎり、研究者たちが「一九一二年にガリマールから普及版が出版されたことが、同作に対するリルケの関心を再び掻き立てた(5)」と主張してきたことは間違ってはいまい。その後わずか数週間で、「まだ考慮すべきものとして残っていたいくつかの文章(6)」を除き、テクストの大半が「熱意を込めて」翻訳された。続いて一九一四年二月三日には全訳稿がベルリンのインゼル出版社主アントン・キッペンベルクに送られ(7)、半年後の八月、ドイツ語版は *Die Rückkehr des verlorenen Sohnes* を表題に冠し、晴れて「インゼル文庫」第一四三巻として世に出たのである(8)。以後多くの版を重ねたこのリルケ訳が、ドイツにおけるジッドの名声を高めることに大きく貢献したことは周知のとおりである(9)。

当時の書簡のなかでリルケは上記の「疑問の残る複数の文章」に何度か触れているが、その疑問を解消すべく一月二六日、彼みずからが原作者ジッドの許《もと》を訪れていただけに(10)、なおのこと重要な言及と見なせよう。しかしいったい何が問題だったのか。この点について幾分なりとも具体的な証言を残すのは一月一七日付のキッペンベルク宛である。同書簡が話題にするのは「作品の二つの版で異なる二、三の文」であり、リルケにとっては「読み返すたびに、最初の版の方がもうひとつの版に勝ると思われた」のである(11)。すると、ただちに次のような疑問が生じて来よう。すなわち、彼が参照した二つの版とはいったい何を指すのか、また彼が好んだ版とはどれなのか……。

リルケが参照したのが確実な一九一二年の普及版(12)のほかに、実はこの時点ですでに二つの版が存在していた。『詩と散文』掲載のプレオリジナル（一九〇七）と、「ロクシダン文庫」の一巻として刊出した大型豪華版（一九〇九）である(13)。だが奇妙なことに従来、翻訳の底本に使われたのは前者とされ、後者はただ「少部数限定版ゆえの入手難(14)」を理由に考慮の対象からは完全に外されてきたのだ。例えば前出のラングは、「じじつ初版〔プレオリジナル〕と決定版〔普及版〕との間には小さな異同がいくつか存在する(15)」と主張している。しかしながら、これら両版の異同は実際には文体上の微細なヴァリアントにすぎず（大半は句読法やグラフィーの差）、翻訳者の疑問を誘うようなものとはとうてい思われない(16)。我々としては、上記豪華版と普及版の異同を掲げることで解答を示そう。「放蕩息子」と題された作品第一章の掉尾がその箇所に当たる。まずは最後から二番目の段落の冒頭文、次いで最終段落の全文をおのおのドイツ語訳と見比べよう。なお、［ ］内に斜字体ないし日本語別字体で示すのは、プレオリジルと普及版には有るが、豪華版には無い語句である——

La joie de tous［*montant comme un cantique*］fait le fils aîné soucieux. (...)

［賛美歌のように立ち上る］皆の歓びが長兄を不安にさせる。〔…〕

［*Les torches fument vers le ciel.*］Le repas est fini. Les serviteurs ont desservi. À présent, dans la nuit où pas un souffle ne s'élève, la maison fatiguée［*, âme après âme,*］va s'endormir.［*Mais pourtant, dans la chambre à côté de celle du prodigue, je sais un enfant, son frère cadet, qui toute la nuit jusqu'à l'aube va chercher en vain le sommeil.*］

［松明が天に向かって煙を上げる。］食事は終わった。召使いたちが膳を下げた。今、そよとも風のない夜のなかで、疲れた家は［魂がひとつ、またひとつと］眠りにつく。［だが放蕩息子の寝室の隣の部屋で、年下の子がひとり、これから明け方まで一晩中むなしく眠りを求めることを私は知っている。］

Die allgemeine Freude wird zur Sorge für den ältesten Sohn. (...)

皆の歓びが長兄を不安にさせる。〔…〕

Das Mahl ist zu Ende. Die Leute haben abgeräumt. Und jetzt in der Nacht, in der nicht ein Hauch sich rührt, wird das müde Haus schlafen.

食事は終わった。召使いたちが膳を下げた。今、そよとも風のない夜のなかで、疲れた家は眠りにつく。

Der verlorene Sohn

Wenn der verlorene Sohn, nach einer langen Abwesenheit und wie am Ende seiner Neigung zu sich selbst, auf dem Grunde dieser Entbehrnis, die er suchte, an das Antlitz seines Vaters denkt, an das nicht beengte Zimmer, wo seine Mutter sich über sein Bett beugte, an den Garten, getränkt von fließendem Wasser, aber umschlossen, und aus dem zu entweichen er immer begierig war, an den sparsamen älteren Bruder, den er nie geliebt hat, der aber, abwartend, noch den Teil seiner Güter zurückhält, den er, im Verschwenden, nicht los werden konnte –:

So gesteht sich der Sohn, daß er das Glück nicht gefunden hat, ja, daß er nicht einmal imstande war, jene Trunkenheit lange auszudehnen, die er an Glückes Statt suchte. Ah, denkt er, wenn mein Vater, erst so gereizt gegen mich, mich tot geglaubt hat, vielleicht, trotz meiner Sünde, wär er froh, mich wiederzusehn; ah, zurückkehrend zu ihm, ganz unterwürfig, die Stirne gesenkt und Asche darauf, wenn ich, mich beugend vor ihm, sagte: „Mein Vater, ich habe gesündigt wider den Himmel und wider dich“, was würde ich tun, wenn er dann, mit der Hand mich aufhebend, antwortete: „Tritt ein in das Haus, mein Sohn“? – Und schon, andächtig, macht der Sohn sich auf.

7

リルケ訳『放蕩息子の帰宅』初版（第１刷）

ドイツ語テクストと豪華版ヴァリアントの照応はまさに一目瞭然。リルケが「もうひとつの版に勝る」と見なし翻訳の底本に選んだ「最初の版」とは、プレオリジナルのことではなく、間違いなくこの豪華版のことだったのである。ちなみに、同版にはほかにも二〇ほどの独自ヴァリアントが認められるが、いずれもはるかに小さなものであり、しかもそのほぼ全てがドイツ語テクストと正確に一致・対応している。[17]

ジッドとリルケとの間で交わされた議論の詳細は、両者ともごく短い証言しか残していないので、残念ながら不明とせざるをえない。しかしながら今や少なくとも次の点は確言できよう。すなわち、リルケにとって問題だったのは、「二、三の文」をいかに訳すかではなく、それが示すヴァリアントのいずれを選択するかであった。別言すれば、両者の話し合いの要点も、しかじかの部分の訳し方なぞではなく、たとえいかほど軽微な差ではあれ、ヴァリアントの選択次第で影響を受けかねぬ作品の読みに関わるものだったのである。[18]では、リルケは自分の『放蕩息子』読解を正当化し、己の芸術家としての意識を満足させえたのだろうか。

我々には、採られたヴァリアントや証言の僅少それ自体が、なんら意見の相違もなく、時を要せず二人の作家がひとつの結論に達したことを語っているように思われる。[19] リルケが訳稿送付時にキッペンベルクに宛てて、「ドイツ語の知識を十分に備えた」ジッドとの「素晴らしく実り多い」話し合いによって「私の仕事はまさに彼の詩の意味を違えぬ成功となったようだ[20]」と書きえたのもそのためであろう。リルケにとって翻訳とは、何にもまして原作の読解に意識的かつ創造的に加わることだったのである。

このようにして仕上げられた翻訳であるが、結果的には不正確な訳語がいくつか残ることとなった。ほかの翻訳者に対してしばしばしたように、ジッドが全訳を丁寧に見直していたならば、それらは防ぎえたかも知れない。さりながら「原文よりも香り高く形而上学的で、おそらくはいっそう詩情豊かな[21]」このドイツ語訳は何よりも一個の芸術作品として秀でて美しい。ジッドはその出来映えを手放しで称賛したが、それはまさに己のすべてを投入した『放蕩息子』のメンタリティーが完璧に転写されていると認めたからであった。周知のように、リルケは『狭き門』（一九〇九）にかんし、早くからその作者と自分との間に「ある種の精神的類縁[22]」を感じていた。いっぽうジッドの方も一九二一年の時点で、この翻訳者には特定の傾向の作品に対し精神的な適性があることを、次のような言葉で述べている――「リルケは〔…〕『放蕩息子』には至極適していても、『法王庁の抜け穴』には向かなかっただろう。反対に私としては、彼が『地の糧』を訳してくれたならばと思う[23]」。しかしこの言葉からは同時に、作品と翻訳者との微妙かつ可変的な関係についての独特な考え方が窺われよう。そしてそれは、自ら心惹かれる作品しか訳さぬと思い定めていたリルケの信条でもあった。じっさい、ジッドによる『マルテの手記』部分訳（『新フランス評論』一九一一年七月号掲載）を別にすれば、両者の相互翻訳の計画は、ある時は一方が即座に辞退し、またある時は他方が途中で放棄し、ひとつとして実を結ぶことなく終わった。[24] それだけになおのこと、『放蕩息子』のドイツ語訳は彼らの文学的交流の幸福な証言として第一級の価値を有しているのである。

註

（1）Rainer Maria RILKE - André GIDE, *Correspondance (1909-1926)* [abrév. désormais : *Corr. Ril/G*]. Introduction et commentaires par Renée LANG, Paris : Corrêa, 1952.

（2）*Corr. Ril/G*, p. 76. すでに第II部・第3章「状況に想をえた小品」で触れたように、『放蕩息子』のフランス語原文の初出は、ポール・フォールが主宰する季刊文芸誌『詩と散文』一九〇七年三―五月号で、六月初旬に定期購読者に配布された。このプレオリジナルからは同月末に非売版として五〇部の抜刷が取られ、書誌学的にはそれがこの作品の「初版」ということになる。ドイツ語版の方は、ジッドが送ったタイプ原稿をもとにクルト・ジンガーによって翻訳され、*Die Heimkehr des verlorenen Sohnes* の表題で『ディー・ノイエ・ルントシャウ』に掲載される。これら両国語版については、ジッド自身の希望にしたがい、早くも二月半ばの時点で同時出版が企図されていた（実際にはドイツ語訳のほうが数週間早く出来《しゅったい》）。

（3）*Corr. Ril/G*, p. 76.

（4）*Ibid.*, p. 80.

（5）Charles DÉDÉYAN, *Rilke et la France*, 3 vol., Paris : SEDES, 1961-1963, t. II, p. 330. この「普及版」とは、『放蕩息子の帰宅』を総題に冠し、『ナルシス論』『愛の試み』など、他の「トレテ」五篇とともに同作を収めた合冊本のこと（一九一二年二月八日刷了、定価三フラン五〇サンチーム。なお版元は正確には「新フランス評論出版」）。リルケが同版を参照していたことは、一九一三年一〇月三〇日付ピア・ディ・ヴァルマラーナ伯爵夫人宛書簡の次の記述から明らかである――「ジッド〔…〕の本も一冊加えてお送りしましょう。ここ数週間、私はその翻訳を試みていたのです（『放蕩息子』だけですが）」（*Corr. RG*, p. 78）。

（6）*Corr. Ril/G*, p. 81.

（7）Voir *ibid.*, p. 90.

（8）Voir Walter RITZER, *Rainer Maria Rilke Bibliographie*, Wien : Verlag O. Kerry, 1951, p. 3. ただしインゲボルク・シュナック作成のリルケ年譜はインゼル版の出来を同年五月と記す（voir Ingeborg SCHNACK, *Rainer Maria Rilke : Chronik seines Lebens und seines Werkes*, Frankfurt am Main : Insel-Verlag, 2 vol., 1920-1926, t. I, p. 471）。だが、七月までは途切れずに交わされた両作家の書簡がこの刊本上梓を一度も話題にしていないことを思えば、五月出来の蓋然性は低かろう。なお、同年一一月一〇日付のロマ

ン・ロラン宛ジッド書簡には次のような文言が認められる――「〔大戦勃発のため〕リルケについても消息はいっさい分かりません。彼の翻訳で私の『放蕩息子』が一〇月にインゼル出版から出るはずだったのですが」(lettre reproduite dans Frederick John HARRIS, *André Gide and Romain Rolland : Two Men Divided*, *op. cit.*, p. 204, et *Romain Rolland et la NRF*, *op. cit.*, p. 159)。

(9) ジョージ・ピストリウス作成の書誌『アンドレ・ジッドとドイツ』によれば、この「インゼル文庫」版はジッドが没する一九五一年の時点で七万三千部が、また一九六六年までに一二万部が印刷されている(voir George PISTORIUS, *André Gide und Deutschland. Eine internationale Bibliographie*, *op. cit.*, p. 13, item n° 30)。その後、一九七〇年代以降は「ズールカンプ文庫」、さらに二〇一〇年代に入ると「レクラム文庫」(仏独両国語版)のそれぞれ新たな組版でコンスタントに増刷が続いている。

(10) この日は翻訳をめぐっての二度目の会談である。最初の面会は、ラングが推測するように(*Corr. Ril/G*, p. 80)、おそらく版権にかんしての話し合いであった。

(11) *Ibid.*, p. 83. 傍点による強調は引用者。

(12) 前註5参照。

(13) 記番入り百部限定、定価一二フラン(ほかに著者贈呈用に無記番の非売品が二〇部刷られた)。表紙には一九〇九年刊と記されているが、実際に出来したのは翌年一月下旬(第II部・第5章「ジッドとトルストイ」、二八〇―二八一頁参照)。

(14) *Corr. Ril/G*, p. 77.

(15) *Ibid.*, p. 82.

(16) 付言すれば、リルケはかなり頻繁に句読法やグラフィーに微細な改変を施している。

(17) 豪華版独自の小さなヴァリアントのうち、ここでは次のものを挙げておこう――。同版の語句 « livre suranné »「古びた本」はすべての後続版で « livre déchiré »「破れた本」に換えられるが、リルケはヴァリアントに沿った訳語 « altmodischen Buch » を提示している(したがって、かつてラングが発した以下の問いはもはや全くの的外れ――「どうしてリルケは « torn book » を « antiquated book » と訳したのだろう?」[Renée LANG, « Rilke and Gide : Their Reciprocal Translation », *Yale French Studies*, vol. VII, 1951, n° spécial *André Gide*, p. 102])。

ところで、リルケはこの豪華版をジッドから贈られていたのだろうか。この点にかんしては確言しうる証拠はない。というのも、同じ一九一四年に執行された自宅アパルトマンの家財差し押さえとその後の売り立てによって、書類二箱分のほかは、相当量の自筆原稿類をはじめ、彼の所蔵品はすべて四散してしまったからである。一九一六年二月一七日付ロマン・ロラン宛書簡によれば、ジッドは遺失品を取り戻そうと奔走し、せめて友人の旧蔵書の目録だけでも入手したいと望んだが、それも結局は叶わなかった（voir HARRIS, *op. cit.*, p. 210 ; *Romain Rolland et la NRF*, *op. cit.*, pp. 179-180）。しかしながら、リルケと最も親しかったヴェラーレン、ホーフマンスタールの二作家がこの豪華版を贈られていることや（voir *Présence d'André Gide*, catalogue de l'exposition, Bruxelles : Bibliothèque royale Albert Ier, 1970, p. 69, item n° 194, et Claude FOUCART, « André Gide et Hugo von Hofmannsthal, ou la rencontre d'un grand enfant », *BAAG*, n° 43, juillet 1979, p. 15）、何よりもジッドが早くから翻訳の企てを喜び、その旨をリルケに直接伝えていたことを思えば、彼にも献呈されていたことはまず疑えまい。これに関連して付言すれば、次のような自筆献辞を添えられた『アミンタス』初版（一九〇六）の存在が知られている――「ライナー・マリア・リルケに／私の友愛の念が彼に寄り添いますように／アンドレ・ジッド／〔一九〕一〇年一一月」（voir *BAAG*, n° 40, octobre 1978, p. 90）。おそらくこの献本は、リルケが同年九月にジッドに贈った『マルテの手記』（*Die Aufzeichnungen des Malte Laurids Brigge*, Leipzig : Insel-Verlag, 1910）への返礼であった（voir *Corr. Ril/G*, pp. 40-41）。

（18）たとえば、前掲のヴァリアント（最後から二番目の段落における削除）について、アドリアン・ロビネ・ド・クレリーは次のように述べている――「完全にジッドの創案になる長兄への言及は、おそらくリルケにとっては尚早だと思われたのである」（Adrien ROBINET DE CLÉRY, *Rilke traducteur*, Genève : Georg, 1956, p. 51）。しかし当該箇所に仮に「単純化の欲求」（DÉDÉYAN, *op. cit.*, t. II, p. 347）が認められるとしても、それは当然のことながら、豪華版出版のために作品テクストを見直した著者自身に帰するものである。ちなみにこの見直し作業は、ジッドの初代個人秘書ピエール・ド・ラニュックスおよび『ロクシダン』誌の編集次長《スクレテール》アルベール・シャポンとともに行われたが、そのさいの自筆修正入り校正刷（アルベールの子息フランソワ・シャポン氏の個人蔵）を仔細に眺めると、問題の削除はまずラニュックスの筆でなされ、次いで著者自身によって是認されたかたちとなっている。

（19）じっさいジッドの証言はその構成の面でなかなかに興味ぶかい。『放蕩息子』については、「昨日の朝（一九一四年一月二六日）、リルケがいくつか不満な訳文を委ねに来た」としか記さぬ一方、別の話題において同者が示した語彙上の細心さを長々と報告しているのである（voir son journal du 27 janvier 1914 [non repris dans *Journal I*], cité par Gide lui-même dans le numéro du 1er juin 1919 de *La NRF*, pp. 123-124, puis dans *Incidences*, Paris : Éd. de la NRF, 1924, pp. 65-66）。なお付言しておくと、おそらく豪華版で削られた箇所の意義、特に第一章最終段落に登場する人称代名詞「私」の意義を再認識したためだろう（第II部・第3章「状況に想をえた小品」、二三八頁参照）、ジッドは一九一二年版以後のいずれの版でもこの削除方針を復活させることはない。

（20）*Corr. Ril/G*, p. 90.

（21）Renée LANG, *Rilke, Gide et Valéry*, Boulogne-sur-Seine : Les Éd. de la revue Prétexte, 1953, p. 17.

（22）*Corr. Ril/G*, p. 37 (lettre de Rilke à Georges Brandes, du 28 novembre 1909).

（23）« Correspondance André Gide - Dieter Bassermann », présentée par Claude FOUCART, *BAAG*, n° 42, avril 1979, p. 33.

（24）Voir LANG, art. cité, pp. 102-105.

第4章　ジッドとタゴール
――『ギーターンジャリ』フランス語訳をめぐって――

インドの詩人・思想家でノーベル賞受賞者ラビンドラナート・タゴールの代表作『ギーターンジャリ』をフランスに紹介したのがジッドであったことは一般にもよく知られている。じっさい彼の手になるフランス語訳（主表題『歌の捧げもの *L'Offrande lyrique*』）は一九一三年の初版以来、一世紀にわたり定訳として広く流布し、現在はガリマール出版の中核的な叢書のひとつ「ポエジー」に収まる。本章ではこのフランス語訳の成立経緯を具体的に確認したい。ただし以下の論述は先行研究、特にマイケル・ティルビーの論文「ジッドとタゴール」(1)に負うところが大きく、実質的に本章独自の寄与と呼びうるのは未公刊の関連資料数点の提示にとどまる。そのことをあらかじめ承知されたい。

フランス語訳の計画・準備

初期『新フランス評論』の活動のなかでも大方の耳目をあつめた新機軸が、外国文学の積極的な受容・紹介であったことは改めて喚起されてよい。先にも触れたことではあるが、ジッドをはじめとする編集陣の文学的普遍性への志向、外国文学に対する優遇が、大戦世代の新たな世界観に応えうる文学理解のあり方だったことを忘れてはなるまい。そして党派性を排し芸術的な価値を最優先にするその態度こそが、両次大戦間をつうじ『新フランス評論』が国内はもとより、汎欧的にも並ぶものなき影響力をもちえた最大の要因だといっても決して過言ではないのである。

すでに述べたように、初期『新フランス評論』はドイツ文学とならんでイギリス文学にとりわけ熱い関心を寄せた。具体的な作家名を挙げれば、ディケンズやメレディス、キップリング、ハーディ、スティーヴンソン、コンラッド、チェスタートンなど。この海の向こうに豊かに広がる文学鉱脈を探る先導役となったのが、語学に堪能な若きコスモポリット、ヴァレリー・ラルボーである。先行誌『メルキュール・ド・フランス』におけるイギリス文学の専門家アンリ・D・ダヴレー（この名をしばし記憶にとどめられたい）に対抗しうる人材として、『新フランス評論』誌の一九一三年元日号からイギリス文学関係の「ノート」を任されるが、それと同時期、アレクシス・サンレジェ・レジェ（のちのサン＝ジョン・ペルス）とともにジッドとタゴールの間に立って『ギータ―ンジャリ』フランス語訳の産婆役を務めることになる。

翻訳の計画にはジッド自身の創作活動も少なからず関わっている。いうまでもなく当時の彼にとって最重要の課題は、一刻も早く『法王庁の抜け穴』を完成・上梓することだったが、『狭き門』の執筆が大幅に遅れたことも影響して、以後も仕事は思うようには捗っていなかったのである。すでに第1章「ジッドとチボーデ」で述べたように、この停滞を打破し、新たな「冒険小説」に必須のピカレスクな広がり、「レシ」作品群とは異なる自由奔放な文体を探るべく、ジッドが範を求めたのがデフォーやフィールディング、スウィフトらの作品だった(2)。また、これらの読書体験と軌を一にして、イギリスの作家・文学者たちとの個人的交流も急速に活発化する。まず一九一一年七月、ジッドはロンドンに赴き、当地で合流したラルボーとともにコンラッド宅を訪問、『ロード・ジム』の作者との信頼にもとづく交友の端緒をつくる。また、頻繁にではないが一〇年ほど前から文通していたアーサー・シモンズとも面会し親交を深めている。さらに翌年一二月には再度渡英、批評家エドマンド・ゴス宅での会食のさい、ヘンリー・ジェイムズや、アイルランド作家ジョージ・ムーアらを知るのである。このようなジッドをとりまく内外の状況からも見ても翻訳計画の発案・遂行の機は十分に熟していたのだといえよう。

ちなみに『ギーターンジャリ』原版は、タゴールが初めベンガル語で発表した韻文詩群を自らの手で英語に翻訳・編纂したもので、そのさい形式も散文に変更されている。(3) 英語訳にあたって詩人のイェイツやスタージ・ムーアの修正意見を容れたとはいえ、たしかに「純英国製」とは呼びにくい。だがそのことは、もっぱら芸術的な観点から優れた作品を求めていたジッドたちにとってなんら障害となるものではなかった。じじつ、英語原版をジッドに貸し与え、フランス語版誕生の契機をつくったレジェは、これに先立つ一九一二年一〇月、ロンドンでタゴールと面会し、フランスでも読者を得たいという彼の希望を確認したうえで、ジッドに対し英詩としての『ギーターンジャリ』を次のように賞揚している(同月二三日付書簡)――

『新フランス評論』としては、アーノルド・ベネットを供するのではなく、ラビンドラナート・タゴールの作品をヨーロッパで初紹介なさるとよいでしょう。英語訳はタゴール自身によるもので、二週間後には出来《しゅったい》しますが、ここ長らく英語で書かれたもののうちで唯一の詩作品(少なくとも、コヴェントリー・パットモアも、またすっかりその「亜種亜流」になりはてたとして、フランシス・トムソンさえも認めぬ人々にとっては唯一の詩作品)です。(4)

書簡にあるとおり『ギーターンジャリ』はほどなくロンドンのインディア・ソサエティから刊出、一年後のノーベル賞受賞への重要な布石となる。この英語原版がジャック・リヴィエール(当時『新フランス評論』誌編集次長《スクレテール》)を介しレジェからジッドの元に届くのは、諸々の事情が重なり翌一九一三年三月まで遅れたが[5]、実際に一巻を手にし、その新鮮な詩情に魅せられたジッドはフランス語訳の決意を固め、間《ま》をおかずレジェに著者との交渉を委ねる。これに応えて、同月末のものと推測されるジッド宛書簡でレジェは、「ロンドンで別れたときにはタゴールはまだどの出版社にも版権を譲渡してはいなかった」旨を報告し、「彼に話すべきは雑誌掲載での翻訳なのか、あるいは単行書としての翻訳なのか」を急ぎ知らせるよう促している[6]。

版元の交渉と翻訳作業

しかしながら訳者はすんなりとジッドに決まったわけではない。フランスでの受容を強く望んでいたとはいえ、タゴール自身はフランス語を解さず、『地の糧』の著者についてもまったく予備知識がなかったからである。折悪しく同時期タゴールがアメリカに旅行中で正確な所在が分からぬこともあって、計画が好意的に受け止められたのか否か不明なまま徒《いたずら》に月日が経過してしまう。そこで六月下旬、ジッドの意を受けてロンドン滞在中のラルボーが、詩人の代理人役を務めていた音楽批評家アーサー・フォックス・ストラングウェイズに直接事情を尋ねることとなった。初回の面談で判明したのは、『ギーターンジャリ』の翻訳にかんしては他にもすでに三名の希望者が名乗りを上げているという事実。したがってフォックス・ストラングウェイズとしてはコンクールのかたちで訳者を決定したい、ついてはジッドにも詩集冒頭一二篇の見本訳を要求する、といった話さえ出てくる。なんとも素っ気ないこの対応は、原著者同様、代理人もまたジッドの名を知らず、もっぱらラルボーが勝手に自分の友人を推薦しているものと思い込んだためらしい。しかしラルボーがジッドの書簡を携え再度の面談に臨むと、さすがにその効果は大きく、フォックス・ストラングウェイズは「ジッドに対する無知を晒してしまったことに少々恥じ入った[7]」様子を見せ、事は打って変わって好ましい方向へと向かう。この「とても感じがよく謙虚な人物」は見本訳を求める考えを捨て、タゴール当人やその友人たちと計らったうえで、彼らとともにジッドに有利な決定を下すことになるのである。その間《かん》レジェがタゴールに長い書簡を送り説得したことも情勢好転の大きな要因であったと思われる(8)。

かくして翻訳・出版のための環境は万事整ったかに見えた。じじつジッドは七月半ばから八月後半まで、「イタリア旅行の全期間にわたり唯一の仕事(9)」として『ギーターンジャリ』の翻訳に打ち込んでいる。だが、ここで予期せぬ事態が出来《しゅったい》する。『メルキュール・ド・フランス』八月一六日号にアンリ・D・ダヴレーの名でタゴールにかんする長い論文が載るが、そこにはヴェルトハイマー姓の未婚女性によるフランス語訳（後出の未刊書簡で判明するように実際はダヴレー自身が深く関与した翻訳）で『ギーターンジャリ』全詩篇の半数以上、計五四篇が全文引用されていたのである(10)。あまりの驚きにジッドは計画を一時断念せざるをえず、タゴールの英語著作の版元マクミラン社に宛て窮状を訴えた。彼の要請を容れて同社がメルキュール・ド・フランスの社主アルフレッド・ヴァレットに抗議を申し入れる。それに対し、さっそく釈明の書簡を返したのは論文執筆者ダヴレー本人であった。このマクミラン社宛書簡（九月八日付）でダヴレーは、仮に自分がタゴールの詩作品への熱情ゆえに過度な量を引用してしまったのであれば謝罪すると述べながらも、論文を本のかたちで出版するつもりはなく、また「論文が出版界や読者層に及ぼした反響は、英語原版にとって好ましいものであったばかりか、フランス語版がより好意的に受け容れられるための呼び水ともなる」と主張する。いずれにせよ彼としてはジッドに対し不正な業をなしたつもりなどまったくないのである――「『ギーターンジャリ』を仏訳している私の友人アンドレ・ジッド氏は私に何の抗議も寄こしておられません(11)」。だが、ダヴレーが示す見解の正否はともかく、翻訳権そのものをめぐってはマクミラン（および新フランス評論）とメルキュールの間で直ちに調整が図られたようで、さほど大きな問題には発展しなかった。また一旦はひどく意気阻喪したもののジッドは、自分の側に非はないと思い直し、おそらくは画家ウィリアム・ローゼンスタイン（数年後ジッドの肖像画を描く）を含むであろう「タゴールの友人たちからの懇請を受けて(12)」ほどなく翻訳を再開、九

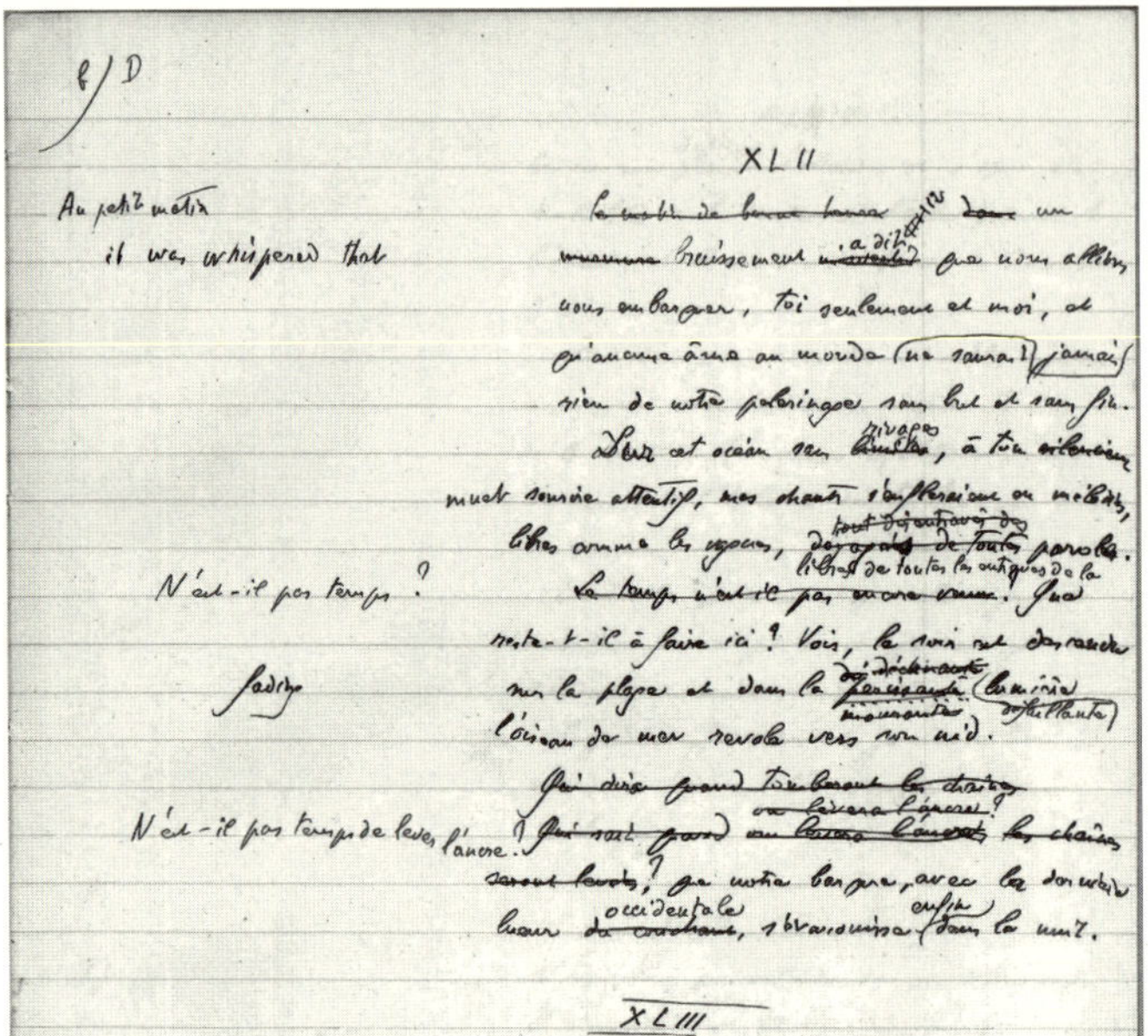

ジッドの『ギーターンジャリ』自筆訳稿

月末にはこれをひととおり完了するのである。

つづいてジッドは一一月三日から女性秘書をつかい自筆原稿をもとにしたタイプ稿作成の作業に入るが[13]、その三日後、ジャック・リヴィエールに宛てた書簡の末尾に「ダヴレー〔の論文〕は未読[14]」と短く書き添えている。独占翻訳権への配慮の欠如に対し強い不快感を覚えていたとはいえ、雑誌掲載からすでに三カ月をへ、自身の仕事が終盤にさしかかってもなお同論文には目を通していなかった（少なくとも精読はしていなかった）のである。理由は容易に推測しうる。たしかに感情的なわだかまりも幾分かは与ったではあろうが、あくまで事柄の大本は意図的な選択によるものであった。すなわちジッドは、自らが翻訳しているあいだは既存訳からの影響を排除すべく、あえてこれを参照しないという方針を立てていたのではないか。じっさい同月一八日付のリヴィエール宛書簡からは、ようやく点検（通読を二回）したダヴレー論文への辛辣な評価を透かして、出来間近のジッド版『ギーターンジャリ』に対する小さからぬ自負が読みとれる――「断固として私は、タゴールの校正刷で〈ダヴレーの研究〉に冠せられた〈見事な〉という語を削除する。嫌悪感を覚えながら読み返したところだが、この通俗的な論文を前にすると寛大な気持ちは消え失せてしまうのです[15]」。ちなみに引用文中「タゴールの校正刷」とは『新フランス評論』一二月一日号に掲載予定のタゴール詩篇抜粋の校正刷のこと。冒頭には一〇行ほどの前書き（元原稿はリヴィエールの執筆か）が付されていたが、実際の刊出テクストではジッドの言うとおり、「見事な」という形容辞は消え、単に「アンリ・ダヴレー氏の研究」となる。またダヴレーによる『ギーターンジャリ』からの抜粋が「暫定訳」と呼ばれるのに対し、新フランス評論出版から近刊の『歌の捧げもの』単行版は「アンドレ・ジッド氏による独占翻訳権取得の全訳」とされ、後者の「正当性」が強調されている[16]。

ダヴレーとの遣り取り

『ギーターンジャリ』をめぐるジッド＝ダヴレー間の直接的な遣り取りについては従来まったく情報がなかったが、近年になってようやく関連書簡数通の存在が確認された。記述内容から見るかぎり、まず間違いなく当該の話題にかんし両者が初めて交わしあった書簡である。以下しばらくはこの未刊資料に依って事の経緯を追おう。まずは、二〇〇六年五月にパリのサザビーズで競売に付されたダヴレー宛ジッド書簡二五通（一九〇九―一九年）[17]のうちの一通から話を始めよう。一九一三年一二月二日付のこの書簡でジッドは、とりわけダヴレーが他者の独占翻訳権を侵害したことを厳しく非難し、これぞまさしく「密売行為」なりと責める。またダヴレー訳自体に対する疑義・追及も鋭く、具体例をあげて詩的な表現の歪曲を質している。たとえば第六一詩篇について――「まさに月光による雲の受胎という着想が宿る« there »という一語をなぜ訳し落とされたのか。この着想こそは詩節の基に必須のものであり、削除されれば、残るはただ冗漫でだらけた詩情のみとなってしまうのに」。記述の理解を助けるためにも問題の第二詩節を英語原文と二つのフランス語訳で示そう[18]（太字斜体による強調は引用者）――

【タゴール原文】The smile that flickers on baby’s lips when he sleeps — does anybody know where it was born ? Yes, there is a rumour that a young pale beam of a crescent moon touched the edge of a vanishing autumn cloud, and ***there*** the smile was first born in the dream of a dew-washed morning — the smile that flickers on baby’s lips when he sleeps.

【ダヴレー訳】Le sourire qui voltige sur les lèvres de l’enfant qui sommeille, sait-on où il est né ? Oui. On raconte qu’un rayon pâle du croissant de la lune nouvelle a effleuré le bord d’une nue fuyante de l’automne et que dans le rêve d’un matin frais de rosée naquit le sourire qui tremble sur les lèvres de l’enfant quand il dort.

【ジッド訳】Le sourire qui scintille sur les lèvres du petit enfant lorsqu'il dort — qui saura dire où il est né ? — Moi. L'on m'a raconté qu'un jeune pâle rayon de la lune nouvelle toucha le bord d'un défaillant nuage d'automne et que, *là*, dans le rêve d'un matin humide de rosée, un sourire naquit — le sourire qui scintille sur les lèvres du petit enfant lorsqu'il dort.

たしかにダヴレー訳からは「消えゆく秋の雲の縁《ふち》」と「露に濡れた朝の夢」とがイメージの重なりとなって現れてこない。訳文全体の格調も明らかにジッド訳がまさる（二行目の« Moi. L'on m'a raconté... »は、なかなかに思い切りのよい訳ではあるが）。

このジッド書簡に対するダヴレーの返信（翌三日付の自筆下書き）も上記競売の同じロットのなかに含まれている。その内容を部分的引用をまじえたパラフレーズで紹介しよう。まずダヴレーはジッドの非難に「当惑」している旨を皮肉まじりに伝える――「あなたもまた私の無知を暴いてくださる！　誰もがはっきりと、私は英語ができないと知ることでしょう！」。ジッドが指摘した誤訳の訂正に対し礼は述べるものの、「自分の仕事を満足に手直しする時間がないので」その訂正を活かすことはできまい。また独占翻訳権がジッドに与えられていたことは知らなかったが、「このたびのノーベル賞受賞（一一月一三日）のような場合、タゴールについてフランスで書かれた唯一の論文を新聞各紙が勝手に利用するのを妨げることは私の力の及ぶところではなかった」。したがって「密売行為」をしたつもりもなく、「この件について手紙を寄こしたり電話をかけてくる人たちには、こう答えていたのです、『それはジッド氏です、ジッド氏にお会いなさい、ジッド氏に問い合わせてください』」……。

ダヴレーの釈明に対しジッドはとうてい納得することはできない。正すべきは正すという姿勢をつらぬき、日をおかず返書を送るのである。一二月五日付のこの未刊書簡は筆者がパリのある個人コレクションを調査・閲覧したさいに見いだしたものだが、おそらく意図したことであろう、タイプ打ちのためもあって（結びの一語と署名のみが自筆）、オリジナルの文面はなおのこと事務的で冷ややかな印象を与える。封筒は残っていないが、すでに印刷を完了していた『歌の捧げもの』初版の序文（二つ折り一葉）が添付されている。以下が書簡の全訳──

〔パリ〕、一九一三年一二月五日

親愛なるダヴレー

お手元にお届けするのは拙訳の冒頭に掲げる書簡形式の序文です。この序文が悪意を示すためのものではなく、ただ事の次第を改めてはっきりさせようとしたものであるのはお分かりいただけるでしょう。おそらくすでにご覧になった『新フランス評論』のタゴール詩篇抄冒頭の註記は、これよりもさらに穏やかな内容です。とはいえ、私にはあなたのおっしゃることがまるで理解できません。翻訳はW嬢〔ヴェルトハイマー嬢〕によるもの、おそらくあなたにもまして英語が堪能だが、またおそらくはフランス語よりも英語のほうが得意な同嬢によるものと思っていました。〔こういう言い方をしたからといって〕私はあなたが英語を知らないと責めている訳ではない。この翻訳がやっつけ仕事なのを難じているのであって、事柄は同じではありません。たとえば『レ・ザナル』誌が引用した部分、極めて不完全な訳文に正当性を与えてしまうような引用に、あなたがいくらかでも修正を施せなかったのを遺憾に思います。どうにも仕方がないのだ、あなたはそうおっしゃる。だがそれでもなお、あなたには幾分かの責任があることをお認めいただきたい。そして、その点について私があなたに僅かばかり苦言を申し上げたからといって、抗弁などなさらないでいただきたいのです。敬具

アンドレ・ジッド

前段冒頭の「書簡形式の序文」とは、すでに言及したレジェへの謝辞のことを指す。このなかでジッドは、彼の

おかげで『ギーターンジャリ』の独占翻訳権を獲得できたと喜びを記すが、それゆえになおさら「詩集の過半を訳出した性急な版が某誌に載った」ことをとらえて、「焦るがあまりに花を散らせた[19]」と慨嘆するのである（訳者・掲載誌こそ名指さぬものの、記述は直截にして曖昧を排す）。また後段『レ・ザナル』誌に言及した箇所についても説明が必要だろう。たしかに同誌一一月二三日号や『イリュストラシオン』誌一一月二二日号は、タゴールのノーベル賞受賞を報じた記事とともにダヴレー訳を引用しているが、実のところ、記事を書いたのはダヴレー自身であった。そのことを知るだけにジッドは、「各紙誌が勝手に利用しただけで自分としては如何ともしがたかった」という訳者の釈明を全面的には容れず、テクストの修正は十分に可能であったのにみすみす好機を逸したと、皮肉を込めてその怠慢を難じているのである。

出版に向けての経緯

さて、以上のようなダヴレーとの遣り取りと並行して、ジッドは『歌の捧げもの』初版の刊出を間近にひかえた一二月四日、『新フランス評論』の姉妹組織ともいえるヴィユー・コロンビエ座でタゴール紹介のための講演をおこなっている。聴衆のなかにはリルケやジャン・コクトーの姿も認められ、盛会であったらしい[20]。細かな経緯は不詳であるが、ここまでの流れから見るかぎり、ジッドが催しの準備にさほど多くの日数を費やしたとは考えにくい[21]。また講演原稿の出来栄えには満足していなかったようで、第二版（後述の普及版）の解題として活字化するにもかかわらず、同版刊出に先立ち早くもこれを「まったく無意味な序文[22]」と呼んでいる。とはいうものの、この講演がジッド訳の評判を高めるのに大きく寄与したことは疑えない。計五百部印刷された青色表紙一六折小型の豪華紙初版は、「版元から書店への献本は一冊もなく、また［ジッド］自身も個人的にせいぜい二五部ほどを配っただけなのに、わずか一週間で完売した[23]」のである。

『新フランス評論』一九一三年一二月一日号の裏表紙に予告されているように、当初の予定ではこの豪華紙初版と並び、やや大ぶりな活字を用いた一二折普及版が「白色叢書《ブランシュ》」の一冊としてやはり年内に出来するはずであった。だがこの計画は早い時点で変更され、結果的に普及版のほうは二カ月ほど遅れての刊出となる。変更理由の第一はおそらく、初版には誤植がいくつか未修正のまま残り、致し方なく正誤表を付すという不始末があって[24]、ジッドが新版の校正作業では万全を期そうとしたため。また「本の厚みを増す目的で[25]」、先の講演原稿を解題として追加したことも理由に挙げられよう。判明しているかぎりで以後の経緯を記すと、ジッドがベルギーのサント＝カトリーヌ印刷所から同版の再校二組を受け取ったのが一二月二四日[26]、本文テクストの印刷が完了したのは翌一九一四年二月三日（ヴェルジェ紙使用五〇部限定の四折テリエール判も同日）だが、実際の刊出は同月下旬のことで、ただちにジッドはプレス関係への献本をおこなっている[27]。ちなみにこの「白色叢書」普及版は、第二次大戦後に一度組版を改めながらも、一九六一年三月の第一三七刷まで半世紀にわたり頻繁に増刷されることになる[28]（さらにテクスト自体は六三年以降も、別のタゴール詩集『果実あつめ』〔エレーヌ・デュ・パスキエ訳〕との合本で、「デュ・モン・ダンティエ」や「ソレイユ」「ポエジー」などガリマール出版の各叢書に収められる）。

＊

『ギーターンジャリ』フランス語訳の「翻訳から出版までの経緯」を対象とする本章の使命は、粗雑ながら以上の概観をもってすでにあらかた終わったものと考える。したがって、これ以降のジッドとタゴール作品との係わりについては次を指摘するにとどめよう――。ジッドは『ギーターンジャリ』のフランス語訳だけで満足していたわけではない。ヴィユー・コロンビエ座での講演を準備するためマクミラン社をつうじ事前にタゴールのほかの作品を取り寄せており、そのうち『サーダナ』については年が明けて一月には早くもフランス語訳に着手、同時にほかの数点の翻訳権も確保したい旨を表明していたのである。計画は結局二カ月後には放棄されてしまうものの、以後もジッドは英語新訳をそのつど校正刷見本の段階でロンドンから送らせるなど、タゴールに強い関心を払い続けた。そのひとつの結実が戯曲『郵便局』のフランス語訳『アマルと王の手紙』（一九二二年初版）であったことは断るまでもない[29]。だが二〇年代以降ジッドがタゴールに言及する機会が大幅に減少してゆくのもまた否定できない事実である。これには、まずジッド自身の創作活動の変遷、さらに英語圏でタゴールの名声が相対的に低下していったこと[30]、一時的にではあれこの詩人がムッソリーニの誘いにのりファシズムのプロパガンダに加担する結果となったこと（いっぽうのジッドは次第にソヴィエト共産主義への傾斜を強めてゆく）など、いくつかの要因が考えられ、文学史的な観点からも興味ぶかい。筆者としてもいずれ稿を改め検討してみたい問題である。

註

（1）Michael TILBY, « Gide et Tagore », in *André Gide et l'Angleterre*, actes du colloque de Londres 22-24 novembre 1995, édités par Patrick POLLARD, Londres : « Le Colloque Gide », Birkbeck College, 1996, pp. 67-77.

（2）第1章「ジッドとチボーデ」、三三三—三三四頁参照。

（3）Rabindranath TAGORE, *Gitanjali (Song offerings)*. A collection of prose translations made by the author from the original bengali, with an introduction by W. B. YEATS, Londres : Printed at the Chiswick Press for the India Society, 1912, XVI-64 pp.

（4）SAINT-JOHN PERSE, *Œuvres complètes*, Paris : Gallimard, coll. « Bibliothèque de la Pléiade », 1972, p. 781.

（5）Voir la lettre de Gide à Rivière du 19 mars 1913, *Corr. G/Riv*, p. 379.

（6）SAINT-JOHN PERSE, *Œuvres complètes*, *op. cit.*, p. 782. プレイアッド版編纂者はこの書簡の日付を「一九一三年一月二八日」と推定しているが、これは明らかな誤り。クロード・マルタンが指摘するように、同年三月末のものである可能性が高い（voir Rabindranath TAGORE traduit par André GIDE, *The Post Office / Amal et la lettre du Roi*. Édition bilingue établie et présentée par Claude

MARTIN, Nantes : Centre d'Études Gidiennes, coll. « Gide / Textes » n° 18, 2006, p. 108, n. 2)。

（7） 一九一三年七月一日付レジェ宛ラルボー書簡（GIDE - LARBAUD, *Correspondance (1905-1938)*, *op. cit.*, p. 149）。

（8） Voir TILBY, art. cité, p. 70.

（9） *Journal I*, p. 749. Voir aussi la note suivante.

（10） Voir Henry-D. DAVRAY, « Un mystique hindou. Rabindranath Tagore », *Mercure de France*, n° 388, 16 août 1913, pp. 673-698. ジッドの『日記』プレイアッド新版は七月一〇日付の一段落に続いて以下の一節を活字化したが、この記述は上述のイタリア旅行（七月一八日頃出立、八月二一日帰着）に言及した挿入文からも明らかなように、八月中旬から下旬にかけてのものである——「私がラビンドラナート・タゴールを訳している（それがイタリア旅行の全期間にわたり唯一の仕事だった）と知ったダヴレーが、急いで『メルキュール』誌にW嬢〔ヴェルトハイマー嬢〕の翻訳をこれ以上はないほど多量に載せてしまった。もう仕事を続ける気がしない」（*Journal I*, p. 749）。

（11） Lettre de Davray à l'éditeur Macmillan du 8 septembre 1913, reproduite par Michael TILBY, art. cité, p. 70.

（12） Lettre-dédicace « À Saintléger Léger », dans Rabindranath TAGORE, *L'Offrande lyrique (Gitanjali)*, trad. d'André GIDE, Paris : Éd. de la Nouvelle Revue Française, 1913, p. 8.

（13） *Journal I*, p. 775 (17 novembre 1913).

（14） *Corr. G/Riv*, p. 407.

（15） *Ibid.*, p. 411.

（16） Voir l'avant-propos pour « L'Offrande lyrique *(Gitanjali)* » de Rabindranath TAGORE, *La NRF*, n° 60, 1er décembre 1913, p. 833. ちなみにジッドは、すでに二カ月ほど前、ジャン・シュランベルジェから受けた書簡（九月九日付）の欄外に次のような走り書きを残していた——「タゴールの名を一刻も早く世に知らしめたいと気が急いて、私たちの友人ダヴレーが『メルキュール』誌に相当数の詩篇の暫定訳を載せてしまった」（*Corr. G/Schl*, p. 535, n. 3. 傍点による強調は引用者）。

（17） Vente publique à Sotheby's (Paris), 30 mai 2006, lot 64 : « 24 lettres autographes signées et une lettre dactylographiée avec corrections autographes de Gide à Davray plus un brouillon autographe de réponse de Davray à Gide (Paris - Cuverville, 25 janvier 1909 - février 1919, 26 pages in-8 et 17 pages in-12) ». ちなみにこのロットは買い手がつかず落札されなかった（以下の部分的引用は競売目録の記述に依る）。

(18) TAGORE, *Gitanjali (Song offerings)*, *op. cit.*, pp. 35-36 ; DAVRAY, art. cité, p. 690 ; *L'Offrande lyrique (Gitanjali)*, trad. de GIDE, *op. cit.*, pp. 83-84 (p. 86 dans l'édition ordinaire de 1914).

(19) Lettre-dédicace « À Saintléger Léger », dans *L'Offrande lyrique*, *ibid.*, p. 8.

(20) Voir Rainer Maria RILKE, *Briefe an seinen Verleger 1906 bis 1926*, Leipzig : Insel-Verlag, 1934, p. 201 ; Jean COCTEAU, *Lettres à André Gide, avec quelques réponses d'André Gide*, Paris : La Table Ronde, 1970, p. 38.

(21) おそらく若干の誇張はあろうが、ジッドは一九一四年四月九日のフランソワ＝ポール・アリベール宛書簡で「即興で準備しなければならなかった講演」と記している（André GIDE - François-Paul ALIBERT, *Correspondance (1907-1950)*. Édition établie, présentée et annotée par Claude MARTIN, Lyon : PUL, 1982, p. 119）。

(22) *Honneur à Saint-John Perse*, Paris : Gallimard, 1965, p. 611. Voir aussi la lettre précitée à François-Paul Alibert.

(23) Lettre de Gide à l'éditeur Macmillan du 9 janvier 1914, reproduite par Michael TILBY, art. cité, p. 72.

(24) ジッドは前出のアリベール宛書簡で「恥ずべき誤植だらけ」と記している（そして研究者の多くもこの記述をそのまま引く）。これはやや大げさな表現というべきか否か、実際に別添の正誤表が示す誤植は五カ所であった。

(25) 同右アリベール宛書簡を参照。

(26) *Corr. G/Riv.* p. 420. なお同書簡集校訂者は普及版の刊出を一九一四年一月と註記するが、これは明らかな誤り。

(27) Voir la lettre de Gide à Louis Fabulet (sans date, mais certainement) du 27 février 1914, reproduite dans *BAAG*, n° 105, janvier 1995, p. 182.

(28) Voir *Rabindranath Tagore 1861-1941*, catalogue de l'exposition, Paris : Bibliothèque Nationale, 1961, p. 59, item n° 92.

(29) Voir Rabindranath TAGORE traduit par André GIDE, *The Post Office / Amal ou la lettre du Roi*. Édition bilingue [établie par Claude MARTIN], *op. cit.*

(30) すでに名を引いたスタージ・ムーアですら、三〇年代になると次のように認めなければならなかった――「我々のだれもがタゴールの作品を知らない。というのも、ベンガル語を解し、かつ熟達した創造的英語力を身につけたほんの少数の者しか彼の作品を我々に示してみせることができないからだ……。〔過去の英語による〕翻訳は不十分なばかりか、誤解を与えるようなものであった。彼の小説や戯曲でさえ両国語の達人に翻訳される必要がある」（voir William ROTHENSTEIN, *Contemporaries. Portrait Drawings*, Londres : Faber & Faber, 1937, pp. 95-96）。

第IV部　「現実」への関心

一九二〇年代のジッド

『新フランス評論』に依る活動をつうじてジッドの知名度は格段に高まるが、それでもまだ一九一〇年代には彼を論じた記事や書評はおおむね文学の領域に留まっていた。だが一九二〇年代も中盤になると、同性愛弁護の書『コリドン』や赤裸々な回想録『一粒の麦もし死なずば』の普及版刊行によってその性的指向が公然のものとなり、賛否両論の厳しい議論が繰り広げられる。当然のことながら、ジッドを評する媒体もそれまでの文芸紙誌ばかりか、広い読者層を対象とする一般紙誌へと拡大してゆく。また執筆者も作家や文芸評論家に加え、全般的な題材を扱う思想家やジャーナリストたちが多数参入してくる（アンリ・マシス、アンリ・ベローがその代表格）。その結果、この一〇年の間に文学的・美学的な紹介や評価記事と、思想的・倫理的な、場合によっては党派的な論評・批判とが急速に混在してくる。別言すれば、大戦後のこの時期に至って初めてジッドの存在はより広く社会全体の「事象」となったのである。

作家自身も「現実」に強い関心を示しはじめる。周知のように彼は大作『贋金つかい』（一九二六）の発想を二〇年近く前の貨幣贋造事件と中学生自殺事件を報じた雑報から得ていたし、また自ら収集した様々な新聞記事をまさに「雑報」と題し『新フランス評論』に連載している。たしかに、植民地政策の不当性を告発した『コンゴ紀行』（一九二七）、『チャド湖より帰る』（一九二八）は政治参加《アンガージュマン》の先駆けと見なせる著作だが、ジッドを「抗しがたい力で魅惑する」ものが多くは市井の事件であった点からも窺われるように、この時期の彼の主要な関心は社会全体の矛盾の考察というよりは、その力いまだ衰えぬドストエフスキーの影響の下《もと》、むしろ社会のなかでの個人の捉え難い内面世界に向けられていたのである。

また一九二〇年代は、大戦前後の活動に続き、「ポンティニー旬日懇話会」などをつうじて、ジッドら『新フランス評論』グループが汎欧的な文化交流を積極的に展開してゆく時期でもあった。

＊

一九二〇年　四月、『新フランス評論』誌上でダダの運動に賛辞を送る。五月、『一粒の麦もし死なずば』私家版（翌年には、やはり私家版の第二巻)。

一九二一年　シェイクスピア『アントニーとクレオパトラ』フランス語訳、および二種類の「選文集」を出版。この年からアンリ・ベロー、次いでアンリ・マシスらによる激しい反ジッド・反「新フランス評論」キャンペーンが始まる。

一九二二年　二―三月、ヴィユー・コロンビエ座でドストエフスキーにかんする連続講演をおこなう。三月、タゴール『アマルと王の手紙』フランス語訳、また匿名で『汝もまた……?』の少部数限定版を出版。六月一六日、ヴィユー・コロンビエ座でジャック・コポー演出の『サウル』初演。夏をコート・ダジュールで、ヴァン・リセルベルグ夫妻およびその娘エリザベートと過ごす。八月、大戦後初めての「ポンティニー旬日懇話会」に参加。エルンスト・ローベルト・クルティウスをはじめ、各国からの参加者募集に積極的に関与する。

一九二三年　一―二月、エリザベートとイタリア旅行。三―四月、リヨテ将軍の招きで、デジャルダンおよび小説家ピエール・アンとともにモロッコ旅行。四月一八日アヌシーで、ジッドとエリザベートとの間にカトリーヌ誕生(ジッドは彼女をマドレーヌの死後に養子にする)。プーシキン『スペードの女王』およびウィリアム・ブレイク『天国と地獄の結婚』のフランス語訳、『ドストエフスキー』を出版。

一九二四年　四月、批評論集『アンシダンス』。五月発売の『コリドン』普及版によってジッドの同性愛的指向が一挙に公然化し、一般ジャーナリズムでの激しい議論が始まる。

一九二五年　エドマンド・ゴスの尽力により、アナトール・フランスの後を襲ってロンドン王立文芸家協会に選出される。蔵書の一部を競売に付し、オートュイユのヴィラ・モンモランシーを売却した後、『贋金つかい』を脱稿したジッドは、七月一四日、マルク・アレグレとともにコンゴおよびチャドへの長旅に出発。

一九二六年　二月、『贋金つかい』出来《しゅったい》。五月、フランスに帰国、大認可企業の搾取と植民地政策の不当を告発するキャンペーンを開始する。一〇月に『贋金つかいの日記』、『一粒の麦もし死なずば』普及版(三巻本、豪華紙刷五五〇部、普通紙刷五千五百部)、一二月に『汝もまた……?』普及版を出版。

一九二七年　六月、『コンゴ紀行』出版。

一九二八年　一月、ベルリンに滞在。四月、『チャド湖より帰る』出版。八月、ヴァノー通り一番地乙《ビス》のアパルトマンに転居し、ヴァン・リセルベルグ夫妻の隣人となる。これ以後、妻のマドレーヌはほとんどキュヴェルヴィルを離れなくなる。

一九二九年　一月、アルジェに旅行。五月、シャルル・デュ・ボスの『アンドレ・ジッドとの対話』（オ・サン・パレイユ社）が公刊される。同月に『女の学校』、六月に『モンテーニュ論』、九月に『偏見なき精神』を出版。

第1章　ジッドとポール・デジャルダン

――一九二二年の「ポンティニー旬日懇話会」を中心に――

毎年初夏から秋口にかけてノルマンディーのスリジー＝ラ＝サルで開催される国際コロックの前身が、戦前にポール・デジャルダンの主宰した「ポンティニー旬日懇話会」であることはよく知られている。一八五九年にパリで生まれたデジャルダンは文学の教授資格を取得後、コンドルセなどいくつかのリセやセーヴルの女子高等師範学校で教鞭をとるが、同時に道徳や社会問題への関心が強く、一八九二年には「道徳的行動のための同盟」（のちに「真理のための同盟」と改称）を結成し穏健な運動を続けた。一九〇六年にヨンヌ県ポンティニーの古い僧院を買いとったのを機に、ここを舞台に一〇日間の懇話会を毎夏いくつか催そうと決意し、四年後にそれを実行に移したのである。おおむね一夏に三つの集《つど》いが開かれ、その主題は多岐にわたったが、参加メンバーは大学関係者がめだつ現在のスリジーとは違って作家や思想家・批評家などが多くを占めていた。とりわけジッドら『新フランス評論』グループとは、初年度から「現代詩」にかんする懇話会の企画を委ねるなど、つねに緊密な連携関係を保った。デジャルダンの活動は、第一次大戦による八年間の中断をはさんで、彼が八〇歳で没する前年（一九三九年）までつづき、その間《かん》つごう七〇の懇話会が開かれている。国際的な文化交流に尽くした彼の功績は高く評価され、三〇年代には高等師範学校で同期だったベルクソンを中心としてノーベル平和賞に推す動きがあったほどである。

この懇話会にかんし最もよく参照される文献は、デジャルダンの長女アンヌが編纂した『ポール・デジャルダンとポンティニー旬日懇話会』（一九六四）である。研究者らによる論考に加え、同時代の証言や未刊資料を収載したもので、懇話会の全体像を知るには好個の一書といえよう。いっぽう通史的な研究として二〇〇〇年に出版されたのがフランソワ・ショーベによる同名の著書だ。ショーベは二〇世紀の思想史・文化史を専門とするだけあって、様々な図書館やアルシーヴに保管される関連資料を渉猟したうえで、ポンティニーに集《つど》った知識人たちの群像を年代を追いながら巧みな筆致で描いている。(1) だがもちろんこれら二著によってすべてが論じつくされたわけではなく、多様な具体相についてはむしろ時期や題材を限定した個別的アプローチに俟つところが大きい。

一九二二年のデジャルダン宛ジッド書簡

本章ではポンティニーにかかわるジッド書簡一通を若干の補説をまじえて紹介したい。「一九二二年七月二一日」の日付をもつこの書簡は、パリで競売に付されるまでは未確認だったもので、フランス語原文はすでに筆者が印刷公表し、その後、二〇一一年刊の『ジッド＝デジャルダン往復書簡集』にも収められた。(2) 書簡オリジナルの物質的な側面から述べれば、作家が愛用したイタリア・ポレッツリ社製の漉き入れ紙二葉（二折用紙と、これを半分に切り分けたもの）からなり、表裏計六ページの全面を黒色インクによる文字列が埋める。ジッドの書簡として記述量は多いほうだろう。封筒は残っておらず、また書状自体にも受け手の名は明記されていないが、内容から見てポール・デジャルダン宛であるのは確実である。さらに付言すれば、本文末尾に「デジャルダン夫人によろしく」とあるのは、わが国ならば「奥様によろしく」と結ぶところの定型表現で、この点からも名宛人の同定にかんして疑念の入る余地はない。

同書簡の資料的価値は以下の理由から明白である。まずはその稀少性。ジッド＝デジャルダン往復書簡のうち、デジャルダン筆は計一八通がパリ大学附属ジャック・ドゥーセ文庫に現蔵されるが、いっぽうジッドのものはわずかに三通の存在が確認されていたにすぎない。たしかに上述の書簡集は、ジッドがデジャルダンの家族（夫人やアンヌ、女婿のジャック・ウルゴン）と交わした九〇通ほどの書簡も収め貴重な情報を提示してくれるが、これらは主として一九三〇年代以降の書簡であって、それ以前のジッド＝デジャルダン間の直接的交流を伝えるものとは言いがたい。ちなみに両者の残存書簡数の著しい不均衡は第二次大戦のもたらした不幸な事情による。すなわち、およそ六〇年間にわたりデジャルダンが受けた同時代人からの書簡をはじめ、ポンティニーに保管されていた文書類の多くは一九四二年にゲシュタポによって押収・略奪され、その大半が今日に至るまで行方すらも分かっていないのだ。ルナンからレイモン・アロンらへとつらなる多数の知識人たちの貴重な記録であっただけにまことに大きな文化的損失だが、少なくとも二〇前後は存在したはずのジッド書簡もまた同様の運命をたどったのである。したがってここに改めて訳出・紹介するのは、すでに活字化されたほかの三書簡とならんで、まさしく例外的に難を逃れた一通なのである[3]。

記述内容の点でも資料的価値は高い。第一次大戦のために中断していた懇話会の久方ぶりの再開にかんするものだからだ。ペン・クラブや国際人権擁護連盟、ロマン・ロランの『ヨーロッパ』誌など、文化交流をつうじた国家間調停の動きが顕在化しはじめるのもちょうどこの時期のことである。微妙な政治状況のもと、デジャルダンたちの活動もまた次第に大きな役割を担ってゆく。そういった流れのなかで一九二二年の集いのひとつ、「名誉を映すもの――創作による誇りの陶冶」と題された文学懇話会は、コスモポリットな性格を強く謳ったテストケースとして、ポンティニーのその後を方向づけたといっても決して過言ではない。そしてこの企画の実現にむけてジッドが主導的な役目を果たしたことは書簡の文面からもはっきりと読みとれる。

こういったところをとりあえずの前置きとして、さっそく全文を訳出することにしよう――

《書簡１・ジッドのデジャルダン宛》

一九二二年七月二一日

拝略

たった今ジャン・シュランベルジェから、あなたにあれこれの住所を直ちに送られたしとの至急便を受け取りました。私はパリを出る前にあなたにお伝えしたと思い込んでいたのです。お会いできないことで大集会の成功を損なう遅延が生じぬよう、とり急ぎお知らせします。

ライナー・マリア・リルケ　彼はひと月前には次のところに滞在していました。

スイス、ヴァレ県、シエール近郷、シャトー・ド・ミュゾット

そこを去ったとしても、新しい住所を残しているはずです。

イヴァン・ブーニン　彼の住所は存じませんが、次のところに書けば転送してくれるでしょう。

マダム通り四三番地　ボサール

ミドルトン・マリー

ブレーズ・デゴッフ通り（レンヌ通り）ホテル・マジェスティック（？）

〔欄外註〕ホテル名はあまり確信がありませんが、通りにはホテルは一軒しかありません。おそらく「ブレーズ・デゴッフ通りのグランドホテル」となさるほうがよいでしょう）

シモン・ビュッシー夫人

ロンドン、ゴードン・スクエア五一番地、レディー・ストレイチー方

ブーニン氏（と夫人）、ミドルトン・マリー（と夫人）、ビュッシー夫人。彼らははっきり受諾しました。つまり、予定どおりに参加を要請し明確な日時をお知らせくださる、あなたからの確認のご返事を待つばかりなのです。ブーニンには「招待客」（not paying guest）だと思ってもらってよいと言いました（あるいは人を介してそう伝えました）。

リルケも同様ですが、彼はまだ確答はしていません。彼が受けるかどうかは、クルティウスの対応となならんで、プログラムがどう修正されるかにかかっていました。

ジャルーもはっきりとした返事はしていません。とても承諾したそうにしていて、もういちど私に手紙をくれるはずだったのですが。せっついてみるのがよいでしょう。住所はヴァロワ通りですが……今ではもう番地が分かりません。彼の版元（いくつかある版元のひとつ）が転送してくれるでしょう。いずれにせよジャルー夫人のほうは参加できないとのことでした。

私は一週間前にマルタン・デュ・ガール家を辞しました。ロジェ・マルタン・デュ・ガールは参加するつもりにしていました。ですが、彼にも（セーヌ＝エ＝マルヌ県、ムラン近郷、ル・メー）またほかの人たちにも、はっきりした最終的な招待状を送るのがよいでしょう。

私に代わってジャン・シュランベルジェが、マイリッシュ夫人とマリー・デルクール嬢もまたこの最終的な招待をお待ちしていることを再度申し上げたことと思います。そして私自身も、すべての参加予定者と同じく、あなたが我々を迎えてくださる正確な日時を決めていただければと存じます。

ヴァン・リセルベルグ夫人とヴァン・リセルベルグ嬢——いま私は彼女たちのところ（ヴァール県、ブリニョル、バスティッド・フランコ）に滞在しているのですが、パリで申し上げたように、彼女たちも喜んで参加いたします。彼女たちの出席は人間関係のつなぎ役として大変望ましく思われます（変な文章で失礼）。

最近受け取ったこのゴールズワージーの手紙にはいささか驚きました。彼は「ロンドンかパリで」私に会いたいと述べているのです……。彼の参加は未定なのでしょうか。私はすっかり了解済みのことと思っていたのですが……。

『新フランス評論』は誤ってベネットとリットン・ストレイチーの出席を予告してしまいました。しかし彼らがふたりとも辞退したことは申し上げましたね。

さようなら。また近々、そうあなたに申し上げられるとはなんと喜ばしいことでしょう。デジャルダン夫人によろしくお伝えくださいますよう。敬具

アンドレ・ジッド

おそらくすでにチボーデは、もし可能であり不作法なふるまいでないならば、我々のほうの会を少しばかり楽しむために、第三懇話会の始まる二日前にポンティニーに到着したい旨を申し上げたことでしょう。

旬日懇話会への出欠者

参加予定者の連絡先や彼らの返答・反応をつたえ主宰者からの最終的な招待状の送付を促す内容だが、その対象としてはフランスをはじめヨーロッパ主要国の著名文学者の名前が綺羅星のごとく並んでいる。では実際には誰が参加し、誰が欠席したのか。後者の場合、辞退の理由は何か。また参加者の間ではどのような交流がおこなわれたのか……。書状冒頭で言及されるシュランベルジェからの「至急便」や、ゴールズワージーのジッド宛をはじめ、かなりの関連資料が未発見のため不明な点も少なくないが、まずはジッド自身の事後の証言を読もう。彼は九月三日の『日記』で懇話会をふりかえり、次のように総括しているのだ——

1922年の旬日懇話会

後列左端にデジャルダン，その右下にジッドとマリア・ヴァン・リセルベルグ
さらにその下にシャルル・デュ・ボス，後列右から４人目にクルティウス

ポンティニーでの旬日懇話会――八月一四日から二四日まで。私が参加するのはこれで四度目だが、最も興味ぶかい会合のひとつ――そこで話される事柄のためというよりは、様々なメンバーがそこで交わり思いがけない関係ができたという点で興味ぶかかったのだ。すばらしいことに私はテオ〔・ヴァン・リセルベルグ〕夫人、マイリッシュ夫人、ビュッシー夫人、エリザベート〔・ヴァン・リセルベルグ〕、マルタン・デュ・ガール、ジャン・シュランベルジェ、マルク〔・アレグレ〕、リヴィエールらに囲まれていた――ジャルーまでが新参として来ていた……。それに祭りの花形シャルリー・デュ・ボスも。〔…〕ポール・デジャルダンのほうでは感じのいいモーロワを招いていた〔…〕。

ド・トラーズ、プレッツォリーニ、ティルロイ、そしてクルティウス――彼らはそれぞれスイス、イタリア、オランダ、ドイツを代表していた。ベネット、ブーニン、リットン・ストレイチーの欠席が残念がられていた。――つまり代表の出ている国が少なすぎた。来年はもっと準備をしなければなるまい。だが、はたしてこれ以上に代表的で、これ以上にうまく選ばれたメンバーを集めることができるだろうか。これらの人々に加え、立派な〔レオポルド・〕ショヴォー博士、〔ジャック・〕ラヴェラ氏、高等師範学校の受験準備をしている三人の青年、ミス・ストレイチー、洗練されたスコットランドの女性、三人の若い女性教師など――総勢三五人であった。(4)

もっと多くの国々からの参加を得たかったという思いは残るが、同時にこれ以上の人選はそうそうありえないとの自負もまた明らかだ。基本的には結果に大いに満足であり、来年はさらに入念な準備を期せばよい、そういう心づもりと読める。じっさい戦後初の企画であることを思えば、参加国の数は必ずしも少ないとはいえまい。まず後段冒頭で名のあがる外国人のうち、エルンスト・ローベルト・クルティウスをのぞく三人についてはここで触れておこう。ロベール・ド・トラーズは一九二〇年ジャック・シュヌヴィエールとともに『ジュネーヴ評論』を創刊し一九三〇年の終刊まで編集長を務めた。人道的汎欧主義を掲げる同誌はとりわけ『新フランス評論』や『ヨーロッパ』と強く連帯した。(5) ジュゼッペ・プレッツォリーニは、ジョヴァンニ・パピーニと『レオナルド』誌を共同創刊したイタリアの作家・批評家で、『ジュネーヴ評論』にもしばしば寄稿してイタリアの文学状況を報告している。またヨハネス・ベルナドゥス・ティルロイはオランダの批評家で、著書に『エルネスト・ルナン』『モーリス・バレス』『一八八〇年以降のフランス文学』などがある。彼らに加え、フランス在住とはいえベルギー人のマリア・ヴァン・リセルベルグと娘エリザベート（ちなみに彼女はまさにこの夏ジッドの子カトリーヌを宿す）、ルクセンブルク大公国のエミール・マイリッシュ夫人（アリーヌ、通称ルー）、欠席したイギリス人伝記作家リットン・ストレイチーの二人の実姉ドロシー・ビュッシー（フランス人画家シモンの妻で、のちにジッド作品数点を英語訳）とジョーン（ミス・ストレイチー）がそれぞれの母国を代表すると考えれば、近隣のヨーロッパ諸国からは合わせて七カ国の参加があったのである。

なかでもとりわけドイツの参加は懇話会の成功に不可欠であると早くから考えられていた。敗戦国への制裁を強硬に要求し、国際連盟の協調路線を激しく攻撃するシャルル・モーラスらアクション・フランセーズの「統合国家主義《ナシオナリスム・アンテグラル》」、またロマン・ロランの離脱後、やはりヴェルサイユ講和を批判してボルシェヴィズムへ傾斜するクラルテ派のインタナショナリズム、これら左右いずれの陣営とも距離をおいてリベラリズムの旗を掲げたのが『新フランス評論』グループであり、デジャルダンら「真理のための同盟」であったからだ。彼らにとって「精神のヨーロッパ」という理念のもと、知的にも道徳的にも良識あるコスモポリタニズムをめざすには、戦争で途絶えた交流を再開することがまずなによりも急務だったのである。そのために選ばれた「現時点で最も望ましいドイツ人トリオ[6]」が、リルケ（正しくはオーストリア人）、クルティウス、そしてジッド書簡には名が出ないが、哲学者のベルンハルト（ベルナール）・グレトゥイゼンであった。

リルケ、グレトゥイゼン、クルティウス

ジッドとリルケとの関係は互いに尊敬しあう作家どうしのそれであった。戦前にはジッドが『マルテの手記』の抜粋をフランス語に、リルケが『放蕩息子の帰宅』をドイツ語に訳し、特に後者の場合は精確を期すため著者に面談を求めたほどこの仕事に力を注いだ（第III部・第3章「ジッドとリルケ」参照）。そのリルケも大戦勃発とともにフランスを離れざるをえなくなるが、彼がパリのアパルトマンに残した家財が差し押さえられ競売によって四散したさい、ジッドは本人の安否を気づかいながら、失われた品々を求めて奔走している（ただし書類二箱分のほかは、相当量の原稿類をはじめ、何ひとつ見つからずに終わった）。六年以上も途絶えていた文通が復活するのはようやく一九二〇年末になってのこと。当然のことながらジッドは戦後初の懇話会に呼ぶべき外国人の筆頭にリルケをあげ、経済的な負担のない「招待客」として参加を要請する。リルケのほうも当初はこの誘いに心惹かれたようだが、しかし結局は「家庭の事情」によるウィーン行きを理由に辞退するのである。また不参加の一因には、決して社交的とはい

えぬ彼の性格もあったのかもしれない。じじつ断りの手紙には次のような一節が認められる――「一〇日間の交わり！　私はのろまなので、〔たとえ出席したとしても〕おそらく場に溶け込めるのはいざ閉会という頃になってでしょう(7)」。先の『日記』の記述にとどまらず、ジッドが懇話会の後ではリルケの欠席に言及することがないのは、そういった成り行きをある程度予想していたためなのや否や(8)。

グレトゥイゼンは、オランダ人を父にロシア人を母にもち、自らはドイツ市民として教育を受けた。母国語に劣らぬ完璧なフランス語をあやつり、早くも終戦の翌々年にはデュ・ボスの推薦で『新フランス評論』の定期的寄稿者に迎えられていたが、一九二四年に初めて懇話会に加わるや、ポンティニーの歴史のなかでも最も輝かしいメンバーのひとりとして仏独間の橋渡し役をつとめることになる（さらに一九三四年にはヒトラー治下のドイツを去ってパリに定住、ガリマール出版の有力なスタッフとして「イデー叢書」の企画・編集などに当たった）。そういった前後の経緯から見ても、彼のばあい国籍ゆえに躊躇したとは考えにくいが、なぜかこの年は不参加に終わる。かくして期待された「トリオ」のうち、早くも二人のフランコフィルが欠けてしまった。それだけに残るクルティウスの参加だけは是が非でも実現させなければならない……。

ジッドとクルティウスはすでに前年コルパハのマイリッシュ夫人宅で対面し互いに好感をいだいていた。イデオロギーの面でもクラルテ派のインタナショナリズムを否定する点で意見の一致を見る。この交流にもとづき、デジャルダンの依頼を受けたジッドがクルティウスに懇話会への参加をもちかけたのは一九二二年三月二八日のことであった――

《書簡2・ジッドのクルティウス宛(9)》

小さなパンフレットをお送りします。〔…〕ポンティニーの懇話会についてのものです。私たちはあなたの

（そしてリルケの）出席を心から願っています。私としてはあなたが我々と会うことにあまり関心も歓びももたれぬとは信じられません。一同心から歓迎することは確実です――それから〔…〕イギリスやスイス、ロシア、イタリア、スカンディナヴィアなど様々な国の人々にお会いになれましょう。我々はドイツの代表も出席するのでなければ、この会合はその完全な意義をもたないし、本当に興味ぶかいものにはならないと考えています。〔…〕ゲルマン人の実際の参加は翌年に延期しようとしていましたが、『新フランス評論』に載ったあなたの論文〔『デア・ノイエ・メルクール』誌掲載の「ドイツ＝フランスの文化の問題」をジッドが自らの論文「フランス＝ドイツの知的関係」で大きく紹介・引用したことを指す〕は多くの人々に影響を与えたので、今ではこれ以上の延期は無益で思慮を欠くとさえ考えるに至ったのです。

クルティウスは四月一日付の手紙でただちに返答する。招聘に対して強い関心を示しながらも、彼にはひとつだけ気がかりがあった。プログラムの一項に「西欧の自由な国民」の集会と謳われていることだ。この表現からはドイツの許容あるいは排除にかんし決定権をもつ戦勝国側の集会と解される。必然的に自分はその一員たることはできない……。だがクルティウスは同時に、この問題は「ことば使い《ワーディング》」に起因するもので解決は可能であろうと述べ、ただ次の点について保証を求めるのである。すなわち「絶対不可欠の条件《シネ・クワ・ノン》、それは我々が知的にも精神的にも完全に平等な立場で出会うこと」[10]。ジッドのデジャルダン宛書簡に「クルティウスが受けるか否かはプログラムの修正次第」とあるのはこういった事情による（なお、ともに名のあがるリルケについては同様の要求をした形跡はない。おそらくはクルティウスの反応を知ってジッドが慎重に事を運ぼうとしていたのであろう）。

ジッドから報告をうけたデジャルダンは、「最初の意図を歪めることにはなる」と留保をつけながらも、プログラムの修正にはすすんで同意する。クルティウスの手紙に窺われる「我々の空気への一種の渇望に心を打たれた」からである——「このような感情をはねつけることは不得策であり、また非人道的でもありましょう[11]」。かくして障碍はとりのぞかれ、予定どおり招きに応じたドイツ人ロマニストを誰もが温かく迎え入れる。クルティウスの感激は大きかった。彼がジッドに宛てた礼状（一一月一五日付）の一節——

《書簡3・クルティウスのジッド宛[12]》

あなたはポンティニー滞在が私にとって意味したすべてをなかなかご理解になれないでしょう。フランスとの接触の再開——それは私にとって極めて重要なことでした。なんという調和的な、澄明で静かな思い出でしょう！　私はあそこで勇気と新しい力を汲み上げました。私は自分が善意と洗練に満たされていると感じました。私を懇話会にお招きくださいましたことを心から感謝しています。私はポンティニーで知り合ったあなたのお友だちと今後も交流を続けたいと思っております。

さらにクルティウスは、交流の喜びをただ個人的なレベルだけにとどめぬよう、『デア・ノイエ・メルクール』誌に「ポンティニー」と題する一文を発表してデジャルダンたちの活動を紹介している[13]。

イギリス・ロシア・ルクセンブルクからの参加者

さて、ドイツのほかには、イギリスとロシア（ソヴィエト）、ルクセンブルクについてごく簡略に触れるにとどめよう。まずイギリスについて——。この国からは戦前にもジッドを介してエドマンド・ゴスが招かれており、ポンティニーとの縁には浅からぬものがあった。今回のメンバー選びも、一九一八年のイギリス滞在によっていっそう人脈を広げたジッドを中心に進められている[14]。すでに名前のあがった面々のほかに、H・G・ウェルズ（デジャルダンが交渉）やジョゼフ・コンラッド、またデュ・ボスの提案でアメリカ出身の作家・英語学者ローガン・ピアソール・スミスなどにも声がかけられたようだ。しかし、あらかじめ応諾していた批評家ジョン・ミドルトン・マリーと妻のキャサリン・マンスフィールドをはじめ、いずれもが結局は不参加（ヨットでの周航が夏期の最優先事だったアーノルド・ベネットをのぞいては個々の理由は残念ながら不詳である）。そのなかでも、二人の実姉が出席したとはいえ、才能・知名度ともに絶頂期にあったリットン・ストレイチーの不在はとりわけ悔やまれた。彼に対する期待がいかに大きかったかは『新フランス評論』（一九二二年七月号）が参加予定者のなかにその名をあげていたことからも窺い知れよう。それだけに翌年ストレイチーのポンティニー来訪が確実になるや、ジッドは次のように喜びとある種の畏れを語っている――「彼に会えると思うとひどく興奮し不安になる。彼は我々のことをバカだと思うだろう[15]」。悲しいかな、この予想は大きく外れることはなかった。食事や宿泊施設への不満が本当の原因だったらしいが、議論にもほとんど加わらず「優美で丁重な軽蔑[16]」をもって臨むイギリス人作家の態度に参加者たちの落胆は小さくなかったのである。

ロシア人代表としては革命後フランスに亡命した作家イヴァン・アレクセエヴィチ・ブーニンに期待が寄せられていたが、確約していたはずの彼もまた不参加に終わった。だがロシア人へのアプローチは以後もフランス在住者にしぼって続けられ、翌年はレフ・シェストフを呼ぶのに成功している。やはり革命後パリに亡命していたこの実存主義哲学者の招聘は、その友人でロシアの血をひく批評家・翻訳家ボリス・ド・シュレゼールの仲介によるものであった。シュレゼールは一九二一年以降『新フランス評論』の定期的寄稿者であったから、この人選もまたジッド・グループの発案によると見てよかろう。

ルクセンブルクを代表したのは言うまでもなくアリーヌ・マイリッシュだが、この富豪夫人が主宰したコルパハの文化サークルには前述のグレトゥイゼンやクルティウスが含まれる。後にヘレニストとして名を馳せるベルギー人女性マリー・デルクールは結局この年は懇話会を欠席したが（初参加は一九二六年）、彼女もまた同じグループの一員である。マイリッシュ夫妻の居住するコルパハの館は、ポンティニーとならぶ「未来のヨーロッパの小さな核」（デジャルダンの表現）として多くの文化人を集めた。実際面では、ポンティニーが国際連盟という政治司法機構に希望を託したのに対し、コルパハは経済的団結の実現を目指したという違いはあるものの、理念においては積極的な相互協力によってしか存続しえぬポリフォニックなヨーロッパという共通の認識に立っていた。したがって両グループの構成メンバーはしばしば重複するが、交流はコルパハのほうがいっそう打ち解けた雰囲気でおこなわれた。議論のための特定のプログラムは一切なく、広大な館のこととて招待客の人数制限も無きにひとしかった。アリーヌ自身は文学を深く愛し、親友のマリア・ヴァン・リセルベルグを介してジッドやシュランベルジェらと近しく交わり、『新フランス評論』にも戦前から寄稿している（たとえば前述のジッド訳『マルテの手記』抜粋のための解題）。コルパハについてはすでに同時代人による証言集があるが、アリーヌとシュランベルジェの往復書簡集が公刊されたことなどを契機に今後はこのグループにかんしても研究が進むものと期待される(17)。

＊

以上、ジッド書簡の理解を助けるべく、そこに記載された外国人とポンティニーの関わりを中心に最低限の補説を試みた。なお懇話会の具体的な議論については公式の記録はなく、不明な点ばかりといっても決して過言ではない。数少ない証言のひとつにデュ・ボスの『日記』があるが、これとても極めて限定された報告にとどまる(18)。本章があえて議論の内容に触れなかったのはそういった物理的な制約によるが、しかしこのことは懇話会の本質を反映した当然の帰結ともいえよう。じっさい、ややもすると過密なプログラムに沿って研究発表と討論がくり返され、事後には分厚いアクトが出版される今日のスリジーとは違い、発表は午後にひとつだけ、それ以外の時間は周辺の散策や図書室での読書、そしてなによりも自由な歓談についやされたポンティニーの成果は、むしろ参加者各人の心のなかに静かに蓄積するような性質のものであった。一九二二年の集いをふり返りながら、いみじくもジッドが述べたように、「そこで話される事柄のためというよりは、様々なメンバーがそこで交わり思いがけない関係ができたという点で興味ぶかかった」のである。

註

(1) Voir *Paul Desjardins et les Décades de Pontigny*. Études, témoignages et documents inédits, présentés par Anne HEURGON-DESJARDINS, *op. cit.* ; François CHAUBET, *Paul Desjardins et les Décades de Pontigny*, *op. cit.*

(2) 拙稿「一九二二年のポンティニー旬日懇話会――ジッドのポール・デジャルダン宛未刊書簡――」、『ステラ』第一九号、九州大学フランス語フランス文学研究会、二〇〇〇年九月、一三九―一四〇頁、および次を参照――André GIDE, *Correspondance avec Paul Desjardins, Jacques Heurgon et Anne Heurgon-Desjardin*. Édition établie, présentée et annotée par Pierre MASSON, Paris : Éd. des Cendres, 2001, pp. 40-43.

(3) 活字化された他の三通は、一九〇八年六月二〇日付、一九二六年七月二日付、および一九三七年一一月二〇日付。いずれも記述量は少なく、とりわけ最初のものはわずか数行の短信である。レフェランスは以下のとおり――*Paul Desjardins et les Décades de Pontigny*, éd. Anne HEURGON-DESJARDINS, *op. cit.*, p. 340 ; *Lettres de Charles Du Bos et réponses de André Gide*, *op. cit.*, pp. 107-108 ; GIDE, *Correspondance avec Paul Desjardins, Jacques Heurgon et Anne Heurgon-Desjardin*, *op. cit.*, pp. 20, 56-57 et 95. ちなみに、現在までに存在が確認されたジッド宛デジャルダン書簡のなかで、本章が印刷公表するジッド書簡と時期的に近接するのは一九二二年四月二〇日付のものだけ（後註11参照）。

(4) *Journal I*, pp. 1187-1188.

(5) 『ジュネーヴ評論』の詳細については以下を参照――Jean-Pierre MEYLAN, *La Revue de Genève, miroir des lettres européennes, 1920-1930*, Genève : Droz, 1969 ; Landry CHARRIER, *La Revue de Genève : les relations franco-allemandes et l'idée d'Europe unie (1920-1925)*,

Genève : Slatkine Érudition, 2009.

(6) シャルル・デュ・ボスの表現。*Lettres de Charles Du Bos et réponses de André Gide*, *op. cit.*, p. 44.

(7) *Corr. Ril/G*, p. 192 (lettre du 3 août 1922).

(8) ただしリルケは翌一九二三年には懇話会への出席の意向を示していたらしい（voir *ibid.*, pp. 216-217）。だが夏にはスイス・シェネックのサナトリウムに入院のため、またもや欠席。さらに一九二四年にもジッドからの誘いがあったがこれも不首尾に終わり（voir *ibid.*, pp. 234-235）、結局リルケは一度もポンティニーに参加することなく一九二六年に病没する。

(9) *Deutsch-französische Gespräche 1920-1950. La Correspondance de Ernst Robert Curtius avec André Gide, Charles Du Bos et Valery Larbaud*, *op. cit.*, p. 55.

(10) *Ibid.*, p. 57.

(11) 一九二二年四月二〇日付ジッド宛デジャルダン書簡（*ibid.*, p. 181 ; GIDE, *Correspondance avec Paul Desjardins, Jacques Heurgon et Anne Heurgon-Desjardin*, *op. cit.*, p. 38）。なお、すでに述べたように、これに先立つジッドのデジャルダン宛は未発見。

(12) *Deutsch-französische Gespräche 1920-1950*, *op. cit.*, p. 62.

(13) Voir Ernst Robert CURTIUS, « Pontigny », *Der Neue Merkur*, novembre 1922, pp. 419-425.

(14) マルク・アレグレを同伴したこのイギリス滞在については、デヴィッド・スティールが委細を尽くして論じている。Voir David STEEL, « Escape and Aftermath : Gide in Cambrige 1918 », *Yearbook of English Studies*, vol. 15, 1985, pp. 125-159 (trad. française : « Gide à Cambridge, 1918 », *BAAG*, n° 125, janvier 2000, pp. 11-85).

(15) *Correspondance André GIDE - Dorothy BUSSY (1918-1951)*. Édition établie et présentée par Jean LAMBERT, 3 vol., Paris : Gallimard, coll. « Cahiers André Gide » n°s 9-11, 1979-1982, t. I, p. 434 (lettre à Dorothy Bussy, du [19] juillet 1923).

(16) André MAUROIS, « Lytton Strachey (1880-1932) », *Marianne*, 9 novembre 1932, p. 4., col. 4. Voir aussi Michael HOLROYD, *Lytton Strachey*, New York, etc. : Holt, Rinehart and Winston, 2 vol., 1968, t. II, pp. 470-471.

(17) Voir *Colpach*, Luxembourg : Édité par un groupe d'Amis de Colpach, Impr. de la Cour Victor Buck, 1957 (éd. revue et augmentée, en 1978) ; Aline MAYRISCH - Jean SCHLUMBERGER, *Correspondance (1907-1946)*. Édition établie, présentée et annotée par Pascal MERCIER et Cormel MEDER, Luxembourg : Publications Nationales, 2000.

(18) Voir Charles DU BOS, *Journal 1921-1923*, Paris : Corrêa, 1946, pp. 161-179.

第2章　ジッドとアンリ・マシス
――一九二四年の論争を中心に――

周知のように、自身が抱える様々な苦悩に端を発した問題提起を続け、しかもしばしば前言訂正をためらうことのなかったジッドの姿勢は、熱烈な賛同者を獲得すると同時に、それにも倍する多くの批判者を生むこととなった。カトリック教会の権威を揶揄し、あまつさえ同性愛を暗示する一場面を盛り込んだ『法王庁の抜け穴』（一九一四）以後はとりわけ、宗教界や文壇の保守主義層から良俗の紊乱者《ぶんらんしゃ》と見なされ、厳しい非難に晒されることになる。代表的な論敵としてはポール・クローデルやフランシス・ジャムら何人かのカトリック作家のほかに、一九二一年から翌々年にかけ、ジッドばかりか彼の率いた『新フランス評論』グループを語気するどく誹議したアンリ・ベロー[1]、第一次大戦の直前から反ジッド・キャンペーンを展開し、作家の最晩年まで攻撃の手を緩めなかったアンリ・マシスのふたりが特によく知られている。

本章では、最後に名を挙げたマシスに宛ててジッドが綴った論争的な未刊書簡（一九二四年一月）を関連資料とともに訳出・提示したい。なお本章副題に謳うように眼目はあくまで当該書簡の紹介であり、およそ三〇年にわたる両者の関係を総体的に考察することではない。したがって一九二〇年代後半以降の具体的経緯は論述の対象から外す。この点をあらかじめ承知されたい。

マシスの経歴と思想

アンリ・マシスは一八八六年にパリで誕生（ジッドより一七歳年少）。大戦前の不安な青年たちの多くがそうであったように、科学主義への疑念に根ざす精神的探求に深く動機づけられた思春期を送った。名門コンドルセ高等中学でアランの薫陶を受けたが、この合理主義哲学者は早くも教え子のうちに教条主義的な心性を見てとっている。同校卒業後はソルボンヌに進学し、一九〇八年に哲学士号を取得。その間《かん》ファスケル社から上梓した処女評論『エミール・ゾラは如何にしてその小説群を書いたか』（一九〇六）がエミール・ファゲの目にとまり、若くして批評家としての将来を嘱望された。アランを経てのち、マシスの思想的関心は主としてモーリス・バレスとベルクソンへと向かう。前者に対しては後々まで忠実な信奉者であったが、ただし後者にかんしては、当初はその「持続」の概念に惹かれたものの、後年、自身のカトリシズム回心にともない結局は遠ざかることとなる。政治的にはバレスへの傾倒と連動して、シャルル・モーラスおよびアクション・フランセーズの影響を強く受け続けた。

すでに第III部・第1章「ジッドとチボーデ」で詳述したが[2]、マシスは一九一〇年、アルフレッド・ド・タルドとともにアガトンなる筆名を用い、『ロピニオン』紙の連載論文で、パリ大学文学部の新たな教育方針をドイツの強い影響の下《もと》、直感や審美眼といった従来フランス的な価値を支えてきた特質を蔑ろにするものだと厳しく難じ、翌年一月にはこれらの批判論文を纏めて『新ソルボンヌの精神』をメルキュール・ド・フランスから上梓した。ジッドは同著の論評を文壇デビュー間《ま》もないアルベール・チボーデに依頼し、同時にアガトン当人もまた『新フランス評論』の「すばらしい新規寄稿者になりうる」[3]人材と見なしたのである。彼がその時点で熱き論争家マシスの素性を承知していたとは考えにくいが、将来の敵対者に対する好意的な評価は、意外であるだけになんとも興味ぶかい。じっさいジッド個人にとどまらず、『新フランス評論』グループの考え方は、フランス的価値を顕揚するという点では、アガトンのそれに近い。すでに述べたように、一九一一年半ばにはジャン・リシュパンを議長に仰ぎ、アカデミー・フランセーズ会員の大半を擁した知識人同盟「フランス文化のために」が結成されるが、その幹事を務めたのはマシスとタルドの両名であり、執行委員・活動委員にはジッドやシュランベルジェ、ジャック・リヴィエールらが名を連ねていたのである。

しかしながら、マシスが『新フランス評論』に寄稿・協力する機会は結局のところ訪れなかった（タルドのほうは翌一九一二年、同誌に二度だけ書評を寄せる）。それどころか『法王庁の抜け穴』が同誌連載後単行出版されると（一九一四年五月）、早速マシスは翌二一日付の『レクレール』誌に長い署名論文を載せ、「悪は構成《コンポゼ》せず」というクローデルの言葉を引きながら、ジッドには小説創造の能力が著しく欠けており、またその倫理観と美意識とは破滅的に乖離していると、厳しく非難したのである。[4]「『抜け穴』について警鐘《トクサン》を乱打[5]」したことで早くも彼は『新フランス評論』グループから警戒されはじめる。当のジッドが不満・反感を抱いたことは、アンドレ・リュイテルスら友人に宛てた書簡からも明らかだが[6]、また同時に彼に特有の反応として、この一件をある意味では歓迎すべきものとも捉えている。マシス論文を読んだ当日（七月一二日）の『日記』――「私はそこに大きな利を見いだした。なぜなら、彼が私に向ける非難がたとえ誤りであっても、少なくともそれを挑発・惹起するように振る舞ったのは私だと認めるべきだから。結局のところ、彼やほかの連中が私を難じるのは、自分たちが最初の判断で私のことを見誤ったからなのだ[7]」……。なお、当時ジッドが批評家本人に直接反駁したか否かは未詳である（一九二四年一月の後掲書簡以前には両者の文通関係は確認されていない）。

マシスのジッド批判

しかしマシスの攻撃が真に激しさを増すのは大戦終結後のことである。たとえば『ラ・ルヴュ・ユニヴェルセル』（彼とジャック・バンヴィルが、ジャック・マリタンらほかのモーラス主義者を糾合して一九二〇年に創刊。月二回発行）の一九二一年一一月一五日号に発表した「アンドレ・ジッドの影響」では、ジッド独自の概念「誠実《サンセリテ》」を逆手にとって次のように批判している――

ではジッドにとって「誠実」とはいったい何なのか。誠実とは、あらゆる想念を保持することであり、「我々のなかに存在するものはどれも延滞すべきではない」のだから、自己のなかに存在するというただその一事によってすべての想念に生存権を与えることなのだ。そして自分自身のどんな要素をも見捨てたくないために、ジッドはその美学を不健康きわまりない霊感に従属させてしまうのである。〔…〕「卑俗かつ粗野で、病熱を帯びた、清掃されていない領域」は芸術家に「えも言われぬ資源」を提供してくれるが、これに対し「高尚な領域は内容が貧弱である」と彼は断言する。〔…〕アンドレ・ジッド氏は貧弱になるのが恐くて真理を拒絶する者たちのひとりなのだ。彼は、真実はひとつだが虚偽は無数にあるのだから、真実よりも虚偽のほうが豊かだと思い込んでいる。悪に対する彼の偏愛はここに由来するのだ。(8)

あるいは、またしてもクローデルの格言を引いた次のごとき附註の一節――

ジッドは〔時として優れたその美学的〕考察を人間的な次元にまで広げようとはしない。それとはまったく逆に、彼は倫理を美学に従属させてしまうのだ。福音書の一節「己の命を救いたいと思う者はそれを失うが、命を失う者はそれを得る」を引くとき、この新教徒は〔引用の文言を〕芸術に当てはめようとする。ジッドの美学的誤謬はなによりもまず倫理的な誤謬なのだ。私が思い浮かべるのは、「悪は構成せず」という、教えと真実に満ちたポール・クローデルの言葉である。この言葉こそがジッドの敗北、彼の芸術の敗北をものの見事に説き明かしている[9]。

さらに決定打とも言えるのが、一九二三年六月出版の『ドストエフスキー』を標的とした長大な論文である（『ラ・ルヴュ・ユニヴェルセル』一一月一日号および一五日号）[10]。ジッドの新著は主として、一九〇八年発表の『書簡集から見たドストエフスキー』と、この一九二二年一―二月にヴィユー・コロンビエ座でおこなった連続講演を纏めたものだが、マシスはロシアの文豪を絶讃するその論述を執拗に攻撃する。時に敬称を用いながらも、語調は冒頭から厳しい――

アンリ・マシス

不安を抱かせるドストエフスキーの人物像を模範としつつ、アンドレ・ジッド氏が努めてきたのは唯ひとつ、そこに己の似姿を追い求めること、そしてロシア人大作家が描く主人公たちの切迫した現実を利用して、いっそう巧みに自分の顔を隠すことである。そういう行いが多くの若者に「無遠慮な支配力」を及ぼすと分かるうちは、彼はまさにこれを手に入れ、自分の影響を拡大したいと望むのだ。

ではまずは、なにゆえにドストエフスキーなのか。己の秘密に合致する教えをそこに見いだすためであり、己の心のさらに深い領域を読みとり、己自身の思考と類似したものをそこに見いだすためである。というのも、アンドレ・ジッドは自分に無意味なことは何ひとつ挑むことができないからだ。彼の思考・行動において、これほど動機のはっきりしたことはない。自己を超越することなぞは決してないのだ。実際には、世界各国の文学に「蜜」を探し求めてきたこの作家のものほど、驚きと抱擁を欠く作品はほとんどない。彼が到達するのは間断なき自己評価でしかないのである。〔…〕[11]

またマシスにとって、現代における「古典主義の代表者」を自認するがごときジッドの態度はとうてい容認しがたいものであった――

我々の言語、我々の特質、美に対する我々の古典的規範、すべては語らずにおくこの技芸、その「節度」、恥じらい、倫理的美質、ジッドはこういったものを無しですませようとする。そしてたとえ彼がこれらを賛美する場合でも、その賛美は生や理性、叡智、精神の偉大さ、またこれら感知しうる発露の源にある聖性などの概念を破壊するためのものでしかないのだ。[12]

翌一九二四年の初頭には、プロン＝ヌリ社からマシスの評論集『審判』の第二巻が出版される。同書はロマン・ロランやジョルジュ・デュアメル、ジュリアン・バンダらを論じた章も含むが、全体の四割近くを占めたのが、これまでに紙誌掲載されたジッド批判であった。ジッドは同書が刊出するや直ちにこれを入手したばかりか、マルタン・デュ・ガール、エルンスト・クルティウスなど数名の友人・知己に（おそらくは版元をつうじて）送っている。[13]またマシスの非難・攻撃が文壇内外の耳目を集めるのを見越していたのだろう、ピエール・ド・マッソらから提供を受けたり、ある時点からは情報収集の専門業者に依頼して彼が集めた新聞・雑誌の関連記事は一六点に上る（これら「マシスの攻撃」にかんする切り抜きは現在パリ大学附属ジャック・ドゥーセ文庫が保管[14]）。

ジッド＝マシスの論争書簡

マシス本人へのジッドの対応としては、後掲の一月二五日付書簡がよく知られている。同書簡は『全集』第一二巻（一九三七）に全文が収録されたもので、そのことからも作家自身が後々まで重要な記録と見なしていたことが分かるが、じつはこれに数日先立ち、別のマシス宛が準備されていたのである。筆者がこのたび新たに存在を確認した当該書簡（個人蔵）を若干の補説とともに訳出・紹介することにしよう。

まずその物質的側面から述べると、資料体は縦二七センチ、横二一センチの薄手の用箋五葉よりなるが、黒インクを用いた記述は二つの部分に分かれる。ひとつは用箋を縦長に置き、五葉すべての片面と、第五葉の反対面四分の一にわたり切れ目なく綴られており、随所に削除・訂正が認められる。内容から見ても明らかに未完結で終わった下書きである。もうひとつは、上記テクストに比べればはるかに短く（記述量は一二行）、第一葉の反対面に記されているが、実際に文字列が並ぶのは用箋を二つ折りにした左の面だけ（折り目は記述の右側）。署名はないが、「マシス様」と始まり、結句を備えたテクストである（文中に一箇所だけ語句の訂正あり）。これが書簡の下書きか、あるいは写しであるかは判断が難しいが、訂正の存在から見ておそらくは前者であろう。

二つのテクストの執筆順は、以下に述べる用箋の使用法から容易に確定しうる。すなわち、白紙用箋を二つ折りにして使用する場合、折り目を左側にして、まずは表面《おもてめん》の右半分から文字を綴り、次いで内側の右半分へと続けてゆくのがジッドの書き方の常なのである（さらに紙片を改めず記述を続けるさいは、用箋を上下逆転ないし九〇度回転させた状態で残りの面を用いる）。このことから判断するに、最初に書かれたのは首尾の整った短い文章ではなく、至らず中断された長い下書きのほうであるのは疑えない。また投函・発信の有無については、原物が確認されていない以上、即断は慎むべきだが、一月二五日付後掲書簡での献本受領の文言や、若干の内容重複を含んで長々と展開される弁明・反論を考慮に入れるならば、献本を請うた短信のほうが送られ、長文のほうは未完結のまま終わり、上記書簡に取って代わられたというのが最も無理のない推論であろう。

以上を簡略な補説として、早速二つの未刊資料を提示しよう（なお、削除箇所は大半が文体上の選択の結果にすぎないので、ここでは読み易さを優先し敢えて訳出しない）。まずは長い下書きから――

《書簡1・ジッドのマシス宛下書き》

〔パリ、一九二四年一月二〇日頃〕マシス〔宛〕

ご指摘のなかには、私が見てもまったく正論だと思うものがある。それを私に対する攻撃の武器となさるのはあなたの自由です。しかしまた、あなたが私を責めるために濫用し、――私の考えを意図的に歪曲しているだけに――私の反論を誘うご指摘もあります。すでに申し上げたように、そしてあなたも十分ご承知のように、『背徳者』や『狭き門』『イザベル』『田園交響楽』など、私の「レシ」は厳密に言えば批判の書なのです。〔しかるに〕これらの物語が一人称体で書かれたことを理由に、あなたは語り手の「私」はこの私自身だ、そう信じ込んでいるふりをなさる。とすれば後は、私の無節操や不安、優柔不断を、さらにはお望みのものは何であれ、証立《あかしだ》てるのは容易いこと。わけても、決して私は己の存在から離れることができなかった、と難なく言い切ってしまえるわけです。

フローベール流の客観性では私は満足できなかった、そうおっしゃるならば、ご指摘はもっと真実味を増すことでしょう。かかる客観性は人間存在を外面からしか眺めようとせず、存在の深奥に到達することはありません。私の思うに、小説家にとって真の客観性は別様な働き方をするものなのです。小説家が登場人物になりきらないかぎり、描かれるのはその輪郭にしかすぎません。このようにはお考えにならないでしょうか。すなわち、アリサや背徳者〔ミシェル〕、『田園交響楽』の牧師、『イザベル』の主人公など、おのおの極めて異なる存在に次々となりえたからこそ、私はあなたやほかの多くの人々を騙せおおせたのだ（当然あなた方にはもっと知性と洞察力を働かせていただけるものと期待してはいたのですが）、と。そうです、まさに私はひとりの登場人物として、己の姿を消し自分自身を忘れ去るのです。とはいえ、彼らに対する判断力を失うほどではありません。こうして私の作品（『地の糧』を除く）は、いずれもが「批判」の書となっているのです。あなたに代わってほかの人々のなかには、背徳者やある種の神秘主義、現実離れした「想像力」、また結局はカトリシズムの賛美へと至る宗教的熱意、こういったものに対する批判であることを完全に理解してくれる者がいました。しかしあなたといえば私の作品のうちに、ご自身の主張や偏った判断に適うものしか認めようとなさらないのです。

無秩序がただ混乱にしか至らぬことはあなたもご承知のところ。また私の著作のいずれもが、その形じたいにおいて無秩序を否定するものであるのをよくご存じです。私が求める秩序は、あなたの称揚する秩序と同じものにはあらず。ただそれだけのことなのです。

もう少しうまく自分の考えをお伝えするために、次のような話をすることをお許しください。戦争が勃発したとき、私は田舎におりましたが、その場で物を書き続けていればいいのだなどとは到底思えませんでした。招集はされずとも、国に尽くしたいと願い、自分の思想を役立てることもできないので、私は何人かの者たちとともに、様々な場所から逃れてきた避難民の救援活動を指揮することに没頭したのです。いたるところ大変な無秩序状態でした（無秩序ほど私の精神に応《こた》えるものはないというのに）。しかしながら私は、実業家や財界人、代訴人、また履歴の異なる三人の同業者らに囲まれ、彼らが設立後はひたすら私に委ねようとした組織をまったく訳も分からぬままに引き受けることになったのです。最初の数カ月はそんな具合でした。しかしその後、活動を続けるうちに、採用した会計システムによって巨額の出費さえ可能となり、またまさにその支出が大きな収益をもたらしうるようになったのです。あなたなら無秩序状態のなかでの急な進路変更と呼ぶであろうことを私は実行したのです。つまりまったく異なる会計システムを案出したというわけです。この方法を周りに理解させるのは一苦労で、しばらくのあいだ私はたった独りで行動しなければなりませんでした。初めは誰からも反対されましたが、私は考えを曲げませんでした。しかしその後の結果は見事なもので、当初は非難していた者たちも最後には私の方法、「固定システム」と呼ばれるこの方法を採り入れ、そのおかげで我々の救援組織は戦時中ずっと活動を続けることができたのです。

〔パリ、一九二四年一月二〇日頃〕

全体の主張は明快だが、ベルギー避難民の救援活動「仏白の家」を引き合いに出して自身の「秩序」尊重を強調する最後の段落は、「もう少しうまく自分の考えを伝えるため」という前置きにもかかわらず、どこか唐突にして冗長の感は否めまい。執筆中断の理由もあるいはそのあたりにあるのかも知れない。

続いて書かれたのが、語調ははるかに柔らかく、とりあえずはマシスの反応を探ろうといった趣の短信である。ジッドは、紙誌掲載論文や『審判』第二巻そのものにはすでに目を通してはいても、まずは著者自身からの献本を待って対話を始めることを望んだのであろう——

《書簡2・ジッドのマシス宛》

親愛なるマシス

私に対する批判論文をお書きにはなられたが、そのことで私を恨んではおられぬ、そう考えてもよろしいでしょうか。ご高論には、その断固たる明断さを通して、あなたの無理解とともに、ご理解と愛をも多々感じております。私へのご新著恵投がしかるべきこととお思いにはならないでしょうか。私のほうではすでに四人の方々にご高著を送っています。ご恵投を心待ちにしつつ、敬具

〔アンドレ・ジッド〕

マシスから献本が届くのにさほど日数を要したとは思えない。自筆献辞が入ったに相違ない『審判』第二巻を手にし、ただちにジッドが認《したた》めたのが先に言及した『全集』収録の書簡である（ちなみに、その書き出しを読むかぎり献本に私信が添えられていた蓋然性は低い）。同書簡では、上掲の長い下書きとはかなり語り口を変え、修辞も豊かに、論敵の主張にある程度の理解を示しながら自説を展開している。この種の書き直しはジッドの論争的書簡にしばしば見られるもので、一度は感情を表出させた文章を綴ることで、結果的に冷静な視点、いうならば「作家的意識」を回復するのである。[15] その具体的様態を確認するためにも、すでに活字化された資料ではあるが、全文を訳出しよう[16]――

《書簡3・ジッドのマシス宛》

〔パリ〕、一九二四年一月二五日

親愛なるマシス

ようやくご高著を拝受、お礼申し上げます。嗚呼、あなたを悩ますものが何かがよく分かりました。私のことを、おそらくご自分以上にキリスト者であり、古典主義者だと感じておられるのです。

クローデルのなんと見事な言葉を引いておられることか！――「悪は構成せず」。今日の作品で、出版後二〇年経って当初よりなお瑞々しいとあなたが思える作品のなんとわずかなことでしょう。クローデルの言葉は、まさに私の作品を活かし永らえさせるこの資質にあなたの目を開かせるものであったはずなのです。しかしあ

なたはご高著のなかで、私を理解する（私を認める、とは決して申し上げません）よりは、私を圧殺することに心を砕いておられる。私の文章のいくつかは、あなたによってあまりに偏った光を当てられ、おぞましい意味を帯びてしまう。私自身が述べたものでもないのに、あなたはどんな些細な言葉にも括弧を付して、それを私の発言にしてしまう（*）。拙稿『新しき糧』のうちの二ページについて、二ページ目の意味を歪めるようなやり方で論じておられます[17]。というのもあなたは、このページがご自分の立論の支障となりかねぬことをよく分かっておられるからです。嗚呼、じつに巧みに私を捌き料理しておられるのです。イアーゴーでさえこれほど上手くムーア人〔オセロ〕にデスデモーナのハンカチを示して見せることはない。またイアーゴーの証言がかくも不実なのは、それが〔まったくの虚言ではなく〕大方において正確であるがゆえに外なりません。『法王庁の抜け穴』にかんするあなたの詭弁は本当に驚くほど見事です。私が作者でなければ、あなたの意見を信じ込んでしまうことでしょう！　またあなたはどれほど私の友人たちをつかまえ、彼らのうえにご自分の良心の重荷を降ろされていることか！……　こういったことから私は〔ジャック・〕マリタンに対し述べていた次のような思いをさらに強くしてしまうのです。カトリック信仰のせいで、真実への愛をほとんど必要とせぬ人々のなんと多いことか、と！

私の思うに、マシスよ、細心さがいま少しあれば（というのも、私はあなたの知性を難じてはおりませんし、あなたが過ちを犯すさいにはご自分でもそのことを完全に分かっておいでだと思いますので）、真のキリスト者、古典主義者をつくるあの深い資質、あの徳といったものがいま少しあれば、あなたの誹謗文書《パンフレ》はもっと良質なものになったでしょう。また二〇年も経たぬうちに、真実の再生に寄与せず剝げ落ちてしまう、そんな懼れも減ったことでしょう。と申すのも、次の点であなたの攻撃は正当なものだったからです――「ここで非難されているのは、我々が生きる基盤としている《人間》の概念そのものなのだ」。（あなたのこの文を私の次作の章題のひとつとして引くことをお許し願いたい[18]。

それでもご高著が、私にかんする著作のなかで最も興味ぶかいもの、また場合によっては最も慧眼なものであることに変わりはありません。私のばらばらな像がそこで初めて結合されています。あなたのおかげで、そしてあなたの研究を読んでからというもの、私は自分が存在していることをはっきりと感じるのです。

私に不当な評価をお下しになったとはいえ、そのことであまり私をお恨みなさりませぬように。敬具

〔アンドレ・ジッド〕

（＊）とりわけ次の偽りの言明は何なのでしょうか――「ジッドが望むのはただひとつ、《人が自己満足のためだけに、万一に備え己の内奥を晒け出す》ようにしむけることである」。いったいどこから引いてこられたのでしょう。私は一度としてこんなことを考えたことはありませんが[19]……。

こうして己の主張を詳しく書き送ったものの、ジッドは二日後（一月二七日）、ドロシー・ビュッシーに宛て、「昨日《ママ》マシスに手紙を書きました。写しを取りましたが、この手紙は出さないほうが好かったと思います」と悔いを伝えている[20]。いっぽう受信者からはまもなく「極めて長い返事」が届く（二八日付）。原文テクストは後掲の結句以外は活字化されていないが、ジッド生誕百周年記念展（フランス国立図書館）のカタログが要約するところによれば、「またもや『ドストエフスキー』について、クローデルの《悪は構成せず》を引きながらの攻撃」であった[21]。これに対しジッドは、前便の発送を悔やんでいたにもかかわらず、ただちに再度の反論を準備。しかし最終的にはその発送を思いとどまるのである。三〇日付マルタン・デュ・ガール宛の記述――「マシスから極めて長い返事を受け取りました。最後は次のように結ばれています。《あなたを説得したいと強く望んでおりますが、無理なのではないかと懼れ

ます。〔しかし〕期待を捨てず、あなたのアンリ・マシスより、と敢えて申し上げます》。――昨日は一日かけて再び彼に宛てた手紙を書きましたが、熟慮のうえ送りませんでした」[22]。一方では頑《かたく》なな論敵に己の態度選択を理解させたいという欲求、他方ではそれも所詮は無駄なことだという不満と諦念――この一〇日間ほどの書簡執筆からは、二つの思いの間を揺れ動くジッドの心理的葛藤が如実に見てとれる。

＊

マシスの攻撃はジッドだけにとどまらず、次第に『新フランス評論』へも向けられてゆく。同誌も事ここにいたってグループとしての反論を掲載する方針をかため、まず四月一日号に新進作家フランソワ・ド・ルー（以後一九三四年まで同誌に寄稿）による『審判』第二巻の否定的書評を、次いで一〇月一日号には一九一九年から編集長を務めるジャック・リヴィエールの公開状を掲載し、マシスの姿勢を独善的と批判している[23]。

しかしながら以後もマシスの反ジッド・キャンペーンが止むことはない。「悪魔的な」影響や、似非《えせ》古典主義の腐敗した芸術、ドストエフスキー的な無意識の領域への歪んだ嗜好……。むろん『新フランス評論』の領袖がこのような誹謗を容認することなどありえず、批評家が「ジッドの破産」[24]の最大論拠として繰り返し援用してきたクローデルの格言についても、一九三七年六月の「日記」で、これを意味不明あるいは内容空疎と見なすに至る――

「悪は構成せず」というあのクローデルの言葉をマシスに一度はっきりと説明してもらいたいものだ。マシスはこの言葉に感心して、私について語るとき再々引用している。私はこの文句をあらゆる方向から検討してみたが、結局胸にストンと落ちてこない。今もこの「構成する」という語をどう解したらいいのか分からないのだ。おそらくこれは何も意味していないのだろう。ただいかにも深長な意味があるように見せかけているだけだ。そして人はこうした仰々しい言葉の前で茫然となっているのだ。私はそこに私の作品に対する有罪宣告を見なければならないらしい。おそらくこれがマシスのいう「審判」というものなのだろう[25]。

結局のところ両者の主張はなんら嚙み合うことがなかった[26]。しかしながら頻繁にではないものの、ジッドが一九二四年以降もマシスに反論の手紙を送り続けたのはなぜなのか。これについてはクロード・マルタンの評言を借りて答えよう――「ジッドにとって〔…〕文通を続けるということは、すなわち一つひとつ別個の道を辿ること、個々の相手とともに、個々の相手のおかげで、それぞれあるひとつの方向にむかって進むことである」[27]。必然的に良き文通者たるか否かは、当事者間の相違の大小に掛かる場合が多い。相手の感じ方、考え方が自分と異なれば異なるほど好んで接触を試みる、そしてその相手から不意を突かれ、自分の思想や芸術がもつ本当の広がりを発見する、これこそがジッドの望むところだったのである。『全集』収載の前掲書簡のなかで彼は論敵に告げていた――「〔ご高著のなかで〕私のばらばらな像が初めて結合されています。あなたのおかげで、そしてあなたの研究を読んでからというもの、私は自分が存在していることをはっきりと感じるのです」。この文言も決してその場しのぎの外交辞令などではなく、他者との差異のなかで自己を確認したいという欲求の顕れと解すべきであろう。

註

（1）しかしながらベローの場合、早くも「一九二四年には〔…〕息が切れてしまい、『新フランス評論』の《物憂げな顔の十字軍》〔ジッドら同誌の主要作家たちを揶揄したベロー著書のタイトル〕に対するその抵抗キャンペーンは失敗に終わる」（Claude Martin, *Gide*, Paris : Éd. du Seuil, coll. « Écrivains de toujours », nouvelle éd., 1995, p. 153／拙訳『アンドレ・ジッド』、九州大学出版会、二〇〇三年、一五九頁）。

（2）第III部・第1章「ジッドとチボーデ」、三一四—三一八頁参照。

（3）*Corr. G/Schl*, p. 365.

（4）Voir Henri MASSIS, [compte rendu des *Caves du Vatican*], *L'Éclair*, 22 juin 1914, p. 2.

（5）ジッド自身が七月一二日の「日記」および同月一七日付ジャック・コポー宛書簡で用いた表現。Voir *Journal I*, p. 807 ; *Corr. G/Cop*, t. II, p. 62.

（6）Voir *Corr. G/Ruy*, t. II, pp. 130-131 (18 juillet).

（7）*Journal I*, p. 807.

（8）Henri MASSIS, « L'Influence d'André Gide » [compte rendu de *Morceaux choisis*], *La Revue universelle*, 15 novembre 1921, pp. 502-503 (repris dans *Jugements II*, Paris : Plon-Nourrit et Cie, 1924, pp. 13-14, et *André Gide*, Paris : Lardanchet, 1948, pp. 72-73).

（9）*Ibid.*, p. 509, n. 28 (repris dans *Jugements II*, *op. cit.*, p. 19, n. 1, et *André Gide*, *op. cit.*, p. 263, n. 164).

（10）ドロシー・ビュシーに宛てた一一月七日付書簡でジッドは次のように述べている——「マシスが『ラ・ルヴュ・ユニヴェルセル』で大攻撃を再開しました。今春の攻撃は序章にすぎませんでした」（*Correspondance André* GIDE - *Dorothy* BUSSY *(1918-1951)*, *op. cit.*, t. I, p. 443）。ちなみに「今春の攻撃」とはマシスの論文「ジャック・リヴィエール氏の場合」のこと（Henri MASSIS, « Le cas de M. Jacques Rivière », *La Revue universelle*, 1er mai 1923, pp. 375-387 ; repris sous le titre « André Gide et son témoin » dans *Jugements II*, pp. 79-107 et *André Gide*, pp. 131-156）。

（11）Henri MASSIS, « André Gide et Dostoïevsky », *La Revue universelle*, 1er novembre 1923, pp. 329-330 ; repris dans *Jugements II*, pp. 23-24 et *André Gide*, pp. 82-83. ちなみに引用の第一段落は単行書収載のさいに改稿されている。ここでは後者に依って訳出した。

（12）*Ibid.*, p. 338 (repris dans *Jugements II*, *op. cit.*, p. 52, et *André Gide*, *op. cit.*, p. 106).

（13）Voir *Corr. RMG*, t. I, p. 236 (lettre de Martin du Gard du 11 janvier) ; *Deutsch-französische Gespräche 1920-1950. La Correspondance de Ernst Robert Curtius avec André Gide, Charles Du Bos et Valery Larbaud*, *op. cit.*, p. 72 (lettre de Gide du 15 janvier et celle de Curtius du 20 janvier).

（14）約三千五百点にのぼるジッド旧蔵の切り抜きコレクションのなかで、ジッド＝マシス関係の論文・書評は計三六点、このうち『ドストエフスキー』に関わるものは、本文に記したように、マシス自身の論評も含めて一六点（一九二三—二四年）である。

（15）同様の書き直しの例としては、第II部・第3章「状況に想をえた小品」（二二七―二二九頁）で言及した『放蕩息子の帰宅』の評価をめぐる二通のフランシス・ジャム宛書簡を思い起こされたい。

（16）Lettre à Massis, reproduite dans *ŒC*, t. XII, pp. 553-555 (voir aussi *Journal II*, pp. 591-592 [10 janvier 1938]). 付言すれば、マシスは後年この書簡の一節（「クローデルのなんと見事な言葉を引いておられることか」以下の数行）を自著『人間から神へ』に引用するが、そのさい書簡の執筆年を誤って「一九二二年」と記している（voir Henri Massis, *De l'Homme à Dieu*, Paris : Nouvelles éditions latines, 1949, p. 243）。

（17）Voir Massis, « André Gide et Dostoïevsky », art. cité, pp. 339-340 (repris dans *Jugements II*, *op. cit.*, pp. 65-66). ただしジッド書簡の指摘を考慮したためか、マシスはこの箇所を一九四八年の『アンドレ・ジッド』ではかなり大幅に改稿している（voir Massis, *André Gide*, *op. cit.*, pp. 116）

（18）筆者の承知するかぎり、実際にはジッドがマシスのこの文を銘句として引用することはなかった。

（19）ジッドのこの指摘を受けたためか、マシスは後年、自著『アンドレ・ジッド』において、《》内の引用がモーラスの『ロマン主義と革命』序文によることを註記している。Voir Massis, *André Gide*, *op. cit.*, p. 267, n. 200.

（20）*Correspondance André Gide - Dorothy Bussy (1918-1951)*, *op. cit.*, t. I, p. 453.

（21）*André Gide*, catalogue de l'exposition, *op. cit.*, p. 156, item nº 524. ちなみにこのマシス書簡の論点は、まず間違いなく『審判』第二巻の非売版補遺に掲載された「悪は構成せず」（一九二四年一月執筆。ジッド書簡の冒頭部を引用）のそれと同一のものであった（voir Henri Massis, *Jugements. Supplément au tome II*, Paris : Plon, 1925, pp. 3-7 [repris avec un post-scriptum, dans Massis, *André Gide*, *op. cit.*, pp. 124-130]）。

（22）*Corr. RMG*, t. I, p. 237. このジッド書簡に対しマルタン・デュ・ガールは二月一日付の返信で次のように応えている――「マシスに回答なさらなかったことを嬉しく思います。あの連中は人に注目されるだけで十分に満足なのであり、かえってそれを利用し、こちらを裏切るような結論や論拠を引き出すようなことを平気でやるのです！ できるだけ関係を持たぬこと、これこそが慎重で賢明な方途ではないでしょうか」（*ibid.*, p. 238）。

（23）Voir François de Roux, « *Jugements* (tome II), par Henri Massis », *La NRF*, nº 127, 1er avril 1924, pp. 468-474 ; Jacques Rivière, « Lettre ouverte à Henri Massis sur les bons et les mauvais sentiments », *La NRF*, nº 133, 1er octobre 1924, pp. 416-425. ちなみにマシスはリヴィエールの公開状に応ずるかたちで翌年三月、小冊子『ジャック・リヴィエール』（*Jacques Rivière*, Paris : À la Cité des livres,

1925）を上梓する。
（24）シャルル・デュ・ボスの『アンドレ・ジッドとの対話』（一九二九年五月刊）に言及しながらマシスが『ラ・ルヴュ・ユニヴェルセル』同年九月一五日号および一〇月一五日号に掲載したジッド論のタイトル。
（25）*Journal II*, p. 558 (26 juin 1937).
（26）*Cf.* Henri MASSIS, « André Gide et nous » [texte daté du 4 août 1947], dans *André Gide*, *op. cit.*, pp. 9-64.
（27）クロード・マルタン前掲書『アンドレ・ジッド』（拙訳）の補遺「ジッド研究の現状」、二三五頁。なお訳文中の「友人」をここでは「相手」と置き換えている。

第3章　蔵書を売るジッド
――一九二五年の競売――

『贋金つかい』の脱稿、マルク・アレグレ青年とのコンゴ旅行を目前にした一九二五年四月、ジッドは蔵書の一部（四〇五点の書籍や手稿）を競売に付した。この競売は、有名作家が存命中に、経済的困窮などの余儀ない事情によるのではなく、同時代の作家や批評家から贈られた献辞本を売りに出す、しかもそこに自著の初版本や手稿まで加えるという異例づくめのもので、文壇内部にとどまらず、広く一般に大きな波紋を投げかけた。当時ジッドをとりまいていた状況も話題をセンセーショナルなものにするのに貢献した。それまでにもすでに彼を道徳壊乱者と見なし批判する発言は続いていたが（なかでもアンリ・ベローが『物憂げな顔の十字軍』と題する戦闘的な書でジッドに対する徹底的な非難・挑発を繰り広げたことはよく知られている）[1]、とりわけこの前年、男色弁護の書『コリドン』の普及版出版によって、その同性愛的指向が一挙に公然のものとなり、彼への攻撃はカトリック陣営を中心にさらに一段と激しさを増していたのである。そういった厳しい対立的状況のなかでジッドがあえて敵対者たちの神経を逆なでするような挙に出たことは、当然のことながらそこに何らかの象徴的な意味合いを認めるジッド研究者によってしばしば言及されるところだが、その反面、競売そのものの具体的な経緯や内容については意外に知られていないように思われる。したがって本章では、そういった実証的側面の紹介を主眼としつつ、蔵書競売の意味を再考したい。

競売の計画と当日の模様

蔵書競売の計画はおそらく前年の末頃から具体化していったもので、途中ある収集家からコレクションを一括購入したいとの申し出があったが、商談は金額の点で結局は成立せず（しかしジッドは実際の落札総額をほぼ正確に予測し、それをやや上回る額を提示していた）(2)、当初の予定どおり競売実施のための準備が続けられた。そして一九二五年の二月後半には、目録の作成にかんして、鑑定を引き受けたシャンピオン書店主エドゥアール・シャンピオンとの話し合いがもたれた模様である。(3) この話し合いの詳細は不明だが、いずれにしてもジッドが通常の売り主の立場を大きく超え、目録作成に積極的に関写したことは疑えない。目録の冒頭に、これまた異例の「序文」を寄せているからである。以下がその全文――

私においては所有欲がひどく強いものであったことは一度もない。我々がこの世で所有するものの大半は、喜びよりもむしろ、いつかはそれを手離さねばならぬという悔やみのほうを増すものである、そう私には思われる。さらに私は、ひどくぞんざいな性格なので、持っているものが傷むのではないか、旅行に出て長く放っておくならばなおのこと傷みが激しいのではないかといつも危惧している。家を長く空ける計画なので、今ほどの分別がなかった頃に手に入れ、ただ見映えが好いからという理由だけで持っていた本、さらには、ずいぶん長い間とても大事にしていたが、今となってはもはや友情の思い出しか呼びさまさなくなってしまったその他の本を手離すことに決めたのである。初版本が稀少になった私自身の著書で、自分用に取っていたものもそこに加えた。簞笥《たんす》のなかに仕舞いきりで、自分では決して取り出してみることのあるまいこれらの本を取っておいてなんの役に立つだろうか。これらの本はむしろ、私よりもそれを愛《め》でることを知った蔵書家たちを楽しませることができるだろう。(4)

この序文は、一度執筆したものをマルタン・デュ・ガールの助言を容れて改稿したものだが、そういった事情は後述にまわし、ここではまず、目録本体の内容紹介もかねて、競売がどのようにおこなわれたのか、その模様を、『ル・フィガロ』紙に掲載されたモーリス・モンダの報告記事（四月二八日および二九日付）(5)と、落札価格や落札者名が鉛筆で記入された筆者所有の目録原本にもとづいて述べておこう。

第一日目（二七日）、オテル・ドゥルオの会場は、開扉と同時に、つめかけた人々によって埋めつくされる。参加者はいつものような古書業者や「高級愛書家」たちばかりではない。そこにはジャーナリストたちに加え、ジッドを崇拝する多くの若者の姿が認められる。そして彼らは、慣例の売却条件告知によって競売が開始されるまで、この「事件」を機に書かれた様々な新聞記事についてあれこれと論評しあっているのである。著者名のアルファベット順に、はじめの頃のアイテムは「しごく普通の価格」で落札されてゆく（ちなみに、当時の物価を測るひとつの目安として、新聞の多くが一部二〇サンチームだったことを指摘しておこう）。たとえば、ボードレールのプーレ＝マラシ宛自筆書簡一通と、ボードレール関連のウージェーヌ・クレペ自筆書簡二通を付した『死後出版作品と未刊書簡』初版が二六五フラン、フローベール『感情教育』の初版が四〇〇フラン、など。

しかしながら競売が進み、やがてジッド自身の著作の番になると、会場の雰囲気は一挙に熱を帯び、司会進行役《オークショニア》の著名古書店主アンリ・ルクレールが落札を告げるたびに、羨望の入り交じった嘆息や呟きがあちらこちらで聞こえはじめる。参考までに主なものを挙げると――仮空の「遺言執行人」ピエール・ルイスの自筆によるアンドレ・ワルテルへの死後献辞の入った『アンドレ・ワルテルの手記』が一、〇八〇フラン。同初版のうちただ一部の中国紙刷りが二、七〇〇フラン。『C.R.D.N.』と題され、一二部のみ匿名出版された『コリドン』の初版（二二部の説もあり）が一、七五〇フラン。著者による自筆修正の入ったその校正刷が三、〇〇〇フラン。『背徳者』の初版が八一〇フラン。ジッドに宛てられたアルベール・サマンの自筆書簡、ルイスの自筆カード各一通を付した『地の糧』オランダ

VENTE DES LUNDI 27 ET MARDI 28 AVRIL 1925
(HÔTEL DROUOT)
Me CHARLES QUEILLE, commissaire-priseur.

CATALOGUE
DE
LIVRES ET MANUSCRITS
PROVENANT DE LA
BIBLIOTHÈQUE DE M. ANDRÉ GIDE

AVEC UNE PRÉFACE
DE
M. ANDRÉ GIDE

PARIS
LIBRAIRIE ANCIENNE HONORÉ CHAMPION
ÉDOUARD CHAMPION
5 ET 7, QUAI MALAQUAIS, 5 ET 7
1925

ジッド蔵書競売目録

紙刷り一二部のひとつが三、六〇〇フラン。『オスカー・ワイルド』の自筆稿二四枚が四、三〇〇フラン。非売品二巻本として、それぞれ一二部および一三部のみ印刷された『一粒の麦もし死なずば』初版が五、三〇〇フラン、などである。

こうしてジッドの著作がすべて落札されてしまうや、会場を埋めつくしていた人々のうち、三分の一以上が時半ばにして退出してゆくのである。このことからも通常の競売とはかなり異なる関心がその場を支配していたことが窺われるだろう。じっさい、この日のもうひとつの目玉、三五点におよぶフランシス・ジャムの初版や手稿は、総じて参加者の熱い関心を惹くことがない。たとえば『ある一日』の初版は、局紙に刷られた一〇部中の第一番で、詩のかたちをとった一七行におよぶ長い献辞があるにもかかわらず、五二五フラン。また『木の葉をまとえる教会堂』の自筆稿五二枚にいたっては、四通のジッド宛書簡を付されたにもかかわらず、一、三〇〇フランまでしか声がかからないのである。

初日後半の雰囲気をひきずるかのように、二日目の競売ははるかに静かなものになる。「出席者の大半は、今度は買うために来ていた[6]」とモンダは報告しているが、こういった違いは、落札者のなかにロナルド・デイヴィス、カミーユ・ブロック、ラウール・シモンソン、そして競売の鑑定人であるシャンピオン自身など、古書業者の名前がより多く認められることからも推測がつく。まずピエール・ルイスのジッド宛献辞本二〇点、同じくメーテルランクのもの一五点が、業界のプロたちにとってほぼ妥当と思われる価格で落札されてゆく。その他の主なアイテムを拾えば――マラルメ（六点）、モーパッサン（全集）、メリメ（二点）、ウージェーヌ・モンフォール（九点、すべて献辞入り）、ネルヴァル（六点）、ヴェルレーヌ（一二点）、ヴィリエ・ド・リラダン（六点）、ホイットマン（二点）、など。なかでも、アンリ・ド・レニエの献辞入り初版四七点が量的に目を引く（ちなみにレニエはこの後もジッドに自著を贈り、「次の競売のために」という皮肉な献辞を添えることになる）。結局、二日間で計四〇五点が総額一二一、三六〇フランで落札されるが、このうちジッド自身の著作四五点の売り上げだけで四五、三四五フランにのぼったのである。

ジャーナリズム・同時代人の反応

それでは、競売に対しジャーナリズムはどのような反応を示していたのか。少なからぬ記事のなかでも、ポール・スーデーが比較的早い時期（四月一〇日）に『ル・タン』紙に載せたものは、[7]それまでの個人的な文通関係を反映して、ジッドが直接返答したという点でとりわけ興味ぶかいので、それをまず紹介したい。この記事でスーデーは決して自分の意見を前面に押し出すことなく、またジッドの行為を理解しようとする努力にも欠けていない。彼はまず、競売が通例のものとはことなり蔵書の一部だけを対象とするものであり、極めて特殊な理由にもとづくことを指摘する。次いで目録序文にある「所有欲の欠如」に触れながら、ジッドがつねに放棄と禁欲への性向を示していたことを認め、この競売が現世の虚栄との部分的な訣別であるとする。そして、ジッドが仲違いをしたかつての友人たちの作品を持っていたくないという点こそが最も人々を驚かせ、様々な議論を生んでいると指摘しつつも、その善悪を判断することは避け、ただその態度表明には若干驚かされると述べるにとどめているのである。「ジッドが、ダンヌンツィオ、クローデル、ルイス、メーテルランク、モンフォール、レニエ、ロマン・ロラン、シュアレスなど、若き日の仲間たちと本当に絶交したということがありうるのだろうか」、また、ジッドは自作まで売りに出しているが、「この微妙な精神の持ち主は、しばしば自らの最悪の敵となり、虐待者となっているのではあるまいか」——不安げにそう問いかけて、スーデーは筆をおいている。
この記事を読んだジッドは、滞在中の南仏イエールから一三日付で、次のような手紙をスーデーに送る——

あなたの手になる、私が「絶交」した同業者の一覧のなかに、私の尊敬する数少ない現代作家のひとり、ポール・クローデルの名前を見つけて悲しく思っています。彼に対する私の友情はいささかも変わっていませんし、根本的な意見の相違にもかかわらず、彼に対してこの上なく高い評価と強い愛情を抱いているからです。彼の手稿や本は我々の友情の初めの頃と変わりなく私には大切なものであり、私は今もそれらを大事に取っています。たしかに、彼の本が何冊か売りに出すもののなかに混じってはいますが、それらはマラルメ、モレアス、バレス、エレディア、ダンヌンツィオ、あるいはロマン・ロランのと同じく、献辞の入っていない本であり、私に愛書病——幸いなことに治りましたが——のことを思い出させるだけの本なのです。いま名前を挙げた人たちについて、彼らが私に献呈してくれた本はすべて取ってあることは言うまでもありません。〔…〕(8)

クローデルとの関係が友好的であることをことさら強調する文面からは、逆にルイス、ジャム、レニエらとの、それぞれよく知られた冷えきった人間関係が透けて見えるが、ともかくもこの手紙はスーデーの不安を解消する。四日後(一七日)、再び『ル・タン』紙に筆を執った彼は、冒頭にジッド書簡全文を掲げたうえで、二人の作家の「相互的な友情と尊敬がなんら損なわれていない」ことを素直に喜ぶ。そしてジャムとの関係についても、ジッドが「何と言われようが、どんな遺恨も私の好みを変えることはありえない」ので、普及版で『アルマイード・デートルモン』を読み続けると付け加えていることを評価する。さらにレニエとの関係の冷却化は推測しながらも、それが文学的情熱の強さゆえの結果だとして、競売はむしろジッドの新たな創作活動を予告するもの、と楽観的な予測を立てるのである[9]。

自然主義の第二世代として文壇にデビューし、アカデミー・ゴンクールの創設にも関わったリュシアン・デカーヴの論調も抑制が効いたもののひとつと言えるだろう。掲載紙は未詳だが、三〇日付と思われる署名記事でデカーヴは、一件をできるだけ冷静な眼で捉えようとしている[10]。まず、人生のこの段階に至って書物のかたちをとった友情と別れようとするジッドの行為をほとんどだれもが不躾なものだと責めたが、自分自身はジッドを高く評価しているので、彼がかつて精神的にも文学的にも敬愛していたものすべてをかくのごとく一日にして無に帰してしまえるとは思わない、彼がジャムやルイス、レニエ、メーテルランク、シュアレスの作品を評価しなくなったのではない、と断言する。皮肉にもジッドの作品に一番の高値が付いたが、彼自身がそれら貴重書の収集家になったのも偶然のことにすぎない。さらにそこには、かつて自分を喜ばせたものが今はそうでないこと、献辞のなかには空虚なものもあることを示そうとする一種の剛気さえ認めることができる、と述べる。そして、人々は競売を宣伝したといってジッドのことを責めるが、それも詮ないことである。目録が配布され、ジャーナリズムがそれに飛びついただけのことで、いつもながらに己が焚きつけた大騒ぎにジャーナリズム自身が驚いているにすぎないのだから。このように基本的には理解を示したうえで、しかしながらデカーヴは、色褪せた友情の名残りを手離すことだけには同意できない――「逆に、友情が失われたときにこそ、それを集め手元に置いておくことが興味ぶかいのではあるまいか。私は晩年を暖める薪としてそういったものをすべてとっている。〔…〕私ならば後味に苦味よりも芳香のほうが多い杯からは唇を離すだろう。落札額がいくらだろうと、ジッド氏は損な商いをしたことになる。そして、人生の移ろい行く光景に立ち会いながら、悦びとともに翻《かじ》るプラリーヌを手元に持たなくなったときに、彼はそのことに気づくだろう」。ジッドとは八歳違いの年長作家は、すでに老境の悟りに似たものさえ窺わせながら、隠やかにジッドを窘《たしな》めるのである。

しかしながら、スーデーやデカーヴのような対応はむしろ稀であって、ジッド自身ドロシー・ビュッシーに宛てて「私の敵たちは、私への批判が競売の成功に加担することになる、自分たちの包囲攻撃が私のための宣伝になると分かっているので苛立っています」(四月二五日付)[11]と書くように、大方は彼の行為を容赦なく断罪するものである。論調はいずれもほぼ同様なので、代表的なものとして、パリを発行地とする大新聞のひとつ、『レコー・ド・パリ』(同月二三日付)に掲載されたジェラール・ボーエルの署名記事を紹介しておこう。[12]「作家が自作を売る」と題された、二段組一八〇行におよぶこの記事でボーエルは、若い頃、遊蕩のために愛蔵書をひとつずつ手離していったことを悔悟とともに回想するジャック・ド・ラクルテルの例を引きながら、ジッドはすでにそんな年齢をすぎている、しかも彼が一度として経済的必要に迫られたことのない幸福な作家であることを指摘する。そして、競売が結局はひとつの富を別のかたちに、精神的ともいえる富を物質的な富に変えるにすぎないのだから、「所有欲の欠如」もこのたびのジッドの決心を十分に説明するものではない、そう述べるのである。ボーエルによれば、ジッドを競売に駆り立てた真の理由は別のところにある。以下、その主張を要約すれば——

ジッドは、友情や尊敬の証《あかし》であるこれらの書物をもはや手元に置きたくない。文学的出立を共にし、その後離れていった仲間たちのみならず、彼らの作品そのものとも手を切りたいのだ。そして、それだけでは足りぬかのように、そこに自らの稀覯書《きこうしょ》さえ加えて、過ぎ去った時の全面的な否定を企てる。意図的な訣別がかくも盛大に行われるのを目のあたりにすると、若い頃の歳月はいったいジッドに何をもたらしたのか、そう本人に問いたくなるほどである。自身の栄誉を数値化したいという欲求とないまぜになった、この友情の公然たる侮蔑は、ありきたりの野心や地位・報酬に対して超然とすることのできていた芸術家にとっては、弱さの顕れであり、おそらくは精神の荒廃を示す最悪の悲惨であろう。その背徳者的性向が自らをこの痛ましい否認にまで導くことになろうとは、ジッド自身予測することができたのだろうか。――こう痛烈な問いを放ってボーエルは長い論評を締めくくるのである。

ジッド自身の態度・反応

こういった厳しい反応が続くなかで、一時期ジッドは目録序文を書きかえたことを悔やむことになる。ヴァノー通りのアパルトマンの同じ階に暮らし、作家の日常の言動を長期間にわたり克明に(しかも本人には知られることなく)記録したマリア・ヴァン・リセルベルグの『プチット・ダムの手記』にあるように、この序文の初稿は「かつての友人たち一人ひとりについて、その本を売りに出す理由を容赦なく述べたてた」「まさに殺戮ゲーム」で、「明らかにかなり場違いな攻撃であり、ジッドを実際よりも執念ぶかく見せてしまいかねない」ものではあったが、それだけ「いっそう率直な調子」のものだったのである[13]。だからジッドは、ある「とりわけ悪意にみちた記事」を読んだ五月一日には、改稿を勧めたマルタン・デュ・ガールに宛てて恨みがましく書かざるをえない――「敵たちがあまりに騒ぎ立てるものだから、私自身がこの宣伝の張本人のように思われています。そして人々は、私がこれこれの作家たち〔の寄贈書〕を手離したしかるべき理由については黙しているので、ただひとつ恥知らずな金もうけ根性だけが、まことしやかな説明になってしまったのです。今となっては、きっぱりとけりをつけてくれたであろういくつかの文章を序文から削れと、あなたが私に勧めたのは正しかったのか、私があなたの意見に従ったのは正しいことだったのか、確信がもてません」[14]。

しかしながら、こういった感情の揺れはジッド的常数とも言えるものであって、その当否はともかく、いったんなされた行為に対して彼の後悔が長く続くことはない。じじつ五日後には、この最も信頼をおく友人に手紙を送り、「もっと直截な序文ならば、おそらくある種の中傷は防げたでしょうが、かえって逆に悪質な攻撃、それがまったく根拠を欠くものではなくなるだけによけい悪質な攻撃を招いたことでしょう」と、非礼を詫びつつ感謝することになるのである。[15] また、五月一一日にポール・レオトーと会ったさいにジッドが見せる対応の仕方や話しぶりにも、冷静な視点の獲得、なされた行為への自信の回復は十分に窺うことができる。レオトーの『文学日記』(同日付)によれば、[16] 彼がマスコミの騒ぎのことに触れると、ジッドは笑い出す。そこで『コリドン』出版の時のように「この勇敢で独立不羈《ふき》の行為」を褒めると、ジッドは次のように言うのである――「何がお望みかな? 私はうんざりしていたのですよ。私には才能がない、そう言われるのはけっこうです。だが、私とは一度も付き合いがなかったなどと言われたら? そうなれば、もらった手紙や献呈本を売りに出すまでです」。この最後の部分は正確には、レニエが前年、ある書評でジッドに言及しつつ、「恥ずかしながら打ち明けると、私はジッドの作品にも人物にも一度として関心を持つことができなかった」と書いていたことを指すもので、ジッドの取った行為がそれに対する立腹の表現であったことは確かだとしても、そこには同時に、相手の反応を試してみたいという、どこか「いたずら心」にも似たものが潜んでいたことを見落とすべきではあるまい。競売の計画を事前に知らされたマリア・ヴァン・リセルベルグも、「自分の考えがまとまっているわけではない」との留保はつけながら、同趣旨のことを感想として書き記している――「世間が望むような理由づけはどれも真実を正確に言い表すことはないと思う。《真実が純粋であることは稀であり、単純であることは決してない》(オスカー・ワイルド)。ジッドを判断するにあたっては、彼にとっての遊び《アミューズマン》の重要性を忘れないこと」[17]。

常識的に考えれば、ジッドに献呈本を売られた作家や批評家、あるいは多くの一般人にとって競売は、理由の如何にかかわらず、やはり礼儀を欠く残酷な仕打ちと思われたに相違ない。ジッドもそれを承知していたからこそ序文を穏やかなものに改稿したわけだが、にもかかわらずこの実験的精神は、意図的に始められた「遊び」の結末、しかもそれがスキャンダラスなものであるだけに十分予測しえた否定的な結末を自らの目で確認せざるをえないのである。スーデーも危惧していたこの積極的ともいえる自虐性が、世論に対するジッドの一貫した姿勢であったことは、競売の一件や『贋金つかい』出版時のアフリカ滞在をふくめ、新作発表やスキャンダル発生のたびに自らは現場から距離をおく、しかしながら同時に、専門業者に依頼して書評や関連記事の組織的な収集に努めたという事実が雄弁に物語っている。そして、他者に対してのみならず自己に対してもある種の残忍さを孕むこの遊戯的側面こそが、他者への全的な感情移入を可能にする「真の善良さ」と相対しつつ、ジッド的「誠実」の奇妙な相貌を形成している、そういっても決して過言ではあるまい。競売をめぐる騒動そのものはひとつの挿話的事件としてやがて収まってゆくが、敵対者たちからは「悪魔的」と罵られるジッドの自己表明は、様々な機会に、相似した軌跡を描きながら最晩年まで繰り返されるのである。

註

（1）Voir Henri BÉRAUD, *La Croisade des Longues Figures*, Paris : Éd. du Siècle, coll. « Les Pamphlets du Siècle » n° 1, 1924.

（2）Voir *Cahiers PD*, t. I, p. 224.

（3）それに先立ちジッドは、同年一月一七日、シャンピオンに宛て次のような書簡を送っている――「シャンピオン様／私の蔵書のうち、かなりの量を売りに出したいという考えを確言いたしたく一筆差し上げます」(Fragment cité dans le catalogue de la 1ère vente *Pierre Berès - 80 ans de passion*, Paris : Drouot-Richelieu, 5 juillet 2005, p. 86, item n° A-203)。

（4）*Catalogue de Livres et Manuscrits provenant de la Bibliothèque de M. André Gide*. Avec une préface de M. André Gide. Vente des lundi 27 et mardi 28 avril 1925 (Hôtel Drouot), Paris : Édouard Champion, 1925, p. 5.

（5）Maurice MONDA, « Livres et manuscrits appartenant à M. André Gide », *Le Figaro*, 28 avril 1925 (p. 2, col. 2) et le lendemain (p. 2, col. 1).

（6）*Ibid*. [29 avril], p. 2, col. 1.

（7）Paul SOUDAY, « Les livres d'André Gide », *Le Temps*, 10 avril 1925, p. 1, col. 3-4.

（8）Lettre de Gide, du 13 avril, reproduite dans l'article suivant de Souday.

（9）Paul SOUDAY, « Les livres d'André Gide [suite] », *Le Temps*, 17 avril 1925, p. 1, col. 4.

（10） Lucien DESCAVES, « L'amitié à l'encan », [journal non identifié, 30 (?) avril 1925].

（11） André GIDE - Dorothy BUSSY, *Corresponadnce (1918-1951)*, *op. cit.*, t. II, pp. 42-43.

（12） Gérard BAUËR, « Un écrivain vend ses livres », *L'Écho de Paris*, 23 avril 1925, p. 4, col. 3-4.

（13） Voir *Cahiers PD*, t. I, p. 216.

（14） Voir *Corr. RMG*, t.. I, pp. 259-260.

（15） *Ibid.*, t. I, p. 261.

（16） Paul LÉAUTAUD, *Journal littéraire*, nouvelle éd. en 3 vol., *op. cit.*, t. I, p. 1606.

（17） *Cahiers PD*, t. I, p. 216.

第4章　ジッドの『ポワチエ不法監禁事件』
――現実探求のなかでの位置――

一九〇一年五月、ヴィエンヌ県の中核都市ポワチエの検事正のもとに一通の匿名投書が届く――

貴殿に謹んで、極めて重大なる事実を告発申し上げます。と申しますのは、ある令嬢のことでありまして、彼女はこの二五年間、バスティアン夫人宅で幽閉され、充分な食糧を与えられず、臭い粗末な寝床で、一言で言うならば、腐りかかって生きているという次第です。(1)

検事正の命を受けて早速同夫人宅へ赴いたポワチエ警察署長は、面会を拒絶する夫人に代わって応対に出た息子ピエールに、不法に監禁されている疑いのある夫人の娘メラニーの部屋の調査を申し入れるが、彼は、妹は病気であるからと言を左右に託して求めに応じない。そのため同日、今度は予審判事が同様の手続きを踏んだ上で、命令によってメラニーの部屋の固く閉ざされた鎧戸を明けさせる――

部屋に陽が射し込むや我々の目に入るのは、部屋の奥でベッドに横たわり、胸のむかつくほど汚れた掛布に

LA RECLUSE DE POITIERS

Une femme séquestrée et martyrisée

VINGT-CINQ ANS DE CAPTIVITE. – HORRIBLES DETAILS

Délivrance de la victime. — Émouvantes et nouvelles Révélations

Arrivée du Commissaire de Police rue de la Visitation à Poitiers

事件を報じた当時の新聞記事

体も頭もすっぽりとくるまった一人の女、ピエール・バスティアン語るところの彼の妹メラニー・バスティアンである……。その女は哀れにも腐った藁蒲団の上に素裸で寝ている。その周りにはぐるりと、大便、肉や野菜、魚、パンの腐敗した残飯からなるかさぶた状のものができている。また牡蠣殻や、メラニー嬢のベッドの上を駆け回る小動物も見える。彼女の体には虫がうようよたかっている。彼女に話しかける、すると彼女は、身を覆い隠そうとしながらも叫び声を上げ、ベッドにしがみつく。メラニー嬢の痩身はぞっとするほどである。髪は編まれてはいるが、ぼうぼうで、長いあいだ櫛を入れられていない。

空気は吸い込むこともできず、部屋から立ち上る悪臭は鼻をつき、これ以上その場にとどまって他の検証に取りかかることができないほどである[2]。

五二歳になるこの老嬢は早速病院に送られる。しかし半ば狂気に侵された「囚われの女」は、「この大好きな小さな洞穴から私を出さないで下さい」と哀願するのである。

メラニーの奇妙な願望が暗示しているように、検証・予審と行われるにつれ、当初両被告の有罪は明白と思われたこの事件には釈然としない点が多くなる。ポワチエ大学で文学部長まで務めた夫の死後、厳格で時として横暴な家長の座を占めてはきたが、必ずしも娘を虐待し続けたとは言い切れない母親は判決を待たずに他界する。また、かつてその地方の議会長であった兄は、軽罪裁判所では有罪となったものの、妹への気遣いを見せた書簡の存在、その非干渉主義と悪臭に対する異常な嗜好などを考慮されて控訴審では無罪となるのである。

市井の事件への関心

自己の厳格なモラルと文学観に合致した象徴主義の刻印を後々まで長くとどめながら、次第に現実を偶然事として軽視するその傾向に鋭い批判を浴びせ、現実への接近を企てたジッドが、作品のなかにそのつど反映させていったものとして特に指摘を要するのは、旅行の体験、とりわけ数度に及ぶ北アフリカへの旅行のそれのほかには、裁判および新聞記事の伝える市井の事件に対して彼が示し続けた強い関心ではないかと思われる。

六年間の待機の後、一九一二年にルーアンの重罪裁判所で味わった陪審員としての体験を綴った『重罪裁判所の思い出』（一九一四）の冒頭で、ジッドは公正な裁判の追究とそれに伴わざるをえない困難について述べている――

裁判所はこれまでいつも抗し難い力で私を魅惑した。〔…〕しかし今、私は裁判を傍聴することと、自ら一員に加わって裁判をすることとは全く別個の事柄であることを経験によって知っている。聴衆のなかにある時はまだしも裁判を信ずることができる。だが陪審員の座に坐ると「裁くなかれ」というキリストの言葉が繰り返し頭に浮かんでくるのだ。(3)

ここで引き出される教訓「裁くなかれ」が後に、本章の対象作『ポワチエ不法監禁事件』（一九三〇）をその第二巻として収める叢書のタイトルとなるものであることや[4]、同叢書の第一巻『ルデュロー事件』（同年）が取り扱う少年の複数殺人の発生がこの時期（一九一三年）であること、ジッドが後にもたびたび裁判を傍聴していることなどを考え合わせると、裁判とそこで審理される事件に対する彼の関心がかなり早期からのものであり、かつ永続的なものであることが容易に推察されよう。

いっぽう、陪審員としての指名を待つ間、この種の事件やその裁判経過を間接的に伝えるものとして、ジッドは、組織的にとは言えないが新聞の雑報の収集を心がけはじめており、これは実際の裁判体験と並行して長く続く。一九〇六年九月の貨幣贋造事件と一九〇九年六月のクレルモン＝フェランでの中学生自殺事件を報じた二つの新聞の切り抜きが後の「唯一のロマン」となる『贋金つかい』（一九二六）の発想を彼に与えたことは周知であるし[5]、また、すでに自分で集めていた記事にくわえ読者に提供を促して得たそれを、ロマン完成の翌年暮から先の叢書刊行の前々年の一九二八年にかけて、「雑報」と題し『新フランス評論』に連載している。いずれにせよ、以上のようにジッドが社会の現実に触れるための試行を続けたのは明瞭であるが、彼を魅惑するものが多くは市井の事件であることからも窺われるように、三〇年代の政治への急速な傾斜（コミュニスムへの転向、続くそれへの批判）に比するとき、その先駆としてある一対の旅行記『コンゴ紀行』（一九二七）、『チャド湖より帰る』（一九二八）を別とすれば、ドストエフスキーの強い影響の下《もと》にあるこの時期の彼の主要な関心は、社会全体の矛盾の考察というよりはむしろ、社会のなかでの個人の捉え難い内面の探求という色彩が濃いことを同時に指摘しておかなければならない。『ルデュロー事件』の冒頭に置かれた叢書全体の「序文」は次のような文言で始まっている——

〈大犯罪〉が我々の関心を惹くものではない。我々の関心を惹くのはまさに「事件」なのであって、犯罪的であるとはかぎらぬが、その動機が謎に包まれたままで、従来の心理学の諸規則にはあてはまらず、人の裁きを覆してしまうものなのである。[6]

この証言からも明らかなように、「事件」はジッドに無意識の領域の存在を教える。『重罪裁判所の思い出』のなかで彼は、ある放火犯を例にとり、性的衝動が潜在意識として彼を火つけに走らせたのではないかと考えるが、後にも次のように回想している――

私に言わせると、まったく動機のない行為、「無償の行為」というものはないのだ。『重罪裁判所の思い出』のなかで放火犯の例を挙げておいたことを思い出す。裁判長がどんなに訊問してみても、犯人はなぜ自分が火をつけたのかを説明することができなかった。実は、動機は陪審員たちの管轄外の領域に潜んでいたのだ。[7]

無意識の領域と深く結びついたこの「無償の行為」は、一種の文学的実験としてすでに『鎖を離れたプロメテウス』(一八九九)に登場していたが、現実の犯罪との接触を契機に『法王庁の抜け穴』(一九一四)のなかで、同様に戯画的に、だがいっそう具体的に展開される。[8] 一九二二年の『日記』で「フロイト。フロイディズム……。一〇年前、いや一五年前から、私はそれと知らずして、それを実行してきた」[9]と語るように、この時点ではジッドはまだフロイト理論を実際に学んではいないが、その後、同理論が一般に浸透しはじめた『贋金つかい』の執筆時期に、彼の著作をつうじ、またその高弟だったポーランド人のウージェニー・ソコルニカ夫人(『贋金つかい』の登場人物ソフロニスカのモデル)をつうじて精神分析理論に親しむ。[10] そして先述の「中学生自殺事件」にかつての閉塞的自我を認めていた彼は、雑報の忠実な再現に創作を加え、ボリス少年のなかに己の幼年期の精神分析学的肖像を描き出す。また、この少年の自殺事件とひとつの筋のなかに溶け合いつつ、社会的な広がり（あるいはむしろ、複数の個の存在）の素材を提供するもうひとつの雑報「貨幣贋造事件」を軸に、「誠実《サンセリテ》」の問題が『贋金つかい』のなかで大きく扱われるのも、「本能的な行動の探求が明らかに誠実というものの性質をさらに考えさせる」[11]ことになるからである。

以上の簡略な俯瞰によっても、創作・ドキュメントという二つの流れのいずれにも、裁判体験・雑報収集は現実の把握と内面の探求のための重要な契機を与え続けたことが充分に納得されよう。

叢書『裁くなかれ』

さて、それに割り当てられるべき範疇と、先行するクロノロジーにかんする前提的了解のもとに、まずは叢書『裁くなかれ』自体の位置づけをはかろう。

『ルデュロー事件』について何も伝えるところがない『日記』は、『ポワチエ不法監禁事件』については若干ながら記述を残している。最初の記述は一九二六年八月で[12]、事件の内容のみを伝えるメモにすぎないが、少なくともこの時期には作品の構想が始まっていたと思われる。また、扱われている事件が二十数年も前のことであることや雑報収集の習慣を考慮すれば、ジョージ・D・ペインターが推測するように、「おそらくそれまでにすでに、この題材についてノートを取り、それを報じた一九〇一年の新聞の切り抜きを書類のなかに保存していたのであろう」[13]。そして実際の創作開始は一九二九年一〇月からであり、夥しい雑事に「思考をかき乱され」ながら、短期間のうちに秘書に口述筆記させたことを『日記』は伝えている[14]。しかし執筆の経緯などについて、いくつかの大まかな事実を除けば実証的裏付けを多くは期待できないこの二作へのアプローチは、いきおい作品自体を対象とする議論に傾かざるをえないが、まず形式上の特色を指摘したうえで、周辺的情報を考慮しながら、その形式を選択させたであろう作家の側からの要請について推察する。

二作に共通して認められる形式のレベルでの際立った特色は、作者のコメントの極端な制限、作者の徹底した不介入であると思われる。『重罪裁判所の思い出』では、証言が食い違い混乱していると判断されると、作者は幾度となく介入し、意見を述べ、解説を加え、矛盾を解消しようと努めていたのに対し、ここでは雑報・裁判記録・関連報告書の各断片をつなぐ簡潔な記述はあるものの、作者の意見が挟み込まれることはほとんどない。また『ルデュロー事件』のように医学的報告書からの引用が結論部に据えられることはあっても、それは両義的な結論であり、あくまでも判断は読者に委ねられているのである。

ところでジッドは、叢書で採用される方法については、その序文のなかで次のように説明している(15)――

> これから述べるいくつかの事件にかんして、我々は読者を退屈させることを恐れず、できるだけ多くの情報を提出しよう。我々の願いは読者を楽しませることではなく、読者に情報を与えることである。我々は画家や小説家としてではなく、現象の忠実な記述者《ナチュラリスト》として事実の前に立とう。物語《レシ》というものはしばしば簡潔であればあるほど感動的であるものだが、我々はそういった効果を狙わない。我々は及ぶかぎり姿を消して、できるだけ真正な、つまり解釈を加えられておらず、直接の証言によるという意味だが、できるだけ真正な考証を提出しよう(16)。

じっさい、ここで企てられる事実の尊重、事実を歪曲する物語の拒否を保証するために(17)、ジッドは収集から漏れていた資料の探索を自ら行わなければならなかった――

『ポワチエ不法監禁事件』の口述筆記は、マルタン＝ショフィエが準備的な仕事はやってくれたが（結局、これはなくても済んだのだ)、実に辛い。なぜならば、念には念を入れるといういつもの癖で、テクストそのものを探してみずにはいられなくなり、すると彼が作った写しのなかに僅かながらも省略のあるのが見つかるからである。もちろんこれは彼が考えるところがあって殊更に省略したものであろうが、私にはやはり承知できなかったのだ。[18]

この記述と、特に先に引用した証言(叢書序文の冒頭文「〈大犯罪〉が我々の関心を惹くものではない」、云々)をとらえて二作におけるコメントの抑制を説明しようとする研究者は少なくない。たとえばペインターは「おそらくジッドには、このような異常事の隠された原因は、フロイトの心理学のなかにしか見いだされないことが分かっていた」[19]ことに、またポール・アルシャンボーは、くわえて「ある場合には、人間を裁くことだけではなく、事実に評価を下すことも放棄しなければならない」[20]ことに、その理由を見ようとする。これらの意見はいずれも人間の奥深い内面へのジッドの考察を意識したものだが、しかしたとえば、『重罪裁判所の思い出』の放火犯の行動に対して彼が付した無意識の領域にかんするコメントの存在までをカバーするものとは必ずしも言いがたい。むしろジッドの考察の深まりを考慮すべきであって、そのためにはドキュメントの構成にあたって使用された表現手段の変遷を射程に収めるべきではないか。前節で述べたように、「事件」へのアプローチにさいしジッドが採ったものとして、実際の裁判体験と、主として雑報による資料収集という、同根でありながらも二つの手段が存在することを思い起こし、そのクロノロジーのなかで叢書におけるコメントの不在の意味を問う方が的を射ているのではあるまいか。すなわち、数多い事件の概要を次々と述べながら自らの意見を繰り広げてみせる場であり、体験の熱を宿す『重罪裁判所の思い出』に始まり、おそらくはその情報量の貧しさゆえにやがて「放棄」[21]される新聞の「雑報」を通過したジッドは、実際に裁判体験をしていない事件に対しては情報量の豊かさを優先させると同時に、雑報と裁判記録(および関連報告書）を同時採用し、それらのいわばモンタージュによる、解釈を交えない「犯罪学に対するいっそう科学的な態度[22]」に導かれていったのではあるまいか。

しかし同時に看過できぬのは、自らはモンタージュの制作者、断片の配列者に徹しようとするこのような科学主義的方針の裏に隠された、その限界自体を逆手に利用しようとするジッド特有のイロニックな要素の存在であろう。これにかんしては、ドキュメントの系譜の傍に現実に題材を得た創作のそれが並行していること、とりわけ『贋金つかい』の執筆期間が叢書に先行していることが再び喚起されなければならない。伝統的な作者の語りの拒否と、それに代わる複数の登場人物の語りによって得られる「視点の多様性」という、自己の総体的描出を意図した小説技法に内在する皮肉と[23]、個別には事実と等価なものとして丁重な認知を受けながら、しかし微妙なずれを見せる断片的情報のモンタージュが不可避的に引き起こす事実の相対化、そこから浮き彫りにされる二つの事件の意図された本質的曖昧さとの間に、創作とドキュメントというジャンルの相違を超えて、自ら語らずして語る、しかも皮肉に語る作者という符合を見ることが可能となろう。このことは、小説のあらゆる要素がやがてボリスの自殺へ収斂してゆくことを意識して語られた「一つひとつ切り離して考えられれば極めて当たり前な小さな事実も、これをいくつか加えただけで言語道断な総計が出るということはよくあることだ[24]」という『贋金つかい』からの引用が『ポワチエ不法監禁事件』のイロニックな銘句となっていることや、結論の不在、つまり読者への判断の委任という姿勢の共通[25]からも窺われることである。

象徴主義の消し難い刻印をここにも見てとるべきか否かは別としても、物語の拒否をともなう事実の尊重は、同時にそれ自体への揶揄という逆説を孕んでいるのである。

『ポワチエ不法監禁事件』の独自性

続いて『ポワチエ不法監禁事件』に議論を限定すると、この作品には、前節で提出した叢書の位置づけだけでは捉え切れぬものがありそうだ。ここで問題となるのは、事物の詳細に対する過度の欲求である。たとえば、予審判事や警察の調書を援用して、メラニーの部屋の形状、そこに置かれていた事物について二ページ以上の事細かな列挙をおこない、ベッドに巣食っていた虫の種類について註までつけて見せた作者は、なおも次のように記述する――

この列挙がどれほど長々としたものであろうとも、我々はそれをすべて報告することを恐れない。むしろ、それがもっと欠けるところのないものでなかったことを残念に思うほどである。たとえば、押収された三七巻の書名や、この報告書に記載されている「鉛筆書きのノート」のありのままを知りたかったものだ。(26)

そして、「これらの物件はすべて証人であり、その証言は〔…〕生きた証人と同量の情報を、しかもいっそう率直な形で与えてくれる(27)」と続ける作者が、やはりここでも、自ら課した科学主義というノルマのなかに身を据えていることに疑いの余地はないが、『ルデュロー事件』において事物が描かれる詳細の度合と比べる時、このマニアックとも言える事物の細部に対する追求に彼を駆り立てるものは、もっと根深いところに、つまり事件の内容を構成する諸テーマの特異性というよりは、それらと彼の自伝的要素との奇妙な相似にあると言えるのではないか。

先天的な、主として性的な原因に由来するそれに加えて、幼年期に厳格な母から課せられたモラルに対する圧迫感は、ジッドの多くの作品のなかで、登場人物にしばしば付与される閉所恐怖症《クロストロフォビー》のかたちとなって現れる。この閉所恐怖症が、それに内在する「閉塞」とその対蹠たる「解放」との弁証法的対立を未解決のまま残しながら、彼自身の様々な強迫観念《オブセッション》との絡み合いの核となって現れ、特有の主題論的空間を形成することはしばしば指摘されるところである[28]。鎧戸に閉ざされた部屋に監禁されながら、自らもそれを望んでいるメラニーに、この両義的な閉所恐怖症を透かし見ることは容易であろう。また、「閉塞」のテーマとしばしば連繋する「盲目」「洞穴」「窒息」「円形」などのテーマのいくつかを、この作品のなかに見いだすことも可能である。たとえば『田園交響楽』（一九一九）の不潔な状態で発見される盲目の少女ジェルトリュードや[29]、『パリュード』（一八九五）の窒息感に喘ぐ主人公、洞穴に棲息する視力を失った動物などと、腐った空気のなかで明かりを掛布でさえぎり、「この大好きな小さな洞穴から私を出さないで下さい」と叫ぶメラニーとの類縁は容易に思いつかれよう。

諸テーマのこの見事な相似を無意味と呼ぶことは許されまい。つまりジッドは、この事件のなかには単に社会のなかの個を見ただけではなく、かつての閉ざされた自我の極めて形象化された姿を見ていたという推測が可能となる[30]。そして彼が、同様にかつての自我を認めていたボリスの自殺を描くにさいしては、雑報には存在しない「円形」のテーマをはじめとする諸テーマを具現する事物（特に建築物にかんするそれ）を加えることで、少年の閉塞的状況を強調したという事実を確認し[31]、さらにジェルメーヌ・ブレが提出したすぐれてフーコー的な命題――「ジッドの言述《ディスクール》においては、語られねばならぬもの、あるいは自ら語らねばならぬもの、それはまさに禁じられたものなのである。だがジッドの〈書く自我〉が採用することば《ランガージュ》はこれを許容しない。したがって名づけえぬ禁忌の周りに築かれるこの言述に終わりはない。あるのは真の〈主題《スュジェ》＝主体〉の掩蔽なのである[32]」――を再度思い起こすならば、自らの消失を標榜しながら現実のなかに自身のかつてのタブーを見てしまったジッドには、語ることのできぬ曖昧さの周りに群がる現実の細部（とりわけその最も具体的なものとしての事物の細部）を可能なかぎり集積することしか残されていないことの理由も了解されるだろう。

以上の様に、現実のもつ否定しがたい粗暴さに魅せられながら、しかしそのなかに個人の内面を見続けた後、かつての自我を皮肉を込めて反芻するためにミクロへと突き進んだ彼は、逆説的ではあるが、やがてマルクス主義への共感の下《もと》に社会全体というマクロな存在へと、その関心のベクトルを切り換えてゆくことになる。

＊

最後に『ポワチエ不法監禁事件』の文学史的影響についてごく簡単に触れておこう。その影響は大きいものであったとは決して言えまい。しかしながら同作刊行以前に、ジッド愛用の技法「中心紋」を思わせるやり方で、この事件を『テレーズ・デスケールー』（一九二七）に挿入したモーリアックは別としても、[33]『阿片』（一九三〇）の巻頭に「〈私の大事な素敵な、大きく深いマランピア〉、ポワチエの囚われの女（アンドレ・ジッドの研究による）」と書き付けたコクトー、結果的には映像へ結実させることはなかったものの、ジッド作品を参考にしながら、「囚われの女」を生んだのは社会であり政治であるという、現代的な、あるいは党派的な解釈を加えようとしたジャン・ルノワールなどに、[34]その性質はさておき、疑うことのできない影響を及ぼしている。[35]

註

（1）André GIDE, *La Séquestrée de Poitiers*, p. 205. この作品（ガリマール書店、一九三〇）のほかに、各々独立して出版された『重罪裁判所の思い出』（新フランス評論出版、一九一四）、『ルデュロー事件 *L'Affaire Redureau*』（ガリマール書店、一九三〇、「雑報 *Faits divers*」を含む）を『裁くなかれ *Ne jugez pas*』の総題のもとにまとめた合冊版（Paris : Gallimard, 1969）を使用テクストとする。以下、上記各作品からの引用においては、作品名の後に同版の頁数を示す。

（2）*Ibid.*, pp. 208-209.

（3）André GIDE, *Souvenirs de la Cour d'assises*, Paris : Éd. de la NRF, 1914, p. 9 ; *SV*, p. 9.

（4）ただし « Ne jugez point » と « ... pas » の相違がある。

（5）Voir *Journal des Faux-Monnayeurs*, *RR II*, pp. 559-560.

（6）*L'Affaire Redureau*, p. 97.
（7）ジッド『自作を語る』（片岡美智訳編）、目黒書店、一九五〇年、一一一頁（一部筆者改変）。
（8）しかしながら、「無償の行為」は単なるモチーフではなく、「ソチ」というジッド特有のジャンルに共通するエクリチュールと切り離せないものであり、テクストのあらゆる要素の潜在的生産者であるという視点を手際よくまとめたものとしては以下を参照――Alain Goulet, « L'écriture de l'acte gratuit », in *André Gide 6*, Paris : Lettres Modernes Minard, 1979, pp. 177-201.
（9）*Journal* I, pp 1170-1171 (4 février 1922).
（10）Voir Jean Delay, *La Jeunesse d'André Gide*, *op. cit.*, t. I, pp. 217-218. ただしドレーがソコルニカをチェコ人とするのは誤り。
（11）Justin O'Brien, *Portrait of André Gide*, New York : Alfred K. Knopt, et Londres : Secker & Warburg, 1953, p. 192.
（12）*Journal II*, p. 13 (20 août 1926).
（13）George D. Painter, *André Gide*, traduit de l'anglais par Jean René Major, Paris : Mercure de France, 1968, pp. 173-174.
（14）*Journal* II, p. 154 (20 octobre 1929).
（15）この序文は、使用テクスト（合冊版）では『ルデュロー事件』のタイトルの後に置かれているが、一九三〇年版の同作ではその前に位置し、叢書全体の序文としての性格がいっそう強く打ち出されている。
（16）*L'Affaire Redureau*, p. 98.
（17）それは、例えば『ポワチエ不法監禁事件』についての「これは文学ではありません、これは人生なのです」（*Correspondance André Gide - Arnold Bennett. Vingt ans d'amitié littéraire (1911-1931)*. Introduction et notes par Linette F. Brugmans, Genève : Droz / Paris : Minard, 1964, p. 182）という言葉にも窺われよう。
（18）*Journal II*, p. 151 (11 octobre 1929). なおマルタン＝ショフィエは後の新フランス評論版『ジッド全集』（一五巻、一九三二―三九年）の編者。
（19）Painter, *op. cit.*, p. 173.
（20）Paul Archambault, *Humanité d'André Gide*, Paris : Bloud et Gay, 1946, p. 222.
（21）*Ibid.*, p. 220.
（22）Albert J. Guerard, *André Gide*, Cambridge, Mass. : Harvard University Press, 1951, p. 23.
（23）Voir N. David Keypour, *André Gide et réversibilité dans « Les Faux-Monnayeurs »*, Montréal : Les Presses de l'Université de Montréal,

1980, pp. 35-37 et 109-135.

(24) *La Sequestrée de Poitiers*, p. 200.

(25) 『贋金つかい』については、この小説にはまだ続きがあるという印象を与える有名な結句のほかに、次のような記述にも読者への判断の委任が表明されている――「いよいよ小説ができあがったら、私は横線を一本引くだけにとどめ、清算の役割は読者に一任する。果たしてそれは黒字になるか赤字になるか、いずれでもかまわない。ただ私は、それは私のなすべきことではないと思う。懶惰《らんだ》な読者にはお気の毒だが、私の求めるのは別の読者だ。不安を与えること、これが私の役割なのである」(*Journal des Faux-Monnayeurs*, *RR II*, p. 557 [29 mars 1925])。

(26) *La Sequestrée de Poitiers*, p. 212.

(27) *Ibid.*, p. 213.

(28) Voir Michel RAIMOND, « Modernité de *Paludes* », art. cité, pp. 189-194 ; Catharine SAVAGE BROSMAN, « Le monde fermé de *Paludes* », art. cité, pp. 143-157.

(29) ペインターは、メラニーが幼少時ジェルトリュードと呼ばれていたことにも何らかの関連を見ようとする（voir PAINTER, *op. cit.*, p. 174）。ちなみに『田園交響楽』の「ジェルトリュード」という主人公名は初め「マルスリーヌ」であり、また『狭き門』の「アリサ」は最初は「ジェルトリュード」「ジュヌヴィエーヴ」であったことを、二作の自筆原稿が示している。この点については以下を参照 ―― André GIDE, *La Symphonie pastorale*, édition établie et présentée par Claude MARTIN, *op. cit.*, pp. XCIII-XCV.

(30) ただし、いずれも簡略な評言に過ぎないが、この作品の主調がジッド自身の「モラルの面での監禁」を連想させるものだという指摘は早くからされている。Voir par exemple René SCHOWB, *Le vrai drame d'André Gide*, Paris : Grasset, 1932, p. 107.

(31) Voir notre article « Une anagramme onomastique et sa position dans *Les Faux-Monnayeurs* », *Études de Langue et Littérature Françaises*, Société Japonaise de Langue et Littérature Françaises, n° 40, mars 1982, pp. 103-108.

(32) Germaine BRÉE, « Lectures de Gide 1973 », art. cité, p. 19. この評言はすでに第I部・第1章「自伝による幼少年期・青年期の「再構成」」、二四―二五頁で引用している。

(33) ただし、自身も現実の事件に題材を得たモーリアックが、遅くとも一九二六年には『ポワチエ不法監禁事件』の準備をおこなっていたジッドとの交流をつうじて、間接的な影響を受けたという推測は許されよう。なおジッドは『ルデュロー事件』

のなかでモーリアックに言及している――「彼〔ルデュロー〕の弁護人は、彼に対し最後まで、モーリアックがその〈犯罪的〉主人公たちに対して抱いたのとほぼ同様の共感を禁じえなかった」（*L'Affaire Redureau*, p. 136）。

（34） Voir Arthur King Peters, *Jean Cocteau and André Gide : An Abrasive Friendship*, New Brunswick, N. J. : Rutgers University Press, 1973, p. 161 ; Jean Renoir, *Œuvres de cinéma inédites (Synopsis, traitements, continuités dialoguées, découpages)*, Paris : Gallimard, 1981, pp. 21-36.

（35） なお、ポワチエの監禁事件にかんする歴史的研究として次の一書も参照されたい ――Jean-Marie Augustin, *L'histoire véridique de la séquestrée de Poitiers*, Paris : Fayard, 2001.

第Ⅴ部　晩年の交流

一九三〇年代から最晩年までのジッド

一九三〇年代の活動を特徴づけるのは何をおいても、共産主義への傾斜と、その後の離反である。政治参加《アンガージュマン》の先駆けはすでに二〇年代後半の『コンゴ紀行』（一九二七）、『チャド湖より帰る』（一九二八）に認められるが、当時ジッドの主要な関心はまだ社会のなかでの個人の捉え難い内面世界に向けられていた。逆説的ではあるが、彼の関心はこのミクロな世界から、急速にマルクス主義への共感の下《もと》に社会全体というマクロな存在へと転じてゆく。ただし、かかる行動に作家を駆り立てたのは、彼がソヴィエト連邦に福音書的美徳の実現を期待したためであることを忘れてはならない。ウージェーヌ・ダビらを伴って彼の地を訪れた彼が、現実を糊塗した儀礼的歓迎の狭間から見て取ったのは、共産主義が抱える根本的矛盾だった。その矛盾を『ソヴィエト旅行記修正』（一九三七）で手厳しく指摘・批判したことに対し、ソ連邦、特にフランス国内の同伴者たちからの反撃は凄まじく、数年のあいだは騒動が収まることはなかったのである。

さらにジッドは同時期、『女の学校』（一九二九）に続く三部作の続編『ロベール』（一九三〇）、『ジュヌヴィエーヴ』（一九三六）や、戯曲『オイディプス』（一九三一年、雑誌初出は前年一〇月）を出版し、また一九三二年からは『全集』の刊行（第二次大戦勃発のために第一五巻で中断）、『日記』（一九三九）のプレイアッド叢書入りによって自身の総体像の提示を図るなど、それなりの文学活動を続けたものの、一九四〇年代に入ると、さすがに創作力の衰えは否めぬものとなる。文学的遺書とも呼びうる『テセウス』（一九四六）を除けば、往時に匹敵しうる力作はほとんど見当たらない。

だがその一方、晩年・最晩年にはジッドの名声は世界的に轟き、多くの若者が偏見に捕らわれぬ人生の導き手として彼を崇め、折々に助言を求めた。作家自身も彼らに期待を寄せ続け、盛澄華やアンドレ・カラスら、無名に近い青年たちからの手紙にも老齢をおして返事を書き送っている。

＊

一九三〇年　ドイツとチュニジアに旅行。『ロベール』『ポワチエ不法監禁事件』『ルデュロー事件』。

一九三一年　『オイディプス』『ディヴェール』を出版。サン＝テグジュペリ『夜間飛行』に序文を付す。
一九三二年　徐々にソヴィエト共産主義に関心と共感を寄せはじめる。『アンドレ・ジッド全集』の刊行が「新フランス評論」により開始される（ただし第二次大戦の勃発により、一九三九年刊の第一五巻をもって中止）。
一九三四年　一月、アンドレ・マルローとともにベルリンに赴き、ディミトロフら政治犯の釈放をゲッベルスに要求。二月、反ファシスト作家委員会に参加。『ペルセポネ』『日記抄（一九二九―一九三二）』を出版。
一九三五年　一月、パリでデジャルダンらの「真理のための同盟」により公開討論会「アンドレ・ジッドと現代」が開催される。六月、「文化擁護のための国際作家会議」で議長をつとめる。『新しき糧』を出版。
一九三六年　六月、政府招聘によりソヴィエト連邦を訪問。赤の広場でマクシム・ゴーリキーの追悼演説をおこなう。同行した友人ウージェーヌ・ダビの急死により旅程を切り上げ、八月下旬に帰国。一二月、スペインへの不介入政策に反対する知識人声明に署名。『ジュヌヴィエーヴ』『新・日記抄（一九三二―一九三五）』『ソヴィエト旅行記』を出版。
一九三七年　『ソヴィエト旅行記修正』の公刊およびその反響とを機に共産主義と決裂。
一九三八年　一―三月、再び仏領アフリカを旅行。四月一七日（復活祭の日曜日）、マドレーヌ死去。『今や彼女は汝のなかにあり』の執筆を開始（翌年二月に脱稿）。
一九三九年　ギリシャ、エジプト、セネガルを旅行。『日記（一八八九―一九三九）』を「プレイアッド叢書」から刊行。
一九四〇年　戦時下ジッドは、いったんはペタン元帥の方針を是認したものの、六月二三日に放送された元帥の「新たな告諭に茫然となり」、翻って「ド・ゴール将軍の声明を衷心から支持」する。
一九四一年　三月末、ドリュ・ラ・ロシェルの編集によって対独協力の方針を明確にする『新フランス評論』誌と訣別。五月、ニースでのアンリ・ミショーにかんする講演をヴィシー政府の御用団体「在郷軍人奉公会」によって妨害される（講演内容は『アンリ・ミショーを発見しよう』と題して七月に出版）。
一九四二年　五月、チュニスに向けて出発。ゲーテ『演劇全集』（プレイアッド叢書）に序文を付す。
一九四三年　五月、アルジェを去り、チュニスに到着、友人のウルゴン家に四カ月滞在。六月、ド・ゴール将軍と会食。

一九四四年　『……の故に』『架空会見記』を出版。
一九四五年　二月、アルジェでカミュ、モーリス・ブランショらと『ラルシュ』誌を創刊。四月、仏領アフリカへ旅行の後、アルジェに戻る。シェイクスピア『ハムレット』フランス語訳、『日記抄（一九三九―一九四二）』を出版。
一九四六年　五月、フランスに帰国。一二月、イタリア、エジプト、レバノンを巡る四カ月の旅行に出発。『青春』を出版。
一九四七年　四月、ベイルートで講演『文学的回想と現今の問題』をおこなった後、パリに戻る。八月、娘カトリーヌが青年作家ジャン・ランベールと結婚。九月、ジャン・ドラノワ監督、ミシェル・モルガン主演の映画『田園交響楽』のパリ初上映を鑑賞。『帰宅』『テセウス』を出版。
一九四八年　六月、オックスフォード大学名誉博士号を授与される。一一月、ノーベル文学賞受賞。ジャン＝ルイ・バローと共同でカフカ『審判』の翻案。『戯曲全集』（全八巻）の刊行開始。
一九四九年　『ジッド＝ジャム往復書簡集』『序言集』『交友録』『エロージュ』、『法王庁の抜け穴』演劇版、『ショパンにかんするノート』。
一九五〇年　一―四月、ジャン・アムルーシュとのラジオ対談。『フランス詞華集』（編著）、『ジッド＝クローデル往復書簡集』『秋の断想』。
一九五一年　『日記（一九四二―一九四九）』『行動の文学』。マルク・アレグレ監督『アンドレ・ジッドと共に』の撮影開始（公開はジッド没後の五二年）。一二月一三日、コメディー・フランセーズで『法王庁の抜け穴』初演。
一九五二年　一月、エリザベートとモロッコ旅行を計画。二月一九日、肺充血によりジッド死去。二月二二日、ドルーアン家の要請で牧師の司式によりキュヴェルヴィルの墓地に埋葬（墓はその後、五三年一〇月にマドレーヌの墓の傍らに移される）。葬儀のあり方に対しジッドの友人たち、とりわけマルタン・デュ・ガールは強く反発する。九月、『今や彼女は汝のなかにあり』普及版が遺作として出来《しゅったい》。
遺作『かくあれかし、あるいは賭けはなされた』が刊行される。五月、ローマ法王庁がジッドの全著作を禁書処分に付す。

第1章　ジッドの盛澄華宛書簡
——中国人フランス文学者との交流——

アジア系として初のアカデミー・フランセーズ会員となったフランソワ・チェン（中国名、程抱一《チョンバオイー》。一九二九年江西省南昌生まれ、四八年渡仏、七七年フランスに帰化）の自伝的小説『ティエンイの物語』（一九九八年刊、フェミナ賞受賞）には、この作家・詩人をはじめ同世代の中国人青年層が多大な影響を受けた西洋文学、とりわけフランス文学について触れた次のような一節がある——

今世紀の二人のフランス人作家が私たちにも中国の若者全体にも決定的な影響を与えようとしていた。ロマン・ロランとジッドである。この二人が名声を得たのは卓越した翻訳家、傅雷《フーレイ》と盛澄華《ションチョンファ》のおかげで、彼らはいずれもフランスに留学し、両作家と親交を結んでいた。〔…〕ジッドは、帰宅した放蕩息子が弟に心を打ち明けるように、中国人に語りかけてくる。己の可能性を自らの内から汲みあげ、熱情を再発見し、願望の領域を広げ、家族と社会の伝統が作りあげた束縛から抜け出す勇気を持て、そう励ましてくれる。退廃したこの古い国において、理想に燃える中国人のすべてを苦しめていたのがこの束縛なのだ。(1)

文中特筆されるように、二人の中国人翻訳家・研究者、傅雷と盛澄華がフランス現代文学の紹介に果たした功績は大きなものであったが、それだけになおのこと、西洋に学んだ知識人としての名声は彼らの晩年に禍をもたらさざるをえない。再び『ティエンイの物語』の記述によれば――

わずか四半世紀後、文化大革命において西洋のブルジョワ的傾向に対する容赦ないキャンペーンが猛威をふるっていたとき、〔ロランの訳者〕傅雷は自分の蔵書や原稿がばら撒かれ火に焼かれるのを目の当たりにすることになる。自宅を押収され、彼とその妻は狭い一室での生活を強いられる。「人民の敵」となり、傅雷は昼も夜も紅衛兵の前にひきずり出され、際限のない尋問と肉体的虐待を科せられる。ついに夫妻は、相手を遺さぬために心中を決意した。〔ジッドの訳者〕盛澄華のほうは強制労働の収容所に送られた。健康状態が思わしくないにもかかわらず、ありとあらゆる労働を強いられた。まずは収容所の建設じたいに駆り出され、次いで課せられた農作業では一日中水田の泥に足を浸けていなければならず、いきなりさらけ出された還暦〔間近〕の体を害虫の攻撃から守る術はなにひとつとてなかった。ある日、焼けつくような太陽の下《もと》、彼は水田の直中《ただなか》で崩れおれ、頭が水に没した。一言も発することはなかった。(2)

盛澄華に話を絞れば、『地の糧』『贋金つかい』などの訳業が中国国内で回顧・称揚される機会はあっても、それを別とすれば彼がジッドとの絡みで具体的な論述の対象となったことは現在に至るまで一度もない。上記のような爾後の歴史的経緯も禍したのか、そもそも両者の間に個人的交流があったことじたいがほとんど知られていないのである。筆者自身も一九四三年のジッドの『日記』が盛澄華にかんする記述を残すことは承知していたが、この人物にさほど強い関心を寄せていたわけではない。ただ一〇年ほど前、ジッド研究の第一人者クロード・マルタンと共著で『ジッド研究書の年代順書誌』の増補改訂をおこなったさい(3)、盛澄華が一九四八年に上海で上梓した『紀徳《ジッド》研究』を実見できなかったのが悔やまれ、以来同書の存在は常に気にかかっていた。文革ヴァンダリスムの標的にされ稀覯書《きこうしょ》となったのだろう(4)、それなりに探索を尽くしたにもかかわらず初版はいまだ入手に成功していないが、幸いにも同書は二〇一二年八月、『盛澄華、ジッドを語る』と改題のうえ、桂林の広西師範大学出版社から六四年ぶりに再版され（言うまでもなく簡体字表記）、これによってようやく筆者も記載内容のあらましを知ることができたのである(5)。

さて同書は、一九三四年から四七年にかけて国内誌に発表された論文九篇と、年譜などの附録、そして再版にあたり巻末に添えられた関係者二名（著者の旧友で詩人の王辛笛《ワンシンディー》とその息子・聖思《シャンスー》）の回想・証言から成る。盛澄華のジッド論は、今日の研究水準に照らせばもはや特段鋭い指摘・分析を含むとはいえぬが、少なくとも同時代の欧米諸国や日本の研究と並べて見劣りのするようなものではない。フランス文学、いや外国文学全体が単なる読書対象の域を出ていなかった当時の国内事情を思えば、抑制の効いた筆致で作家の思想や作品を手際よく概観・整理した好論であり、先駆的女性研究者・楊張若名《ヤンチャンルオミン》による『アンドレ・ジッドの態度』（リヨン大学博士論文、一九三〇年初版刊(6)）に続く学術的業績と評して差し支えない。

しかし同書を参照して何よりも筆者が驚いたのはその「附録」である。冒頭の簡略な作品年表に続くページには、なんとジッドが盛澄華に宛てた書簡一四通が名宛人自身による中国語訳で採録されていたのだ。しかも内一通にはオリジナルの複製も掲げられており、資料の真正性は疑うべくもない。この書簡群は国外ではその存在さえ知られていないだけに、またオリジナルは灰燼に帰したか、たとえ現存するとしても所在の同定は容易ならざるだけに(7)、まずは日本語への重訳によって両文通者の交流の具体相を提示・紹介したい。ちなみに原著では書簡の翻訳が示されるだけで解題や註の類いは一切なく、はたして一般読者が内容を細部まで精確に把握しうるものか甚《はなは》だ疑わしい。

かかる点に配慮し、本章では書簡記述の流れにできるだけ空隙を生じさせぬよう、本文および註において適宜補説を加える。(8)

盛澄華の略歴

書簡の提示に先立ち、名宛人の経歴をごく手短に述べておこう――。盛澄華は一九一二年、浙江省杭州市蕭山区の生まれ。同区や紹興市・上海市で初等・中等教育を、復旦大学外文系・清華大学外文系で高等教育を受けた。一九三五年に清華大学を卒業、直ちにパリ大学文学部に留学。彼の地では学位の取得よりは、むしろフランス文化全般に親しみながら実地での文学研究を優先した。言うまでもなくジッドとの親交がその最大の成果である。また留学中の一時期、イギリスのエディンバラ大学で英文学を学んでいる。三九年一一月、四年間の留学を終え中国に帰国。翌年、陝西省城固県の西北大学に副教授として着任。四三年に復旦大学外文系教授、四七年には母校・清華大学外文系の教授となる。国共内戦も終盤の四九年三月、人民解放軍に率先志願、第四野戦軍南下工作団に配属されるも、半年後には肺を患い治療のため北京に戻っている。翌五〇年、清華大学外文系に主任として復帰、五二年には全国高等院校の改編にともない北京大学西語系教授に転任、と若くして着実にキャリアを重ねた。その間《かん》、中国作家協会に属し多くの著述を発表したが、ジッドにかんしては先述の著書『紀徳研究』を纏める一方、四三年から四五年にかけて『地の糧』『贋金つかい』『ジュヌヴィエーヴ』を翻訳・出版、また四八年には『架空会見記』の翻訳を大手新聞に連載している。さらには、版元・刊年のいずれも不詳ながら『ユリアンの旅』や『オスカー・ワイルド』『文学的回想と現今の諸問題』の中国語訳も物

盛澄華

したらしい。[9] しかしながら「社会主義の叛徒」とされた作家を専門としたことがとりわけ裏目に出《で》、平穏な学究生活を全うすることはかなわず、その後の悲劇的な晩年についてはすでに触れたとおり。一九六九年、北京大学の一員として江西省の鯉魚洲農場へ下放され、過酷な労働に従事。それがたたって翌年九月二〇日、突発性の心筋梗塞により同農場で没した。[10] 享年五七。

交流の開始

ジッドと盛澄華の交流は、後者のパリ到着から一年半後の一九三七年初頭に始まる。中国人青年からの丁重な手紙に感銘を覚えたフランス人大作家は、次の返書を送り、自宅を訪ねるよう強く促した――

《書簡1・ジッドの盛澄華宛》〔パリ五区、トゥルヌフォール通り一二五番地宛〕

〔パリ、一九三七年一月五日〕

親愛なる盛澄華

素晴らしいお手紙を頂戴し、私は心からあなたの面識をえたい、またもっと早く自己紹介をしてくださっていればよかったのにと思います。

どうか拙宅をお訪ねください。近頃は午前中ならいつでもかまいません（ただ明日は不在にしますが）。精一杯歓迎いたします。敬具

アンドレ・ジッド

話し合いの内容は分からないが、半月後ジッドのほうから再度の面会を希望することからも、彼が盛澄華に好意と

関心を抱いたことは間違いない――

《書簡2・ジッドの盛澄華宛》〔パリ五区、トゥルヌフォール通り二五番地宛〕

〔パリ、一九三七年一月二二日〕

親愛なる盛澄華

また私に会いに来ていただきたい。気兼ねは無用です。拙宅においでください。近頃は午前中ならいつでもかまいません。あるいは電話をかけていただければ(アンヴァリッド七九―二七番)、すぐに時間を決めることができましょう。敬具

アンドレ・ジッド

それから二カ月半ほどした四月一一日、ジッドは偶々《たまたま》街中で盛澄華に出会う。だが、その時には人物の特定に自信が持てなかったらしく、次の書簡を送り非礼を詫びている――

《書簡3・ジッドの盛澄華宛》〔パリ五区、トゥルヌフォール通り二五番地宛〕

〔パリ、一九三七年四月一三日〕

親愛なる盛澄華

一昨日通りで出会ったのは、もしや以前に私に会いに来てくださったあなたではないでしょうか。実のところ確信がもてないのです。なぜなら先週、ある中国人青年が分厚い原稿の束を送りつけ、私に意見を求めて、数日内に会いに来ると言っていたのです。この原稿は「碌でもない」ものと感じられましたし、ま

た〔目を通して見ると〕実際そうでした。そのため、〔通りで会ったさい〕私はかなり突《つ》っ慳貪《けんどん》な物言いをしてしまい、相手もきっとそれを感じとっただろうと思います。そういう訳で、私は人違いをしてしまったのではないかと気がかりだったのです。

この手紙を差し上げたのは、私があなたに話した些事を気になさらぬよう申し上げるためです。例えば「イタリアからも手紙を寄こしてほしい」云々のことです。もしパリを発たれる前に少しばかり時間を割けるなら（私自身も数日後にはパリを離れますが）、拙宅においでいただきたい。あなたとお話しできればと思います。

仮にあの日私が出会ったのがあなたでないとしても、一度会いに来ていただければと存じます。敬具

アンドレ・ジッド

第三段落のイタリア絡みの話題は次の書簡と併せた補説に回そう。いっぽう同じ段落の「数日後にパリを離れる」という記述は、一週間後の四月二〇日、アヴィニョンで作家のピエール・エルバール（ジッドとの間に娘カトリーヌをもうけたエリザベート・ヴァン・リセルベルグと一九三一年に結婚）と合流する予定のことを指す。ジッドは「何としても彼の本〔旅行記『ソヴィエト連邦にて』〕の内容を知り、また自作〔出版予定の『ソヴィエト旅行記修正』〕を彼に読んで聞かせる必要(11)」を感じていたのである。

上掲書簡でジッドは再度の面談を希望していたが、実際に盛澄華が彼の家を訪れるのは五月に入ってのこと（おそらくは作家が数日滞在の予定でキュヴェルヴィルに向かった一一日の少し前）。それからしばらくしてジッドは文通者に次の短信を送っている――

《書簡4・ジッドの盛澄華宛》〔パリ一五区、ジャヴェル通り一八五番地宛〕

〔パリ、一九三七年五月二一日〕

親愛なる盛澄華

あなたがおっしゃっていたご兄弟の具合が気がかりです。しかしあなたがミュンヘンで彼に出会われたさい、病状が案じたほど重くはないことを祈っております。

そうです、あなたが訪ねて来られてから何日もしないうちに、私はペッレグリーニにかなり長い手紙を送りました。それでは、よい旅を！　敬具

アンドレ・ジッド

ジッドがパヴィーア大学教授アレッサンドロ・ペッレグリーニに送った長い手紙とは五月一五日キュヴェルヴィル発信の礼状のことで、そのなかでジッドはペッレグリーニの近著『アンドレ・ジッド』（フィレンツェ、ラ・ヌオーヴォ・イタリア社、三月一六日刷了）への謝意を縷々述べるが、まずは書状の冒頭で盛澄華に言及している──「私があなたへのメッセージを託していた愛すべき中国人青年がイタリアから帰ってきたので会いました。あなたの歓待を喜び感謝していました。彼が言うには、ご親切にも出版に先立ち送ってくださったご高著の校正刷をおそらくジッドは受け取っていなかったのだろう、そう示唆することで私の無沙汰を詫びようとしたそうです。いや、そうではありません。校正刷は確かに拝受しており、あなたの寛大さにすがるほかにお詫びのしようなどないのです。私のことを書いた本でなければ、おそらくはもっと早くご返事を差し上げていたことでしょうが、云々[12]」……。先に提示した四月一三日の盛澄華宛書簡の話題もこの不義理に絡むものだったと考えて差し支えあるまい。

同年七月には『ソヴィエト旅行記修正』（六月二三日刷了）が出来《しゅったい》する。ソヴィエト連邦が内包する根本的矛盾を初

めて告知した同書の出版によって、ジッドが内外の左翼陣営からの激しい非難・攻撃に晒されたのは周知のとおり。以後、彼には「社会主義の叛徒」のレッテルが貼られてしまうのである。この喧噪を逃れるかのようにジッドは、七月末から三週間ほど少壮作家ロベール・ルヴェックとイタリア各地を旅行する。パリに帰着したのは八月二〇日。それから一〇日ほど後、盛澄華に次の書簡を送って『ソヴィエト旅行記修正』の献本を予告している——

《書簡5・ジッドの盛澄華宛》〔パリ一五区、ジャヴェル通り一八五番地宛〕

〔パリ、一九三七年九月一日〕

親愛なる友

私は今夜パリを離れます。だが一六日には数日の予定で帰京するかもしれません。あなたからお便りをいただき嬉しく思います。『ソヴィエト旅行記修正』をお送りしますが、まだ献辞を入れていません。どの献本にも入れないだろうと思います。敬具

アンドレ・ジッド

同夜ジッドがパリを離れて向かうのは、妻マドレーヌの暮らすキュヴェルヴィル。当地ではシェイクスピア『アントニーとクレオパトラ』の翻訳（翌年初出）に打ち込んだ。その後は書簡にあるとおり同月中旬パリに戻り、続いて二〇日から月末までポール・デジャルダン主宰の「ポンティニー旬日懇話会」に出席している（そのときの統一題目は「精神的混乱と絶望の時代における芸術の社会的使命」という、まさにヨーロッパの現状を映したものであった）。

その後、盛澄華は街中のアパルトマンを出て、各国からの留学生が居住するパリ市南部の国際大学都市に移る。新住所から彼はジッドに、戦時状況にかんする所感をふくむ内容豊かな手紙を送ったようだ。次はそれに対するジッ

ドの返信――

《書簡6・ジッドの盛澄華宛》〔パリ一四区、国際大学都市スイス館宛〕

〔パリ、一九三七年一〇月一四日〕

親愛なる盛澄華

素晴らしいお手紙に深く感動いたしました（新しいご住所はすでに控えました）。あなたの話はどれも実に興味ぶかい。この恐ろしい戦時下、私がどちらの立場に賛同するか申し上げることは差し控えますが、きっとあなたご自身は分かっておられるでしょう。もし一両日中にパリを離れるのでなければ（離れるとしても短時日ですが）、なんとか都合をつけて、すぐにでもあなたにお会いできるのですが。それが叶わず少しばかり遅くなっても、あなたと固く握手を交わすのを今から心待ちにしております。

アンドレ・ジッド

ジッドは彼と会う機会をもったのだろうか。書状の文面は否定的なニュアンスだが、具体的な資料・証言がほかに見当たらないため、これについては残念ながら不詳とせざるをえない。

盛澄華に対するジッドの評価

一九三八年四月一七日、復活祭の日曜日にマドレーヌがこの世を去る。唯一無二の精神的支柱を失ったジッドの悲嘆は大きかった。その翌々月、英文学の研修のためエディンバラに着いて間《ま》もない盛澄華から便りが届く。心のこもった哀悼の言葉はたとえ一時《いっとき》ではあれジッドの慰めとなる。だがとりわけ彼を喜ばせたのは、自作『田園交響楽』を読み解く文通者の慧眼であった。その感動を率直に述べたのが次の返書――

《書簡7・ジッドの盛澄華宛》〔エディンバラ（スコットランド）、グレンガイル・テラス一六番地宛〕

〔パリ、一九三八年六月九日〕

親愛なる盛澄華

あなたのお手紙は実に興味深かった！　深く感動しました。あなたは私に代わり、かくも緻密に『田園交響楽』の誤りをいくつか指摘してくださったが、これには本当に驚かされました。『狭き門』と『贋金つかい』についてもかつてある人が似たような誤りを指摘してくれたことがあります。これらによって私の時系列感覚の欠如が露わになりました。「時」の調整のために私がどれほど苦労したかを知っていただけたならば！　しかし、すべては徒労だったのです！　私はお手紙を大切にとっておきます。あなたのように本当に緻密な読者は稀有な存在です！　間違いなく、この作品（『田園交響楽』）を執筆中、筆を置いてはまた筆を執りを何度も繰り返していたこと、また私自身の焦りが、このような矛盾を生み出す原因となってしまいました。ただ、〔今になって気づくことですが、作品の素材となった〕私自身の日記のなかに〔すでに〕類似の状況〔日付の不整合〕が存在していたのです。

親愛なる盛澄華、〔妻の死に対する〕このたびのお心のこもった同情に深く感動しております。あなたのほうでもあなたに対する私の想いをどうかお信じください。数日後にはオランダに行くことになっており[13]、再度ゆっくりとお話をする時間もありませんが。敬具

アンドレ・ジッド

盛澄華が指摘した『田園交響楽』（『新フランス評論』一九一九年一〇月号―一一月号に初出、初版は一二月一五日刷了）の「時の誤り」とはおそらく次の点――。ジェルトリュードの盲目は治療可能だと知った牧師が歓喜に満たされ、彼女を固く抱きしめるのは、自筆稿段階では「（一八九…年）五月九日」のこととされていた。だがその後、作者の現実の生が虚構のなかにダイレクトに侵入してくる。すなわちジッドは、マルク・アレグレ青年への愛を強く自覚した「（一九一八年）五月一九日」を内心の記念日として自作に刻印すべく、公刊テクストでは上記「五月九日」をはじめ七つの日付をそれぞれ一〇日ずつ後退させるのだ。だがこの強引ともいえる操作によって後続の日記記述との間に時系列の不整合が生じる結果となったのである。(14)

*

この後まもなく盛澄華は、やはりフランスに留学しており、かねてより交際中だった同国人女性・韓恵連《ハンフイリエン》（彼女も中国に帰国後はフランス語系の教授職に就く）をエディンバラに呼び寄せ、同地で結婚式を挙げている。八月末には新妻とともにフランスに戻り、パリ近郊アルクイユに居を定めるが、彼がジッドに近況を報告したのは秋も終わりのことであった。次のジッド書簡はそれに対する返信――

《書簡8・ジッドの盛澄華宛》（アルクイユ（セーヌ）、ジャンヌ・ダルク大通り一番地宛）

〔パリ、一九三八年一一月二一日〕

親愛なる盛澄華

あなたのお手紙は実に周到な内容で、私は深い感銘を覚えました。お送りいただいたという婚礼の招待状は行方知れずですが、私は林《リン》氏から（彼とはシトレで会えて幸いでした）、ようやくご結婚の報を受けました。今までお祝いを申し上げられなかったのは、あなたにもっと早く私を慰めに来ていただけなかったのと並んで残念なことでした。〔しかし〕我々は誰からも責められることはありますまい。そうです、この数カ月来、亡妻を偲び甚《いた》く意気消沈していますが、私の作品を読んでいただければ、あなたには我が人生で無限の地位を占めた、最も崇拝する彼女の存在をきっと慮っていただけたでしょう。私は、ご夫人が亡妻と同じような容貌と美徳を備えておられることに祝意を申し上げる次第です……。

私がいかに多忙であれ、以前のようにあなたとお会いしたい。すでにパリから遠からぬ場所にお住まいなのだから、朝のうちに拙宅においでになれましょう。あるいは、また前もって電話をかけていただき時間を決めることにいたしましょう。敬具

アンドレ・ジッド

追伸――あなたが送ってくださった正誤表に感激しています。新フランス評論に送りますので、近刊予定の『全集』第一五巻（これが最後の巻です）で訂正されているかご確認ください。

盛澄華の結婚の話題をめぐっては作家側の失言で、一時的にではあれ思わぬ齟齬をきたすことになるが、それについては後述。またジッドがヴィエンヌ県ヴーヌイユにあるイヴォンヌ・ド・レトランジュ子爵夫人の私邸シトレ館に滞在したのは四月中旬の数日間だが（彼がマドレーヌの訃報を電話で知らされたのも同館滞在中のこと）、そこで彼が会った盛澄華の知人「林」とは、確証はないものの、あるいは『ソヴィエト旅行記』の中国語訳（亜東図書館刊）を前年上海で上梓していた林伊文《リンイーウェン》のことか。追伸についても付言すれば、盛澄華は新フランス評論版『ジッド全集』第一五巻（翌年三月二三日刷了）掲載予定のテクストについて現行版の誤植等を指摘したものと思われる。

『田園交響楽』を鑑賞後，小松清（中央）・松尾邦之助と談笑するジッド

日本映画『田園交響楽』をめぐって

同じ年の六月、日本では山本薩夫監督、原節子・高田稔主演の東宝映画『田園交響楽』が封切られる。悶着は秋になって起きた。映画が原作者や版元には無断で翻案・制作されていたことが伝わり、それまで日本に好意を寄せていたジッドもさすがに不快感を隠せなかったのである。フランス文壇の大御所と揉めることは対仏文化政策上も大きな損失となるので、日本大使館としても対応に苦慮するところとなった。だがジッドは、間《ま》もなく差出人不明で送られてきた映画のスティル写真を眺めるや態度を一変し、是非ともこの作品を観たいと思いはじめる。その意向は早速、新フランス評論の翻訳部長ロベール・アロンから、元報知新聞特派員・小松清を介し宮崎勝太郎参事官（のち代理大使）へと伝えられる。かくして一〇月一九日、日本大使館応接室に作家本人、参事官、アロン、小松の四者が集まり対策を協議（読売新聞パリ支局長・松尾邦之助も報道関係者として唯一人同席）。話し合いは、試写会の実施や日仏間の相互出版計画をめぐり、終始和やかな雰囲気のなかで進められた。[15] 年が明けて一九三九年、先の取り決めにしたがい四月一八日にパリ九区のエドワード七世劇場で一般公開試写会が、次いで二七日にはシャ

ンゼリゼ大通りの映画館（おそらくはマリニャン座）で新フランス評論の関係者に向けた試写がおこなわれる[16]。当時の小松の証言によれば、この「ジッドを主賓として催された試写会に出席した〔ジュール・〕シュペルヴィエル、〔ジャック・〕マドール、クララ・マルロー、〔テア・〕シュテルンハイム、〔マルク・〕アレグレ、ロベール・アロン、ジャン・ポーラン、その他の人々の心からの称賛の言葉。あの気難し屋で有名なジッドさえ嬉しさを抑えることができず、宮崎代理大使や僕たちの手をかたく握って喜んでくれた。ジッドは原節子を《天才的な女優》の名をもって呼び、最大級の賛辞を呈した[17]」。その「情けないお粗末な音楽」を別とすれば、原作者にとって映画は申し分のない出来《でき》だったのである[18]。

　ちょうど同じ頃、ジッドはある機会に顔を合わせた盛澄華を日本人と誤認し、思わぬ失言をしてしまう。この一件は大きな悔いとしてジッドの記憶に長く残った。四年半後（一九四三年一〇月）の『日記』は、なおも消えぬ心の痛みとともに事の委細を語っているが、次の盛澄華宛書簡の補説ともなるので、まずはその記述を全文引用しよう――

> この数日、盛澄華のことをよく考える。そのたびに最後に会った後、彼を残酷にも傷つけたに違いないあの不器用で愚かしい言葉が思い出され胸が痛む。自分でもまるで分からない。そしてそこには悪意も底意もない。もちろん私の心からは遙かに遠いあの言葉を彼はどのように解釈しえたのだろうか……。
>
> 　私は盛から感動に満ちた、そして読む者を感動させる二通の長い見事な手紙を受け取っていた。私はそれを大事にしまっている。〔現在滞在中のモロッコのフェズから〕いつかパリに戻ったらまた見つけ出したいと思う。彼が私にそうした感情を示してくれたのは、私の作品のせいだった。なぜなら盛は非常な教養人だったから。まだごく若い時に中国からパリに勉強に来ていたが、あまり学生たちとは交わらなかったようだ。彼自身の物腰の洗練された繊細さ、遠慮がちな様子、魅惑的な慎み深い態度などから察すると、周りの学生たちは彼には

卑俗な社会の人間に見えたに違いない。彼は立派な家の出であることが感じられた。我々〔フランス人〕のなかに身を置いて、どんなにか自分が異郷にあるのを痛感したことだろう！

彼は結婚した旨を知らせにやって来て、遠い故国に帰る前に若い妻を私に紹介したいと語った。何を勘違いしたのだろう、何を戸惑ったのだろう、何たる言葉を口走ったのだろう。私はその時、「もちろん日本の女性と結婚なさったのでしょう？」と尋ねた。私は、彼の表情がいきなり変わり、微笑が消え、唇が震えるのを見た。彼は口ごもりながら言った。「日本の女性ですって！……　おお！　ジッドさん、どうしてそんなことを……」。取り返しがつかなかった。私にはこの場違いな言葉を取り消すことはできなかった。説明したり言い訳したりしてみたが無駄だった。当時私は『田園交響楽』を映画化した大勢の日本人と頻繁に会っていた。そんなことからおそらくこうした突然の許しがたい混同が生じたのだ。すぐに私は、我々の間に生まれかかった友情、彼のほうから心よりの信頼を寄せている友情に、おそらく致命的な打撃を与えたことに気がついた。そして今日もまだ、そうした自分のことを許しがたく思っている。

彼はいったいどうなっただろう？　再び会うことがあるだろうか？　私がこれを書いているのは、いつかこれが彼の目にとまり、彼の思い出は私の心のなかで変わることなく芳香を放っていると知ってもらいたいためなのだ[19]。

失態を強く意識するあまり詫び状を書きあぐねていたジッドのもとに盛澄華から「率直な表明」が届く。これに力を得て綴られたのが次の書簡である。だが『田園交響楽』映画化にも触れるその記述は、祖国が日本と交戦中の友を慮ってのことだろう、試写会関係者への感謝や映画そのものへの手放しの評価とは打って変わり、辛辣な対日批判の色を帯びざるをえなかった――

《書簡9・ジッドの盛澄華宛》〔アルクイユ（セーヌ）、ジャンヌ・ダルク大通り一番地宛〕

〔パリ、一九三九年五月一二日〕

親愛なる盛澄華

お手紙の内容のすべて、あなたのお考えのすべてが、まさに私自身の思うところです。ただひとつ私の気持ちを安んじてくれるのは、お手紙のようにあなたがすぐ率直に表明してくださったことです。私は、最初の間違いと（その原因は、私の視力がすでに弱っており、またあの時私の座っていたのが正に陽光と向き合う位置だったために、お姿がただぼんやりとしたシルエットにしか見えず、しばらくしてやっとあなただと分かったのですが、時すでに遅し）、あなたが私との会話から覚えられた不快感とについて、心中ひどく辛く思っていました。しかし我々の友情に鑑みて、再び誤解なさることのないようお願いしたい。たしかに私は唯ひとりの日本人には好意を寄せていますが、彼は私とはすでに四〇年来の面識がある人です。元々は駐仏特派記者でしたが、その後本国政府の現下の施策に強い反感を抱いたために、今は非常に難しい立場にあります[20]。最近になって『田園交響楽』が映画化されたため、私は日本の官吏と時々儀礼的な遣り取りを交わすようになりましたが、これとて私がずっと抱いていた〔日本に対する〕印象を変えるものではありませんでした。とりわけ信じていただきたいのですが、もし最初からあなたとは見分けがつかず、日本大使館の一員と誤解していたのでなければ（というのもこの官吏はちょうど当日の午前中に私を訪ねてくる予定だったのです）、あなたへの応対は決してあのようなものとはならなかったでしょうし、私もあなたに対しこんな不始末を働くことは決してなかったでしょう。その後、己の過ちを認めてからも、私は心中に起こった羞恥と狼狽であなたに対し合理的な説明ができなくなってしまったのです（考えを改め、冷静さを取り戻すのに私は何とぐずぐずしていたことか！）。そうです、己が招いた不祥事を思い、（私にとってはすでに掛け替えのないものとなった）あなたからの敬意と友情の喪失、取り返しのつかぬ事態を思って、どうしてよいか分からなくなってしまったのです……。あなたのお手紙にどれほど感動したことか。なぜならば、少なくともそれは私に釈明の機会を与えてくれたからです。

かつて私は日本語版全集に序文を寄せるのを断ったことがありますし、今も（たとえ依頼があっても）同じように断りたいと思います。しかしこの映画（『田園交響楽』）の撮影については事前に何も知らなかったのです。私の同意を得たものでもなく、私には何も利するところはありませんでした。だが一時の好奇心から、見てみたいと言うと（今となってはこれが軽率であったと分かりましたが）、日本大使館はひどく慇懃な態度を見せたので、「新フランス評論」や私も邪険に扱うことができなくなってしまったのです。これはすでに甚《はなは》だ行き過ぎた行いであり、私は繰り返し慚愧の念を表明するほかありません。なぜならば、あなたのおっしゃるとおり、私にはそれが他事にこと寄せた宣伝活動であったのを分からぬわけではなかったからです。

少なくともあなたにはご理解をいただきたい。あなたが祖国への憂慮にくわえて個人的な憂慮を抱いておられることは（しかしこの手紙でそれがすべて洗い流されてくれるならば！）、私にも痛恨の極みです。どうか信じていただきたい、この件について私の思いはすべてあなたの思いと同じなのです。私の真心からの情誼《じょうぎ》を決して疑わないでください。再会を期して、敬具

アンドレ・ジッド

ちなみに第二段落冒頭に挙がる「日本語版全集」とは、一九三四年三月に刊行開始、翌年一〇月に配本完了した建設社版『アンドレ・ジイド全集』（全一二巻）のこと。同時期出版の金星堂版（全一八巻）と競合した、当時としては本格的な翻訳全集であったが、ジッドの序文執筆辞退について補説しておくと、刊行開始後まもなく詩人の川路柳虹を介して仏文学者・山内義雄（『狭き門』『贋金つかい』などの翻訳を担当）の依頼を受けたパリの松尾邦之助が三四年

六月五日、直接作家宅に赴き、同全集の読者に向けたメッセージを請うたのがその発端。この面談でジッドは当初、日本の軍国主義的傾向、自身のソヴィエト連邦への共感を理由に難色を示したが、「政治的日本」ではなく「精神的日本」のために是非一筆を、という松尾の説得に折れ、回答に半月の猶予を求めながらも真剣な検討を約する。少なくとも松尾の側からすれば、「君に宛てた手紙風にしてもよいか」などの言葉からジッド受諾の確かな感触を得たのである。じじつ建設社編集部はこれをまたとない吉報と喜び、早速松尾の会見記「ジイドとの一問一答」を「ラ・フォルミ」と題した全集月報に掲げている[21]。しかしながらその後、作家からは何の音沙汰もなかった。七月一〇日、もはや首尾の芳しからぬを察した松尾は長文の書簡を彼に送り、今度は日本の政治的立場の釈明・弁護に重きをおかざるをえない。これに対し婉曲な断り状が届くのはようやく翌月に入ってからのことであった[22]。

文通の復活と戦争による中断

上掲書簡の後、戦争勃発（九月三日、対独宣戦布告）を挟み一時的に交流が途絶える。文通が復活するのは一一月、盛澄華が妻とフランスで生まれた長男を連れて母国に帰ってからのことであった。ジッドは一〇月初から南仏ニースのシモン・ビュッシー夫妻宅に居を定めていたが、次に引くのは盛澄華から久方ぶりに届いた便りへの返信――

《書簡10・ジッドの盛澄華宛》〔上海フランス租界、ドルフュス通り六八番地に転送〕

〔ニース、一九三九年一一月二八日〕

親愛なる盛澄華

私は本当にあなたのことを案じており、アンリ・トマに手紙を書いて、あなたから便りがあったか、あなたの行方を知っているかと尋ねてみたところです。すると早速この喜ばしいお手紙が届いたのです。どれほど私はご帰国前にもう一度あなたとお話ししたいと思ったことでしょう。というのは、先だってあなたがヴァノー通り〔の拙宅〕に会いに来てくださった時、私がした話のいくつかは実のところ荒唐無稽なものだったからです。長い歴史をもつこの世界を震撼させた苦難は、今や我々を離ればなれにしてしまいました。しかしその苦難も我々の友情を失わせることはできません。あなたに対する私の友情は今やまさに掛け替えのないものであり、将来も永く続いてゆくということを、どうかお知りおきください。

お手紙のなかに、いつの日にかあなたの祖国で私とまた会いたいとあったのを嬉しく思います。この共通の夢を私は心のなかに持ち続けましょう。嗚呼！ 今は何も計画はありませんが、中国を知りたいという願いはここ数年次第に私の心のなかで強くなっています。またあなたと知り合って以来、この夢は私にも実現の見込みがありそうに思われています。信じていただきたい、私はあなたを忘れることなどできません。

手紙で旅の安全を知らせていただければとても嬉しく思います。ご夫人とお子様たちが長旅の間に災厄に遭わないように願っています。彼らに我が慈愛の微笑と祝福を。

私はすでにパリに手紙を書いてあなた宛に『日記』を一部送らせました。というのも、この『日記』は〔完売してしまい〕もう市場には出ていないからです。

親愛なる盛澄華、またお会いしましょう。敬具

アンドレ・ジッド

冒頭部で言及される盛澄華の安否を尋ねたアンリ・トマ宛書簡は今日まで所在が確認されていないが、ほかの残存する同者宛によれば、ジッドは前年の一一月、この少壮作家に同世代の盛澄華（ともに一九一二年生まれ）を紹介していた――「友人の盛澄華と話をしていて、君も彼と話をすれば楽しかろうし、彼にとってもそうだろうと思った。と

いう訳で、迷うことなく彼を君の元に差し向ける」。また戦況厳しい二年後のトマ宛書簡〔ニース発信〕では次のように記している――「盛澄華さえもが君のことを案じ、住所を尋ねてきた。彼の手紙が君の手元に届くあいだに、おそらく住所は変わってしまっているだろうが、いずれにせよ彼にはこの住所を伝えよう。彼の住所のほうは、上海フランス租界、ドルフュス通り六八番地、云々」[23]……。なお書簡末尾にあるジッドの『日記』とは、「プレイアッド叢書」版『日記（一八八九―一九三九）』〔同年五月二〇日刷了〕のこと。存命作家の作品が同叢書に収められたのはこれをもって嚆矢とするが、そういった新味も『日記』の評判を高め、初版六千部は瞬《また》く間に完売、翌年・翌々年と立て続けに再版・三版が刷られた。読者の求めはなおも治まることはなかったが、戦時下の物資不足のために重刷はかなわず、後述するように戦後まで品薄状態が続くことになる[24]。

再度の交流復活

上掲書簡から次の一九四七年五月付書簡まで、七年半も文通が途絶していたか否かは即断できないが、いずれにせよ戦争による長期の空白をへた後の交流再開であったことは間違いない。ジッドは四月二八日、娘カトリーヌの家族とともに五週間余り滞在したスイスのティチーノ州アスコナからパリに帰着したばかりであった――

《書簡11・ジッドの盛澄華宛》〔上海市江湾区、復旦大学廬山キャンパス宛〕

〔パリ、一九四七年五月四日〕

再び見いだした親愛なる友

素晴らしい長文のお手紙をようやく一昨日、つまり私がパリに戻って二日目に拝受。〔この遅れは、ありがたい迷惑な「名声」ゆえの避けがたい雑事で私が疲労困憊だったためです！ 私は〔それまでは〕ひと月来スイスで、

〔パリの居所〕ヴァノー通りではもう享受しえぬ清閑の喜びを密かに得ていたのですが。〕お手紙を拝読し、本当に感動しました。久しく待ち望んでいたあなたの便りをやっと受け取ったのですから！ そして私は早速、心からの喜びをもってこの返書を認《したた》めています。私はいつもあなたのことを想っているのです！ さほど大きな望みは抱いていなかったとはいえ、東方からの便りは届いていないかと何度も探したものでした。そしてついにあなたを探し当てたのです。私には互いの音信が途絶えていたことを敗北とは考えられません。我々は長きにわたって堪え忍び、ついにその報償を獲得したのです。お手紙の日付は四月一六日でしたので、この手紙も五月末までにはお手元に届くことと思います。あなたの報せは嬉しく拝受しましたが、次にお手紙をくださる時は、四人のお子様とご夫人（私の心からの挨拶を私に代わって彼らに伝えてください）の写真を何枚か送っていただきたい、もちろんあなた自身の写真も……。あなたのご努力はなんと驚嘆すべきものであることか！ あなたによって（あなたの論文と翻訳をつうじて）遠い地に新たな友情を得たことは、私にとってこの上ない慰めとなります。何冊か近作（なかでも『テセウス』は一種の精神的遺言と見なすことができましょう）を進呈しようと思いますが、しかしご安心ください、私の『全集』（あなたのおっしゃるところの大型版）は一五巻までしか出ていないので、あなたが持っておられるもので全てです。印刷用紙の不足で拙著の多くがもう絶版になってしまい、フランスではなんとパリでさえ見つけるのが難しいのです。書店にわずかにあるものもすべて表には出ず、「ブラックマーケット」で法外な高値で売られています〔「プレイアッド版」の『日記』は一部一万五千フランで売られていました〕。すでに版元ができるかぎり再版しようとしていますが、全く需要に応えきれていません。

あなたのお手紙にある在重慶フランス大使館の文化アタッシェの事情についてはさほど驚いてはおりません。しかし、長年にわたり私の作品とその影響に対し無慈悲な攻撃を繰り返したのち（クローデルは最近もなお然り）、多くのキリスト教徒が態度を変えました。そのなかのひとりポール・アルシャンボーは、最近一冊の著書

〔『アンドレ・ジッドの人間性』〕を発表し、私の批評的著作を最上ランクに位置づけています。もちろん同書では彼もキリスト教徒の立場から私の罪科を定め、いわゆる私の「学説」の破綻と失敗を論じています。しかし僅かながらですが、賛同の智慧が途切れることなく滲み出はじめています……。すでに態度の変化の兆しが認められ、また少なくともそれは、私の作品に先入観を抱いた、あるいは敵意を抱いた読者の一部に注意を促す結果となっているのです。私はこの本と、まだ差し上げていなかったすべての拙著をあなたにお送りしたいと思います。明日発送の準備をしますが、「普通郵便」を使うと何日ほどでお手元に届くのでしょうか。

色々な方面から催促を受けており、今日はもうゆっくりとお話しする時間がありません。しかし肝心なのは、我々が必ずや再会し、お互いこの友情に忠実たることです。この友情こそは私が心中とりわけ大切にしているものなのです。

アンドレ・ジッド

第一段落で言及される新フランス評論版『ジッド全集』は大戦勃発によって一九三九年三月刷了の第一五巻を最後に未完のまま終わったが、文通者旧蔵の揃いについて王辛笛は次のような証言を残している――「澄華の死後まもなく、北京東安市場の中原書店で何とジッドが彼に贈った自筆献辞入りの全集が見つかった。知らせを受け直ちに購入・保存したいと思ったが、残念ながら私は遠く上海におり、手紙で遣り取りをする間にそのジッド全集はどこかの有識者に買われ、二度と手に入らなくなってしまった[25]」……。また、とりわけプレイアッド版『日記（一八八九―一九三九）』は数年来極端なまでの品薄状態にあったが、この翌年第四版が出来《しゅったい》するに至ってようやく供給が追いつく（若干数の新たな修正を施された同版が以後長らく定本として一般に流布）。第二段落でクローデルの頑なな態度とは対比的に扱われるアルシャンボー『アンドレ・ジッドの人間性』（一九四六年六月刷了）について付言すると、ジッドは著者自身への礼状〔同年九月二五日付〕[26]においてばかりか、第三者宛の書簡でも同著を高く評価していた。たとえば一〇月七日付のコロンビア大学教授ジャスティン・オブライエン宛では盛澄華宛とほぼ同じ旨を述べている――「断固たるカトリック的観点と、それに発する少なからぬ指弾にもかかわらず、〔この本は〕全き善意にもとづく最良書、批判は不可避的に含むにせよ、共感に溢れた最良書のひとつです[27]」。

この二カ月半後、盛澄華から新たな手紙を受けたジッドは次の書簡を返している。自身の著書とその中国語訳にかんする話題が主たる内容であった――

《書簡12・ジッドの盛澄華宛》〔上海市江湾区、復旦大学廬山キャンパス宛〕

〔パリ、一九四七年七月三一日〕

親愛なる盛澄華

どれほど嬉しい気持ちでお手紙を拝受したことでしょう！　長文のお便りにご返事しようとしましたが、その時間がとれません。とりあえずはあなたのいくつかのご質問にお答えしましょう……。だがまずは、レバノンでの私の講演（その後ブリュッセルでも講演しました）を気に入っていただけたと知り大変嬉しく思います。手元に数部ある珍しい版を一部お送りしますが、あなたがすでに英語訳から翻訳なさったということで、後追いのかたちとなってしまったのは本当に残念です。

送ってくださった本（『贋金つかい』『地の糧』『ジュヌヴィエーヴ』〔の中国語訳〕）はすでに拝受しましたが[28]、最後の一篇には少々驚かされました。というのも『ジュヌヴィエーヴ』はあの三部作のひとつですが、〔ここでは〕『女の学校』『ロベール』と並置されておらず、その意義が明確には示されていないからです。

お手紙にある写真はまだ届いていませんが、必ずや私に大きな喜びをもたらすものであることはあなたもよくご存知のとおり。私のほうも写真二枚を併せて進呈いたします。娘の写真を一緒に送ることができず残念です（手元に無いため）。彼女はもう「カトリーヌ嬢」ではなく、ジャン・ランベール夫人です。もうすぐ二人目が生まれます。[29] 娘はあなたが気にかけてくださることをきっと喜んでいるでしょう。今晩のうちにもお手紙を彼女に転送します。手元に『女の学校』が無く（重版中）、後でお送りするよりほかありません。今はまず、ご所望の『架空会見記』をお送りします。これは『……の故に』と題してアルジェで出版されたもので、フランス版よりも〔収録テクスト数の多い〕完全な版です。[30]

拙著に中国語訳があることをお知らせいただき有難うございました。私の忠実な女性秘書〔イヴォンヌ・ダヴェ〕がただちに記録しました。

私はあなたが送ってくださった漢字の名が書かれたメモをこの封筒、そして本を詰めた包みに貼り付けました。願わくは一刻も早くあなたの手に渡らんことを。

私に代わって、夫人には心よりの敬意を、お子様たちには老朋友の精一杯若々しい微笑みをお届けください。

アンドレ・ジッド

第一段落の「レバノン講演」とは、ジッドが前年四月一日にラジオ＝レバノンの放送で、次いで同月一二日にベイルート市内の映画館ロキシー座でおこなった「文学的回想と現今の諸問題」のこと（書簡にもあるように、この講演は翌々月ブリュッセルでも行われた）。フランス語版テクストはまもなく作家ガブリエル・ブーヌールの解題を付し同地の「レ・レットル・フランセーズ」から出来していたが（二、〇五〇部限定、一九四六年五月三一日刷了）、[31] 英語訳は上掲書簡の時点ではまだ公刊されておらず、盛澄華がいかにして中国語に訳すことができたのかは不詳。[32] ちなみにジッドが後追いのかたちで彼に贈った「珍しい版」とは、おそらくはベイルート講演を基に半分ほどの量にまとめた非売版テクスト『ペルティサウでの談話』のことを指す(33)。

同じ年の秋、盛澄華は復旦大学から母校の精華大学に転任し、北京に居を移す。いっぽうジッドは、ジャン＝ルイ・バローと共同で翻案したカフカ『審判』の初演（一〇月一〇日、マリニー座でのルノー＝バロー劇団の上演）を間近に控えていた(34)。次の書簡はこの初演の一週間前にパリで認《したた》められたものだが、中国語訳では「スイスから発送」と記されている。しかし「初演後直ちにスイスに出発する」という書状の文言にもかかわらず、ジッドが友人でイド・エ・カランド出版の社主リシャール・エイ（ドイツ語読みリヒャルト・ハイト）の誘いを受けてヌーシャテルに赴くのは実際には同月二九日のことであり、投函まで一カ月近くを要したとはいかにも考えにくい。まず間違いなく、ジッド自身は省いた発信地の記述を盛澄華が翻訳にさいし誤って補ったものと思われる——

《書簡13・ジッドの盛澄華宛》〔北京市、清華大学宛〕

〔パリ、一九四七年一〇月三日〕

親愛なる遠方の友

ほんの僅かな時間を利用してこの手紙を書いています。ひとつには、私が翻案・脚色したカフカ『審判』の戯曲版がちょうどリハーサル中のため、忙しくてどうにも手が回らないのです。二つ目には、急遽スイスに赴かねばならず（初演が終わり次第出発するつもりです）、当地で娘と合流する予定なのです。しかし、あなたの丁重なお手紙（八月一七日付）と、あなたとご家族の写真とが私に喜びをもたらしたことを是非ともお伝えしたい。夫人はとても優しそうだし、四人のお子様は皆とても可愛らしい。スイスで娘に何枚か（彼女、私、彼女の夫と三歳になるイザベルの）写真を撮らせ（私の手元にはろくな写真がないのです）あなたにお送りするつもりです。我々はまもなく生まれるイザベルの弟か妹を心待ちにしています。あなたに代わってジャン・ランベールとカトリーヌによろしく伝えておきます[35]。

パリでは常に細々《こまごま》とした雑事に悩まされており、自分の意に沿う仕事ができずにいますが、スイス到着後は（お手紙はヌーシャテルのイド・エ・カランド出版気付に願います）仕事が始められるでしょう。

あなたが北京の大学に転任し教鞭を執られていると知り安心しています。中国ほど訪れてみたい国はほかにありません……。だが私はすでに年老いて、今となっては長旅が体にこたえることでしょう！しかしあなたに再会し、自らご夫人に挨拶し、お子様たちに微笑みを届けられたら……。それは私にとって何と嬉しいことでしょうか。

親愛なる翻訳者にして友よ。敬具

アンドレ・ジッド

なおジッドがエイ宅に滞在するのは前年に続いて二度目。このたびも結果的に四カ月以上の長逗留となる。エイが友人フレート・ウーラーと興したイド・エ・カランドは、優れた印刷・造本のゆえに晩年のジッドがとりわけ贔屓にした出版社で、同社からはこれまでに『青春』『帰宅』が、また以降は『テセウス』第二版や『ポエティック』『序言集』『交友録』『エロージュ』が立て続けに上梓される。この年の夏に刊行が始まる『ジッド戯曲全集』（全八巻）にいたっては、ジッドがエイに各巻の解題を委ねるなど[36]、通常の作家・版元の立場を超える厚い信頼関係が築かれていたのである。

一一月一三日、スウェーデン王立アカデミーはジッドへのノーベル文学賞授与を発表する。六月にはオックスフォード大学から名誉博士号を受けていたジッドだが、今回はそれをはるかに上まわる誉となった。授賞の理由は「真理への果敢な愛と深い心理的洞察をもって人間存在の諸問題を提示したその作品の重要性と芸術的価値に対して」というものである。ただしジッドは健康状態が優れず翌月一〇日の式典はやむなく欠席、王立アカデミーおよびノーベル委員会に向けた彼のメッセージが駐瑞フランス大使ガブリエル・ピュオーによって代読された[37]。次の盛澄華宛は、式典の二週間後に綴られたもので、『紀徳研究』収録分の最終書簡〔これについては写真複製されたオリジナルが存在するのでフランス語から直接訳出する〕——

《書簡14・ジッドの盛澄華宛》〔北京市、清華大学宛〕

ヌーシャテル（スイス）、エヴォル通り一五番地、〔一九〕四七年一二月二三日

親愛なる盛澄華

一一月一〇日付の素晴らしい長文のお手紙に返事を差し上げず日延べを繰り返していました。お手紙によって私はあなたの現在の暮らしについて詳しく知り、またお仕事の進捗具合を思い浮かべることができました。その後ノーベル賞という大きな栄誉を得たので、健康状態がさほど悪くなければ、スウェーデンに赴いていたでしょう〔しかし近ごろ心臓が弱っているため、ヌーシャテルに留まらざるをえず——いつまでとなることやら——仕事もできないでいます〕。そうこうするうち、新たに一二月五日付のお手紙とあなたの長い論文をいただきましたが、〔論文の方は〕中国語が分からないのでまことに残念です。嗚呼！ あなたと手紙で長々と語り合いたいが、私にはその体力がありません。私はもはやこの中国歴遊の夢を諦めざるをえないのではないかと恐れています。まだ気力の満ち溢れているうちに機会を逃したことを深く後悔しています！ 彼の地でのあなたとの再会から得られたであろう喜びは、あなたに対する私の深い真実の友情に比例して大きくなったことでしょうに。私は我々が知り合ってこのかた、あなたのお手紙をすべて保存しており、あなたが私に示してくださる共感は今もなお生涯における最も大切なものです。あなたのご配慮によって若き学生諸君のなかに新たな

友情を獲得できたことをどれほど私が感謝していることか。彼らにそのことを知り、理解してもらいたい。お子様たちを抱擁し、ご夫人には心よりの敬意を表します。敬具

アンドレ・ジッド

追伸――«chartrouille»という語は完全に私の造語であり、翻訳にさいしてはそのままにしておくか、「蛸pieuvre (octopus)」または「ウニ oursin」に変えてください。

ちなみにジッドが贈られた「中国語の長い論文」とは、上海の『中国作家』と北京の『益世報・文学周刊』の両誌に同時発表された「一九四七年度ノーベル文学賞受賞者ジッドについて」のこと。[38] また、追伸に記された耳慣れぬ語«chartrouille»は『ユリアンの旅』のなかに現れるもので、[39] その語義にかんする問い合わせこそは、次に引く盛澄華書簡の「同作の翻訳が完成間近」という記述に完全に符合する。

中国語訳されたジッド書簡は以上ですべてである。これに対し盛澄華のものは僅かに一通だけだが、パリ大学附属ジャック・ドゥーセ文庫が現蔵している（そのほかは今日まで所在不明で、故カトリーヌ・ジッド女史のアルシーヴにも残っていない）。先に掲げたジッド書簡に五カ月ぶりに応えたもので、「国立清華大学／National Tsing Hua University／Peiping, China」とレターヘッドの入った用箋に近況が綴られている[40]――

《書簡15・盛澄華のジッド宛》

〔北京〕、一九四八年五月二一日

親愛なる先生

スイスから発信された四七年一二月二三日付のお手紙をたしかに拝受いたしました。長らく便りを差し上げておりませんでしたが（というのも、あまりあなたを煩わせてはならぬと考えて）、常々あなたのことを思っております。ご健康を完全に回復なさり、パリにお戻りのことと存じます。離れておりますと不安も増すもので、一言でも頂戴できれば安心なのですが。私のほうは翻訳の仕事を続けております。『ユリアンの旅』はまもなく訳し終わります。また『架空会見記』は隔週の連載物として中国の大きな日刊紙に発表中です。

我々の大学で資格を取得し復習教師を務めている友人の林《リン》氏が、ソルボンヌで学ぶため（専門は心理学）数日後にはフランスに向かいますが、私はこのまたとない機会を利用して、あなたにささやかなお土産を託《ことづ》けます。それは北京特産の青銅製の印章で、あなたのお名前が彫られています。蔵書印として書物に捺すものです。これがその印です〔続いて紀徳と刻した朱印が捺されている〕。〔印章を収めた〕函のなかの小さな窪みには特別なインク（植物性の油を混ぜた朱色の印泥）が盛られています。使い方は印面全体にインクが行き渡るよう十分に浸した後、本やお望みの紙に力強く捺してください。

この手紙には家族と私の写真数葉も添えます。上手く撮れてはいませんが、ほかにはましなものが手元にないので、致し方なくこれをお送りする次第。敬具

盛澄華

すでに触れたが、『ユリアンの旅』中国語訳がどのようなかたちで出版されたかは不詳。また『架空会見記』の掲載紙についても未だ特定するに至っていない。第二段落冒頭に触れられる精華大学の復習教師「林」とは、おおよその年齢やその専門分野から見て、《書簡8》の「ジッドがシトレで会った林」とは別人物であろうが、これまた委細は不明である。いずれにかんしても今後の探索に委ねたい。

最終段落にあるように、書簡には盛澄華とその家族（妻と四人の男児）を撮った小型のスナップ写真七葉が添えられている。写真はいかにも円満な家庭の様子を窺わせるもので、じっさい夫妻はその後もさらにもうひとり子を授かるが、どのような事情によるのか、一九五〇年代半ばに離婚するに至る。妻の韓恵連とも親しく接していた王辛笛はこの「理想的な伴侶」との離縁を嘆き、後には盛澄華を難詰することさえあったという。(41) 離婚後、韓恵連はフランス語系の教授職を務めながら独力で子供たちを育てあげた。いっぽう盛澄華は六〇年代に再婚し、少なくとも一子をもうけている。

*

盛澄華はこの年の暮に森林出版社から公刊した『紀徳研究』をジッドに贈ったのだろうか。また出版にあたって書簡の中国語訳を載録する許可を前もって得ていたのだろうか。あるいはジッドが心からの詫びを綴った一九四三年一〇月の日記記述（一九五〇年初出）を目にする機会はあったのだろうか。そういった点をはじめ、同書出版前後から五一年二月のジッド死去まで両者の文通関係が継続したのか否かについては、管見の及ぶかぎり如何なる確定的資料も見つかっていない。

王辛笛の息子・聖思は、盛澄華を追想した文章のなかで、ジッドを信奉して止まなかったこの知識人が奇妙なことに一九五〇年代には「最も先頭に立ってジッドを否認する者となった」という作家・徐訏《シュシュ》の証言を引いている。(42) 具体的な説明を欠いた寸評なので、筆者にはその正否を即断することはできないが、両次大戦間に「最重要の同時代人」と称された大作家が、没後は時代遅れの烙印を押され、急速に「煉獄入り」した事実を思えば、ことに政治・社会体制の変貌著しい当時の中国にあってはさもありなんという気はする。関連資料の乏しさは否めぬものの、両者の関係については受容史的な観点から今後も調査・考察を継続していきたい。

註

（1）François CHENG, *Le dit de Tianyi*, Paris : Albin Michel, 1998, p. 82. 引用にあたっては辻由美訳『ティエンイの物語』、みすず書房、二〇一一年を参照したが、フランス語原文にもとづき若干の改変を施した。

（2）*Ibid.*, p. 83. ただし彼の絶命時の様子について『ティエンイの物語』の記述には風説にもとづく潤色があるようで、追悼式に駆けつけた盛澄華の四男によれば――「父は鯉魚洲農場に到着後、常に若者たちと一緒に働き、河を浚え湖を塞き止めて田畑をつくり、藁を敷いたテントで眠っていた。自分が心臓病を患っているとはまだ自覚しておらず、この度も午前中に湖のほとりで労働をし、昼過ぎに休息しに帰る途中で不調を感じたため、直接医務室に向かった。医師の話では、強心剤を打ったものの、父はさらに不調を訴え、三〇分ほどで人事不省に陥り、そのため何の遺言も残すことはできなかった」（王聖思の回想記「父・辛笛とその親友・盛澄華」、後掲『盛澄華談紀徳』所収、二七一頁が伝える証言）。

（3）Voir Claude MARTIN - Akio YOSHII, *Bibliographie chronologique des livres consacrés à André Gide (1918-2008)*, Tupin-et-Semons : Centre d'Études Gidiennes, 2009, p. 27, item n° 131.

（4）同著が稀覯書となっていることは、盛澄華の旧友・王辛笛の一九九五―九六年時点での証言からも窺われる――「私は〔かつて〕国内で発表されたジッドの専門研究書として澄華の『紀徳研究』を推薦したことがある。拙宅に蔵していたものは残念ながら文革中に失われ、現在手元にはわずかに一冊が残るのみで、これは克林図書館の整理・寄贈作業中に巴金先生から戴いたものである。私は常々これをいつの日にか重版刊行し、読者の要望に応えたいと思っている」（王辛笛「盛澄華とジッド」、『盛澄華談紀徳』〔次註参照〕所収、二四五頁）。

（5）盛澄華『盛澄華談紀徳』、広西師範大学出版社（桂林）、二〇一二年。

（6）Voir Madame YANG THANG Lomine, *L'Attitude d'André Gide. Essai d'analyse psychologique*, Lyon : Impr. Bosc frères et Riou, 1930. この著書については拙稿「楊張若名『ジッドの態度』をめぐって」、『ステラ』第一七号、九州大学フランス語フランス文学研究会、一九九八年六月、二四七―二五〇頁を参照されたい。

（7）知識人の多くが家財を押収され、私的文書や蔵書を失ったことは、先に引いた傅雷の例にあるとおり。盛澄華の場合については、再婚相手との間にもうけた娘（氏名不詳）による後年の証言がある――「父は文革中に多大な苦難に遭い、家族の書物は押収されたり燃やされてしまった。〔しかし〕私は、紅衛兵による家財差し押さえの際、父が咄嗟の機転を働かせ、〔北京市」海淀区に赴き印章をひとつ刻したのを覚えている。曰く、「批判に供す」と。そして私たちふたりは、父の四つの書棚の本にこの印を捺しに帰った。残念ながら私はその時まだ幼く五、六歳だったが、印を捺して回るのはことのほか楽しく感じられた。本の選択はもっぱら父がおこなったが、彼に代わって印を捺すのが私にはとても楽しかったのだ」（中国のインターネットサイト「百度百科」に掲載された盛澄華の項より）。ジッド書簡のオリジナルについても事情は同様で、王聖思によれば今日までその所在は不明である（前掲「父・辛笛とその親友・盛澄華」〔二〇一一年執筆〕、二七一頁を参照）。

（8）以下に提示する書簡（盛澄華『盛澄華談紀徳』、前掲書、二三一―二四三頁）の宛先・発信地や日付について一言しておくと、たとえば宛先が先行書簡と同一の場合、中国語訳では必ず「寄同前」と略記されている。また日付についても常に年月日が完全なかたちで示されているが、これはジッドの習慣からすれば、むしろ奇異な印象を与える（実際には « 12 Oct. 47 » のような表記がごく頻繁におこなわれる）。翻訳者による「加工」は疑えず、またその加工も書状自体の記述に基づくのか、保存された封筒の住所・消印に依るのか判然としない。したがって本章では、オリジナルの写真版が存在する《書簡14》をのぞき、宛先・発信地・日付のいずれについても〔　〕に入れて示す。

（9）ただし各種の関連書誌・図書館蔵書目録にあたっても、この三作品の中国語訳が単行書として出版されたという情報は見当たらない。あるいは『架空会見記』（後出）のように新聞や文芸誌での掲載だったのだろうか。残念ながら現時点では委細は不詳とせざるをえない。

（10）インターネットの関連サイトのなかには（たとえば上記「百度百科」）、盛澄華の忌日を「四月八日」とするものがあるが、これは明らかな誤り。

（11）一九三七年四月二六日付ロジェ・マルタン・デュ・ガール宛書簡。Voir *Corr. RMG*, t. II, p. 101.

（12）Alessandro Pellegrini, « Una lettera di Gide », *L'Osservatore politico letterario* [Milan], juillet 1978, pp. 48-49.

（13）ジッドはオランダの若い友人ジェフ・ラストに会いに行く予定であったが、結局この計画は取り止めになった。Voir André Gide, *Correspondance avec Jef Last (1934-1950)*. Édition établie, présentée et annotée par G. J. Greschoff, Lyon : Presses Universitaires de Lyon, 1985, p. 55.

（14）その最も顕著な例は、牧師の日記の日付が五月二一日の後、同月一二日・一四日と続き、物語の時間の流れとは明らかに矛盾している点。Voir l'édition critique de *La Symphonie pastorale*, établie et présentée par Claude Martin, *op. cit.*, pp. LXXXV-XCIII.

（15）小松清「ジイド会見記」、『中央公論』一九三九年一月号、一九〇―一九二頁参照（同者の『フランスより還る』、育成社、一九四一年、九一―九四頁／『創造の魔神――ジイドとの対話』、銀座出版社、一九四七年、一二六―一三三頁／『アンドレ・ジイド――自由なる射手』、河出書房、一九五一年、二〇四―二一〇頁がそれぞれほぼ同内容を再録）。

（16）この「新フランス評論」関係者向け試写会の日付特定は、同月二四日のミシェル・レリス宛ジャン・ポーラン書簡および翌日付レリス返信（所用があり欠席の旨）の記述による（voir Michel Leiris - Jean Paulhan, *Correspondance (1926-1962)*. Édition établie, présentée et annotée par Louis Yvert, Paris : Éd. Claire Paulhan, 2000, pp. 133-135）。さらにジッドは五月四日の「ごく内輪の試写会」にもマリア・ヴァン・リセルベルグを伴い出向いている（voir *Cahiers PD*, t. III, p. 136）。

（17）小松清「嵐の前に立って」、『中央公論』一九四〇年八月号、二八三―二八四頁（同者著『沈黙の戦士――戦時巴里日記』、改造社、一九四〇年、一七九―一八〇頁に再録）。ちなみに映画には字幕は付されず、小松執筆の紹介文が映写に先立ち読み上げられた模様（この紹介文は翌年四月、ジャック・マドール、クララ・マルロー、ジョルジュ・デュヴォーによる映画評とともに『フランス＝ジャポン』誌〔第四九号、三四八―三五一頁〕に掲載される）。

（18）「情けない音楽」あるいは「情けないお粗末な音楽」とは、松尾邦之助が伝えるジッドの言葉（『巴里物語』、論争社、一九六〇年、二九六頁〔社会評論社「二〇一〇復刻版」、二四一頁〕、および『自然発生的抵抗の論理――アンドレ・ジイドとの対話――』、永田書房、一九六九年、九三頁）。現在視聴しうる東宝発売のビデオ版から推せば、これは音楽演奏の巧拙ではなく、録音の悪さ（割れるような劣悪な音質）に対する評だと思われる。なお、試写会はその後も「何度となく」おこなわれ、小松はそのうち、翌年四月一八日のエドワード七世劇場での「来会者四百名を超す一般公開試写会」と、五月一〇日のエリゼ・プロジェクションでの「『日仏文化』に特に縁故の深い寄稿家たちを招待した」試写会について証言を残している（上掲「嵐の前に立って」、二八三―二八四頁参照）。またこれと並行して商業的上映の準備も進んでいたが、六月のドイツ軍パリ進攻ですべては水泡に帰してしまう。広く一般に公開されていれば、この日本版『田園交響楽』はいずれフランス版（ジャン・ドラノワ監督、ミシェル・モルガン、ピエール・ブランシャール主演。一九四六年公開、第一回カンヌ国際映画祭大賞受賞）と並び論じられたはずなだけに、いかにも残念なことであった。

（19）*Journal II*, pp. 970-971. この日記記述の初出は *Journal 1942-1949*, Paris : Gallimard, 1950, pp. 194-195.

（20）ここでジッドが指すのはおそらく小松清のこと。彼はこの前年、イタリア・レポート「学生武道団の羅馬《ローマ》入り――駅頭意外な光景」（『報知新聞』、一九三八年五月二八―二九日付朝刊）による筆禍が原因で報知新聞特派員の肩書きを失っていた（小松前掲書『創造の魔神』、八七―一〇二頁、あるいは『自由なる射手』、一五六―一六七頁を参照）。ただし松尾邦之助のことを指したという蓋然性も排除しきれまい。いずれにせよ「四〇年来の知己」は明らかにジッドの誇張。実際には小松は一九三一年以来、松尾は一九二七年以来の知己であった。

（21）建設社版『ジイド全集』月報「ラ・フゥルミ」第五号、一九三四年七月、六頁（編集部通信欄）、および松尾邦之助「ジイドとの一問一答」、同第六号、同年八月、一―三頁（微細な文言の修正を施したうえで、同年九月刊の『巴里素描』、岡倉書房、八七―九三頁に再録。ただし稿末、面談の日付を「一九三六年六月五日」と誤記）を参照。

（22）松尾のジッド宛書簡は全集月報第八号（一九三四年一〇月、一―四頁）に発表された。ジッドの返信も同号（六―七頁）に全文が訳出・掲載されたが、そのオリジナルは他のジッド書簡とともに第二次大戦中、松尾が滞在していたベルリンで焼失し（前掲『自然発生的抵抗の論理』、八六頁、および同者著・大澤正道編『無頼記者、戦後日本を撃つ――一九四五・巴里より「敵前上陸」』、社会評論社、二〇〇六年、一五四頁を参照）、また日本語訳も全集月報以後は、筆者の承知するかぎり一度も再録されていないので、長くはなるがこの機会に全文を引用・紹介しておこう（引用にあたっては漢字・仮名を現代風に改め、また読点の若干数を削除した）――

プラハ、一九三四年八月五日

マツオ・クニ様

君の七月一〇日付の手紙を拝見した。立派な、おそろしく賢い手紙であっただけに、返事をせずにいられなかったことを察してくれたまえ。

君はひょっとしたら――あれから大分経っているんで――僕が君の手紙を放擲《うっちゃっ》ておいたものと思ってやしなかったか。……それが気になるが、実を言うと僕は仕事に追われ過労の結果すっかり病気して、カールスバート〔カルロヴィ・ヴァリ〕で静養を止むなくされ、やっと昨日医者の許可を得たという始末、だからそのあいだ仕事は全然できなかった。

君の手紙を再読した。君は日本および日本の歴史、僕の昨今の態度にかんして書いている。……君の書いたことはみな感激して読んだし、君の言うことは一々もっともだと思った。同時にまた、日本に対してとった西欧諸国の態度にかんする君の観察も正当であるように僕には思われた。

君の言う国際連盟に対する言葉「連盟は、満腹した、盗みを思うぞんぶんやりつくした西欧資本主義国家の既得利権擁護機関だ」には、悲しいかな、賛成同意せざるをえない。のみならず、これに関連した君の堂々の意見に対し、自分はそれを理解しうるばかりか、そこに深い同情の念を禁じえない。

　特に君が自分に示されたる、マルローの証拠たるものを主張したもうな。貴国とソ連邦間の宿命的にして避け得られない戦争を、無理にも私に信じさせたものはマルロー自身であり、彼との会談であり、彼の確信なのである。かつ、この戦争をマルロー自身は近々のうちに行われねば止まぬのと信じている。……然して、最も真面目に平和を口にする人たちの意向にも関わらず、方々ではそうした与論が行われているのである。……この戦争はおそらく、大きな社会的変動でもないかぎりは、何物といえどもこれを防ぎえぬような歴史的宿命なのだ。

　もし私が君に直ちにこの返事をなしえたとしても、以上が私の書きえたすべてなのである。

　最近こうした暗雲が中欧を蔽《おお》って集積してきた。そうして、まずもって嵐が起こらなければならないのは、我が西欧の上にであると思われる。このような社会的なる苦難は、今日如何にも大きくあり、全世界的なものであり、ますますそれは大きくなって行って、それから先き我々は怖るべき日々を過ごさねばならぬのでもあろうと私は気づかう。けれど私の楽観主義は、そういったものの彼方を見つめようと努めている。然して、たとえ私のすべての理解にも関わらず、こういった苦難が起こってくるものであったとしても、私は君に心から手を差し延べる次第である。

アンドレ・ジッド

ちなみに松尾の後年の回想には記憶の錯誤・変質が少なくない。たとえば一九四七年刊の『ヂイド会見記』（岡倉書房）においては、序文執筆をめぐる遣り取りは「一九三二年」のことと、またジッド書簡の発信地もプラハではなく「ブタペスト」と明記される（同書目次および五四頁）。とりわけジッドの対応については、面談時からすでに否定的であった、と大きく変わる。曰く、「ヂイドは例の得意な脱走《エヴァジオン》を体よくやり、私は術なくヂイドに別れ諦めて帰った」（同、五三頁）。かかる論調の変質は以後の著作でも同様に認められる（前掲『巴里物語』、二九四頁〈社会評論社「二〇一〇復刻版」、二三九頁〉、および『自然発生的抵抗の論理』、八四頁を参照）。

(23) 一九三八年一一月二四日付および一九四一年一一月二九日付のアンリ・トマ宛ジッド書簡、個人蔵、未刊。いっぽうジャック・ドゥーセ文庫が現蔵するトマのジッド宛書簡群（整理番号γ574）のなかには、後者の問い合わせに対する返答をはじめ、盛澄華に言及したものは一通も見当たらない。

(24) なお盛澄華への献本にかんしジッドがパリに問い合わせた手紙とは、「プレイアッド叢書」の創案者ジャック・シフリンに宛てた同年一一月二一日付のこと。その後、彼は一二月二日にも同じ旨をシフリンに書き送り、さらに一四日にはすでに発送済か否かを知らせよと求めている（voir André GIDE - Jacques SCHIFFRIN, *Correspondance (1922-1950)*. Édition établie par Alban CERISIER, Paris : Gallimard, 2005, pp. 120, 123 et 127）。また『日記』出版の経緯等については、次章「ジッドと「プレイアッド叢書」」を参照されたい。

(25) 王辛笛の前掲「盛澄華とジッド」、『盛澄華談紀徳』所収、二四五頁。

(26) ジャック・ドゥーセ文庫、整理番号γ51.2、未刊。

(27) André GIDE - Justin O'BRIEN, *Correspondance (1937-1951)*, *op. cit.*, p. 20.

(28) 中国語訳のレフェランスは順に――『地糧』（新生図書文具公司、一九四三年）、『偽幣製造者』（文化生活出版社、一九四五年）、『日尼薇』（同、一九四六年）。

(29) ジッドの唯一の実子カトリーヌは一九四六年八月から五〇年代半ばまで作家のジャン・ランベールと婚姻関係にあり、その間《かん》、彼とのあいだに四人の子をもうけた。ここで誕生間近とされているのは、長女イザベルに次ぐ第二子ニコラ（一九四七年一〇月一六日出生の長男）のこと。

(30) ジッドが言及しているのは次の二つの版――André GIDE, *Attendu que...*, Alger : Charlot, 1943 ; *Interviews imaginaires*, Paris : Gallimard, 1943. これらのほかにも同著にはスイス版、アメリカ版（ともに一九四三年刊）、マダガスカル版（一九四四年）など数種のフランス語刊本がある。

(31) André GIDE, *Souvenirs littéraires et problèmes actuels*, Beyrouth : Les Lettres Françaises, 1946. なおジッドの講演テクストは引き続き『ラルシュ』誌同年八―九月号に掲載され、また一九四九年にはジッドの評論集『秋の断想』（メルキュール・ド・フランス刊）に収録される。

(32) 最初に公刊された英語訳は一九五〇年のエルシー・ペル訳（voir André GIDE, *Autumn Leaves*, trad. par Elsie PELL, New York : Philosophical Library, 1950 [le texte de *Literary Memories and Present-day Problems* aux pp. 191-215]）。なお盛澄華の中国語訳は、前註9で触れたように、単行書として出版されたのか否かは定かならず。

(33) André GIDE, *Allocution prononcée à Pertisau le 18 août 1946*, s. l. : Imprimerie nationale de France en Autriche, [1946].

(34) 刊本は二カ月後ガリマールから出来（一一月三〇日刷了）。

(35) 前註29を参照。

（36）この点については特にエイの次の証言を参照――Richard HEYD, « André Gide dramaturge », *Revue de Belles-Lettres*, vol. LXXVII, n° 6, novembre-décembre 1952 [parution mars 1953], pp. 9-12.

（37）このテクストは式典の翌日『ル・フィガロ』紙に掲載された。その後『ジッド＝マルタン・デュ・ガール往復書簡集』の補遺にも載録されている（vor *Corr. RMG*, t. II, pp. 555-556）。

（38）この論文は前掲『盛澄華談紀徳』、二〇〇―二二〇頁に再録されている。

（39）この単語が現れるのは『ユリアンの旅』「悲愴洋」第七章中の次の一節――「洞窟の奥には、砂が渚のようになっていて、そこにさざ波が寄せてはぴたぴた音を立てていた。私たちは、こうした海底の妖夢のなかを泳いでみたいと思った。だが、蟹やシャルトルイユのことを思うと、泳ぐ気にもなれなかった」（山内義雄訳）。ちなみにその当否はさておき、『ユリアンの旅』の校訂版を作成したジャン＝ミシェル・ヴィットマンは当該語について次のように註記している――「ヤツメウナギの淡水棲幼生を指す動物学用語 « chatouille » との（意図的な？）混同」（André GIDE, *Le Voyage d'Urien*, éd. critique présentée par Jean-Michel WITTMANN, Tupin-et-Semons : Centre d'Études Gidiennes, coll. « Gide / Textes » n° 16, 2001, p. 81, n. 1 (note reproduite dans *RR I*, p. 1282, n. 27)）。

（40）ジャック・ドゥーセ文庫、整理番号 γ 422.1.

（41）王聖思の前掲回想記、二六八頁参照。

（42）同右、二五八頁参照。この引用の出所は示されていないが、徐訏は北京大学哲学系の出身で、パリ留学中に盛澄華と親しく交わった人物。

〔付記〕盛澄華宛ジッド書簡の日本語重訳にあたっては、九州大学大学院人文科学研究院専門研究員（中国文学講座）・長谷川真史氏のご助力・ご教示をえた。ここに記して同氏への深甚なる謝意を表する。

第2章　ジッドと「プレイアッド叢書」
――『日記』旧版をめぐって――

『新フランス評論』を母体として一九一一年に設立された同名の単行書部門が、いくつかの危機を経験しながらも順次活動の幅を広げ、今日「王朝」と称されるまでの大出版社ガリマールに発展・成長したことは周知である。とりわけその出自たる文学関連での同社の歩みはまさに二〇世紀フランス文学の歴史であったといっても決して過言ではない。長い出版活動のなかでは多種多様の叢書が生まれたが、そのうちでもきわだって大きな役目をはたしたのは、存命作家の新作を中心とする「白色叢書《ブランシュ》」と、古典的大作家の名作をおさめる「プレイアッド叢書」である。前者は単行書出版の原点ともなったもので、赤と黒の細い枠囲みに*nrf*とロゴの入った淡いベージュ色の表紙は、わが国でも「フランス装仮綴じ」といえば多くの読者が真っ先にこれを思い浮かべるほど有名である。往時ほどの威光は放たなくなったかもしれぬが、この瀟洒な表紙をまとって自著が世に出ることを夢見る若き文学者は今なお少なくない。

いっぽう「プレイアッド叢書」は、すでに評価の定まった「古典」の収録を原則とする。時代や世紀ごとに色分けされた革装の巻を割ると、上質のバイブルペーパーにガラモンド体の活字が整然と並ぶ。特に近年は学術版としての性格をいっそう強め、第一線の専門家による厳密な校訂をへたテクストを柱に、充実した解題や豊富な関連資料を併載するのを常とし、研究上の定本となっている場合が多い。収録対象はフランスの中世・一六世紀以降を主とするが、ギリシャ・ローマの精髄や聖書・聖典をも含み、地理的にはヨーロッパ全域をはじめ多くの国々に及ぶ（一九九七年から翌年にかけては、谷崎潤一郎が日本人作家として初めて収録されて話題となった）。総巻数はすでに六百を超えている。

本章では、この「プレイアッド叢書」に二〇世紀シリーズが新設されるに至った事情をジッドの『日記』旧版（フルタイトルは『日記（一八八九―一九三九）』）[1]を中心において略述したい。同版は、一九九六―九七年に二巻本の新版（エリック・マルティ、マルティーヌ・サガルト共編）が出たことで、続編の『日記（一九三九―一九四九）』[2]とともに今後は次第に参照されなくなってゆくだろうが、ジッド自身が関与した版という点では依然として重要な意味を持つ。これについても若干の私見を加えたい[3]。

「プレイアッド叢書」の創設とジッドの『日記』

ロシア生まれのジャック・シフリンがパリで興したプレイアッド出版はその美麗にして典雅な印刷・造本で早くからジッドの高い評価をえた。「プレイアッド叢書」は同社の目玉としてシフリンが一九三一年に企画・創設したものである。だが小出版社の例にもれず運営資金は潤沢というにはほど遠い。経済的な基盤を固めることで叢書のいっそうの発展を願うジッドはただちにこれを「新フランス評論」に接収させようと尽力した。とはいえ容易に結果が得られたわけではない。後年のジッドの回想（一九四三年三月一六日の日記）――

この叢書はシフリンが創り、実に巧みに監修しているが、ジャン・シュランベルジェと私はそれを採用させるのにずいぶんと苦労した。合意に達するまでに二年近く辛抱づよく説いたり論争したりしなければならなかっ

た。「あなたがおっしゃるような注目すべきものがそこにあるとは思えません」とXは頑なに言い続けていたのだ。(4)

Xとイニシャルで伏せられるのは、いうまでもなくガストン・ガリマールのこと。この一件にとどまらず、できるだけ危険な賭けは避けたい経営者と、あくまで文学的な評価を最優先にする後見《こうけん》との間で、類似の葛藤・軋轢がたびたび繰り返されたのはよく知られている。

ところでシフリンは単なる版元の地位におさまることなく、すでに二〇年代から、その語学力を活かしジッドと共同でプーシキンの『スペードの女王』や中短篇集をフランス語に翻訳していたし、さらに一九三六年には、共産主義に傾倒する作家のモスクワ訪問にウージェーヌ・ダビやピエール・エルバールらとともに同行したりと、友人としても厚く遇された。そのような彼がジャンル別編集による全集を「プレイアッド叢書」から出すようジッドに請うたのは一九三八年のことである。同じ新フランス評論出版からルイ・マルタン＝ショフィエ編の全集が今なお進行中であったため、新たな全集出版という計画じたいは時期尚早として退けられるが、前者の各巻分載方式とは異なり『日記』はすべてを一巻にまとめるというアイデアはジッドの心をつよく惹く。時代ごとの創作活動を照らすいわば補助資料としてではなく、『日記』そのものに自律的な価値と確固たる総体像を与えられると考えたからだ。

かくして事は決し、実現にむけた作業がさっそく開始される。そのさいまず問題となったのは、妻マドレーヌにかかわる記述をどのように扱うかという点であった。ジッドはさほど迷うこともなくマリア・ヴァン・リセルベルグの意見を容れ、全集版でとったのと同じ方針を選ぶ。すなわち、妻を巻き込むような感情生活にふれた記述は少部数の私家版に別途まとめることにして（一九四七年に一三部のみ印刷された『今や彼女は汝のなかにあり』がその結実）、

プレイアッド版『日記』初版（1939）

彼女が実際に手にとって読むおそれのある『日記』本体からは今回もまたこれを組織的に削除したのである。とはいえ新旧両版で異同がまったくないわけではない。プレイアッド版になって初めて活字化された記述が少数ながら存在するのだ。たとえば一九一六年一〇月七日の「エマニュエル〔マドレーヌのこと〕の数語で私は再び一種の絶望に投げ込まれた」ではじまる一節。あるいは、一九二一年七月二八日の記述「あの……があった日から、私は自分の精神が持続しているという完全な意識を取り戻せないでいる」のうち、「あの……があった日から」という、マドレーヌがジッドの手紙を残らず焼き捨てた事件への仄《ほの》めかしは全集版では削除されていたものである[5]。数量的には微少だが、これら結婚生活の悪化を伝える記述が採録されたのは、一九三八年四月、プレイアッド版の刊出を見ることなく妻が身罷ったことにはたして由来するのや否や。

次いで検討の対象となったのは、いまだ存命中の他者にかんする否定的・批判的な記述である。もちろんオリジナルどおりの活字化もあるが、とりわけ感情表出の露わな箇所については、全面的な削除をふくめ、なんらかの修正をほどこす場合が多い。また先のガリマールではないが、日記や自伝的著作の常として、記載人物の実名をイニシャルに代えて無遠慮・不謹慎の誹りを回避する策もしばしばとられている。しかしながら全集版のテクストに比べると、この種の加工はむしろ減少する。全集版には採録されていながらプレイアッド版になって削除されたり、実名がイニシャルに変わったりという逆の例もなくはないが、全体的にはオリジナルの忠実な再現が増してくるのだ。理由としてまず挙がるのは、両版の間にすでにかなりの年月（とくに全集の第一巻から数えれば七年以上）が経過し、その間《かん》に少なからぬ同時代人がこの世を去った点であろう。さらにケースによっては、時の流れが現実の生々しさを次第に洗い流し、ジッドを当事者としての逡巡から記録者としての冷静へと誘ったためだとも考えられる。

以上に加えて、明確さを欠く表現や無用の反復、日付の不整合（これは思いのほか多い）などを排すための微調整が主として校正刷の段階で繰り返される。作業の経過を簡略にまとめれば、まずは初校が一九三八年の九月からジッドのもとに届きはじめる。つづいて一二月四日の記述には「パリの生活はとかく寸断されてしまい創作的な仕事ができないので、プレイアッド叢書版の『日記』の校正刷を見返すことで苛立ちを鎮める[6]」とある。明けて一九三九年の一月下旬、初校の点検を終了したジッドはエジプトへむけて旅立つが、途中マルセイユから収録分最後の記述をパリに書き送っている（一月二六日）。その冒頭――

パリを去る前に『日記』の校正刷に再び目を通し終えることができた。読み返してみるとエマニュエルにかんするあらゆる文章（少なくとも彼女の死に至るまでの）が組織的に削除されているので、日記はいわば「盲目」にされているかたちだ[7]。

いったん決めたこととはいえ、妻にかんする記述の削除はやはりジッドの気がかりとなっていた。おそらくはそのためだろう、二月に入ると赤裸々な告白『今や彼女は汝のなかにあり』の執筆が再開され、早くも中旬には第二部が書き上げられている。そしてこれと前後して『日記』の再校が、また翌月中旬には三校が相次いで逗留先のルクソールに届く。その後の点検・確認はパリのシフリンに委ねられたようで、四月中旬にジッドがフランスに帰国したさいにはすでに最終校ができあがっていた。この点についてマリア・ヴァン・リセルベルグは同月二二日付で次のような証言を残している――「夜、シフリンがジッドと『日記』の索引の点検をするために来訪。彼は最終校の折丁《おりちょう》をいくつか持参してきた。ジッドは大喜びだ。じつにオーソドックスな仕上がりである。索引の細部について長時間の話し合い」(8)。

同時代の反応・評価(9)

おおよそ右のような作業をへて『日記』は五月二〇日、ブリュージュのサント＝カトリーヌ印刷所で六千部が印刷を完了、さらに製本をまって翌六月末には「プレイアッド叢書」第五四巻として書店の棚を飾るに至った。すでに高い威信を誇っていた同叢書に二〇世紀の作家が、ましてや存命中の作家が入るのはむろん前例のないことで、このジッドをもって嚆矢とする。時代や世紀ごとに革表紙を色分けする基本方針に沿い、新シリーズには地が褐色《ハバナ》、標題片が緑という配色がえらばれた。ちなみにこの意匠については、『一九一八年以降のフランス小説の歴史』で知られる批評家クロード＝エドモンド・マニーが当時の書評のなかで「それにしてもなぜ二〇世紀の作品にこんな地味でピューリタン的な褐色の装丁をあてがうのか」と訝《いぶか》っているが、一般読者の目にもはたしてそんな風に映ったのだろうか……。ともあれ『日記』が鳴り物入りで彼らに供されたことは間違いない。パリの有名書店いくつかのウインドーには自筆の日記帳《カイエ》が展示され、この「文学的事件」（ガブリエル・マルセルほかの評言）への関心をいやがうえにも掻き立てたのである。

まさに「文学的事件」であった。主だった新聞や雑誌はこぞって『日記』を話題に取りあげた。ジッド自身が採集した書評だけでも保存のために分厚い専用ファイル一冊を要したほどである。以下では、主要な書評の概観から窺える同時代の受容傾向をいくつか指摘しておこう。

まず目にとまるのは、多くの批評家がジッドのプレイアッド入りを正当なことと認めている点だ。むろんその語調には幅がある。ガブリエル・マルセルなどは、前世紀までの古典的作家を対象とする叢書にあって「ジッドのために例外的にとられた措置」を好意的に指摘するにとどめるが、いっぽう熱い賛同を隠さぬ論者もまた少なくない。たとえばフランソワ・ド・ルーは次のように述べる――「シフラン氏がこの叢書にジッドの『日記』を入れたことはまことに称賛に値する。現代の作品で古典となるものがあるとすれば、それは間違いなくこの作品である。シフラン氏は過《あやま》つおそれなく将来の選択を見通しているのだ」。

大方においてジッドの叢書入りが歓迎されたのは、ルーの言を俟つまでもなく、なによりも『日記』自体への高い評価によるが、評価を下すにあたって批評家たちが一様に注目したのはそれが一巻本として出版されたという事実である。全集での各巻分載や『新フランス評論』誌上での断片的な掲載をふまえての発言だけに当たり前といえば当たり前のことだが、そこには携帯に適し随時の読書を可能にするといった実利的な感想ばかりか、もっと内容にふみこんだ積極的な価値づけが認められるのである。代表的な意見として、アドリエンヌ・モニエの書評から次の一節を引いておこう――

プレイアッド叢書の一冊として『日記』を出版するというのは名案である。まとまったかたちで読むのが好ましいからだ。私はすでに『新フランス評論』で読んでいた考察を再読しているが、以前よりずっとはるかに重要なもの、あるいはずっとはるかに魅力的なものに映って見える。それらの考察がこの一巻本では本来の輪郭を描き、真実の光を放っているからだ。

分断や細分化からはなかなか見えてこない「総体のもつ密かに意味ぶかい複雑さ」（ドニ・ド・ルージュモン）。ジッドとシフリンの狙いはたしかに的を射たと言えるだろう。

また批評家の大半はテクストの網羅性を話題に取りあげる。夫婦生活にかんする記述の削除に言及する者も、そうでない者も、眼前の書物を基本的には完全版テクストと見なしているのである。おそらく彼らはマドレーヌにかかわる箇所が点線に置き換えられているのを見て、削除部分はすべてこの方法で指示されていると考えたのだろう。しごく当然なことではある。だが実際には、プレイアッド新版で一般にも広く知れわたったように、このとき刊本から漏れた記述はおよそ六百ページ、なんと全体の三割を超えるのである（特に最初の二年分の記述は完全に捨てられていた）。しかしまた同時に、この大量の削除をプレイアッド旧版の欠陥と断ずることは厳に慎まなければなるまい。というのは、すでに新フランス評論版全集の編集段階において、自筆原稿からおこしたタイプ稿をもとに取捨選択の作業がおこなわれていたからだ。いわば『日記』の「構成」はその時点でほぼ完了していたのである。たしかにジッドは日々の記述をつうじて自身の多面性をあますところなく提示したいと強くのぞんでいた。だがそのことと、芸術家の視点から著作のかたちを整えることとは必ずしも矛盾しなかったのではあるまいか。じじつ彼自身の書簡にも同時代人の証言にも大量の削除を悔やむ言葉は見当たらない。ジッドにとって自らの総体的イメージとは、作為を排除しない一種の理想型なのであり、それを決定的に歪め崩すおそれがあるのはただひとつマドレーヌの隠蔽だったのである。点線による削除箇所の指示が彼女の記述にかぎっておこなわれたこと、これ自体がすでに無垢な選択であるとは信じがたい。

『日記』が完全版テクストと見なされた背景にはジッドによる他者評価の辛辣さもあったのではないか。というのは、当時の書評にほぼ共通するもうひとつの傾向として「遠慮のなさ」への言及が挙げられるからだ。出版にむけた準備段階で必要に応じ緩和措置をとったとはいえ、ジッドの筆は相当数の同時代人に対してあいかわらず厳しい。たとえば画家のジャック＝エミール・ブランシュを評して――「彼は何ひとつ欠けるところのない人間である。だから彼は想像力というものを持ち合わせないのだ」云々（一九一六年一一月五日）[10]。第三者からすれば、これほど率直な見解が披瀝されるかぎりはジッドの自己検閲による削除箇所はない、たとえあったとしてもごく少数のはずだ、そう考えたくもなろう。イニシャルによる匿名化もまた同様の推測を誘う要因となったはずだ。ちなみに上述のような忌憚のない人物描写については、不作法を責める声もあるが、全体としては誠実さの証《あかし》ととる好意的な解釈が支配的である。

第二版以降の編集・組版

すでに記したように初版は六千部が刷られた。当時としては相当の部数だが、これが飛ぶように売れ、やがて「新フランス評論」のなかでは増刷が話題となってくる。しかしすでにそのときジッドはいくつかの編集上のミスに気づいていた。第一次大戦中の記述で配列が必ずしも年代順になっておらず、また二カ所で二〇行以上におよぶ重複があったのだ。当然のことながら著者としてはこれを機に修正を希望する。だが細かな誤植の訂正はともかく、若いページでの大幅な組み替えや削除は必然的に索引の全面改訂を迫ることになり、またそれによって新たな誤りも生じかねない。結局はシフリンの懇請を容れて「刊行者の辞」にその旨を追記することで問題は決着した。こうして第二版は翌一九四〇年、春の訪れとともに書店に並んだが、それでもまだ読者の求めはとまらず、さらに一年後には第三版が刊行されるのである。ただし同版は初版のテクストをそのまま再録したもので、第二版での細部の修正はまったく考慮していない。これはまず疑いなく戦時の混乱に起因する単純な手違いであって、ジッド自身の意志によるものとは考えにくい。じじつ彼が一九四八年に第四版を世に問うにあたり依拠したのは第二版のほうであった（若干数の新たな修正を含むこの第四版が以後ながらく定本として一般に流布）。

ところで第二版をめぐっては興味ぶかいエピソードがある。いまだ広くは知られていないので話のついでに紹介しておこう。

たまたま筆者の手元には初版とならんで、それと同じように薄手のカバーをまとい簡素な函に入った第二版がある。一見したところ初版の外装となんら変わりがない。だが函から取り出しカバーをはずせば、そこに現れるのは今やすっかり目になじんだ褐色と緑の装丁ではない。背にほどこされた金線の装飾こそ変わらぬものの、表紙全体が鮮やかな赤一色、しかも粒起革に似せてはいるが紙装だとただちに知れる。もちろん一般に出まわった第二版ではない……。実はこの異装本の存在についてはジッド自身が事情を明かしている。前扉のほぼ全面を費やし次のような献辞を書き込んでいるのだ——

> 一時的に入手難となった本革に代えて革様の加工紙で装丁したこの『日記』をガリマールが私に委ねていた。その試みは私の完全に承認するところだったが、〔結果的に〕表紙の色が違うこの見本はただ一冊かぎりのものとなった。
> 稀少であるがゆえに、これをキーラー・ファウスに献ずるのを喜びとする。
> 友情をこめて、アンドレ・ジッド。ニース、一九四二年四月一八—二〇日。

ここに名のあがるキーラー・ファウスはアメリカの若き外交官で、ジッドとは前年暮から文通関係にあったが、この四月中旬に至って赴任地ヴィシーから尊敬する作家の疎開先に足をはこび、数日間にわたり彼と行動をともにしたのである。いっぽう正確な時期は不明だが、ジッドはそれに先立ち「万一の事態に備えて少なくとも一揃いは保存しておくため、開戦以後の『日記』の原稿をアメリカへ持ち運ぶようにとファウスに委ねていた」[11]という。ならば、直接相見《あいまみ》えた新たな友人への個人的な贈り物として外ならぬプレイアッド版『日記』の異装本を選んだの

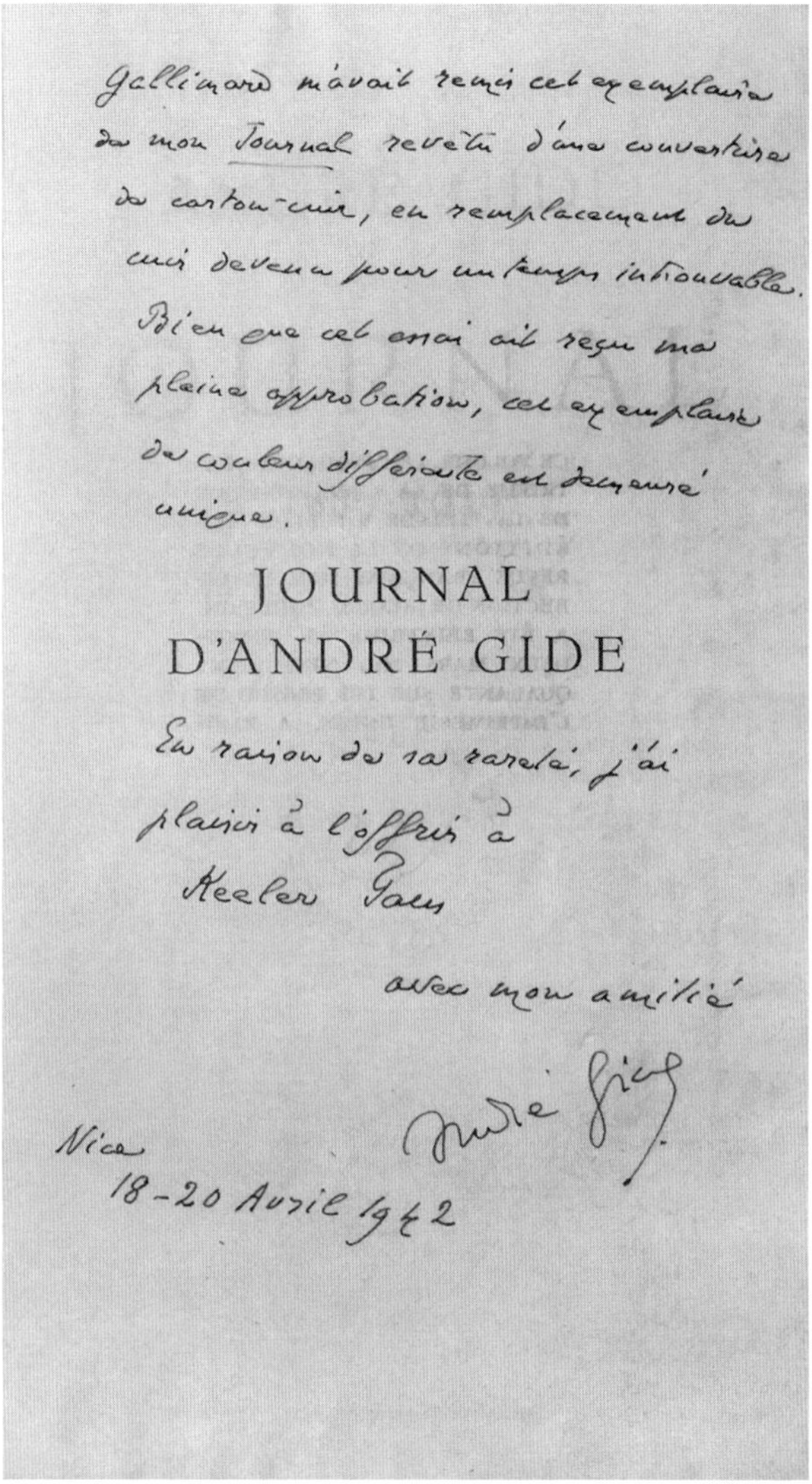
Gallimard m'avait remis cet exemplaire
de mon *Journal* revêtu d'une couverture
de carton-cuir, en remplacement du
cuir devenu pour un temps introuvable.
Bien que cet essai ait reçu ma
pleine approbation, cet exemplaire
de couleur différente est demeuré
unique.

JOURNAL
D'ANDRÉ GIDE

En raison de sa rareté, j'ai
plaisir à l'offrir à
Keeler Faus

avec mon amitié

André Gide

Nice
18-20 Avril 1942

自筆献辞入り第2版異装本（1940）

もそのことと決して無関係とは思えない。ちなみにこの赤一色の装丁は、色調の微妙な違いはあるが、数年後やはり「プレイアッド叢書」の一巻としてジッドが編纂した『フランス詞華集』（一九四九）に転用され、その後もドイツ、イタリア、スペイン各国の『詞華集』（フランス語とのバイリンガル版）を飾ることになった。

第二次大戦と『日記』の受容

上記の逸話を生む背景ともなった第二次大戦は、さらに大きな視野でとらえれば『日記』の受容にどのような影響を及ぼしたのか、最後にその点についても一言しておこう。ヨーロッパが日々緊迫の度合いを強めていた当時の状況を念頭におけば、一個人の内面を綴った分厚い書物などは時勢にそぐわず大きな反響は期待できないと考えられがちだ。ジッドの周辺でも当初はそのような懸念が囁かれていた。だが実際には戦争はむしろ『日記』の成功の大きな要因になったとさえ言えるのである。初版出来《しゅったい》の三カ月後、シフリンはジッドに「前線や兵舎に『日記』を携行する者が多い」と知らせているし、また同じ頃『ル・フィガロ』紙に掲載されたアンドレ・ルソーの書評には次のような一節が見いだせる――

> 今週ふたたびジッドの『日記』を取りあげるのは、先の戦争中、特に一九一四年の夏から秋にかけて彼が書き記したページに立ち返るためだ。仕事や日々の暮らしが混乱をきわめ、戦闘に動員されないフランス人が目的を失った生活のなかでひととき自分を信じたくなるとき、彼らは、同様の状況にあって自らの真の務めを見定めようとしたひとりの作家のほうにおのずと向かうのである。

かくのごとく『日記』によって内省的な読書体験を味わったフランス人は数多いが、最も有名なのは一九八三年に戦時の日記『奇妙な戦争』が公刊されたサルトルの例であろう。その真摯な証言を引くのをもって、この拙い一文の結びに代えることとしたい。サルトルはすでに全集版でジッドの考察に目を通していたが、当初の印象は「ひどく退屈」と、お世辞にも芳しいものではなかった。だが一九三九年九月、配属先のマルムーティエでボーヴォワールから送られてきたプレイアッド版を通読するや、「この作品にはすべてがある。ただ覆い隠されていただけだ」と述べて、それまでの判断が完全に誤りだったと認めている。そんな彼が再読にあたってまず繙いたのもやはり一九一四年の記述だったのである――「私は私の戦時の日々とともに彼の戦時の日々を感じとる。〔…〕そうせよと促すような挿話や考察がひとつならずあるだけに、私は私の戦争を彼の戦争と同化させて、この不確かで未知の将来を、すでに生きられ〈以後〉を持つものに変えるのだ[12]」。

註

（1）André GIDE, *Journal (1889-1939)*, Paris : coll. « Bibliothèque de la Pléiade », 1939.

（2）André GIDE, *Journal (1939-1949). Souvenirs*, Paris : coll. « Bibliothèque de la Pléiade », 1954.

（3）ちなみに『日記』各版の変遷をあつかった研究として、アントン・アルブラス『ジッドの「日記」――プレイアッド版に至る道』なる好著がある（Anton ALBLAS, *Le « Journal » de Gide : le chemin qui mène à la Pléiade*, Nantes : Centre d'Études Gidiennes, 1997）。本章はその論述に負うところが大きい。

（4）*Journal II*, p. 925.

（5）*Journal I*, pp. 964 et 1134.

（6）*Journal II*, p. 629.

（7）*Ibid.*, p. 639.

（8）*Cahiers PD*, t. III, p. 130.

(9) 本節で言及・引用する書評の出典は以下のとおり——Adrienne MONNIER, « Méchanceté », *La Gazette des Amis des Livres*, juillet 1939, pp. 11-12 ; Gabriel MARCEL, « Le Journal d'André Gide », *Temps présent*, 28 juillet 1939, p. 4, col. 2-6 ; François de ROUX, « André Gide : Journal », *L'Intransigeant*, 11 août 1939, p. 2, col. 7-8 ; André ROUSSEAUX, « Le Journal d'André Gide en 1914 », *Le Figaro*, 9 septembre 1939, p. 4, col. 1-3 ; Denis de ROUGEMONT, « Au sujet du *Journal* d'André Gide », *La NRF*, n° 316, 1er janvier 1940, pp. 24-32 ; Claude-Edmonde MAGNY, « Le Journal de Gide à la Pléiade », *Esprit*, février 1940, pp. 306-310.

(10) *Journal I*, p. 979. ただしこの記述を読んだブランシュ自身はジッドに手紙を送り、「友人が友人に加えうる侮辱のうち最も私心のない侮辱」と伝えている。Voir la *Correspondance André Gide - Jacques-Émile BLANCHE (1892-1939)*. Édition établie, présentée et annotée par Georges-Paul COLLET, Paris : Gallimard, coll. « Cahiers André Gide » n° 8, 1979, p. 305.

(11) *Cahiers PD*, t. III, p. 304. ファウスについて付言すれば、彼は外交官の立場を利用して、ヴァレリーの末期の苦痛を和らげるために必要な薬剤の調達に尽力したことでも知られている。

(12) 出典は以下の増補新版によって示す——Jean-Paul SARTRE, *Carnets de la drôle de guerre. Septembre 1939-Mars 1940*, Paris : Gallimard, 1995, p. 34.

〈付記〉なおシフリンの以後の活動について、本文ではその機会を失したので、ここで簡単に触れておこう。理由は不詳だが、一九四一年六月、彼の乗った船がマルチニック島到着直前になってカサブランカに引き返すという事件があった（voir *Cahiers PD*, t. III, p. 254）。このためシフリンは経済的に困窮するが、ジッドとエミール・マイリッシュ夫人からの送金によってやがて難を逃れ、それを機にニューヨークに移住、かの地でパンテオン・ブックスを創設した。この出版社からは『日記抄（一九三九—一九四二）』や『テセウス』の初版をはじめ、数点のジッド作品が刊行されている。

第3章　ジッドとジャン・カバネル

――「アマチュア文芸批評家」にしてレジスタンスの闘士との交流――

後世の評価が定まり、文学史に特筆大書される存在となった作家といえども、存命中は同時代の評価に対しけっして超然としていたわけではない。たとえば、今や世界文学の最高峰と目され、その栄光たるやいや増すばかりのプルーストが、新聞・雑誌の小さな記事にまで注意深く目を通し、自分に向けられた賛辞や批判に応えて、病身を横たえる居室から驚くほど小まめに感謝や弁明の書簡を送ったことは周知である。ジッドの場合も事情は変わらない。新作発表時を中心に、情報収集サービス業者に依頼し、自身にかんする新聞・雑誌の切り抜きを長年にわたり収集していたのは、すでに本書巻頭の「序」で触れたとおりである。

カバネルと雑誌『トリプティック』

ジッドが自作への評価をめぐり文学関係者に宛てた書簡はすでに相当数が公刊されているが、本章ではある未刊の往復書簡（計四通）を紹介し、あわせて若干の関連情報を提供したい。まずは次の書簡から――

《書簡1・ジッドのカバネル宛》

パリ七区、ヴァノー通り一番地乙《ビス》、一九三八年四月一〇日

拝略

大いに力づけていただき有難く存じます。私の著作にかんするご論考は、私の口から秀逸だなどとは申し上げにくくなるほど、お褒めの言葉に満ちています。煽《おだ》てられすぎな気もしますが、決して私の思想を歪めてはいないこの鏡に身を傾けるのは心地よいことです。わけてもあなたは、作家にとって最も重要な、思想の「かたち《フォルム》」というものに敏感であられるように思える。作品からの引用は実に正しく選ばれているので、論考を拝読することで、様々な揺れをこえて、私の「定数《コンスタント》」と呼びうるものがいっそうよく感じとれます。思想の確かさを追究するだけですでに有益な模範、教えたりうるとお説きいただき、自らもまさに然りと認識する、何よりもそこに私は大きな励ましを見いだし、心からの感謝を申し上げる次第です。匆々

アンドレ・ジッド

書状自体に受け手の名はないが、封筒の宛先は「パリ九区シャプタル通り二一番地、『トリプティック』誌編集部気付、ジャン・カバネル様」。ジッドの言及するのが同誌の一九三八年一月号と二月号に連載されたカバネルの論文「アンドレ・ジッド」であることは疑いを容れない(1)。なお、書状冒頭に論文送付への明確な礼の言葉がないこと、また雑誌刊出からこの礼状までに少々時日が経過していることから見て、ジッドは論文の存在を著者本人や掲載誌からの献本ではなく、別のルートによって知ったのではあるまいか。

著者ジャン・カバネル(一八八八―一九五七)は、本名をジャン・テクシエといい、主に社会主義の活動家・ジャーナリストとして知られるが、文芸評論家、画家・ポルトレティストでもあった。「カバネル」は文芸評論家としての

ペンネームである。活動家・ジャーナリストとしての彼の経歴を要約すると、まずは『ラ・デペッシュ・ド・ルーアン』紙を創立した共和主義者の父アンリの影響を受け、二〇代半ばにフランス労働党に加入。第一次大戦従軍時は、いくつかの新聞に特派記事を送った。一九三六年に社会党の前身SFIOに加わる。第二次大戦が始まると速やかにレジスタンスに参加し、『被占領者への助言』（一九四〇）など五冊の対独抵抗文書を立て続けに出版している。フランス解放時に臨時諮問議会議員に就任、戦後は社会党系の日刊紙『ノール・マタン』や、同党の機関紙『ポピュレール・ディマンシュ』などの時評家として健筆をふるった。いっぽう文芸評論家としての活動は特に両次大戦間が盛んで、まさに『トリプティック』が主な執筆媒体であった。なお筆者が承知するかぎり、この方面でのまとまった著書はない。

『トリプティック』は各号三二ページ建《だて》の月刊誌（夏季の六―九月は隔月刊で、年間一〇回の発行）。読者層を「医師団に限定した」一種の業界教養誌である。一九二六年一〇月に創刊され、三九年後半期の中断を挟み、翌四〇年まで発行を続けた。表題が示すように三部構成をとり、副題に「文学・芸術・科学」を添える。ただし「科学」は実際にはもっぱら医学関係の内容に限られており（同誌に掲載された広告もまた然り）、これを映して目次では代わりに「医学」の項目が立てられている。

同誌のなかで最大の分量を占める「文学」の項は毎号、存命中の作家ひとりを対象としたカバネルの評論と、当該作家の小説や詩の抜粋が中心をなす。評論を飾る作家の肖像デッサンはカバネル自身の手による。扱われた作家は、創刊号のジョルジュ・デュアメルを皮切りに、コレット、クローデル、ヴァレリー、ジロドゥー、ジョゼフ・ケッセル、ルナール、コクトー、レオトー、ウージェーヌ・ダビ、モーリアック、ジオノ、セリーヌ、ジュアンドー、マルロー、ジャック・ド・ラクルテル、モンテルラン、ジュリアン・グリーン、ベルナノス、マルタン・デュ・ガール、サルトル、サン＝テグジュペリ等々と、当然のことながら号数を重ねるごとに多岐にわたってゆく。

これに続く「医学」の項は、医師・医学部教授を自宅に訪ねての「一時間」（時として最近物故した医学関係者の追悼記がこれに代わる）。この項は一貫してルー博士なる人物が執筆している。また最後におかれた「芸術」の項は、稀に代役の立つことはあるが（そのひとりはジャン・テクシエ）、ほぼ常に画家・彫刻家のアンドレ・ポーランが担当し、各号ひとりの芸術家にかんする論考を別丁図版を付して掲載している。対象となった芸術家のなかから特に著名なところを拾えば、ユトリロ、ヴラマンク、ピサロ、マティス、マイヨール、フジタ（藤田嗣治）、ローランサン、ボナール、モーリス・ドニ、エミール・アントワーヌ・ブールデルら。後期にはマルセル・デュシャンも論じられている。

カバネルのジッド論

さて、二号にまたがり掲載されたカバネルのジッド論は計一九ページとかなり分量のあるもので、前半部は「あらゆる現代作家のうち明らかに最も重要」な作家ジッドの多面性を論じ、続く後半部は処女作『アンドレ・ワルテルの手記』から大作『贋金つかい』あたりまでの創作活動を年代順に跡づける。今日の研究水準に照らせば、とりたてて鋭い指摘・分析があるわけではないが（したがって本章ではその具体的な内容紹介は省く）、少なくとも、抑制の効いた筆致でジッドの思想や作品をバランスよく概観・整理した好論と評することはできる。とりわけ、『ソヴィエト旅行記』『同・修正』が巻き起こした激しい賛否両論の余波がいまだ治まらぬこの時期に、社会主義者としての自らの政治的主張を文学評論に持ち込まない姿勢は、受容史の観点からも注目に値しよう。一九三八年の時点でジッドの共産主義への傾倒とその後の離反を判断材料から外すというのはむしろ例外的な姿勢であって、ジッドはそこにこそ「様々な揺れをこえて」抽出された自らの〈定数《コンスタント》〉を認め、論者の功を称えたのだと思われる。

カバネルがジッドを論じた二つの号には、『トリプティック』文学欄の慣例にしたがい、ジッド作品の抜粋が添えられた。第一一五号には『贋金つかい』から、二人の登場人物が対話する第二章四節の全文が「ベルナールとローラ」の題で再録されている。だが注目すべきは、これに先立つ第一一四号に掲載されたテクストであろう。ジッドが一九〇七年に発表した『放蕩息子の帰宅』が八ポイント小活字で組まれ、雑誌全体の三分の一に当たる一一ページを占めているのである。[2] この事実は、ジャック・コトナン作成のジッド著作目録をはじめ、従来のどの書誌においても指摘されたことがない。ただし厳密に言うならば、掲載テクストは『放蕩息子の帰宅』の「完全版」ではない。カバネルは、作品冒頭に置かれた数行を作者ジッドによる序文と見なし、再録から除外しているからである。同じ一九三〇年代にドイツで出版されたある語学教科書版も類似の誤りをおかしたが、この冒頭の一節は明らかにテクスト内の話者による語りであり、またそう取らなければ作品の意図された重層的構造を見失うことになる。[3]

解釈の本質にかかわる小さからぬミスだが、もちろんジッド自身はこれにはまったく関与していない。

カバネルによるジッドの肖像

*

ジッドとカバネル＝テクシエの関係は、細々《ほそぼそ》とではあるがこれ以降も続いた。パリ解放から四カ月後、後者は『リベ＝ソワール／リベラシオン』紙のレターヘッド入り便箋を用いて次のような手紙を書き送っている——

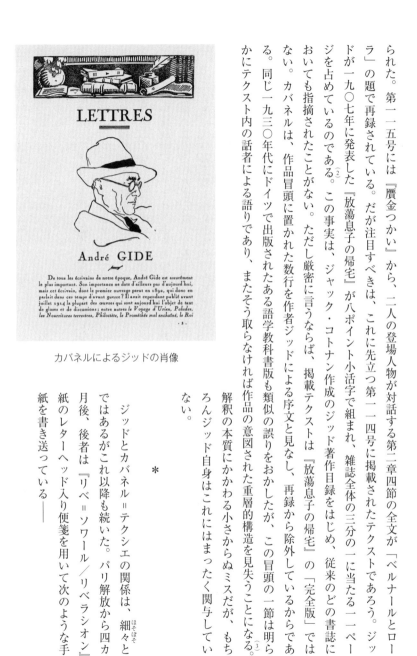

《書簡2・カバネル（テクシエ）のジッド宛[4]》

パリ一六区、ルヌヴー通り四番地、一九四五年一二月一五日

ジッド様

戦前に『トリプティック』と題する雑誌に載せた二つの論文のことをあるいは覚えておいででしょうか？ そこで私はジャン・カバネルと署名してアンドレ・ジッドを論じていました。

私の見方はそれなりに正当であり、論述を読んで嬉しく思ったと言ってくださいました。

戦争が起こり抵抗運動に従事するため、このアマチュア文学批評は止めてしまいました。いささか不本意ながら、今は政治ジャーナリストをしております。人とその著作を判断していたさいに、誰が自分の仲間であるかを見極めようとしたことは、今もまだ政治情勢の領域において私が気に懸けるところです。

非合法時代の著述の一部をまとめた小著をお送りします。

すでに遠い過去のものとはなりましたが、その想い出に心搔き立てられるこれら様々な事柄を、関心をもってお読みいただければ幸いに存じます。匆々

ジャン・テクシエ

この前日（一四日）、ジッドは少壮作家ロベール・ルヴェックを伴いナポリ経由でエジプトに向けて旅立っていたので、テクシエの書簡をいつ、どこで読んだかは定かでないが（ジッドの返信は未確認）、同封された「小著」はまず間違いなく、秋口に公刊された『夜間文書』のこと。同書には、非合法で刷られていた前述の『被占領者への助言』など五冊の対独抵抗文書に加え、四二年から翌々年にかけて執筆された二〇ほどの短文が収録されている[5]。

それから四年半後、テクシエは再びジッドに手紙を書き、後者の『行動の文学』（一九五〇年四月刊）に触発されて、

最近の時評をいくつか送付する――

《書簡3・カバネル（テクシエ）のジッド宛(6)》

パリ一六区、ルヌヴー通り四番地、〔一九〕五〇年六月一一日、日曜

親愛なるアンドレ・ジッド

ガリマールから出た『行動の文学』と題された論集を拝読したところです。論文、講演、メッセージといったこれらのテクストはそれぞれ初出時に読み、すでに存じあげておりました。ただこうして纏まってみるとまるで書かれたばかりのように思えてきて、それは実に驚くばかりです。

あなたのような優れた精神の持ち主が著すものすべてに私がいかに熱い関心を払っているか、くどくどとは申し上げますまい。あなたにかんする論文をいくつか物す機会がありましたが、あなたはそれらの見方が的外れなものではないと言ってくださいました。

そのことに意を強くして、今日は『行動の文学』を拝読しただけに、『ポピュレール・ディマンシュ』に掲載された時評をいくつかお送りする次第です。

友人のいくたりかは私の時評は好く書けていると言ってくれますし、面識のない読者のなかにもそれを有難く思う者もいることでしょう。〔しかし〕勇気があると褒めてくれる人たちに対して私は次のように答えます――私はそういった賛辞にはほとんど心動かされない。他者が考えていることを、そして（私に感謝していることからして）あなた方自身が考えているだろうことを表明するには勇気が必要だ、そう思うこと自体が遺憾である、と。こういった奇妙な精神の麻痺はまさに悪い兆候なのです。

まるで夏休みに独りで勉強している生徒が遠方の教師に「課題」を送るかのように、このいくつかの時評を

あなたにお送りします。「課題」？　だが私はこれらの時評を書くことで、人間としての課題＝務めを果たしている、しかも上機嫌で果たしているような気がするのです。

しかし私がしたいと思っていること、上手くやり遂げたいと思っていることで、あなたに煩わしい思いはさせますまい……。お時間があればお読みください（生徒が言う「どうか読んでください《レージェ・クアエソー》」みたいですが）。そしてまた別にお時間がとれれば、一言で結構です、我々は意見を同じくするのか否かをお聞かせください。もし同じであるならば嬉しい、まことに嬉しく存じます。匆々

ジャン・テクシエ

ジッドは、この頃から秋口までイタリア（タオルミーナ、ソレント、ラパッロ）、次いで南仏（アンティーブ、ニース、グラース）に滞在し、パリに帰着することは稀であったので、今回も彼がいつ、どこでテクシエの手紙と時評を読み知ったかは不詳である。老齢による体力の衰えは著しく、すぐには返信を送らなかった可能性も否定できない。

ところでパリ大学附属ジャック・ドゥーセ文庫のジッド旧蔵ファイルには、「ジャン・テクシエより敬意を込めて」と自筆で記された『ポピュレール・ディマンシュ』一九五〇年六月二五日号掲載の時評の切り抜きが保存されている。『行動の文学』にも言及したこの時評では、『トリプティック』の場合とは異なり、社会主義者としての主張がかなり明確に述べられるが、(7) 日付から判断すれば、先の数点に次いで新たにジッドに送付されたものということになる。確言はできないが、次のジッド書簡はこれを受けての（あるいは二度の時評送付に対する）礼状であろうか――

《書簡4・ジッドのカバネル（テクシエ）宛(8)》

〔パリ、一九〕五〇年一〇月一〇日

親愛なるジャン・テクシエ

お書きになった時評数点を私に読ませようとのご配慮、まことに有難く存じます。ご親切にもお送りいただいた記事を、さほど抵抗を覚えるような箇所もなく、初めから終わりまで楽しく拝読しました。気前よくご自身の神々を理想化するご様子を好ましく思います。こう書くのは、あなたが褒めそやしすぎの〔ジュール・〕ヴァレスのことを念頭においてのこと。[9] だが、あなたが賛嘆するその理由こそは見事です。そしてそれこそが大切なのです。もう少し疲労が軽く体調が悪くなければ、あなたと少し長くお話ししたいところですが、私の体力はひどく落ちており、もう直ぐにもお陀仏になりそうな気がします。そろそろ店じまいの頃合いでしょう。嗚呼！　しかし私の親愛の情だけは疑わないでくださいますよう。

アンドレ・ジッド

おそらくはこの書簡が両者の遣り取りの最後となった。四カ月後の五一年二月一九日、ジッドは八一歳でこの世を去る。半月後、テクシエは『ポピュレール・ディマンシュ』の丸々一面を費やして大作家を追悼した。[10] 彼が同時評を「アンドレ・ジッドとその〈定数《コンスタント》〉」と題したのは、まず間違いなく一三年前の礼状で作家自身が使っていた表現を念頭においてのことである。またその折の記憶を確認するかのように、紙面の中央を飾ったのも、かつて『トリプティック』のジッド論冒頭におかれたのと同一の肖像デッサンであった。

註

（1） Jean CABANEL, « André Gide », *Triptyque*, n° 114, janvier 1938, pp. 3-10, et n° 115, février 1938, pp. 3-13. ただしこの論文はジッド旧

蔵の切り抜き保存ファイルのなかには収められていない。

（2）André GIDE, *Le Retour de l'Enfant prodigue*, repris dans *Triptyque*, n° 114, pp. 15-25.

（3）Voir André GIDE, *Le Retour de l'Enfant prodigue*, Leipzig : Verlag von Quelle & Meyer, s. d. [1932], coll. « Bibliothèque Française » n° 28, 40 pp. この語学教科書版は削除ではなく、逆に過剰な付加によるミスをおかした。すなわち、作品冒頭の一節を作者ジッドの序文と見なしたうえで、それに続けて刊行者による短い解題を挿入することでテクストを分断してしまったのである。なお、作品冒頭部の読解にかんしては、第II部・第3章「状況に想をえた小品」、二二九―二三六頁を参照されたい。

（4）ジャック・ドゥーセ文庫、整理番号 γ 439.2.

（5）Voir Jean TEXCIER, *Écrit dans la nuit*, Paris : La Nouvelle Édition, 1945.

（6）ジャック・ドゥーセ文庫、整理番号 γ 439.1.

（7）Jean TEXCIER, « Barnum et Lucifer », *Populaire Dimanche*, 3e année, n° 87, 25 juin 1950, p. 6. 上述の切り抜き保存ファイル（Fonds Gide, A-16-V, n° 392）は、この時評の出所を「一九四五年一二月の『フランス＝ソワール』紙」と記録しているが、掲載紙・発表時期のいずれも誤りである。

（8）個人蔵、未刊。

（9）ここでジッドが言及しているのはおそらく、一九四六年二月末の『レ・ベル・レクチュール』紙上でテクシエがヴァレスの自伝的小説『子ども』（『ジャック・ヴァントラ』三部作の第一作、一八七九年初版）を論じた次の記事――« Jean Texcier présente : *L'Enfant* [de Jules Vallès] - Introduction par Jean Texcier », *Les Belles Lectures*, n° 5, 27 février 1946, p. 1.

（10）Jean TEXCIER, « André Gide et sa "constante" », *Populaire Dimanche*, 3e année, n° 123, 4 mars 1951, p. 5. この記事はテクシエの没後に編まれた『ジャン・テクシエ、ある自由人』（*Jean Texcier. Un homme libre, 1888-1957*, pp. 224-231）に再録される。

第4章　ジッドの『アンリ・ミショーを発見しよう』
――一九四一年のニース講演中止をめぐって――

本章が対象とする事件の内容は、ジッド自身や関係者らの証言・記録によって、すでにある程度詳しく知られている。すなわち大筋としては、一九四一年五月にジッドが南仏ニースで行おうとしたアンリ・ミショーにかんする講演が、ペタン政権の御用団体「在郷軍人奉公会」の妨害によって中止されたというもので、多少なりとも詳細なジッドの年譜にはたいていてい記載されている挿話である。この事件について、既知の関連文献のほか、筆者が参照することのできたいくつかの未刊資料をもとに、さらにいっそう鮮明な全体像を提示したい。

ニース講演に至る経緯

ジッドとミショーとが交わした手紙のうち、これまでに現存が確認されているのはわずか四通（ジッド書簡一通、ミショー書簡三通）にすぎない。それもあって両者の具体的な交流については不明な点が多い。ふたりがニース講演中止の翌月に会っていることは確かだが、それが初対面であったか否かも今ひとつ定かではない。その前年、一九四〇年の秋から暮れにかけて相見《あいまみ》えていた可能性も小さくはないのである。だがいずれの場合であれ、すでにフランスを代表する大作家だったジッドと、当時はまだベルギー国籍で、知名度もさほど高くはなかった詩人ミショー

（一八九九年、ナミュール生まれ）との出会いが、文学を愛する二人の女性との交友を機縁に成立したものであるのは間違いない。二人の女性とは、アリーヌ・マイリッシュ、そしてマリア・ヴァン・リセルベルグである。

すでに第Ⅳ部・第1章「ジッドとポール・デジャルダン」でも触れたが、アリーヌ・マイリッシュは、ルクセンブルクの富豪エミール・マイリッシュの妻で、英・独・仏の多くの文学者・芸術家と交遊があった文学メセナ。ルクセンブルク市郊外のコルパハの城館で文化サークルを主宰したが、この文化サークルは、その規模・広がりにおいてデジャルダンの「ポンティニー旬日懇話会」に勝るとも劣らぬものであった。ミショーは一九三五年に、哲学者ベルンハルト・グレトゥイゼンの仲立ちで、このマイリッシュ夫人と親交を結び（後年ミショーは夫人追悼の記念文集で「彼女とはほかの誰にもまさる友人同士であった」[1]と述懐している）、南仏アルプ＝マリティーム県のカブリ（郡庁所在地グラース近郊）にあった彼女の別荘ラ・メスュギエールにも幾度か逗留している。同じくカブリに別荘があった彼女の親友マリア・ヴァン・リセルベルグは頻繁にラ・メスュギエールを訪れたが、そのさいしばしば同行したのが、やはりマイリッシュ夫人とは旧知の間柄だったジッドであり、上述のように遅くとも一九四一年の半ばまでには夫人宅でミショーとも会う機会があったのである。

マリア・ヴァン・リセルベルグ、通称「プチット・ダム」は研究者にとっては周知の人物であり、本書にもたびたび登場しているが、改めて紹介すると、夫の画家テオともども早くからジッドと親交を結んだベルギー人女性で、パリに移住後はまさに彼の盟友と呼びうる存在となった。とりわけ夫妻の娘エリザベートがジッドとの間に非嫡出子カトリーヌをもうけたことは有名である（ジッドは妻マドレーヌの死後、このカトリーヌを養子にとる）。また一九二〇年代後半からは、ジッドと夫妻とはヴァノー街のアパルトマンで隣同士に居住するが、壁を改造、そこにドアをつけて二世帯が容易に行き来できるようにし、毎日のように食事をともにしたほどの間柄であった。マリアの最大の功績は、身近で生活する作家の日々の言動を一九一八年以来、なんと三〇年以上にわたって、しかも当人にはまったく気づかれることなく記録し続けたこと。エッカーマンの『ゲーテとの対話』にも比すべきこの膨大な記録『プチット・ダムの手記』は、まさに第一級の同時代資料だが、ミショーにかんするジッドの感想・評価を含め、講演中止事件のさいのジッドの言動についてもいくつか重要な証言を残している。

さて、これら二人の女性の交友を機縁にジッドはミショーと面識を得るわけだが、詩人に対する彼の関心は少なくともその数年前にさかのぼる。とりわけその裏付けとなるのが、一九三三年六月に俳優・演劇作家ルイ・デュクルーに宛てた手紙である。この手紙のなかでジッドは自らを「ミショーに大いに注目し、またミショーに魅了された読者」[2]と明確に規定している。また、それが決して誇張でなかったことは『プチット・ダムの手記』の記述によっても確認できる。たとえば一九三五年五月の手記には、「今日ジッドは新フランス評論に立ち寄ってミショーの〔『夜動く』の〕校正刷を読んだ。彼が言うには、〈大変な才能に恵まれた人間だ。私は彼の作品をこよなく愛する〉[3]」とある。またその二年後の手記には次のような証言が残されている――「ジッドはミショーの『夜動く』を読んでいる。彼が言うには〈この作品がものすごく好きだ。私自身が書きたかったような作品だ。〔…〕そこには詩情と美点があふれている〉[4]、云々。（ただし、ジッドが読んでいたもうひとつの作品、一九二九年発表の旅行日誌『エクアドル』に対する評価は必ずしも高いものではなく、そのことは後に公刊された講演テクスト『アンリ・ミショーを発見しよう』の論述内容からも窺われる）。

以上のような経緯の後、一九四〇年暮れの『プチット・ダムの手記』は、これ以上はないというほどの熱をこめて『夜動く』を読むジッドの姿を伝えている――「ジッドは『夜動く』を再読中である。熱狂するほどにこの作品が大好きなのだ。ノートを取っているが、ミショーにかんする、朗読を交えた講演を強く想定しているのだろう。彼はミショーのうちに、尋常ならざる言葉の才能、突飛さのなかに潜む一種の誠実さ、また〔表現の〕正確さを見て取る。〔…〕彼はミショーに手紙を書いているところだ。『夜動く』の第二部から引いた一連の詩篇を我々に読んで聞かせてくれる」[5]、云々。この証言からも、『夜動く』に対する熱狂——場合によっては、詩人と面識を得たことを機に再燃した熱狂かもしれない——が元となってニース講演が発案・準備されたことは疑えない。なお、ジッドが送ったという手紙は保存されていないが、ミショーからの返信は、ジッドの慧眼を称え、また自分を講演の対象に選んでくれた好意に対し深い感謝の意を表している。[6]

ちなみにニースでの講演にあたっては、あるひとりの青年の存在が欠かせなかった。当時弱冠二一歳、後に作家・文学ジャーナリストとして名を成すロジェ・ステファヌ（本名ロジェ・ヴォルムス、一九一九—四四）である。パリの裕福なユダヤ人家庭に生まれた彼は、ナチス支配を嫌って、しばらく前からニースに移り住んでいた。なんら生活に不自由することはなかったものの、自立の道を文学・芸術活動に求めて文化人による連続講演を企画する。その企画の目玉にと彼が選んだのが、二年ほど前（一九三八年の暮れ）、たまたまパリの路上で姿を見かけ、大胆にも声をかけたことから自宅に呼ばれるという僥倖をえていたジッドであった。ジッドのほうでも、同性愛者であることをためらいなく公言するこの才気煥発な若者に親近感を覚えており、講演の依頼にすすんで乗るかたちとなったのである。なおステファヌはいくつかの自伝的著作のなかでニース講演中止の経緯について書き残しており、それがこれまで公にされた証言では最も詳しい内容のものであった。[7]

事件の叙述（ジッドの未刊の日記）

ステファヌの証言はそれなりの実質をともなっているが、これと比べてもさらに一段と詳細なのが、本章冒頭で触れたジッド自身の未刊の日記（五月二三日付）である。一九九六—九七年刊の『日記』プレイアッド新版は、旧版全体の三分の一にも相当する大量の未刊記述（ジッド自身の判断・選別により収録から漏れていた記述）を増補したが[8]、パリ大学附属ジャック・ドゥーセ文庫が現蔵するこの断片稿（整理番号γ1532）についてはその存在にすら言及していない。明らかに見落としによる収録漏れである。まずは当該稿の物理的な側面から述べておくと、縦一七センチ、横一一センチ大の小型手帳から切り離された黒色罫線入りの七葉からなり、うち四葉は裏面も使われている。記述はすべて青インクを用いたペン書きの自筆。ジッドの日記帳の使用法は多くの場合、見開きの右ページ（つまり各葉の表面《おもてめん》）に日々の記録を書き、左ページは追記や補註、各種のメモのために空けておくというものだが、この場合も同様であって、裏面四ページに書かれているのはほとんどが事後の追加・補足である。

資料の紹介をかね、ニース講演中止の二日後に認《したた》められたこの日記によって事件の概要を提示しよう。日付につづく導入部では、ジッドがかつて同性愛の対象として熱愛したマルク・アレグレの名が引かれる。ジッドは数日来、マルクが夏を過ごすために借りた快適なコテージに滞在しているのである。カンヌのすぐ近くだが、実に静かな場所なので無用な雑事に煩わされないで済む、といった旨が短く記されたのち、話題は本筋のニース講演へと移る――

私は事の成り行きにまかせて、ある講演を引き受けていた。ロジェ・ステファヌがたいへん熱心に企画していた講演である。ジョルジュ・オーリック〔サティやコクトーを擁護者とする「六人組」に参加した作曲家〕がその連続講演の口火を切っていたが、私はその翌週の水曜日、つまり一昨日のことだが、アンリ・ミショーにかんする「朗読を交えた談話」をすることにしていた。講演当日の朝にステファヌが、私に宛てた一通の手紙が講演会場のリュール・ホテルに届いたことを電話で知らせてきた。ステファヌは好判断を働かせて手紙を開封していたのだが、それは在郷軍人奉公会の幹部のひとりから送られたもので、皮肉のこもった慇懃な手紙であった。内容は、〈悪しき師《モヴェ・メートル》〉として私が及ぼした良からぬ影響によって青年たちを退廃させ、ひいては祖国敗北の大きな原因を作った責任を自覚し、恥辱と不名誉のうちに口を閉ざすという「気配りと知性」が私に認められない場合には、在郷軍人奉公会としては講演を妨害しうるというもので、そういったことが言葉を巧みに選んだうえでの無礼な調子で書いてあった。

この記述に関連してジッドは、在郷軍人奉公会からの手紙の全文を手帳の左ページに忠実に転写している。情宣部門の責任者ノエル・ド・ティッソが署名した手紙の主旨はジッドの要約するとおりだが、さらにその原文から引けば、「ペタン元帥がフランスの青年たちに自己犠牲の精神を奨励せんとしているこの時局にあって、悦楽・享楽の精神を得意満面で擁護する者のひとりが演壇に上がることはとうてい認めがたい」、というものであった。(9) 日記本文の引用を続けよう――

講演は夜の九時からだったが、六時頃には会場のリュール・ホテルのバーに諮問委員会のようなかたちで、ロジェ・マルタン・デュ・ガール、マルセル・アシャール、ロジェ・ステファヌ、そして(マルタン・デュ・ガールが電話で知らせた)アンドレ・マルローらが集まった。マルローが実に明確に述べてみせた考えは、在郷軍人奉公会は非常に多数の会員を擁しており、警察の同意や保護・支持を得ている、つまり一言でいえば警察と共謀しているだけに、その意向に逆らうのは賢明ではない、というものであった。言いなりになるしかなかった。弥縫策《びほうさく》を講ずるほかはなかったのである。

しかしながら、その一方でマルク・アレグレは在郷軍人奉公会の幹部のひとり、アクア・ヴィヴァ氏と接触し、長い折衝ののち我々に、奉公会としては熟慮の末、拒否権は行使しないことになった旨を知らせてきた(とは言うものの、私の講演テクストは当局の検閲をへて予め許可を得ていたのだが)。マルク・アレグレは機転を利かせて尋ねてみた――「すると、あの侮辱的な手紙のことは撤回なさるのですか。ジッドに対する非難を取り下げるということでしょうか」。それに対する返答――「まったく違う。ただ我々としてはジッド氏が話をするのは妨げないということだ」。

　奉公会の諸氏にはまことに有難いことであるが、私としてはあなた方の恩着せがましい態度よりもはっきりと禁止していただくほうがずっといい。この無礼な侮辱を受けたあと、それでもやはり講演をさせてくださるといって私はあなた方に感謝しなければならないのか。検閲担当部署が与えた許可だけで十分であって、本来あなた方の許可など必要ではないのだ。私はあなた方の前から身を引き、あなた方にはこの勝利がもたらす悲しき栄誉を残しておく。だが、私の話を聞きにきた聴衆は、私が沈黙するその訳をはっきりと理解することだろう。

　聴衆の数は多かった。私が予期したよりも多く、また熱狂的であった。座る席のない人も多く、聴衆は大会場の奥まで溢れるほどだった。土壇場での指令にしたがい奉公会の会員たちは退席していたが、それでも多くの入場希望者を断らなければならなかった。私が登壇すると割れるような喝采が上がり、それがあまりにも長く続くので私は手振りで聴衆を制しなければならなかった。マルク・アレグレが貸してくれた三つ揃いの背広と靴は私にぴったりのサイズで、まったく着心地・履き心地がよかった。私は心穏やかであると同時に高揚し、さらにはひどく楽しい気分だった。そして壇上の端に置かれた机に上半身を乗り出すように立ち、しっかりとした、よく響く声で、準備していた短い原稿を読んだ。

　このように記したのちジッドはスピーチの原稿を転写する。細かく段落を区切っているのは、聴衆の喝采で発話がしばしば途切れたことを示すためであろう（じじつロジェ・ステファヌは「喝采に遮られ、ジッドがその一〇行を読むのには五分もかかった」(10)と、事件翌日の日記に書き留めている。ちなみにジッドが後続部分で「二度にわたり中断」と記すのは、とりわけ長い中断のことを指しているのだと思われる）——

「諸君。

フランス人のあいだに不和・反目があってはならない、それこそが何よりも私が気にかけるところであります。

今日の午後、人をつうじて在郷軍人奉公会からの脅迫状を渡されました。

奉公会の方々が私の人品や私の作品、私の行動について誤解しようとも、それはほとんど重要なことではありません。この場合にあっては自尊心など問題ではないからです。

最後の最後になって奉公会は私の講演を許可するつもりだということが分かりました。

しかしながら私の考え方に変わりはありません。すなわち、フランス人のあいだに不和・反目があってはならない。対立を生じさせるきっかけを作るくらいなら（とはいえ、この講演は検閲担当部署、文民当局・軍事当局による許可をえていたのですが）、むしろ我々としては口を閉ざそう、というわけであります。

事が芸術に関わるものであるかぎり、私には依然として戦う用意はある。だがフランスの利害を深く憂慮する者としては、単なる誤解をとらえて徒《いたずら》に事を荒立てるわけにはいかないのであります」。

なお、このスピーチを転写した箇所の左ページには、明らかに事後の追記が二つある。最初の記述には日付は打たれていないが、会場での発言に対する反省が次のように述べられる――

たしかにこのスピーチのとおりである。しかし「フランス人のあいだに不和・反目があってはならない」と公言することで、おそらく私はひどく踏み込んだ発言をしている。ヴィシー政権は暫定的な政権なのに、私はその綱領・指針に先々まで一貫して賛同する者だと見なされかねない。将来を拘束するような宣言はすべて思慮を欠くものと言えよう。

いっぽう二番目の追記は、六月五日、すなわち事件から半月後のもので、「会場の模様にかんする冗長な話はこの手帳のなかでは不要な記述だ。仮に私の『日記』が出版されることになったとしても、そこには入れないようにしよう」というもの（また、いつの時点でのものかは定かでないが、この箇所には赤鉛筆で太く印がつけられている）。プレイアッド新旧両版の場合は明らかな遺漏であるが、ジッド存命中に出版された当該時期の『日記』にニース講演中止の叙述がいっさい載っていないのは、(11)おそらくこの追記の内容と無関係ではあるまい。

ひるがえって日記の本文にはどのように書かれていたのだろうか。スピーチを転写したジッドは次のように続けている――

このテクストを再読してみて、それが言わんとするところは読まれ方によって変わる、ということがよく分かった。私が実際に会場でした読み方は聴衆の憤慨と熱狂をかき立てるものだった。まことに短いものではあったが、熱狂的な喝采が沸き起こり、スピーチは二度にわたり中断されたのである。私が「憤慨」と言ったのは、「奉公会に対する憤慨」という意味だ。これに続いて若干の混乱があった。人々の多くは、私がすぐに演台から降りるのを見ても催しが終わったことを未だ理解できていなかったのである。制服を着た会場係が席料は返却される旨を伝えに来た。ステファヌにとってはかなり辛い話だ。というのも八千フランの収入のかわりに、今夜の催しのための出費は（ポスターの代金や会場の賃貸料で）二千フランに上るからである。だが彼の態度はとてもスマートで、費用は持とうという私の申し出を聞き入れようとはしない。また彼は、今夜の催しが失敗であるどころか、仮に講演がどんなに大成功だったとしても、それよりもはるかに大きな意義があったと、心からそう言ってくれる。人々は座席から腰を上げはしていたが、会場にとどまっていた。私は慎みの気持ちから舞台の袖に隠れていたので、彼らが話している内容は聞こえなかったが、その身振り・手振りの大きさから、どういうことかは容易に推測することができた。

私が勝ちを収めたことは間違いあるまい。幾分か巧妙・狡猾なやり方ではあったが、奉公会の意に反して講演をすることで得られたよりもずっと効果的な勝ち方だった。私の話を聞きに来た七四〇人は、おそらく一握りの頭の固い連中を除けばみな、奉公会に憤慨して会場を後にした。そして手紙の署名者ノエル・ド・ティッソは、事件がどのように展開したかを知って恥じ入ったに違いない。〔聞くところでは、彼は上司の数名からひどく叱責され、アルプ＝マリティーム県の奉公会としても、すでに注意を受けていたが、さらに懲罰のおそれがあるという〕。しかしながら、あまり声高にこの勝利を吹聴するのは賢明なことではあるまい。今後、その代償を払わされる虞《おそれ》があるからだ。またさらに奉公会の連中としては、勝利を収めたのは自分たちだと主張しうる立場にはある。なにしろ私の講演を妨害するという目的は果たしたのだから。連中にはこの妨害の事実をこそ吹聴して欲しいものだ……。その間《かん》に事件については一切報じてはならぬという禁令が新聞各紙に対して出た。『レクレルール』と『ル・プティ・ニソワ』〔いずれも地元紙〕が講演が行われなかった旨を報じただけである。そういうわけで私が当てにすることができるのは、ただその場に居合わせた者たちが事の次第を抗議のかたちで語り伝えてくれることだけなのだ。

一部の奉公会会員が憤慨して退会したというのは事実かどうか知りたいものだ。

この引用の最終文には参照番号が振られ、五月二七日付で次のような補足が手帳左ページに書き付けられている——「ヴォートラン司令官が私に語ったところでは、退会者の数は一六〇名。司令官自身は、検閲担当部署の統括者で情報に通じているはずのラバなる人物からこの数を得ている。（さらにこの数は二日後には一八〇に増えた）」。これに関連して付言すると、オリヴィエ・フィリッポナとパトリック・リーンハルトの共著書『ロジェ・ステファヌ』によれば、退会者は六月半ばの時点では二八〇名に上ったという。[12] 奉公会の会員たちは実際には開演前に会場を去っていたわけだから、この退会者続出の事実は、聴衆をつうじて当日の噂が素早く広まった証《あかし》と見て差し支えあるまい。

さて日記本文の最後は、段落ごと大きな罰点で消されているが、マルタン・デュ・ガールの反応を伝える一節である――

> ロジェ・マルタン・デュ・ガールはこの講演には大反対だった。だが彼の主張する考えは私を説得しうるものではなかった。そして私がそのことを漏らすと、彼は言った――「あなたはいつまでたっても変わらない。だから、あなたが自分のことを真面目に考えることは決してないだろう」、と。そして当夜の出来事が驚くほどの成功だったとは認めながらも、次のように言うのだった――「嗚呼、なんて事だ、あなたはそんな成功をおさめるような立場にはなかったのに。だがいつも上手く切り抜けてしまう。あなたという人はいつだって運のいいお方だ」。

マルタン・デュ・ガールが当初から講演の企画に強く反対していたことはマリア・ヴァン・リセルベルグの証言からも窺えるところだが、[13] ジッド自身はそのことをほとんど意に介していなかった。じっさい事件から一〇日ほど経った六月二日にも、マルタン・デュ・ガール当人に宛てた手紙で次のように述べている――「あなたはこの出来事を本当に残念なこととお考えになれるのでしょうか？ 私としては残念なことだなどとは思いません」[14]。ジッドはこの時点ではまだ自信をもってそう言い切ることができたのである……。

「在郷軍人奉公会」

以上が未刊の日記の全容であるが、事件のその後の流れを追うに先立ち、ジッドに脅迫状を送った「在郷軍人奉公会 Légion Française des Combattants」（訳語は「フランス戦士団」「フランス軍人同盟」とも）について触れておこう。[15] 同会は、前年（一九四〇年）七月国家主席に就任したペタン元帥の奨励のもと、翌月末、反ユダヤ主義の政治家グザヴィエ・ヴァラのイニシアチブで発足した一種の御用団体で、第一次大戦の退役軍人、次いで若干の躊躇はあったものの一九三九―四〇年の従軍経験者を糾合して結成された。そのうち、ニースを県庁所在地とするアルプ＝マリティーム県の奉公会は第一次大戦の英雄ジョゼフ・ダルナンの指揮に委ねられた。この組織の目的は「祖国を再興し雪辱を果たさんがため戦士を集めること」、すなわちペタンが唱道する「国民革命」の推進者を糾合することであったが、同年末、ペタンはその新たな任務として「我が輩が諸君に示す方針にしたがい新秩序への敵対者を告発せよ」と告諭する。この「新秩序への敵対者」としてペタンが名指ししたのは「ユダヤ人、コミュニスト、フリーメーソン」であった。ダルナンの古い戦友ブリュックベルジェ神父など一部にペタンの方針に対し異を唱える者はあったものの、アルプ＝マリティーム県だけでもただちに五万人の退役軍人を集めた奉公会は、次第に対独協力に傾く（非占領地区の会員総数は海外県を含め一二〇万を超えたという）。

この対独協力の姿勢は、「国民革命」の思想が盛り上がりを欠き次第に色褪せていくにつれ、いっそう鮮明なものとなる。奉公会の武力部門として設置され、四一年末には非占領地区全域へと拡大する保安部隊（Service d'Ordre Légionnaire）、これを吸収するかたちで四三年一月、対レジスタンス用に組織されたミリス（ペタンの承認のもとではいえ、すでに実権を掌握していた首相ピエール・ラヴァルが統率、ダルナンがその副官を務める）、同年夏結成の武装親衛隊

（Waffen-SS. ダルナンがその司令官に任命される）へとつながる。そしてここでとりわけ留意すべきは、問題の奉公会支部を擁していたアルプ＝マリティーム県の政治的な位置づけであろう。ニースやその近郊は、パリから多くの作家や芸術家が避難・移住したことで早くから文化的な中心をなしていたが、県奉公会の統括責任者から、非占領地区全体のミリスの副官、さらに武装親衛隊の指令官へと昇進していったダルナンの経歴からも窺われるように、同県は政治的な面でも、政権本部の置かれたヴィシー、『ル・フィガロ』や『ル・タン』などいくつかの有力紙が本拠をすえ情報の発信地であったリヨンと並ぶ重要な位置を占めていたのである。ちなみにヴィシー体制の四年間は、王党派の伝統的右翼が中心のペタン派が支配した権威主義的な第一期と、ラヴァル派が支配したドイツの衛星国としての疑似ファシズム的な第二期とに区分しうるが、第二期ばかりか、上述のように「国民革命」の抑圧的側面を背景にして、フランソワ・ダルラン提督の第一期にすでに対独協力が推し進められていたことを見逃してはならない。今回の話題は、一部の奉公会会員による突出した行動ではあったものの、そのことを示す好例といえよう。

占領期の国土分割（1941年5月当時）

新聞・雑誌の反応

次いで新聞や雑誌の反応がどのようなものであったかについて――。ジッド旧蔵のファイルに貼付された書評類の切り抜きを中心に当時のプレスの反応を一瞥しておきたい。

というのは、先にも参照したオリヴィエ・フィリッポナとパトリック・リーンハルトによる『ロジェ・ステファヌ』は、記事のいくつかを順不同に並べたうえで「新聞や雑誌はこのニース風サラダに様々な味付けをした[16]」とだけ評しているが、記事を掲載順に、また占領地区か非占領地区かを考慮しながら通覧すると、それとはまた別の様相が見えてくるからである。

末刊の日記にもあったように、当局は事件にかんする報道を即刻禁じた。この措置に従い、当初は地元の『ル・プティ・ニソワ』と『レクレルール』（ともに翌日報）に講演中止の事実が短く掲載されただけであった。また記事内容の制約ばかりか、報道そのものがアルプ＝マリティーム県内においても限定的だったことは、『レクレルール』の当該報はニース版のみで、郡庁所在地グラースやカンヌなど南西部が対象のグラース版には掲載されていない点からも窺われる[17]。

しかしながら現場に立ち会った聴衆をはじめ地元での反響・反発は予想以上に大きく、これに対し在郷軍人奉公会は事態の収拾・沈静化を図る目的で二六日、『レクレルール』の「奉公会通信 Chronique de la Légion」にティッソのジッド宛書簡を全文掲載、コメントを付して奉公会側の正当性を主張する（ただしこれもまたニース版のみの記事であって、情報が必要以上に拡散・伝播することは避けたいという意図が露わである）。とりわけ目をひくのは奉公会による事実の意図的な隠蔽・歪曲で、記事は「我々奉公会としては、アンドレ・ジッド氏の講演にかんして最近おこった一件にさほどの重要性は認めないが、一部の人々の間に若干の動揺が生じているので、ここに事の次第を明らかにする」と前置きし、ジッド宛書簡を引用したのち、平然として次のように結ぶのである――「アンドレ・ジッド氏は、我々の主張を容れて講演をおこなわず、またカンヌでの講演予定も取り消した。これにて一件落着[18]」……。

だが事件そのものを速やかに葬り去らんとした奉公会の目論見は完全に裏目に出る。記事は逆にニースの騒動を広く全国に知らしめることになるのである。当時、占領地区と非占領地区の間での手紙の遣り取りは禁じられていたが、小荷物の郵送は認められており、それなりの制約はあったが相手地区でのプレス情報はおおむね入手が可能であった。かくして「奉公会通信」の内容は、非占領地区内のみならず、数日のうちには占領地区にも伝わり、当然ながら各紙誌において報告・論評の対象となったのである(19)。

まずパリの対独協力紙『ルーヴル』(ロベール・ボバンの署名記事)は五月三一日号で、ジッド擁護の意図はまったくないと述べつつも、むしろ当局の事前許可にもかかわらず奉公会が講演を妨害した点を取りあげ、「奉公会」＝アクション・フランセーズに毒された、いわゆる「自由地区」のほうこそ政治的な圧政が強く、自由がないと非難する。

リヨンで印刷されていた週刊の『セット・ジュール』は非占領地区でほとんど唯一事件を報じたメディアだが、その六月一日号掲載の記事(ジャック・ドゥーセ文庫所蔵の切り抜きにはジッドの自筆で出典・日付が書かれている)はかなりグロテスクなものと言えよう。奉公会の名を挙げることはせず、「様々な愛国者組織が、『背徳者』と同性愛弁護の書『コリドン』の著者であり、かつての熱狂的なコミュニスム支持者の講演に抗議しようとしていた」と述べたうえで、次のように素っ気なく結んでいる――「ジッド氏は〈フランス人統合の支持者〉として、純粋かつ単純に一連の講演を取り止めた。八千フランにのぼる興行収益は返却された」。

これ以後はもっぱらパリの対独協力紙による報道が続く。まずは『ラ・ジェルブ』が六月五日号で、ジッドの作品はさほど偉大でもなく雄々しいものでもないのに、その名声と権威は汎ヨーロッパ的に大きい、それだけに、奉公会が講演を禁じたのは新生フランスに倫理的イメージを付与するものだと論じている。

これにつづき極右系新聞『ラペル』は六月一二日、卑語や俗語をちりばめた記事のなかで、ユダヤの擁護者ジッドが妥当なる衛生的措置によって講演を禁じられたが、そのことを嘆く馬鹿者どもがいると口汚く罵り、すでに死んだも同然のこの作家をありがたがる非占領地区の共和派もまた同じく死臭を放っていると難じている。「口から糞を吐く輩ども」などといった過激な表現は、まるでセリーヌの『バガテル』を読んでいるかのようだ。
また『ラサンブルマン』は六月一五日、奉公会の行動を批判した同僚紙『ルーヴル』の記事をおそらくは念頭におき、その修正を試みている。『ラサンブルマン』によれば、ジッドはコミュニストとして祖国に甚大なる悪影響を及ぼした人物であるだけに、奉公会の取った行動には十分に汲むべきものがある。ジッドの才能は認めつつも、彼が今後もフランスの青年層を害し続けるならば、断固として否《ノン》と叫ばねばならない。惜しむべきは、奉公会が講演禁止の決定を最後まで貫かなかったことである、と。

そして極右紙として名高い『ジュ・スュイ・パルトゥ』の六月二三日号に寄稿したドリュ・ラ・ロシェルは、『新フランス評論』との絶縁を表明したばかりのジッドに対し、抑えた筆致ながら対独協力の理を説いている。すなわち、かつてモスクワを訪れたジッドが今度はパリを訪れ、「古き国家主義、古き社会主義の欠陥を免れた国家社会主義」の建設がこの地でいかに準備されているかを、彼自身の目で見てもらいたいものだ、と。

以上のように報道はほとんどがパリの対独協力紙によるもので、非占領地区での報道は少なく、あっても決して好意的なものではなかった。特に地元ニースの各紙は一貫して沈黙を守っている。さて続いては、『レクレルール』に「奉公会通信」が掲載された時点に遡って、ジッド自身の対応を『ル・フィガロ』との遣り取りを中心に見てゆくことにしよう。

『ル・フィガロ』との遣り取り

論述の錯綜を避けるため未刊日記の紹介のさいには言及・引用を控えたが、「奉公会通信」に関連してジッドは記事掲載の翌日（五月二七日）、補足のメモとして奉公会が事実を歪曲したことへの反発を次のように書き付けていた——「じじつ『レクレルール』の〈奉公会通信〉はノエル・ド・ティッソの手紙を全文掲載したうえで、〈アンドレ・ジッド氏は、我々の主張を容れて講演を行わなかった〉と書いている。彼らの非難に対し私が全面的に同意したと認めさせようとする書き方だ。これを読めば、憤慨した会員がさらに新たに退会を申し出ることだろう」。

この補足メモと同様、明らかに「奉公会通信」に触発されてジッドは同じ二七日、カブリから『ル・フィガロ』の主筆ピエール・ブリソン（その後も一九六四年まで在任）に宛て長い手紙を送ることになる。ちなみにこの手紙は二〇〇七年一一月パリのドゥルオ会館で競売に付されたもので、先買権を行使したジャック・ドゥーセ文庫の所蔵するところとなった。封筒は保存されておらず、書状自体にも名宛人は明記されていないため、高名な自筆稿専門家が作成した競売カタログでは『ル・フィガロ』の文芸記者モーリス・ノエルに宛てた書簡であると註記されていた（後述のようにブリソンから手紙を託され、ヴィシー当局との交渉に当たったノエルが以後も自身で保管していたことによる混同）[20]。だが実際の受け手がブリソンだったことは、やはりジャック・ドゥーセ文庫現蔵（ジッドの遺贈）の同者宛下書きとの記述内容の一致から疑問の余地はない[21]。入念な推敲の跡をとどめるこの下書きの存在は、作家が書簡の重要性を認識していた動かしがたい証左でもある。

手紙は便箋六枚からなるかなりの長文で、内容としては、講演の原稿が当局の検閲であらかじめ承認されていたことや、在郷軍人奉公会がジッドの態度次第では講演を妨害する用意があると告げていたこと、また同会幹部との遣り取りや、ジッドが会場で読み上げたスピーチの転写など、未刊の日記と重複する部分が多いが、ここでは日記にはない記述について簡略に紹介しておきたい。当然のことながら、それは主として『ル・フィガロ』に対する依頼・要請の部分であって、ジッドはまず手紙の冒頭では次のように書いている――

《書簡1・ジッドのブリソン宛[22]》

カブリ、〔一九〕四一年五月二七日

拝略

私のカンヌ講演を企画していたヴィクトル・グランピエール氏からの手紙で、彼がアンドレ・ヴァルノ氏から電報を受けたこと、それによれば、ニースで予定されていた私の講演を妨害した最近の事件にかんし『ル・フィガロ』がなにがしかの情報を望んでおられることを知りました。貴紙のご関心はよく分かります。というのもこの事件は、私という個人を超えて〈悪しき師〉論争、貴誌に寄稿しておられる方々（とりわけアンドレ・ルソー）がこれまでにも実に熱心に関わってこられた〈悪しき師〉論争に連なるものだからです。〔…〕

文中に登場する人名について補足しておこう。カンヌ講演の企画者だったヴィクトル・グランピエールは、ディオールの香水瓶をデザインしたことで知られる装飾美術家。いっぽう彼に電報を打ったアンドレ・ヴァルノは作家・美術評論家で、当時はリヨンに滞在していた『ル・フィガロ』の定期的な寄稿者。同じ美術関係ということで同紙の依頼を受けてグランピエールにコンタクトをとったものと思われる。アンドレ・ルソーも、やはり当時はリヨンに滞在していた文芸評論家で、『ル・フィガロ』の中心的な寄稿者のひとり。このルソーが深く関わっていた「〈悪しき師〉論争」とは、一言でいえばフランスの敗北・分裂を招いた、あるいはペタンの「国民革命」に支障をきたすという理由による、一部の文学者・思想家に対する保守・カトリック陣営からの非難・攻撃と、それに対する反対派の擁護を指す。まさにジッド自身はアンリ・マシスらモーラス主義者たちの格好の標的であった。むろんルソーはジッド擁護派である。なお『ル・フィガロ』の取材活動については、時間的なインターバルから見て、前日の『レクレルール』の記事に触発されて始まったものとは考えにくい。後述するようにカンヌ講演にかんし誤報を出すという不始末を契機に、それ以前からすでにカンヌ側に接触していたものと推測される。

書簡の紹介に戻ろう――。ジッドは、『レクレルール』掲載の「奉公会通信」では在郷軍人奉公会の立場を正当化するため、講演妨害の方針を最終的には撤回した点が意図的に隠蔽され、また聴衆の激しい憤慨についてもまったく触れられていないことを強調したうえで、『ル・フィガロ』には細心の注意のもとに事件に関心を示して欲しい旨を次のように綴っている――

アルプ＝マリティーム県の奉公会が上層部の叱責を受けたことについて私自身は何も承知していないと見なされています。また貴紙『ル・フィガロ』がこの事件を報じるとしても、極めて強大な力をもち、自らもそのことを示威したいと思っている組織の怒りを買わぬよう、くれぐれも注意を払っていただきたい。ご存じのように〈悪しき師〉論争はいまだ沈静化してはおりません。『ル・フィガロ』が私からの情報をどのように利用すべきか、またどのように利用できるかはさておいても、少なくともあなたに近しい寄稿者の方々にはこの情報をご承知おきいただきたいのです。敬具

アンドレ・ジッド

なおジッドの手紙には次の三つの文書・資料が添えられていた。すなわち第一は、『レクレルール』の編集者ジャン・ルイヨがピエール・ブリソンに宛てた手紙。第二は、問題の「奉公会通信」の切り抜き。そして第三が、ジッドが講演会場でしたスピーチの写し（ルイヨの手書き）である。このうちルイヨのブリソン宛書簡は、前日の五月二六日、すなわち『レクレルール』に「奉公会通信」が掲載された当日のもので、ジッドが同紙編集部に対し迅速に接触・依頼したことを裏付ける。その全文を紹介すると――

《書簡2・ルイヨのブリソン宛[23]》

ニース、〔一九四一年〕五月二六日

拝略

同封申し上げる二点の資料は、アンドレ・ジッド氏が詩人のアンリ・ミショーについてニースおよびカンヌでおこなう予定でしたが、奉公会によって中止を求められた講演にかんするものです。この問題について当局の検閲は、〔ジャーナリズムが〕政治的に関与することを望んでおりません。しかしながら私としてはこれらの資料は貴紙の文芸部門の関心を惹きうるものと存じます。敬具

ジャン・ルイヨ

この手紙からは、『レクレルール』と、同紙に常設の通信欄をもつ奉公会との微妙な関係を読みとることができる。すなわち奉公会はペタン政権の強力な御用団体として、いわば政治的強制力をもってプロパガンダ用の通信欄を掲載させているのであって、『レクレルール』としては決してこれに満足しているわけではないのである。ルイヨの手紙は、ジャーナリズムとしてのせめてもの抵抗の証《あかし》と言えようし、また、お互い当局の検閲に苦慮する者として同業紙の理解を求める態度表明でもあろう。

ジッドの手紙と関連資料を受け取った『ル・フィガロ』のブリソンはさほど日を置かずジッドに返書を送っている（ジャック・ドゥーセ文庫所蔵未刊書簡、封筒は保存されておらず。ジッドはこの書簡を五月三一日にマリア・ヴァン・リセルベルグに見せているので、[24]遅くとも三〇日までには投函されたもの）。これも短いものなので全文を紹介しよう——

《書簡3・ブリソンのジッド宛[25]》

〔リヨン、一九四一年五月末〕

拝略

明日、あなたのお手紙を持たせて〔モーリス・〕ノエルをヴィシーに遣り、奉公会の会長ロール将軍に、この事件の醜悪さ、またかかる愚行が当然のことのようにまかり通ることの危うさに注意を促します。検閲の指示によって講演については記事にすることが禁じられていました。まさにそのために私自身も警告を受けました。私としてはこの禁令が解かれるように求める所存、そのことについては追ってお知らせします。

玉稿を鶴首してお待ち申し上げます。敬具

ピエール・ブリソン

文中、ブリソン自身もすでに「警告を受けた」とあるのは、ニースの一件を受けカンヌ講演もまた中止が決定していたが、『ル・フィガロ』はこの変更事実を承知せず、まさに講演が予定されていた当日、ジッド歓迎・称賛の記事を掲げるという不始末を犯していたためであろう。[26]

さて、ブリソン書簡とほぼ同時期（五月三〇日）、ジッドはミショーに宛てた手紙（現存が確認された唯一のジッド書簡）で、講演テクストの出版への同意を求めるが、その話に先立ち、気軽な口調で事件に触れている——「あの記憶すべき催しについてなにがしかの噂があなたの耳にも入っていることでしょう。翌日には一六〇人の奉公会会員が退会したのです！　まったく愉快な経験でした！[27]」。しかしながら、こういった精神状態はさほど長くは続かない。すでに見たようにジッドに対し非好意的な報道が続くなか、六月一四日の『日記』には次のような悲観的な記述が現れる——

奉公会の犠牲になるのはかまわない。だが、こんなつまらないことで犠牲になるのは嫌だ。私が喋るのをやめたのは、ド・ティッソ氏の脅迫状によるというよりは、むしろ私の講演がくだらないものだからだ。大したことでもないことを言うために、こうした脅迫に挑戦するなんて！　そんなことをする必要はない……。私ははじめ、抗議の意味で〈続々と〉徽章を返上する会員がいるのを見て〔…〕喜んだものだった。しかし、この小さな事件については今日、〈世論〉のなかには次のことしか残っていない。つまり彼らは私に喋ることを禁じた、そして私は、新聞の報じたとおり〈自分の間違いを認め、彼らの道理に屈して〉沈黙した、というものだ。事態を明らかにすることができたかも知れない文章はすべて検閲によって発表を禁止されてしまった。(28)

自嘲的な厭世感の発露とも見なせる一節であるが、最終文を見るかぎり、この日記をつけた時点ではジッドは頼みとする『ル・フィガロ』がヴィシー当局の説得工作に失敗したと思っていたのはまず間違いあるまい。

だが、まさに同じ六月一四日発行の同紙にジッド援護の記事が載るのである。(29)「訂正を要す」と題された記事の主要部分はほとんどがジッドからの情報を要約したものであるが、まずはそれに先立つ導入部分——「パリで印刷される新聞各紙は驚き、眉をひそめている。詩人アンリ・ミショーにかんするアンドレ・ジッド氏の講演はどうやらニースで禁止処分を受けたらしい、と。そんな風に伝えられるとこのニュースはまったく正確さを欠くものになってしまう」。次いで記事は、奉公会が講演当日、脅迫状を送ったこと、その後態度を翻し講演を許可したが、ジッド自身がこの不当な提案を拒否し、会場で聴衆にその旨を告げると割れるような喝采がおきたこと、などを報じたあと次のように結んでいる——「蓋をして報じないでも悪くはないような事件ではある。だが現にパリで流布している情報は、誤ったものである以上、きちんと正しておく必要があったのだ。ジッドの名がフランス文学の威光のひとつを担っているようなあらゆる国々で、ついにフランスは知的生活にかんし、ニースの脅迫状送付者が示したような最低のレベルにまで落ちてしまった、そう見なされることになれば、我々にとって誇るべき事態とはいえまい」。
記事の内容から見て、『ル・フィガロ』が遅ればせながらも事件を具体的に報じる許可、しかも批判を交えて報じる許可を当局から得ていたことは疑えない。じっさい翌一五日、ブリソンはジッドに宛て次のような手紙を送っている――

《書簡4・ブリソンのジッド宛》[30]

〔リヨン、一九四一年〕六月一五日

拝略
昨日「ル・フィガロ・リテレール」でお読みになったコラムこそは、半ばながらではあれ、ここ二週間ほどの戦い、粘り強い裏交渉によって得られた勝利です。講演中止事件が、奉公会について報じたある調査記事の掲載と折悪しく重なってしまっただけに、[31]そしてその記事の文面変更はいっさい禁じられていただけに、私としてはこの勝利をいっそうのこと強く望んでおりました。それにしても検閲は万事につけ一段と厳しさを増しています。戦いを諦めぬよう気力を振り絞らなければなりません。敬具

ピエール・ブリソン

『ル・フィガロ』の好意的な記事とならんで、ブリソンの手紙はジッドを勇気づけたに相違ない。じじつ、これ以後は「くだらない講演」などといった自嘲的発言は消え、講演テクストの出版計画も順調に進展しはじめる。ジッドは事件直後からガストン・ガリマールとの話し合いで、刊本は若者たちが求めやすい定価一〇フランの普及版だけとし、印刷は非占領地区内でおこなうと決めていたが、[32]その予定どおり『アンリ・ミショーを発見しよう』は一九

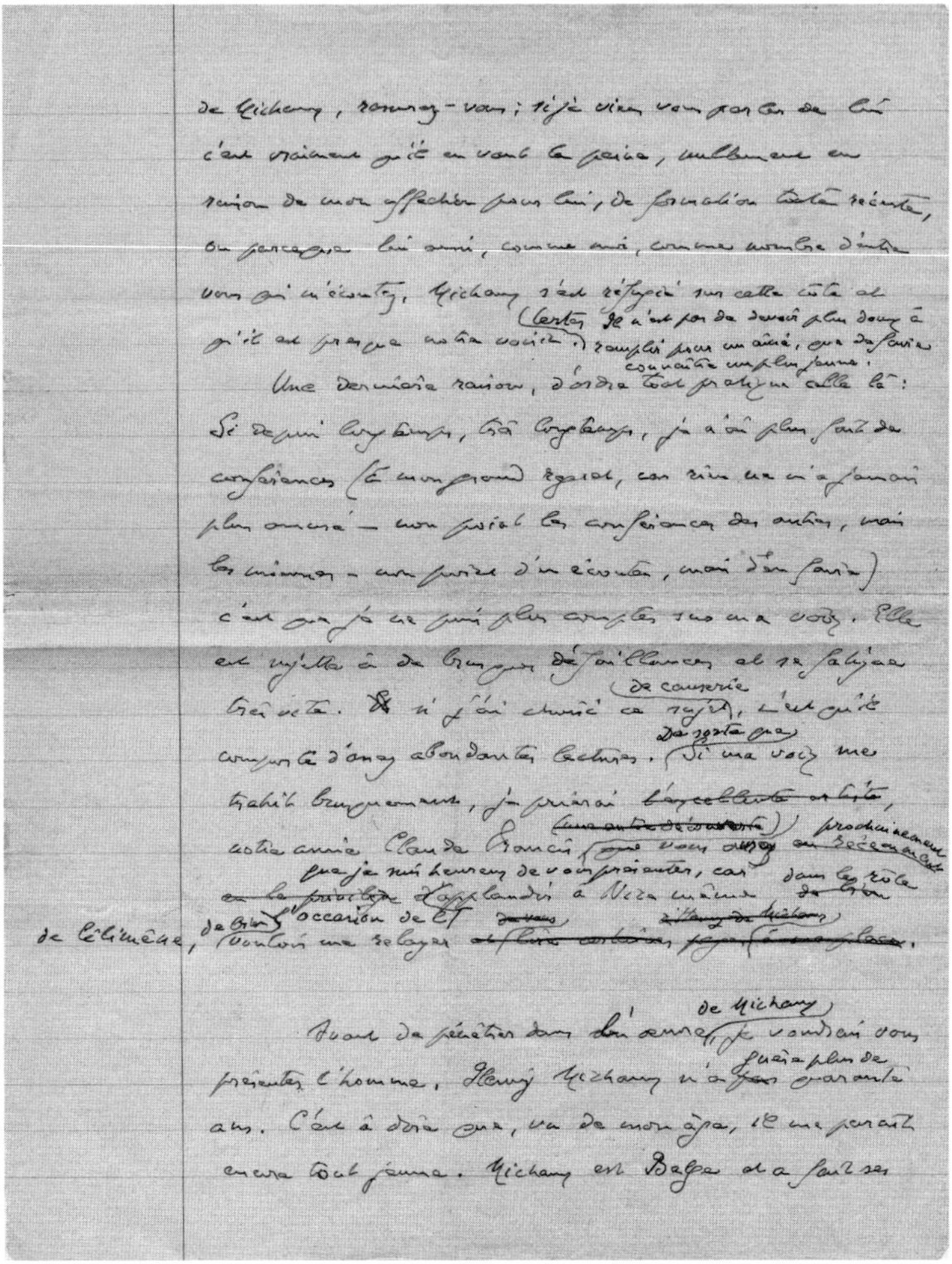

de Michaux, rassurez-vous ; si je viens vous parler de lui
c'est vraiment qu'il en vaut la peine, nullement en
raison de mon affection pour lui, de formation toute récente,
ou parce que lui aussi, comme moi, comme nombre d'entre
vous qui m'écoutez, Michaux s'est réfugié sur cette côte et
qu'il est presque notre voisin. (Certes il n'est pas de devoir plus doux à remplir pour un aîné, que de faire connaître un plus jeune.)

Une dernière raison, d'ordre tout pratique celle là :
Si depuis longtemps, très longtemps, je n'ai plus fait de
conférences (à mon grand regret, car rien ne m'a jamais
plus amusé – non point les conférences des autres, mais
les miennes – non point d'en écouter, mais d'en faire)
c'est que je ne puis plus compter sur ma voix. Elle
est sujette à de brusques défaillances et se fatigue
très vite. Si j'ai choisi ce sujet (de causerie), c'est qu'il
comporte d'assez abondantes lectures. (De sorte que) si ma voix me
trahit brusquement, je prierai ~~[illegible]~~,
notre amie Claude Francis, ~~que vous [illegible]~~ prochainement
que je suis heureux de vous présenter, car ~~[illegible]~~ applaudir à Nice même dans les rôles de [illegible]
de Célimène, (à l'occasion de [illegible]) de bien vouloir me relayer ~~[illegible]~~.

Avant de pénétrer dans l'œuvre (de Michaux), je voudrais vous
présenter l'homme. Henry Michaux n'a guère plus de quarante
ans. C'est à dire que, vu de mon âge, il me paraît
encore tout jeune. Michaux est Belge et a fait ses

『アンリ・ミショーを発見しよう』自筆下書き

四一年七月、ミディ＝ピレネーのカオールで普通紙のみが刷られ、まもなく出来《しゅったい》の運びとなるのである。

＊

では、公刊されたこの講演テクストの作品としての完成度はどうなのか。ジッド自身は刊本冒頭に添えた前書きで次のように述べている――「この講演用の小文は、聞いていただくために書かれたもので、読んでいただくためのものではなかった。（だから聞き易くするためにある種の気さくな調子で書かれているが、それがこうして読まれる時には、嘆かわしいことにぞんざいな書きぶりに思われてしまう）。もしも予告されていたとおり五月二一日に演説することが私に許されていたならば、これを印刷させようなどとは夢にも思わなかったことだろう」[33]。まさに然り、というのが筆者の率直な感想である。ジッドはこの講演を当初から「朗読をまじえた談話」と呼んでいたが、ミショーが大詩人としての地位を獲得し、その詩句が公認の参照対象となった後では、刊本のなかでの長々とした引用の頻出は、時としてテクスト全体の緊密な構成を損なってはいないだろうか。たとえば一九〇〇年ブリュッセルでの講演『文学における影響について』や、一九二二年ヴィユー・コロンビエ座でのドストエフスキーにかんする連続講演を傍らにおいて比べるならば、なおさらのことそういった感が強い。いっぽう当時の反応・受容に話をかぎっても、この小冊子自体は、二年後フランシス・ポンジュの『物の味方』にかんしサルトルの論文が巻き起こしたほどの大きな反響を呼んだわけではない。さらに言えば、ニース講演中止をめぐる騒動はミショーの名を一般のあいだに広めはしたが、必ずしもそれによって人々がただちに詩人の作品に手を伸ばしたわけではなかったのである。

しかしながらジッドの名とミショーの名が結ばれたことの意味は決して小さくない。すでに久しく前からジッドはひとつの確固たる規範だったからである。この「最重要の同時代人」（アンドレ・ルーヴェール）が己の注目するところを公にしたことで、ミショーを熱烈に愛する読者の層は徐々にではあるが確実に広がっていったのである。ジッドの支援に感謝したミショーは、フランス解放後の一九四五年、ガリマールから上梓した詩集『試練・悪魔祓い』を次のような自筆献辞を添えて贈っている――「誰もが人の支えをひどく欠いていたあの年、この私にかくも温かく手を差し伸べてくれたアンドレ・ジッドに」(34)。

註

（1）Henri MICHAUX, « Hommage », in *Colpach*, vol. h. c. publié par les Amis de Colpach, Luxembourg, 1957, p. 53 (nouvelle éd. augmentée en 1978, p. 185).

（2）Lettre d'André Gide à Louis Ducreux, du 12 juin 1933, partiellement reproduite dans *BAAG*, n° 98, avril 1993, p. 358.

（3）*Cahiers PD*, t. II, p. 446.

（4）*Ibid.*, t. III, p. 14.

（5）*Ibid.*, t. III, pp. 216-217.

（6）Voir la lettre d'Henri Michaux à André Gide, s. d. [début 1941], reproduite par Jean-Pierre MARTIN, « Gide lecteur de Michaux », *BAAG*, n° 105, janvier 1995, pp. 73-74.

（7）Voir Roger STÉPHANE, *Chaque homme est lié au monde*, Paris : Éd. du Sagittaire, 1946, pp. 63-64 et 285-286 ; *Toutes choses ont leur saison*, Paris : Fayard, 1979, pp. 135-137 et 331-332 ; *Tout est bien*, Paris : Quai Voltaire, 1989, pp. 159-160. Voir aussi Olivier PHILIPPONNAT et Patrick LIENHARDT, *Roger Stéphane. Enquête sur l'aventurier*, Paris : Grasset, 2004, pp. 173-180.

（8）Voir *Journal I, II*.

（9）ちなみにジッドに手紙を送ったノエル・ド・ティッソ（一九一四年生まれ）はこれ以後、典型的なナチス・コラボとしてユダヤ人迫害やレジスタンス弾圧に積極的に加担、最後はフランス武装親衛隊の突撃部隊長として対ソ連戦に参加し、一九四四年の夏、旧ポーランド領ガリツィアで戦死した。

(10) Roger Stéphane, *Chaque homme est lié au monde*, *op. cit.*, p. 64.
(11) ジッド存命中に出版された当該時期の『日記』とは以下の各版である――*Pages de Journal (1939-1942)*. Edited by Jacques Schffrin, New York : Pantheon Books, 1944 ; *Pages de Journal (1939-1941)*, Alger : Charlot, 1944 ; *Pages de Journal (1939-1941. Mai 1942)*, Yverdon et Lausanne : Éd. du Haut-Pays, 1945 ; *Journal (1939-1942)*, Paris : Gallimard, 1946.
(12) Voir Philipponnat et Lienhardt, *op. cit.*, p. 180.
(13) Voir *Cahiers PD*, t. III, p. 245.
(14) *Corr. RMG*, t. II, p. 234.
(15) 本節の論述は以下の各著に負うところが大きい――Pascal Fouché, *L'Édition française sous l'Occupation, 1940-1944*, 2 vol., Paris : Bibliothèque de Littérature française contemporaine de l'Université Paris 7, 1987 ; Philipponnat et Lienhardt, *op. cit.*, p. 176 ; 渡辺和行『ナチ占領下のフランス――沈黙・抵抗・協力』、講談社「選書メチエ」、一九九四年／川上勉『ヴィシー政府と「国民革命」』、藤原書店、二〇〇一年。
(16) Philipponnat et Lienhardt, *ibid.*, p. 179.
(17) Voir *L'Éclaireur de Nice et du Sud-Est* (éd. de Nice) du 22 mai 1941, coupure conservée par Gide lui-même. 正式名称が謳うように同紙はニースを中心にフランス南東部（実質的にはアルプ＝マリティーム県）をその販売エリアとしていた。ちなみにパリのフランス国立図書館が現蔵するのは県南西部を対象とするグラース版（それに先立ってはカンヌ・アンティーブ・グラース版と称した）のほうである。
(18) *L'Éclaireur de Nice et du Sud-Est* (éd. de Nice) du 26 mai 1941, coupure conservée par Gide lui-même. 強調は原文どおり。
(19) 事件を報じた紙誌のうち、以下で言及するものの出典は次のとおり――*L'Œuvre* (art. signé de Robert Bobin), 31 mai, p. 1, col. 3 : « La "Légion" de Vichy s'arroge en zone non occupée de singuliers droits de censure littéraire » ; *Sept Jours*, 1er juin, p. 10, col. 2-3 : « André Gide n'a pas pu lancer un poète » ; *La Gerbe*, 5 juin, [transcription manuscrite conservée à la Bibliothèque littéraire Jacques-Doucet (Paris)] ; *L'Appel*, 12 juin, p. 2, col. 4-5 : « Le Gide et son... Michaux » ; *Rassemblement pour une France européenne, nationale et sociale*, 15 juin, « supplément exceptionnel » p. 3, col. 4 : « Plaindre Gide ? S'agit de s'entendre... » ; *Je suis partout* (art. signé de Pierre Drieu la Rochelle), 23 juin, p. 3, col. 4 : « Ils n'ont rien oublié ni rien appris ». なお非占領地区での報道が比較的容易にパリに伝わっていた点については、一例として、当時ポール・レオトーが『ル・フィガロ』をはじめとする新聞・雑誌の切り抜きを

しばしば知人から郵便で受け取っていたことを挙げておこう（voir Paul Léautaud, *Journal littéraire*, nouvelle éd., *op. cit.*, t. III, pp. 341, 347, 379, 413 etc.）。

（20）Voir le catalogue de la vente des 20-21 novembre 2007 à Drouot-Richelieu, Paris : Piasa, p. 60, item n° 236. ノエル旧蔵アルシーヴからの出品物を数多く収めたこの競売カタログには、当該書簡とならんでジッドのノエル宛書簡一二通も記載されている（item n° 235）。なお付言すれば、ノエルはブリソンの信任が厚かった敏腕記者で、戦後は『ル・フィガロ』の文芸欄を基に創刊された週刊紙『ル・フィガロ・リテレール』の編集長に就任している（voir Pierre BRISSON, *Vingt ans de « Figaro » (1938-1958)*, Paris : Gallimard, 1959, pp. 41, 54 et 186-188）。またブリソンの経歴や活動などの詳細については同書のほか以下を参照―― André LANG, *Pierre Brisson : le journaliste, l'écrivain, l'homme (1896-1964)*, Paris : Calmann-Lévy, 1967 ; Jean-François BRISSON, *Fils de quelqu'un. Pierre Brisson et les "trente glorieuses" du « Figaro »*, Paris : Éd. de Fallois, 1990 ; Raymond ARON, *Mémoires. 50 ans de réflexion politique*, Paris : Julliard, 1983.

（21）次註に正本のレフェランスを示すブリソン宛書簡の下書き（ジャック・ドゥーセ文庫、整理番号γ 133.11）。この下書きに日付の記入はないが、第一葉冒頭に「P・ブリソン宛書簡」というジッド自筆の備忘がある。

（22）ジャック・ドゥーセ文庫、整理番号 Ms ms 50958 (1-6).

（23）ジャック・ドゥーセ文庫、整理番号 Ms ms 50958 (7). レターヘッドは « L'Éclaireur de Nice et du Sud-Est / Rédaction ».

（24）Voir *Cahiers PD*, t. III, p. 248.

（25）ジャック・ドゥーセ文庫、整理番号γ 133.10. レターヘッドは « Le Figaro. Paris / Direction ».

（26）Voir l'article paru dans *Le Figaro (littéraire)* du 24 mai 1941, p. 3, col. 4 : « M. André Gide derrière le tapis vert ».

（27）Lettre d'André Gide à Henri Michaux, du 30 mai 1941, reproduite dans le catalogue de la vente de la *Bibliothèque littéraire Gwenn-Aël Bolloré*, Paris : Sotheby's France, 12 février 2002, p. 91, item n° 70, fac-similés.

（28）*Journal II*, p. 764.

（29）*Le Figaro (littéraire)*, 14 juin 1941, p. 3, col. 4 : « Il faut rectifier... ». ちなみに当時『ル・フィガロ』（四ページ建、毎土曜日に二ページの文芸欄「ル・フィガロ・リテレール」を掲載）の発行部数はわずか数千部で（たびかさなる検閲の強化に抗議して同紙が休刊を決定した翌年末の時点では約八千部。Voir BRISSON, *Vingt ans de « Figaro » (1938-1958)*, *op. cit.*, p. 34）、基本的には定期購読者が対象であった。同紙がアルプ＝マリティーム県の読者のもとに郵送で届くのはおそらくは発行の翌日で、ジッドが明らかにこの擁護記事を一四日当日には読んでいなかったのもそのためと推測される。じじつ、ひとつのサンプルとして当時ニース在住のマルタン・デュ・ガールの日記を調べてみても、そこには「昨日の『ル・フィガロ』によると」に類する表現はあっても、「今日の『ル・フィガロ』」といった記述は一件も見当たらない（voir Roger MARTIN DU GARD, *Journal (1892-1949)*, 3 vol., Paris : Gallimard, 1992-1993, t. III, pp. 399, 513, 524, 527, etc.）。

（30）ジャック・ドゥーセ文庫、整理番号 γ 133.9.

（31）五月三一日から六月四日まで四回にわたり掲載されたルイ・ガブリエル＝ロビネによるルポルタージュ「在郷軍人奉公会のベレーを被って」（« Sous le béret de la Légion », art. signé de Louis GABRIEL-ROBINET, *Le Figaro*, 31 mai et 2-4 juin 1941）のことを指す。

（32）Voir *Corr. RMG*, t. II, p. 233 (lettre de Gide, du 2 juin 1941). ただし、このマルタン・デュ・ガール宛書簡のなかでジッドが言及する「行われずに終わった五月二一日のニース講演」という副題は実際の刊本には付されなかった。

（33）GIDE, *Découvrons Henri Michaux*, Paris : Gallimard, 1941, p. 7 (repris dans *EC*, p. 733).

（34）Cité par Pierre MASSON, dans *EC*, p. 1192.

第5章　ジッドとアンドレ・カラス
――若き文芸ジャーナリストとの交流――

アンドレ・カラス……。二〇世紀フランス文学の専門家でさえ、その名を耳にしたことのある者は稀だろう。文芸ジャーナリズムを生業としたが、まとまった著作もなく、知名度の劣る媒体に細々《ほそぼそ》と寄稿を続けた人物とあっては無理からぬ話である。経歴・文筆活動の委細は詳らかでないが、筆者の承知するかぎりでは、一九二〇年に南仏エロー県ベジエで誕生、地元で初等・中等教育を受けた後、モンペリエ大学に入学。これと相前後する一八歳の時にジッド作品に接し多大な影響を受けたが、それには本人の同性愛的指向も与って大きい。じっさい大学卒業後パリに上るや、以後四〇年以上にわたり愛情を交わし合う男性との同棲生活を始めている。ジャーナリズムの世界に身を投じてからは通信社の嘱託などを務めたが、大手メディアに安定的ポストを見つけることは終《つい》に叶わなかった（たとえばある時期『ル・フィガロ』に職を得ようと、フランソワ・モーリアックや同紙の定期的寄稿者ジョルジュ・ラヴォンの伝手を頼るも[1]、結局は不首尾に終わる）。一九六〇年代後半からは、アンドレ・ボードリーが創刊・主宰した学術的な同性愛雑誌『アルカディ』にも何度か寄稿している（ただし内容はあくまでも文学絡みのものである[2]）。晩年は南仏に居を移し隠退生活、二〇一五年グラース近郊のペゴマで没す。

さて筆者は最近、総計数千枚にのぼるカラス旧蔵文書を調査・参照する機会を得た。その大まかな内訳は、様々な判型の学生ノート・紙片に書きとめられた日記や覚え書き、論文・記事の草稿や切り抜き、同時代の文学者らと交わした書簡類、写真アルバムなどである。このうち書簡は送受信ともに自筆かタイプ打ちの下書きや写しがほとんどで、正本は少ない。(3) とりわけ筆者の関心を引くのはジッドとの往復書簡の写しである(一通は下書き)。作家晩年の個人秘書イヴォンヌ・ダヴェによる代筆二通、パリ大学附属ジャック・ドゥーセ文庫所蔵のカラス書簡一通を加えると、その総数は二四(内ジッド書簡は六通)(4)。テクスト自体は残っていないものの、これら以外にもカラス書簡二通の存在したことが本人作成の一覧によって確認できる。

周辺の資料も充実している。カラスは一九四〇年の暮、当時南仏の小邑カブリに滞在中のジッドを予告なしに訪ねた。その折の模様を彼は後々まで繰り返し筆にのせるが(同者にとってこの体験が決定的な事件として、やがては文筆活動継続の縁《よすが》ともなったのである)、わけても間《ま》をおかず学生新聞に掲載した詳細な記事とそのタイプ原稿、これと重複しつつも活字化から漏れた記述を含む当日の日記は、「普段着の作家」の言動をリアルタイムで伝える証言としてまことに興味ぶかい。ほかにもジッド作品にかんする大量の読書メモや、『地の糧』の著者が目を通したのが確実な創作短篇数点など、往復書簡の精確な内容把握を可能にする情報も豊富である。

本章では、具体的な補足説明を添えて全書簡を訳出し、フランス屈指の大作家と、彼を師と仰ぎ敬愛の情を伝え続けた文学青年との交流を紹介したい。

文通の開始

両者の文通が始まるのは一九三九年秋のことだが、この年ジッドは慌ただしく国内外を移動していた。一月末からの長いエジプト・ギリシャ旅行に続き、夏以降にかぎっても六月末にはモーリアックを訪ねてジロンド県マラガールに半月滞在。続いてヴィエンヌ県ヴーヌイユにあるイヴォンヌ・ド・レトランジュ子爵夫人の私邸シトレ館に逗留後、一時パリに帰着するも、八月中旬にはポール・デジャルダン主宰の「ポンティニー旬日懇話会」に出席。その後九月三日の対独宣戦布告を受けて、ルクセンブルクの富豪夫人アリーヌ・マイリッシュがカブリにかまえる別荘ラ・メスユギエールに移っていた（近くのピエール・エルバール夫妻の地所レ・ゾーディッドには、すでに娘カトリーヌやその祖母マリア・ヴァン・リセルベルグらが避難している）。

カラスにとって開戦は、「平和主義者の父から教えをうけて戦争を嫌悪[5]」していただけに辛い試練となった。じじつジッド宛第一信の写しには次のような備忘が添えられている――「遠い将来、文面を正しく理解するには、この手紙が開戦後間もない頃、やがて自分も動員されると思い、心が千々に乱れていた時に書かれたことを常に思い出さねばならない」……。鬱々たる日々を送る青年が「熱情《フェルヴール》」を教えてくれた心の師に思いの丈を伝えるのは、まさにこの時しかなかったのである。以下がその手紙の全文（封筒は残っていないが、宛先はまず間違いなくパリ。ガリマール出版気付か）――

《書簡1・カラスのジッド宛[6]》

ベジエ、一九三九年九月二六日

ジッド様

ずっと以前から書こうとしていたこの手紙を今やお送りせずにはおれません。すでにその存在意義はなくなったにもかかわらず。というのも、昨日の私の思念は今日には取るに足りぬものとなってしまうでしょうから。また今私が抱いている思念は、私と同様に数多の人々が抱くものであり、ゆえに彼らがそれをあなたにお話しすることもありえましょうし、なによりもあなたご自身がそういったことを想い描かれておられるからです。しかしながら、私にとってこの手紙は、我が神に誓いを立てる巡礼のごときものなのです。あなたが教えてく

だ さったこと、私があなたに負うているもの、そのすべてを、またあなたによって私の青春がいかに幸せであったかを——出征《パルティール》する前に——告げずにはおれないのです。そして私の熱烈なる崇敬の念をもまた。

アンドレ・カラス

（学生、一九歳、住所）

ジッドは一〇月五日カブリを離れてニースに移り、友人の画家シモン・ビュッシー夫妻宅（ヴェルディ通り四〇番地）に落ちつく。その翌週、パリから転送されてきたカラスの手紙に対し短信を送り、とりあえずの挨拶を返している——

《書簡2・ジッドのカラス宛(7)》

〔ニース〕、一九三九年一〇月一三日

親愛なるアンドレ・カラス

丁重なるお手紙をようやく昨夕落掌。よくぞ便りをくださいました。あなたのご好意に感じ入っております。多忙のため（外国人収容施設《キャンプ》の問題に専念しています）今日のところは、ただご挨拶のみにとどめたく。敬具

アンドレ・ジッド

ちなみに文中「外国人収容施設の問題に専念」とは、ニース着後ジッドが、アンティーブ堡塁に強制収容されたドイツ・オーストリアからの政治亡命者らを然るべき調査をしたうえで解放せんと、内務大臣補佐官代理アンドレ・デュボワの助力を仰ぎながら日々奔走していたことを指す(8)。

簡潔な内容ながらも予期せぬ返書を受けたカラスの喜びは大きかった。日を置かず再度発信された彼の手紙には、感動と謝意が次のように綴られる――

《書簡3・カラスのジッド宛[9]》

ベジエ、一九三九年一〇月五日（頃）

親愛なるジッド様

かくも素晴らしきお手紙に対し、おそらくは私が返礼せぬのをお望みかと存じます。次のような物言いをどうかお許しください――本状はいつお読みいただいても結構です。ひと月後であってもかまいません。私の喜びは今日読んでいただけるのと変わることなく大きなものですから。

ご返信が私にもたらした狂おしいまでの喜びがどんなものであるのか、決してお分かりにはなりますまい。そう、到底ご無理であろうと思います。「鬱陶《ラズール》しい連中」を嫌悪しておいでのことはよく承知しておりますので、ご返事をいただけるとは望みも欲しもしておりませんでした。それだけに幸いはいや増すばかりでした。そうです、私はあなたを神のように愛し崇拝しています（しかしそれは、信仰が私を高め豊かにしてくれる神＝人としてであって、偶像崇拝なぞではありません）。

他者の幸福をしばしば自らの幸福とされてきたあなたであるだけに、ひとりの人間が今日あなたによって人生最大の喜びを知ったこと、この日が朽ちることなく彼の記憶に残ることをどうかお知りおきください。私の深き愛をお信じいただきたく。

アンドレ・カラス

だが、この書簡を境に両者の文通は一年以上にわたり中断してしまう。その間《かん》ジッドは翌年五月初旬にニースを離れ、ヴァンス、ラ・トゥーレット、ヴィシーなどに立ち寄り、翌月末からは三週間ほど水浴療法のためオード県ジノルに滞在。さらにガストン・ガリマールら「『新フランス評論』の避難民[10]」が逗留するカルカソンヌを訪れたのち、七月下旬カンヌ経由でカブリに帰着、一九四一年の夏までおおむね当地のマイリッシュ夫人宅に滞在することになる。いっぽうカラスは尊敬する作家の誕生日（一一月二二日）を祝そうとしたのだろう、久方ぶりにモンペリエから手紙を書き送っている（宛先はジッド前便の発信地ニースのビュッシー夫妻宅であろう）——

《書簡4・カラスのジッド宛[11]》

モンペリエ、サライユ大通り三一番地、一九四〇年一一月二〇日（一三時）

先生

再び申し上げたく筆を執ります。今日は私の愛着を、そして私のようにあなたを愛し崇敬する二〇歳の青年たちの愛着をお伝えしたいのです。

時は過ぎゆきます——時とともに出来事もまた然り——しかし私があなたに置く信はなんら揺らぐことはありません。ご安心ください、青年層（あなたの関心を惹きうる青年層）は昨日と変わることなく今日もあなたに付き従っています。

先の六月、『新フランス評論』があなたの『日記』の最新ページを掲載すると告げていたので、私は、いや我々はそれを今か今かと鶴首して待っておりましたのに！……　新たなご著述に触れ、現今の災厄に対するお考えを知るためならば、何に代えてもと思っておりますのに！　それなのに『ル・フィガロ』の記事、しかもあまりにも短い記事しか目にすることができていないのです！　そうであるだけにあなたのお言葉をまた伺えるよう切望することしきりです。

嗚呼、今はそれは叶わぬことと承知しています。しかし希望をもち、お待ちしております。尊敬の念をこめ、心よりあなたの

アンドレ・カラス

我々が出している学生雑誌にあなたにかんする小さな論文を書きました。思い切ってお送りしようかと……。


書簡後段にあるようにジッドの日記断章が掲載されなかったのは、言うまでもない、ジャン・ポーラン編集の『新フランス評論』が六月一日号をもって休刊を余儀なくされたためである(同号には検閲による空白箇所が目立って多い)。かかる事態の発生にともない、雑誌の主要メンバーも多くが南仏に居を移していた。いっぽう文通者の渇きを癒やすには「あまりにも短い記事」とは、ルイ・ショーベによるアンケート「文学の明日や如何?」への回答として一〇月一二日の『ル・フィガロ』に載った同紙主筆ピエール・ブリソン宛ジッド書簡(抜粋)を指す[12]。また追伸で言及されているのは、「アンドレ・ジッドと青年期」と題するカラスの論文で、モンペリエ学生連盟が月二回発行する機関紙『学生の叫び』の創刊号(一二月一〇日付)に掲載されることになるが、後述のようにその刊出は当初の予定よりも遅れていた[13]。

カラスからの敬意と信頼の表明はジッドを喜ばせた。その著作によって常に若者に語りかけ希望を繋いできた作家だけに、たとえ一時《いっとき》とはいえ戦時下の憂さを晴らすことができたのである。次はニースからの転送信にさほど日をおかず応えた返書——

《書簡5・ジッドのカラス宛(14)》

カブリ（アルプ＝マリティーム県）、一九四〇年一一月二四日

親愛なるアンドレ・カラス

まことに心細やかなお手紙拝受いたしました。どこに希望を繋げばよいか定かならぬこの悲劇的な時世にあって、あなたからの共感の証《あかし》にはとりわけ心を動かされます。

『新フランス評論』再刊のために、心ならずも最近の（間歇的な）日記から抜いた断章をガリマールに委ねていましたが、ご推察のような諸事情から、今やこの号が刊出しえぬことを望むようになっています。というのも、現在の情勢からして、多くの友人たちに極めて遺憾な、悲しむべき結果をもたらす懼れがあるからです。もちろんのこと、ご高論を読み、お話しくださった雑誌のことを知りたく思います。迷うことなくお送りください、お待ちしています。あなたから差し出されるその御手を心をこめて握ります。

アンドレ・ジッド

日記断章はドリュ・ラ・ロシェル編集のもと半年ぶりに復刊した『新フランス評論』一二月一日号に掲載されるが、ジッドはこの時点では雑誌の行く末に悲観的で、協力を決めたことの悔いを前編集長ポーランらにも漏らしている。(15)

カラスのジッド論

上掲書簡に対しカラスはやや間《ま》をおいて長い返書を送るが、そのさい作家の勧めに意を強くして「アンドレ・ジッドと青年期」のタイプ原稿を同封している（取り急ぎの便法ではあったが、実際の印刷テクストには誤植が少なからず残ったため、結果的にこの原稿のほうが正確で読み易いものとなった）。『地の糧』から多くを引用する同論文は、今日の研究

水準に照らせば特段鋭い指摘・分析があるとは言えぬが、青年の滾《たぎ》るがごとき思いを伝えるに不足はなかった。未熟と熱情との混淆はカラス本人がよく自覚するところである――

《書簡6・カラスのジッド宛[16]》

モンペリエ、一九四〇年一二月八日、日曜

心より親愛なる先生

あなたにお送りする予定であった我々の学生紙の出来《しゅったい》を、今日まで実に苛々としながら待っておりました。手紙を差し上げたときにはページ組みは完了しており、一一月二五日には刊出の予定でした。それまで我々が執筆していたものとは別の週刊紙なので、出版のために許可を求めていたのです。遅延は長びいており、結局出せないのではないかと危惧しています。

我々の意図するところは、同時代の個人主義的な大家たちを扱う専用欄を設けることでした。あなたがその筆頭であり、続くはモンテルラン、マルロー、プルースト……。我々には同紙が多くの青年の手に届くことが分かっておりましたし、この反動の時代にあって絶えず脅威に晒されている様々な価値を能うかぎり守りたいと考えていたのです。

拙稿は全面的にこの考え方にもとづいており、公表されなければその意味を失ってしまいます。拙稿自体に何ら内在的な価値がないことは重々承知しておりますし、それをあなたにお送りするのが馬鹿げていたことも否定はいたしません。今お送りするならば、もっと愚かなことになってしまうでしょう。だからこそ最初は諦めていました。しかしながら、第一歩を踏み出した以上は、すでにあなたにお話しした以上は、お暇な折に、その気になられた時にのみお読みいただきたい、そう切に願いながら、意を決してお送りすることにいたします。

私がとりわけ『地の糧』から多くを引いている点におそらくは驚かれることでしょう。青年たちは、あなたの哲学ではなく、何よりもあなたの思想のこのような〔感覚的・感情的〕側面こそを敏に感じとると私には思えたのです。

これは敢えて申し上げておりませんでしたが、私は貴作品におけるエグゾチスムを扱った高等研究資格論文を準備しています。

「断章」が『新フランス評論』に出ないことを望んでおられるとの由、私もあなたと望みを共にいたしましょう。しかし仮にその掲載が不可避となった場合には、どうか自由地区《ゾーヌ・リーブル》でもその号を読めるよう強く希望させていただきたく。手紙を差し上げたとき、私にはお尋ねしたいことが何もなかったとはお思いにならないでください。あなたのお考えを知りたい事柄が山のようにあります。しかし率直な答えを私に返すというお気持ちにはならず、返すこともできないでおられましょうし、私の方でもご返事を強いるつもりなぞ決してありませんでした。期待していなかっただけに、頂戴したお返事によって私はいっそう大きな喜びに包まれたのです。あなたの一言、お考えの一端が私にとって如何なるものであるか、十分ご賢察のことと存じます。

私の尊敬と賛嘆の念をお信じください。

アンドレ・カラス

ちなみに、カラスが学士号取得のために準備中だった論文「アンドレ・ジッド作品におけるエグゾチスム」については、同者旧蔵文書のなかに自筆で記された構想が保存されている。「『地の糧』における北アフリカ」を中心に「ジッドが見た現実のアルジェリア」などの下位項目を含むメモである。実際どのような論文に仕上がったのかは不明だが、この資料からもカラスにとって、とりわけ『地の糧』の影響が甚大だったことがはっきりと見てとれる。

彼からの返書と上述の原稿「アンドレ・ジッドと青年期」を受けたジッドは次のような手紙を送り、大きな喜びをえた旨を伝える――

《書簡7・ジッドのカラス宛(17)》

カブリ(アルプ＝マリティーム県)、一九四〇年一二月一三日

親愛なるアンドレ・カラス

あなたの熱のこもったお手紙と、同封の知的共感にあふれたタイプ原稿は、私にとって大きな心の支えとなります。昨今私がいかに自分自身に確信を持てずにいるかご存じであるならば、私の言葉をお疑いになることはありますまい。「己を苛《さいな》むに長けた我が夢想(18)」が絶えず発する自問、すなわち次の問いです――拙著『地の糧』(および私の全著述)の教えは、この悲しき「時の流れ」にあって、今日もなお有効なりや。あなたの論文を読めば、有効なのだと思えてきます。これまでになく有効だとさえ思えてきます。そういう気持ちにさせていただき、どれほどあなたに感謝していることか!

パリから戻ってきたガリマールと長い話し合いをして、『新フランス評論』再刊についての私の不安は消えました。この再刊第一号に協力したことをもはや悔いておらぬばかりか、(カンヌで)寄稿の続編を彼に託したところです。同号は近日中に自由地区に届き、あなたにもお読みいただけることでしょう。深い共感をこめて御手を握ります。

アンドレ・ジッド

「『新フランス評論』再刊についての不安は消えた」――この言葉にもかかわらず、年が明けると占領地区での同誌復刊に協力したジッドのもとには抗議の声が届きはじめる。なかでもマルタン・デュ・ガールの批判は真摯なだけに、さすがに身に応えるものだった。一月二〇日付の「ジッドとの対話」と題された手紙（覚書）の一節――

察するところ、あなたは日記の断章を一二月の第一号のために渡したことを苦々しい思いで後悔しておいでです。しかし、こう思うほうが正しいでしょうか。つまり、あなたはさほどひどく後悔はしておられない。なぜならば、あなたはそれを過ちと知りながら、意識してその過ちを犯したのだと考えておられるのだから。〔…〕何度でも繰り返し申し上げますが、あなたは読者のなかでも、あなたという存在とその意思表示に重要性を認めている人々に深い失望を与えました。〔…〕その失望はあなたの名が表紙に載っているという事実によるというよりも、はるかにあなたが発表された日記断章の内容に基づくものです。この私でさえ何かもっと重要な、もっと意義深い、もっと否応なく美点の認められるものであってほしかったと思います。[19]

さらに続く長い論難に対し、ジッドは「あなたのおっしゃることは全面的に正しい」と自らの判断ミスを認めている。そういった遣り取りの帰結として、すでにガリマールに託していた日記断章の続編（二月一日号）を最後に、彼の名が『新フランス評論』の表紙を飾ることはなくなり（三月末には同誌との絶縁をドリュ・ラ・ロシェルに通告[20]）、以後はリヨンに本拠を移していた『ル・フィガロ』、アルジェで発行の雑誌『ラルシュ』『フォンテーヌ』など、非占領地区や国外の媒体が主要な著述発表の場となってゆく。

カラスのカブリ訪問（一九四〇年一二月）

カラスとの交流に話をもどそう――。ジッドからの手紙に意を強くしたカラスは、年の瀬も押し詰まった同月二八日、前触れなしにカブリに作家を訪ねる。この一件は青年にとって生涯最大の出来事となった。事の経緯について、彼は訪問当日の日記（未刊）を元に詳細な回想を執筆し、翌一九四一年二月、モンペリエの学生新聞に発表している。[21] ここではその概要のごく大まかな所だけを述べておこう。

戦時のためカブリへのバス便は運行が停止されていた。だが熱い思いを抱いた青年にとって、それはなんら障害とはならない。鉄道で近郊のグラースに着くと、そこからは巡礼者のように徒歩でカブリに到着したのである。幸いジッドはピエール・エルバール宅にいた。家政婦に用件を書いた紙片を託すと、彼を出迎えたのはなんと本人であった。『地の糧』の作者は予想以上に若々しく、応接は温かであった。マイリッシュ夫人宅の別棟に逗留している作家は、カラスをそちらへと誘う。一キロ以上を連れだって歩きながら、様々な話題について会話が交わされる。最近の創作活動や『新フランス評論』の復刊、当今の政治状況、等々。やがて逗留先に着く。ジッドは人から質問を受けるよりも、自らに問いかけるのを好むようだ。話題は急速に広がる。エジプトやギリシャへの旅行の様子、留保つきながらシャルル・ペギーに対する高い評価、パリに戻ることへのためらい……。やがてマイリッシュ夫人宅に食事にゆくジッドが、占領地区では読めない『新フランス評論』の最新号を渡すと、カラスはそれを貪るように読む。昼食後（カラスは近くのレストランで食事をとった）、会話が再開。さほど遠くないロックブリュンヌに滞在し、ときおりジッドを訪ねてくるマルローに対する評価がひときわ高い。『希望』や『人間の条件』への賛辞、この作家が自身の全集の編纂にさいし示してくれた献身的態度も話題に上る。お茶の時間になると、ジッドは青年を誘い、マイリッシュ夫人宅の客間で自分の仲間たちに紹介する。すなわち、アリーヌ・マイリッシュ、ジッドの盟友とも呼ぶべきプチット・ダムこと、マリア・ヴァン・リセルベルグや『新フランス評論』の共同創刊者ジャン・

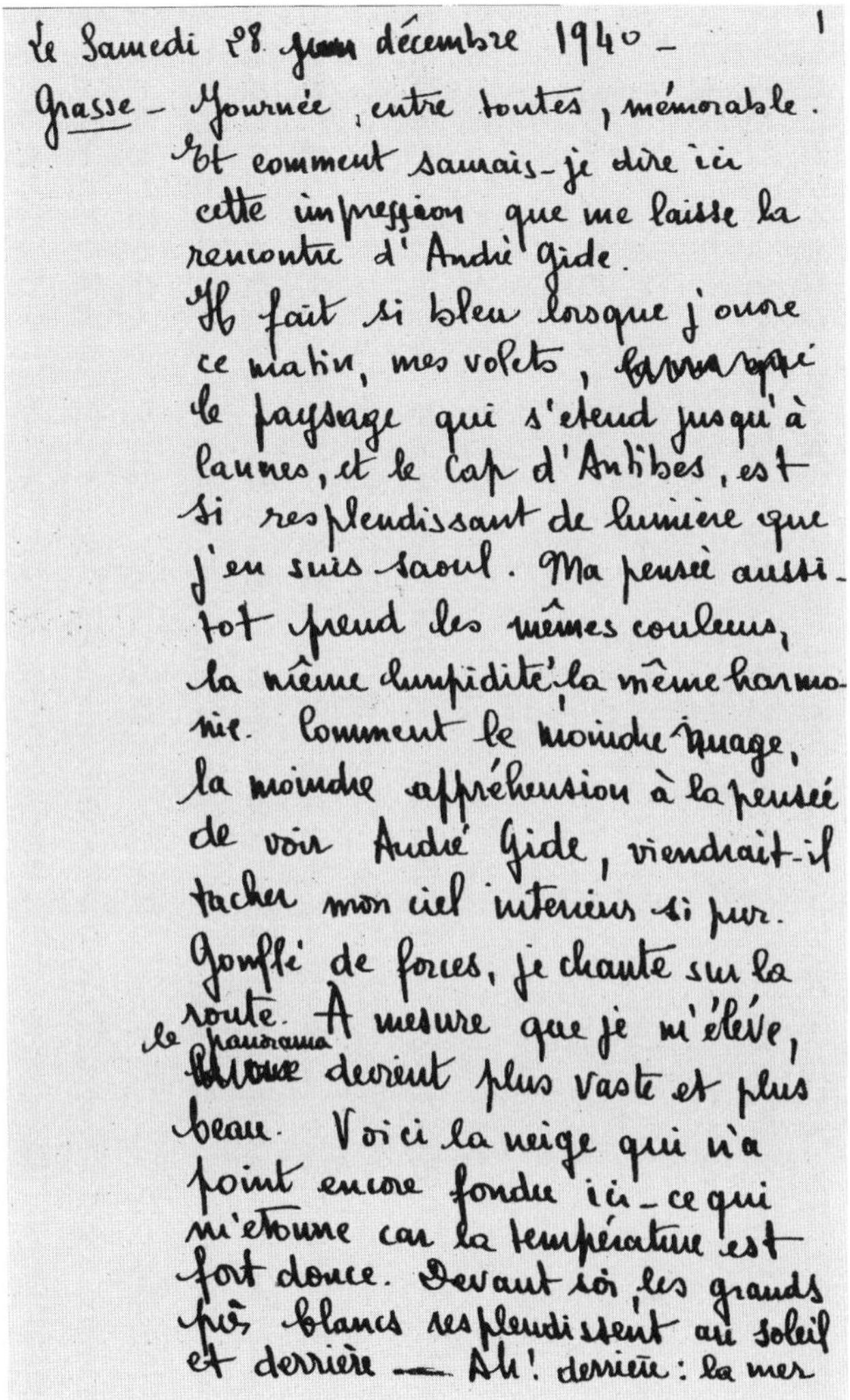
Le Samedi 28 décembre 1940 – 1
Grasse – Journée, entre toutes, mémorable.
Et comment saurais-je dire ici
cette impression que me laisse la
rencontre d'André Gide.
Il fait si bleu lorsque j'ouvre
ce matin, mes volets,
le paysage qui s'étend jusqu'à
Cannes, et le Cap d'Antibes, est
si resplendissant de lumière que
j'en suis saoul. Ma pensée aussi-
tôt prend les mêmes couleurs,
la même limpidité, la même harmo-
nie. Comment le moindre nuage,
la moindre appréhension à la pensée
de voir André Gide, viendrait-il
tacher mon ciel intérieur si pur.
Gonflé de forces, je chante sur la
route. A mesure que je m'élève,
le panorama devient plus vaste et plus
beau. Voici la neige qui n'a
point encore fondu ici – ce qui
m'étonne car la température est
fort douce. Devant moi, les grands
prés blancs resplendissent au soleil
et derrière — Ah! derrière: la mer

ジッド訪問の自筆覚書

シュランベルジェ、それにマイリッシュ夫妻の女婿で外交官のピエール・ヴィエノとその妻アンドレ（この後、ピエールはゲシュタポに捕らえられたが、ロンドンに逃れ、一九四四年七月彼の地で客死[22]）。この「友情と知性に満ちた熱い交わり」に立ち会ったことはカラスにとって朽ちることなき思い出となるが、実際にはかなり緊張していたようで、その怖ず怖ずとした様子をプチット・ダムは次のように短く書きとめている――「午後ラ・メスュギエールでの茶会にジッドとともにカラスという名のモンペリエの若い学生が来る。ジッドに会いに長い道のりを移動してきたこの青年は、話しかけるか、そうすべきでないか迷うほど恥ずかしがりで臆病な様子。なかなか感じがいい[23]」。ジッドは再び別棟にカラスを連れてゆく。最後に他人をまじえず親密な言葉を交わすためだ。戸口まで見送り、雪の積もった夕暮れの道を案じて杖を勧めたほどであった。彼が繰り返す「さようなら」という別れの声が今も青年の耳には残っている……。

無事郷里ベジエに戻ったカラスは賀状を送り、ジッドの応援によって受けた感動と、それに対する深甚なる謝意を伝える――

《書簡8・カラスのジッド宛[24]》

ベジエ、一九四一年元日

親愛なる先生

再び、といってもまだほんの数日間ですが、もの悲しい家庭的な凡庸さのなかに引き戻されています。あなたがかくも温かく私を迎えてくださってから三日ほどしか経っていないのに、あの素晴らしい出来事は、それまでしばしば夢想していたように、果たして夢ではなかったのかと思うことしきりです。

こんなふうに狂おしい熱情を抱えて自分の元に訪れてくるのは危ういことだ、とあなたはおっしゃいました。

私自身たびたびそう思っていたにもかかわらず、どうにも抑えが効かなかったのです。私が失望することがなかったのは、ひとつには落胆もありうると前もって心の準備をしていたせいもあるでしょうが、何よりもあなたが善意と共感に溢れる応対をしてくださったおかげです。信じていただきたいのですが、失望させまい、心のなかに積み重ねた大きな愛情・愛着を一挙に無に帰させまいというあなたのご尽力に今も感激しきりです。たとえこの出会いのことはすべて忘れてしまうことがあっても、ただひとつ私の心から決して消えることがないもの、それはあなたの限りなき善意です（ご著作のなかにしばしば認められる「共感の欲求」「大いなる愛の要請」といった言葉の意味を、今や私はどれほど明瞭に理解していることでしょう！）。

作品に感心するだけでは満足できない、そういったことを決して理解しえぬ人がいるのは承知しています。私が冷静かつ理性的に素晴らしいと思える作家はいます。しかしながらバンダやモンテルランなどの作品に心の底から満足することはないでしょう。このことは、幾分かは私の年齢のせいもあるでしょうが、とりわけ私の性格、そして「ナタナエル、私は君に近づきたい、そして君から愛されたい」というあなたの教えの本質自体に起因しているのです。

グラースには一八時頃、夜の帳がすっかり降りてしまう前に、なんら厄介な目に遭うこともなく到着しました。

実際に使うためにではなく、あなたとあの佳き日との思い出にとっておくべきだったのに、せっかくお勧めいただいた杖を辞退してしまったこと、それだけが心残りです。翌日ニースに到着、そこでもあなたの「善霊《ボン・ジェニ》」は私を見守ってくださっていたのでしょう、私よりも少し年上の、素晴らしい知性と繊細さを兼ね備えたひとりの青年と知り合いました。ご著作にかんする彼の独創的な意見とその博識には魅了されました。カンヌの月曜祭を組織したのは彼なのです。私と合流するためモンペリエにやって来る予定で、彼にまた会えると思うと嬉しくてたまりません。〔カブリでは〕胸襟を開くことであなたを不快にさせたくはなかったので、なかなか願っていたようには参りませんでした。ちっとも気詰まりなことはありませんでしたが、胸襟を開くにはもっと深い知遇をえていることが必要だと感じた次第です。年頭にあたり心からの祝詞を申し上げます。かくも魅力的なホステス〔マイリッシュ夫人〕やヴァン・リセルベルグ夫人、ヴィエノ夫妻、ジャン・シュランベルジェ氏にも私の敬意と祝詞をお伝え願いたく。

愛おしい先生、私の深く感謝に満ちた愛着の念をお信じください。

アンドレ・カラス

カンヌで偶々《たまたま》出会った「少し年上の、素晴らしい知性と繊細さを兼ね備えた青年」は、《書簡11》に登場するパリ在住の青年と同一人物で、カラスの後の人生を決定する存在となるが、これについては後述としよう。

翌月半ば、カラスはジッドに感謝の念をこめて前述のカブリ訪問記を送っている——

《書簡9・カラスのジッド宛[25]》

モンペリエ、一九四一年二月一五日

親愛なる先生

ひと月前にあなたが私を迎えてくださったことを綴った小さな論文をお送りします。その内容にご機嫌を損ねられることは決してあるまいと存じます。個人的な話題と思われた事柄については一切触れぬよう気を配りました。

拙稿がまた私の感謝と愛着の念をお伝えするものであればと願いつつ。敬具

アンドレ・カラス

後年の証言では、カラスはこの時点ではまだ作家に自分が同性愛者であることを告白していなかった――「私は彼に打ち明けることすらできなかった。では何のために彼に会いに行っていたというのか！」[26]。

＊

それから三カ月後の手紙には、最近ジッドが被った公的な侮辱に対する憤りが述べられる――

《書簡10・カラスのジッド宛[27]》

モンペリエ、一九四一年五月二三日

心より親愛なる先生

友人のヴィクトル・グランピエールから衝撃的で悲しい手紙を貰いました。彼はあなたの講演にかんする事の次第を悲憤慷慨して語っています。「心が砕けそうだ」、そう彼は書いています。知らせを受けた私も同じ気持ちです。嗚呼！　この愚か者たち、冒瀆者たちに、どれほど憎悪の念を叩きつけてやりたいことか！

我々全員の名において、あなたを尊敬する私の多くの仲間たちを代表して、我々の愛着の念と大きな感謝をお伝え申し上げます。心よりあなたの

アンドレ・カラス

文面の具体的な内容は、この前々日にジッドが南仏ニースで行おうとしたアンリ・ミショーにかんする講演（後に作

家となる青年ロジェ・ステファヌの企画）が、直前になってペタン政権の御用団体「在郷軍人奉公会」の妨害により実質的な中止に追い込まれたことを怒ったもの。ニースに続き予定されていたカンヌでの講演も中止となるが、書簡中名前の挙がるヴィクトル・グランピエールはそちらのほうの企画責任者であった（本業はディオールの香水瓶をデザインしたことで知られる装飾美術家[28]）。

文芸ジャーリストへの希望、同性愛的指向の示唆

同年夏をもって大学を卒業したカラスは、かねてより抱いていた、上京し文芸ジャーナリストになるという希望をジッドに打ち明け、その実現性についてアドバイスを求める。そこにはまた、己が同性愛者であることを仄《ほの》めかす一節が書き添えられていた——

《書簡11・カラスのジッド宛[29]》

ベジエ、一九四一年九月五日

親愛なるジッド様

お仕事の邪魔をするといってお腹立ちになるでしょうか。私にはあなたのほかに心を打ち明けられる者はおらず、またあなたのご忠告よりも重みのある忠告をできる者はおりません。

学部を終え、学校教育に倦《う》んだ私は、もはや私の関心事たる文学以外には心を向けぬと意思を固めています。ある友人が、あなたもご理解なさるような熱意を込めて、パリに出てきて自分と暮らそうと誘っています。それは私にとって、少なくとも最初のうちは、生活費の心配をしなくて済む唯一の方法です。忠告を与えていただきたい大きな気懸かりがあります（あなたはその点について事情に通じておられると思います）。若者が占領地

区で、威厳を保ちながら文芸ジャーナリズム（文学関係に限る）や文学活動に専念することは可能でしょうか。不作法な物言いではなく、私と友人との関係はただ友愛の情ばかりではないとはっきり申し上げることができます。たしかに我々の友情は堅固だと思いますが、一般的には――その点についてもご忠告をいただきたいところです――ひどく脆い感情に信を置くことになります。

結局は次の点です。常に感情的な関心事があることは――もっと正確にいえば、ほとんどいつも友人が傍にいることは――知的生活が最優先の者にとって有害なことはまったくないのでしょうか。

二一歳の若者から寄せられた手紙としては、分別があると思われることでしょう。しかしながら私には、そうはありたくないという気持ちがあまりにも強いのです（それゆえあなたのお知恵におすがりする次第です）。私は、言いしれぬ昂ぶりを覚えつつ、『贋金つかい』に描かれるオリヴィエのアヴァンチュールに思いを馳せています。

どうか迷うことなくご忠告くださいますように。私にとってご忠告は実に貴重なものとなりましょう。それによってあなたが道義的責任を問われることなぞありえませんので、どうかご安心ください。敬具

アンドレ・カラス

追伸――私のことはおそらく憶えておいでのでしょう。一九四〇年一二月二八日にカブリをお訪ねした者です。二週間ほど前、ナポレオン街道沿いにニースからグルノーブルに向かうバスから、かなり長い間――なんとも大きな感動を覚えつつ！――エルバール氏宅のすぐ近くの大きな糸杉の樹を目にすることができました。

パリに来て一緒に暮らそうと誘った青年はジャン＝クロード・リヴィエールという（ユダヤ系ドイツ人で、正式な戸籍

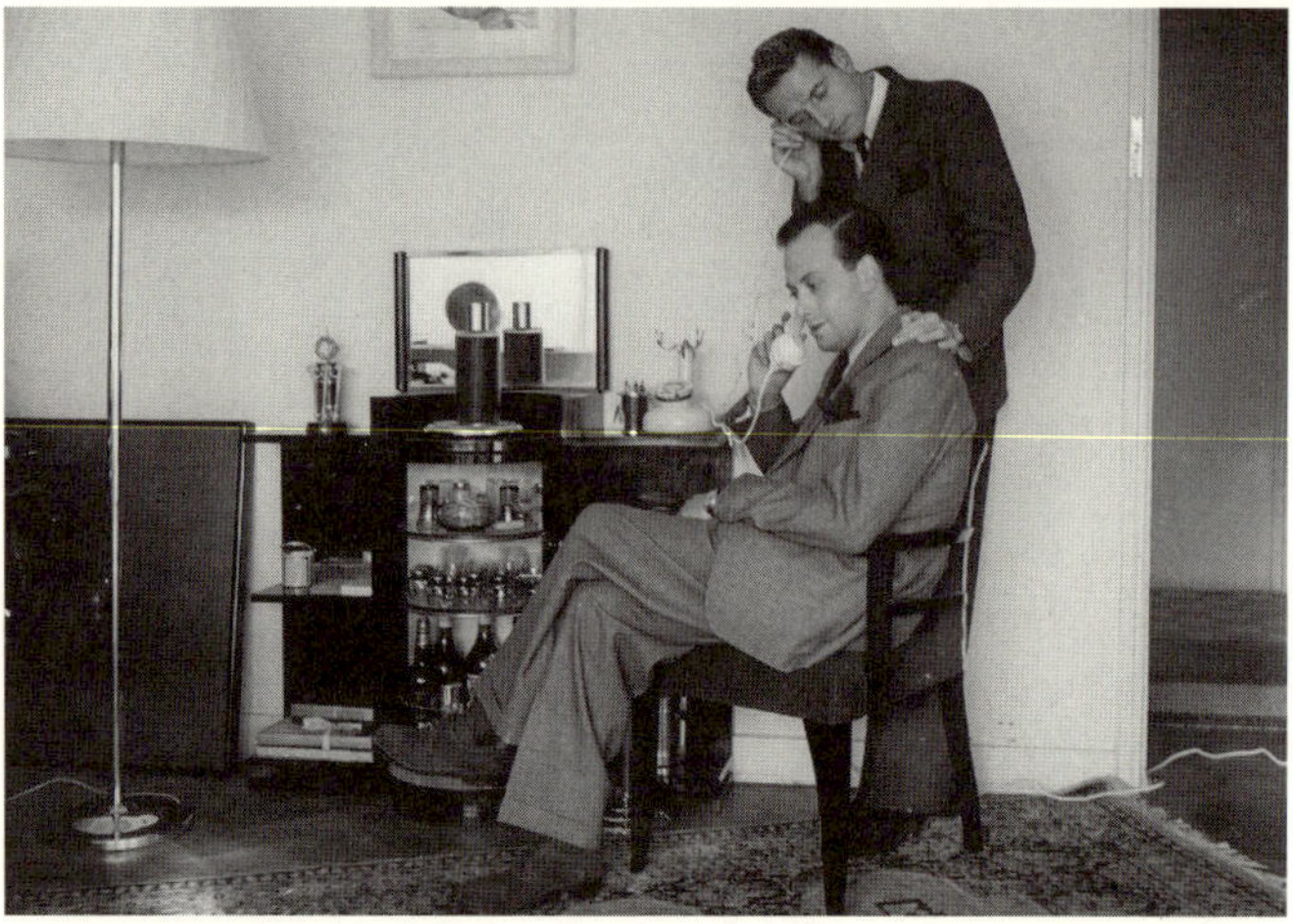

カラス（上）とジャン＝クロード・リヴィエール（1942）

名はハンス＝エゴン・ロートクゲル）。一九一四年生まれの当時二七歳。本章冒頭で触れたように、以後一九八三年に没するまで四〇年以上にわたりカラスと生活を共にすることになる[30]。カラス旧蔵のアルバムに残された写真や文書によれば、テノール歌手として舞台に立ったこともあり、芸術文化勲章シュヴァリエ級の称号も受けた。その死去にさいしカラスは包括受遺者として知人たちに通知状を送っている。またそれに先立つ一九七八年には次のジッド書簡を引きながら、この青年との同居について意見を求められた作家が「友人ふたりの永続的な関係というものをほとんど信じていなかった。〔その点では〕彼は間違っていたのだ[31]」と記している。上掲書簡に対するジッドの返答は以下のとおりであった――

《書簡12・ジッドのカラス宛[32]》

グランド・ホテル、グラース（アルプ＝マリティーム県）

一九四一年九月六日〔封筒消印八日〕

親愛なるアンドレ・カラス

実に心動かされるお手紙を拝受。だが私があなたにどんなアドバイスを差し上げられるでしょうか。

そうです、身を持ち崩すことなく文芸ジャーナリズムを「実践する」のはおそらく可能でしょう。しかしそこから「生活の糧」とするに足る報酬を得るとなると、なかなか簡単なことではないように思えます。あなたの記事がいくつか採用されるとしても、それには多大な労力が要求されますし、少なくとも初めは、また「名前が売れる」までは稿料は呆れるほど僅かでしょう。さらに収入を得ようとすれば、追従記事の執筆を余儀なくさせられたり、自説を曲げなくてはならぬ事態に晒されてしまいます。危険は大きいのです。そう親しい友人とつねに居を共にする危険について、ことの善し悪しを許れるのはただあなたお独りです。そういった関係が気持ちを高揚させる要因となり、有益な励ましとなることはしばしばありえます。すべてはその友人の資質と人柄次第なのです。いや、私には何とも申し上げられません。

むろんあなたが訪ねてきてくださったことは覚えておりますし、お手紙に加え、その佳き思い出のあるがゆえに、親愛の情をこめ御手を握ります。

アンドレ・ジッド

文壇の事情に通じた作家としては至極もっともな回答であろう。これを受け、にもかかわらずパリでリヴィエールと同棲しつつジャーナリズムの道に進むと決めていたカラスは次のような手紙を返す――

《書簡13・カラスのジッド宛(33)》

ベジエ、一九四一年九月一八日

親愛なるジッド様

良きご忠告にお礼申し上げねばならぬ気持ちと、この手紙であなたをお煩わせするのではないかという懼れとのはざまで心は揺らいでおります。

落胆せざるをえぬ内容ではあれ、文芸ジャーナリズムについてのお言葉はいずれも完全に得心のゆくものです。いくばくかの夢を抱えているとき、「生活」もまた成り立たせねばならぬとは何と悲しいことでしょう！したがって幻想は抱かず上京いたします〔明後日の出発のため、〔慌ただしくしており〕礼状を差し上げるのが遅れてしまい申し訳ありません〕。上京するのは、まったく別の感情的な理由からでもあります。「親しい友人との関係が気持ちを高揚させる要因となり、有益な励ましとなりうる」というお言葉をいただき、喜びで一杯です。人によっては私を叱りつけるだろうと思うだけになおさら、あなたの精神と思考の若々しさに魅せられます。

最後に一言。あなたが応じてくださった対話の時々や、かくも素晴らしきお手紙がどれほど私を幸福にしたことか。

私の大いなる感謝と深き愛情をお信じください。

アンドレ・カラス

追伸――私がパリに出て最初にするのは、こちらではまだ読むことのできないご高著『アンリ・ミショーを発見しよう』を手に入れることです。

なお追伸にある『アンリ・ミショーを発見しよう』は、中止となったニース公演の原稿を元にした小冊子[34]。ジッドは事件直後からガストン・ガリマールとの話し合いで、刊本は若者たちが求めやすい定価一〇フランの普及版だけとし、印刷は非占領地区内でおこなうと決めていたが[35]、その予定どおり一九四一年七月、ミディ＝ピレネーのカオールで普通紙のみが刷られていた。

続くジッドへの誕生祝いのカードは保存されていないが、備忘としてこれも立項しておこう——

《書簡14・カラスのジッド宛》〔パリ、一九四一年一一月二二日〕

〔ジッドの誕生日を機に送られた地区間ハガキ《カルト・アンテルゾーヌ》。所在不明〕

この翌月ふたたびカラスは次の手紙を送る。恋い焦がれる相手に機会をとらえては思いを伝え続けるかのようでさえある——

《書簡15・カラスのジッド宛》(36)

パリ、一九四一年一二月二八日

あなたが温かく応接してくださってから今日でちょうど一年になります。あの素晴らしい思い出は私のなかに朽ちることなく残り、感動を覚えずしてそれに思いを馳せることはかないません。この記念すべき日を機に、あなたへの私の熱き愛着の念を再度お伝えし、あわせて新玉《あらたま》のご挨拶を申し上げます。

アンドレ・カラス

しかしこの書簡を最後に文通は四年ほど途絶える。その間《かん》のカラスの生活について情報は皆無に近いが、占領下のパリにあって心弾む日々ではなかったろう。いつ訃報に接したかは不明だが、とりわけ同棲相手リヴィエールの実父アルフレート・ロートクゲルがアウシュビッツに強制収容されたのち、一九四三年二月に処刑されたことは[37]、彼にとっても大きな悲しみであったはずだ。

アラゴンのジッド批判をめぐって

いっぽうジッドは一九四二年五月初めにニースを離れ、マルセイユからチュニスに向けて出発、六日彼の地に到着する（逗留先は同市外シディ＝ブ＝サイドのテオ・レイモン・ド・ジャンティル宅）。一一月末には独・伊軍がチュニスを占領。翌四三年も爆撃が続くなか、一月と三月の二度にわたりフランス帰国の可能性を提示されるも、この誘いを断っている。幸いにも五月には連合軍がチュニスに入り、翌月ジッドはド・ゴール将軍と会食の機会をもつ。モロッコでの冬期滞在の後、四四年二月にアルジェに戻り、『ラルシュ』誌に日記の断章を連載、五月には『テセウス』を完成する。やがて八月二五日には待望のパリ解放。これに伴い、「フランス作家国家委員会」の機関紙『レ・レットル・フランセーズ』（一九四二年にジャック・ドクールとジャン・ポーランが創刊）は合法化されるが、そこに掲載された記事が間接的なかたちではあれ、ジッドとカラスをつなぐ機縁となる。

同紙の一九四四年一一月一八日号は第一ページ冒頭にジッドの日記の抜粋「チュニスの解放」を再録掲載する。前年の五月七日から一四日までの出来事を綴ったこの文章には次のようなキャプションが付されていた――「アンドレ・ジッド氏は最近我々に作家国家委員会への賛同・加入を通知してこられた。本紙としては、『贋金つかい』の著者がミニュイ出版刊『発禁時評』第二巻に収めた、チュニス奪還にかんする文章の抜粋を以下に掲載することを喜びとする」[38]。記事自体は事実経過の報告にすぎず、何よりも著者自身の許可をえず掲載されたものであったが[39]、そんな事情なぞ露知らぬルイ・アラゴンがこれに激しく嚙みついた。翌週号（二五日付、発行はおそらくその前日）のやはり冒頭に載った一文「アンドレ・ジッドの帰還」で、共産党の花形作家はそれなりの留保は付しながらも、ナチスに殺されたドクールの名を掲げ対独抵抗を貫いた同紙が、今なお国外に留まり続けるジッドの文章を恭《うやうや》しく冒頭に掲げたことを厳しく難じたのである――「私はなにもジッド氏を銃殺せよと言うのではない。『レ・レットル・フランセーズ』に彼の書くものは載せるなと要求しているのだ(40)」。

この記事に憤慨したカラスは直ちに、それまでも時折使用していたミシェル・ポルタルの変名で、アラゴンに抗議の手紙を送る（後者はおそらくこれを無視。少なくとも返信の存在は確認されていない(41)）――

パリ、一九四四年一一月二四日

拝略

『レ・レットル・フランセーズ』に掲載された記事「アンドレ・ジッドの帰還」を読んで茫然としています。あなたのような詩人が（ジッド本人が会話のなかであなたのことを「偉大な詩人」と呼んで話題にしていました）、どうすればこのようにご自分を忘れ去り、悪意に満ちた政争者の立場にしか戻りえぬのか、私には理解することができません。

あなたの記事を読んだからといって、ジッドがヒトラー主義者だったなどと誰が信じられましょうか！　彼がドリュ・ラ・ロシェルに宛てたメッセージや、〔ジャック・〕シャルドンヌにかんする記事(42)、ニース（アンリ・ミショーにかんする講演）で在郷軍人奉公会が彼に示した敵意、また占領期最後の数カ月、その著作がドイツによって発禁処分にされたことを憶えておられぬのでしょうか。

ひとつのテクストからの抜粋にすぎず、もはや真の意味からは逸れた数節をもとにし、それを己に引き寄せて曲解しておられる。あなたはこの著名作家にどのようなイメージを与えようとなさっているのか。〔…〕結局のところ、あなたは彼が『ソヴィエト旅行記修正』を書いたことが許せないのです。今ならば彼が同書を出版することはありますまい。赤軍〔あなたの属する共産党〕の勇気と、赤軍に対する人々の感謝ゆえに自制するはずです。だがそれでもやはり彼は、自給自足体制《アウタルキー》を貫く一国の内的組織に問いかけ、今日の批判的な知性が、すなわち「ナチス」にはあらぬ多くのフランス人が自分と同じ判断を自由にくだせる可能性に賭けることでしょう。敬具

ミシェル・ポルタル

カラスは翌日にもモーリアック宛書簡のなかで、ほぼ同様の文言を用い、アラゴンの非礼を責めている。(43) このような不穏な情勢を案じたモーリアックやマルタン・デュ・ガールら友人たちは年末から翌年初頭にかけて、ジッドの立場がいかほど堅固であっても、今しばらくは帰国を思いとどまるように忠告・説得。(44) それもあってか、彼がパリに戻るのはようやく半年後、一九四五年五月六日のことであった。

第二次大戦後の交流

このほかのジッド＝カラス関連証言としては、同年九月一八日頃のピエール・ド・マッソ書簡がほとんど唯一のもの。そこには文通者の興味を引くだろう事柄のひとつとして「戦時中にあなたが知り合った若者アンドレ・カラスのフレーヌ監獄拘留」が挙げられている。(45) ある時期、この青年が獄中にあったことが分かるが、細かな経緯・事情は残念ながら不詳である。

丸四年の空白の後、文通が復活する。カラスは一九四六年初頭に次のような賀状をジッドに送った——

《書簡16・カラスのジッド宛(46)》

パリ一六区、ラヌラグ通り八五番地乙《ビス》、〔一九四六年〕一月四日、土曜

親愛なるジッド様

私のことは覚えておられないでしょうし、私の方も個人的にはあなたのことをほとんど存じあげていません。しかし私には、もっと親しい多くの知己よりも、あなたにこそ新年のご挨拶を申し上げるのが自然であり誠実なことと思われるのです。

感嘆すべきあなたの著作は私の最も確かな支えであり、あなたその人が私の崇敬の対象だからです。

親愛なるジッド様、心より親愛なる先生のご健勝と久しく穏やかなご老境をお祈り申し上げます。私の深き愛着の念をお信じいただきたく。敬具

アンドレ・カラス

当時ジッドは再びエジプトに旅行中だったので（その後三月末にカイロを発ち、ベイルートに一時滞在、四月一七日パリ帰着）、いつこの賀状を読んだかは定かでないが、カラスのほうはさらに四カ月後、彼に宛てて次のように書き送る――

《書簡17・カラスのジッド宛(47)》

〔パリ、一九四六年〕五月八日、水曜

親愛なるジッド様

私のことも、またずっと以前、占領期にあなたがカブリに避難しておられた時、私がお訪ねしたことも覚え

ておいでとは思いません。貴作品に対する私の感嘆の念は――今は幾分か穏やかなものになったとはいえ――変わることがありません。それだけに、あなたのオイディプス上演を聴く特権（le privilège de vous entendre jouer Œdipe）をえたエジプトの学生たちが何と羨ましいことか！ かたや我々がそういった幸運に恵まれることは皆無なのです。ジッド様、もし面談の機会を与えていただけるならば、なんと嬉しいことでしょう。それは私なぞが到底値しえぬ誉れだとは存じておりますが、少なくともいかに貴い誉れであるかは私も承知するところなのです。

私の深き崇敬の念をお信じいただきたく。

アンドレ・カラス

文中の「ジッド自身によるオイディプス上演」について詳細は不明だが、情報の出所は『コンバ』紙の記事であった。同年三月二二日付ジッド宛マルタン・デュ・ガール書簡の一節を引用しよう――

『コンバ』の短信欄《エコー》で面白い記事をみつけ、目を丸くしています。アンドレ・ジッドがカイロで自作の『オイディプス』を上演させ、自ら主役を買って出ていると派手に報道されているのです……。「朗読」の間違いでしょうか。そう思っている人たちもいます。私としては、ギリシャ風の袖なし長衣を身にまとい、舞台前面に進み出て、「私はオイディプスだ」と叫んでみたい誘惑に身を任せておられるあなたの姿が目に浮かびます。とりわけカイロで熱狂的な学生たちを前にして……。ただそれもありそうにないがと私が疑問をもつのは、ひとえにあなたの声のことを考えるためです。あなたとしてもおそらく今のご自分の声で、そういう冒険を冒す自信はないでしょう。(48)

この推測は半ば当たっていた。すでに数年来ジッドと交流のあったエジプト人作家タラ・フセインが同年一〇月七日に宛てた短信には、「あなたが『オイディプス』と『テセウス』を我々に読み聞かせてくださったので」云々とある[49]。ジッドはカイロ訪問のさい、学生を中心とする聴衆を前に両作品の抜粋を朗読した、そう考えてまず間違いあるまい。

さてカラスの便りに対しジッドは、個人秘書イヴォンヌ・ダヴェに代筆させた次の手紙で応えている――

《書簡18・イヴォンヌ・ダヴェのカラス宛[50]》

パリ、一九四六年五月一一日〔封筒消印 一二日〕

拝略

ジッド氏は五月八日付のお手紙をたしかに拝受。貴殿がカブリ訪問を佳き思い出とされておられることに感銘を受けた旨、お知りおき願いたいとのことです。

あいにく氏は体調芳しからず、疲労も重なっております。恐縮ですが、今しばらくはいかなるお約束も致しかねます。

しかしながら氏からは貴殿にくれぐれも宜しくとのことであります。

アンドレ・ジッド氏秘書　イヴォンヌ・ダヴェ

半月後、カラスは再度ジッドに手紙を送り、せめてもの慰めにとでもいうかのように、手持ちの肖像写真に自筆で献辞を入れてほしいと訴える――

《書簡19・カラスのジッド宛[51]》

〔パリ、一九四六年〕五月二八日

親愛なるジッド様

私に会うことはかなわぬとのお話にひどく落胆していますが、ご都合がつかぬ理由は察しております。

仕事机に私の大切なあなたの肖像写真を飾りました。この写真の下に何か献辞の言葉を書き入れていただけないでしょうか。自筆ものに対する執着はありませんが、そうしていただけるならば私にはこの上なく大きな喜びとなります。

ご同意いただけるならば、明日か明後日、写真をお住まいの管理人に渡しておきます。献辞を入れるのが煩わしいということであれば、そのまま手をつけずお返しいただければ結構です。翌日には引き取りに伺いますので、ご返事いただくには及びません。逆の場合には、この肖像写真は私にとって極めて大切な品になります。ポール・ヴァレリーの「〔空白〕」という言葉ほど、私があなたに寄せる熱い思いを言い表すものはありません。

私の大いなる感謝と深き愛情をお信じいただきたく。

アンドレ・カラス

追伸――「ゲーテとアンドレ・ジッド」と題する論文を書きました。多くの点で両者を比較するのは実に興味ぶかいことに思えたのです。近いうちに活字にできればと願っております。

追伸にある論文「ゲーテとアンドレ・ジッド」が実際に公表されたか否かは未詳だが、カラス旧蔵文書には「一九四五年一〇月」と日付を打たれた清書原稿（学生ノート二〇枚分）が保存されている。これもまた今日の研究水準に照らせば特に秀でた論考とは言えぬものの、四〇年暮のカプリ訪問のさいにジッドからエッカーマンの『ゲーテとの対話』を読むよう勧められたことや、[52] 四二年五月には彼自身の序文を付したプレイアッド版『ゲーテ演劇全集』が世に出たことなどが、この比較論執筆の動機となっていたのではあるまいか。

しばらくしてカラスはジッドの献辞が入った写真を手にする。次はそれに対する礼状——

《書簡20・カラスのジッド宛[53]》

パリ、一九四六年六月五日

親愛なるジッド様

お写真の複製の下に献辞をお入れいただき有難うございました。この献辞は少々私を驚かせずにはおれません。というのは実のところ私はこの複製があなたがお感じになるほど出来《でき》の悪いものとは思えないからです。違法な複製だとのご判断ですが、これは私が『作家の手』と題された本に載った肖像写真を元に、あくまで個人用として作らせたものなのです。そもそも私は、ロール・アルバン・ギヨ女史が一九四五年に撮影したこの美しいあなたの写真を以前から手に入れたいと思っておりました。入手には至っておりませんでしたが。

月曜に行われた「ブラックアフリカの夕べ」でお目にかかれることを願っておりましたが、希望は叶いませんでした。あなたのお声を聴くことができたエジプト人学生たちはなんと幸せ者であることか！ 我々は彼らほど恵まれてはいないのです……。

ジッド様、どうか私の熱き尊敬の念をお信じください。

アンドレ・カラス

『作家の手』は手相研究家《キロローグ》エドモン・ベニスティが一九三九年にストック出版から上梓したもので、ジッドをはじめ、クローデルやヴァレリー、モンテルラン、マルタン・デュ・ガール、コレットら計二七名の当代作家について、掌の印影や筆跡・肖像写真を載せ、それを元に各人の「心理学的肖像」を描き出そうとする一風変わった著作である。[54]ガブリエル・マルセルの序文に続きジッドの項が巻頭を飾るが、そこで使われた肖像はパリ在住のラトヴィア人写真家フィリップ・ハルスマン（後にアメリカ国籍を取得）によるもの。だがおそらくジッドはこの写真が気にいらず（その旨を献辞に記したか）、カラスに複製を返却するにあたり、ロール・アルバン・ギヨが最近撮影したものも一緒に添えたのであろう。[55]なお書簡最終部の「ブラックアフリカの夕べ」については残念ながら不詳。「ジッドの声を聴くことができたエジプト人学生たち」については前掲の《書簡17》を参照されたい。

　カラス作成のジッド書簡一覧から一九四七年一〇月に発信されたのは確実だが、《書簡14》と並び旧蔵文書のなかに見当たらない次のものも備忘として立項しておこう。その具体的な記述内容は不明なるも、後述のようにジッドの姿を撮った写真の送付を主な目的とするものであったことは間違いない――

《書簡21・カラスのジッド宛》〔所在不明〕

〔パリ、一九四七年一〇月一五日〕

翌日にはイヴォンヌ・ダヴェから次のような代筆信が送られている――

《書簡22・イヴォンヌ・ダヴェのカラス宛》[56]

パリ、一九四七年一〇月一六日

拝略

アンドレ・ジッドは貴殿が一五日付のお手紙に添えてくださった写真に対し謝意を表しております。この写真は彼にとって実に満足のゆくものです。あまりに出来がよいので、もし可能であれば、同じものを一〇部ほどお送りいただけるなら、彼には大いなる喜びとなりましょう。
ジッドからは貴殿にくれぐれも宜しくとのことであります。

アンドレ・ジッドに代わって、イヴォンヌ・ダヴェ

話題に挙がっている写真についてはカラス自身が後にその撮影経緯を証言している。一〇月初旬、ヨーロッパ通信社（AEP）にストックホルムの特派員から電信が入る――「ジッド、ノーベル賞最有力。モーリアック選外。声明をとるべし」。この報せを受けて取材を担当したのがカラスなのである。当時ジッドはジャン＝ルイ・バロー（ルノー＝バロー劇団）とともにカフカ『審判』の翻案劇をマリニー座で上演すべく（初演は同月一〇日。テクストは翌月三〇日刷了、ただちにガリマールから出来《しゅったい》）、毎日リハーサルに立ち会っているところだった。まだ人気のない劇場のホールでインタビューに応じたジッドは、電信の実物を見せられても最初は信じなかった、あるいは信じないふりをした――「噂はそれとなく耳にしたことはある。だが騒ぎ立てているのは私のことを好ましく思わぬフランスの文学者たちだとさえ考えている。私はフランスの公的な名誉は常に拒否してきた。アカデミー・フランセーズへの入会も、レジオン・ドヌールも望みはしなかった」。だが続けて彼はスウェーデンの各紙に向け言い添える――「この偉大なる中立的・平和的国家から与えられる名誉には甚《いた》く感激している旨をよろしく伝えてくれたまえ」。インタビューが終わるとジッドは、カラスが連れてきた年若いカメラマンに魅せられたかのように、その注文になんでも機嫌よく応じて写真を撮らせたのである。(57)

来《きた》るべき騒動をおそれた作家が同月末、スイスのヌーシャテル（イド・エ・カランド出版の社主リシャール・エイ宅）

に逃れてのち、スウェーデン王立アカデミーが前評判どおり彼への文学賞授賞を発表したのは一一月一三日のことであった。引き続きヌーシャテルに逗留していたジッドは健康状態が優れず一二月一〇日の式典にはやむなく欠席、すでに述べたように、王立アカデミーおよびノーベル委員会に向けた彼のメッセージが駐瑞フランス大使ガブリエル・ピュオーによって代読された。

確かな時期は分からないが、カラスはその後も一度ジッドに会ったことがあるらしい。彼の証言によれば、関係者を招待したガリマール出版のレセプションのさい、騒々しい雰囲気のなか短く言葉を交わしたという[58]。それとの前後関係はさておき、一九四八年初冬にカラスがジッドに宛てた書簡が残っている。師の誕生日を祝すこの便りには、近年の再会を反映して「自分のことはもう憶えておられぬでしょう」といった、それまでの常套句は見当たらない——

《書簡23・カラスのジッド宛[59]》

〔パリ〕、一九四八年一一月二八日

ジッド様、親愛なる先生

お誕生日を機に先生のご健勝をお祈りし、青年期以来、私が御作品に対し抱いている深甚にして熱烈なる賛嘆の念をお伝えします。

哲学の教師があなたの名を初めて口にし、生徒たちに『地の糧』の説明をしてくれた日のことを、今もなお、なんと大きな感動とともに思い出すことでしょう。私はまず最初に『背徳者』を読み驚嘆しました。それからすぐに『地の糧』に飛びつきましたが、この本は私の人生を変えました。周りの世界がそれまでとは違って見えてきたのです。あなたは私の目を啓《ひら》き、様々な存在や事物の美しさに向かい合う喜びを教えてくださったのです。数年前に私は次のように書いたことがあります――「今の私には、アンドレ・ジッドを発見したことは青年期の最も重要な出来事、敢えて言うならば、最も驚異的な出来事であったように思われる」。いわゆる「大哲学者」の理論には飽き飽きしていたので、あなたの著作群は、ひとつの哲学、少なくとも生に充ちたひとつの思想を私に啓示してくれたのです。

私は一度として『地の糧』から離れてしまうことはありませんでした。この作品があなたの傑作だという理由からではありません。青年期の感性や美徳を――初心《うぶ》だからこそ真実の青春という宝を失ってしまった現在、私が立ち戻るべき感性や美徳を――最も好く表している著作だからなのです。

そうです、『地の糧』において私を驚愕させたもの、それは親密なトーン、親密ささえをも超える愛に充ちたトーンでした。あなたが個々のナタナエル（私もそのひとりです）に付与されたあの重要性だったのです。あなたは我々を招じ入れ、各人に主要な相手役を務めさせたのです。一八歳の若者が望むのは、己自身の重要性を信じることをおいてほかにはありません。あなたは、私が生きていたあの絶え間なき高揚状態・熱狂の先唱者におなりだったのです。私自身、意気ごみ叫んでいました――「我らの魂にいくばくかの価値があったのは、ほかの者たちの魂よりも激しく燃えたからだ」。私が一枚の紙片に書きつけたこの小さな文言を、いつも目にできるよう、勉強部屋の壁に貼っていたものです。（1）

ご著作を愛する動機は今では少し別様のもの、もっと理性的で審美的なものに変わっています。しかしご著作が、たとえ最も辛い時節にあっても、常に最良の支えであることに変わりはありません。その後は他作家からも影響を受けてきました。とりわけマルローがそうですが、彼らのいずれからもあなたほどの大きく本能的な親和性を感じたことはありません。ゲーテに対して抱いておられるのと同様の尊敬の念をあなたに抱いておりますだけに、私の申し上げたいことは十分にご理解いただけるものと存じます。

親愛なる先生、どうか私の愛着の念をお信じください。

アンドレ・カラス

カラスが実際に発送した手紙に記していたか否かは定かでないが、現存するタイプ打ちの写しには、同性愛者であることを濃厚に示唆する一節が（1）と番号を振って註記・挿入されている――

（1）私の目は真新しく見開かれ、空や太陽、大地、海、事物のすべてが私にはそれまでとは変わって見えたのです。あなたは、尋常ならぬ感情に対するあの恐るべき脅迫的観念から私を解放してくださった。田舎青年の私は、世界で自分だけが特異な嗜好をもち、それを隠し続けねばならぬと思い込んでいました。そんな時に、望むがままの愛し方が可能なばかりか、許されもするのだと知ったのです。あなたのおかげで私は恐怖と偏見を乗り越えたのです。

『地の糧』から受けた影響をまたもや熱く語るカラスに対し、ジッドは僅か数行ではあるが久方ぶりに返事を書く――

《書簡24・ジッドのカラス宛[60]》

〔パリ〕、一九四八年一二月一日

親愛なるアンドレ・カラス

魅力的なお手紙をいただき、言いしれぬ感銘を覚えました。あなたの差し出すその御手を深い愛情をこめて握ります。嗚呼！　せめて二〇歳私が若ければ！　真心をこめて。

アンドレ・ジッド

待ち焦がれていた便りを受けて、カラスは日を置かず返書を認《したた》めた――

《書簡25・カラスのジッド宛(61)》

〔パリ〕、一九四九年一二月三日

親愛なるジッド様

慌ただしく書き上げたものではありますが、ブルゴーニュとフランシュ＝コンテで発行されている新聞に載った記事を送らせていただきます。戦時中カブリで私を迎えてくださったという、私にとっての大事件を拙い筆で綴っております。

この新聞の編集者は私の友人のひとりですが、あなたの自筆の手紙が戴きたいと電報を送ってきました。時間に迫られ（そしてその手紙はなんら個人的な内容を含んではおりませんでしたので）あなたのご許可をお願いしませんでした。どうかご容赦のほどお願い申し上げます。

親愛なる先生、私の友愛の念をお信じいただきたく。

アンドレ・カラス

追伸――ジャン・アムルーシュを相手にしたあなたの対談をラジオで熱心に拝聴しておりますが、よく喋るのは彼のほうで、あなたご自身は生や著作について新たな情報をほとんど語っておいでないのが残念です。

冒頭部に挙がる記事や掲載紙は残念ながら未だ同定できていない。だがその内容は以後も幾度か書かれる文章とさほど差はなかったはずだ。カラスにとってカプリ訪問の記憶は、文芸ジャーナリストとして誇らしいネタである前に、なによりも筆を執るたびに尽きせず蘇る喜びの源泉なのであろう。なお追伸が触れる対談とは言うまでもなく、一〇月一〇日から一二月三〇日までラジオ・フランスで三四回にわたり連続放送された、ジッドがその生と作品を語るジャン・アムルーシュとの対談（録音は同年一月から六月にかけて）のことを指す。(62)

上掲書簡に対する返事がジッドからの最後の便りとなる。カラスの方からのアプローチもこれ以後はなかったものと思われる——

《書簡26・ジッドのカラス宛(63)》

〔パリ〕、一九四九年一二月五日〔封筒消印六日〕

親愛なるアンドレ・カラス

このところ、もはや私は切羽詰まり、終わりの近さを感じて店じまいに掛かっておりました。しかし私がすでに暇乞いをしていなかったならば、再び人生に妙味を見いだしそうなほどの優しさに満ちたお手紙と二重の記事〔印刷記事とそのタイプ原稿の謂か〕が今朝の配達で届いたのです。そうです、あなたがおっしゃっていることはすべて私の心にまっすぐ響いてきます。あなたの差し出すその御手を深い愛情をこめて握ります。

忘れがたくあなたの

アンドレ・ジッド

ジッドの死をめぐって

この書簡から一年二カ月後（一九五一年二月一九日）、ジッドは八一歳でこの世を去る。訃報に接したカラスはその時の感想を「ジッドの死」と題した自筆メモに書きとめている――

二月二〇日、火曜

メトロのホームで乗客のひとりが新聞を開く。アンドレ・ジッドの名とその写真が私の目に飛び込んできた。危篤状態だということは昨晩から知っていたので、すぐさま彼が亡くなったのだと見当がついた。

私の師が死んだ。一八歳の時、私はあまりにも彼を崇拝していたので、その彼がいつの日にか亡くなると想像するだけで恐怖にとらわれたほどだった。このような、おそらく当人を不快にしたに違いない激烈な偶像崇拝をありのままに思い起こすのは今となってはひどく難しいのだが。

地方在住の年若い私が、異常な感情を抱くのは自分独りだけだと思っていた青年期の最も辛い時期に、どれほど多くの高揚と幸福な解放感を彼から与えられたことか。

二月二一日、水曜

一昨日までジッドが暮らしていた住居〔ヴァノー通り一番地乙《ビス》のアパルトマン〕をおずおずと訪ねていった。そこには彼の遺体がキュヴェルヴィルに移送されるまで安置されている。遺族の集まりの只中に闖入することになるのではと心配だった。カトリーヌ・ジッドとは面識があったが、自分が訪れるのは場違いな思いがしていた。

彼が存命中には一度も乗ったことのないエレベータを使って上った。この住まいに感動し、しかし同時に冷静な関心から〔…〕(64)

彼は花に覆われた小部屋の真ん中で、蓋を開けた棺に横たわっていた。白いプラストロンの付いた礼服を着せられている。その顔には安寧と力とが入り混じった不思議な雰囲気が漂う。突き出た頰の肌が死後緩んだために、彼は若返ったように見え、アジア人風の美しい顔立ちになっている。

この後カラスは、作家の一周忌を機に「ナタナエルがアンドレ・ジッドを裁く」と題する短い文章を物す（実際に活字化されたかは未詳）。すでに言及した記事と重複する部分が多いが、その冒頭には最近出版されたジッド論への評価が記されている。とりわけ彼の注意を引いたのが、マルタン・デュ・ガールの『アンドレ・ジッドにかんするノート』と、ピエール・エルバールの『アンドレ・ジッドを求めて』(65)。前者に対しては「明晰さと共感の混淆」を称賛するが、いっぽう後者については、その「辛辣さと激烈な論調、最悪な点を挙げてすべてを説明しようとする傾向」を強く訝《いぶか》る。じっさい『彷徨い人《ル・ロドール》』『アルキュオネ』の作家には次のような厳しい批判を直接書き送っている（受け手からの返信は今日まで未確認(66)）——

〔パリ〕、一九五二年二月二六日、火曜

拝略

ご高著『アンドレ・ジッドを求めて』を拝読しましたが、冒頭のページから早くも困惑し、次いで啞然とさせられました。あなたは彼の最良の友人だと信じておりましたので、おそらくマルタン・デュ・ガールのような好意は含まずとも、共感に満ちた（その共感を欠いてはどんな理解も不可能です）評価を期待しておりました。

しかしそれとは逆に私がご高著に見いだすのは、常に「最悪な点を挙げて」の説明であり、欠点のみをとらえ強調しようとする執拗さです。〔あなたが指摘なさる〕それらの欠点は、ほかの友人たちの誰もが描くジッド像、そしてとりわけ私が知りえたジッドと相容れるものとは思えません。

さらに、あなたが描くジッドの輪郭は彼の作品の輪郭ともひどく矛盾しているように思えます。読者はご高著のうちに辛辣さ、遺恨のごときものを感じとってしまう……。ジッドから最良の友人のひとりとして遇され、その名声の大部分を彼に負っていた人が書いたこの本を、彼自身はどんな悲しい気持ちで受けとめただろうか、と想像してしまいます（おそらくは不実の極みと言ったことでしょう）。敬具

アンドレ・カラス

これよりほぼ一〇年後、一九六〇年代に入るとカラスは物故作家の子弟にインタビューした一連の記事を発表したが、誰よりもまず『地の糧』の作者は欠かすことのできない取材対象であった。娘カトリーヌを訪ねて書かれた記事は、気にかかる単語や語法があるとジッドが食卓でもかまわずリトレ辞書を引きはじめ、同席者を困惑させた逸話などを軽妙に描いて興味ぶかい[67]。

＊

生前に交わされた書簡の内容ばかりか、その量的な不均衡が如実に示すように、カラスが大作家に寄せた敬愛の念はまさしく片想いに近い。だがジッドの書簡が総じて文通相手のそれよりも短く簡潔であることを考慮に入れれば、知名度の低い年若きジャーナリストが受けた応接としては、それなりの意味を有するものであった。あえて両者の全書簡を訳出・紹介した所以である。

註

（1）一九四九年一一月四日付カラス宛モーリアック書簡（個人蔵、未刊）などの情報による。

（2）同誌とボードリーの活動については次の研究を参照——Julian JACKSON, *Living in Arcadia : homosexuality, politics, and morality in France from the liberation to AIDS*, Chicago / Londres : The University of Chicago Press, 2009.

（3）書簡の正本としてはカラス旧蔵文書から流出したものであろう、二〇一六年に入ってから、マルセル・ジュアンドー、マルセル・アルラン、ロジェ・ペルフィットら同時代の作家・文学者がカラスに宛てた書簡のうち数十通がインターネット古書市場に出品された。筆者もその機会にジッド自筆の封筒二点を入手している（本章に訳出の書簡《12》と《26》の封筒。消印は一九四一年九月八日と一九四九年一二月六日）。

（4）往復書簡の大半は未刊である。ちなみに雑誌『アルカディ』で活字化されたのはジッドのカラス宛六通だけであり（voir André CALAS, « Brèves rencontres », *Arcadie*, septembre 1967, pp. 411-415 (lettres 5-7-12-26) ; « Contribution à l'histoire littéraire : six lettres inédites », *ibid.*, septembre 1978, pp. 441-444）、それらにしても内二通には日付・発信地は省かれていた。

（5）CALAS, « Brèves rencontres », art. cité, p. 412.

（6）カラス旧蔵文書（タイプ打ちの写し）。

（7）カラス旧蔵文書（タイプ打ちの写し）、および CALAS, « Contribution à l'histoire littéraire : six lettres inédites », art. cité, p. 441.

（8）Voir par exemple la lettre à Jacques Copeau du 14 octobre (*Corr. G/Cop*, t. II, p. 479).

（9）カラス旧蔵文書（タイプ打ちの写し）。

（10）*Journal II*, p. 718 (22 juillet 1940).

（11）ジャック・ドゥーセ文庫蔵の正本（整理番号 γ 1520.1）、およびカラス旧蔵文書（タイプ打ちの写し）。

（12）André GIDE, [Réponse à l'enquête : « Que sera demain la littérature ? »], *Le Figaro (littéraire)*, 12 octobre 1940, p. 3, col. 1. この書簡（一〇月一日付）は後に全文が写真複製のかたちで公表されている（voir André LANG, *Pierre Brisson : le journaliste, l'écrivain, l'homme*, Paris : Calmann Lévy, 1967, p. 224 *sqq.*）。

（13）Voir André CALAS, « André Gide et l'adolescence », *Le Cri des étudiants : organe de l'Association générale des étudiants de Montpellier*, n° 1, 10 décembre 1940, p. 3, col. 2-3 et p. 4, col. 3.

(14) カラス旧蔵文書（タイプ打ちの写し）、および CALAS, « Contribution à l'histoire littéraire : six lettres inédites », art. cité, p. 442.
(15) Voir la lettre à Paulhan du 24 novembre et celle à Claude Mauriac du 25 novembre (André GIDE - Jean PAULHAN, *Correspondance (1918-1951)*, *op. cit.*, pp. 247-248 ; Claude MAURIAC, *Conversations avec André Gide*, [nouvelle éd. augmentée], Paris : Albin Michel, 1990, p. 268).
(16) ジャック・ドゥーセ文庫現蔵の正本（整理番号 γ 1520.2）、およびカラス旧蔵文書（タイプ打ちの写し）。
(17) カラス旧蔵文書（タイプ打ちの写し）、および CALAS, « Contribution à l'histoire littéraire : six lettres inédites », art. cité, pp. 442-443.
(18) ジッドの原文は « ma rêverie habile à me martyriser » だが、これはマラルメの詩句 « Ma songerie aimant à me martyriser » (Stéphane MALLARMÉ, « Apparition », dans ses *Poésies*, Paris : Demain, 1899, p. 15) の不正確な引用。
(19) *Corr. RMG*, t. II, pp. 228-229.
(20) Voir son télégramme à Pierre Drieu la Rochelle du 30 mars, copié dans ses « Pages de Journal III », *L'Arche*, n° 4, juin-juillet 1944, p. 39 (repris dans *Journal II*, p. 754 [30 mars 1941]).
(21) André CALAS, « Accueil d'André Gide », *Le Cri des étudiants* (Montpellier), n° 5, 15 février 1941, pp. 7-8. なお、後年カラスが『アルカディ』誌に掲載した回想文「私が知ったアンドレ・ジッド」（« André Gide, tel que je l'ai connu », *Arcadie*, n° 112, avril 1963, pp. 193-199）では、ジッド訪問の記述はかなり概略的なものにとどまっている。
(22) ピエール・ヴィエノの経歴については次の研究に詳しい ――Gaby SONNABEND, *Pierre Viénot (1897-1944). Ein Intellektueller in der Politik*, Munich : Oldenbourg Verlag, coll. « Pariser Historische Studien » n° 69, 2005.
(23) *Cahiers PD*, t. III, p. 216.
(24) カラス旧蔵文書（タイプ打ちの写し）。
(25) 同前。
(26) André CALAS, « Brèves rencontres », art. cité, p. 413.
(27) カラス旧蔵文書（タイプ打ちの写し）。
(28) この一件の詳細については前章「ジッドの『アンリ・ミショーを発見しよう』」を参照されたい。
(29) カラス旧蔵文書（タイプ打ちの写し）。
(30) カラス旧蔵文書による情報。

(31) CALAS, « Contribution à l'histoire littéraire : six lettres inédites d'André Gide », art. cité, p. 443.

(32) カラス旧蔵文書（タイプ打ちの写し）、および CALAS, *ibid.*, p. 443.

(33) カラス旧蔵文書（タイプ打ちの写し）。

(34) André GIDE, *Découvrons Henri Michaux*, Paris : Gallimard, 1941 (repris dans *EC*, pp. 733-749).

(35) Voir *Corr. RMG*, t. II, p. 233 (lettre de Gide du 2 juin 1941). ただし、このマルタン・デュ・ガール宛書簡のなかでジッドが言及する「行われずに終わった五月二一日のニース講演」という副題は実際の刊本には付されなかった。

(36) カラス旧蔵文書（自筆の写し）。

(37) カラス旧蔵文書による情報。

(38) André GIDE, « La Délivrance de Tunis », *Les Lettres françaises*, 18 novembre 1944, p. 1, col. 1-4 et p. 8. col. 6-7. この日記抜粋はすでに前年九月、ベイルートのフランス語新聞『シリアとオリエント』に初出、次いで翌一〇月にはアメリカの国際雑誌『フリー・ワールド』（英語訳）、アルゼンチンのフランス語新聞『ラ・フランス・ヌーヴェル』（上述の英語訳からのフランス語重訳）、一二月刷了の『架空会見記』アメリカ版（パンテオン・ブックス）に収められ、一二月にはカナダの『ル・モンド・リーブル』（上述『フリー・ワールド』の姉妹誌）、また翌一九四四年初頭にはアルジェ発行の『コンバ』紙（ただし『ラ・フランス・ヌーヴェル』掲載のフランス語重訳）、さらに七月刷了の非合法出版『発禁時評』第二巻（ミニュイ出版）にも再録されていた。

(39) Voir *Corr. RMG*, t. II, p. 290 (lettre de Gide du 5 décembre 1944).

(40) Voir Louis ARAGON, « Retour d'André Gide », *Les Lettres françaises*, 25 novembre 1944, p. 1, col. 1-2 et p. 5. col. 4-6.

(41) 一九四四年一一月二四日付ルイ・アラゴン宛書簡（カラス旧蔵の写し、未刊）。

(42) Voir André GIDE, « Chardonne 1940 », *Le Figaro (littéraire)*, 12 avril 1941, p. 3, col. 1-3 (repris dans *EC*. pp. 309-313). 同記事でジッドは、シャルドンヌがその著書『一九四〇年の私的時評』において戦勝国ドイツへの共感を示し、フランスの敗北を深刻に受けとめていないことを難じている。

(43) 同月二五日付フランソワ・モーリアック宛書簡（カラス旧蔵の写し、未刊）。

(44) Voir par exemple la lettre de Mauriac du 2 janvier 1945 (GIDE - MAURIAC, *Correspondance (1912-1950)*, *op. cit.*, pp. 102-103).

(45) André GIDE - Pierre de MASSOT, *Correspondance (1923-1950)*. Édition établie, présentée et annotée par Jacques COTNAM, Lyon : Centre

d'Études Gidiennes, coll. « Gide / Textes » n° 15, 2001, p. 201.

（46）ジャック・ドゥーセ文庫現蔵の正本（整理番号 γ 1520.1）。

（47）カラス旧蔵文書（自筆の写し）。

（48）*Corr. RMG*, t. II, p. 342 (lettre de Martin du Gard du 22 mars 1941).

（49）Lettre de Tara Hussein du 7 octobre 1946, reproduite dans *BAAG*, n° 114/115, avril-juillet 1997, p. 154. なお『オイディプス』の初版公刊は一九三一年、『テセウス』のそれはこの一九四六年のことである。

（50）カラス旧蔵文書の正本（タイプ打ち、ダヴェの自筆署名入り）。封筒の消印は一九四六年五月一二日。

（51）カラス旧蔵文書（自筆の下書き）。

（52）Voir CALAS, « André Gide, tel que je l'ai connu », art. cité, p. 197. なおカラスは『ゲーテとの対話』をその後暫くして読んだと述べており（フランス語訳初版は一九四一年刊）、じっさい論文は同書に触れている。その一方、この時点ですでに発表されていたモーリス・ブランショの論考「アンドレ・ジッドとゲーテ」（Maurice BLANCHOT, « André Gide et Gœthe », *Journal des Débats*, 3 février 1943, p. 3, col. 1-8 [repris, légèrement modifié, dans son recueil *Faux pas*, Paris : Gallimard, 1943, pp. 322-328]）への言及はない。

（53）カラス旧蔵文書（タイプ打ちの写し）。

（54）Voir Edmond BÉNISTI, *La Main de l'écrivain*. Préface de Gabriel MARCEL, Paris : Éd. Stock, 1939, pp. 16-24.

（55）アルバン・ギヨによる肖像写真は翌一九四七年三月、ダヴェをつうじて、当時ジッドの『日記』の英語訳を準備中だったコロンビア大学教授ジャスティン・オブライエンに送られ（voir André GIDE - Justin O'BRIEN, *Correspondance (1937-1951)*, *op. cit.*, p. 33）、同年刊出の第一巻の巻頭を飾ることになる。いっぽうハルスマンによる肖像写真（カラスがジッドに送ったのと同一のもの）は四九年刊の第三巻巻頭に用いられている（voir *The Journals of André Gide*. Translated from the French and annotated by Justin O'BRIEN, 4 vol., New York : Alfred A. Knopf, 1947-1951）。

（56）カラス旧蔵文書の正本（タイプ打ち、ダヴェの自筆署名入り）。

（57）Voir CALAS, « André Gide, tel que je l'ai connu », art. cité, p. 198 ; « Brèves rencontres », art. cité, pp. 414-415. なお、インタビュー直後に書かれたカラスの記事（同者旧蔵文書中に保存された切り抜き）はジッドの応答を詳しく報じるも、写真撮影のことにはいっさい触れていない —— André CALAS, « À l'approche du Prix Nobel : en bavardant avec André Gide », [journal non identifié, à la mi-octobre 1947].

（58）挨拶程度のこの短い対話についてカラスは、一九六三年の証言ではマリニー座でのインタビューの「前」と記すが（voir « André Gide, tel que je l'ai connu », art. cité, p. 198）、一九六七年の記事ではその順序を逆転させている（voir « Brèves rencontres », art. cité, p. 415）。確証はないものの、終戦後まもない一九四六年の時点ですでにガリマールのレセプションが再開されていたとは考えにくく、後の証言のほうが蓋然性が高い。なお、これも時期については不明だが、カラスの旧蔵文書には彼の創作短篇数点を収めた大型封筒が残っている。切手は貼付されておらず、カラスはジッドの名とパリの住所を記していたが、そのうち名のほうは消され、ジッドの自筆でカラスの名に書き換えられている。この短篇類がどのようにしてジッドの手に渡り、その後カラスに返却されたかは、残念ながら現在のところ知る術がない。

（59）カラス旧蔵文書（タイプ打ちの写し）。

（60）個人蔵の自筆正本、および Calas, « Contribution à l'histoire littéraire : six lettres inédites », art. cité, p. 444.

（61）カラス旧蔵文書（自筆の写し）。

（62）このラジオ放送については、すべての音源が近年コンパクトディスクのかたちで公開されている――André Gide, *Entretiens avec Jean Amrouche*, 4 CD-Rom dans 2 coffrets, Paris : INA / Radio France, 1996-1997.

（63）カラス旧蔵文書（タイプ打ちの写し）、および Calas, « Contribution à l'histoire littéraire : six lettres inédites », art. cité, p. 444.

（64）カラス旧蔵文書中の自筆メモは紙片二葉のみで中断しており、残念ながらこれ以降の記述は保存されていない。最終段落は後年の回想（« André Gide, tel que je l'ai connu », art. cité, p. 199）から補う。

（65）Roger Martin du Gard, *Notes sur André Gide (1913-1951)*, Paris : Gallimard, 1951 ; Pierre Herbart, *À la recherche d'André Gide*, Paris : Gallimard, 1952.

（66）カラスのエルバール宛書簡、未刊（カラス旧蔵文書、タイプ打ちの写し）。『アンドレ・ジッドを求めて』の反響については特に以下を参照――Jean-Luc Moreau, *Pierre Herbart, l'orgueil du dépouillement*, Paris : Bernard Grasset, 2014, pp. 453-470.

（67）Voir André Calas, « "Il fallut interdire à Gide l'usage du Littré pendant les repas", raconte sa fille Catherine », [journal non identifié, 1961 ?].

結語

クロード・マルタンと並び立つ斯界の第一人者ピエール・マッソンは、「ジッド書簡集の現状」を報告した比較的最近の論考で次のように述べている――「その膨大な数量のゆえか、出版が絶え間なく増加・拡大するゆえか、いずれにせよ確かなのは、ジッド書簡を総体的に扱った研究が未だ存在していないことである。いくつかの学術論文または未公刊の博士論文が個別的な書簡交換に関心を寄せてきたにすぎないのだ(1)」。このような研究状況であるだけになおのこと、ジッド書簡全体を包括的に論ずることは到底筆者の力量の及ぶところではない。巻頭の「序」で断ったように、本書がこれまで提示してきたのは、ジッドが人生の折々に同時代人と紡いだ交流のうち、あくまでも具体的なサンプル、相応数の「切り子面《ファセット》」だったからである。とはいえ本書の論述の大半が、実証的資料であり、また同時代の具体的な証言である未刊書簡群に支えられていたからには、論争相手の場合をも含め、ジッドが文通によって築こうとした人間関係についてごく簡略な一言《いちごん》を添え、それをもって本論の結びとしたい。

＊

無論のことだが、早くから絶えず人との接触を増やし続け、多くの友情を紡いだジッドが人間存在の複数性を時を追って段階的に発見したと見なすならば、それもまた早計というものであろう。七〇代も半ばの一九四三年には、己の来し方を振り返り、「共感の欲求が常に私を導いてきた(2)」と述べ、またその五年後には次のように記しているからである——「愛し愛されたいという、異常なほど飽くなき欲求。思うに、それこそが私の一生を支配してきた」[3]。

かくのごとくジッドにとって友情はただの歓びや楽しみではなく、晩年の彼に「友情をなりわいとした《プロフェッシオン》」と公言させたほど、生の原則そのものであった。生涯をつうじて彼が愛着を示した者はそれこそ枚挙に遑がない。これら数々の交流は直接の対話によるものもあれば、文通によるものもあるが、いずれにせよ彼を駆り立てるのは何か恩恵を施したいといった欲求ではなく、ましてや自らの精神的優越性を確認したいという欲求なぞではない。むしろ逆に、一人っ子に生まれた彼がしばしば求めたのが、大胆さにおいて己よりも勝る仲間、いわば先導者的な存在だったことからもそれは明らかであろう。文学の実践におけるピエール・ルイス、性的生活（同性愛）におけるアンリ・ゲオン、政治活動におけるピエール・エルバール……。実際の歳の差にかかわらず彼らはいずれもが、親和力によって選ばれた「兄」たちだったのである。

全国均一料金とポスト投函を基軸とする近代郵便制度の確立により、書簡が最も手軽で便利なコミュニケーション媒体となった時代に生まれたジッドは、間違いなくその恩恵を最大限に享受した作家のひとりである。常に自らを「対話的存在」と規定していた彼は、単に精神内部での「対話」ばかりか、現実の他者との交流にもきわめて積極的で、本書にその具体例を示したように、書簡という身近な手段を利用して驚くほど多岐にわたる対話を重ねている。

フローベール書簡の愛読者であったジッドは、史的な文献・資料としてだけではなく、作品創造の場の生々しい証言として文学的な往復書簡集の重要性を確信していた。たとえば、一九〇九年にシャルル＝ルイ・フィリップが早世すると、その死を悼むべく、二年後には周囲の反対を押し切り、この愛すべき作家がアンリ・ヴァンドピュットに宛てた青年期の手紙を出版したし[4]、また一九二四年、『新フランス評論』の編集長であったジャック・リヴィエールがアントナン・アルトーと交わした書簡を同誌に公表すると、その姿勢に熱い賛意を示している[5]。自分自身の交わした書簡についても、受信分は早くから組織的な保存に努めていたし、送信分のうち重要だと判断したものは、ある時期から自筆やタイプによる写しを取っておくことが習慣化していたほどである。もちろんそのことはジッドがひとりの理想的な読者を想定し、日々の文通相手を超えて後世に向けた文章を綴っていたということではない。むしろヴァレリーのごとき輝くばかりの知性や、マルタン・デュ・ガールのような己の小説理論に揺るぎない信念を持つ者に対しては、しばしば「文通は私の得意とするところではない(6)」と打ち明けていたのである。

しかしながら、優れた書き手であれ、いかにも知性や筆力の劣る相手であれ、さらには彼の信条や思想に異を唱える者であれ（第II部・第2章のルイ・ルアールや、第IV部・第2章のアンリ・マシスらの例が示すように、敵対者たちはしばしば作家の不意を突き、それによって未だ開拓されていない可能態を彼に示唆した）、あらゆる文通者に対しジッドは独自の「自在さ《ディスポニビリテ》＝可変性」をもって応接する。彼にとって何よりも優先すべきは、逆説的ではあるが個々の対話者からの影響を前提とした一種の「自己中心性《エゴサントリスム》」だからであり、その点はたとえ自分の手紙が相手のものに見劣りすることになっても譲れないところなのである。じっさい彼は、ヴァレリーとの往復書簡集（旧版）の編纂を委ねたロベール・マレとの対談において、文通の維持、友情の維持に伴う労苦ばかりか、そこから生ずるジレンマについても隠すことなく語っている——

——もはや私は自分の書いた手紙を記憶していないが、確かなのは、手紙のなかの私は彼〔ヴァレリー〕の傍らではひどく霞み、ひどく精彩を欠いていることです。また彼ほど多弁でなかったのも確かです。
——あなたの書く手紙はあなたの文通者たちのものよりも短いのが常でした。
——当然です。私は友情を仕事《メチエ》としていました。それは不断の配慮を要する、骨の折れる仕事です。個々へはごく短くでしたが、しかし多くの相手に宛てて手紙を書いたのです(7)。

ジッドが自らの手紙の価値に若干の疑問符を付しながらも可能なかぎり多くの文通を続けたのは、ピエール・マッソンの術語を借りれば(8)、人生の諸要素を記録する『日記』が作品創造の「母胎《マトリス》」、彼の精神内部へと向かう求心的な運動体であるとすれば、いっぽう文通の実践は、他者の力を借りた素材豊かな「実験室《ラボラトワール》」、人生の別の諸要素を外部へと拡散する補完的な運動体として、『日記』に劣らず作品創造に不可欠な要素だったからであろう。

このようなジッド書簡の機能・効用と、文通をつうじた友情の維持が意味するところについて、クロード・マルタンは簡にして要をえた見事な解釈を示している。すでに部分的に引いた評言だが、重複を厭わず今度は前後の文章も含めて引用しよう――

> 同一の問題についてであっても、ジッドが文通相手に応じて違った精神を採用し、別の顔を見せるといったことがしばしば同時に認められる。クローデルと対峙するときのジッドは、マルタン・デュ・ガールと語り合うときの彼と同じ人間ではない。ヴァレリーとゲオン、シュアレスとコポーを相手にする場合もまた然り。〔…〕ジッドにとって友情を温める、文通を続けるということは、すなわち一つひとつ別個の道を辿ること、個々の友人とともに、個々の友人のおかげで、あるひとつの方向にむかって進むことなのだ。さもなくば、それら個々の方向はいずれもがジッドのなかで単なる萌芽のままで終わってしまったことだろう。これは「婚姻によって」、あるいは「代理人によって」生きることである。ジッドがよく口にしていたように〈友情を育む faire l'amitié〉ことは、〈愛の営み faire l'amour〉と同じく、他者とともに、そして他者のおかげで何かを作り出す行為なのである。それゆえ彼にとって手紙の書き手であることは、小説家であるのと同様に創造的な歩みだったのだ(9)。

本書が論じた人的交流の多くもまた、畢竟するにマルタンのこの卓見を折々に証する具体的な顕れであり、そのそれぞれが、創作活動・私生活の双方において「捉えがたきプロテウス」の多面性・多様性を反映する「ひとつの方向」だったのである。

註

（1）Pierre MASSON, « État présent : Les correspondances d'André Gide », *Épistolaire. Revue de l'A.I.R.E.*, n° 33, 2007, p. 275.

（2）*Journal II*, p. 923 (14 mars 1943).

（3）*Ibid.*, p. 1066 (3 septembre 1948).

（4）Voir Charles-Louis PHILIPPE, *Lettres de jeunesse à Henri Vandeputte,* Paris : Éd. de la NRF, 1911.

（5）Voir Jacques RIVIÈRE, « Une Correspondance [avec Antonin ARTAUD] », *La NRF*, n° 132, 1er septembre 1924, pp. 291-312. 九月一〇日のリヴィエール宛書簡――「『新フランス評論』最新号に載った君の〔アルトーとの〕往復書簡は異常なまでに私の関心を掻き立てた。君は先例を成し上げ、ひとつのジャンルを創造したのだ」（*RIV*, p. 763）。

（6）一九三一年一月二六日付ジッド書簡（*Corr. RMG*, t. I, p. 435）。

（7）André GIDE - Paul VALÉRY, *Correspondance (1890-1942)* [éd. de 1955], *op. cit.*, p. 9.

（8）Voir Pierre MASSON, art. cité, p. 275.

（9）Claude MARTIN, « État présent des études gidiennes », art. cité, pp. 122-123. 前掲拙訳『アンドレ・ジッド』に補遺として訳出・収載（一三三五頁）。ただし本書での引用に当たっては訳文を改変している。

《補遺》 ジッド書誌の現状

――参考文献一覧に代えて――

ジッド研究は、作家の生誕百年にあたる一九六九年頃を境にフランス本国や英米を中心に飛躍的に多様化しはじめ、現在に至るまで目覚ましい発展を遂げてきたが、この実り多い半世紀の研究史を整理し、さらに今後の展望を開くために、何よりもその基礎となる可能なかぎり精確かつ網羅的な書誌の必要性が説かれて久しい。一九九〇年にはキャサリン・サヴェッジ・ブロスマンの『アンドレ・ジッド研究文献の註解付目録(一九七三―一九八八)』、ジョージ・ピストリウスの『アンドレ・ジッドとドイツ』という二つの成果が相次いで刊行され注目を集めたが、(1)それが以上のような事情を背景としていたことは言うまでもあるまい。本補遺では、ここ数十年の成果の紹介を含め、ジッド書誌の歴史をいくつかの項目のもとに概観し、併せてどのような書誌学的研究が今後の課題として残されているのかを検討する。

作品書誌

ジッド作品にかんする最初の書誌学的著作は、一九二三年刊のロベール・ドレ、ラウール・シモンソンの共著によるものと、翌二四年に刊行されたシモンソンによるその増補改訂版で、(2)単行研究書としてもごく初期のものに入る。当然のことながらいずれも二〇年代後半以降の作品はカバーしていない。また対象時期にかぎってみても遺漏や不正確な点が少なからず見受けられ、印刷形態の細部などについて後続書誌にはない記述がいくつか認められるものの、情報源として全幅の信頼はおきがたい。

ジッドの友人でもあったアルノルド・ナヴィルが数度の増補改訂を経て一九四九年末に出版したのが『アンドレ・ジッド著作書誌』である（対象時期は同年六月までだったが、その後一九五二年までの補遺が付け加えられた）[3]。この書誌は作家自身も高く評価したもので、判型は言うにおよばず、組版の方法、用紙の種別やそれに応じた印刷部数《ティラージュ》など、版本の物理的な側面をいとわずに記述しているのがその大きな特色である。これに関連して付言すれば、象徴主義の影響を脱した後もマラルメに対する畏敬の念は一貫して失わず、「パージュ＝エクラン」の考えに忠実であり続けたジッドが、そのひとつの反映として自作の印刷・造本について驚くばかりに細心な注意を払ったことはよく知られているが、じじつ時には活字や印刷用紙の選定さえ自ら行ったことを思えば、これら「愛書家的」記述がけっして好事に淫するものではなく、作家の美意識の一端を探るためにも有意義なものであるのは明らかだろう。少なくとも版本にかんするかぎり、オブジェとしての書物の委細を記述することはまさしく書誌学的研究の内に属するのである。さらに余談ながら、版本の背に著者名やタイトルなどの記載がない場合、ナヴィルがしばしばそれを「背は無記入（Le dos est muet.）」と記述し、ジッドがこれをナヴィル版の「ライトモチーフ」と呼んでいたく喜んだことが、同書誌にまつわる逸話として知られている[4]。

カナダ在住の書誌学者・受容史研究者ジャック・コトナンが多年におよぶ情報収集の成果として一九七一年に発表した『アンドレ・ジッド著作の年代順書誌の試み』[5]は、六〇ページほどの薄いものだが、最も基礎的な情報を確実かつ簡便に検索できるという点で、現在もなおその利用価値は落ちていない。そして、このハンディ・タイプの試作をもとに、競売カタログ・古書店カタログなどの調査・探索によって、書簡をふくむ断片的な未発表テクストの記述を大幅に加え精度を高めたのが、一九七四年刊の『アンドレ・ジッド作品の年代順書誌（一八八九―一九七三）』[6]である。現在のところ同書が最も網羅的な作品書誌と呼びうるもので、たとえば『プレテクスト』などの評論集や選集・全集については「目次」をすべて再録、書簡集にかんしては全書簡のリストを作成、また巻末に索引を付すなど、様々な配慮によって内容面での検索も格段に容易になった。ただしナヴィル版に比べると版本の物理的な側面にかんする記述ははるかに減っており、コトナン版書誌の目指すところがこれとは相当に異なっていることは指摘しておくべきだろう。

以上の単行出版された書誌のほかに、是非とも触れておかなければならないものがある。リヨン第二大学名誉教授クロード・マルタンの主著『アンドレ・ジッドの成年期』（一九七七）の巻末に付された書誌がそれである。[7]マルタンの驚異的な学識と、「ジッド友の会」「ジッド研究センター」の設立・運営をはじめ、今日に至るまで半世紀の間、指導者的立場から彼が果たしてきた功績の大きさについてはなんぴとも異議を唱ええないが、とりわけこの巻末書誌は質量両面での充実において、発表時まさに実証研究の模範的成果と称えられたもので、以後の重要な研究は、程度の差こそあれ、すべてこれによって何らかの指針を与えられたといっても決して過言ではない。同書自体が「『パリュード』から『背徳者』まで（一八九五―一九〇二）」を論じたものだけに、作品書誌としての対象時期は限定されているが、情報の詳細度・精度はきわめて高い。また「書簡と手稿」「その他のジッド作品」「資料、証言および批評・研究」など、他の諸項目の記述にも優れ、特にマルタン自身の蔵書にもとづき作成された「単行研究書」項目の網羅性はそれまでの到達水準を大きく超えていた（後述するように、これらの情報は以後マルタン自身によってさらに更新されてゆく）。

特定作品にかんし手稿類や版本、各国語翻訳、同時代書評、研究論文などの複数項目を備えた、発表時点で網羅性の高い個別的書誌としては、マルタンの『田園交響楽』校訂版（一九七〇）、パトリック・ポラードの『プロセルピナ／ペルセポネ』校訂版（一九七七）、レジャン・ロビドゥーの『ナルシス論』校訂版（一九七八）、マルタンの『アンドレ・ワルテルの手記と詩』註釈版（一九八六）、筆者の『放蕩息子の帰宅』校訂版（一九九二）などにそれぞれ付された書誌を挙げることができる。(8) また、『鎖を離れたプロメテウス』『パリュード』『贋金つかい』については、季刊雑誌『ジッド友の会会報』が組んだ各特集号で比較的詳しい個別的書誌が作成されている。(9) ただし日本語文献、とりわけ研究論文にかんするフランス語版の一覧は、『放蕩息子の帰宅』書誌のほかは現在までほとんど手つかずの状態が続いている（この事情は以下いずれの項目にかんしてもほぼ同様）。

作品の手稿類についても述べておこう。まず個人蔵――。これはジッドにかぎった話ではないが、作家の遺産相続人や近親者をのぞけば、一般的に言って著名な収集家ほどコレクションを誇示したいという欲求と同時に、その内容が公表されるのを一種の価値下落と見なして喜ばない傾向が強い。収集家特有のこの両義的なメンタリティーに対して、閲覧・調査をのぞむ研究者は何らかの外交術を要求されるのが常である。それどころか、研究者からの要請を一律に拒否する収集家さえ稀ではない。たとえば現代的な視点からの読み直しが盛んな『パリュード』の自筆完全稿の場合がそうである。遅ればせながらジッド研究においても草稿の分析を基本とする生成学の機運が盛り上がってきただけに、まことに残念なことと言わねばならない。しかしその一方で朗報もある。最大の収穫は、長らく所在不明だった計三千枚近い『贋金つかい』の自筆完全稿・タイプ稿・校正刷などが二〇〇一年、フランス国立図書館の収蔵するところとなったことであり、現在はこの膨大なコーパスの予備的調査が進められている。(10) 他作品についても一日も早く各種の「アヴァン＝テクスト」が公的機関に収まり、開かれた研究対象となることが強く望まれる。

とはいえ総体的に見れば、手稿類へのアクセスはおおむね可能であると言ってよい。パリ大学附属ジャック・ドゥーセ文庫と、故カトリーヌ・ジッド女史のアルシーヴが作品群の多くを収蔵しているからである。前者は、一九世紀末からベル・エポックにかけて巨万の富を築きあげた服飾界の大御所ジャック・ドゥーセがアンドレ・シュアレスを顧問にすえ、当時まだ無名であったアンドレ・ブルトンに収集品選択の一切を委ねて集めた膨大なコレクションを基盤とするが[11]、そのうちジッド関係のものに作家自身の遺贈分を加えたのが通常「フォン・ジッド」と呼ばれるもので、マラルメ、ヴァレリー、モーリアックの各関連とならび、同文庫のなかでも最大の点数を誇る。このうち作品の手稿類については、大部な『アンドレ・ジッド宛書簡』(『ドゥーセ文庫特別収蔵品カタログ』全四巻の内)の巻末に付された「アンドレ・ジッドの手稿」に、紙片の枚数や形状、公刊テクストの対応箇所、装丁の有無などがかなり詳しく記述されている[12]。すでに校訂版・生成批評版が公刊された『ユリアンの旅』や『カンダウレス王』『放蕩息子の帰宅』『法王庁の抜け穴』『オイディプス』『テセウス』のほかにも、『サウル』『背徳者』『イザベル』『新しき糧』、あるいはジャン＝ルイ・バローとの共同制作になるカフカ『審判』の演劇版翻案など、多くの自筆稿が厳密なテクスト校訂や生成学に関心のある研究者の訪れを待っているのである。ただし専用の入室許可証さえあればすべて事足りるフランス国立図書館手稿部などとは異なり、同文庫の閲覧規則はなかなかに厳格で、いま述べたような作品の手稿類にかんしては著者(当人がすでに死亡の場合はその受遺者)の、また書簡にかんしては差出人(またはその受遺者)の、それぞれ書状による許可を要する。当人の所在が不明であったり、受遺者の同定が困難であると判断された場合には、閲覧希望者が一切の責任を負う旨の誓約書を提出することでこれに代えるが、いずれにせよ、ただ一通の短簡を参照するために数カ月の待機を強いられることも稀ではない。他方、故ジッド女史のアルシーヴ(その祖母マリア・ヴァン・リセルベルグ、母エリザベート両人の旧蔵品を含む)の内容については、すでにクロード・マルタンの手でほとんどすべてがカード化され、主要なアイテムにかんしてはマルタンもその著書や論文のなかでしばしば言及しているが、この整理・分類の措置は彼がもともとジッド女史の個人的な便宜のために行ったもので、必ずしも全ての情報が公表されているわけではない[13]。

続いて翻訳――。この分野の書誌はとりわけ受容史の研究には欠かすことができない。そういう認識のもと、『ジッド友の会会報』が一九七〇年代から八〇年代にかけてジッド作品の各国語翻訳にかんする情報を発表した。[14] また、イタリア、ドイツ、ギリシャ、ポーランドなどについては、かなり詳細なリストがすでに作成されている（後述の「国別による書誌」を参照）。しかしながら総体的に見れば、まだまだ相当数の遺漏があるものと思われる。ナヴィルが推測しているように、かつてジッド作品の翻訳がしばしば「著者の許可なく本人には内密に」行われたこともその一因をなしていよう。[15] なお、実際の情報収集にあたり一九四八年以降については、ユネスコから毎年刊行されている『インデックス・トランスラティオヌム』が便利な資料であるのは間違いないが、最近まで東南アジア・中東・中南米・アフリカなどにかんする情報の網羅性が欧米諸国のそれに比べてかなり低く、特に作家の死を契機に全世界的にジッド・ブームが訪れた五〇年代、それに続く六〇年代に当然これらの地域でも出版されたであろう翻訳の情報を得にくいのが難点。また、この資料の記述は概して大まかで（部数・版数や刷了月日なども記述されていない）、正確さに欠ける場合も稀ではない。とりわけ上記諸地域の研究者からの積極的な情報提供が望まれるところである。

ちなみに、これまで幾分なりとも「翻訳全集」の名に値するのは、一九五〇年代前半に我が国で編まれた新潮社版（全一六巻）しかなかったが、[16] ライムント・タイスやペーター・シュニデールらが編纂したドイツ語版翻訳全集（全一二巻）の刊行が二〇〇〇年に完結している。[17] このドイツ語版は、既存の翻訳がある場合、多くはそれを再録しているが、近年の研究成果を取り入れた序文や註解、また『日記』にかんしてはプレイアッド旧版の不完全な索引を補正するなどによって、邦語版を質量ともに大きく凌駕するものとなった。そういった点で同版を参照することは研究者にとっても得るところが少なくない。

受容史研究のためにはジッドの演劇作品の上演リストや劇評の一覧も欲しい。一九〇八年初頭の『カンダウレス王』ベルリン公演の惨憺たる失敗以後、長年にわたりジッドが演劇、とりわけその実践に対してある種の警戒心を抱き続けたことはすでに本書でも触れたが、自ら演出を手がけた、あるいはなんらかの関与をしたいくつかの舞台上演については、これまでにも比較的詳しく論じられている[18]。また、『プロセルピナ／ペルセポネ』『放蕩息子の帰宅』『オイディプス』については、それぞれ前述校訂版の書誌にかなり詳しいリストが作成されている。また、そのほかの戯曲にかんしては、ジャン・クロードの国家博士号論文『アンドレ・ジッドと演劇』の巻末書誌に相応の情報を求めることができる[19]。

書簡目録

書簡作者としてのジッドについては贅言は不要であろう。常に自らを「対話的存在」と規定していた彼は、単に精神内部での「対話」ばかりではなく、現実の他者との交流にもきわめて積極的で、書簡をつうじて驚くほど多岐にわたる対話を重ねている。そのなかには将来の公表を念頭において書かれたと推測されるものも少なくない。じじつある時期からは、自らの書簡でも重要と見なしたものについては、写しを取っておくのが習慣になっていたほどである。この豊かな資料体の通覧の便をはかるために、すでにいくつかの目録が作成されている。

まず、クロード・マルタンが一九七一年に発表した『アンドレ・ジッド既刊書簡の年代順目録[20]』が先駆的な業績といえよう。この目録は、タイトルが示すように、ジッドの既刊書簡を出典とともに年代順に記述したものだが、とりわけ便利なのは、その付録として手稿類専門業者のカタログや競売のカタログに断片的に活字化された書簡六〇通ほどを再録していることで、この配慮によって、量的には決して多くないが、通常目に触れにくい資料が研究上の共有財産となった。これに続いて一九七五年には、ジャック・コトナンによる『アンドレ・ジッド書簡の書誌学的目録および内容別索引(一八九七―一九七一)[21]』がアメリカで公刊されている。同書の特徴は、マルタン目録の成果を取り込みながらも、それとは異なり執筆順ではなく印刷公表順に書簡の記述をおこなっている点である(ある特定の単行書簡集に収録されたジッド書簡はすべて同一の見出しのもとに記述される。同目録が「書誌学的」と称する所以)。また文通相手や言及された固有名・登場人物、ジッドおよび他作家の作品、主要テーマなど、数種の内容別索引によって検索の便を図っている。しかしながら、これら二つの目録は、基本的には未刊書簡は対象外であり、その後に公刊された相当数の書簡集もカバーしていない。何よりも、ジッドに宛てられた書簡は対象としていないために、特定文通者との往復書簡についてはその相互関連性を目録だけで把握することは難しい。したがって、今日でもこれらの利用価値が十分にあることは認めながらも、総合的に評価すれば、情報の豊富さにおいては次に述べるものに譲らざるを得ない。

死後出版をのぞき、ジッドの既刊テクストの版権がすでに消滅した今日、将来の総合書簡集――たとえばフィリップ・コルブ編『マルセル・プルースト書簡集』(全二一巻)や、ジャン゠クロード・エラル、モーリス・リューノーら共編『ロジェ・マルタン・デュ・ガール総合書簡集』(全一〇巻)、ヴィクトル・マルタン゠シュメッツ編『ギヨーム・アポリネール総合書簡集』(全五巻)のような[22]――の出版にむけた基礎的な作業が、一九八〇年代、クロード・マルタンを統括責任者とする国立中央科学研究所内の共同研究班によって進められた。これは既刊・未刊や、文通者の有名・無名を問わず、現存の確認された書簡(未刊書簡の場合には、存在のみが知られオリジナルの所在が不明なものも含む)を網羅的にリストアップしようとする試みで、先ずはその暫定的な成果報告が一九八四年から翌年にかけて『アンドレ・ジッド総合書簡』全六分冊として公刊された。[23]ジッドの書簡を各ページの右半分に、彼宛の書簡を左半分に年代順に配列したこの目録は、発信地の記述や消印があるものについてはそれも明記してあるので、特定の年月日にジッドがどこにいたかを知るためにも極めて有益な資料となった。続いてこの一覧は一九八九年以後、研究者向けの少部数出版ながら増補改訂を重ね、二〇一三年の最新版(第七版)に至っている。[24]すでに本書巻頭の「序」に記したように、同版ではジッドの書簡一一三、七二六通、彼が受けた書簡一四、二七五通、送受信あわせ二八、〇〇一通の存在が記録されているが、筆者が承知するかぎり、その後も二千通以上が公刊されており、送受信の総数は現在では三万通以上、文通相手は二千三百人を超えている。ただし企画の性質から当然のこととも言えるが、調査・探索の及ばない点がまだまだ多い。また、オリジナルの所在が判明しているものにかんしても収録漏れがないわけではない（たとえばルーアン市立図書館に現蔵の数百通にのぼるマルセル・ドルーアン宛ジッド書簡は大半がこの目録からは落ちている）。ちなみにジッドの文通者の多くはすでに故人となっているので、とりわけ未刊書簡の差出人（ジッド自身の書簡の場合は名宛人）にかんしては受遺者の同定を急がなければなるまい。数多い文通者のうち、「フランス文芸家協会」が遺族から版権の交渉を委任されていたり、ジャック・ドゥーセ文庫が受遺者やその連絡先を把握している場合は意外に少数だからである。これは時間と労力を相当に要し、しかもしばしば不首尾に終わる仕事ではあるが、先送りすればするほど余計に困難が増すものだけに、できるだけ早く組織的な調査が開始されるべきであろう。

すでに「手稿類」に関連して触れたが、ジャック・ドゥーセ文庫収蔵品の分類カードのうち、ジッド関係の約一万一千枚をオフセット複製した『アンドレ・ジッド宛書簡』（ジッド自身の書簡も含む）も忘れることはできない[25]。このカタログは、用紙の判型やページ数、自筆・タイプの区別など、物質的な記述が完備している点（それによって各書簡のおおよその記載量を推定できる）や、ジッドの作品に言及した書簡についてはそのタイトルを明記している点（ただし網羅的ではない）において、上述目録『アンドレ・ジッド総合書簡』の刊行後も依然として貴重な参照対象である。ただし書簡の多くがジッドの遺贈によるもので、収蔵時の状態がそのまま記録されているために、使用にあたっては若干の注意を要する。というのは、書状自体に日付が明記されていないもののなかには少数ながら、実際の執筆年月日とは一致していないと思われるものが存在するからである。たとえば書状が本来のものとは異なる封筒に収められている場合や、ジッドが心覚えのために後年記入した日付が誤りである場合（ジッド自身しばしば述べているように、彼の記憶は事柄の細部については鮮明だが、日付にかんしては概して弱い）がそれである。にもかかわらず、資料体が直前まで作家本人の管理下にあったことを尊重するならば——じっさい、創作のためにしばしば過去の書簡を参照・利用した彼のなかでは、〈事実〉は日付の誤認や書簡の配列の変更によって無意識のうちに書き換えられ、新たな意味を付与されていた可能性がないとは言い切れまい——、これは所蔵図書館として当然かつ正当な処置であったと思われる。研究者は自らの判断に従って、正しいと信ずる年代推定・配列などを別途提唱すればよいのであり、また、いかなる学説も新説によって否定され代替されぬ絶対的保証はない以上、むしろ資料収蔵時の状態にいつでも容易に立ち返りうるほうが望ましいからである。したがって、研究者のなかにときおり見られるジャック・ドゥーセ文庫の分類・整理方法に対する批判的な発言は、この蔵書管理《ビブリオテコノミー》上の方針と個々の研究上の成果とを区別しようとしない見当違いな要求であると言わねばなるまい(26)。

読書目録

ひとりの作家をただ単に彼が受けた影響の総体とみなす過ちは避けなければならないし、また純粋な虚構の創出を可能にする想像力の寄与を否定すべきでもない。しかしながら、自伝的要素をしばしば創作の素材として利用しただけでなく、そこから独自のファンタズムを育み、そしてこれに縛られ導かれて、ついには現実／虚構の分別しがたい自伝空間を生きたとも言えるジッドの場合、様々なレベルでの影響が創作者のファンタズム形成にどのように関与したかという問題は、必然的にエクリチュールの有り様《よう》に深く関わってくることなのである。ジッドの読書体験を実証的事実にもとづいて記録しようとする試みも、本来はこうした問題に取り組むための基礎的な作業のひとつと考えるべきであろう。実生活と作品の間に安易な等価記号を置き、ひいては作品を単なる現実のモザイクに貶めるかどうかは、あくまでもこの作業成果をもとに研究をおこなう個々人の資質次第なのだから。

処女作執筆前後の数年——これが文学的な形成において大きな意味をもつ時期であることは、どんな作家の場合も変わりあるまい。我々にとって幸運なことには、まさにそれに当たる一八八九年から一八九三年にかけて、若きジッドは日々の読書を丹念に記録していたのである。「主観」と題されたこの読書ノートの内容は、ジャック・コトナンによって、作家の生誕百年を機に発刊された叢書「カイエ・アンドレ・ジッド」第一巻の巻頭論文として発表され、研究者の間でも大きな反響を呼んだ[27]。目録の本体は以下の三つの部分から構成されている。まず第一部は、記録された読書体験のリストで、年代順に五百近い著者名と作品名を並べている。続く第二部は、演劇およびオペラの鑑賞体験を同様な方法で記述したものだが、量的にははるかに少なく（一八作品）、時期的にもかなり限定されており、一八九二年三月ミュンヘンでのものが半数を占める。そして第三部は、読書ノートに言及された人名と作品名の索引で、ジッド自身のコメントがある場合にはそれをすべて採録している。詳細はコトナンの簡潔にして実質的な序文に譲るが、ここに記載された読書体験は、後に「大読書人」と称された作家の片鱗を十分に窺わせる広がりのある内容と言って差し支えない。

同じくコトナンは『アンドレ・ジッドの年代順読書目録（一九一九―一九二五）[28]』を準備し、その編纂作業もすでに最終段階に入っていたが、残念ながら本人が二〇一〇年に死去したため、現在のところ未刊のままにとどまっている。筆者は個人的にその暫定版を寄贈されていたので、編纂の基本方針だけでもここに紹介しておきたい。本体そのものは、ジッドの著作（日記や自伝、書簡、書評・批評など）はむろんのこと、同時代人の証言や回想（たとえばマリア・ヴァン・リセルベルグの『プチット・ダムの手記』やシャルル・デュ・ボスの『日記』など）を広く渉猟して確認された読書体験を年代順に、著者、作品、情報の出典というかたちで記述するが、目録としては異例ともいえる豊富な附註によって内容的な充実が図られている。一例を挙げれば、ジッドが読後感を残している場合には、それを引用ないし要約する。また雑誌に掲載された特定の作品や論文が問題となっている場合には、同じ号に載った他のものも読まれた可能性があるので、労をいとわずこれらを漏らさず記述する、など。しかし同目録で何よりも注目されるのは、ジャック・ドゥーセ文庫が収蔵する貴重な資料群のひとつが初めて組織的に利用されていることだろう。本書でも幾度か触れたが、それはジッドが情報収集の専門業者に依頼して集めていた、したがってとうぜん彼自身が目を通したと推測される約三千五百点の書評類の切り抜きで、現在は項目別に二六冊の大部なファイルに分類・整理されているものである。

この書評類にかんしては一言つけ加えておきたい。コトナンが対象に選んだ一九一九—二五年は、ジッド唯一のロマン『贋金つかい』の執筆時期に対応し、それなりにひとつのまとまりを感じさせる時期である。情報収集を手堅くおこなうためにも、この選択と限定は好判断であったと思われるが、他の時期についても同じ試みが期待されることは言うまでもない。コトナン自身それを強く意識し、いずれは全時期についての読書目録を完成させたい意向であっただけに、彼の死はかえすがえすも残念なことであった。直接ジャック・ドゥーセ文庫で一次資料を参照しにくい外国人研究者にとってはとりわけ有益な参考文献になるのが確実なだけに、筆者としては一日も早くこれら書評類の網羅的な目録が作成・公刊されるべきではないかと思う。

コトナンの未刊の書誌を補うものとして、パトリック・ポラードが作成した読書目録（四巻、全五冊）がある。コトナン版とは若干編纂方針が異なるが、時期や採録対象の広がりにおいて極めて充実度の高い書誌で、その大要は、「古典古代」、「英語圏」、オリエントやスカンディナヴィア、イタリア、イベリア、ラテンアメリカ、現代ギリシャを扱った「雑纂」、「ドイツ語圏の文化・文学」という四つの分野について、作家の作品や日記・書簡、同時代の証言など、様々な資料を渉猟して確認された読書体験が総計千ページ強にわたり記述されている。[29] ジッドにかんする実証的研究には欠かせぬ作業ツールと言えよう。

同様の観点からはジッドの蔵書目録も待ち望まれるものだが、ただしその作成には相当の困難が予想される。よく知られているようにジッドは、『贋金つかい』の脱稿、マルク・アレグレとのコンゴ旅行を目前に控えた一九二五年四月に、過去との訣別という意味をも込めて、同時代の作家や批評家などからの献呈本の多くを売り払った（第IV部・第3章「蔵書を売るジッド」を参照）。この競売にかんしてはカタログが作られているので、それによって確認できるし、[30] ほとんどは自筆献辞の入った豪華紙版なので、現物が今日でもときおり市場に現れる。しかしながら両親からひき継いだものを含め、はるかに多数の蔵書は、ジッドの没後に複雑な経緯をたどって複数の遺族・近親者に分散的に相続されたり、そうでないものについては、キュヴェルヴィルで行われた競売のさいに四散してしまったのである（旧蔵書がル・テルトルの館にほとんど生前のまま残っているマルタン・デュ・ガールの場合とは対照的）。しかも不幸なことに、この競売についてては詳しい記録が残されていないのである。以上のような事情があるとはいえ、拱手傍観は許されまい。蔵書の事実がただちに読書体験には結びつかないのは当然だが、[31] 少なくとも同時代作家たちとの文学的な交友関係の実際を確定するために、ジッドに宛てられた献辞入り贈呈本（同時にジッド自身の贈呈本も）のリストアップからでも端緒を開くべきだと思われる。

舞台・音楽会・映画などの観賞リスト――。前述のノート「主観」が演劇やオペラの鑑賞体験を読書体験と同列においき記録していたことを思い起こすまでもないが、実証研究においてこれらだけを排除してよいという根拠はありえない。それどころか、これらは時として特定の事柄の唯一確実な情報源となることさえあるのだ。たとえば、ゲーテやニーチェ、ドストエフスキーと並んでジッドが大きな影響をうけたイプセンの作品について、『人形の家』『幽霊』など、いくつかの読書体験は記録されているものの、自作との主題論的な類縁をしばしば指摘される『ペール・ギュント』にかんしては、これを「読んだ」という文言はどこにも残されていない。しかしながら、制作座の舞台上演に言及した一九〇一年一二月七日付ポール＝アルベール・ローランス宛書簡の記述によって我々は、ジッドが遅くともこの時期には作品の内容を細かく承知していたと断言しうるのである。[32] なお、先に言及したジャン・クロード『アンドレ・ジッドと演劇』の巻末書誌は、この『ペール・ギュント』観劇を確証のない例としつつも、そのほか約一八〇の鑑賞体験を簡略な一覧として掲げている。[33]

また映画鑑賞の記録としては、すでにC・D・E・トルトンが網羅性の高い一覧を発表している。『田園交響楽』の映画化（ジャン・ドラノワ監督、一九四六年）や自作『イザベル』のシナリオ執筆[34]など、ジッドが「第七芸術」に大きな関心を示したことは以前から知られていたが、このリストには、一九二〇年五月のアメリカ映画『どん底』（シドニー・フランクリン監督）から、逝去三カ月前（一九五〇年一一月）のフランス映画『裁きは終わりぬ』（アンドレ・カイヤット監督）まで、一三七の鑑賞体験が彼自身や友人・知人らの証言を添えて記述されており、[35]作家の興味がいかに強く、また持続的であったかを具体的なかたちで検証することができる。

研究書・論文目録など

一九一八年刊のクリスチャン（ジョルジュ・エルビエ）『アンドレ・ジッドと現代人にかんするデータ』[36]以来、この一世紀の間に公刊されたジッド研究書はすでに九百冊を超えている。また雑誌などに掲載される論文も毎年相当な数にのぼる。むろん、数量の豊富が必ずしも質的な充実と即応するわけではない。たとえば、ジャーナリストとして著名なエリック・デショットによるジッド評伝（一九九一）や、サラ・オーセイユが物した作家の妻マドレーヌの評伝（一九九三）なぞは従来の実証的蓄積を無視しており（じじつ、デショットにいたっては自著序文でその旨を公言しさえする）、その議論は性急にして杜撰、細部の記述についてはほとんど毎ページに事実誤認があるといっても過言ではない。[37]また雑誌論文のなかにも、欧米の学界を中心に「パブリッシュ・オア・ペリッシュ」の機制のなかで慌ただしく産み落とされ、研究史になんらオリジナルな寄与をなさないものが多いのは否定しがたい事実である。とはいえ、理由の如何にかかわらず選別・取捨は書誌学の本来目指すところではない。個々の業績に対する評価を付載することは利用者には有益な配慮として好ましいが、それもあくまで収録の網羅性を優先させたうえでのことであるべきだろう。すでに後続論文によって乗り越えられ、かつての有効性を失ったと見なされる業績は言うにおよばず、はじめから学術的に無価値であると見なされる言説でさえも、やはり研究史・受容史の一側面を形成するものに変わりはないからである。

フランス近現代文学の総合的な書誌として名高いエクトール・タルヴァール、ジョゼフ・プラス共編『フランス語近現代作家書誌』（全二二巻）も忘れることはできない。極小活字使用・二段組の同書誌は、各作家について作品書誌（精度は高い）と、簡略な記述ながら参考書目・論文題目を掲げるが、ジッドの項は第七巻に配され、三七ページ分を占めている。特に「参照すべき論文」の採録はそれなりに充実している。ただし同巻が対象とするのは一九四一年までであり、それ以降の情報は収集・記載されていない[38]。

一九七二年頃までの研究については、シラキューズ大学刊『フランス文学の批評書誌』（第六巻「二〇世紀」、第一分冊[39]）にかなり詳しく記録されている。この大規模書誌該当巻のなかで、当然のことながらジッドにはプルーストやロマン・ロランなどと同じくひとつの独立した章が与えられ、ジェルメーヌ・プレ、クロード・マルタン、アンヌ・マルタンの三者を中心に、十数名のアメリカ人ジッド研究者の協力も得て、二段組七九ページにわたり総計七四一の単行書・論文が収録されている。各表題に続いて、英文による要約と評価、さらに単行書の場合には書評のレフェランスが付載され、この書誌の利用価値を高めている。また厳密な意味では書誌とはいえまいが、同じく一九七二年以前の主要な研究を概観するのには、ライムント・タイスによるドイツ語著書『アンドレ・ジッド[40]』の利便性が高い。ある特定の業績が研究史のなかで、どのような位置づけを与えられるべきかを簡潔・的確に述べたもので、ジッド研究者には必読の一書と言えよう。

これら二著の続編たることを期したのが、すでに本補遺冒頭で触れたサヴェッジ・ブロスマンの『アンドレ・ジッド研究文献の註解付目録（一九七三―一九八八）』である。編纂方針は、彼女も作成に参加・協力した前掲『フランス文学の批評書誌』と基本的には同じで、英文による要約と評価、関連書評のレフェランスを付載している。仏・英・独・伊・西・蘭の各語による文献を中心に、中央ヨーロッパ諸語のものも若干数ふくみ、収録は総数一、二七二点にのぼる。とりわけ雑誌掲載論文の網羅性はかなり高い（ただし日本語論文は基本的に対象外）。著者名・地名・主題ごとの索引によって検索も容易である。また、編者が実見していないものについてはその旨を区別註記しており、倫理的に周到な態度は潔い[41]。

単行研究書にかんしては、クロード・マルタンと筆者の共著書『アンドレ・ジッド研究書の年代順書誌（一九一八―二〇〇八）』（二〇〇九）を紹介しておきたい。同書は、マルタンがすでに単独で二度にわたり公刊していた書誌の増補改訂版である。一九八七年刊の第一版では三四八点、一九九五年刊の第二版では四二四点を採録していたが、これに対し、筆者が増補改訂の作業に加わったこの最新版では七八四と倍近くにまで数値を更新した（一九九五年までに限れば六一三）[42]。これにはインターネットの飛躍的な進歩によって世界中の図書館蔵書の検索や古書の入手が容易になったことが大きい。その作成にあたっては、研究書自体の各国語翻訳や別会社による再版も厭わず採録した。この措置によってどの国でどの研究書が重視されたかも把握可能になるからである（ちなみに同一書での再版・翻訳が最も多いのはクラウス・マン『アンドレ・ジッドと現代思想の危機』の八点）。第二版までとの相対比較でとりわけ新規採録が増えたのは日本や中国、韓国、アルゼンチン、ブラジル、オランダ、旧ユーゴスラヴィア、トルコ、ギリシャなどで刊行された図書である。我が国にかんしては、数種類の日本語版全集が出版され、早くからジッドが受容・研究されたことは欧米でも知られているが、具体的な書名や内容となると情報は皆無に近いという状況が長らく続いていた。最新版で採録した国内出版の図書は、邦訳をふくめ計四五点で、全体のおよそ六パーセントを占める。他国の研究者を驚かすに足る数値ではあるまいか。また時期的な面でも一九二〇年代末にはすでに最初のレフェランスが現れ（季刊誌『詩と詩論』のジッド特集号、一九二九年一二月、採録番号二三）、ジッドが早くから研究の対象となっていたことを裏付ける。フランス本国の動向にも敏感に対応しており、たとえば一九三五年六月にガリマールから刊出の討論会記録『アンドレ・ジッドと現代』にいたっては、なんと五カ月後にはもう邦訳が出ているのである(邦題『アンドレ・ジードは語る』(向田悌介訳)、平原社)。なお筆者はこの第三版以後も情報収集を継続しているが、現時点までに確認された単行研究書は前述のようにすでに九百冊を超えている。

また、定期的刊行物による収録としては、『ジッド友の会会報』各号の書誌、『フランス文学史雑誌』や『モダン・ランゲージ・ノーツ』の年度書誌などがある。ちなみに、『ジッド友の会会報』はかなり前から、かつてジッドと関わりを持ち、現在も存命の人々から証言を集める努力を続けているが、これに加え、様々な同時代人の作品や日記・回想録・書簡などに残されたジッド関連記述の一覧も作成されれば、この「主要な同時代人」のさらに多面的な肖像が描き出されるのではあるまいか。

ジッドと文芸雑誌の関わりは、最初期の同人誌『ポタッシュ=ルヴュ』『ラ・コンク』に始まり、『白色評論』『レルミタージュ』『詩と散文』『ラ・ファランジュ』、そして無論のこと『新フランス評論』、また『コメルス』『ムズュール』などを経て、最晩年の『ラルシュ』『レ・カイエ・ド・ラ・プレイアッド』に至るまで、大小合わせれば優に百誌を超える。まさに諸誌の興亡とともに歩んだ文学的生涯であった。単に作品や論文を発表しただけではなく、彼が編集陣に名を連ねた雑誌も少なくないが、これらは程度の差こそあれ、いずれもすでに論述の対象となっている。ここではすでに目録・総合索引の作成されたものをいくつか挙げるにとどめよう。何と言っても先ず第一に挙げるべきはクロード・マルタンが作成した『新フランス評論』の総合索引。一九八一年から八七年にかけて発表された暫定版(全五分冊)の精度を高め、二〇〇九年にガリマール出版から叢書「レ・カイエ・ド・ラ・エヌ・エル・エフ」の一冊として公刊されたものがそれである。巻頭を飾る六〇ページを超す充実した序文に続き、ウージェーヌ・モンフォール一派との決裂の元となった所謂「ゼロ号」(一九〇八年一一月)を含め、一九〇九年二月の再創刊号から第二次大戦勃発までの全三五三号の目次、次いで執筆者ごとの寄稿、引用された紙誌名・人名の索引が掲げられる。七五〇ページを超すこの大冊は、ジッドが主導したフランス最大の文芸誌の活動を探らんとする者にとっては必携の一書である。(43) そのほかのものとしては二つの象徴主義後継誌、すなわちポール・フォールが主宰した『詩と散文』(一九〇五―一四)と、マラルメ系譜の詩人ジャン・ロワイエールが率いた『ラ・ファランジュ』(一九〇五―一四)の総合索引を挙げておこう。(44) 前者は半世紀近く前に日本人研究者グループによって作成・公刊されたもので、フランス本国ではあまり知られていないが、利用価値の高い索引である。また後者はクロード・マルタンと筆者の共著で、その作成にあたっては上述の『新フランス評論』総合索引とほぼ同様の方針を採っている。『ラ・ファランジュ』の発行部数は最盛期でさえ四百程度にとどまったものの、ジッドをはじめ、ヴェラーレンやヴィエレ＝グリファン、アポリネール、アンドレ・スピール、アルベール・チボーデなど、多様な作家・詩人・批評家が関与した重要文芸誌であるだけに、この索引の存在意義は小さくないと考える。

国別による書誌

旅行など実生活において、あるいは著作・講演活動をつうじてジッド自身がなんらかの関わりをもった国や、たとえそうでなくとも、作品によって彼の芸術や思想がよく浸透している国については、国際的な文学交流の実態の理解を深め、特定の外国文化圏における受容・読解史の把握を容易にするためにも、国別書誌の作成が望まれよう。この分野で現在までに公刊された成果はけっして多いとは言えないが、それでも喜ばしいことに、イタリアおよびドイツという、とりわけジッドと関係の深かった二つの国にかんしてはすでに網羅性の高い個別的書誌が存在している。一九六六年刊の旧版を大幅に増補改訂したアントワーヌ・フォンガロによる『イタリアにおけるアンドレ・ジッド書誌(一八九五―一九六三)』(二〇〇〇)(45)と、すでに本補遺冒頭で言及したジョージ・ピストリウスの『アンドレ・ジッドとドイツ』(一九九〇)がそれである。前者での収録数は九一九点に及び、イタリアがドイツ・オーストリアと並んでジッドにとっていかに大きな位置を占めたかがこの数値にもはっきりと表れている。ジッド作品については、イタリアで出版されたフランス語原文版・バイリンガル版・翻訳に、また批評・研究は単行書・一般文献・定期刊行物に分類され、それぞれにフランス語による丁寧な記述が付されている。フォンガロの序文も実質的で、交流を五つの時期に分けてなされた論述は的確にポイントを押さえて間然するところがない。またイタリアで印刷公表されたジッド書簡七通を全文再録するほか、ジッドがディエゴ・ヴァレリに宛てた未刊書簡を付載しており、量的には少ないものの初出文献としての地位も主張しうる。かくのごとくその先駆性からも貴重な業績だが、惜しむらくは精度の高さを優先したゆえであろう、同版は対象時期を旧版から変更・拡大しておらず、ここ半世紀の情報はまったく盛られていない。この小さからぬ空隙を埋める新版ないし新著の登場が期待される所以である。いっぽうピストリウスのドイツ書誌はドイツ語圏スイスもカバーし、収録は一、五二七点、七百ページを超す、これもまさに労作と呼ぶべきもので、その通覧によって「ジッドとドイツ」のほぼ全容を把握することができる(むろんイタリアの場合と同様、過去四半世紀分の情報更新が必要ではあるが)。ただし、すでにアラン・グーレが同著の書評で指摘しているように、ジッド作品にかんする書評の多くが未収録である点が瑕瑾といえば言えなくもない。[46]なお同書では、著者・翻訳者・出版社・人名・文通者・挿絵画家・年譜・書評・学位論文・出版地など、十数項目にのぼる充実した索引によって参照の便が図られている。

ギリシャやポーランド、ハンガリー、スペインについては受容史を中心とするコンパクトな研究成果が発表されている。エレーヌ・タツォプロス゠ポリクロノプロス、アレクサンデル・ミレツキ、カタリン・クルーゲ、アリシア・ピケール・デヴォーによる四論文がそれで、いずれも『ジッド友の会会報』にフランス語で掲載されたものである。[47]またイギリスにかんしてもジャック・コトナンによって書誌作成の試みがなされている。これは一九八五年にロンドンで開催されたコロック「アンドレ・ジッドとイギリス」のアクトの巻末に付載された書誌で[48]、選別的ではあるが、同アクトに収録の各論文と併せ参照すれば、海峡を挟んでフランスと向かい合うこの国が、ただ単に文学的交流のレベルにとどまらず、一種の「自我解放の地」として――一九一八年夏、マルク・アレグレ青年とのスキャンダラスな旅立ちを思い起こそう[49]――長らくジッドの関心を惹き続けたことが理解できるだろう。

今後ぜひとも詳細な個別的書誌が望まれるのは、「ジッドとベルギー」ではあるまいか[50]。一九世紀末から第一次大戦の勃発まで、フランス語表現ベルギー文学がフランス文学、とりわけパリ文壇に及ぼした影響の大きさは周知のことで、これまでにもすでにミシェル・デコーダンやオーギュスト・アングレスらが、いずれも文学史研究において記念碑的な位置をしめる学位論文で当時の交流の様子や作家たちの群像を活写している[51]。なかでも外国文学の受容に熱心だった『新フランス評論』はベルギーからも多くの作家を受け入れたが、その推進役がジッドだったことは改めて断るまでもない。じじつ、同誌の創刊メンバーとなるアンドレ・リュイテルスをパリに呼び寄せたのも彼であったし、そのほか当時彼が親交を結んだベルギー人作家・批評家は、メーテルランクやヴェラーレンをはじめ、アルベール・モッケル、マックス・エルスカンプ、シャルル・ヴァン・レルベルグ、クリスチャン・ベック、ジョルジュ・エカウト、ジョルジュ・ランシー、ルイ・デュモン＝ウィルデン、アンリ・ヴァンドピュット、オクターヴ・モース夫妻など、それこそ枚挙に遑がない。またジッドはこれらの交流をつうじて、『ラ・ワロニー』『フロレアル』（共にリエージュ）や『ル・レヴェイユ』（ガン）、『ル・コック・ルージュ』『アンテ（アンタイオス）』（共にブリュッセル）、当初ブリュッセルで発行された『白色評論』などの諸雑誌に作品を発表していたのである[52]。このように広範囲にわたる文学的交流を俯瞰するためには、収録をジッド側だけに絞らず、ベルギー側からもおこない、相互的な参照が可能になる方法を考案する必要があるだろう。

個々の事情についての詳述は避けるが、上記の諸国に劣らずジッドの実生活に大きな影響を与えたアルジェリア・

コンゴなどの北・中央アフリカ諸国、旧ソヴィエト連邦、中南米（特にブラジルとアルゼンチン）、イスラム文化圏、あるいはとりわけテクスト解釈の分野での豊かな成果によってジッド研究に多大の貢献をしてきたアメリカ合衆国などについては、それぞれ個別的書誌が作成されてしかるべきだと思われる[53]。

さて、本補遺を閉じるにあたり、我が国との関係についても述べておかねばなるまい。地理的にはフランスから遠い日本だが、一九二〇年代には早くも本格化し、第二次大戦後も実存主義の導入紹介・席巻まで長期間にわたり続いたジッド熱は全世界的に見ても特筆に値する。しかも、小松清や松尾邦之助ら何人かの日本人とは個人的交流があったものの、挿話的な関心事（たとえば、一九〇〇年にロイ・フラー座でおこなわれた貞奴・川上音二郎の舞台公演や、一九三八年の山本薩夫監督『田園交響楽』映画化）をのぞき、ジッド自身が日本やその文化・芸術に対する知識をほとんど持たず、いわば日本側の「片思い」であったことを考慮すれば、なおさらその特殊性が目立つ。このような受容の歴史を概観する試みとしては、作家の生誕百年を機にいずれもフランス語で発表された中村栄子と中山眞彦による二つの「日本におけるアンドレ・ジッド」があるが[54]、すでに半世紀近く前の報告であるうえに、雑誌掲載論文としての性格上、研究書・論文などへの言及はごく代表的なものにとどまっている。したがって細かな情報にかんしては、一九八一年から二〇一二年にかけて日外アソシエーツから刊行された『フランス文学研究文献要覧』および『フランス語フランス文学研究文献要覧』（両要覧を合わせて全二〇巻）が現在のところ最も便利な検索手段と言えるだろう。この要覧では対象時期が戦後（一九四五—二〇〇九年）に限られているものの、組織的な情報収集の利点を生かして、かなり網羅性の高いリストが作成されており、日本人研究者には便利な資料である[55]。とはいえ、邦語論文はこれまでも語学的な障壁のために欧米の研究者のアプローチが困難であっただけに、そして良質の研究成果も決して少なくないだけに、内容紹介も含めフランス語ないし英語で併記された国際的にも通用する本格的書誌の作成が待ち望まれる。

註

（1）Voir Catharine SAVAGE BROSMAN, *An Annotated bibliography of criticism on André Gide (1973-1988)*, New York & Londres : Garland Publishing, Inc., coll. « Garland Reference Library of the Humanities » vol. 959, 1990 (voir aussi le compte rendu de cette bibliographie par David STEEL, *BAAG*, n° 89, janvier 1991, pp. 143-145) ; George PISTORIUS, *André Gide und Deutschland. Eine internationale Bibliographie*, *op. cit.*

（2）Voir Robert DORÉ et Raoul SIMONSON, *Les Livres d'André Gide.* Avec un fragment inédit de l'auteur, Paris : « Les Amis d'Édouard » n° 51, 1923 ; Raoul SIMONSON, *Bibliographie de l'œuvre de André Gide (1891-1924)*, Maastricht : Boosten & Stols, 1924.

（3）Voir Arnold NAVILLE, *Bibliographie des écrits de André Gide*. Préface de Maurice BEDEL, Paris : Chez H. Matarasso, 1949. [Éd. augmentée du « complément bibliographique (1949-1952) » par Jacques NAVILLE, Paris : Guy Le Prat, 1953].

（4）Voir la copie dactylographiée d'une lettre adressée à Arnold Naville, « Juan-les-Pins, le 8 mars 1950 », reproduite dans *Présence d'André Gide*, catalogue de l'exposition, *op. cit.*, p. 134, item n° 402.

（5）Voir Jacques COTNAM, *Essai de bibliographie chronologique des écrits d'André Gide*, S. 1. [Paris] : s. n. éd. [*Bulletin du Bibliophile*], 1971.

（6）Voir Jacques COTNAM, *Bibliographie chronologique de l'œuvre d'André Gide (1889-1973)*, Boston : G. K. Hall & Co., 1974. ちなみにコトナンは一九八六年七月、同書の筆者宛献本のなかに、採録から漏れていた以下五つのテクストの記述を自筆で書き込んでいるので、それをここに紹介しておこう——215 a. [Réponse à l'enquête sur la personnalité littéraire de Francis Vielé-Griffin], *Les Marches du Sud-Ouest*, n° 2, juin 1911, p. 79 ; 255 a. « André Gide, René Jean, Vincent d'Indy : Correspondance », *L'Élan*, n° 10, 1er décembre 1916, p. 3 ; 34 a. « Pour André Malraux », *Les Nouvelles littéraires*, 2 septembre 1924, p. 1 ; 345 b. [Quelques lignes sur Lugné-Poe], *La Nervie*, n° 4, 1924, pp. 17-18 ; 649 a. [Texte sans titre consacré à Georges Simenon], *Cahiers du Nord*, 13e année, n° 51/52, 1939, p. 60. また、このほかにも例えば以下のテクストの記述を加えなければならない——431 a. « D'une lettre », *Revue d'Allemagne*, n° 13/14, novembre-décembre 1928, p. 46 ; 465 a. [Compte rendu de *Hallelujah !* de King Vidor], *Revue du Cinéma*, 1er juin 1930, pp. 41-43 [repris dans *BAAG*, n° 32, octobre 1976, pp. 43-45] ; 565 a. « Défense de la culture. Allo ! Moscou », *Les Nouvelles littéraires*, 29 décembre 1935, p. 8 ; 567 a. [Hommage à Fédor Rosenberg], *Bulletin de l'Association des sciences de l'URSS*, 1935 [repris dans *BAAG*, n° 137, janvier

2003, pp. 132-133] ; 590 a. « Léon Blum », *Vendredi*, n° 31, 5 juin 1936, p. 1 ; 659 a. [Réponse à l'enquête : "Que sera demain la littérature ?"], *Le Figaro (littéraire)*, 12 octobre 1940, p. 3, col. 1 [cette lettre à Pierre Brisson du 1er octobre 1940 sera intégralement reproduite par André LANG, *Pierre Brisson : le journaliste, l'écrivain, l'homme (1896-1964)*, *op. cit.*, p. 224 (fac-similé)] ; 758 a. [Lettre-préface à] *Exposition Maurice Denis (1870-1943)*, Paris : Musée d'Art Moderne, 1945, p. 4 ; 758 b. [Quelques lignes sur Pablo Picasso], *Picasso libre. 21 peintures (1940-1945)*, Paris : Louis Carré, 1945, p. 14 ; 765 a. « Reconnaissance à la Grèce », *Messages de la Grèce*, n° spécial de la revue *Le Voyage en Grèce*, s. d. [ach. d'impr. 7 juillet 1946], p. 9.

（7） Voir Claude MARTIN, *La Maturité d'André Gide*, *op. cit.*, pp. 597-649.

（8） クロード・マルタンが模範例を示した『田園交響楽』の見事な校訂版（*La Symphonie pastorale.* Édition établie et présentée par Claude MARTIN, Paris : Lettres Modernes Minard, coll. « Paralogue » n° 4, 1970）を皮切りに、現在までに公刊された校訂版・註釈版は以下のとおり（いずれも巻末にそれなりに詳しい関連書誌を付している）――*Proserpine / Perséphone.* Édition critique établie et présentée par Patrick POLLARD, Lyon : Centre d'Études Gidiennes, coll. « Gide / Textes » n° 1, 1977 ; *« Le Traité du Narcisse (Théorie du Symbole) » d'André Gide*, par Réjean ROBIDOUX, Ottawa : Éd. de l'Université d'Ottawa, coll. « Cahiers d'Inédits » n° 10, 1978 ; *Les Cahiers et les Poésies d'André Walter.* Avec des fragments inédits du Journal. Édition établie et présentée par Claude MARTIN, Paris : Gallimard, coll. « Poésie » n° 208, 1986 ; *Un fragment des « Faux-Monnayeurs ».* Édition critique du Manuscrit de Londres établie, présentée et annotée par N. David KEYPOUR, Lyon : Centre d'Études Gidiennes, coll. « Gide / Textes » n° 8, 1990 ; *Le Retour de l'Enfant prodigue.* Édition critique établie et présentée par Akio YOSHII, Fukuoka : Presses Universitaires du Kyushu, 1992 ; *Le Roi Candaule.* Édition critique présentée avec une introduction et des variantes par Patrick POLLARD, Tupin-et-Semons : Centre d'Études Gidiennes, coll. « Gide / Textes » n° 14, 2000 ; *Le Voyage d'Urien.* Édition critique établie et présentée par Jean-Michel WITTMANN, Tupin-et-Semons : Centre d'Études Gidiennes, coll. « Gide / Textes » n° 16, 2001 ; *Édition génétique des « Caves du Vatican » d'André Gide.* [CD-Rom dans coffret]. Édition d'Alain GOULET. Réalisation éditoriale de Pascal MERCIER, Sheffield : André Gide Editions Project, Université de Sheffield / Paris : Gallimard, 2001 ; *Œdipe, suivi de Brouillons et textes inédits.* Édition critique établie, présentée et annotée par Clara DEBARD, Paris : Honoré Champion, coll. « Textes de littérature moderne et contemporaine » n° 92, 2007 ; *Geneviève ou la confidence inachevée.* Édition critique établie et présentée par Andrew OLIVER, Tupin-et-Semons : Centre d'Études Gidiennes, coll. « Gide / Textes » n° 19, 2010 ; *Pour l'histoire du « Thésée » d'André Gide,* par Céline DHÉRIN et Claude MARTIN, Tupin-et-Semons : Publications de l'Association des Amis d'André Gide, coll. « Gide / Textes » n° 21, 2012. なお、『贋金つかい』断片稿と『オイディプス』の校訂版については、これらを批判的に検討した以下の拙稿二点を参照されたい——「『贋金つかい』（ロンドン草稿）校訂版の批判的検討——作品冒頭部の執筆時期と方法——」、『ステラ』第九号、九州大学フランス語フランス文学研究会、一九九一年三月、一四八—一六七頁／「ジッド『オイディプス』校訂版をめぐって」、『ステラ』第二六号、九州大学フランス語フランス文学研究会、二〇〇七年一二月、一六五—一七六頁。

（9）Voir *BAAG*, n° 49, janvier 1981, pp. 81-88 [pour *Le Prométhée mal enchaîné*] ; n° 54, avril 1982, pp. 225-230 [pour *Paludes*] ; n° 88, octobre 1990, pp. 601-618 [pour *Les Faux-Monnayeurs*].

（10）パリでの競売のさいに作成された次のカタログにコーパスの概要がかなり詳細に記されている——*André Gide : « Les Faux-Monnayeurs »*. Lot 757 de la vente de la bibliothèque littéraire Charles Hayoit, quatrième partie. [Catalogue supplémentaire de la vente publique du 30 novembre 2001 (première session), rédigé par Michael Tilby.] Paris : Sotheby's France S. A., 2001.

（11）ドゥーセの経歴や文庫の形成過程の詳細については次を参照——François Chapon, *Mystère et splendeur de Jacques Doucet*, Paris : Jean-Claude Lattès, 1983.

（12）Voir le *Catalogue des Fonds spéciaux de la Bibliothèque littéraire Jacques Doucet. Lettres à André Gide*. Introduction de François Chapon, Boston : G. K. Hall & Co., 1972, pp. 497-507.

（13）規模ははるかに劣るが、このほかの公的コレクションとしては、フランス国立図書館に『贋金つかい』（前述）・『狭き門』の自筆部分稿とタイプ完全稿などが、またテキサス大学オースチン校ハリー・ランサム人文学研究センターに『贋金つかいの日記』『女の学校』『ロベール』の自筆完全稿、カミーユ・ブロックらに宛てられたジッド書簡などが現蔵されている。

（14）Voir Claude Martin [non signé], « Inventaire des traductions des œuvres d'André Gide », *BAAG*, n° 28, octobre 1975, pp. 67-74 ; n° 29, janvier 1976, pp. 67-74 ; n° 30, avril 1976, pp. 71-77 ; n° 31, juillet 1976, pp. 69-75 ; n° 35, juillet 1977, pp. 83-89 ; n° 42, avril 1979, pp. 62-66 ; n° 46, avril 1980, pp. 295-302 ; n° 58, avril 1983, pp. 269-276.

（15）Voir aussi l'édition critique de *La Symphonie pastorale*, *op. cit.*, pp. 228-234.

（16）周知のように、第二次大戦勃発によって中断した新フランス評論版『ジッド全集』（全一五巻、一九三二—三九年）自体が、網羅性においても（四〇年代の著作はもちろんだが、それ以前にかんしても収録漏れが多い）、校訂技術においても「全集」と呼ぶには問題がある。新潮社版はこれを底本にしながら、収録にあたってさらにかなりの選別をおこなっており（ただし独自に第一六巻として『行動の文学』を収載）、むしろ「選集」という呼称がふさわしい。また、これに先立つ建設社版や金屋堂版、後続の角川書店版はいずれもさらに一段と選別的である。

（17）Voir André GIDE, *Gesammelte Werke*. Herausgegeben von Hans HINTERHÄUSER, Peter SCHNYDER und Raimund THEIS, 12 vol., Stuttgart : Deutsche Verlags-Anstalt, 1989-2000.

（18）Voir, par exemple, Claude MARTIN, « Gide 1907, ou Galatée s'apprivoise », art. cité, pp. 196-208 ; Enea BALMAS, « À propos d'*Œdipe* : notes sur le théâtre de Gide », *ibid.*, pp. 244-254.

（19）Voir Jean CLAUDE, *Andre Gide et le théâtre*, *op. cit.*, t. II, pp. 453-458. 付言すれば、小説や批評・日記・自伝といった著作に比べると、ジッドの演劇作品は不当に軽視されてきたとも言えるだけに、さらに詳細な総合的リストの作成が望まれるところだが、筆者自身の調査体験から判断して、「フランス劇作家・作曲家協会」の翻案・上演許諾記録は、ジッドの場合、フランス国内の上演にかぎっても遺漏が多すぎて作業のための基礎資料とはなりえまい。今後いっそう組織的な情報収集の方法が検討されて然るべきだろう。

（20）Voir Claude MARTIN, *Répertoire chronologique des lettres publiées d'André Gide*, Paris : Lettres Modernes Minard, coll. « Biblionotes » n° 5, 1971.

（21）Voir Jacques COTNAM, *Inventaire bibliographique et index analytique de la Correspondance d'André Gide (publiée de 1897 à 1971)*, Boston : G. K. Hall & Co., 1975.

（22）Voir Marcel PROUST, *Correspondance*. Texte établi, présenté et annoté par Philip KOLB, 21 vol., Paris : Plon, 1970-1993 ; Roger MARTIN DU GARD, *Correspondance générale*. Édition établie et annotée par Jean-Claude AIRAL, Maurice RIEUNEAU *et alii*, 10 vol., Paris : Gallimard, 1980-2006 ; Guillaume APOLLINAIRE, *Correspondance générale*. Édition de Victor MARTIN-SCHMETS, 5 vol., Paris : Honoré Champion, 2015 (et *Lettres reçues par Guillaume Apollinaire*. Édition de MARTIN-SCHMETS, 5 vol., méme éditeur, 2018). ちなみに『マルタン・デュ・ガール総合書簡集』は作家側の書簡のみで、受信分は収録していない。

（23）Voir Claude MARTIN *et alii*, *La Correspondance générale d'André Gide. Répertoire, préface, chronologie, index et notices*, 6 fascicules, Lyon : Centre d'Études Gidiennes, 1984-1985.

（24）Voir Claude MARTIN, *La Correspondance générale d'André Gide. Répertoire chronologique 1879-1951*. Nouvelle édition revue et augmentée [7e éd.], La Grange Berthière : Publications de l'Association des Amis d'André Gide, 2013.

(25) Voir le *Catalogue des Fonds spéciaux de la Bibliothèque littéraire Jacques Doucet*, *op. cit.*, pp. 1-496.

(26) たとえば『ジッド＝ゲオン往復書簡集』編纂校訂者の発言（voir Anne-Marie MOULÈNES et Jean TIPY, « Avertissement », *Corr. G/Gh*, t. I, p. 131）と、これに対する当時のジャック・ドゥーセ文庫主任司書フランソワ・シャポンの批判的回答（voir la lettre de François CHAPON, *BAAG*, n° 32, octobre 1976, pp. 73-74）を参照。

(27) Voir Jacques COTNAM, « Le "Subjectif" ou les lectures d'André Walter (1889-1893) », in *Les débuts littéraires d'« André Walter » à « L'Immoraliste »*, Paris : Gallimard, coll. « Cahiers André Gide » n° 1, 1969, pp. 15-113.

(28) Jacques COTNAM, *Répertoire chronologique des lectures d'André Gide (1919-1925)*, inédit.

(29) Voir Patrick POLLARD, *Répertoire des lectures d'André Gide*, 5 vol. [I. L'Antiquité classique ; II. Lectures anglaises (2 vol.) ; III. Divers ; IV. Culture et littérature d'expression allemande], Paris : ATAG, puis Londres : Birkbeck College, 2000-2010.

(30) Voir le *Catalogue de Livres et Manuscrits provenant de la Bibliothèque de M. André Gide*, *op. cit.*

(31) とりわけ文学的名声を博し日々相当数の献本をうけていた後半生は読まなかった本も多い。一九二〇年代末から三〇年代にかけて数度にわたりジッドと会談した松尾邦之助の証言によれば、ジッドの書斎には「〈読むべき本〉、〈読んだ本〉と二つに分類された貼紙」があり、「床の上には、あちらこちらに一五、六冊ずつ束になった寄贈書や新刊が積まれていた。ジッドは笑いながら、〈この下に置いてある多くの本は永久に読まない代物ばかりだ〉と言った」（『自然発生的抵抗の論理』、永田書房、一九六九年、八一頁）。

(32) Voir André GIDE - Paul-Albert LAURENS, *Correspondance (1891-1934)*. Édition établie par Pierre MASSON & Jean-Michel WITTMANN, Lyon : Presses Universitaires de Lyon, 2015, p. 152 (lettre 61).

(33) Voir Jean CLAUDE, *Andre Gide et le théâtre*, *op. cit.*, t. II, pp. 443-452.

(34) Voir André GIDE et Pierre HERBART, *Le scénario d'« Isabelle »*. Texte établi, présenté et annoté par C. D. E. TOLTON, Paris : Lettres Modernes, coll. « Archives des Lettres Modernes » n° 264, 1996.

(35) Voir C. D. E. TOLTON, « Gide au cinéma », *BAAG*, n° 107, juillet 1995, pp. 377-409.

(36) Voir CHRISTIAN [Georges HERBIET], *Données sur André Gide et l'homme moderne*, Saint-Raphaël : « Les Tablettes », 1918.

(37) Voir Éric DESCHODT, *Gide. Le « Contemporain capital »*, Paris : Libr. Académique Perrin, 1991 ; Sarah AUSSEL, *Madeleine Gide. De quel amour blessée*, Paris : Robert Laffont, coll. « Elle était une fois », 1993. なお後者については次の拙稿も参照されたい――「ジッド

の結婚生活について今なにを語りうるか——サラ・オーセイユ『マドレーヌ・ジッド』」、『ステラ』第一三号、九州大学フランス語フランス文学研究会、一九九四年三月、九五—一〇八頁。

(38) Voir Hector TALVART et Joseph PLACE, *Bibliographie des auteurs modernes de langue française*, 22 vol., Paris : Éd. de la Chronique des lettres françaises, t. VII [1941], pp. 37-73.

(39) Voir *A Critical Bibliography of French Literature*, vol. VI, part I, Syracuse : Syracuse University Press, 1980, pp. 351-429.

(40) Voir Raimund THEIS, *André Gide*, Darmstadt : Wissenschaftlische Buchgesellschaft, coll. « Erträge der Forschung » n° 32, 1974.

(41) Voir aussi les comptes rendus de cette bibliographie par David STEEL, *BAAG*, n° 89, janvier 1991, pp. 143-145, et par Walter PUTNAM, *The French Review*, vol. LXIV, n° 4 , mars 1991, pp. 697-698.

(42) Voir Claude MARTIN et Akio YOSHII, *Bibliographie chronologique des livres consacrés à André Gide (1918-2008)*. Nouvelle édition revue, complétée et mise à jour, Lyon : Centre d'Études Gidiennes, 2009.

(43) Voir Claude MARTIN, *« La Nouvelle Revue Française ». Table et index de 1908 à 1943*, Paris : Gallimard, coll. « Les Cahiers de la NRF », 2009.

(44) Voir la *Bibliographie de « Vers et Prose » (1905-1914)*, par le Cercle d'Étude de Revues Littéraires en France. Texte revu et publié par les soins de Kazutami WATANABE, Tokyo : France Tosho, 1972 ; Claude MARTIN et Akio YOSHII, *« La Phalange ». Table et index (1906-1914)*. Introduction par Pierre MASSON, Saint-Georges-d'Orques : Publications de l'Association des Amis d'André Gide, 2014.

(45) Voir Antoine FONGARO, *Bibliographie d'André Gide en Italie (1895-1963)*. Nouvelle édition, Florence : Institut français de Florence, coll. « Publications de l'Institut Français de Florence » IIe série n° 16, 2000.

(46) Voir le compte rendu par Alain GOULET, *BAAG*, n° 93, janvier 1992, pp. 104-106. この書評でグーレはいくつかの収録漏れを指摘しているが、そのほかに筆者が気づいた遺漏は次のとおり——Kurt SINGER, « Umkehr » [compte rendu d'*Amyntas*], *Die Neue Rundschau*, Mai 1906, pp. 633-635 が欠落。また網羅的ではないが、ジッド作品のドイツ語翻訳にかんしては、次のものもかなり詳しい——Bibliographie établie par Helmut RIEGE, publiée en appendice de Claude MARTIN, *Gide*, Reinbek : Rowohlt-Taschenbuchverlag, 1963, coll. « Rowohlts Monographien » n° 89, pp. 156-174.

(47) Voir Hélène TATSOPOULOS-POLYCHRONOPOULOS, « Gide et la Grèce : Bibliographie », *BAAG*, n° 90/91, avril-juillet 1991, pp. 245-259 ; Aleksander MILECKI, « André Gide en Pologne », *ibid.*, n° 72, octobre 1986, pp. 9-24 et n° 81, janvier 1989, pp. 41-63 ; Katalin KLUGE,

« André Gide dans la critique et la littérature hongroises », *ibid.*, n° 108, octobre 1995, pp. 607-626 ; Alicia PIQUER DESVAUX, « La réception de Gide en Espagne », *ibid.*, n° 119/120, juillet-octobre 1998, pp. 323-333. なお、このうちギリシャ書誌には、ジッドが幼少期から親しみ、聖書と並んで無尽蔵なインスピレーションの源泉と考えたギリシャ神話への言及がほとんど採られていないのが残念なところだが、しかしこの点にかんしてはヘレン・ワトソン＝ウイリアムズ『アンドレ・ジッドとギリシャ神話』（Helen WATSON-WILLIAMS, *André Gide and the Greek Myth. A Critical Study*, Oxford : At the Clarendon Press, 1967）の論述によってある程度を補完しうる。

（48）Voir Jacques COTNAM, « Bibliographie : André Gide et l'Angleterre », in *André Gide et l'Angleterre*. Actes du colloque de Londres (22-24 novembre 1985), édités par Patrick POLLARD, Londres : Le Colloque Gide, Birkbeck College, 1986, pp. 123-128.

（49）このイギリス滞在の詳細については、第Ⅳ部・第1章「ジッドとポール・デジャルダン」、四一二頁、註14に示した論文を参照。

（50）ただし受容史的な研究としては、すでに次の論文がある――Claude DE GRÈVE, « La réception critique des œuvres d'André Gide en Belgique francophone (1891-1911) », *BAAG*, n° 97, janvier 1993, pp. 79-102 ; « La réception critique des œuvres d'André Gide en Belgique francophone (1921-1951) », *ibid.*, n° 105, janvier 1995, pp. 77-122.

（51）Voir Michel DÉCAUDIN, *La Crise des valeurs symbolistes*, *op. cit.* ; Auguste ANGLÈS, *André Gide et le premier groupe de « La Nouvelle Revue Française »*, *op. cit.*

（52）ここで言及したベルギー雑誌にかぎって付言すると、『ラ・ワロニー』『ル・コック・ルージュ』および『アンテ』については各々以下の研究や書誌・索引を参照――Andrew Jackson MATHEWS, *« La Wallonie » (1886-1892). The Symbolist mouvement in Belgium*, New York : King's Crown Press, 1947 ; *« La Wallonie ». Revue mensuelle de littérature et d'art (juin 1886 à décembre 1892)*. Table générale des matières établie par Gharles LEQUEUX. Introduction par Marcel THIRY, Bruxelles : Palais des Académies, 1961 ; Victor MARTIN-SCHMETS, « Bibliographie des revues littéraires belges : *Le Coq rouge* », *Le livre & l'estampe*, n° 136, 1991, pp. 268-327 ; id., « Bibliographie des revues littéraires belges : *Antée* », *ibid.*, n° 146, 1996, pp. 85-149, et n° 147, 1997, pp. 75-152. 『白色評論』にかんしては、アーサー・B・ジャクソンによって索引が作られている――Arthur B. JACKSON, *« La Revue Blanche » (1889-1903). Origine, influence, bibliographie*, Paris : Lettres Modernes Minard, 1960, pp. 151-312. また同誌の総合的研究としては次を参照――Paul-Henri BOURRELIER, « *La Revue Blanche* ». *Une génération dans l'engagement (1890-1905)*, Paris : Fayard, 2007. なお、ベルギー

で発行されたフランス語文芸誌にかんしては次の一覧が簡便である——Paul ARON - Pierre-Yves SOUCY, *Les Revues littéraires belges de langue française de 1830 à nos jours*. Édition revue et augmentée, Bruxelles : Éd. Labor, 1993.

（53）ちなみに、一九七〇年にパリで開催されたジッド・コロックでは「フランスおよび外国におけるジッドの受容」にかんして五つの報告発表がおこなわれた。そのさいのアクトは「カイエ・アンドレ・ジッド」第三巻として出版されている（voir *Le Centraire* [Actes des « Rencontres André Gide » de Paris, 30-31 octobre 1970], Paris : Gallimard, coll. « Cahiers André Gide » n° 3, 1972 [quatrième partie consacrée à « l'accueil de Gide, en France et à l'étranger », pp. 269-350]）。また、外国人作家・批評家たちの証言として早い時期のものをひとつ挙げると、ジッドの没後『新フランス評論』が編んだ特集号に、トーマス・マンやヘルマン・ヘッセ、イーニッド・スターキー、ジョン・スタインベック、ジュゼッペ・ウンガレッティをはじめ、親交のあった各国の知識人からの回想やオマージュが集められている（voir *Hommage à André Gide (1869-1951)*, Paris : *La Nouvelle Revue Française*, n° spécial, novembre 1951, pp. 11-65）。さらに付言すれば、アメリカ合衆国や旧ソヴィエト連邦、イスラム文化圏については、不十分ながらそれぞれ以下の単行研究書の巻末書誌によって情報を得ることができる——Ben STOLTZFUS, *Gide's Eagles, op. cit.* ; Rudolf MAURER, *André Gide et l'URSS*. Préface de Thierry MAULNIER, Berne : Éd. Tillier, 1983 ; Raymond TAHHAN, *André Gide et l'Orient*, Paris : Impr. Abécé, 1963. また特に旧ソヴィエト連邦については、アラン・グーレの次の論文も忘れることはできない——Alan GOULET, « Gide à travers la presse soviétique de 1932 à 1937 », in *André Gide 1*, Paris : La Revue des Lettres Modernes, 1970, pp. 136-178.

（54）Voir Eiko NAKAMURA, « André Gide au Japon », in *Les débuts littéraires d'« André Walter » à « L'Immoraliste »*, *op. cit.* (coll. « Cahiers André Gide » n° 1), pp. 380-387 ; Masahiko NAKAYAMA, « André Gide au Japon », *Revue d'Histoire littéraire de la France*, 70e année, n° 2, mars-avril 1970, pp. 296-302.

（55）日本フランス語フランス文学会編『フランス文学研究文献要覧』全五冊、および『フランス語フランス文学研究文献要覧』全一五巻、日外アソシエーツ「二〇世紀文献要覧体系」、一九八一—二〇一二年を参照。なお、大正期以降（二〇〇〇年まで）のジッド受容にかんする簡略な俯瞰・文献目録として次のものがある——大場恒明『アンドレ・ジッドと日本近代文学』——「偏見なき精神」との邂逅——』、蒼穹出版、二〇〇三年。

初出一覧

各章の内容を含む拙稿の初出を以下に掲げる。なお、そのいずれにも本書構成上の必要に応じ適宜修正・改変を施している。

第Ⅰ部

第1章　「「紙のドラゴン」と偽りの遊戯」、『ステラ』第二〇号、九州大学フランス語フランス文学研究会、二〇〇一年九月、一六九―一七六頁／« Le début et la fin de *Si le grain ne meurt*. Une analyse textuelle », in *Gide ou l'identité en question*. Sous la direction de Jean-Michel WITTMANN, Paris : Classiques Garnier, coll. « Bibliothèque gidienne » n° 4, 2017, pp. 37-45.

第2章　「青年期のジッドとヴァレリー――ふたりの関係は「危うい友情」だったのか――」、『仏文研究』吉田城先生追悼特別号、京都大学フランス語学フランス文学研究会、二〇〇六年六月、一七一―一八一頁。

第3章　「ジッドとエドゥアール・デュジャルダン」、『ステラ』第三四号、九州大学フランス語フランス文学研究会、二〇一五年一二月、二三三―二六〇頁。

第4章　「ジッドとナチュリスム――サン＝ジョルジュ・ド・ブーエリエとの往復書簡――」、『ステラ』第三二号、九州大学フランス語フランス文学研究会、二〇一三年一二月、二二一―二六〇頁。

第Ⅱ部

第1章　「アンドレ・ジッドとポール・フォール」、『ステラ』第二七号、九州大学フランス語フランス文学研究会、二〇〇八年一二月、一―二二頁、および第二八号、二〇〇九年一二月、一六三―一七八頁／André GIDE - Paul FORT, *Correspondance (1893-1934)*. Édition établie, présentée et annotée par Akio YOSHII, Tupin-et-Semons : Centre d'Études Gidiennes, coll. « Gide / Textes », n° 20, 2012, 94 pp.

第2章　「「デラシネ論争」「ポプラ論争」の余白に――ジッドとルイ・ルアールの往復書簡――」、『ステラ』第三一号、九州大学フランス語フランス文学研究会、二〇一二年一二月、二八七―二九八頁。

第3章　「ジッドの『放蕩息子の帰宅』――状況に想をえた小品――」、『流域』第二五号、青山社、一九八八年一一月、三九―五四頁、第二六号、一九八九年四月、三七―四五頁、および第二七号、一九八九年一一月、四九―五八頁。

第4章　「「新劇場」か、それとも「小劇場」か――ジッド『カンドール王』のベルリン公演をめぐって――」、『仏文研究』第二五号、京都大学フランス語学フランス文学研究会、一九九四年九月、一三七―一四七頁。

第5章　「ジッドとトルストイ」、『ステラ』第一二号、九州大学フランス語フランス文学研究会、一九九三年三月、一―一三頁／« Gide et Tolstoï. Autour de la lecture du *Retour de l'Enfant prodigue* à Iasnaïa Poliana », *Bulletin des Amis d'André Gide*, Centre d'Études Gidiennes, n° 166, avril 2010, pp. 205-212.

第Ⅲ部

第1章　「ジッドとチボーデ」、『ステラ』第二九号、九州大学フランス語フランス文学研究会、二〇一〇年一二月、一―四〇頁。

第2章　「ジッドとガストン・ソーヴボワ」、『ステラ』第三〇号、九州大学フランス語フランス文学研究会、二〇一一年一二月、三〇一―三一四頁。

第3章　« Quelques remarques sur la traduction rilkéenne du *Retour de l'Enfant prodigue* », *Bulletin des Amis d'André Gide*, Centre d'Études Gidiennes, n° 64, octobre 1984, pp. 621-625.

第4章　「ジッドの『ギーターンジャリ』仏語訳――翻訳から出版までの経緯――」、『ステラ』第二五号、九州大学フランス語フランス文学研究会、二〇〇六年一二月、一一三―一二五頁。

第Ⅳ部

第1章　「一九二二年のポンティニー旬日懇話会――ジッドのポール・デジャルダン宛未刊書簡――」、『ステラ』第一九号、九州大学フランス語フランス文学研究会、二〇〇〇年九月、一一七―一四〇頁。

第2章　「ジッドのアンリ・マシス宛未刊書簡をめぐって」、『ステラ』第三三号、九州大学フランス語フランス文学研究会、二〇一四年一二月、三一五―三二八頁。

第3章　「蔵書を売るジッド――一九二五年の競売――」、『流域』第三三号、青山社、一九九二年一二月、一四―二一頁。

第4章　「ジッドの『ポワチエ不法監禁事件』――現実探求の中での位置――」、『流域』第九号、青山社、一九八二年九月、二八―三八頁。

第V部

第1章　「ジッドの盛澄華宛書簡」、『ステラ』第三二号、九州大学フランス語フランス文学研究会、二〇一三年一二月、二六一―二九二頁。

第2章　「ジッドと「プレイアッド叢書」――『日記』旧版をめぐって――」、『流域』第四九号、青山社、二〇〇〇年一二月、二一―三〇頁。

第3章　「ジッドのジャン・カバネル宛未刊書簡をめぐって」、『ステラ』第二八号、九州大学フランス語フランス文学研究会、二〇〇九年一二月、一七九―一八四頁。

第4章　「ジッドの『アンリ・ミショーを発見しよう』――一九四一年のニース講演中止をめぐって――」、『仏文研究』第三九号、京都大学フランス語学フランス文学研究会、二〇〇八年一〇月、一二三―一四六頁／« *Découvrons Henri Michaux* d'André Gide. La conférence non prononcée en mai 1941 », *Bulletin des Amis d'André Gide*, Centre d'Études Gidiennes, n° 167, juillet 2010, pp. 311-332.

第5章　「ジッドとアンドレ・カラス」、『ステラ』第三五号、九州大学フランス語フランス文学研究会、二〇一六年一二月、三三七―三六四頁。

《補遺》　「ジッド書誌の現状」、『ステラ』第一一号、九州大学フランス語フランス文学研究会、一九九二年五月、一三九―一五九頁／「『新フランス評論』創刊百周年――アンドレ・ジッド関連の出版・行事を中心に――」、『仏文研究』第四〇号、京都大学フランス語学フランス文学研究会、二〇〇九年一〇月、一―一二頁。

あとがき

学恩忘れがたし――。アンドレ・ジッドの研究を始めて早くも四〇年が経つ。もとより浅学非才は変わることなく、まさに蝸牛の歩みではあったものの、ここまでどうにか続けてこられたのは折々にお世話になった恩師や学友のお陰であると痛感する。その方々から賜ったご指導・ご鞭撻の数々はそれこそ枚挙に遑がない。限られた紙幅ですべてに言い及ぶことはかなわないが、とりわけ大きな恩恵を与えてくださった方のお名前だけでも挙げさせていただきたい。

大学院修士課程から学んだ京都大学では、中川久定先生にお導きいただいた。私は学部時代には一九世紀のある作家を選んで卒業論文を書いたが、大学院入学を機に研究対象をジッドに変更した。当初はこの作家の小説技法に関心があったためだが、しばらくして再び以前の対象に戻ろうかと迷ったことがある。すでにディドロの世界的権威であった中川先生は、研究面では極めて厳しくご自身を律しておられたが、我々学生の指導においては各人の個性を尊重してくださり、けっしてご自分の考えを押しつけるようなことはなさらなかった。だが私が迷いを打ち明け、ご助言を求めると、「是非ともジッドを続けなさい。今は人気薄になったが、必ず再評価される作家だから」と断言された。理論的な研究からは遠ざかったものの、その後もこの作家について学んでこられたのは、まさに先生のご忠告のお陰である。専任ポストに就いてからも、拙い論文をお送りするたびに、私を勇気づける読後感を綴ってくださった。惜しくも昨年他界されたが、私は今もなお先生との思い出に励まされている。

博士後期課程二年の秋に留学したパリ第四大学（ソルボンヌ）ではミシェル・レーモン先生のご指導を仰いだ。名著『小説の危機』（一九六六）で高名な先生は多くの優れた日本人研究者（特にプルースト研究者）を育てておられた。鷹揚・寛大なお人柄で、フランス語運用能力の劣っていた私にも実に親切に接してくださった。ゼミの題目はもっぱらプルーストだったので、ジッドについて細かな指導を受けることは少なかったが、博士論文の一部を持参するたび丁寧に読み、優しく微笑みながら「この調子で書き進めなさい」と励ましてくださった。また私が知り合いたいと願った研究者への仲介をそのつど小まめにしてくださった。四年前に亡くなられたのは残念至極であるが、つい最近になって『小説の危機』の続編とも言うべき遺稿『フランス人作家たちが見た現代世界』が、ご子息で著名な物理学者ジャン＝ミシェル・レーモン氏と長年の愛弟子ヴィタル・ランボー氏（パリ第四大学准教授）の手で纏められ公刊に至ったのは喜ばしいことであった。

ジッド研究を志して以来、私が最も影響を受けた専門家は、本書にもたびたび名のあがるクロード・マルタン先生（現リヨン第二大学名誉教授）である。その厳密・精緻な文献実証によって学術版のモデルともなった『田園交響楽』校訂版（一九七〇）、ジッドが同時代の作家たちと交わした書簡集の編纂・校訂等々、数多い業績のなかでもとりわけ実証研究の精華と称すべき主著『ジッドの成年期』（一九七七）は、公刊からすでに四〇年を経た今日でも微塵も色褪せることなく燦然と光り輝いている。堅固な考証や附註、書誌学的記述など、折りにふれ同書を繙くたび私はつねに新たな教示を授かる。渡仏後しばらくのあいだ博士論文の主題を決めあぐねていたとき、『放蕩息子の帰宅』の校訂版作成を強く勧めてくださったのも先生であった。かつてリヨン近郊のご自宅に妻ともども数泊させていただいたことや、二冊の書誌を共著として出版させていただいたことは、私にとって懐かしくも誇らしい思い出である。すでに一線を退かれてはいるが、この不世出のジッド学者から賜った学恩の大きさはまさに計り知れない。

実証的な文学研究において未刊資料の閲覧・調査は必須の作業と言って差し支えない。本書でも書簡をはじめ少なからぬ未刊資料を訳出・提示しているが、これらは執筆者本人や文通相手、あるいはその遺族や版権保持者の厚意によって初めて参照や活字化が可能となったものである。その方々のお名前を逐一挙げていけば切りがないので、心のなかで謝意を唱えるにとどめるが、ジッドの唯一の実子、故カトリーヌ・ジッド女史（二〇一三年逝去）のお名前だけは逸することができない。女史のご厚意がなければ、私のこれまでの研究活動はとうてい成り立ちえず、当然ながら本書もこのようなかたちで纏まることはなかったからである。ジッドの自筆稿類の多くはパリ大学附属ジャック・ドゥーセ文庫に保管されているが、女史は、これらについては何を閲覧してもよいと仰ったばかりか、個人蔵の文献・資料も惜しみなく見せてくださった。時には、こんなものが出てきたから訪ねてこないかと電話がかかってくることさえあった。一介の留学生にすぎぬ私にかくも大きな信頼を寄せていただいたことは、今もって信じがたいほどである。

研究主題を『放蕩息子の帰宅』に定めると、私は早速ドゥーセ文庫で作品の自筆稿や関連未刊書簡の解読・筆写を開始した。ジッドの筆跡はおおむね整然としており、さほど時日を要せずに慣れたが、彼の文通相手のなかには難読字体の者もいた。『新フランス評論』の共同創刊者のひとり、アンドレ・リュイテルスなぞはその典型で、初めの頃は一日の開室時間（午後二時から六時まで）では書状の一通も読み切れなかった。転写は穴だらけ、文意もろくに摑めない。傍で仕事をしているフランス人研究者たちに尋ねてみたが、彼らもしばしば首をかしげるほど。どうにも困って、私はおずおずと当時の主任司書フランソワ・シャポン氏にご助力をお願いした。するとどうだろう、氏は一瞬も迷うことなくスラスラと手紙を読み上げられたのである。古文書学院の出身とは存じていたが、これには心底驚いた。と同時に私は嘆息し、このさき少しは読めるようになるのだろうかと不安を抱いたものだ。幸い解読技術は以後徐々に向上していったが、それにはシャポン氏のお力添えを得たことが与って大きい。

さて本書は、学術誌などに発表していた論考の内およそ半数に手を入れたうえで、大阪大学に学位請求したものである（学位取得は本年七月）。論文の審査には、同大学文学研究科の和田章男先生、山上浩嗣先生、言語文化研究科の北村卓先生、また京都大学人文科学研究所の森本淳生先生が当たってくださった。なかでもプルースト研究で国際的に著名な和田先生にはフランス留学中から現在まで長年にわたりご厚誼を賜っているが、このたびも主査としてひとかたならぬご尽力をいただいた。先生方がいずれも拙論の綿密仔細な読み込みにもとづき、貴重な学問的指針を多々お示しくださったのには感銘を覚えること頻《しき》りであった。あらためて心よりお礼申し上げる。

学位論文の元原稿の点検にあたっては、京都大学文学研究科の増田真先生と永盛克也先生、また本書の校正刷段階では、九州大学人文科学研究院の同僚、髙木信宏、鳥山定嗣両氏のご協力を得ることができた。どなたも拙稿に丁寧に目を通し、少なからぬ誤記・誤植をご指摘くださった。不用意なミスを減らすことができたのはこの方々のお陰である。記して厚くお礼申し上げる（蛇足ながら、なおも誤りの残るとすれば、当然のことにそれはもっぱら著者の責に帰する）。

また九州大学出版会の尾石理恵さんには諸事万端にわたり細やかなご配慮をいただいた。心よりお礼申し上げる。優秀な編集者とともにこうして一本を公にできるのは大きな喜びである。

なお、本書は日本学術振興会の平成三〇年度科学研究費補助金（研究成果公開促進費・学術図書）の交付を受けている（課題番号 JP18HP5051）。出版事情が年々厳しさを増すなか、まことに有難いことである。

最後に私事にわたって恐縮だが、本書は私をつねに温かく励まし支えてくれた妻、淳子に捧げる。

二〇一八年初冬

吉井亮雄

索　引

この索引には本論において日本語表記された人名・作品名・紙誌名を採項する。作品は人名の下位項目として扱うが，ジッドの没後に発表された研究書・論文については特に重要なもののみを掲げる。

ア 行

アイアランド（ジョージ・W）George W. IRELAND : 259.
アイスキュロス ESCHYLE : 95.
　『ペルシア人』*Les Perses* : 95.
アイゾルト（ゲルトルート）Gertrud EYSOLDT : 276.
『アウトルック』誌 →『ジ・アウトルック』誌
『アカデミー・フランセーズ』誌 *L'Académie française* : 85.
アガトン（アルフレッド・ド・タルドおよびアンリ・マシス）AGATHON : 314-318, 320, 346, 355, 414.
　『新ソルボンヌの精神』*L'Esprit de la Nouvelle Sorbonne* : 314-315, 317, 414.
アクア・ヴィヴァ Mr AQUA VIVA : 530.
アグナン（エミール）Émile HAGUENIN : 266, 267.
アシャール（マルセル）Marcel ACHARD : 530.
アジャルベール（ジャン）Jean AJALBERT : 52, 72, 73.
アダン（ポール）Paul ADAM : 85, 158, 160, 167, 185, 300, 322, 345.
　『救世主の軌道』*Le Rail du Sauveur* : 345.
　『見知らぬ街』*La Ville inconnue* : 322.
『アナル』誌 →『レ・ザナル』誌
アバディー（ミシェル）Michel ABADIE : 102, 118, 132.
　『山の声』*Les Voix de la Montagne* : 132.
アペル（ポール・エミール）Paul Émile APPELL : 120, 121.
『アペル』紙 →『ラペル』紙
アポリネール（ギヨーム）Guillaume APOLLINAIRE : 151, 160, 359, 614, 624.
アミエル Henri-Frédéric AMIEL : 340.
アムルーシュ（ジャン）Jean AMROUCHE : 462, 578-579, 591-592.
アラゴン（ルイ）Louis ARAGON : 578-579, 580, 598.
　「アンドレ・ジッドの帰還」« Retour d'André Gide » : 578, 579.
アラン ALAIN, né Émile-Auguste Chartier : 314, 414.
アラン＝フルニエ ALAIN-FOURNIER : 182, 334, 337.
　『グラン・モーヌ』*Le Grand Meaulnes* : 334.
アリ Ali [de Sousse] : 32.
アリベール（フランソワ＝ポール）François-Paul ALIBERT : 142, 295, 391.
『アルカディ』誌 *Arcadie* : 554, 596, 597.
アルシャンボー（ポール）Paul ARCHAMBAULT : 450, 484, 485.
　『アンドレ・ジッドの人間性』*Humanité d'André Gide* : 485.
『アルシュ』誌 →『ラルシュ』誌
アルチュス（ルイ）Louis ARTUS : 208.
アルトー（アントナン）Antonin ARTAUD : 602, 605.
アルノー（ミシェル）Michel ARNAULT →ドルーアン（マルセル）
アルバン・ギヨ（ロール）Laure ALBIN GUILLOT, née Meifredy : 585, 586, 599.
アルブラス（アントン）Anton ALBLAS : 513.
アルベール（アンリ）Henri ALBERT : 281.
『アール・モデルヌ』誌 →『ラール・モデルヌ』誌
アルラン（マルセル）Marcel ARLAND : 596.
『アール・リーブル』誌 →『ラール・リーブル』誌
アレグレ（マルク）Marc ALLÉGRET : 39, 182, 294, 296, 328, 395, 403, 412, 431, 462, 474, 477, 529, 530-531, 618, 626.

『アンドレ・ジッドと共に』（映画）*Avec André Gide* : 462.
アロン（レイモン）Raymond ARON : 399.
アロン（ロベール）Robert ARON : 476, 477.
アン（ピエール）Pierre HAMP : 395.
アングレス（オーギュスト） Auguste ANGLÈS : 268, 269, 271, 626.
『アンドレ・ジッドと初期「新フランス評論」グループ』*André Gide et le premier groupe de « La Nouvelle Revue Française »* : 268.
『アンタイオス』誌 →『アンテ』誌
『アンテ』誌 *Antée* : 140, 142, 626, 634.
アンドレア（エドゥアール） Édouard ANDREÆ : 221, 223, 270.
『アンドレ・ジッドと現代』*André Gide et notre temps* (1935) : 461, 623.
『アンドレ・ジッド友の会会報』→『ジッド友の会会報』（略記）
イェイツ（ウィリアム・バトラー） William Butler YEATS : 379.
イエス・キリスト JÉSUS-CHRIST : 69-70, 211, 228, 230, 231-232, 239, 240, 244, 247, 248-249, 250, 252, 292, 445.
イプセン（ヘンリック）Henrik IBSEN : 101, 619.
『人形の家』*Une Maison de poupée* : 619.
『ペール・ギュント』*Peer Gynt* : 619.
『幽霊』*Les Revenants* : 619.
『イリュストラシオン』紙 *L'Illustration* : 387.
ヴァイセ（アドルフ）Adolf WEISSE : 277.
ヴァニエ（レオン）〔版元も〕Léon VANIER : 47, 51, 54, 86, 88.
ヴァラ（グザヴィエ）Xavier VALLAT : 536.
ヴァリオ（ジャン）Jean VARIOT : 362, 367.
『戦禍』*Les Hasards de la guerre* : 362.
ヴァルノ（アンドレ）André WARNOD : 542.
ヴァルマラーナ（ピア・ディ） Comtesse Pia di VALMARANA : 373.
ヴァレス（ジュール）Jules VALLÈS : 523, 524.
『子ども』*L'Enfant* : 524.
『ジャック・ヴァントラ』三部作 *Jacques Vingtras* : 524.
ヴァレット（アルフレッド） Alfred VALLETTE : 105, 106, 193, 319, 381.
ヴァレリ（ディエゴ）Diego VALERI : 625.
ヴァレリー（ポール） Paul VALÉRY : 14, 15, 30-44, 46, 63, 64, 66, 73, 74, 80, 81, 105, 107, 160, 186, 189, 190, 193, 226, 297, 306, 308, 323, 324, 346, 347, 514, 517, 584, 586, 603, 604, 611.
『カイエ』*Cahiers* : 31.
『ジッド＝ヴァレリー往復書簡集』（新旧両版）*Correspondance André Gide - Paul Valéry* : 40, 43, 44, 603.
『ジッド＝ルイス＝ヴァレリー往復書簡集』（『三声書簡』）*Correspondances à trois voix* : 30, 39, 41.
『テスト氏との一夜』*La Soirée avec Monsieur Teste* : 160, 190.
ヴァレンティン（リヒャルト）Richard VALENTIN : 274, 277.
ヴァンドピュット（アンリ） Henri VANDEPUTTE : 86, 602, 626.
ヴァン・リセルベルグ（エリザベート） Élisabeth VAN RYSSELBERGHE : 39, 43, 296, 395, 401, 403, 404, 462, 469, 526, 611.
ヴァン・リセルベルグ（テオ）Théo VAN RYSSELBERGHE : 361, 395, 396, 403, 526.
ヴァン・リセルベルグ（マリア）Maria VAN RYSSELBERGHE (Mme Théo ; en littérature M. Saint-Clair) : 39, 82, 295, 296, 395, 396, 401, 403, 404, 410, 439, 440, 496, 503, 506, 526-527, 535, 544, 556, 566, 568, 570, 611, 617.
『プチット・ダムの手記』*Les Cahiers de la Petite Dame* [*Cahiers PD*] : 39, 296, 439, 527, 617.
ヴァン・レルベルグ（シャルル） Charles VAN LERBERGHE : 155, 159, 160, 171, 192, 626.
ヴィエノ（アンドレ） Andrée VIÉNOT, née Mayrisch : 568, 570.
ヴィエノ（ピエール） Pierre VIÉNOT : 568, 570, 597.
ヴィエレ＝グリファン（フランシス） Francis VIELÉ-GRIFFIN : 59-63, 64, 66, 73, 80, 81, 83, 85, 86, 108, 111, 118, 142, 148, 153, 155, 156, 158, 159, 170, 178, 179, 186, 265, 325, 624.
「ミノス」« Minos » : 179.

ヴィオリス（ジャン）Jean VIOLLIS : 106-107, 110, 133, 134.
『ときめき』*L'Émoi* : 106, 110.
「ナチュリスムにかんする考察」« Observations sur le Naturisme » : 106.
『日々の花飾り』*La Guirlande des Jours* : 106.
『ウィークリー・クリティカル・リヴュー』誌 → 『ザ・ウィークリー・クリティカル・リヴュー』誌
ヴィザン（タンクレード・ド）Tancrède de VISAN : 158, 172.
ヴィゼヴァ（テオドール・ド）Théodre de WYZEWA : 46, 308, 309, 311, 344.
ヴィットマン（ジャン＝ミシェル）Jean-Michel WITTMANN : 500.
ヴィドメル（エミール）Émile WIDMER : 15.
ヴィリエ・ド・リラダン（ジョルジュ・ド）Georges de VILLIERS DE L'ISLE-ADAM : 435.
ヴィルモラン＝アンドリュー（園芸店）Vilmorin-Andrieux : 198, 201.
『ウーヴル』紙 → 『ルーヴル』紙
ヴェタール（カミーユ）Camille VETTARD : 325.
ヴェラーレン（エミール）Émile VERHAEREN : 105, 153, 158, 159, 170, 171, 186, 192, 281, 296, 347, 375, 624, 626.
「風を称えて」« À la gloire du vent » : 153.
ウェルギリウス VIRGILE : 214.
『牧歌』*Bucoliques* : 214.
ウェルズ（ハーバート・ジョージ）Herbert George WELLS : 288, 335, 408.
ヴェルトハイマー Mlle WERTHEIMER : 381, 386, 390.
ヴェルレーヌ（ポール）Paul VERLAINE : 55, 61, 79, 85, 86, 104, 105, 144, 170, 189, 435.
ヴェレー（シャルル）Charles VELLAY : 117.
ヴォートラン Commandant VAUTRIN : 534.
ウーラー（フレート）Fred UHLER : 489.
ヴラマンク（モーリス・ド）Maurice de VLAMINCK : 518.
ウルカード（オリヴィエ）Olivier HOURCADE : 182.
ウルゴン（ジャック）Jacques HEURGON : 399, 461.
ウルゴン＝デジャルダン（アンヌ）Anne HEURGON-DESJARDINS : 398, 399, 461.
ウンガレッティ（ジュゼッペ）Giuseppe UNGARETTI : 635.
エイ（リシャール）Richard HEYD : 488, 489, 500, 587.
エカウト（ジョルジュ）Georges EEKHOUD : 258, 626.
『エクリ・ヌーヴォー』誌 → 『レ・ゼクリ・ヌーヴォー』誌
『エクレール』誌 → 『レクレール』誌
『エクレルール』紙 → 『レクレルール』紙
『エコー・ド・パリ』紙 → 『レコー・ド・パリ』紙
エッカーマン（ヨハン・ペーター）Johann Peter ECKERMANN : 527, 585.
『ゲーテとの対話』*Conversations avec Gœthe* : 527, 585, 599.
「エヌ・エル・エフ NRF」→『新フランス評論』（雑誌・出版）
エマニュエル Emmanuèle → ジッド（マドレーヌ・ロンドー）
『エミシックル』誌 → 『レミシックル』誌
エラル（ジャン＝クロード）Jean-Claude AIRAL : 614.
エルスカンプ（マックス）Max ELSKAMP : 626.
エルバール（ピエール）Pierre HERBART : 469, 503, 556, 566, 573, 594, 600, 602.
『アルキュオネ』*Alcyon* : 594.
『アンドレ・ジッドを求めて』*À la recherche d'André Gide* : 594, 600.
『彷徨い人』*Le Rôdeur* : 594.
『ソヴィエト連邦にて』*En U.R.S.S.* : 469.
エルビエ（ジョルジュ）Georges HERBIET → クリスチャン
『エルミタージュ』誌 → 『レルミタージュ』（雑誌・叢書）
エレディア（ジョゼ＝マリア・ド）José-Maria de HEREDIA : 436.
エロルド（アンドレ＝フェルディナン）André-Ferdinand HEROLD : 73, 78, 95, 130.
エンゲル（マリー）Marie ENGEL (Mme Henry de Groux) : 271-272.
大場恒明 : 635.

『オクシダン』誌 →『ロクシダン』(雑誌・叢書)
オーセイユ（サラ）Sarah AUSSEIL : 620.
『オピニオン』紙 →『ロピニオン』紙
オブライエン（ジャスティン）Justin O'BRIEN : 277, 486, 599.
オーリック（ジョルジュ）Georges AURIC : 529.

カ 行

『カイエ・ド・ラ・プレイアッド』誌 →『レ・カイエ・ド・ラ・プレイアッド』誌
カイヤット（アンドレ）André CAYATTE : 620.
　『裁きは終わりぬ』(映画) *Justice est faite* : 620.
『学生の叫び』紙 *Le Cri des étudiants* : 560.
カザル（フレデリック＝オーギュスト）Frédéric-Auguste CAZALS : 189.
ガスケ（ジョアシャン）Johachin GASQUET : 111.
カスナー（ルードルフ）Rudolf KASNNER : 263.
『ガゼット・ド・フランス』紙 *Gazette de France* : 197, 204.
カバネル（ジャン）Jean CABANEL → テクシエ（ジャン）
カピュ（アルフレッド）Alfred CAPUS : 358.
　『時代の風習』*Les Mœurs du temps* : 358.
カフカ（フランツ）Franz KAFKA : 462, 488, 587, 611.
　『審判』*Le Procès* : 462, 488, 587, 611.
ガブリエル＝ロビネ（ルイ）Louis GABRIEL-ROBIINET : 553.
　「在郷軍人奉公会のベレーを被って」« Sous le béret de la Légion » : 553.
カミュ（アルベール）Albert CAMUS : 462.
カラス（アンドレ）André CALAS : 460, 554-600.
　「アンドレ・ジッド作品におけるエグゾチスム」« L'Exotisme dans l'œuvre d'André Gide » : 563.
　「アンドレ・ジッドと青年期」« André Gide et l'adolescence » : 560, 561, 564.
　「ゲーテとアンドレ・ジッド」« Gœthe et André Gide » : 584.
　「ジッドの死」(未刊断片稿) « Mort de Gide » : 593-594.
　「ナタナエルがアンドレ・ジッドを裁く」« Nathanaël juge André Gide » : 594.
　「私が知ったアンドレ・ジッド」« André Gide tel que je l'ai connu » : 597.
ガリマール（ガストン）Gaston GALLIMARD : 168, 319, 346, 503, 504, 510, 547, 559, 561, 564, 565, 576.
カルヴィーノ（イタロ）Italo CALVINO : 17.
川上音二郎 : 627.
川上勉 : 551.
川路柳虹 : 480.
カーン（ギュスターヴ）Gustave KAHN : 63, 83, 168.
カンカロン（エレイン・D）Elaine D. CANCALON : 231, 232, 258, 261.
キップリング（ラドヤード）Rudyard KIPLING : 183, 184, 288, 378.
キッペンベルク（アントン）Anton KIPPENBERG : 369, 372.
ギボンズ（ハーバート・アダムス）Herbert Adams GIBBONS : 185.
キヤール（ピエール）Pierre QUILLARD : 155.
キュレル（フランソワ・ド）François de CUREL : 332.
　『野生の少女』*La Fille sauvage* : 332.
キヨ（モーリス）Maurice QUILLOT : 40.
ギル（ルネ）René GHIL : 46.
ギロー（エルネスト）Ernest GUIRAUD : 46.
クライスト（ハインリヒ・フォン）Heinrich von KLEIST : 274.
　『ハイルブロンの少女ケートヒェン』*La Petite Catherine de Heilbronn* (*Das Käthchen von Heilbronn*) : 274.
グラウザー（アルフレート）Alfred GLAUSER : 298.
『グランド・ルヴュ』誌 →『ラ・グランド・ルヴュ』誌
グランピエール（ヴィクトル）Victor GRAND-PIERRE : 542, 571, 572.
クリスチャン CHRISTIAN : 620.
　『アンドレ・ジッドと現代人にかんするデータ』*Données sur André Gide et l'homme moderne* : 620.
グリーン（ジュリアン）Julien GREEN : 517.
クリングゾル（トリスタン）Tristan KLINGSOR :

158.
クルアール（アンリ）Henri CLOUARD : 258.
クルーゲ（カタリン）Katalin KLUGE: 625.
クルティウス（エルンスト・ローベルト）Ernst Robert CURTIUS : 337, 338-339, 349, 395, 401, 403, 404, 405, 406-408, 409, 418.
「ポンティニー」« Pontigny » : 408.
グールモン（ジャン・ド）Jean de GOURMONT : 222, 257.
グールモン（レミ・ド）Remy de GOURMONT : 118, 142, 159, 167, 203, 204, 205, 222, 313, 319.
「移植された者たち」« Les Transplantés » : 203.
グーレ（アラン）Alain GOULET : 270, 625, 633, 635.
グレトゥイゼン（ベルンハルト）Bernhard GROETHUYSEN : 405, 406, 409, 526.
クレペ（ウージェーヌ）Eugène CRÉPET : 433.
グレマス（アルジルダス・ジュリアン）Algirdas Julien GREIMAS : 231.
クローデル（ポール）Paul CLAUDEL : 16, 41, 59, 74-75, 84, 122, 123, 141, 156, 158, 159, 160, 164, 214-220, 222, 225, 226, 229, 232, 241, 252, 253, 255, 273, 274, 281, 295, 300, 303, 308, 310, 319, 343, 344, 347, 352, 353, 354, 356, 366, 413, 415, 416, 423, 425, 426, 429, 435, 436, 484, 485, 517, 586, 604.
『黄金の頭』*Tête d'Or* : 216, 344.
『交換』*L'Échange* : 59.
『五大頌歌』*Cinq Grandes Odes* : 141.
『ジッド＝クローデル往復書簡集』*Correspondance André Gide - Paul Claudel* [*Corr. Cl/G*] : 462.
『都市』*La Ville* : 84.
『人質』*L'Otage* : 319, 344, 353.
『ミューズへの頌歌』*L'Ode aux Muses* : 216.
クロード（ジャン）Jean CLAUDE : 268, 269, 271, 272, 276, 290, 613, 619.
ゲイ（リタ）Rita GAY : 226.
ゲオン（アンリ）Henri GHÉON : 16, 32, 34, 39, 108, 109, 111, 134, 140, 141, 142, 147, 158, 168, 169, 177, 186, 208, 218, 221, 259, 265, 274, 287, 294, 295, 296, 299, 325, 333, 352, 353, 354, 358, 367, 602, 604.
「危機に瀕するナチュリスム，あるいは象徴派は如何にしてフランシス・ジャムをでっちあげたか」« Le Naturisme en danger ou Comment les Symbolistes inventèrent Francis Jammes » : 109, 134.
『ジッド＝ゲオン往復書簡集』*Correspondance André Gide - Henri Ghéon* [*Corr. G/Gh*] : 632.
『パン』*Le Pain* : 147, 177.
『我々の方向』*Nos Directions* : 352, 358.
ケスラー（ハリー）Harry Graf KESSLER : 272.
ケッセル（ジョセフ）Joseph KESSEL : 517.
ゲッベルス（ヨーゼフ）Paul Joseph GOEBBELS : 461.
ゲーテ（ヨハン・ヴォルフガング・フォン）Johann Wolfgang von GŒTHE : 49, 208, 263, 288, 355, 461, 589, 619.
『ファウスト』*Faust* : 299.
『若きウェルテルの悩み』*Die Leiden des jungen Werthers* : 49.
『現代詩手帖』（思潮社）: 30, 42.
コクトー（ジャン）Jean COCTEAU : 329, 387, 454, 517, 529.
『阿片』*Opium* : 454.
ゴス（エドマンド）Edmund GOSSE : 281, 295, 325, 327, 343, 379, 395, 408.
『コック・ルージュ』誌 →『ル・コック・ルージュ』誌
コッテ（シャルル）Charles COTTET : 346.
ゴーティエ（テオフィル）Théophile GAUTIER : 265.
コトナン（ジャック）Jacques COTNAM : 519, 608-609, 613, 617, 618, 625, 628.
コポー（ジャック）Jacques COPEAU : 124, 140, 141, 142, 168, 179, 212, 224, 265, 285, 287, 288, 292, 295, 299, 325, 326, 329, 347, 357, 361, 395, 428, 604.
『ジッド＝コポー往復書簡集』*Correspondance André Gide - Jacques Copeau* [*Corr. G/Cop*] : 290.
『日記』*Journal* : 285.

小松清 : 476, 477, 495, 496, 627.
「嵐の前に立って」: 496.
「ジイド会見記」: 495.
『コメルス』誌 *Commerce* : 623.
ゴヤ（フランシスコ・デ） Francisco de GOYA : 214.
ゴーリキー（マクシム） Maxime GORKI : 276, 461.
『どん底』*Les Bas-fonds* : 265, 276.
コーリュス（ロマン） Romain COOLUS : 265.
ゴールズワージー（ジョン） John GALSWORTHY : 402.
コルネイユ（ピエール） Pierre CORNEILLE : 336.
コルバシーヌ（ウージェーヌ） Eugène KOLBASSINE : 190.
コルブ（フィリップ） Philip KOLB : 614.
コレット（シドニー＝ガブリエル） Sidonie-Gabrielle COLETTE : 189, 517, 586.
『コンク』誌 →『ラ・コンク』誌
ゴンクール（エドモン） Edmond GONCOURT : 127.
『歌麿』*Utamaro* : 127.
『コンバ』紙 *Combat* : 582, 598.
コンパニョン（アントワーヌ） Antoine COMPAGNON : 297, 348.
コンラッド（ジョゼフ） Joseph CONRAD : 288, 294, 295, 296, 378, 409.
『台風』*Typhoon* (*Typhon*) : 294, 296.
『ロード・ジム』*Lord Jim* : 378.

サ 行

『ザ・ウィークリー・クリティカル・リヴュー』誌 *The Weekly Critical Review* : 203.
サヴェッジ・ブロスマン（キャサリン） Catharine SAVAGE BROSMAN : 290, 607, 621.
サガルト（マルティーヌ） Martine SAGAERT : 502.
『昨日の肖像』誌 *Portraits d'Hier* : 351.
貞奴 Sada Yacco : 627.
サティ（エリック） Erik SATIE : 529.
サマン（アルベール） Albert SAMAIN : 79, 433.
サルトル（ジャン＝ポール） Jean-Paul SARTRE : 513, 517, 549.
『奇妙な戦争』*Carnet de la drôle de la guerre* : 513.
サルモン（アンドレ） André SALMON : 151, 154-155, 156, 158, 161, 165-166, 170, 191, 360.
サロメ（ルネ） René SALOMÉ : 349.
サロモン（アデル） Adèle SALOMON : 279.
サロモン（シャルル） Charles SALOMON [1859-1923] : 279, 290.
サロモン（シャルル） Charles SALOMON [1862-1936] : 279-287, 290, 291, 292.
『ザ・ロンドン・マーキュリー』紙 *The London Mercury* : 329.
サン＝シモン SAINT-SIMON : 116.
サン＝ジャック（ルイ・ド） Louis de SAINT-JACQUES : 104-107.
サン＝ジョルジュ・ド・ブーエリエ SAINT-GEORGES DE BOUHÉLIER : 84-137, 146-147, 188.
『偉大なる生への序』*Introduction à la Vie de Grandeur* : 96.
『エグレ，あるいは田園のコンセール』*Églé ou les Concerts champêtres* : 110.
『王の悲劇』*La Tragédie royale* : 136.
『神々の復活』*La Résurrection des Dieux* : 87.
『黒い道』*La Route noire* : 112-115, 117, 126, 136.
『子供たちのカーニバル』*Le Carnaval des enfants* : 136.
『勝利』*La Victoire* : 110, 117.
『新キリストの悲劇』*La Tragédie du Nouveau Christ* : 117.
「ナチュリスムにかんする資料」« Document sur le Naturisme » : 124.
『ナルシスの死にかんする論述』*Discours sur la mort de Narcisse* : 87, 91.
「文学にかんする考察」« Observations sur la littérature » : 114.
『冒険者・詩人・王・職人たちの英雄的生涯』*La Vie héroïque des Aventuriers, des Poètes, des Rois et des Artisans* : 87.
『瞑想の冬』*L'Hiver en méditation* : 87, 88, 92, 93, 94, 101, 129.
サン＝ジョン・ペルス SAINT-JOHN PERSE → サンレジェ・レジェ（アレクシス）
サンソン（アンドレ） Andre SANSON : 199.
サン＝テグジュペリ（アントワーヌ・ド） Antoine

de SAINT-EXUPÉRY : 461, 517.
『夜間飛行』*Vol de nuit* : 461.
サンド（ジョルジュ）George SAND : 37.
『サントール』誌 →『ル・サントール』誌
サン＝ポル＝ルー SAINT-POL-ROUX : 73, 74, 83, 156, 168.
サンレジェ・レジェ（アレクシス）Alexis SAINT-LÉGER LÉGER, plus tard SAINT-JOHN PERSE : 187, 378, 379, 380, 381, 386, 390.
『ジ・アウトルック』誌 *The Outlook* : 157.
シェイクスピア（ウィリアム）William SHAKESPEARE : 101, 272, 395, 462, 471.
『アントニーとクレオパトラ』*Antony and Cleopatra* : 395, 471.
『夏の夜の夢』*Le Songe d'une nuit d'été* (*A Midsummer Night's Dream*) : 272.
『ハムレット』*Hamlet* : 462.
ジェイムズ（ヘンリー）Henry JAMES : 295, 327, 379.
シェストフ（レフ）Lev (Léon) CHESTOV : 409.
『ジェルブ』紙 →『ラ・ジェルブ』紙
ジオノ（ジャン）Jean GIONO : 517.
ジッド（アンドレ）André GIDE : *passim*.
『愛の試み』*La Tentative amoureuse* : 14, 16, 54, 79, 91, 144, 263, 326, 373.
『秋の断想』*Feuillets d'automne* : 462, 499.
『新しき糧』*Les Nouvelles Nourritures* : 424, 461, 611.
『アマルと王の手紙』（タゴール『郵便局』の仏語訳）*Amal ou la lettre du Roi* : 389, 395.
『アミンタス』*Amyntas* : 141, 160, 210, 221, 257, 300, 302, 375.
『アヤックス』*Ajax* : 175, 176.
「アルジェ」« Alger » : 160.
「ある裕福な文学愛好者による詩」« Poèmes par un riche amateur » : 313.
『アンシダンス』*Incidences* : 395.
『アンジェルへの手紙』（雑誌連載も）*Lettres à Angèle* : 56, 57, 109, 134, 141, 151, 188, 198, 208.
『アントニーとクレオパトラ』（シェイクスピア）仏語訳 *Antoine et Cléopâtre* : 395, 471.
『アンドレ・ワルテルの詩』*Les Poésies d'André Walter* : 14, 16, 91, 144, 161, 301, 610.
『アンドレ・ワルテルの手記』*Les Cahiers d'André Walter* : 14, 15, 31, 32, 47-48, 49, 50, 91, 144, 196, 301, 302, 364, 433, 518, 610.
『アンリ・ミショーを発見しよう』*Découvrons Henri Michaux* : 461, 525 , 527, 547, 576.
『イザベル』*Isabelle* : 124, 253, 294, 295, 313, 319, 320, 321, 322, 353, 364, 420, 611, 620.
『今や彼女は汝のなかにあり』*Et nunc manet in te* : 461, 462, 503, 505.
「ヴェルレーヌとマラルメ」« Verlaine et Mallarmé » : 327.
『歌の捧げもの』（タゴール『ギーターンジャリ』の仏語訳）*L'Offrande lyrique* : 295, 363, 364, 377-391.
『エル・ハジ』*El Hadj* : 16, 94, 112, 244, 263, 291.
『エロージュ』*Éloges* : 462, 489.
『演劇の進化について』*De l'Évolution du théâtre* : 141.
『オイディプス』*Œdipe* : 265, 460, 461, 582, 583, 599, 611, 613, 630.
『オスカー・ワイルド』*Oscar Wilde* : 294, 434, 466.
『女の学校』*L'École des femmes* : 396, 460, 486, 487, 630.
『かくあれかし，あるいは賭けはなされた』*Ainsi soit-il ou les Jeux sont faits* : 28, 462.
『架空会見記』*Interviews imaginaires* : 462, 466, 487, 492, 495, 598.
『カンダウレス王』*Le Roi Candaule* : 56, 141, 196, 211, 254, 263-277, 611, 612.
『帰宅』*Le Retour* : 462, 489.
『キリストに背くキリスト教』*Le Christianisme contre le Christ* : 259.
『鎖を離れたプロメテウス』*Le Prométhée mal enchaîné* : 16, 112, 196, 248, 263, 300, 302, 447, 610.
『芸術の限界』*Les Limites de l'Art* : 57.
「『ゲーテ演劇全集』序文」« Introduction au *Théâtre* de Gœthe » : 461, 585.
『公衆の重要性について』*De l'Importance du*

public : 141.
『行動の文学』*Littérature engagée* : 462, 520-521, 522, 631.
『交友録』*Rencontres* : 462, 489.
『コリドン』*Corydon* : 35, 43, 295, 337, 394, 395, 431, 433, 440, 539.
『コンゴ紀行』*Voyage au Congo* : 394, 396, 446, 460.
『サウル』*Saül* : 141, 147, 263, 265, 395, 611.
「柘榴のロンド」« La Ronde de la Grenade » : 249.
「雑報」« Faits divers » : 364, 394, 446, 450, 454.
『裁くなかれ』*Ne jugez pas* : 448, 454.
『自作を語る』(片岡美智訳編) : 455.
『ジッド=ヴァレリー往復書簡集』(新旧両版) *Correspondance André Gide - Paul Valéry* : 40, 41, 43, 44, 603.
『ジッド=クローデル往復書簡集』*Correspondance André Gide - Paul Claudel* [*Corr. Cl/G*] : 462.
『ジッド=ゲオン往復書簡集』*Correspondance André Gide - Henri Ghéon* [*Corr. G/Gh*] : 632.
『ジッド=コポー往復書簡集』*Correspondance André Gide - Jacques Copeau* [*Corr. G/Cop*] : 290.
『ジッド=ジャム往復書簡集』(新旧両版) *Correspondance André Gide - Francis Jammes* : 95, 129, 130, 462.
『ジッド=シュランベルジェ往復書簡集』*Correspondance André Gide - Jean Schlumberger* [*Corr. G/Schl*] : 268, 361.
『ジッド=デジャルダン往復書簡集』*Correspondance André Gide - Paul Desjardins* : 398.
『ジッド=マルタン・デュ・ガール往復書簡集』*Correspondance André Gide - Roger Martin du Gard* [*Corr. RMG*] : 500.
『ジッド=リヴィエール往復書簡集』*Correspondance André Gide - Jacques Rivière* [*Corr. G/Riv*] : 357.
『ジッド=リュイテルス往復書簡集』*Correspondance André Gide - Andre Ruyters* [*Corr. G/Ruy*] : 271.
『ジッド=リルケ往復書簡集』*Correspondance André Gide - Rainer Maria Rilke* [*Corr. Ril/G*] : 368.
『ジッド=ルイス=ヴァレリー往復書簡集』(『三声書簡』) *Correspondances à trois voix* : 30, 39, 41.
『シャルル=ルイ・フィリップ』*Charels-Louis Philippe* : 295.
『重罪裁判所の思い出』*Souvenirs de la cour d'assises* : 136, 296, 363, 364, 445, 447, 449, 450, 454.
「主観」« Subjectif » : 617, 619.
『ジュヌヴィエーヴ』*Geneviève* : 460, 461, 466, 486.
『書簡集から見たドストエフスキー』*Dostoïevski d'après sa correspondance* : 142, 278, 289, 417.
『序言集』*Préfaces* : 462, 489.
『ショパンにかんするノート』*Notes sur Chopin* : 462.
『新・日記抄(1932-1935)』*Nouvelles pages du Journal* : 461.
『審判』(カフカ) 仏語訳 *Le Procès* : 462, 488, 587, 611.
『新プレテクスト』*Nouveaux Prétextes* : 55, 295, 312, 345, 353.
『スペードの女王』(プーシキン) 仏語訳 *La Dame de pique* : 395, 503.
『青春』*Jeunesse* : 462, 489.
『狭き門』*La Porte étroite* : 57, 124, 140, 142, 210, 219, 221, 253, 260, 263, 266, 286, 299, 300, 301, 302, 313, 314, 333, 336, 342, 348, 353, 358, 359, 364, 372, 378, 420, 456, 473, 480, 630.
『ソヴィエト旅行記』*Retour de l'U.R.S.S.* : 461, 475, 518.
『ソヴィエト旅行記修正』*Retouches à mon Retour de l'U.R.S.S.* : 73, 460, 461, 469, 470-471, 518, 579.
『台風』(コンラッド) 仏語訳 *Typhon* : 294, 296.

『旅日記』*Feuilles de route* : 171.
『地の糧』*Les Nourritures terrestres* : 14, 16, 87, 92, 93, 94, 107, 133, 135, 146, 215, 241, 247, 249, 261, 263, 303, 321, 372, 380, 421, 433, 464, 466, 486, 555, 561, 563, 564, 566, 588-589, 590, 595.
『チャド湖より帰る』*Le Retour du Tchad* : 394, 396, 446, 460.
「チュニスの解放」« La Délivrance de Tunis » : 578.
『ディヴェール』*Divers* : 461.
『テセウス』*Thésée* : 460, 462, 484, 489, 514, 578, 583, 599, 611.
「『デラシネ』について」« À propos des *Déracinés* de Maurice Barrès » : 196.
『田園交響楽』*La Symphonie pastorale* : 124, 182, 208, 294, 296, 328, 331-332, 335, 336, 365, 420, 453, 456, 462, 472-474, 476-480, 496, 609, 620, 627, 629.
『天国と地獄の結婚』(ブレイク) 仏語訳 *Le Mariage entre le Ciel et l'Enfer* : 395.
「ドイツにかんする考察」« Réflexions sur l'Allemagne » : 329.
『ドストエフスキー』*Dostoïevski* : 395, 417, 425, 428.
「ドルトレヒト周辺」« Environs de Dordrecht » : 57, 79.
『ナルシス論』*Le Traité du Narcisse* : 14, 16, 53, 54, 91, 144, 263, 311, 373, 610.
『汝もまた…… ?』*Numquid et tu...?* : 219, 395.
『贋金つかい』*Les Faux-Monnayeurs* : 24, 124, 235, 247, 250, 289, 394, 395, 431, 441, 446, 447-448, 451, 456, 464, 466, 473, 480, 486, 518, 519, 573, 578, 610, 618, 630.
『贋金つかいの日記』*Journal des Faux-Monnayeurs* : 395, 630.
『日記』*Journal* : 11, 12, 32, 34, 117, 210, 211, 216, 217, 219, 221, 222, 224, 226, 243, 254, 255, 259, 277, 289, 328, 347, 390, 402, 403, 406, 415, 447, 448, 460, 461, 462, 464, 477, 482, 483, 484, 485, 499, 501-514, 528, 533, 545, 551, 559, 599, 604, 612.
『日記抄 (1929-1932)』*Pages de Journal (1929-1932)* : 461.
『日記抄 (1939-1942)』*Pages de Journal (1939-1942)* : 462, 514.
『……の故に』*Attendu que...* : 462, 487.
「ノルマンディーとバ・ラングドック」« La Normandie et le Bas-Languedoc » : 196, 208.
『背徳者』*L'Immoraliste* : 57, 80, 140, 141, 210, 215, 219, 234, 235, 253, 259, 260, 263, 266, 300, 302, 313, 348, 359, 420, 433, 539, 588, 609, 611.
『バテシバ』*Bethsabé* : 68, 166-168, 175, 192, 263, 295.
『ハムレット』(シェイクスピア) 仏語訳 *Hamlet* : 462.
『パリュード』*Paludes* : 14, 16, 22, 28, 52-53, 54, 91, 98-99, 131, 214, 263, 319, 321, 334, 453, 609, 610.
「ハールレム周辺」« Environs de Haarlem » : 56, 57, 79.
『一粒の麦もし死なずば』(「回想録」) *Si le grain ne meurt* : 15, 17-29, 32, 39, 43, 53, 337, 394, 395, 434.
『ピロクテテス』*Philoctète* : 16, 112, 263.
「風景」« Paysages » : 57, 79.
「ブー・サアダ」« Bou Saada » : 153, 156, 157, 160.
『プレテクスト』*Prétextes* : 134, 141, 196, 197, 198, 203, 204-205, 208, 609.
『フランス詞華集』(編) *Anthologie de la poésie française* : 462, 512.
「フランス=ドイツの知的関係」« Les Rapports intellectuels entre la France et l'Allemagne » : 337, 407.
『プロセルピナ』*Proserpine* : 175, 176, 177-178, 179, 249, 261, 609, 613.
『文学および倫理の諸点にかんする考察』*Réflexions sur quelques points de Littérature et de Morale* : 16.
『文学的回想と現今の諸問題』*Souvenirs littéraires et problèmes actuels* : 462, 466, 487.
『文学における影響について』*De l'Influence*

en littérature : 57, 114-115, 140, 208, 308, 311, 549.
『ペルセポネ』*Perséphone* : 261, 461, 610, 613.
『ペルティサウでの談話』*Allocution prononcée à Pertisau* : 488.
『偏見なき精神』*Un Esprit non prévenu* : 396.
『法王庁の抜け穴』*Les Caves du Vatican* : 68, 124, 175, 210, 250, 253, 294, 295, 328, 330, 331, 333-334, 364, 372, 378, 413, 415, 424, 447, 611.
『法王庁の抜け穴』演劇版 *Les Caves du Vatican* (adaptation théâtrale) : 462.
『放蕩息子の帰宅』*Le Retour de l'Enfant prodigue* : 21, 140, 141, 161-166, 175, 192, 210-262, 263, 266, 279-289, 291, 292, 294, 295, 303, 304, 305, 326, 368-376, 405, 429, 519, 610, 611, 613.
『ポエティック』*Poétique* : 489.
「ポプラ論争（モーラス氏への返答）」« Querelle du peuplier. Réponse à M. Maurras » : 205, 206.
『ポワチエ不法監禁事件』*La Séquestrée de Poitiers* : 364, 443-457, 460.
『マルテの手記』（リルケ）部分訳 *Les Cahiers de Malte Laurids Brigge* : 174, 295, 372, 405, 410.
『森鳩』*Le Ramier* : 43.
『モンテーニュ論』*Eassai sur Montaigne* : 396.
『夜間飛行』序文 « Préface » au *Vol de nuit* de Saint-Exupéry : 461.
『ユリアンの旅』*Le Voyage d'Urien* : 14, 16, 55, 91, 98, 144, 319, 321, 330, 334, 359, 466, 491, 492, 500, 611.
『ルデュロー事件』*L'Affaire Redureau* : 364, 446, 448, 449, 452, 454, 455, 456, 460.
『ロベール』*Robert* : 460, 486, 630.
ジッド（カトリーヌ）Catherine GIDE : 12, 39, 130, 395, 404, 462, 469, 483, 487, 489, 491, 499, 526, 556, 593, 595, 610, 611.
ジッド（ジュリエット・ロンドー）Juliette RONDEAUX GIDE : 14, 15, 16, 21, 35, 53, 79.
ジッド（ポール）Prof. Paul GIDE : 14, 15, 18, 20, 188.
ジッド（ポール）Paul GIDE (1884-1915, cousin germain de Gide) : 221.
ジッド（マドレーヌ・ロンドー）Madeleine RONDEAUX GIDE : 14, 15, 16, 17, 25-26, 32, 34, 35, 37-38, 42, 43, 44, 49, 53, 60, 94, 101, 129, 130, 141, 208, 216, 220, 223, 226, 256, 258, 294, 296, 395, 396, 461, 462, 471, 472, 475, 503-504, 508, 526, 620.
『ジッド友の会会報』*Bulletin des Amis d'André Gide* [*BAAG*] : 610, 612, 623, 625.
『詩と散文』誌 *Vers et Prose* : 140, 141, 143, 151-153, 156-179, 186-187, 190, 191, 210, 212, 214, 226, 227, 258, 280, 360, 369, 373, 623, 624.
シニョレ（エマニュエル）Emmanuel SIGNORET : 39, 86.
シフリン（ジャック）Jacques SCHIFFRIN : 498, 499, 502, 503, 505-506, 507, 508, 509, 512, 514.
『スペードの女王』（プーシキン）仏語訳 *La Dame de pique* : 395, 503.
清水徹 : 30, 42.
シモンズ（アーサー）Arthur SIMONS : 157, 378.
『象徴主義の文学運動』*The Symbolist Movement in Literature* : 157.
シモンソン（ラウール）Raoul SIMONSON : 434, 607.
ジャクソン（アーサー・B）Arthur B. JACKSON : 634.
シャクルトン（アンナ）Anna SHACKLETON : 15.
シャドゥルヌ（ルイ）Louis CHADOURNE : 334.
シャポン（アルベール）Albert CHAPON : 280, 375
シャポン（フランソワ）François CHAPON : 260, 375, 632.
ジャム（フランシス）Francis JAMMES : 16, 59, 74-75, 85, 87, 88, 92, 93, 94-95, 97, 99, 107-108, 109, 129, 130, 132, 147, 156, 159, 170, 182, 186, 208, 214-217, 218, 220, 222-229, 231, 232, 241, 252, 253, 258, 413, 429, 434, 436, 437.
『明けの鐘から夕べの鐘まで』*De l'Angélus de l'aube à l'Angélus du soir* : 107.
『ある一日』*Un Jour* : 434.
『アルマイード・デートルモン』*Almaïde*

d'Etremont : 436.
『木の葉をまとえる教会堂』*L'Église habillée de feuilles* : 217, 434.
『ジッド＝ジャム往復書簡集』（新旧両版）*Correspondance André Gide - Francis Jammes* : 95, 129, 130, 462.
「ジャミスム」« Un manifeste littéraire de M. Francis Jammes : Le Jammisme » : 107.
「生活詩集」« Existences » : 215.
『迷える子羊』*La Brebis égarée* : 59.
ジャリ（アルフレッド）Alfred JARRY : 200.
ジャルー（エドモン）Edmond JALOUX : 401, 403.
ジャルティ（ミシェル）Michel JARRETY : 63, 193.
シャルドンヌ（ジャック）Jacques CHARDONNE : 579, 598.
『1940 年の私的時評』*Chronique privée de l'an 1940* : 598.
ジャンティル（テオ・レイモン・ド）Théo Reymond de GENTILE : 578.
シャンピオン（エドゥアール）Édouard CHAMPION : 432, 434.
シュアレス（アンドレ）André SUARÈS : 119-121, 137, 171, 172, 347, 435, 437, 604, 611.
ジュアンドー（マルセル）Marcel JOUHANDEAU : 517, 596.
シュヴェトゼール（マルセル）Marcelle SCHVEITZER : 267.
シュオッブ（マルセル）Marcel SCHWOB : 52, 79, 84, 105, 155, 215.
『モネルの書』*Le Livre de Monelle* : 84
シュシュ（徐訏）: 493, 500.
『ジュ・スユイ・パルトゥ』紙 *Je suis partout* : 540.
『受胎告知』誌 *L'Annonciation* : 86.
シュテルンハイム（テア）Thea STERNHEIM, née Bauer : 477.
シュナック（インゲボルク）Ingeborg SCHNACK : 373.
シュニデール（ペーター）Peter SCHNYDER : 612.
シュヌヴィエール（ジャック）Jacques CHENEVIÈRE : 404.
『ジュネーヴ評論』誌 *La Revue de Genève* : 404, 411.
シュペルヴィエル（ジュール）Jules SUPERVIELLE : 477.
シュランベルジェ（ジャン）Jean SCHLUMBERGER : 34, 39, 43, 124, 140, 142, 179, 221, 226, 274, 277, 278, 287, 288, 292, 299, 315, 316, 317, 318, 319, 323, 324, 333, 345, 352, 361, 390, 400, 401, 402, 403, 410, 415, 502, 568, 570.
『ジッド＝シュランベルジェ往復書簡集』*Correspondance André Gide - Jean Schlumberger* [*Corr. G/Schl*] : 268, 361.
『マドレーヌとアンドレ・ジッド』*Madeleine et André Gide* : 43.
シュランベルジェ（モーリス）Maurice SCHLUMBERGER : 39.
『ジュルナル』紙 →『ル・ジュルナル』紙
『ジュルナル・デ・デバ』紙 *Journal des Débats* : 119.
シュレゼール（ボリス・ド）Boris de SCHLOEZER : 409.
シュレーダー（ルードルフ・アレクサンダー）Rudolf Alexander SCHRÖDER : 267.
ジョイス（ジェイムズ）James JOYCE : 45, 68, 174.
『ダブリン市民』*Les Gens de Dublin* : 174.
『ユリシーズ』*Ulysse* : 68.
ショヴォー（レオポルド）Léopold CHAUVEAU : 404.
『叙情芸術評論』誌 *Revue des Arts lyriques* : 153.
ショーベ（フランソワ）François CHAUBET : 398.
ショーベ（ルイ）Louis CHAUBET : 560.
ショーペンハウアー（アルトゥル）Arthur SCHOPENHAUER : 101.
ション・チョンファ（盛澄華）: 460, 463-500.
『紀徳研究』: 465, 466, 490, 493, 494.
『盛澄華，ジッドを語る』（『盛澄華談紀徳』）: 465, 494.
「1947 年度ノーベル文学賞受賞者ジッドについて」: 491.
『シリアとオリエント』紙 *La Syrie et l'Orient* : 598.
『ジル・ブラス』紙 *Gil Blas* : 204.
ジロドゥー（ジャン）Jean GIRAUDOUX : 517.
ジンガー（クルト）Kurt SINGER : 255, 368, 373.

『人権』紙 *Les Droits de l'Homme* : 352, 354, 357, 363.
『新フランス評論』(雑誌・出版) *La Nouvelle Revue Française* : 34, 69, 70-71, 74-77, 79, 91, 102, 121, 124, 140, 142, 147, 166, 168-169, 172, 173, 174, 175, 177, 178, 179, 185, 186-187, 192, 254, 271, 278, 287-289, 290, 291, 292, 294, 295, 296, 297, 298, 299, 309, 310, 311, 312-313, 314-320, 322-325, 327, 328, 329, 331, 332-336, 337-338, 339, 340, 346, 347, 348, 349, 351-358, 362, 364, 367, 372, 373, 377-379, 381, 383, 386, 387, 388, 394, 395, 397, 402, 404, 405, 406, 407, 409, 410, 413, 414-415, 426, 427, 446, 454, 455, 461, 474, 475, 476, 477, 480, 485, 496, 501, 502, 503, 507, 508, 509, 527, 540, 559, 560, 561, 563, 564-565, 566, 605, 623, 624, 626, 630, 635.
スウィフト（ジョナサン） Jonathan SWIFT : 333, 378.
　『ガリヴァー旅行記』*Gulliver's Travels* : 333.
スウィンバーン（アルジャーノン・チャールズ） Algernon Charles SWINBURNE : 172, 173, 174.
　『カリドンのアタランタ』*Atalante en Calydon* : 173, 174.
『スカンディナヴィア評論』*La Revue Scandinave* : 358.
スーザ（ロベール・ド） Robert de SOUZA : 106, 158.
スタインベック（ジョン） John STEINBECK : 635.
スターキー（イーニッド） Enid STARKIE : 635.
スタージ・ムーア（トーマス） Thomas STURGE MOORE : 379, 391.
スタンダール STENDHAL : 297.
スーデー（ポール） Paul SOUDAY : 367, 435-436, 438, 440.
　『ル・タン書評集』*Les Livres du Temps* : 367.
スティーヴンソン（ロバート・ルイス） Robert Louis STEVENSON : 288, 378.
スティード（ヘンリー・ウィッカム） Henry Wickham STEED : 184.
スティール（デヴィッド） David STEEL : 412.
ステファヌ（ロジェ） Roger STÉPHANE : 528, 529, 530, 531, 533, 572.
ストルツファス（ベン） Ben STOLTZFUS : 222.
ストレイチー（ミス） Joan STRACHEY : 404.
ストレイチー（レディー） Jane Maria STRACHEY, née Grant : 400.
ストレイチー（リットン） Lytton STRACHEY : 402, 403, 404, 409.
ストロース（ジョージ） George STRAUSS : 248.
スピール（アンドレ） André SPIRE : 624.
スミス（ローガン・ピアソール） Logan Pearsall SMITH : 409.
『聖書』*La Bible* : 28, 214, 217, 233, 236-238, 239, 241, 246, 247, 248, 249, 250, 259, 305, 502, 634.
　「福音書」Évangile : 70, 71, 210, 219, 244, 247, 248, 249, 252, 286, 292, 304-305, 416.
　「マタイによる福音書」Matthieu : 70, 249.
　「マルコによる福音書」Marc : 249.
　「ヨハネによる福音書」Jean : 249.
　「ルカによる福音書」Luc : 70, 236.
『セット・ジュール』紙 *Sept Jours* : 539.
セニョボス（シャルル） Charles SEIGNOBOS : 307, 314, 318.
セリーヌ（ルイ＝フェルディナン） Louis-Ferdinand CÉLINE : 517, 540.
　『虐殺のためのバガテル〔虫けらどもをひねりつぶせ〕』*Bagatelle pour un massacre* : 540.
『千一夜物語（千夜一夜物語）』*Mille et Une Nuits* : 200, 208.
ソーヴボワ（ガストン） Gaston SAUVEBOIS : 351-367.
　「アンドレ・ジッド」« André Gide » : 364.
　『古典主義の曖昧さ』*L'Équivoque du Classicisme* : 351, 355, 366.
　『自然主義以後――新たな文学的教義に向けて』*Après le Naturalisme. Vers la doctrine littéraire nouvelle* : 351, 355.
　『ルイ・パストゥール』*Louis Pasteur* : 351.
　『ルコント・ド・リール』*Leconte de Lisle* : 351.
ソコルニカ（ウージェニー） Eugénie SOKOLNICKA, née Kutner : 447, 455.
『ソシエテ・ヌーヴェル』誌 *Société nouvelle* : 79.
ゾラ（エミール） Émile ZOLA : 85, 101.

ゾラ（ドゥニーズ）Denise ZOLA : 85.

タ 行

タイス（ライムント）Raimund THEIS : 612, 621.
『タイムズ』紙 *Times* : 184.
タイヤード（ローラン）Laurent TAILHADE : 85, 97, 100, 171, 192.
「英雄の誕生」« La Genèse du Héros » : 97.
ダヴェ（イヴォンヌ）Yvonne DAVET : 487, 555, 583, 586-587, 599.
ダウスン（アーネスト）Ernest DOWSON : 156.
ダヴレー（アンリ・D）Henry D. DAVRAY : 378, 381, 383-387, 390.
高田稔 : 476.
ダグラス（アルフレッド）Alfred DOUGLAS : 16.
『ダーゲンス・ニュヘテル』紙 *Dagens Nyheter* : 336.
タゴール（ラビンドラナート）Rabindranath TAGORE : 174, 294, 295, 364, 377-391, 395.
『果実あつめ』*La Corbeille de fruits* : 174, 388.
『ギーターンジャリ』*Gitanjali*（『歌の捧げもの』*L'Offrande lyrique*）: 294, 295, 363, 364, 377-391.
『サーダナ』*Sadhana* : 388.
『郵便局』*The Post Office*（『アマルと王の手紙』*Amal ou la lettre du Roi*）: 389, 395.
タツォプロス＝ポリクロノプロス（エレーヌ）Hélène TATSOPOULOS-POLYCHRONOPOULOS : 625.
ダニエルー（シャルル）Charles DANIÉLOU : 184.
谷崎潤一郎 : 502.
ダビ（ウージェーヌ）Eugène DABIT : 460, 461, 503, 517.
タルヴァール（エクトール）Hector TALVART : 621.
ダルデンヌ・ド・ティザック（アンリ）Henri D'ARDENNE DE TIZAC → ヴィオリス（ジャン）
タルド（アルフレッド・ド）Alfred de TARDE（アガトンも参照）: 315, 318, 346, 414, 415.
ダルナン（ジョセフ）Joseph DARNAND : 536-537.
ダルラン（フランソワ）François DARLAN : 537.
ダンカン（J・アン）J. Ann DUNCUN : 345.
『タン』紙 →『ル・タン』紙
ダンヌンツィオ（ガブリエーレ）Gabriele D'ANNUNZIO : 435, 436.
チェスタートン（ギルバート・キース）Gilbert Keith CHESTERTON : 174, 288, 330, 335, 378.
『木曜日の男』*Le Nommé Jeudi* (*The Man Who Was Thursday*) : 330.
チェン（フランソワ）François CHENG : 463.
『ティエンイの物語』*Le dit de Tianyi* : 463-464, 494.
チボーデ（アルベール）Albert THIBAUDET : 66, 281, 297-350, 365, 402, 414, 624.
『アクロポリス』*L'Acropole* : 312, 348.
『アクロポリスの季節』*Les Heures de l'Acropole* : 314, 326, 327.
『ギュスターヴ・フローベール』*Gustave Flaubert* : 340.
『教授たちの共和国』*La République des professeurs* : 340.
『ギリシャのイメージ』*Les Images de Grèce* : 300, 327.
「国際時評」« Chronique internationale : Petites questions de goût » : 337.
『作家の内面』*Intérieurs* : 340.
『シャルル・モーラスの思想』*Les Idées de Charles Maurras* : 337.
『小説の読者』*Le Liseur de romans* : 340.
「新ソルボンヌ」« La Nouvelle Sorbonne » : 317.
『スタンダール』*Stendhal* : 340.
『ステファヌ・マラルメの詩』*La Poésie de Stéphane Mallarmé* : 306, 309-310, 326, 327, 344, 347.
『戦時手帖』*Carnet de guerre* : 329.
「タオルミーナ」« Taormina » : 312, 314, 327.
『トゥキディディスとの遠征』*La Campagne avec Thucydide* : 328.
『批評の生理学』*Psychologie de la critique* : 340.
「フランスからの手紙」« A Lettter from France » : 329.
『フランス生命の三〇年』三部作 *Trente ans de la vie française* : 328, 337, 340.

「フランスの批評とドイツの批評」« Critique française et critique allemande » : 335.
『フランス文学史』*Histoire de la littérature française de 1789 à nos jours* : 297, 334, 340.
「文学にかんする考察」« Réflexions sur la littérature » : 297, 298, 325, 329, 336.
『ベルクソニスム』*Le Bergsonisme* : 340.
『ベローナの羊飼い』*Le Berger de Bellone* : 328.
「冒険小説」« Le Roman de l'Aventure » : 330, 334, 335.
『モーリス・バレスの生涯』*La Vie de Maurice Barrès* : 337.
ツルゲーネフ（イワン）Ivan TOURGUENIEV : 280.
『デア・ノイエ・メルクール』誌 *Der Neue Merkur* : 337, 339, 407, 408.
デイヴィス（ジョン・C）John C. DAVIES : 298, 345.
デイヴィス（ロナルド）Ronald DAVIS : 434.
ディエルクス（レオン）Léon DIERX : 170.
ディケンズ（チャール）Charles DICKENS : 288, 378.
ティッソ（ノエル・ド）Noël de TISSOT : 530, 534, 538, 540, 546, 550.
『ディー・ノイエ・ルントシャウ』誌 *Die Neue Rundshau* : 163-164, 212, 368, 373.
ディミトロフ（ゲオルギ）Georgi Mikhailov DIMITROV : 461.
ティルビー（マイケル）Michael TILBY : 377.
ティルロイ（ヨハネス・ベルナドゥス）Johannes Bernadus TIELROOY : 403, 404.
『エルネスト・ルナン』*Ernest Renan* : 404.
『1880 年以降のフランス文学』*De Fransche literatuur sinds 1880* : 404.
『モーリス・バレス』*Maurice Barrès* : 404.
デカーヴ（リュシアン）Lucien DESCAVES : 437-438.
テクシエ（アンリ）Henri TEXCIER : 517.
テクシエ（ジャン）Jean TEXCIER (en littérature Jean Cabanel) : 367, 515-524.
「アンドレ・ジッド」« André Gide » : 516.
「アンドレ・ジッドとその〈定数〉」« André Gide et sa "constante" » : 523.
『ジャン・テクシエ，ある自由人』*Jean Texcier. Un homme libre* : 524.
『被占領者への助言』*Conseils à l'occupé* : 517, 520.
『夜間文書』*Écrit dans la nuit* : 520.
デコーダン（ミシェル）Michel DÉCAUDIN : 79, 127, 130, 132, 149, 161, 174, 626.
デジャルダン（アンヌ）Anne DESJARDINS → ウルゴン＝デジャルダン（アンヌ）
デジャルダン（ポール）Paul DESJARDINS : 226, 279, 281, 285, 290, 294, 295, 311, 325, 344, 395, 397-412, 461, 471, 526, 556.
『ジッド＝デジャルダン往復書簡集』*Correspondance André Gide - Paul Desjardins* : 398.
デジャルダン（マリー＝アメリー）Marie-Amélie DESJARDINS (Mme Paul, née Savary) : 398, 402.
デシャン（レオン）Léon DESCHAMPS : 104, 105, 148, 149.
デショット（エリック）Éric DESCHODT : 620.
テーヌ（イポリット）Hippolyte TAINE : 194-195, 196, 207.
デフーイユ（ポール）Paul DESFEUILLES : 331, 332, 335, 349.
デフォー（ダニエル）Daniel DEFOE : 333, 335, 378.
『ロビンソン・クルーソー』*Robinson Crusoe* : 333.
『デペッシュ・ド・ルーアン』紙 →『ラ・デペッシュ・ド・ルーアン』紙
デュアメル（ジョルジェ）Georges DUHAMEL : 171, 185, 192, 418, 517.
『光』*La Lumière* : 192.
デュヴォー（ジョルジュ）Georges DUVEAU : 496.
デュカ（ポール）Paul DUKAS : 46.
デュクルー（ルイ）Louis DUCREUX : 527.
デュコテ（エドゥアール）Édouard DUCOTÉ : 141, 210, 254.
デュジャルダン（エドゥアール）Édouard DUJARDIN : 45-83.
「ある文学的スキャンダル」« Un Scandale lit-

téraire » : 65.
『アントニア』*Antonia* : 47, 48, 52, 59, 67, 71.
『アントニアの終焉』*La Fin d'Antonia* : 48, 52.
『アントニアの伝説』三部作 Trilogie de *La Légende d'Antonia* : 46, 48, 51, 52.
『過去の騎士』*Le Chevalier du passé* : 48, 51
『強迫観念』*Les Hantises* : 46, 54.
『キリスト教第一世代』*La Première génération chrétienne* : 69.
『月桂樹は切られた』*Les Lauriers sont coupés* : 45, 46, 67, 68.
『死して復活せる神の謎』*Le Mystère du dieu mort et ressuscité* : 65.
「生命力に充ちた象徴主義の連続性」« La Vivante continuité du Symbolisme » : 66.
『マルトとマリー』*Marthe et Marie* : 80.
『友人のひとりによるマラルメ』*Mallarmé par un des siens* : 83.
デュシャン（マルセル）Marcel DUCHAMP : 518.
デュ・パスキエ（エレーヌ）Hélène DU PASQUIER : 173, 174, 192, 388.
デュ・ボス（シャルル）Charles DU BOS : 295, 297, 320, 346, 365, 396, 403, 406, 409, 410, 412, 430, 617.
『アンドレ・ジッドとの対話』*Le Dialogue avec Andre Gide* : 396, 430.
『日記』*Journal* : 410, 617.
デュボワ（アンドレ）André DUBOIS : 557.
デュモン＝ウィルデン（ルイ）Louis DUMONT-WILDEN : 258, 626.
デュルケーム（エミール）Émile DURKHEIM : 314, 318.
デルクール（マリー）Marie DELCOURT : 401, 410.
デル・ルンゴ（アンドレア）Andrea DEL LUNGO : 17.
デルーレード（ポール）Paul DÉROULÈDE : 180.
ドゥヴォー（マルセル）Marcel DEVAUD : 298.
ドゥーセ（ジャック）Jacques DOUCET : 611.
ドゥーミック（ルネ）René DOUMIC : 195, 196, 201.
ドゥルオ（ポール）Paul DROUOT : 281.
『ドキュマン・デュ・プログレ』誌 →『レ・ドキュマン・デュ・プログレ』誌
『独立批評』紙（文芸付録）*La Critique indépendante* : 352, 353, 354, 357, 361, 364, 366.
『独立評論』誌 *La Revue indépendante* : 46.
ド・グルー（アンリ）Henry DE GROUX : 270-271.
ドクール（ジャック）Jacques DECOUR : 578, 579.
ド・ゴール（シャルル）Charles DE GAULLE : 461, 578.
ドストエフスキー（フョードル）Fiodor DOSTOÏEVSKI : 67, 68, 278, 285-286, 288, 289, 290, 394, 395, 417, 426, 446, 549, 619.
『カラマーゾフの兄弟』*Les Frères de Karamazov* : 288.
『やさしい女』*Krotkaïa (La Douce)* : 67.
ドニ（モーリス）Maurice DENIS : 51, 52, 141, 161, 210, 211, 266, 267, 269, 274, 518.
ドビュッシー（クロード）Claude DEBUSSY : 46.
トマ（アンリ）Henri THOMAS : 481, 482-483, 498.
ドーミエ（オノレ）Honoré DAUMIER : 331.
トムソン（フランシス）Francis THOMPSON : 379.
トラーズ（ロベール・ド）Robert de TRAZ : 403, 404.
ドラノワ（ジャン）Jean DELANNOY : 462, 496, 620.
『田園交響楽』（映画）: 462, 496, 620.
トラリュー（ガブリエル）Gabriel TRARIEUX : 52.
『トリプティック』誌 *Triptyque* : 515, 516, 517-518, 519, 520, 522, 523.
ドリュ・ラ・ロシェル（ピエール）Pierre DRIEU LA ROCHELLE : 461, 540, 561, 565, 579.
ドルーアン（ジャンヌ）Jeanne DROUIN, née Rondeaux (Mme Marcel) : 16, 34, 208.
ドルーアン（マルセル）Marcel DROUIN : 16, 34, 142, 184, 208, 212, 269, 271, 287, 317-318, 324, 325, 333, 347, 615.
トルスタヤ（アレクサンドラ）Alexsandra Andreevna TOLSTAYA : 279.
トルストイ（ソフィア）Sophia TOLSTOÏ, comtesse Lev : 287.
トルストイ（レフ）Lev (Léon) TOLSTOÏ : 70, 278-292.
『生ける屍』*Le Cadavre vivant* : 292.
『日記』*Journal* : 283.

トルトン（C・D・E）C. D. E. TOLTON : 18, 620.
ドレー（ジャン）Jean DELAY : 25, 455.
ドレ（ロベール）Robert DORÉ : 607.
ドレス（ジャック）Jacques DERESSE : 86.
ドロルメル（アンリ）Henri DELORMEL : 158.

ナ 行

ナヴィル（アルノルド） Arnold NAVILLE : 191, 608, 609, 612.
『アンドレ・ジッド著作書誌』*Bibliographie des écrits de André Gide* : 608.
中井久夫 : 30-44.
中村栄子 : 627.
中山眞彦 : 627.
ナタンソン（タデ）Thadée NATANSON : 268, 272.
『ナチュリスム資料』誌 *Documents sur le Naturisme* : 86, 87-88, 127.
『ナチュリスム評論』誌 *La Revue naturiste* : 86, 114, 116.
ニーチェ（フリードリヒ）Friedrich NIETZSCHE : 101, 225, 227, 263, 288, 303, 355, 619.
二宮正之 : 40, 44.
『ヌーヴェル・リテレール』誌 →『レ・ヌーヴェル・リテレール』誌
ネルヴァル（ジェラール・ド）Gérard de NERVAL : 299, 435.
ネルソーヤン（ハガップ・J）Hagap J. NERSOYAN : 247.
ノアイユ（アンナ・ド）Anna de NOAILLES : 186.
『ノイエ・メルクール』誌 →『デア・ノイエ・メルクール』誌
『ノイエ・ルントシャウ』誌 →『ディー・ノイエ・ルントシャウ』誌
ノエル（モーリス）Maurice NOËL : 541, 545, 552.
ノッカーマン（J）J. NOKERMAN : 255.
『ノール・マタン』紙 *Nord Matin* : 517.

ハ 行

バイイ（エドモン）Edmond BAILLY : 54, 78, 79.
ハイト（リヒャルト）→ エイ（リシャール）
バウツ（ディーリック）Dierick BOUTS : 211.
パウロ（聖パウロ）Saint PAUL : 69-70.
『白色評論』（雑誌・出版） *La Revue Blanche* : 79, 95, 105, 112, 113, 130, 140, 141, 195, 264, 623, 626, 634.
バシュラン（アンリ）Henri BACHELIN : 185.
バスティアン（ピエール）Pierre BASTIAN : 444.
バスティアン（メラニー）Mélanie BASTIAN : 443-445, 452, 453, 456.
バタイユ（アンリ）Henry BATAILLE : 56, 129.
『発禁時評』*Chroniques interdites* (Éd. de Minuit) : 578, 598.
パットモア（コヴェントリー） Coventry PATTMORE : 379.
ハーディ（トーマス）Thomas HARDY : 288, 378.
パピーニ（ジョヴァンニ）Giovanni PAPINI : 270-271, 404.
ハーフェズ HAFEZ : 200, 208.
原節子 : 476, 477.
ハリス（フレデリック・ジョン） Frederick John HARRIS : 291.
『パリ評論』*La Revue de Paris* : 305.
バール（アンドレ）André BARRE : 323, 324.
『象徴主義』*Le Symbolisme. Essai historique sur le mouvement poétique en France de 1885 à 1900* : 324.
バルザック（オノレ・ド） Honoré de BALZAC : 330, 335.
ハルスマン（フィリップ） Philippe HALSMAN : 586, 599.
バルノウスキー（ヴィクトル）Viktor BARNOWSKY : 211, 265, 266, 272, 273, 274, 277.
バルベー・ドールヴィイ（ジュール）Jules BARBEY D'AUREVILLY : 211.
バレス（モーリス） Maurice BARRÈS : 15, 84, 94, 101, 141, 153, 155, 156, 159, 160, 189, 194-197, 199, 201, 202, 203, 204, 205-206, 250, 300, 301, 303, 318, 346, 414, 436.
『国家主義の舞台と教義』*Scènes et doctrines du nationalisme* : 196.
『コレット・ボドッシュ』*Colette Baudoche* : 300.
『デラシネ〔根こそぎにされた人々〕』*Les Déracinés* : 16, 194, 196, 204, 207.
「二つの故郷」« Les Deux Patries » : 197.
『法則の敵』*L'Ennemi des lois* : 84.
バロー（ジャン＝ルイ）Jean-Louis BARRAULT :

462, 488, 587, 611.
『審判』(カフカ) 仏語訳 *Le Procès* : 462, 488, 587, 611.
バンヴィル (ジャック) Jacques BAINVILLE : 415.
『半月手帖』誌 *Cahiers de la Quinzaine* : 288.
バンダ (ジュリアン) Julien BENDA : 418, 569.
ハン・フイリェン (韓恵連) : 474, 493.
ビー (オスカー) Oskar BIE : 164, 212, 255.
ビイ (アンドレ) André BILLY : 72.
ピオッシュ (ジョルジュ) Georges PIOCH : 86.
ピカ (ヴィットリオ) Vittorio PICA : 308, 311, 344.
ピケール・デヴォー (アリシア) Alicia PIQUER DESVAUX : 625.
ピサロ (カミーユ) Camille PISSARRO : 518.
『被昇天』誌 *L'Assomption* : 85.
ピストリウス (ジョージ) George PISTORIUS : 275, 374, 607, 624, 625.
ピュオー (ガブリエル) Gabriel PUAUX : 490, 588.
ビュッシー (シモン) Simon BUSSY : 400, 404, 481, 557, 559.
ビュッシー (ドロシー) Dorothy BUSSY (Mme Simon, née Strachey) : 400, 401, 403, 404, 425, 428, 438, 481, 557, 559.
『ヒュペーリオン』誌 *Hyperion* : 167.
ピロン (エドモン) Edmond PILON : 150, 151, 171, 172, 185.
ファウス (キーラー) Keeler FAUS : 510, 514.
ファゲ (エミール) Émile FAGUET : 195, 204, 303, 343, 414.
ファーブル (ジャン＝アンリ) Jean-Henri FABRE : 199.
『ファランジュ』誌 →『ラ・ファランジュ』(雑誌・出版)
ファン・デル・フルーフト (エベッド) Ebed VAN DER VLUGT : 184.
『フィガロ』紙 →『ル・フィガロ』紙 (および文芸付録「ル・フィガロ・リテレール」)
『フィガロ・リテレール』紙 →『ル・フィガロ・リテレール』紙
フィリップ (シャルル＝ルイ) Charles-Louis PHILIPPE : 226, 258, 319, 602.
『母と子』*La Mère et l'enfant* : 319.
フィリッポナ (オリヴィエ) Olivier PHILIPONNAT : 535, 538.
フィールディング (ヘンリー) Henry FIELDING : 333, 378.
『トム・ジョーンズ』*The History of Tom Jones* : 333.
フェネオン (フェリックス) Félix FÉNÉON : 46.
フェルナンデス (ラモン) Ramon FERNANDEZ : 297.
フォーセット (ピーター) Peter FAWCETT : 268.
フォックス・ストラングウェイズ (アーサー) Arthur FOX STRANGWAYS : 380.
『フォーラム』誌 *Forum* : 336.
フォール (ポール) Paul FORT : 48, 59, 73, 85, 88, 91, 92, 93, 94, 96, 97, 100, 102, 103, 105, 107, 108-109, 111, 128, 129, 130, 133, 141, 143-193, 210, 212, 224, 254, 255, 258, 280, 360, 373, 624.
『アンリ三世』*Henri III* : 151.
『永遠のアヴァンチュール』*L'Aventure éternelle* : 172, 173, 174, 177, 186.
『船乗りの恋』*L'Amour marin* : 150, 151.
『フランスの詩』*Poèmes de France*, bulletin lyrique de la guerre : 181-182.
『フランスのバラード』*Ballades françaises* : 143, 147, 150, 151, 168, 182, 186, 188.
「夜のバラード」« Ballade de la nuit » : 146, 188.
『ルイ十一世』*Louis XI* : 59, 147.
『我が回想論――ある詩人の生涯』*Mes Mémoires. Toute la vie d'un poète* : 128, 143, 144.
フォール (ロベール) Robert FORT : 171, 191.
フォンガロ (アントワーヌ) Antoine FONGARO : 624, 625.
フォンテナス (アンドレ) André FONTAINAS : 66, 73, 158, 168.
フォンテーヌ (アルチュール) Arthur FONTAINE : 190, 212, 217, 226, 255, 281.
『フォンテーヌ』誌 *Fontaine* : 565.
ブークレール (アンドレ) André BEUCLER : 347.
フーコー (ミシェル) Michel FOUCAULT : 25, 453.
プーシキン (アレクサンドル) Alexandre POUCH-

KINE : 395, 503.
『スペードの女王』(プーシキン) 仏語訳 *La Dame de pique* : 395, 503.
藤田嗣治 : 518.
フセイン (タラ) Tara HUSSEIN : 583.
プーセル (ヴィクトル) Victor POUCEL : 207.
『アンドレ・ジッドの精神』*L'Esprit d'Andre Gide* : 207.
『プティ・ニソワ』紙 →『ル・プティ・ニソワ』紙
ブートルー (エミール) Émile BOUTROUX : 120, 121, 183.
ブーニン (イヴァン・アレクセエヴィチ) Ivan Alexeïevitch BOUNINE : 400, 401, 403, 409.
ブーヌール (ガブリエル) Gabriel BOUNOURE : 487.
ブノワ (ピエール) Pierre BENOIT : 334.
ブライ (フランツ) Franz BLEI : 167, 211, 265, 266, 271, 273, 275, 276-277.
『同時代人の肖像』*Zeitgenössische Bildnisse* : 277.
ブラウニング (ロバート) Robert BROWNING : 67, 68.
『霊媒スラッジ氏』*Monsieur Sludge, le médium* : 67, 68.
プラス (ジョゼフ) Joseph PLACE : 621.
ブラッサンス (ジョルジュ) Georges BRASSENS : 186.
プラドー (クリストフ) Christophe PRADEAU : 297, 348.
プラトン PLATON : 330.
『国家』*La République* : 330.
ブラーム (オットー) Otto BRAHM : 272.
フランクリン (シドニー) Sydney FRANKLIN : 620.
『どん底』(映画) *Dans les bas-fonds (The Hoodlum)* : 620.
ブランシャール (ピエール) Pierre BLANCHARD : 496.
ブランシュ (ジャック=エミール) Jacques-Émile BLANCHE : 32, 34, 346, 508, 514.
ブランショ (モーリス) Maurice BLANCHOT : 462, 599.
「アンドレ・ジッドとゲーテ」« André Gide et Gœthe » : 599.
フランス (アナトール) Anatole FRANCE : 300, 313, 395.
『フランス=ジャポン』誌 *France-Japon* : 496.
『フランス=ソワール』紙 *France-Soir* : 524.
『フランス・ヌーヴェル』紙 →『ラ・フランス・ヌーヴェル』紙
『フランス文学史雑誌』*Revue d'Histoire littéraire de la France* : 623.
ブリソン (ピエール) Pierre BRISSON : 541-542, 543-545, 547, 552, 560.
ブリュックベルジェ (レイモン・レオポルド) Raymond Léopold BRUCKBERGER : 536.
ブリュノ (フェルディナン) Ferdiand BRUNOT : 318.
『プリューム』誌 →『ラ・プリューム』誌
『フリー・ワールド』誌 *Free World* : 598.
ブールジェ (ポール) Paul BOURGET : 84, 195, 207.
『弟子』*Le Disciple* : 84.
ブールジュ (エレミール) Élémir BOURGES : 156, 157.
プルースト (マルセル) Marcel PROUST : 189, 295, 515, 562, 621.
『失われた時を求めて』*À la recherche du temps perdu* : 295.
『スワン家の方へ』*Du côté de chez Swann* : 295.
ブールデル (エミール・アントワーヌ) Émile Antoine BOURDELLE : 518.
ブルトン (アンドレ) André BRETON : 611.
ブルム (レオン) Léon BLUM : 15, 107, 195, 204, 226.
フルリー (アルベール) Albert FLEURY : 86, 87, 93, 118.
『途上にて』*Sur la route* : 87.
ブレ (ジェルメーヌ) Germaine BRÉE : 11, 24, 232, 259, 453, 621.
フーレイ (傅雷) : 463-464, 494.
ブレイク (ウィリアム) William BLAKE : 395.
『天国と地獄の結婚』*Le Mariage entre le Ciel et l'Enfer* : 395.
プレッツォリーニ (ジュゼッペ) Giuseppe PREZZOLINI : 403, 404.

プーレ＝マラシ（オーギュスト）Auguste POULET-MALASSIS : 433.
フロイト（ジークムント）Sigmund FREUD : 294, 447, 450.
ブロック（カミーユ）Camille BLOCH : 434, 630.
ブロック（ジャン＝リシャール）Jean-Richard BLOCH : 281, 290, 291.
フローベール（ギュスターヴ）Gustave FLAUBERT : 10, 189, 211, 297, 336, 420, 433, 602.
『感情教育』*L'Éducation sentimentale* : 330, 335, 433.
『ブヴァールとペキュシェ』*Bouvard et Pécuchet* : 331.
フロマンタン（ウージェーヌ）Eugène FROMENTIN : 340.
『フロレアル』誌 *Floréal* : 79, 626.
『文学』誌 *Littérature* : 297.
『文化の擁護』（第1回国際作家大会記録）*Pour la défense de la culture* : 82.
『文芸生活』誌 *La Vie des Lettres et des Arts* : 365.
ベアトラム（エルンスト）Ernst BERTRAM : 349.
ベアルン（ピエール）Pierre BÉARN : 143.
ヘイマン（ヘラルド）Herald HEYMAN : 348.
ペインター（ジョージ・D）George D. PAINTER : 448, 450, 456.
ペギー（シャルル）Charles PÉGUY : 288, 314, 566.
ペタン（フィリップ）Maréchal Philippe PÉTAIN : 461, 525, 530, 536, 537, 542, 544, 572.
ベック（クリスチャン）Christian BECK : 206, 214, 215, 224, 228, 231, 232, 233, 234, 235, 292, 626.
ヘッセ（ヘルマン）Hermann HESSE : 635.
ヘッベル（フリードリヒ）Friedrich HEBBEL : 266, 277.
ペッレグリーニ（アレッサンドロ）Alessandro PELLEGRINI : 470.
『アンドレ・ジッド』*André Gide* : 470.
ベニスティ（エドモン）Edmond BÉNISTI : 586.
『作家の手』*La Main de l'écrivain* : 585, 586.
ベネット（アーノルド）Arnold BENNETT : 379, 402, 403, 409.
ペリー（ケネス・I）Kenneth I. PERRY : 248, 261.
ペル（エルシー）Elsie PELL : 499.
『ベルギー評論』誌 *Revue de Belgique* : 206.
ベルクソン（アンリ）Henri BERGSON : 84, 183, 297, 307, 397, 414.
『物質と記憶』*Matière et mémoire* : 84.
ベルナノス（ジョルジュ）Georges BERNANOS : 517.
ベルナール（ジャン＝マルク）Jean-Marc BERNARD : 258.
ベルナルダン・ド・サン＝ピエール BERNARDIN DE SAINT-PIERRE : 92, 93.
ペルフィット（ロジェ）Roger PEYREFITTE : 596.
ヘルマン（クルト）Curt HERRMANN : 267.
『ベル・レクチュール』紙 →『レ・ベル・レクチュール』紙
ベロー（アンリ）Henri BÉRAUD : 394, 395, 413, 427, 431.
『物憂げな顔の十字軍』*La Croisade des Longues Figures* : 427, 431.
ペロー（シャルル）Charles PERRAULT : 172.
『コント』*Contes* : 172.
ヘロドトス HÉRODOTE : 264.
『クリオ』*Clio*（『歴史』*Histoires* 第1巻）: 264.
ポー（エドガー・アラン）Edgar Allan POE : 67.
『告げ口心臓』*Le Cœur révélateur* : 67.
ホイットマン（ウォルト）Walt WHITMAN : 296, 435.
ボーヴォワール（シモーヌ・ド）Simone de BEAUVOIR : 513.
ボエス（カルル）Karl BOËS : 148.
ボーエル（ジェラール）Gérard BAUËR : 438-439.
『ポタッシュ＝ルヴュ』誌 *Potache-Revue* : 623.
ボッケ（レオン）Léon BOCQUET : 142.
「マラルメ駁論」« Contre Mallarmé » : 142.
ボーデュアン（ニコラ）Nicolas BEAUDUIN : 365.
ボードリー（アンドレ）André BAUDRY : 554, 596.
ボードレール（シャルル）Charles BAUDELAIRE : 26, 61, 189, 340, 433.
『死後出版作品と未刊書簡』*Œuvres posthumes et correspondances inédites* : 433.
「赤裸の心」« Mon cœur mis à nu » : 26.
ボトレル（テオドール）Théodore BOTREL : 180.

ボナール（ピエール）Pierre BONNARD : 518.
ボニエ（ルイ）Louis BONNIER : 221.
ボニオ（エドモン）Edmond BONNIOT : 66.
ボヌール（レイモン）Raymond BONHEUR : 226.
ボバン（ロベール）Robert BOBIN : 539.
『ポピュレール・ディマンシュ』紙 *Populaire Dimanche* : 517, 521, 522, 523.
ホーフマンスタール（フーゴ・フォン）Hugo von HOFMANNSTHAL : 156, 157, 281, 343, 355, 375.
ボーブール（モーリス）Maurice BEAUBOURG : 185.
ホメロス HOMÈRE : 261.
『デメテルへの頌歌』*Hymne à Déméter* : 261.
ポラード（パトリック）Patrick POLLARD : 609, 618.
ポーラン（ジャン）Jean PAULHAN : 337, 340, 341, 345, 477, 496, 518, 560, 561, 578.
ポルタル（ミシェル）Michel PORTAL → カラス（アンドレ）
ポンジュ（フランシス）Francis PONGE : 549.
『物の味方』*Le Parti pris des choses* : 549.

マ 行

マイサニ＝レオナール（マルティーヌ）Martine MAISANI-LÉONARD : 260.
マイヨール（アリスティド）Aristide MAILLOL : 518.
マイリッシュ（アリーヌ）Aline MAYRISCH (Mme Émile, née Aline Saint-Hubert, *dite* « Loup ») : 294, 295, 349, 401, 403, 404, 406, 409, 410, 514, 526, 556, 559, 566, 568, 570.
マイリッシュ（エミール）Émile MAYRISCH : 295, 349, 404, 410, 514, 526, 559, 568.
マシス（アンリ）Henri MASSIS（アガトンも参照）: 10, 204, 315, 318, 346, 394, 395, 413-430, 542, 603.
『アンドレ・ジッド』*André Gide* : 429.
「アンドレ・ジッドの影響」« L'Influence d'André Gide » : 416.
『エミール・ゾラは如何にしてその小説群を書いたか』*Comment Émile Zola composait ses romans* : 414.
「ジッドの破産」« La Faillite d'André Gide » : 426.
『ジャック・リヴィエール』*Jacques Rivière* : 429.
「ジャック・リヴィエール氏の場合」« Le Cas de M. Jacques Rivière » : 428.
『審判』*Jugements* : 418, 422-423, 426, 429.
『人間から神へ』*De l'homme à Dieu* : 429.
松尾邦之助 : 476, 480-481, 496-498, 627, 632.
「ジイドとの一問一答」: 481, 497.
『ヂイド会見記』: 498.
マッコルラン（ピエール）Pierre MAC ORLAN : 334.
マッソ（ピエール・ド）Pierre de MASSOT : 418, 580.
マッソン（ピエール）Pierre MASSON : 20, 22, 134, 219, 222, 250, 256, 601, 604.
マティス（アンリ）Henri MATISSE : 518.
マドール（ジャック）Jacques MADAULE : 477, 496.
マニー（クロード＝エドモンド）Claude-Edmonde MAGNY : 506.
『1918 年以降のフランス小説の歴史』*Histoire du roman français depuis 1918* : 506.
マラルメ（ステファヌ）Stéphane MALLARMÉ : 15, 46, 48, 52, 55, 58, 59-62, 63-64, 65-66, 72-77, 79, 83, 84, 87, 103-107, 144, 164, 170, 215, 297, 305-312, 314, 316, 324, 327, 344, 346, 435, 436, 597, 608, 611, 624.
『エロディアード』*Hérodiade* : 59, 308.
『音楽と文芸』*La Musique et les Lettres* : 104.
「小屋掛け芝居長広舌」« La Déclaration foraine » : 308.
『ディヴァガシオン』*Divagations* : 106.
「墓」（ヴェルレーヌ頌）« Tombeau » : 105.
『半獣神の午後』*L'Après-midi d'un Faune* : 308.
「続誦（プローズ）」« Prose pour des Esseintes » : 308, 309, 344.
マリー（ジョン・ミドルトン）John Middleton MURRY : 400, 401, 409.
マリタン（ジャック）Jacques MARITAIN : 415, 424.
マルグリット（ポール）Paul MARGUERITTE : 185.

『マルジュ』誌 →『レ・マルジュ』誌
マルセル（ガブリエル） Gabriel MARCEL : 506, 507, 586.
マルタン（アンヌ） Anne MARTIN : 621.
マルタン（クロード） Claude MARTIN : 11, 32, 41, 42, 93, 111, 127, 130, 234, 265, 271, 389, 427, 430, 464, 601, 604, 609, 610, 611, 613, 614, 621, 622, 623, 624, 629.
『アンドレ・ジッドの成年期』*La Maturité d'André Gide* : 130, 609.
マルタン＝シュメッツ（ヴィクトル） Victor MARTIN-SCHMETS : 614.
マルタン＝ショフィエ（ルイ） Louis MARTIN-CHAUFFIER : 449, 455, 503.
マルタン・デュ・ガール（ロジェ） Roger MARTIN DU GARD : 187, 278, 289, 290, 295, 401, 403, 418, 425, 429, 433, 439, 462, 495, 517, 530, 535, 553, 565, 580, 582, 586, 594, 598, 603, 604, 619.
『アンドレ・ジッドにかんするノート』*Notes sur André Gide* : 594.
『ジッド＝マルタン・デュ・ガール往復書簡集』*Correspondance André Gide - Roger Martin du Gard* [*Corr. RMG*] : 500.
『チボー家の人々』*Les Thibault* : 289.
『日記』*Journal* : 553.
マルティ（エリック） Éric MARTY : 502.
マルドリュス（ジャン＝シャルル） Jean-Charles MARDRUS : 200, 208.
マルロー（アンドレ） André MALRAUX : 461, 498, 517, 530, 562, 566, 589.
『希望』*L'Espoir* : 566.
『人間の条件』*La Condition humaine* : 566.
マルロー（クララ） Clara MALRAUX, née Goldschmidt : 477, 496.
マレ（ロベール） Robert MALLET : 95, 215, 255, 603.
マン（クラウス） Klaus MANN : 622.
『アンドレ・ジッドと現代思想の危機』*André Gide and the Crisis of Modern Thought* : 622.
マン（トーマス） Thomas MANN : 338, 339, 349, 635.
マンスフィールド（キャサリン） Katherine MANSFIELD (Mme John Middleton Murry) : 401, 409.
マンダン（ルイ） Louis MANDIN : 179.
「ド・レニエ，ド・マン両氏と現代詩」« M. de Régnier, M. de Mun et la poésie contemporaine » : 179.
ミショー（アンリ） Henri MICHAUX : 461, 525-553, 571, 579.
『エクアドル』*Ecuador* : 527.
『試練・悪魔祓い』*Épreuves, Exorcismes* : 550.
『夜動く』*La Nuit remue* : 527, 528.
ミトゥアール（アドリアン） Adrien MITHOUARD : 192, 196, 280, 295.
宮崎勝太郎 : 476.
ミル（ピエール） Pierre MILLE : 279, 291.
『傷ついた雌鹿』*La Biche écrasée* : 279.
『週休』*Repos hebdomadaire* : 279.
ミルボー（オクターヴ） Octave MIRBEAU : 331.
ミレツキ（アレクサンデル） Aleksander MILECKI : 625.
ミロシュ（オスカル） Oscar Vladislas de Lubicz MILOSZ : 172.
ムーア（ジョージ） George MOORE : 327, 379.
『ムズュール』誌 *Mesures* : 623.
ムッソリーニ（ベニート） Benito MUSSOLINI : 389.
ムートト（ダニエル） Daniel MOUTOTE : 219, 223.
ムーレ（ガブリエル） Gabriel MOUREY : 153.
メーテルランク（モーリス） Maurice MAETERLINCK : 73, 145, 158, 159, 160, 170, 183, 185, 277, 434, 435, 437, 626.
『闖入者』*L'Intruse* : 277.
『ペレアスとメリザンド』*Pelléas et Mélisande* : 145.
メリアム Mériem ben Atala : 16, 32.
メリメ（プロスペル） Prosper MARIMÉE : 321, 435.
メリル（スチュアート） Stuart MERILL : 46, 78, 79, 108, 155, 156, 158, 160, 167, 172.
『メルキュール・ド・フランス』（雑誌・出版） *Mercure de France* : 55, 66, 79, 87, 92, 93, 105, 106, 107, 108, 121, 133, 141, 142, 148, 149, 151, 187, 193, 203, 257, 295, 299, 312, 315,

319, 378, 381, 390, 414, 499.
メルシエ（パスカル）Pascal MERCIER : 268.
メルスロー（アレクサンドル）Alexandre MERCEREAU : 176, 185.
メレディス（ジョージ）George MEREDITH : 288, 378.
メロ（マルト）Marthe MELLOT : 51, 59.
モア（トマス）Thomas MORE : 335.
モークレール（カミーユ）Camille MAUCLAIR : 54, 79, 185, 308.
モース夫妻（オクターヴ）Les époux Octave MAUS : 626.
『モダン・ランゲージ・ノーツ』*Modern Language Notes* (*MLN*) : 623.
モッケル（アルベール）Albert MOCKEL : 15, 73, 158, 160, 167, 347, 626.
モニエ（アドリエンヌ）Adrienne MONNIER : 507.
モネ（クロード）Claude MONET : 136.
モーパッサン（ギ・ド）Guy de MAUPASSANT : 435.
モーラス（シャルル）Charles MAURRAS : 141, 194-197, 201, 203, 204, 205-206, 288, 300, 303, 305, 327, 405, 414, 415, 429, 542.
　『アンティネア』*Anthinea* : 327.
　『女性的ロマン主義』*Le Romantisme féminin* : 303.
　「ポプラ論争」« Querelle du peuplier » : 204.
　『ロマン主義と革命』*Romantisme et Révolution* : 429.
モーリー（リュシアン）Lucien MAURY : 348.
モーリアック（フランソワ）François MAURIAC : 292, 454, 456-457, 517, 554, 555, 580, 587, 596, 598, 611.
モリエール MOLIÈRE : 336.
モリス（シャルル）Charles MORICE : 145.
モルガン（ミシェル）Michèle MORGAN : 462, 496.
モルティエ（アルフォンス）Alphonse MORTIER : 364.
　『犠牲にされた世代の証言』*Le Témoignage de la génération sacrifiée* : 364.
モレアス（ジャン）Jean MORÉAS : 144, 153, 156, 158, 159, 160, 189, 436.
　「アヤックス（序）」« Ajax (prologue) » : 189.
モーロワ（アンドレ）André MAUROIS : 403.
モンダ（モーリス）Maurice MONDA : 433, 434.
モンテーニュ（ミシェル・ド）Michel de MONTAIGNE : 336.
モンテルラン（アンリ・ド）Henry de MONTHERLANT : 517, 562, 569, 586.
『モンド・ヌーヴォー』誌 →『ル・モンド・ヌーヴォー』誌
『モンド・リーブル』誌 →『ル・モンド・リーブル』誌
モンフォール（ウージェーヌ）Eugène MONTFORT : 87, 111, 124, 127, 134-135, 142, 226, 299, 435, 623.
　『愛にかんする試論』*Essai sur l'amour* : 135.
　『シルヴィー，あるいは熱きときめき』*Sylvie ou les Émois passionnés* : 87, 135.
　『肉体』*Chair* : 135.

ヤ 行

山内義雄 : 480, 500.
山本薩夫 : 476, 627.
　『田園交響楽』（映画）: 476-480, 496, 627.
ヤン・チャン・ルオミン（楊張若名）: 465.
　『アンドレ・ジッドの態度』*L'Attitude d'André Gide* : 465.
ユゴー（ヴィクトル）Victor HUGO : 116.
ユトリロ（モーリス）Maurice UTRILLO : 518.
『夢とイデア』誌 *Le Rêve et l'Idée* : 86.
ヨハネ（洗礼者ヨハネ）JEAN le Baptiste : 249.
『悦ばしき知』誌 *Le Gay Sçavoir* : 359.
『ヨーロッパ』誌 *Europe* : 399, 404.

ラ 行

ラインハルト（マックス）Max REINHARDT : 271-272, 273, 274, 276, 277.
ラヴァル（ピエール）Pierre LAVAL : 536, 537.
『ラ・ヴィ』誌 *La Vie* : 364.
ラヴェラ（ジャック）Jacques RAVERAT : 404.
ラヴォン（ジョルジュ）Georges RAVON : 554.
ラヴダン（アンリ）Henri LAVEDAN : 120, 121.
『ラ・グランド・ルヴュ』誌 *La Grande Revue* : 142, 289.

ラクルテル（ジャック・ド）Jacques de LACRETELLE : 438, 517.
ラクロ（ピエール・コデルロス・ド）Pierre Choderlos de LACLOS : 331.
『危険な関係』*Les Liaisons dangereuses* : 331.
『ラ・コンク』誌 *La Conque* : 15, 623.
ラザール（ベルナール）Bernard LAZARE : 309, 311, 344.
『ラサンブルマン』紙 *Rassemblement* : 540.
『ラ・ジェルブ』紙 *La Gerbe* : 539.
ラシーヌ（ジャン）Jean RACINE : 199, 201, 208, 304, 336.
ラシルド RACHILDE (Mme Alfred Vallette, née Marguerite Eymery, *dite*) : 79, 185, 319.
ラスト（ジェフ）Jef LAST : 495.
『ラ・デペッシュ・ド・ルーアン』紙 *La Dépêche de Rouen et de Normandie* : 517.
ラニュックス（ピエール・ド）Pierre Combret de LANUX : 168, 179, 375.
ラーヌ（ルネ）René LASNE : 349.
ラバ LABAT (directeur de la censure) : 535.
『ラ・ファランジュ』（雑誌・出版）*La Phalange* : 140, 187, 299, 300, 301, 302, 304, 307, 309-310, 313, 314, 316, 321, 322, 342, 347, 623, 624.
『ラ・フランス・ヌーヴェル』紙 *La France nouvelle* : 598.
『ラ・プリューム』誌 *La Plume* : 104, 106, 107, 108, 133, 148-149, 151, 152, 189.
『ラペル』紙 *L'Appel* : 539.
『ラ・ルヴュ・エブドマデール』誌 *La Revue hebdomadaire* : 289.
『ラ・ルヴュ・ブランシュ』誌 →『白色評論』（雑誌・出版）
『ラ・ルヴュ・ブルー』誌 *La Revue Bleue* : 195.
『ラ・ルヴュ・ユニヴェルセル』誌 *La Revue universelle* : 415, 417, 428, 430.
『ラルシュ』誌 *L'Arche* : 462, 499, 565, 578, 623.
ラルボー（ヴァレリー）Valery LARBAUD : 45, 67-68, 168, 187, 288, 295, 313, 347, 353, 378, 380, 390.
『A・O・バルナブース全集』*A. O. Barnabooth, ses œuvres complètes* : 313.
『フェルミナ・マルケス』*Fermina Márquez* : 353.
ラルーメ（ギュスターヴ）Gustave LARROUMET : 102.
『ラール・モデルヌ』誌 *L'Art moderne* : 79.
『ラール・リーブル』誌 *L'Art libre* : 343.
『ラ・ワロニー』誌 *La Wallonie* : 16, 626, 634.
ラング（ルネ）Renée LANG : 368, 369, 374.
ランシー（ジョルジュ）Georges RENCY : 110, 134, 626.
『マドレーヌ』*Madeleine* : 110.
ランソン（ギュスターヴ）Gustave LANSON : 314, 318.
ランベール（イザベル）Isabelle LAMBERT : 488.
ランベール（ジャン）Jean LAMBERT : 462, 487, 488, 499.
ランベール（ニコラ）Nicolas LAMBERT : 499.
ランボー（アルチュール）Arthur RIMBAUD : 171, 172.
リヴィエール（イザベル）Isabelle RIVIÈRE, née Fournier : 337.
リヴィエール（ジャック）Jacques RIVIÈRE : 142, 179, 187, 288, 296, 318, 328, 329, 333, 334, 337, 340, 348, 357, 358, 362, 367, 379, 383, 403, 415, 426, 429, 602, 605.
『ジッド＝リヴィエール往復書簡集』*Correspondance André Gide - Jacques Rivière* [*Corr. G/Riv*] : 357.
「冒険小説」« Le Roman d'aventure » : 334.
リヴィエール（ジャン＝クロード）Jean-Claude RIVIÈRE : 573, 575, 577.
リーヴェンス（ジェルメーヌ）Germaine LIEVENS : 270.
『リーヴル・ダール』誌 →『ル・リーヴル・ダール』誌
リシュパン（ジャン）Jean RICHEPIN : 318, 414.
『理想主義手帖』誌 *Les Cahiers idéalistes* : 64-65.
リネール（アン）Han RYNER : 172.
『リベ＝ソワール』紙 *Libé-Soir* : 519.
『リベラシオン』紙 *Libération* : 519.
リュイテルス（アンドレ）André RUYTERS : 91, 100, 142, 224, 225, 257, 258, 271, 287, 299,

415, 626.
『ジッド＝リュイテルス往復書簡集』*Correspondance André Gide - Andre Ruyters* [*Corr. G/Ruy*] : 271.
リュニエ＝ポー LUGNÉ-POE : 48, 51, 59, 141, 145, 211, 265.
リューノー（モーリス）Maurice RIEUNEAU : 614.
『両世界評論』誌 *La Revue des Deux Mondes* : 195.
リヨテ（ユベール）Général Hubert LYAUTEY : 395.
リルケ（ライナー・マリア）Rainer Maria RILKE : 172, 173, 174, 281, 288, 294, 295, 355, 368-376, 387, 400, 401, 405-406, 407, 412.
『ジッド＝リルケ往復書簡集』*Correspondance André Gide - Rainer Maria Rilke* [*Corr. Ril/G*] : 368.
『マルテの手記』*Die Aufzeichnungen des Malte Laurids Brigge* : 174, 295, 372, 375, 405, 410.
リン・イーウェン（林伊文）: 475.
リーンハルト（パトリック）Patrick LIENHARDT : 535, 538.
ルー Dr LOUP : 518.
ルー（フランソワ・ド）François de ROUX : 426, 507.
ルアール（アンリ）Henri ROUART : 197.
ルアール（ウージェーヌ）Eugène ROUART : 16, 52, 56, 57, 141, 197, 205, 206, 208, 223, 257, 295.
ルアール（ルイ）Louis ROUART : 131, 132, 141, 193, 197- 203, 204, 207, 208, 222, 257, 603.
ルイス（ピエール）Pierre LOUŸS : 14, 15, 30, 31, 34, 38, 39, 41, 107, 129, 144, 188, 189, 433, 434, 435, 436, 437, 602.
『ジッド＝ルイス＝ヴァレリー往復書簡集』（『三声書簡』）*Correspondances à trois voix* : 30, 39, 41.
ルイヨ（ジャン）Jean ROUILLOT : 543-544.
ルヴェック（ロベール）Robert LEVESQUE : 471, 520.
ルーヴェール（アンドレ）André ROUVEYRE : 9, 192, 549.
『世捨て人と悪党』*Le Reclus et le Retors* : 192.
『ルヴュ・アンシクロペディック』誌 *Revue encyclopédique* : 79, 196.
『ルヴュ・エブドマデール』誌 →『ラ・ルヴュ・エブドマデール』誌
『ルヴュ・デュ・ノール』誌 *Revue du Nord* : 79.
『ルヴュ・デ・ルヴュ』誌 *Revue des Revues* : 204.
『ルヴュ・ブランシュ』誌 →『白色評論』（雑誌・出版）
『ルヴュ・ブルー』誌 →『ラ・ルヴュ・ブルー』誌
『ルヴュ・ユニヴェルセル』誌 →『ラ・ルヴュ・ユニヴェルセル』誌
『ルーヴル』紙 *L'Œuvre* : 539, 540.
ル・カルドネル（ジョルジュ）Georges LE CARDONNEL : 117, 356, 366.
ルキアノス LUCIEN de SAMOSATE : 330.
『本当の話』*Histoires vraies* : 330.
ル・グリ（フランソワ）François LE GRIX : 365.
ルクレール（アンリ）Henri LECLERC : 433.
『ル・コック・ルージュ』誌 *Le Coq rouge* : 626, 634.
『ル・サントール』誌 *Le Centaure* : 94, 112, 129, 160.
ルージュモン（ドニ・ド）Denis de ROUGEMONT : 507.
『ル・ジュルナル』紙 *Le Journal* : 129.
ルジュンヌ（フィリップ）Philippe LEJEUNE : 18, 27.
ルソー（アンドレ）André ROUSSEAUX : 512, 542.
ルソー（ジャン＝ジャック）Jean-Jacques ROUSSEAU : 92.
『ル・タン』紙 *Le Temps* : 99, 132, 435, 436, 537.
ルドネル（ポール）Paul REDONNEL : 86.
ルドン（オディロン）Odilon REDON : 226.
ルナール（ジュール）Jules RENARD : 364, 517.
『わらじむし』*Les Cloportes* : 364.
ルナン（エルネスト）Ernest RENAN : 399.
ルノワール（ジャン）Jean RENOIR : 454.
『ル・フィガロ』紙（および文芸付録「ル・フィガロ・リテレール」）*Le Figaro* : 101, 102, 107, 110, 125, 195, 433, 500, 512, 537, 540-543,

544-545, 546-547, 551, 552, 553, 554, 559, 560, 565.
『ル・フィガロ・リテレール』紙 *Le Figaro littéraire* : 552.
ルフェーブル（フレデリック）Frédéric LEFÈVRE : 82.
「エドゥアール・デュジャルダンとの一時間」« Une heure avec Édouard Dujardin » : 83.
『ル・プティ・ニソワ』紙 *Le Petit Niçois* : 534, 538.
ル・ブロン（モーリス）Maurice LE BLOND : 85, 86, 87, 88, 99, 102, 107-108, 109, 110, 118, 124, 128, 129, 131-132.
『ナチュリスム試論』*Essai sur le Naturisme* : 87, 101, 129.
ルベイ（アンドレ）André LEBEY : 34, 43.
ルベル（ユーグ）Hugues REBELL : 172.
ルメートル（ジュール）Jules LEMAITRE : 202, 303, 304-305, 343.
『古の本の余白に』*En marge des vieux livres* : 343.
『ル・モンド・ヌーヴォー』誌 *Le Monde Nouveau* : 183-185.
『ル・モンド・リーブル』誌 *Le Monde Libre* : 598.
『ル・リーヴル・ダール』誌 *Le Livre d'art* : 94.
『ル・レヴェイユ』誌 *Le Réveil* : 626.
レイ（マルセル）Marcel RAY : 281.
レイナル（モーリス）Maurice RAYNAL : 153-154, 155, 189.
レイノー（エルネスト）Ernest RAYNAUD : 185.
レイマリー（ミシェル）Michel LEYMARIE : 298, 322, 342.
『レヴェイユ』誌 →『ル・レヴェイユ』誌
レオトー（ポール）Paul LÉAUTAUD : 440, 517, 551.
『文学日記』*Journal littéraire* : 440.
『レオナルド』誌 *Leonardo* : 404.
『レ・カイエ・ド・ラ・プレイアッド』誌 *Les Cahiers de la Pléiade* : 623.
『レクレール』誌 *L'Éclair* : 415.
『レクレルール』紙 *L'Éclaireur* : 534, 538, 540, 542-544.
『レコー・ド・パリ』紙 *L'Écho de Paris* : 97, 124, 438.
『レ・ザナル』誌 *Les Annales* : 386, 387.
『レ・ゼクリ・ヌーヴォー』誌 *Les Écrits Nouveaux* : 176.
レチフ・ド・ラ・ブルトンヌ RESTIF DE LA BRETONNE : 129.
『ムッシュー・ニコラ』*Monsieur Nicolas* : 129.
レッテ（アドルフ）Adolphe RETTÉ : 85, 86, 87, 104-108.
『霧のトゥーレ』*Thulé des brumes* : 104.
「退廃詩人〔マラルメ〕」« Le Décadent » : 104.
『夜の鐘』*Cloches en la nuit* : 104.
『レットル・フランセーズ』紙 →『レ・レットル・フランセーズ』紙
『レ・ドキュマン・デュ・プログレ』誌 *Les Documents du progrès* : 357.
レトランジュ（イヴォンヌ・ド）Vicomtesse Yvonne de LESTRANGE : 475, 555.
レニエ（アンリ・ド）Henri de RÉGNIER : 16, 34, 47, 61, 63, 66, 80, 85, 93, 106, 118, 140, 145, 153, 155, 159, 160, 170, 171, 183, 185, 226, 435, 436, 437, 440.
『二重の愛人』*La Double maîtresse* : 140.
レーニン（ウラジミール・イリイチ）Vladimir Ilitch LÉNINE : 71.
『国家と革命』*L'État et la révolution* : 71.
『レ・ヌーヴェル・リテレール』誌 *Les Nouvelles littéraires* : 72, 75-77, 82, 192.
『レ・ベル・レクチュール』紙 *Les Belles Lectures* : 524.
『レ・マルジュ』誌 *Les Marges* : 87, 142, 356.
『レミシックル』誌 *L'Hémicycle* : 57.
レリス（ミシェル）Michel LEIRIS : 496.
『レルミタージュ』（雑誌・叢書）*L'Ermitage* : 16, 56, 57, 79, 109, 114, 115, 117, 134, 136, 140, 141, 142, 149, 166, 167, 188, 196, 199, 205, 206, 208, 263, 623.
『レ・レットル・フランセーズ』紙 *Les Lettres françaises* : 578, 579.
ロイエンベルガー（アンナ）Anna LEUENBERGER, *dite* « Marie » : 15.
『ロクシダン』（雑誌・叢書）*L'Occident* : 187, 192,

196, 198, 199, 257, 280, 295, 304, 369, 375.
ローザ（アンドリエス・ド） Andriès de ROSA : 86.
ロジオノフ（N・S） RODIONOFF (N. S.) : 283.
ローゼンスタイン（ウィリアム） William ROSENSTEIN : 381.
ローゼンベルグ（フェドール） Fédor ROSENBERG : 198, 208.
ロッシュ（アルマン・デュ） Armand du ROCHE → ローザ（アンドリエス・ド）
ロッシュグロス（ジョルジュ） Georges ROCHEGROSSE : 79.
ロデイ（フェルナン・ド） Fernand de RODAYS : 101.
ロートクゲル（アルフレート） Alfred ROTHKUGEL : 578.
ロートクゲル（ハンス＝エゴン） Hans-Egon ROTHKUGEL → リヴィエール（ジャン＝クロード）
ロビドゥー（レジャン） Réjean ROBIDOUX : 610.
『ロピニオン』紙 *L'Opinion* : 315, 337, 338, 414.
ロビネ・ド・クレリー（アドリアン） Adrien ROBINET DE CLÉRY : 375.
ロベルティ（マチルド） Mathilde ROBERTY : 226.
ロマン（ジュール） Jules ROMAINS : 361.
『頌歌と祈り』 *Odes et Prières* : 361.
ロラン（ジャン） Jean LORRAIN : 129.
ロラン（ロマン） Romain ROLLAND : 281-282, 286, 290-291, 347, 374, 375, 399, 405, 418, 435, 436, 463, 464, 621.
『ジャン・クリストフ』 *Jean Christophe* : 282.
ローランサン（マリー） Marie LAURENCIN : 518.
ローランス（ジャン＝ピエール） Jean-Pierre LAURENS : 52, 123.
『戦争捕虜』 *Prisonniers de guerre* : 123.
ローランス（ジャン＝ポール） Jean-Paul LAURENS : 120, 122, 123, 619.
ローランス（ポール＝アルベール） Paul-Albert LAURENS : 16, 32, 52, 120, 619.
ロリナ（モーリス） Maurice ROLLINAT : 54.
『神経症』 *Les Névroses* : 54.
ロール Général LAURE : 545.
ロワイエール（ジャン） Jean ROYÈRE : 299, 301, 307, 342, 347, 624.
ロンドー（エミール） Émile RONDEAUX : 15.
ロンドー（ジャンヌ） → ドルーアン（ジャンヌ）
ロンドー（マチルド） Mathilde RONDEAUX (Mme Émile, née Pochet) : 15.
『ロンドン・マーキュリー』紙 → 『ザ・ロンドン・マーキュリー』紙

ワ 行

ワイルド（オスカー） Oscar WILDE : 16, 42, 156, 157, 208, 249, 440.
ワーグナー（リヒャルト） Richard WAGNER : 46, 48, 49, 101.
『ワーグナー評論』誌 *Revue wagnérienne* : 46.
渡辺和行 : 551.
ワトソン＝ウイリアムズ（ヘレン） Helen WATSON-WILLIAMS : 634.
ワルクネル（アンドレ） André WALCKENAER : 38.
『ワロニー』誌 → 『ラ・ワロニー』誌
ワン・シャンスー（王聖思） : 465, 493, 494, 495, 500.
ワン・シンディー（王辛笛） : 465, 485, 493, 494, 499.
「盛澄華とジッド」 : 494, 499.

著者紹介

吉 井 亮 雄（よしい・あきお）

1953年生まれ。東京大学文学部卒業，京都大学大学院文学研究科博士後期課程研究指導認定退学。九州大学大学院人文科学研究院教授。パリ第4大学博士（文学），大阪大学博士（文学）。専門はフランス近現代文学。

著書：André Gide, *Le Retour de l'Enfant prodigue*. Édition critique (Presses Universitaires du Kyushu, 1992) ; *Bibliographie chronologique des livres consacrés à André Gide, 1918-2008*. [En collab. avec Claude Martin.] (Centre d'Études Gidiennes, 2009) ; André Gide - Paul Fort, *Correspondance, 1893-1934* (Centre d'Études Gidiennes, 2012) ; *La Phalange. Table et index, 1906-1914*. [En collab. avec Claude Martin.] (Publications de l'Association des Amis d'André Gide, 2014).

訳書：クロード・マルタン『アンドレ・ジッド』（九州大学出版会，2003年）。

ジッドとその時代《じだい》

2019年1月31日　初版発行

著　者　吉　井　亮　雄

発行者　五十川　直　行

発行所　一般財団法人　九州大学出版会

〒814-0001 福岡市早良区百道浜3-8-34
九州大学産学官連携イノベーションプラザ305
電話　092-833-9150
URL　https://kup.or.jp/
印刷・製本　研究社印刷株式会社

Printed in Japan　ISBN 978-4-7985-0249-6